目录

白色城堡

成钢

———

著

光明日报出版社

果麦文化 出品

291
下篇——白色长城

自序

我看过很多死亡。

有灯枯油尽历尽沧桑的留恋不舍，也有意料之外戛然而止的捶胸顿足，更有年轻鲜活生命忍受病痛折磨后的不解及愤恨，甚至有因鸡毛蒜皮便放弃一切的"万念俱灰"……

我看过那么多死亡，却仍活不出洒脱。

还好，关于人生的绝大多数重要决定都是在我们什么都不懂的年纪做出的，那时因为不懂所以不会如此困难。随着年长，我们不敢改变现状，我们不敢追求内心的渴望，我们不过是一群为各种正当理由苟活的成年人。

大多数人的理想都死于青春逝去之时，能在拖家带口后仍坚持理想的人，不是自私便是勇敢，我希望我是个自私而又勇敢的人。

然而，我并不是。

所以我写下了关于几个勇敢之人的故事，他们即便遍体鳞伤，即便看到世界的冰冷，却仍坚持心中的那团火苗，他们用勇气写下了自己的历史。

我真的希望我是那个自私而又勇敢的人。

——成钢

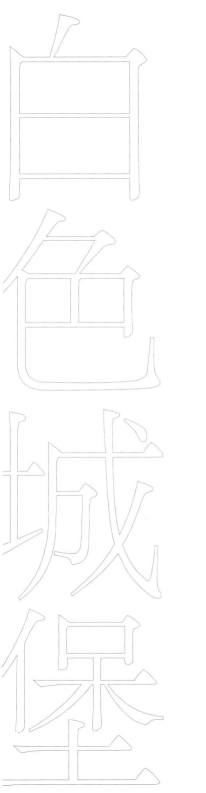

上篇 ——

白色城堡

柳暗花明峰路转
一枝红杏出墙来

国产医学生有两个终极愿望。第一，重返十八岁以修改高考志愿；第二，若第一个愿望不能实现，那么就进一线城市三级甲等医院工作。

其实第二个愿望并不比第一个愿望容易。

博士毕业之际，经历了人才市场如过江之鲫样的卖身洪流，也体验了托人情找关系，提猪头寻庙门的低眉顺眼，我这才知道，想留在北京，进入三甲医院工作是多么困难！

就像一场战争，而你的对手是曾经在高考、考硕、考博和各种"独木桥"上干掉过无数优秀学子、经历过尸山血海的智商爆表的敌人。他们在平时去食堂的时候还和你一起骂厨子，上厕所的时候还分享过卫生纸，甚至夜晚可能还一起用望远镜偷看过女生宿舍，但是在毕业之际全部都是你的敌人！每个人都在动用所有的社会关系、经济力量，用来争取每年那少得可怜的留京名额。可能你隔壁宿舍的小三小四，平时不显山不露水，但此时你为了找工作急得满嘴是泡，人家却稳如泰山，手里早已攥着由位高权重的三姑五叔帮忙搞定的三甲医院的入场券了。

没有任何背景的外地学生，就像我，只能怀揣拜帖样的博士学位证书，一家一家医院地叩门投帖，去拼抢那被各种"关系们"瓜分剩下的仨瓜俩枣。

几个月来，每天天刚蒙蒙亮，我就爬起来赶公交车去各大医院投简历，那个时候三甲医院排得最长的队不是去挂号的，而是到人事处投简历的。每个毕业生都希望自己的简历能最先到达人事处领导的办公桌上，也希望能够让人事处办公人员在精神最好的时候听到你自己的只有几分钟时间的自述。

习惯了人事处工作人员把我精心准备的简历随手丢到一大摞简历堆里并且眼皮都不抬一下的屈辱后，我还是被301医院、协和医院、北大医院……甚至世纪坛医院等二十多家三甲医院直接拒绝，并且连个科内面试机会都没给我！

我彻底绝望了，等待我的似乎只有回内蒙古老家一条路了。

不过还好我从小就喜欢做好人好事，经常扶老太太过马路，有时老太太不愿意我还耐心劝解，扶过去发现老太太不是要过马路再扶回来的情况也不是没有过，总之好人有好报，在我无比绝望打算回老家市级医院安度余生的时候，北京安真医院给我发来邮件通知面试。

怀着胸口碎大石、不成功便成仁的心情来到安真医院人事处，走廊挤满了来自各大医学院的毕业生。一个年轻的人事处工作人员走出来，向我们一指，声如洪钟地说："协和的博士站左边，北大医学院的博士站右边，海归的站中间。"

"那硕士呢？"一个声音弱弱地问。

一群大龄博士们纷纷回头，用同情的目光看着这唯一的硕士，那硕士白白净净的，但瞬间就在众人的目光中矮了下去。我不禁挺了挺胸，把手里烫金毕业证上"博士"两个字露在显眼的位置，站到了右边。

先被叫进去的是海归的，然后是协和的，这几十人分别进去，出来，等轮到我的时候已经过去了整整两个小时！我心下暗道不好，难道我就是那个著名的"分母"，也就是来帮着凑人数以凸显人家被选中的"分子"，是多么百里挑一的龙套队员吗！不管那么多，既来之则不要脸之，进了门，看到的却不是盛大的面试场景，而只有一张简单的桌子，瞬间明白过来这只是场人事处初级面试，过了这关还有临床科室内部面试。一个面容和善的中年男子坐在椅子上，旁边坐着刚才出来安排秩序的年轻人。后来才知道那个中年男子就是人事处副处长。

副处长按了按自己的太阳穴，明显被这一大群人才给累着了，面无表情地对我说："我看了你的简历，可圈可点，不过……"

我心下暗道：靠，就知道你要说"不过"。

"不过我们今年普外科只有急诊部招人，且仅有一个名额，现在霍普金斯的归国博士后和协和八年制的两个人已经同时报了，说实话你唯一的问题就是本科不是北大医学院的，博士才考到北医，这个情况比较困难，我把实情告诉你，是担心你放弃其他机会，错过找工作的最佳时机。"

我不禁一叹：胸口碎大石变成大石碎胸口了！这不就是告诉我没戏了吗？本着死猪不怕开水烫的原则，我还是用热切而幽怨的眼神望向副处长说："老师，我还是想试一下，您就给我个科内面试的机会吧，不然我只能去公司工作了。读了这么多年，我还是不想放弃专业。"

副处长叹了一声："是啊，三年前你们读研究生的时候工作挺好找的，现在博士读完了反而不好找了，你怎么也是北大的博士，简历都递到我这儿了不让你参加面试也说不过去。下午你也去碰碰运气吧，三点钟急诊主任办公室，别抱太大希望……"

彼时安真的急诊还没有修建高大上的新楼，低矮拥挤的急诊走廊里有很多的加床，横七竖八的输液杆显得旌旗招展，走廊的尽头离厕所很近的地方有一间小小的主任办公室，此刻门口已经挤了几个人在那儿，都是来参加面试的，不过这场景倒是像极了一群尿急的人拥在厕所门口。

我不禁打量了一下今天的敌人们，一个穿着肥大西装，戴着黑框大眼镜的大叔明显就是年纪最大的海归博士后，洋墨水并没有给他带来潇洒俊逸，倒是一副木讷暮霭之气。另一个协和的博士倒是一副自信满满的样子，不过个子小小的，又长着尖尖的脑袋，看起来比较油滑。还有一人竟是那个饱受折磨的硕士，高大白净，只是我心里暗暗替他不值：连我一北大博士都是来凑数的，他一个硕士来凑什么热闹啊！

协和男博士无视我和硕士男，直接微笑着和海归大叔套磁，看来明显只把大叔当成对手。协和男说："您在国外多好啊，回来遭这罪干吗啊！还有您在国外学习肯定发了不少SCI（《科学引文索引》）论文吧？"

海归大叔讪讪地说："这不故土难离嘛，我就发了五篇，不算多，您呢？"

协和男说："我不多，就两篇，不过我有一篇影响因子（期刊评价指标）十一分的SCI文章。"说罢瞟了我一眼，我立马就四处找地缝想钻。这太恐怖了，简直就是科研机器啊！我才发了一篇影响因子二点几分的SCI文章，勉强够毕业，还费了牛劲。这帮人发这么多文章，简直就是神一样的存在啊！

我有一种想要开溜的想法，不过回头看了看那个白面硕士，这厮一副泰山崩于面前不改颜色的架势，让我不禁对自己凭空生起了一阵鄙夷：人家一硕士都岿然不动，我一博士现在就想脚底抹油，实在失了气魄。

面试的顺序不出意外的是海归大叔第一，协和男第二，我排在白面硕士前面，算是找回了几分场子。

海归大叔、协和男面无悲喜地出来，也看不出结果如何，经过我和硕士的时候，看也没看一眼，就挺胸抬头地径直往门外走去。然后轮到我进去了，我整了整领带，轻咳了一声，推门昂首而入，心想反正他妈也没戏了，怎么也不能在气势上输给这俩孙子。

进了门才发现急诊科的主任办公室实在太小太乱了，不过好歹还是收拾出了一张桌子。一个胖胖的女主任坐在正中，左右两边各坐了一名穿着白大褂的女老师。中间的那个主任，后来才知道是周老大，工农兵大学出身，资格老，临床扎实，而且是北京急诊界为数不多的女主任。周老大见我进来，笑着对两边的老师说："总算看到个帅哥了，这几天都见的什么人啊，刚才那个岁数快赶上我了！"

看到我一怔，周老大说："王博士，我旁边这两位分别是郑主任和于主任，咱们科的中流砥柱，今天的面试主要就是以聊天为主。哎，我说你的头都快顶到门了，你有多高啊？"

我迟疑一下说："188 厘米。"

右边的郑主任立刻说："这孩子大骡子大马的肯定能干活！"

随即左边的于主任说："那个海归可是发了五篇 SCI 啊！"

周老大哈哈大笑："你看那海归上睑提肌一直处于松弛状态，一副睡不醒的样子，这样的人怎么值夜班啊！王博士，坐下说话，你有什么特长？"

我的小宇宙瞬间爆发，心思电闪，分析了一下便心下了然：这一定是一个没心没肺的团队！哪有领导在面试的时候直接对面试者说出竞争对手的缺点呢？而且这批人明显具有急诊科医生的普遍特点，注重实际而不玩虚的！宁可找个身强力壮的医生，也不想要光会说不会做的高才生。说实话，我也觉得临床医院玩儿命关注那些 SCI 论文没个毛用，临床医生就应该有临床医生的操守，看得了病、看得好病才是临床医生，不好好学扎实临床技能，专门钻营媚上的论文不是投机取巧吗？

面对这样的团队，我昨晚想了一宿的说辞肯定没用了，本来打算将我的博士课题系统生动地解说一下，再强调一下我参加过全英文的澳洲职业医生考试这一砝码，但现在我立刻决定改用 B 计划。

心念已定，我尽量用淳朴无公害的语气说："主任，我这个人没有别的特长，虽说是博士，可我是出生在内蒙古最偏远的牧区，从小就能吃苦，不敢说我一定在其他方面胜过别人，但是要论吃苦耐劳，我肯定是不输于人的。另外我一直是校排球队的主力，课业最苦的时候也没停止过训练，所以我的体力很好，熬得了夜班。"

周老大点了点头，又问了几个不痛不痒的问题，然后突然对我说："王博士，你九月来上班吧，早一点来，先熟悉环境。"

我当时的表情一定显得很蒙，周老大接着说："咋了，不愿意啊？"

"不是不是，只是幸福来得太突然了！而且那两个人一个是海归，一个是协和八年制，都不弱啊！"

周老大笑道："那两个长得太丑了，坚决不要。"

我："……"

于主任显然早就习惯了周老大的心直口快，却犹豫着说："主任，按理说三天后还有场笔试呢，您现在就定了吗？"

周老大摇摇头："笔试取消，万一王博士考不过那两个丑货就完了。"

我、于主任："……"

周老大对于主任说："不开玩笑了，前两个面黄肌瘦，像只小鸡仔似的，哪能干得了急诊，几天就累趴下了！"然后伸手指向我，"这大骡子才是干活的料。"

我瞬间明白自己原来胜在来了对胃口的科室，千恩万谢地出来，临出门突然想到门口的硕士也是人高马大，还比我白净，不免一阵担忧，就问周老大："主任，外面还有一大骡子呢，您要不要再看看牙口啊？"

于主任一笑："哈哈哈，别怕，他是北京人，不占外地生源指标，来面试就是走个过程，和你们没啥关系。"

我不禁暗叹：学得好不如长得壮，长得壮不如生得好啊！怪不得人家一直面沉似水，波澜不惊。

沙场点秋兵

转眼春去秋来，九月的初秋仍是蝉鸣柳垂，我正式从医学院毕业了，带着初为人妇挥别贞洁似的哀伤，我彻底告别了校园开始踏足社会。

医院的报到毫无特点：办饭卡、领白大褂、去各处报到，然后是所有单位都要经历的岗前培训。搞定这一切后，我和刘非，也就是那个白面硕士，顺利地穿着崭新的白大褂到了急诊科。

早上交过班后，周老大将所有流水区和抢救室的医生都留下，放了护士们先去忙，然后说："今年咱们很幸运啊，招了两个高大帅气的医生。"然后指了指我和白面硕士刘非，我俩也配合地挥手致意。"不过关于新人培训的事情，我希望大家能主动承担下来，我给你们记入考勤，培训期间多发三个点奖金！"

我这时候才明白，敢情这是要给我们找师傅啊！

可能大家觉得医学生毕业后参加工作就像道士修成下山，可以立即投入悬壶济世、拯救万民于水火的事业中，事实上不是……所有的医学生入职都要经过师傅带，与工厂的技工无甚区别，直到临床业务能力得到了主任的认可，另外还要通过执业医师资格考试并注册后才能独立干活儿。

本来我以为来急诊后可能会被分到于主任或者郑主任手下干活儿，也可以趁机多和领导们套套近乎。真进来才发现，医院等级制度森严，从我这个级别的住院医生到郑、于两位主任，中间还差着好几个档位呢。算了，随便找个老师就是了，可惜周老大话音刚落，就见大家齐齐地往后退了一小步，我和白面硕士刘非对视一眼，心想：我们两个没这么让人生厌吧，怎么看到我们就躲！

周老大的眼睛望向一个女医生，那女医生声音颤抖，急急地说："主任，我在流水，风险太高了，我那边可出不得错！现在的病人有多难搞您是知道的。"

周老大叹了一声，眼神移向另一个男医生，那人嘶声道："领导，我们观察室可不行，医生少病人多，每天到下班都干不完活儿，可没时间培训新人！"

这么直接的不友好氛围让我和刘非感觉很是尴尬，于主任似乎不忍看下去了，就幽幽地说："这么艰巨的任务，那肯定要交给路易同志和祖老师了，能力越大责任越大嘛！"

周老大没等有人应声就赶紧说："王大夫，多和路易学学，学到他两成功力，急诊科这点事就没问题了。刘非你跟着祖老师。好了，散了吧。"人群逃也般地四散了，场中只留下了两个孤零零的胖子，不用问，肯定是路易和祖老师。

对号入座后，我跟着那个叫路易的往抢救室走，刘非则跟着另一个人走了。路易此人颇为神奇，本名其实不叫路易，但是面容仪态颇像路易·波拿巴，所以被戏称"路易"，他本人也不以为意，反而用并不浓密的卷毛留起了大背头，还在下巴上蓄了微黄的胡子，于是一副生动的路易·波拿巴面容就每天跃然于急诊科。他是从有着"北协和，南湘雅"

之称的湘雅医学院毕业，本科毕业后就来了安真医院工作，所以虽然年龄只比我大一岁，但是在临床上摸爬滚打了七八年，经验极为老到。

安真急诊分为流水区、抢救室、观察室、EICU（急诊重症监护室）、综合大病房，是个极为庞大的临床中心。一般病人来就诊，首先要在急诊一楼的分诊台挂号，分诊的医生、护士按病情决定去向，比较重的直接进抢救室抢救，较轻微或虽复杂但暂无生命危险的至二楼流水区就诊，抢救室里的病人病情稳定可转入 EICU 或综合病房。而抢救室就是整个急诊的核心，必须由最强的大夫看家护院。路易就是最会看家护院的那个，而且极具责任心，不用拴链子也能在抢救室一待十几个小时。

在路上走着的时候我实在憋不住疑虑，忍不住问了出来："路老师，您说为什么大家都不待见我们新人啊，为啥最后把我推到您这儿来了啊！"

路易一笑："年轻人，急诊铁律之一就是'新人多事故'，没有一个新人来了不犯错的，医疗行为有成百上千条规则，没大几个月的时间肯定无法适应，在这几个月中就会犯错。你晓得为啥周老大会多给我们奖金吗？因为在培训期间你们新人犯的错全是带教老师背黑锅，有时候那三个点的奖金还不够背黑锅罚的，甚至要是犯的错比较大，出了人命，吃不了兜着走都有可能。另外，就算是小错，只要犯了，就要由带教老师重新改一遍来弥补。过几天你就知道了，在流程里面改一遍特别麻烦，带新人比自己干累多了，这就是为啥大家都怕新人。"

我博士的自尊心立刻翻腾起来，略有不服地说："路老师，我们怎么也读了十几年了，内科、外科书虽不能倒背如流，也算是经历了大考小考无数次的人，不会像您说得这么惨吧？"

路易斜瞥了我一眼："是吗？我倒要看看你这个北大博士的水平！"

我听路易语气不善，立马住了嘴，就算再傻也感觉到了他的不屑。不过我天生就有着不服输的精神，憋着一股劲，立志一定要做得漂漂亮亮的，让你们这些只不过靠祖上荫庇先来占了个坑，就瞧不起我们的本科生看看。

进了抢救室，面前的景象还是让我感到震撼：现实中的抢救室和电视剧中的完全不一样，根本没有那一个个隔间，没有井然有序地环绕着病床的各种仪器，也没有等在门口互相拥抱安慰的家属和耐心解释病情的医生。

现实中的抢救室根本就是个气急败坏的菜市场！

所有目光所及的空地都被塞满了加床，因为加床根本就没有床头柜，监护仪、除颤仪、透析机、输液泵……各种仪器有的直接放在地上，仪器接线缠成一团乱麻。家属有的号啕大哭，有的往来奔走，手里拿着领回来的药或者脏兮兮的便盆、尿垫什么的，还有一些穿着皱巴巴的制服的护工坐在床边打哈欠。护士走路都是小跑的，哪个床的监护暴响就会冲过去看看。几个还没下夜班的医生在那儿头都不抬地写东西，或者在电脑上开医嘱，有的家属过来问话，这些人眼睛不离电脑，手里的活也不停，语速飞快地和家属说着什么……

这难道就是我即将工作的地方吗？这哪里是医院，这比望京的海鲜市场还乱啊！

路易进门后像乌龟被放归大海般高兴，大声和众人打招呼，厉害的是他总能找到壮硕的护士们，并在繁忙的空隙调笑上几句。护士妹妹们竟然也似乎习惯了他色色的笑话，手里活计不停却能和他粗笑上两声。

我怀着复杂的心情跟在路易后面，进了鸽子笼般的医生办公室。路易进了门，和夜班医生交流了几句病人的病情，转脸对我说："今天祖老师看抢救室大门外加床的病人，屋里面所有的病人都是我们的。你先去把这些病人的心电图做一遍。"

我回头看了一眼，不下二十个病人！

但我心里也清楚这是下马威，赶紧推着心电图机器去干活儿了。心电图其实是非常简单的操作，在国外均由护士操作，但中国低年资医生的地位实在不敢恭维。心电图就算做一个只需要两三分钟，但二十多个病人，我折腾了一个多小时才搞定。当我拿着一堆心电图给路易的时候，满心以为会得到老师的赞叹，结果路易淡淡地说："你做了这么多心电图，怎么分辨哪个是谁的？"我心里早有准备："路易老师，我上面标了床号！"

路易瞥了一眼："床会换的，应该写上每个病人的名字，下不为例。不过你为什么只做了十二导联心电图，对于心脏疾病患者，尤其是心梗的患者，理应做十八导联心电图。"

我一下就愣住了，真的很想问什么是十八导联心电图。这个名词我只在书上见过，可是书上并没有写具体应该怎么做。

我张了张嘴，还是忍住了没问。这也太丢人了，要是让他们知道我一博士连心电图都做不好，恐怕会笑掉大牙。路易玩味地看了我一眼，挥了挥手说："快去吧，重做一遍！"

但是，人的智慧是无穷的，我借口上厕所跑到抢救室门外，看到刘非也在那儿做心电图，果然新人的待遇差不多。我赶紧过去问十八导联心电图的做法。刘非不愧是临床型硕士出身，比我这科研博士到底还是多了点实际能力，给我讲了方法，其实十八导联心电图说简单点就是要让病人翻个身侧身躺着，然后把心脏背面的电位也测一遍。

于是我返回去，不得不让那么多病人再做一个十八导联心电图。在折腾几个活动不便的老年病人做十八导联心电图的时候，遭到了家属的激烈反对。有一个男家属对我吼："你们实习的拿我老爷子练手是吧？刚才都做过一遍了，现在还来折腾，不知道老爷子翻个身多费劲啊！"

我只好连连赔不是，说没办法，领导看了那张心电图后觉得不放心，才让我加做一张。那家属听我这么说，也就不吼了，不过他刚才吼的声音很大，估计路易早就听见了，也不见他出来帮忙劝解，估计这会儿正在办公室里笑呢。想到这儿，我心里那个恨啊。

把这些都折腾完，又过去了一个多小时，我把心电图机器归位到墙角，插上电源充电的时候心里一阵酸楚：我都快三十岁了，又读到了博士，结果来医院第一天就到处不遭待见，连患者家属都欺负我是新人。

"哎，愣什么神呢，做完了没有啊？"路易不知道什么时候站在了我身后。

我忙收敛了一下情绪，说："做完了，您看看。"

路易一边看着心电图，一边漫不经心地说："是不是被那家属骂了几句不高兴了啊？要是这么脆弱，干脆别在抢救室干了。这儿三天两头就有家属闹腾，骂你还算轻的呢，动手的也有，你这么大个子也太娘们了吧。"

这话说得我心烦，一下情绪就由伤感转为愤怒，淡淡地说："哪能呢，我刚才在高兴呢。你看那家属竟然说我是实习生，这不是明摆着夸我年轻嘛！"

路易嗤笑一声："人家是看你白大褂太白了，你看哪有老大夫穿那么新的白大褂的。"

我心里又一阵反感，恨不得把白大褂放地上踩几脚，弄皱了再穿，以获得些许的尊重。

医生最忙的时间通常是在上午，中午吃过饭后会有短暂的平静，但是低年资医生没有这样的资格。低年资医生要在午后清闲的时候写这一天的病程记录，这个事情烦琐却需要细心。病程记录的内容包括：病人早晨的状态、生命体征、今天的化验结果、主管医生查房时候的诊疗意见及进一步治疗的计划。这个过程很麻烦，但是确实锻炼医生的基本功，能让初出茅庐的医生迅速成长为一个思路清晰的医生。我顶着午饭后的困意写完了所有病程记录，过程花了近一个半小时，然后让上级医生，也就是路易签字。没想到路易却一个字一个字地看起病程记录来，每一条都很认真。

正在我困倦难耐，等着路易签完字好去洗把脸的时候，路易突然勃然大怒："你还博士毕业呢，写的什么玩意儿，看这条'患者神清，诉昨晚尿尿尿不出来'，我想抽死你。至少得有点文采啊你，应该写'诉夜间排尿困难'。另外这条倒是蛮有文采，'该病人高度怀疑腹腔实质脏器破裂，故申请B超超之，如有之，则剖腹探查之'，你拽什么文言文啊！病历的记录应该详尽但要求语言精练，一定要用地球人都看得懂的语言，都给我回去重写……"

豆大的汗珠冒了出来，我确实没怎么接触过实际临床操作。本科五年，虽说第五年应该临床实践，我却请假去复习考研去了。学校也知道这群大五的学生干吗去了，基本睁一只眼闭一只眼，因为学生马上面临毕业，本科生找工作极难，现在好一点的医院都要研究生，而且自己学校的本科生考研比率增高，侧面说明教学质量好，所以大家的实习都是半吊子。好不容易考上研究生了，我却读了科研型的，不需要在临床待很久，而是把主要精力放在科研上，每天做实验、养老鼠，毕竟毕业看的是论文写得漂不漂亮，文章发得好不好。硕士毕业后，我就上了博士，读的又是科研型博士，于是继续做实验、养老鼠。毕业论文要求极高，要是不发篇高分的 SCI 文章，早上都不好意思和人打招呼，而且事关能否毕业和找工作，我都把劲用在实验室了，哪会好好在临床实习呢！

路易是个例，对科研完全没有兴趣，只知道干活儿，并不想晋升。后来想想，他当时那么折腾我，估计也是看不惯国内这些高学历低能力的医学生导致的心态扭曲。不过这个时候我心里那是相当憎恶，心说你一个本科生在这儿吹毛求疵，着实惹人厌烦，老子一博士，职称升得比你快得多，等老子升到副高了，当了你领导，看我怎么收拾你。

我满头大汗地改完病程，再次拿给路易看。路易看完，满意地点点头："果然是高学历哈，改过自新的能力还是很强的，这次写得还不错……等等……'黄疸待查、病毒性肝炎可能，追问病史，诉既往患大山羊，丈夫小山羊，父母均大山羊'，过来让我踹一脚，那明明是'大三阳''小三阳'，你用 QQ 聊天打错别字习惯了吧你。"

他骂完后说："你别觉得我故意找你茬，病历是最重要的医疗文书，一旦将来对簿公堂，这是最重要的证据，要是这都写不好，相当于不拿盾牌就冲击敌阵的傻子。"

看我有些神情暗淡，他顿了顿又说："其实不会写病历也不是你一个人的问题。我和祖老师聊过了，今天刘非的表现也不比你好多少，他的病历写什么'今天我跟祖老师查房。走进病房，祖老师站在病床左边，我站在右边。祖老师一言不发，我也一言不发'，这还是轻的。还有一条，'祖老师冒着炎炎烈日，步入病房，紧紧握住病人的双手，问道：好点了没？'祖老师现在已经快被气吐血了。"

就在我们边干活儿边讨论的时候，门口闪进一个靓丽的人影，白大褂搭配流行的黄色披肩长发，长相颇为清秀，眼大似斗，再仔细辨认才发现是郑主任。只不过此时郑主任面目狰狞，不好辨认。当我正盯着她看的时候，这人影叫道："路易你把抢救床推过来，跟着我走，来一个老太太，刚挂完号就晕了，祖老师正在那边复苏呢！把你的兵都带上！"

我心中一凛，大场面啊。路易拍了我一巴掌："你快去推加六那个床，郑主任讲话，你丫麻利点，嫌死得慢是吧！"

我赶紧去弄那张床，但发现死活推不动，咬牙推了推，还是不动。这时走过来一个颇壮硕的女护士，白了我一眼："没发现床底下有闸吗？"说罢用脚一踩，床应声而动，然后她就扭着肥硕的腰身走了，留给我一个鄙夷的背影。我不禁感慨，新人果然什么都要学，连个床都不会推，难怪护士的眼神充满鄙夷。

我把床蜿蜒地推到了分诊台，结果看到一片嘈杂，一群好事群众围成了一个圈。我急忙说："让让，我把床推过来！"但是我完全小瞧了地球人好事的品性，就像曾看到的新闻：一个小区内住户失火，结果因为小区门口车辆乱停，消防车无法入内，导致大家眼看着整栋楼被烧光。又如高速公路上连环车祸，因应急车道堵满了不遵守法规乱停的车，结果伤者失血而死。现在也一样，嘈杂的人群把我的声音完全淹没了。我又不敢用车顶撞前面的人，所以呆在了那里。这时我听到一声高亢的女声："闪开，让床过来，医院不是看热闹的地方，都给我躲远点！"声音尖利，语气不容置疑，瞬间压过了所有鼎沸的人声。然后我看到郑主任指尖一指，所指方向人潮闪退两边，我赶快把床推了过去。

然后我看到了一名壮硕男医生，目测身高八尺，腰围也是八尺，像狗熊一样蹲在地上，给一个完全丧失意识的老太太做胸外按压。正是刘非的带教老师祖老师，急诊科为数不多的北京人，虽长宽比例接近一比一，但辗转腾挪颇为灵活，因是郑州大学医学院毕业的，所以经常说出"你丫太鳖孙子了"这样的口头禅。

这时我听见郑主任问陪同老太太来的小伙子，也就是老太太儿子情况："老太太怎么不好？"

小伙子很平静地说："我妈今天中午吃完饭，说憋气，好像有东西堵在嗓子眼和胃里。"说着指了指咽喉和剑突下（胸腹交接的地方），"我们开始以为是吃得不合适了，给她吃了一片健胃消食片，下午憋得越来越难受，就到这儿瞧了。"

当时，我也有大多数人看到这个小伙子的表现时会有的想法：你妈都躺地上抢救了你还这么平静，太冷血了吧！但，多年后，我见多了才知道，当人被突如其来的打击完全吓傻的时候，往往表现出来的反而是平静地说话，平静地走路，好像这件事和他无关似的。但这只是吓傻了之后的表现，有不少活生生的例子让我明白了这个道理。有一次我在网上看到一则新闻：一个小男孩爬到了一楼的空调上，结果空调漏电，小男孩当场毙命，记者很快赶到现场，小男孩的妈妈就很平静地叙述当时的经过，甚至平静地描述怎么发现小男孩的尸体的过程。当时新闻帖子下面的留言一片骂声，很多网友声讨这位母亲，更有甚者说这孩子不是亲生的。可是，我知道，当这一棒打击产生的麻木过去后，这世间又多了一位悲痛欲绝的母亲……

言归正传，抢救还在进行，床到了之后，路易、郑主任和祖老师特别利落默契地进行了分工：女士托头，剩下两个男的一边一个抬起身体，三五秒钟就把病人放到了床上。然后两个男人马上拉过抢救床，郑主任跳上床，骑跨在病人身上虚坐，然后继续胸外按压。整个过程流畅至极，全程无人需要指令，仿佛在用同一个脑子思考。后来，我才知道，这就是专业！

我紧跟着这一小队，看他们把病人送入抢救室复苏间，护士熟练地接上心电监测、血压监测，开通静脉通路（输液）。郑主任看了看病人的瞳孔，并看了看血氧数值，说："插管！"护士递过气管插管器械，祖老师一接过去就开始撬开病人的嘴，实施插管。插好后接上呼吸机后，老太太的血氧就开始恢复了。又过了一会儿，血压心率开始恢复。然后郑主任就走到外面和那小伙子交代病情。

我赶紧跟上，因为我虽然学医多年，但此刻并不比那个小伙子知道得多。郑主任说："按现在的病情看，您母亲处于极度危险中，可能有生命危险！"

"上午还好好的啊，怎么这么快，到底啥问题啊？"

郑主任语速很快："一般病情这么严重，进展这么快，而且主要以血氧下降、呼吸减慢为主的，肺栓塞可能性最大，进而引起心率血压下降。急诊里多数都是肺栓塞，也就是给肺供应血的动脉被血栓栓塞了，肺失去功能，就会影响呼吸！"

小伙子问："哪里来的血栓呢？"

"最大的可能性是下肢静脉来的。我查了老太太的下肢，左腿有些肿，而且明显比右腿粗。这可能就是左腿的静脉里面长了血栓，影响了血液回流，所以腿才会肿。"

小伙子就像"十万个为什么"："可是以前我母亲腿就肿过，因为她肾功能不太好，也有过心衰的病史，所以经常浮肿。"

"一般呢，肾性水肿和心衰的水肿都是两条腿一起肿，而且肿的程度差不多，唯有血栓肿的时候单侧肢体肿得多。当这条腿的血栓掉下来时就可能栓塞到肺。"

郑主任又交代了一下病情，就离开了急诊室。

这时候我才回过味来，而接下来一段时间路易和祖老师继续看着病人。后来当所有检查结果都出来的时候，心脏彩超和血液化验检查结果提示病人肺栓塞的可能性极大，就转入 EICU 继续治疗了。

等转走了这个病人，我们都出了口气，然后看了一下表，已经六点多了，比我们正常下班时间晚了两个小时。不过总算下班了，换好衣服后，我和刘非两个倒霉的新人一起往地铁站走去。

刘非边走边说："我怎么觉得处处都是敌意啊！祖老师今天折磨了我一天，出点小错就骂我一顿，而且坚决不让我做有技术难度的事，除了做心电图、写病历，其他都只能看着，一点都不让上手看病人。"

我叹了一声："我也是这样的，路易不但肉体上摧残我，还在精神上折磨我，变着法子侮辱我的人格。"

刘非恨恨地说："咱们学历高，升得快，早晚有一天找回场子来。"

"嗯，到时候不把这两个死胖子整得他们妈妈都认不出来，我们的书就白念了！"

不寐倦长更

　　一觉睡到自然醒是每个人的愿望，我今天实现了一把。睁开眼睛已经是日上三竿了，自觉神清气爽，然后，我就想到了可以睡懒觉的代价——今晚的夜班。急诊科的夜班是下午四点接班，然后到第二天早上八点，整整十六个小时。其实，现在细想起来，当时还是有点小激动的，像儿时除夕守岁，陡然夜间可以正大光明地不睡觉，还是蛮新鲜的。时光荏苒，上了无数个夜班后，我才知道原来像个正常的地球人一样，日出而作、日落而息是一件多么值得珍惜的事情。

　　彼时我还没有搬到医院宿舍，借宿在我姐家。洗漱，吃饭，小磨蹭一会儿后，我就坐上了去医院的地铁，上厕所，换刷手服后，就到了交接班的时间。大家经常看到电视剧里一群白衣飘飘的帅哥、美女医生站得笔直在交班，感觉很高大上，其实外行根本不知道他们在干什么，我也是工作后才逐渐明白交班的意义。

　　我根据路易的经验总结了医生的交班会的重要性：早上交班会，一般有以下几个要点：首先，主任通过交班会可以查查人头数，谁没来一目了然。其次，哪个不开眼的一旦迟到，就不得不通过肃穆的队列，受大家注目。再次，主任会抒发下感想，比如，哪件事情做错了，哪个最近表现不好了，一般不会点名，但是大家都能自己领会，时刻要记住，领导是不会在这么宝贵的时候说废话的，所以要揣摩圣意，不要像菜鸟一样生活；然后，交班会更重要的一点是夜班医生要交代夜间病人情况，比如有没有死亡或者病情变化的，有没有收新病人，等等。最后，也最重要的一点是，你要衣着整洁，精神抖擞，让领导知道你今天还是大骡子大马，有剩余价值可以榨取。

而急诊科的下午交班，是纯正的业务交班，一般无行政领导在场，只说病人的事情，绝不废话。前面的医生忙活了一天，已然归心似箭，后面的医生想赶紧交班完，以防突然来病人。

交班完毕，路易让我把所有病人的心电图、血液生化指标、胸片看一遍，然后让我指出其中的异常所在，不会的问他。然后，我发现……我就没有会的！尤其是心电图，上学那会儿学的那点东西，现在完全不够用，我这才真正明白了理论和实践的差距。心电图是除了心内科医生外所有医生的死穴，只有简简单单的几条线，却几乎能诊断出所有心脏疾病，而且有的疾病还只能通过心电图来诊断。对于安真医院的急诊科医生来讲，不会看心电图，就完全没法儿正常工作，领导也不会给任何独立出诊的机会。所以我的第一个夜班，在向路易问了几个极其愚蠢的关于心电图的问题后，就被路易骂了娘，然后被告知，我现在上班只有三个任务：一是继续写病历，二是继续推床，三是学看心电图、各种 X 光片、血气分析，什么时候学会了，什么时候可以看病人。

原先预想中的身披白大褂、肩背听诊器、走路带风、潇洒不羁、一路引起迷妹尖叫的急诊科夜班医生的男神形象全没了，我才知道作为一个临床医生，不管是硕士还是博士，也不管发过多牛的 SCI 文章，只要踏进临床，有多如牛毛的知识是不会的，而这些知识中只要有非常小的一个细节不会，可能就会做错的判断和处治，而这个错误就可能会要了病人的命，也可能会断送医生的全部职业生涯……

看着别人忙忙碌碌，帅气异常地诊治病人、抢救、做各种操作，而我整整一个晚上只坐在医生办公区那个小小的角落里，捧着一本《快速读懂心电图》，从第一页开始，一直看，一直看，直到天亮……

第二天早交班的时候，心情极为复杂，看着别的夜班大夫的疲惫模样，我心生羡慕，觉得人家才是大夫。而我，连个实习医生的水平都不到，干巴巴地坐了一晚上，既觉得屈辱又很无奈，但是也觉得活该，同时真正体会了书到用时方恨少。

这就是我的第一个夜班，令人沮丧的第一个夜班！多年后，每每想起刚入职的时候路易对我百般折磨的那些日子，对这厮的恨还是翻江倒海，奔流不息。

小荷才露尖尖角

接下来的日子简单而继续充满屈辱，我重复着写病历、做心电图、推床，看《快速读懂心电图》《医学三基——影像学》《如何看懂化验单》《检验学基础》《急诊内科学》，坐地铁的时候看，上班空闲的时候看，回家睡觉之前看，比读书那会儿更辛苦和认真。路易每天会考我问题，答对了再考下一道，答错了就考下两道，连错两道就用叩诊锤砸髌骨，连错三道就砸尺神经。

刘非却进步神速，因为之前他读的是临床型硕士，本来就在临床摸爬滚打了三年，现在有祖老师带着就更厉害了。祖老师体壮心宽，能躺着的时候绝对不坐着，刘非也有执业医师执照，所以已经承担了他们那组大部分的工作，眼见就能独立工作了。而我呢，髌骨都快被砸碎了！

但是人的进步是潜移默化的，如滴水成溪。终于有一天让我逮住一个绝佳机会。

一个周二的早上，每个医生都提前了半小时到，因为今天是主任常规大查房的日子，所以每个人都会来早点，早做准备，以防问到病人情况时瞠目结舌一片空白，那时可就死得很难看了。今天负责查房的是郑主任，仍是那一头如瀑的枯黄头发，眼大似斗却布满血丝，明显是夜间做急诊手术了。彼时的郑主任其实只有四十岁，年纪并不大，但因为本科毕业就来了安真医院，所以细算起来已经工作了十五六年了，职称是副主任医师，是科里的中流砥柱，看起来颇不显年龄，只不过经常值夜班，又经常半夜来做急性心肌梗死的 PCI 手术（支架术），所以明显内分泌不调，发质差，皮肤差，精神差，也不知道写这些会不会被领导殴打，不过这确实是我对郑主任的第一印象。

郑主任查房，大家都小心翼翼，因为都知道她心思细腻，注重细节，很可能通过一个你不曾注意的细节，推翻你的某些诊疗措施。当所有人都噤若寒蝉，像夹着尾巴的猫的时候，我作为不受待见的低年资住院医生当然排在队伍的末端。这时抢救室门外传来一阵喧闹，护士跑过来报告说门口加床有一个病人和护工吵起来了，要医生过去处理下，这种出力不讨好的事情当然由最小的医生去做了，自然就是队末的我。

我小跑着来到抢救室门口，这里说明一下，抢救室总共就二十张正式床位，其他的床位都是加床，里面加七八张，外面门口再加七八张，最严重的时候会排到大厅厕所门口，这当然是有安全隐患的一种方式，但是毫无办法，床位永远不够用，永远在加床，永远有病人等着住进来，里面的病人永远周转不动。我觉得就算抢救室有一百张床位，也不够，一样满满当当，还要加床。

吵架的患者在楼梯间门口，我出来才知道他们吵得有多凶，声音响彻寰宇，绕梁不绝，出来之前觉得是小打小闹，不过是因为那时我在抢救室里面，离得远听不清而已。

我挪步到病人床前，打算对他们讲述下世界和平对宇宙平衡的重要性。刚轻咳一下要开口，就听见这名患者的心电监测仪突然响了起来，然后我就看到患者的心电图导联像跳舞一样地扭动起来，《快速读懂心电图》第三章第二节跳入我脑子里——室颤!

关于室颤,不得不和大家解释一下,不然大家根本意识不到我接下来的处理有多么牛×。人的一生中,几乎不可避免地要发生心律失常,比如喝完咖啡突然觉得心里一阵突突的跳得难受,但一会儿就过去了,这是正常的心律失常。不正常的、会死人的叫"恶性心律失常",虽然发生率很低,但是往往发生突然,救治成功率低。室颤就是如此!

在美国,心脏骤停是首位死亡原因,每年夺走25万人的生命,远远超过每年死于乳癌、肺癌、中风和艾滋病的人数的总和。而在中国,这个数字也不断上升。专家指出,80%以上的心脏骤停都是由室颤引起的。"它的致死率非常高,若是没有紧急救助,绝大部分的患者心脏骤停持续3到5分钟就没命了。即使在很多发达国家,公共场所里设有体外除颤器,救治的成功率也仅为5%到10%。"由于很多患者发病时都不在医院,而中国的公共场所也很少能见到除颤设备,故救治的成功率更加微乎其微。因此,在很大程度上,室颤就意味着死亡。

然而,这个患者很幸运,因为我在这一个月内把《急诊心肺复苏指南》看了八遍,并且还通过假人练习了无数次,在最初的瞬间惊呆后,长时间训练后的本能反应出现了。抢救病人看起来很复杂高深,实际上并不复杂,就像战场上,士兵遇到突发状况,首要的反应就是找掩体,然后射击,这也是长期训练后的本能反应。而医生遇到室颤的本能反应就是心肺复苏,然后电击。以下是当时在现场护士后来的回忆和可靠叙述:"王医生身法极快,像一匹脱了缰的野狗一样冲到病人面前,双手交叉,屏气凝神,颇具节奏感地进行有效的心肺复苏,在有条不紊地抢救的同时还不忘用低沉有磁性的声音叫我们帮他拿除颤器过来。然后王医生主持了除颤,患者的心律恢复,最后他紧张地问我:'领导有没有看到我的整个处理过程，有没有称赞我……'"

当然，领导确实看到了我的抢救过程，这边刚开始抢救，就有人通知了里面的郑主任。看我处理得没有任何问题，郑主任就没有插手。抢救结束后，郑主任说："下周给王大夫排班！"

虽然只是简单的一句话，却是给我的最大肯定，给我排班的意思就是正式把我当成一个人在用了。当然这不是说我不是人，而是说我已经具备了在上级医生监管下独立值班的水平。从这天开始，我就踏上了急诊"一个萝卜一个坑"的漫漫不归路，仿佛正向远方一个坑一个坑地不停地跳下去。

总有烦事缠心头

正当我还沉浸在成功抢救了一名患者的巨大满足感中时，路易走了过来，脸上似笑非笑，双目贼光四射，这种表情特别想让人一脚踹上去，并在他倒地后用鞋底使劲在他脸上蹭来蹭去……

果然，路易说："年轻人，这么快就上位了，干得漂亮！今天你就开始管理病人吧，把我这组的病人都接过去管，有事再叫我，我休息休息，我先给你介绍一下病人的情况。"路易这厮当真奸诈，看似放手培养新人，其实不过是逃避劳动，另外他多给我派活估计是等着我手忙脚乱出丑，看来这一天的纷繁杂事都归我了。

不过，从这个细节上我感觉得出来，路易对于我的快速上位还是有些不舒服的，毕竟他和祖老师在临床上摸爬滚打这么多年，认为经验才是重中之重。我才来没几个月，只不过成功处理了一个病人，就马上提到和他一样的岗位，他未免有些心理不平衡。

然后路易开始仔细地将每个病人的情况交代给我："大多数病人还是比较平稳的，除了两个人，一个是你抢救回来的那个，另外一个就是2床，先说你抢救回来的那个。这老爷子八十二了，四年前心梗过，当时让他放支架，结果他脾气倔，死活不做手术，好在命大，但是心肌受损严重，结果就心力衰竭了，这几年发作越来越频繁，越来越重，这次又是因为感冒导致了心衰加重，心脏射血分数只有 20% 了。对了，你说说射血分数多少是正常的，为什么我们这么注重看这个指标？"

"射血分数是指心室每搏输出量占心室舒张末期容积量的百分比，也就是每次心跳能打出去心室里百分之多少的血，一般人是 55% 到 65%，一般患者小于 40% 就意味着严重心衰，就有死亡的可能性了，这患者只有 20%，随时有猝死的可能。"

路易一笑："行啊，最近还考不住你了，这么低的射血分数是绝对不能进行剧烈运动和出现情绪激动的，这就是为什么他和人吵个架就会室颤的原因。那护工都吓傻了，刚才我问过他了，说是因为药盒里少了几片药，老爷子非说是那个护工给他藏起来了，偏偏那药是'波立维'，一片就值二十多块钱，所以护工拼命否认，就吵起来了。家属来了以后还不一定会怎么样呢。据说老爷子那儿子脾气也特别暴躁，和咱们这儿的护士也吵过架。"

我想了一会儿，告诉路易："我猜那个家属不会把那个护工怎么样的，咱们赌一顿饭怎么样？"

路易惊奇道："哎呀，你还成精了？赌就赌，不过你救活了这老爷子，对他不见得是什么好事。"

我说："啊，救人还有错吗？"

路易说："站在医生的角度来说是没有错的，但是站在这老爷子的角度看，他现在没有任何生活质量，轻度运动就会导致剧烈的喘憋，他一直来咱们急诊看病，我都认识他了，来的次数越来越频繁，从开始的半年一次到现在的半个月一次，每天活着除了受罪没别的，你知道心衰病人终末期是什么感觉吗？最形象的比喻就是一条被扔在岸上的鱼，为了一口氧气拼命地挣扎呼吸！反正要是我得了这病，好容易室颤一次，还让你给弄回来，我非骂你祖宗不可。"

我心下凛然，事实确实如此，这老爷子一天二十四小时都得坐着，因为躺下会感觉特别憋气，经常整夜整夜无法入睡，吃顿饭要歇十几次才能吃完，基本处于每天活受罪的状态。他家人也已经习惯了他的痛苦，老人来急诊，看不到家人的悉心照料，只能有事的时候打电话给他们，看似是应了"久病床前无孝子"这句话，不过，站在道德的高度去指责别人是最容易不过的事情，深层次原因却是我们普通人无法改变的现实。比如，在国内看病，事事要依赖家属，没有家属签字寸步难行，无论是蕴含风险的手术还是稍有创伤的操作，都要经家属同意，不然将来对簿公堂，医院肯定是要输官司的。从来没有哪一个国家具备了如此高的医疗水平，医生行事却如此如履薄冰、谨小慎微。另外，全国的医院急诊管理都比较落后，医生开的每一条医嘱，都要家属去药房拿药，开的检查也要跑腿，简直一分钟都离不开人，所以只要看病，家属就得陪同，但基本上高龄患者的家属都处于壮年，哪个没有自己的工作和家庭？被上班、接孩子等家庭琐事缠身，再加上这一代人基本都是独生子女，一对夫妻要照顾四个老人和一个孩子，所以压力极大，"久病床前无孝子"也是完全可以理解的。经济条件稍微好点的家庭，父母生病时还可以自费请个护工帮忙跑腿，但是，医疗文书你总得来签字吧，患者出现异常状况，直系亲属总得到场吧，所以，我也并不觉得这个患者的儿子经常不出现就是不孝顺，没摊上这种事情，谁都没有权利去道德绑架其他人。

这些问题，我觉得短时间内是不能改变的，患者不可能无条件信任医生，任何处置由医生根据病情决定是不会在短时间内实现的，医生还是会小心翼翼地让家属签字，即使这些处置完全出自正确的判断。而医院不可能实现全部工作一条龙服务，以目前的人力物力，勉强维持运转尚可，但是要达到完全脱离家属由医院出人去领药、陪同检查，是需要巨大投入的。

这老人自己的心态还没有调整过来，所以经常会情绪激动，也常常叨念不想活了，不想拖累别人，等等。不过，只要在医院，患者出现任何状况，医生都会按流程处理病情，而不会关注患者的情绪波动，我们太缺乏人文关怀了。在许多国家，"临终关怀"这一环节是每个医院必备的，通常是由牧师或专职心理治疗师来完成的。而国内绝大多数医疗机构根本就没有这一环节，因为关怀也没有用，没有人会听一个外人叨叨几句就安然驾鹤西去，而造成这一问题的本源，又恰恰是缺乏信仰和基本的信任……

一口气想了这么多，被路易一声喝断："脑子又他妈的开启省电模式了是吧！还有2床没交代给你呢。2床是目前抢救室病情最重的病人，才三十岁，精神分裂病史，本次是因为呼吸衰竭来的，呼吸衰竭的原因是肺纤维化，可能跟之前喝过'百草枯'有关。"

我惊呼："难道就是传说中无解药的毒药，号称'农药中的战斗机'的'百草枯'？"

路易道："嗯，还算你有点见识，有句话叫'要想吓唬人，就喝有机磷；要想死得快，还得百草枯'，百草枯口服后吸收快，主要蓄积在肺和肌肉中，排泄缓慢，因此毒性作用可持续存在，病变主要发生于肺，称为'百草枯肺'，也会引起肝肾功能衰竭，中毒死亡率高达60%到80%，幸存者也常遗留严重的肺纤维化，实在是杀人越货的'良心'产品。2床就是幸存后的肺纤维化患者，挺了好几年，但是最近不小心得了肺炎，雪上加霜，导致了呼吸衰竭，现在已经用上呼吸机了，脱机可能性几乎没有。家属是患者的父亲，快六十的人了，每天守在这儿，光哭不说话，他们是农村合作医疗，报不了多少，每天费用这么高，估计快挺不住了，你下午和他谈谈，看他们要不要放弃治疗，不放弃的话再交两三万押金。"

我赶忙点头称是，然后路易扬长而去，估计是去哪儿补觉去了。

时间匆匆，上午的时光在一顿忙乱地开医嘱和处理病人的过程中迅速过去了，我用尽洪荒蛮武之力，在治疗原则上并无太大疏漏。至于那些细节，比如胺碘酮必须用葡萄糖配液、多巴胺的剂量、面罩吸氧的氧流量，等等，这些细节必须在实际的工作中经过锻炼才能熟练应用，也被我搞定了，无一丝疏漏。究其原因，主要是我记得刘非的一句话："多年的老护士都成精了，细节问题搞得门儿清，有不会的尽管问她们，别觉得丢人，现在你还丢得起人，再过几年还不会就是真丢人了。"于是我抓住一个看似最温和的护士一顿夸赞，终于搞定了今天碰到的所有细节问题。

下午不忙的时候，我记起路易交代的任务，到了2床边上打算和他的家属谈话。可是，我到了那儿，立马就感觉到路易的任务我是完不成了。

一个老人坐在2床边上，老人满眼血丝，发须花白凌乱，挽着裤腿，脚上踩着一双老式人字拖。他见我进来马上站起来，一脸希冀地看着说："大夫，又查房啊！你们真辛苦，等我儿子醒了，我让他好好感谢你们。"

一瞬间我所有的话都说不出来了！我真想和他说你儿子醒过来的概率不到1%，也想和他说你儿子用上呼吸机短时间内不会死，可你们河北农村合作医疗能报销的那点钱不过是杯水车薪，而要用上所有的家底，然后这是个无底洞，可能人财两空……

但是我张了张嘴，发现自己没发出任何声音。

老人看我欲言又止的样子，赶紧说："大夫，是不是押金不够了啊，我小儿子晚上来，家里亲戚凑了两万块钱，您别着急啊大夫，我一准儿交上……"

我心里第一次泛出一阵难以名状的悲哀，为什么我他妈的作为一个医生要和患者谈钱！我只想用我的专业去治疗患者，学了十几年医学，到头来却要像黄世仁一样去患者床前催交押金，这真是让我恶心到极点。另外，我不禁想发问：为什么现行制度要医生去催钱？每次要钱的都是医生，患者及家属当然会认为医生是为了赚钱做各种治疗，而不是出于专业精神和医者仁心。相应地，出了医疗事故，患者自然会去找医生闹，骂医生"白眼狼""披着白大褂的狼"！可是，患者交的钱并不是交给医生个人，而是交到医院的财务部门，然后经过无数层分配后，才发出每月固定不变的奖金，而且绝对不如各大银行、国企的职工多。换句话说，公立医院患者交的钱和医生的个人利益没半毛钱关系！可是如果在患者欠费的情况下仍继续治疗，那么这个责任就是主管医生的了，处罚的时候倒是快捷便利得很。奇怪的是，大多数的医生习惯了之后竟然觉得这种事情是合理的！

这时，我突然明白路易为什么让我做这件事了，心里不禁恨得牙根直痒痒。我简单地检查了一下病人的情况后，和老人说："他当年精神分裂严重吗？"

老人说："是啊，这屄孩犯起病来满村跑，逮到谁打谁，还拿刀子划拉自个儿，后来就喝药了！好不容易在县医院抢救回来，就留下这么个病根。"

我说："老爷子，这病治好的可能性小啊！你花这么多钱，家里拉下饥荒怎么办？"

老人低头说："娃啊，你没看见，我儿小时候才俊哩，十里八村就数我儿学习好，每年都捧大红奖状回来，他娘逢人就夸我大儿有出息。娃可孝顺哩，他娘腿脚不好，我儿放学见到他娘就背上，半大小子可有劲了……长大了也不知怎么地就得了这病……"

我逃也似的跑了，眼泪含在眼眶里，这个任务我没法儿完成，谁也没办法让一个父亲放弃自己的孩子，也没办法抹掉儿子在他心中永远的完美。在这个老父心中，躺在病床上插满管子的孩子仍旧是那个放学回来会拿奖状给爸爸看的俊俏少年。这个父亲不怕输，不怕人财两空，因为他是父亲！

正当我骂路易祖宗十八代的时候发现路易正坐在办公区，见我就说："不错，年轻人干得挺好啊，我查过医嘱了，开得都挺好。2床谈妥了吧，我看好你哟！"

我只好说："他小儿子晚上交押金，估计暂时不会放弃治疗。"

路易嘿嘿一笑，突然神秘地问我："兄台，早上室颤的家属来了，就是那个特横的儿子，也没把护工怎么的，就教育了几句。我说你怎么知道他不会发飙，你不是黄鼠狼成精了吧！"

我说："不识庐山真面目，只缘身在此山中。问渠那得清如许，为有源头活水来……"

路易怒道："少跩词，我知道你是博士，赶紧说理由，不然晚饭不请了！"

我微微笑道："年轻人，你要懂得观察，再得出结论。你想，那个护工是他自己找的黑护工，如果他要追究责任，那护工大不了跑路就行了，他发飙完全没有用。反而，他老爷子脾气那么大，再请人也请不到，有了这一次经历，谁敢伺候他老爷子啊。所以我当时料定他必然不会发飙。晚上吃什么？"

路易不禁呆住："真是世事洞明皆学问，没想到你小小年纪竟然有如此心机，看来将来前途不可限量啊！"

下班的钟声响起时，我赶紧扯住路易，让他请吃饭，心想你他妈折磨了我这么长时间，这顿饭我非吃穷你！路易说："你还真是人才，别的记不住，吃饭真积极。走吧，我带你去北京最好吃的狗肉店。"

我不禁泛起一阵恶心："你怎么这么没有爱心，狗是人类最好的……"

话还没说完，路易说："没错，狗是人类最好吃的朋友！走吧，你不吃狗肉，就蹲一边吃冷面去。"

就在我俩商量吃饭的时候，突然门外喧哗声四起，我和路易对视一眼，赶紧向门口走去。刚到门口，就看到室颤老爷子的儿子在冲祖老师嚷嚷："你们他妈什么医院，你有没有医德，我老爷子肋骨断了一根你们不管是吧！"

祖老师解释："我和您说了，老爷子早上室颤了，我们为了救命必须做胸外按压和电击，在按压过程中出现肋骨骨折是常有的事，骨科已经看过了，说静养就行，不用打夹板什么的。"

男家属暴怒："你们他妈弄出来的事你们不想管是吧，我就问你谁按的，谁按的谁给我老爷子接回来！"说罢作势要抓祖老师的衣领。

我和路易同时大声说："我按的！"

男家属看了我们一眼，放开祖老师，指着个子略矮的路易："是你是吧？"说罢就冲过来。

我上前一步挡在路易前面，被那家属推了一把，身子一个趔趄差点摔倒。刘非天天和我一起坐地铁回家，早就建立了深厚的友谊，一看我吃亏，立马就不干了，一把就扯住那男家属的衣服往分诊台扔过去。那家属哪是高头大马的刘非的对手，一下就被扔到地上跌了一跤。这时候不知道哪儿来了几个大汉，冲到刘非跟前就要动手，我、路易、祖老师立马冲过去帮忙。分诊台就那么大点地方，转眼间一片混乱。不过我们四个很是克制，知道闹大了肯定会被处分，基本以推搡和格挡为主。但路易和祖老师是两个超过两百斤的家伙，我和刘非是身高马大的主，这场争斗中那几个由男家属凑齐的虾兵蟹将完全落于下风。随着警察的到来，争斗停止了，那几个闹事的人员狼狈不堪，见到警察来了，都松了口气。

　　安真派出所的警察们早就习惯了来急诊科处理这类事情，而且明显和路易、祖老师很熟。由于是那个男家属先动的手，也没什么人受伤，警察就带了那几个人回派出所做笔录。

　　被带走的时候那个男家属叫嚷说："为什么只带我们走？怎么不抓他们几个？"

　　警察同志说："人家正在值班，要是一次带走四个大夫，抢救室的病人出了事，我可负不起责任，他们下班了自己会到派出所做笔录的。"说罢不由分说地带了那几个人回去。

　　警察走了后，周老大闻讯赶过来，看我们几个都没事，就松了口气，然后瞪着路易："是不是又是你挑的事？"

　　路易委屈道："哪是我啊，他们先动的手打的王大夫，而且那家属上午还是一个人来的，怎么在知道了老爷子肋骨断了之后没一个小时就冒出来一群人啊，这不是摆明了有预谋地想闹事，估计就是想讹钱呗。"

我赶紧说："是我的事，早上给那老爷子做心肺复苏的时候压断了肋骨，主任您说这算事故吗？不然我赔他就是了。"

周老大一笑："你还是新人没经验，心肺复苏你要是不压断根肋骨，说明按压深度不够，那还得重新训练。按断肋骨是常有的事，只要没有特殊情况，一般不需要特殊处理。这事你们没错，他们动手打你们在先，一会儿我找院里律师去派出所说明一下情况就行，你们赶紧下班回家休息吧。"说完就走了。

目送周老大离去，路易突然回头说："走吧兄弟们，刚打赢了，出去喝杯庆功酒吧？'炭烤羊腿'，我请。"

众人哄然允诺，说说闹闹地换了衣服，向小官街的"炭烤羊腿"走去。

有人说男人间建立友谊最快的方式莫过于一起去干点坏事，打架明显是件特别合适的坏事。此刻，我和刘非完全忘记了这几个月遭受的折磨，祖老师和路易也忘记了我们是新人，还是他们的学生，大家像回到了一群野小子打架的年纪，笑着闹着，吹着自己刚才打架时的勇猛，从这一刻，"急诊四杰"诞生了，像是命中注定的，这个名号必然会在安真医院院史上熠熠生辉。

杯酒唱英雄

入职那年，我三十岁，单身，父母在家乡，无牵无挂。

那是一个痛快淋漓的年纪，血液沸腾，热泪盈眶，虽然祖老师和路易是刘非和我的带教老师，但是其实年纪相仿，只是他们二人入职较早，临床经验丰富而已，一旦走出医院大门，回归到热血燃烧的年轻人的状态，我们便不再有级别之差。

大快朵颐之后，身宽体胖、两耳垂肩的祖老师斟满了一杯二锅头说："你们两个学历颇高，身材、长相也仅次于我，不知道为何要来急诊这烂地方，又累又穷，还没地位，来来来，满饮此杯，庆贺你们青春的尾巴将要了断于此！"

待喝了这一杯后，刘非不解地问道："兄台为何如此悲观，小弟读书的时候看过美国的电视剧《夜班医生》，讲的就是急诊室的故事，那时我觉得从容不迫、救黎民于危难的急诊医生才是真正的医生，那些高高在上的什么内分泌、眼科等医生，碰到重病人就麻爪，根本算不得真正的大夫。"

祖老师一脸凄然："我刚来的时候也是这样想的，但是你想想，现在各科室都被上级要求控制一定的死亡率，也就是死人数量是有限制的，而且医患关系差到极点，动辄对簿公堂，更厉害点的就闹，人身安全都可能受到威胁。这导致各科室不敢接收太重的病人。有的明知做手术还有一丝希望，但是风险大，在当前这种环境下也不敢轻易冒险，这导致急诊成了危重病人的唯一出口。一个急诊医生得什么病都会看，但有些问题又不能彻底解决，那种无力感和每天都担心官司缠身的不安感会让急诊大夫发疯的。咱们这儿也疯过几个，最后这些发疯的大夫倒是受照顾，要么提前退休，要么转了好点的科室。我和路易也商量着哪天发疯给你们看看。"

路易也说："你们年资还浅，没去过流水区，你们知道急诊的流水是不限号的吧，也就是门诊挂不上号的、门诊下班要开药的、病房不收的、白天上班没时间看病的……都跑到急诊来了，一个流水大夫一天要看近百个号。有调查说，急诊病人只有约 11% 是需要马上处理的，12% 需要住院，3% 需要从急诊进手术室，而 74% 的病人是根本不需要看急诊的。医生肯定优先处理那些需要真正处理的病人，但在国内那 74% 的病人中，总会有那么几个稍微看晚点就骂街，甚至暴力威胁。在急诊流水每天都要忍受这种不安全感，我这么壮，每天还要提心吊胆的，真没法儿干了，所以兄弟们下了班，有时候就喝点小酒放松一下。"

我说："喝酒误事啊大哥。"

路易道："喝酒要选日子，今天是白班，明天夜班，下午四点才接班，所以今晚喝点没事。明天肯定不能喝，后天下了夜班快累死了，就更不能喝，会猝死的。大后天休息，但是大大后天又要上白班了，所以也不能喝，就今天合适。急诊大夫喝酒都是和自己科室的兄弟一起，不然谁能这么配合你的时间啊，而且只能和同组医生一起，不同组医生永远都坐不到一块儿，你上班人家下班，你下班人家该上班了。"

我不禁问道："难道没有假期吗？年假啥的，或者五一、十一、端午、圣诞、元旦、春节，总有时间大家都放假吧？"

祖老师和路易同时哂然一笑："年轻人，你想多了，急诊医生没有节假日，医院网站上永远写着'××假期，门诊停诊，急诊24小时开放'，永远没有假期。"

刘非怒道："这还有没有王法，我可是单身，没假期我怎么泡妞。"

路易安慰道："要有钉子精神，见缝插针，时间就像乳沟，挤挤总还是有的。"

众人齐喝道："注意素质！"

我赶紧打岔道："看两位仁兄的身形，如此魁伟浪费布料占地方，看来急诊是个养膘的好所在啊！"

祖老师面色黯然："兄弟此话颇让人伤感，我和路易情况略有不同。路易从呱呱着地的那一刻就是个死胖子，到了急诊工作几年，只不过变成了一个更胖的死胖子。可我，以前风流倜傥，玉树临风，到了急诊后白夜颠倒，内分泌失调，压力性肥胖，生生毁了我的天生丽质。"

路易说："这确是事实，祖老师刚来的时候又瘦又黑，像只死猴子，现在压力性肥胖后，好像还白了点。"

说了半天，还没有说到我和刘非最感兴趣的话题，我见实在没人主动说，只好自己提出来："今天那个眼大似斗的郑主任是什么情况，看起来不好惹啊，还有你们俩透露下，要想混急诊科，需要注意点啥呗。"

路易说："这个你算问对人了，我还以为你们傻到完全不知道要问这样的问题呢？首先，你运气很好，没上班几天就见识到了'七天玄女'！"

刘非打断路易："'七天玄女'，这么嚣张的名号是什么情况？"

路易神秘一笑："这'七天玄女'大有来头，就是今天那个郑爽主任，工作近十五六年了吧，所谓'七天玄女'意思就是她一周七天几乎每天都在上班，每次上班的主要任务就是处理各种玄乎病人。正常情况下她是不会出现在抢救室的，每当来了比较重的病人或者猝死的病人时，她就会出现。甚至，形成一种趋势，她不出现时平平安安，她身影一到，立马有无数患者纷纷而至，濒死、猝死者甚众，故称'七天玄女'。"

刘非惊道："那，这不是点背吗？"

路易微微一笑："这很正常，等以后你干活儿时间长了就知道了，确实有那种天生命硬的大夫，一到他上班就来各种重病人，一夜不能睡觉。另外，还有相生相克的说法，比如本来这个医生命还不错，碰到另外一个相克之人就完蛋了，两人加起来就会相生相克，克完病人克大夫，克完大夫克护士，反正这种配伍禁忌大家都心照不宣，领导也不会把他们放在同一组。"

祖老师骂道："你还好意思说，路易就他妈是天煞孤星，有他在谁都不消停，还好意思说别人！"

路易腼腆一笑："呵呵，这也不是我的错啊，何况我还只是小菜，知道急诊'一绝大师'海波吗？丫才是真正的命硬。每次上班必死一人，故名为'一绝'。有一次据说郑主任做手术的时候，一个简单的心脏造影手术，本来做完就可以下台的，也确实做完了，都开始收拾器械了，结果海波从门口经过，病人立马就室颤了，心脏很快就停了，后来费了牛劲才救回来。结果大家把这厮赶远，后来的手术果然平安无事。"

我和刘非惊呆了："那以后急诊科招医生，是不是得先算八字啊！"

祖老师笑道："别信这些，急诊医生是见死人最多的工作之一，哪有急诊医生上班不死人的，大家只是把这种东西作为互相攻击的理由而已。干时间长了你们就知道了，命由天定，生死不是由医生定的！"

当年，我并不能理解祖老师的话，直到多年后，我也当上了主任，开始医疗决断的时候才明白，有的时候，你的努力不一定能换来病人的痊愈。医生大多数时间只是病人的一根拐杖，是帮助病人度过最艰难时刻的助力而已。真把自己当神仙，最终也只能自己神经了而已。

那晚过后，我们"急诊四杰"就开始了没羞没臊的人生最宝贵的时光。

时人莫小池中水
浅处不妨有卧龙

虽然我们"急诊四杰"的友谊与日俱增，但是工作是工作，友情是友情，下班了我们四个会一起去打球、喝酒，但是上班时路易仍难改对我们两个高学历低水平的鄙视，虽然听到他说的那些难听的话我已经不会再真的生气了，但还是能在一定程度上刺激我的自尊心，让我更努力地学习。

彼时的日子是我人生中比较难忘的一段时光，每日都能学到新东西，每日都有不同的感悟，我在几个月内迅速成长，由一个新手成为熟练工。

初冬的早晨，阳光明亮，我踏雪接班，刚交完班，正算开医嘱，门口一阵嘈杂，根据声音判断，是有 120 送危重病人来了。

迎着声音走向门口，果然是 120。看见病人的那一瞬间我怀疑是不是看错了，因为这分明是个学生妹！路易闻讯赶了过来，我们交换了一下眼神，心中都生出一丝不安，这个病例比较罕见，肯定大有文章，定要大费周折，毕竟年轻人有问题的太少见了，往往被 120 送来就是大问题了。

120 医生迅速交代经过，女孩是北四环附近著名大学的一名大三学生，打排球过程中突发晕厥，120 到场后就地复苏，目前血压靠多巴胺维持，仍未清醒，随时有生命危险！

为什么？怎么办？

急诊科医生要在最短时间内判断出大概病情，做出下一步诊疗的计划。像这种随时危及生命的案例，没有最快，只有更快！郑主任曾经说过："你要是脑子转不过来或转得慢，就不要在急诊混，可以去高血压科，或者内分泌科，千万别在这儿给我帮倒忙！"

其实，急诊科医生充满魅力的地方就在这儿：要有最敏捷的思路、最稳定的双手，最重要的是还要有最牛 × 的心理素质！你永远看不到一个急诊医生慌乱，急诊科永恒的经典场面是垂死的患者、跳脚的家属和表情冷峻的急诊医生。一名医生冷峻的表情对心急如焚的家属来讲是极大的安慰，所以心理素质很重要。急诊科医生像是一个私家侦探，不时有人仗剑闯入家中，你要在短时间内通过他的外在表象和简单表达猜出他想要什么，然后马上给他想要的东西，不然转眼就是血溅五步。所以，作为医生，就得有福尔摩斯的思维，而且得是福尔摩斯做脑筋急转弯时的思维。

急诊处理问题是有一定套路的，具体的起手式和出招模式因人而异。我刚开始工作那会儿总结出来的思路，竟成为我日后一直延续的经典思维模式，并在我以后的教学工作中发扬光大。其实世间问题大抵如此，看似深奥，一捅即破。许多玄妙之处，一通百通，百窍皆通再融会贯通，也就有神通了！

其实这也无甚玄机，一点即破！首先要保证患者的循环和呼吸有效工作：基本上，哺乳动物无论生什么病，最终导致死亡的直接原因就是循环和呼吸衰竭，所以，无论患者是啥问题，记得要先顾这两样！血压或者呼吸微弱、无效的患者，可能会在2分钟内死亡！所以，要在第一时间维持血压并且开通呼吸道。血压可以问120大夫，他们在车上肯定测过了，但是要记住，不要盲目地相信任何人！病人情况要通过自己判断，任何人提供的关键性的指标都不要盲目相信，可以参考，但要自己再亲自评估。血氧要看患者的呼吸频率、深度，面色有没有青紫，有指尖血氧监测当然更好。这个女孩血压110/60mmHg（收缩血压为110毫米汞柱，舒张血压为60毫米汞柱），虽然有药物在帮助维持，但目前不是优先处理项目。她呼吸急促，吸氧状态血氧85%，不需紧急气管插管，但要留意。

然后是极其考查智力的急诊探案了：初步判断病因！这个问题就不那么简单了，造成人晕厥的常见原因那么多种，怎么样能快速判断呢？以这个女孩为例，年轻人常见的晕厥原因有：一是低血糖，这个比较容易判断，比如最近有没有减肥啊，有没有和男朋友赌气不吃饭啊，等等；另外，看四肢有没有冷汗，昏迷前有没有心慌、心率变快、脸红或苍白、烦躁、头晕头痛，等等。排除这个可能性主要靠测血糖，方便快捷，价格还便宜，不管啥样的昏迷病人，先让护士测个血糖，这个病人血糖大于2.8mmol/L，血糖具体为6.8mmol/L，属于正常范围，先排除。二是有没有神经系统问题，如癫痫、脑出血、脑梗死等，查看病人，各项反射功能均正常，看起来不像。三是有没有心律失常，比如室性心动过速、室上速、房颤等。这一步的诊断主要靠心电图等。心电监测提示心率极快，每分钟170次。马上做张心电图，原来是室上速。这是一种快速心律失常的症状，可以见于任何年龄，年轻人里面很常见，多数症状比较轻，往往被忽视，但真正厉害的室上速造成死亡都有可能！室上性阵发性心动过速常常表现为突然发作，心率增快至每分钟

150到250次，可能持续数秒、数小时或数日，心悸可能是唯一的症状，但如有心脏病基础或心率超过每分钟200次，可能表现症状为无力、头晕、心绞痛、呼吸困难或昏厥！

我赶紧和路易说："原来是室上速啊！那没话说了，咱们电击或者推'异搏定'（维拉帕米）吧！"

路易眯着眼睛说："那么简单吗？一般室上速造成的昏厥，折腾这么久了，也该醒了。还有你怎么解释她血氧变低的问题？室上速极少对呼吸影响这么厉害。"

这便是理论和实践的差距！路易的确身经百战，这么一个信息，他看见了，就立刻像饿狗叼住包子一样不肯松口！

路易马上就去问跟着女孩来的同学和老师："她平时有没有哮喘，这几天有没有淋雨或者感冒？"

我知道，路易现在是在考虑患者的血氧低可能是哮喘发作，或者是肺炎等情况。

结果，上述疑问的答案均是否定的！

路易开始用手去揪他下巴上面的胡子，揪下来一根后还要拿这根短胡茬扫扫脸。真是有够变态的！不过我知道，这是路易碰到难题后的反应。最终，他像发了狠的狼狗一样叫了一声："电击先！"

我问："你不管血氧了啊？"

路易说："等他妈想出来，黄花菜都凉了，先解决心律失常，然后看看血氧会不会恢复！"

我马上电击，果然有效，心律瞬间恢复。但是，血氧却不断往下走，现在指尖氧饱和度已经掉到70%了，再掉就有危险了。

我赶紧问："插不插管？"

插管的意思是要用一个管路通到气管里，然后用皮球或呼吸机来吹患者的肺，帮助她呼吸。

路易说："给我听诊器，我听听先！"

我马上把听诊器递过去，路易听了一会儿说："右侧肺怎么没有呼吸音啊？"

我抓过听诊器听，果然是的，正常情况下，两侧的肺在呼吸的时候是可以听到类似微风吹过胡同的声音的，但是这个女孩一侧的肺完全没有风声，这明显是一侧的肺根本没有在工作。

突然，一个灵感显现出来，我马上走出复苏间，问女孩的同学："她打球的时候有没有嚼口香糖？"

穿运动服的女孩想了一会儿，说："有，她还给了我一个，是绿箭牌的！"

路易这会儿也醒悟过来，然后我们齐声说："什么牌子并不重要！"然后我们对视一眼，又一起说："异物吸入！"

异物吸入的意思就是这女孩在运动的时候可能因为兴奋，也可能因为呼吸急促，把口香糖直接吸到气管里了！这时候我管你什么牌子的口香糖，用面罩供氧先顶着，马上找耳鼻喉科做气管镜把口香糖拿出来先！

后来的处理就比较顺利了，绿箭牌口香糖被取出来以后，把氧气开大，慢慢地，女孩恢复了意识。

我正享受着这种拨开云雾见晴天的快感时，路易突然回头，很认真地看着我说："你是怎么想到异物吸入的？"

我淡淡地说："因为你从来不运动，根本不知道运动的时候嚼口香糖是很有型的，我上大学的时候打过五届高校排球联赛，蹦跶时吞到肚子里的口香糖，记不清多少块了，现在想想原来吞肚子里还算幸运的。

年轻人，医学来源于生活，你的生活太贫瘠了。"

路易琢磨了一会儿，说："你知道吗，各有各的生活。有次我看一个酒精中毒的病人，突然吐了很多暗红色液体，家属马上跑过来说他儿子吐血了，很紧张加害怕，我过去看了看就告诉她，这不是血，是红酒！年轻人，这也是生活，你根本就不知道我吐过多少次红酒。"

我咒骂道："不以为耻，反以为荣！"

正当我们互相谩骂的时候，女孩醒了过来，呆呆地看着互相攻击的两个急诊医生，完全没想到其实她刚刚从奈何桥走了回来……

人的改变是潜移默化的，经过这个病人，我发现不知不觉中路易已经开始在危急的时候听取我的意见了，这让我很是得意，同时明白了为什么路易和祖老师会如此鄙视高学历的医生。在生死攸关的时候，一个决定就是一条人命，管你什么学历，要是瞎指挥，胡乱处理，当然没有人会待见这样高分低能的货色。

宝地空有经纶富
但无韶华豆蔻年

几乎我所有的小学、初中和高中同学都十分羡慕我的职业，其实大家都知道我们当医生的每天累得和狗似的，还发不了财，那么到底大家羡慕我们什么呢？一次高中同学聚会，我终于问出了这个困扰我很久的问题。

"医院美女如云啊！"大家齐声艳羡地回答。

我一口浓茶喷了一桌子！

这都是电视剧惹的祸啊！不管什么电视剧，映入眼帘的场景都是窗明几净的病房里，一群身着白色"风衣"（电视剧白大褂都穿得像风衣）的人，在最帅的主治医师的带领下，气势恢宏、阵列有序、极其拉风地查房。医生站在患者床尾用亲切的话语问候完病人后，语气肃然地对旁边长得至少能达到二线女明星级别的护士下达指令，然后目光灼灼地望向围在身边拿着笔记本的长相可以达到一线女明星级别的实习女医生谆谆教导。接下来，旁边身材、长相仅次于最帅主治医师的实习男医生提出几个特别愚蠢的问题，然后最帅主治医师用严厉的目光扫过他，并发自肺腑地教育了一番。查房结束，最帅医生穿过干净的走廊，来到护士站前，和一群长得像三线女明星的美女护士打情骂俏。

对此我只能"呵呵"了。大家中医疗剧的毒太深了。

且不说北京的三甲医院每个病房都人满为患，走廊里永远遍地加床，走路都得侧身走，哪里来的拉风阵列和窗明几净呢！更不要提不管男、女医生都是硕士、博士毕业，十几年的苦熬，早就失去了容颜，何况长得特漂亮娇媚的也不会读医学院，再加上护士妹妹们上了几年夜班后连头都不经常洗，更别提化妆上班了。总之一句话，童话里都是骗人的！在医院工作的人里，能找出一个面貌规整的，就已经可以引起蜂浪蝶舞了，别做梦有美女环绕了。

在这样的险恶环境下，包子脸，简称"包子"就被推上了历史舞台。包子是我们急诊科一名硕士毕业的住院医生，人如其名，脸长得像个包子，让人总想掌掴她的左右脸，让她把为了过冬储存的坚果吐出来，但总归眉目清秀，戴上五百多度的彩色边框眼镜后显得秀外慧中，还算是个比较正常的地球人。

包子的外号是路易起的，有一天路易推了一个患者上楼后，马上跑下来和我说："我说你知道六楼今年来了一个硕士吗？长得不错啊！"

我白了他一眼："就您那个审美我可不敢苟同。"

路易一笑："你和狗有什么相同我没兴趣，不过确实那个女的长得像个包子，后来发现真的姓包，哈哈哈哈，看起来 delicious（美味）！"

我笑骂道："为什么你的审美总是以各种食物为典型代表呢？要是长得像猪头肉你不是更喜欢。"

随后和路易笑骂几声，我就把这事忘了。

过了没几天，刘非突然跑下来说："你们知道咱们科来了个美女吗？长得真还可以啊，就是胸平了点，顶多不过小笼包。"

我和路易顿时会心一笑，然后"包子"这个外号就跟随了这名可怜的女医生一辈子。多年以后包子已经成为主任医师，刘非每次见到她仍然"包子"来"包子"去的，搞得她在自己的学生面前威严尽失。

话说路易可不是个没事耍耍嘴皮子的主，很快他就约了那个女医生一块儿吃饭。我们听闻这个消息后都震惊了："真是会咬人的狗不叫啊，你是怎么做到偷偷地进村打枪的不要呢？"

路易得意地一笑："这并没有什么，我就说急诊科的年轻医生们要给新来的战友们接风洗尘，所以大家今晚一起去和包子吃饭，但是你们别和我抢啊，我是一定要坐到包子旁边的。"

刘非一听来了精神："行啊，路易你为了泡姐都下了血本了，这七八个人大吃一顿还不得小半个月奖金没了啊！"

路易笑得肥肉乱颤："哈哈哈，你当我傻啊，我真的是用欢迎新同事的名义召集大家吃饭的，所以每人出五十块钱，AA制，我现在就是来收你们份子钱的。来啦，一人五十，快交吧。"

我们无奈地每人拿出了五十块，深恨这厮泡姐还不舍得花钱。

路易算计得准，这天正好大家都不值夜班，所以下了班早早来到"重庆鱼火锅"。大家坐定后，我不禁仔细端详了一下包子的长相。

其实包子当年二十七岁，属于医生里面比较年轻的，虽然面上稀稀落落的几个青春痘仍在，但总体而言算是今日黄花，明日就谢的边缘了。不过，难得包子眉眼清秀，身材错落有致，而且皮肤健康白皙，实在也算得上近年来难得的佳品。

路易叫来服务员后豪爽地点菜，吆五喝六，一副豪爽请客的做派，众人心照不宣，也懒得在外人面前落他面子，就由得他张牙舞爪。

席间包子突然站起身来敬酒："各位师兄师姐，我才来安真医院没多久，以后希望各位多多照顾，我有什么做不到或没想到的事情惹恼了大家，大家别往心里去，我干了这杯酒啊，你们随意！"

然后一饮而尽。很久以后我才知道，人家包子为人真实诚，知道早晚要惹翻你们，先提前说出来提个醒，但当时哪知道啊！就觉得这种做派实在是我们最喜欢的，不矫揉造作，不扭扭捏捏，一瞬间挣得了大家的好感。我偷眼看向路易，路易两只贼眼精光四射，明显是真动心了。我不禁暗叹了一声，路易的毕生追求就是能找个和他大碗喝酒大块吃肉的终身伴侣，看来他终于遇到真爱了。

果然，路易开始拉家常问起户口来。我们通过路易的询问得知包子是首都医科大学毕业的硕士，西安人，毕业后听说回家乡找工作进三甲医院还要走人情花几十万，她一想那得多久才能赚回来啊！就通过人才招聘留在了北京安真医院，其实真心来讲，那些年北京是相对公平的，我和包子这种无萍无根的外地人，在这儿找到好工作的概率还是比省级医院要高的，心下不禁暗叹：也是个苦孩子啊！

席间自然是欢声笑语，路易使出浑身解数，把包子哄得极为开心，当时我们以为路易要得手了，肯定能抱得美人归了，结果人算不如天算，后来的事情超出了我们的想象，走向了另一个极端。

散席后的几天里路易都是一副魂不守舍的模样，大家很鄙视他，劝他不要这么痴迷，男大夫找了女大夫，一辈子要处于每周至少有两个晚上由于各自值夜班不能卿卿我我的悲惨中。路易却不以为意说小别胜新婚，有点距离感是婚姻牢固的基石。搞得我们也没脾气。

又过了几天，我们在食堂吃饭时路易哭丧着脸就进来了。我们担心地问怎么了，是不是遇到医闹了。

路易愁容惨淡地说："我和包子算是彻底没戏了。"

祖老师大惊："你不是说进展顺利吗？你们不是约了周末去看电影

吗？怎么突然变成这样了，是不是你还没搞定就出去偷吃被抓了啊？"

路易黯然："都不是，今天上午我在复查门诊出诊，一个放了三个支架的患者来复查，我一看那名患者的出院带药里面竟然没有抗凝剂氯吡格雷，立马吓了一身冷汗，做了支架的患者没有吃氯吡格雷那可是分分钟会导致支架内血栓，随时会要命的啊！"

刘非说："哪个傻鸟干的啊，这要是死了是绝对的医疗事故啊！"然后突然意识到什么，马上闭上了嘴。

祖老师叹了口气："还能有谁，肯定是路易的包子妹妹呗，要是别人干的那还愁个屁啊，报给主任就完了呗。你、你丫不会真报上去了吧，傻吧你！"

路易挠头苦笑："我没报，但是我不能不和那个患者说啊，不然你突然开了一堆氯吡格雷让人家吃，人家肯定要问啊。那个患者一听是前面的大夫没开立马就急了，蹿起了就要上去找包子。我好说歹说才拦住他，告诉他要走正规途径投诉，不然直接和大夫发生争执医院会报警的。"

我叹了一声说："你这样做也是没办法，这事落在我头上我也不能不和那个患者说，那可是一条人命啊！不管你怎么想刻意包庇，也不能拿那个患者的命来换包子的芳心吧。"

路易喝了一大口菠菜汤："我也纠结了很久，到底要怎么办，可我就算再自私也不能谋色害命啊。然后，那个患者就告到了医务处，医务处领导很重视，马上就打电话给了周老大，主任二话没说就把包子拉去劈头盖脸地骂了个狗血淋头，还扣了一个月奖金，这事还不算完，年底绩效考核包子也肯定是倒数了，又损失一大笔钱。刚才我上去找包子，包子正哭得梨花带雨，我本想春风化雨，继而一朵梨花压海棠，可惜包子见到我就把自己锁厕所里了，怎么都不理我，周末的电影肯定是没戏了。我的酒肉爱人也没有了。"说罢竟作势要哭。

我赶紧安慰路易:"我说路易,你为了泡一个硕士包子,每天苦读诗书,现在连'一朵梨花压海棠'这样的名言名句都能灵活应用,包子会理解你的苦心的。"

祖老师也说:"你放心吧,你和包子的事黄了之后,我会好好替你安慰包子的,我肯定会悉心教导包子的临床工作,扎扎实实地提高床上技能。"

路易一听马上真的哭了出来,如丧考妣:"你这个王八蛋,让你照顾肯定是包子打狗一去不回,我的包子啊!"

没过几天包子的处分下来了,竟是全院通报批评,直到几年以后包子的处理意见还挂在医院内部网站上,令人讽刺的是主任还表扬了路易看病细心,能做到公正不包庇。从那一刻起我们都认定路易算是完了。

狗吠何喧喧

最近我和刘非已适应了抢救室的节奏，基本的疾病能见的都差不多见到了，正是意气风发、自信心爆棚的时候，我常自诩自己是天生的急诊科医生，思维敏捷，身手稳定，心理素质过硬，就连祖老师这种老江湖也经常会由衷地夸我们几句。不过，做医生不只是临床技能过硬就行了，有些难题不是单用知识就能够解决的。

能有这样的自觉是因为我经历了一个和狗有关的事情。

我非常想养一只温柔贤淑的狗，但是遭到了来自家庭的强大阻力。

作为一个内蒙古人，我的童年是在上山劈柴、下山放羊、冬日猎兔、夏日摸鱼中度过的，完全没有觉得农村生活艰辛，反而认为这才是最完美的童年。当然，在我童年从事的那些生产活动中，最不可缺失的伙伴就是狗。我曾经有过一只完美的狗，纯种的中华田园犬，精神抖擞、气宇不凡，陪我白日跋山涉水捉兔子，晚上披星戴月上茅房。总之，是一个极为忠实的好朋友。后来，它像每一只儿时的宠物一样，在我的眼泪中生病死去了，从此我再也没敢养过任何宠物，每次想起它临死前眼泪汪汪地不舍地望着我，就觉得没有勇气再经历另一场离别了。但是现在，宠物医院在高薪高待遇的背景下四面开花，宠物看病比人服务更好、价格更贵，貌似动物不会那么容易死去了，所以我就心思活络起来，想再养条狗狗重拾童年的温情。

但是，普通的地球人是不能理解人类和动物共存对维护生态平衡、抚慰精神创伤的意义的，因此以我姐和我妈为主的反对派就跳出来坚决抵制我养狗的愿望。

在阴云密布的一天，在我和家庭反对派进行了另一场争持后，我亮出了底牌：要么让我养狗，要么我搬到医院宿舍住！我亲姐和亲妈在经历了激烈的思想斗争和短暂的眼神交流后异口同声地说出了那句令人眼泪夺眶而出的"温暖"的话语："你出去住吧，正好家里地方不够。"

一脸阴霾的我离开这个不温暖的家到单位上夜班了。路上碰到了包子，此时包子还没从上次被罚的打击中恢复过来，我没话找话地问："包子，你喜欢狗吗？"包子显然觉得我和路易是一伙的，并不怎么想理我，瞥了我一眼后说："还行，蛮好吃。"然后甩甩头走了。我不禁瞠目结舌，这包子和路易也太合适了吧！

入夜，城市逐渐静谧，虽无狗吠蛙鸣的田园夜音，但马路上时而因疾驰的汽车发出的噪声也让市民昏昏睡去。然而，急诊菜市场开始了一天的热火朝天，我正在抢救室里折腾病历，突然嘈杂声起，祖老师推进来一个病人，我赶忙迎上去，帮祖老师安排好病人床位及监测等事宜。祖老师交代说："这女孩十二岁就查出来有先心病'室间隔缺损'，但是一直不肯做手术，今天突发胸闷、气促，楼上做了超声，说是射血分数只有 30%，哦，她一个月前被狗咬过，你再问清楚病史吧。"说完他就回自己的流水岗位上去了。

我给女孩安排好床位，又仔细问了病史：女孩现年二十五岁，浙江人，来北京省亲，十二岁那年就知道有先心病，但是家里一直反对她做手术，作为女孩，她自己当然也不想留下手术疤痕，所以拖到现在也没去医院手术。三天前从浙江老家来北京游玩，今日在外面溜达的时候突然感到气闷，遇到风后气喘加重，所以来医院就诊。还有，她一个月前被自家的狗咬过，但是因为自家的狗曾经打过疫苗，所以没有去医院给自己打狂犬病疫苗。后来那条狗死了，但是死前没有患狂犬病那种迹象，最终也没有搞清楚是什么原因。

这实在是个矛盾的问题！

矛盾点在于：首先，这女孩有明确的先心病，这次的症状实在是像先心病导致的肺动脉高压和心衰造成的。但是，她确实被狗狗咬过，而"恐风"是狂犬病发作的表现之一，虽然症状很轻微，但是真的不敢说她一定没有狂犬病，所以病因到底是先心病还是狂犬病就是一个矛盾点。其次，要真是狂犬病，那没话说，赶紧转地坛这样的传染病医院，但是如果是先心病引起的，那么转过去时那边没有出色的心外科，可能会耽误先心病的治疗时间。

碰到这种情况，该怎么办？

其实，我也不知道该咋办。通常情况下，当医生遇到这种难以决断的问题的时候，会请示他的上级医生。路易说过：当你觉得完全不知道该怎么办的时候，其实上级医生也不一定知道，但是好在上级医生必须装作知道该怎么办，所以你应该给他这样的机会。

所以，我打电话给了路易，路易略一沉吟说："这种情况很难判断，哪个方向都有 50% 错误的机会，你把情况交代给患者家属，说出咱们纠结的地方，让他们自己考虑一下要不要直接去地坛医院。"

好的，一个漂亮的回旋踢！

我于是找到这个女孩的家属，她的大表哥。当我说明完情况之后，大表哥极为震惊："医生啊，我表妹来北京找我玩，要是出了事情我没法儿和她妈妈交代！我也不懂医，所以你看怎么办好就怎么办吧！"

好的，一个漂亮的回旋踢！

我只好又打电话给路易说明家属的态度，路易说："这样吧，你打电话到地坛医院管传染病的那边，把情况说明一下，问问他那边该怎么办。"

好的，一个漂亮的回旋踢！

中转了几次电话之后，找到了地坛医院相关科室，说明情况后，一个男医生为难地说："我没看到病人，也无法决断，要是想确诊，要来我们医院做病毒检测。这样吧，您要是觉得症状特别像就转过来，要是不像就观察一晚上。"

好的，一个漂亮的回旋踢！

临床诊疗里面隐藏的责任实在太大，你的一个决定可能导致完全不同的结果。很明确的诊断无可厚非，稍有经验的医生诊断出来的都差不多，但是这种两难的选择确实谁都不愿意冒风险给出决定。

最终的结局是我带着所有人的看法再次来到大表哥面前，直陈利害关系，大表哥请示了女孩的父母，然后仍要求我们给出明确答案。

好的，一个漂亮的回旋踢！

在考虑了一段时间并和心外科电话会诊后，我和家属说明如果是狂犬病发作，那么几乎就是不治之症，而心外科是不可能在这种疑似狂犬病的情况下给予手术治疗的。那么如果是单纯的保守治疗，不如到地坛医院边保守治疗边观察有无狂犬病发展迹象，这其实算是我冒险帮他们做的一个决定，但是只能用商量的语气，我晓之以理动之以情，果然，大表哥打完又一轮电话后说了句："我们晓得了，但是，还是决定留在这里观察。"我不禁惊问："为什么，难道我说得还不清楚吗？""您说得很清楚，但是我们觉得不像狂犬病，毕竟那条狗已经打过疫苗了！"我倒吸一口凉气，暗想："这一脚才是 KO 的一脚，合着我全白折腾了。"

我只好再找路易说明情况，路易笑着说："所谓临床经验绝不只是你的临床技能，还有处理事情的能力。近一段时间你的尾巴翘得都很高，我也不好意思打击你，不过你们处理复杂事情的能力确实不行。今天这个事情我就是在教你怎么应对这种'抛硬币'的情况。"

我问："'抛硬币'就是指临床上遇到今天这种往哪个方向走都没错，但往哪个方向走都有可能走错的情况吗？"

路易点点头："对，我今天所做的就是在教你该怎么办，你想想看你汇报给我这个病人的情况后我是怎么做的。"

我说："你毫不犹豫地把问题给我推回来了。"

路易略显尴尬："咳咳，这个就是我要教你的东西，永远不要自己抛那枚硬币！"

我说："怎么讲呢？"

路易说："谁都知道这个病历无论做哪个选择都有 50% 选错的概率，你以为大表哥或是地坛那个医生不懂吗？他们都明白，就是没有人愿意承担这个责任，没人愿抛这枚硬币。这样的事情以后肯定还有，是医生会经常遇到的，所以处理这样的事情就要遵守两个原则。"说着顿了一下，看我并没有配合他热切地问是哪两个原则，就自顾自地说，"第一，要把更多的人拉入局，不管是家属还是其他科室的医生，都把他们拉进来参与，人越多你就越安全。第二，打太极，把决定权推出去，就像你来问我，我就指示你和家属或地坛医院的人商量，看似给了你答案，但是不管出什么事都和我没半毛钱关系。"

我不禁叹道："你的无耻都达到心安理得的地步了，真是令人叹为观止。"

路易接着说："你看，当你把问题推了一整圈之后，那个家属不是自己做出要留咱们这儿观察的决定了吗？你马上和他签字，告知留院存在的风险，写上'责任自负'，这样就万无一失了。"

我摇摇头说："如果做医生的都像你这样互相推诿，不肯决断，病人怎么能信任医生呢！今天你教我的东西恕我不能苟同，我不想成为你这样的医生。"

也不顾路易面色不善，自顾自地去把该用的药物都用上，联系好心外科医生，然后我就继续忙碌去了。

第二天早上，正当我交班的时候，抢救室传来凄厉的叫声，我闻声赶过去，正是从那个二十五岁女孩的床前传来的，不过让人稍感安慰的是，这不是那个女孩的叫声，是大表哥的！只见大表哥捂着手腕，指着女孩说："她咬了我一口。"然后，我就见到两三个人按着那个女孩，女孩头发凌乱，眼神迷离，发出低低的嘶声。这是我见到的第一个高度考虑狂犬病发作的临床症状。后来，在众人的帮助下，把女孩用被子裹起来，送入 120 车上，转入地坛医院。临走时我再三叮嘱大表哥一定要尽快打狂犬病疫苗，大表哥一脸无辜地跟车走了。

此时我的心里有一万只草泥马跑过，全部对着路易践踏而去。路易还贱兮兮地跑过来安慰我说："走啊，吃早饭去啊？咋了……内疚啊？基本上狂犬病开始发作的话，患者是十死无生的，死亡率极高，你也不用内疚，这不是他们自己决定留下观察的吗？"

我的怒火骤然就爆发了，冲着路易吼道："吃你大爷的早饭啊！你还是不是大夫啊？如果昨天咱们就决定强行转到地坛，说不定昨晚就打疫苗和抗病毒血清了，你他妈的推来推去的，下个决断怎么就这么难！我实在不屑和你这种人吃早饭！"

路易一脸委屈："大哥，你别急啊！被咬了都一个月了，打什么针作用也是微乎其微啊，倒是你给人转来转去的，要是因为心脏病死在路上或者耽误在地坛医院，你吃不了兜着走。不吃拉倒，我自己去，惹不起你我还躲不起你吗！"

之后路易和我就产生了很深的芥蒂，见面除了说病人的事情绝不提其他，祖老师和刘非干着急也没办法，因为我只要想起那女孩清晨迷离的状态就无法原谅路易，也无法原谅我自己。

一周后，祖老师突然跑来找我，胖脸笑得像朵菊花，边急走边说："嘿，那女孩不是狂犬病，我找地坛的同学确认了！"

我极度震惊，便仔细问了事情的经过：原来女孩去的当天就做了各种病毒检测及相关检查，结果发现都是阴性的，也就是正常的。经过几天的观察，地坛那边判定这个女孩是"狂犬病癔症"，也就是女孩被狗咬了之后一直有心理压力，于是到网上搜索各种狂犬病的知识，知道了狂犬病的各种临床症状及表现，于是在极度的心理压力下终于在被狗咬了的一个月后精神崩溃了，对号入座，把各种狂犬病的临床表现都演了一遍，就出现了那天早晨的那一幕。

听到这个结局我不禁笑开了花，瞬间放下了心里沉重的大石。经过祖老师和刘非的居中调和，又请我们去"炭烤羊腿"撮了一顿，我和路易的关系终于还是有所缓和。

黄沙百战穿金甲
不破楼兰终不还

　　我和路易的关系虽然缓和了，但是我内心对他的鄙夷不见丝毫减少，觉得他是个只知道自保不肯负责任的医生，这样没有担当的人是不会成为我的良师益友的，直到真正面对生死抉择的那一刻我才知道我是错的。

　　就像急诊夜班定律所说，重病人都来自后半夜。凌晨三点，急促尖锐的120声音从三环转入安真路，终止于急诊门口。然后，急诊抢救室门口拥入一群人，穿绿色衣服的急救人员推着床，边跑边胸外按压，一个女家属一边提着一袋液体跟着，一边不停地哭，我们的人赶快跑上去迎着，一个小护士拉开复苏间的门，另一个赶快推抢救车过去，一个胖胖的急救人员急促地说："四小时前突发胸痛，半小时前打的120，我们到那儿拉到车上十分钟心脏就停了，我们一直在做复苏，心电图提示心肌梗死！"进了复苏间，这一群刚组合在一起的陌生团队就直接默契地数"一、二、三"，然后把病人一起抬起来换到抢救床上。护士接上心电监测，心率为零，于是持续心外按压，同时气管插管……

　　我继续抢救，路易快速问女家属病情经过，那个女家属看起来岁数顶多四十五，一直在哭，抽搐到说不出话来，路易急了，喊道："哭什么，赶紧回答我问题！"女家属说："我老公今天下午就说胸痛，吃了几粒我妈的速效救心丸，然后睡了一觉，然后就疼醒了，我让他来医院，他不肯，说孩子要中考了，来医院肯定会影响孩子情绪，而且以前也犯过病，吃点药就能缓过去，等孩子考完试再来医院彻底查查。然后他说想吃玉米粥……"

路易打断她："我管你吃葡萄还是苹果，说重点，有没有晕厥？有的话在几点发生的？有没有呕吐，呕吐物里有没有血？既往有没有糖尿病、高血压？最近有没有哪里有出血的表现？"

女家属说："没有什么地方有出血征象，这些都没有，不过之前他说头晕，然后靠我肩膀上，他太沉我没扶住，头撞茶几上了，我看就一个包，也没出血。"

这话我也听见了，我和路易看了对方一眼，心里都同时暗骂一声："靠。"

心肌梗死，顾名思义就是心脏发生了梗死，梗死最常见的原因当然是血栓，治疗血栓最主要的手段当然是抗凝，而且不管是你心梗发生后要溶栓还是做急诊冠脉介入手术（支架术），都要抗凝的，所以，得心梗的人最怕的就是同时合并出血，出血当然要止血而不能抗凝，所以这个病人撞到了头，如果一旦这个心梗合并了脑出血，那么就面临着世界上最矛盾的两种治疗方式：抗凝和止血！

我赶紧去检查病人的后脑勺，很快就发现了伤处，很明显不像女家属说得那么简单，不但头皮有外伤的口子且伤口周围已经凝结了一个很大的血痂，而且头皮下按压空虚柔软，根本就无法排除头骨有骨折或是甚至已经有了颅内出血的可能性。

我告诉了路易我的发现。路易又向家属交代了病情："你老公头撞得不轻，现在没有办法排除脑出血的可能，但是因为目前他还没有心跳、呼吸，估计是不行了，所以这也不是优先考虑的问题……"

还没等路易话音落下，我开心地大喊一声："领导，患者心率、血压恢复了！"

路易扔下一脸愕然的女家属，一蹦两跳就到了复苏间里面，发现患者心率、血压确实有了，而且是属于自主心率，不是药物催的，路易喜不自胜："奶奶的，有希望，你说下一步咋办？"

我知道又要接受考验了，想了想说："现在患者血压、心率恢复，下一步就继续目前的治疗，然后等患者稍微稳定点了，去做个头 CT，确定没有脑出血了再考虑是不是要进行急诊 PCI 手术或者溶栓，领导你觉得咋样？"

路易说："行，进步挺快，就这么办，你在这看着，我去和家属说下。"

路易又出去和女家属继续沟通，把我刚才说的话复述了一遍。

正当路易交代的时候，我突然大喊了一声："领导，颤了！"

路易跳了两跳又回到复苏间，我已经开始准备除颤了，充好 150 焦的电，按下电除颤按钮，病人身体弹跳了一下，然后就看到恢复了窦性心律，也就是正常节律。我赶紧双手交叉放病人胸口进行下一轮心外按压，按压一组结束，路易大吼一声："快给我躲开，又颤了！"

我赶紧收回手，路易已经开始放电了，病人又跳了一下，然后心电图又恢复了。我遵循指南又去按压，按完一组后，路易再喊："妈的，又来！躲开！"

我又跳开，再放电，就这样放了共 8 次电，终于患者心率稳定点了，但他那点残存的意识已经折腾没了。我也累虚脱了，基本上来讲，胸外按压的活动强度不亚于跳绳，做两分钟胸外按压就相当于跳绳两分钟，这时候我已经按半个多小时了，就算我是吃天然羊肉长大的，现在也快瘫倒在地上了，我和路易说："领导，我不行了，这明显是电风暴啊！"

路易说："同志，再坚持一下，胜利是属于人民的。这人是前壁心肌梗死，现在好不容易把心率搞回来了，但是如果冠脉血管不通，再怎么折腾都是没有用的。现在已经出现了恶性心律失常，就算暂时稳定了，但是只要冠脉不通，马上会再发作，很快就会死！怎么办？"

我说："最快开通冠脉血管无非就是溶栓或者冠脉介入手术两种方法，但无论哪种方法都要抗凝，现在患者颅内出血可能性极大，这种状况根本没法儿去做头 CT，我做了神经系统的检查，但是现在患者意识不清，也无法通过症状、体征来判断有没有出血，所以两种治疗心梗的方法都属于禁忌，还能有什么方法，只能干瞪眼！"

路易半天没说话，我心想：这小子不是又想打太极吧，现在是不是正算计拉着谁下水一起来承担责任呢？谁知路易突然和我说："你会不会相面？"

我心里暗骂：我相你大爷，病人现在都快死了，问这个问题也太没道德底线了！但是，作为知识分子，我不能允许自己被别人轻视，于是回答说："从小熟读《周易》和《推背图》，略有小成。"

"好，你看那个女家属会不会是中山狼？"

一瞬间，我了解了路易的打算，于是我不得不沉默下来。

路易的想法很危险，他想做的事情是绝大多数医生想都不敢想的！

他想在患者不能明确有没有脑出血的情况下给他溶栓。

溶栓顾名思义，就是要用药物溶解血管内的血栓，用的药物是阿替普酶，目前常用的溶栓药物，起效快、效果好，但是，所有的溶栓药物都会在说明书上写出："有导致患者脑出血风险。"而这个患者已经被高度怀疑有脑出血，如果我们用了溶栓药物，就算患者救回来了，但是如果出现脑出血，无论是死亡、偏瘫还是植物人，患者家属只要诉讼，我们包输不赢，很有可能路易和我的职业生涯就断送了。路易的想法就像我俩手拉手去湍急的河水中去救一个落水的人，要么救人一命胜造七级浮屠，要么一起落水全部完蛋。

我真是没想到，路易打起太极来推得一干二净，真担当起来就玩自杀式袭击啊！

但这里还有一种可能，就是那个女家属是个有理想有道德有文化的好人，当我们拼了老命去救她丈夫但事有不测出现严重并发症的时候，她能理解我们的苦心而不闹不告！

但这种事情谁也说不准，没有人在初次见面的情况下就能判断患者的人品如何。就像可怜的刘教授，我院知名的心儿科专家，他的事迹怎一个"惨"字了得，还得加上个"冤"字。一个可怜的先心病儿童，全国各知名医院的教授均因为手术风险太高而拒绝为他手术，孩子的家长找到了刘教授，夫妻双双下跪恳请刘教授出手一搏，刘教授被这舐犊之情感动得不能自已，于是冒险开刀了，结果患儿不幸死亡，于是下跪的夫妻以惊人的弹跳力每天在门诊门口跳脚叫骂，并打出"安真医院，杀人偿命"的经典标语。刘教授作为全国知名专家、人大代表、博士生导师……竟然不得不由几个男学生保护着上下班。如此中山狼，如何不让众人心寒！

除非……大家都会看相。

路易听到我说自己颇为精通周易八卦，立刻说道："好，你看过《周易》是吧，年轻人，去和家属谈话吧，随便看看相，要是她能够知恩不闹，咱们就溶栓，出事我兜着。"

我不禁气急："我去谈话，那作为领导你干什么？"

路易说："我在后面掩护你。"

我无奈出了复苏间，叫了家属到旁边的办公台前。

仔细打量来人，女家属鼻直口方，天庭饱满，关键是戴了副眼镜，好兆头。我询问说："您和您爱人是做什么工作的？"

女家属并无迟疑："我老公是个外企高管，我是画画的。"

"哦？是画山水还是人物？"

画家答道："我是给杂志网站画漫画的。"

"还有其他家属吗？都是做什么的？"

"还有个儿子，在读中学。"

OK，相面结束，我直接说出了我和路易的冒险而大胆的想法，要拼死一试，在没有明确到底有没有脑出血的情况下给患者溶栓。

画家犹豫了一会儿，随即对我说："我决定冒险试一下，死马当活马医！"

我和路易站在病床旁，看着输液泵中的溶栓药物一点一点地进入病人体内，谁也没说话，其实心中充满了紧张。路易突然抬起头冲我笑了一下："我听到你刚才问的那些话了，让你去相面，你问人家户口干什么？"

我鄙夷地看了他一眼："领导，虽然你的临床经验比我丰富，但是你还是没有饱读诗书，正所谓历史只是人性的重复，你没有读过《史记》《诗经》《金瓶梅》……怎么能了解人性……"

路易骂道："我问你点问题就是为了缓解下紧张的气氛，你啰里吧唆吹什么牛，赶紧抢答！"

我耸耸肩："第一，问这夫妻二人的工作是为了确定他们家的经济基础，所谓经济基础决定上层建筑，他们的工作说明两个人受过良好的教育，面对人财两空时有更强的抵御能力。"

路易说："这我也知道，但人家老婆都说了是画家，你问人家画什么的有啥意义？这个问题比较变态。"

"年轻人，这说明你不但没文化，而且没有艺术细胞。你想啊，一个画家如果是以人物肖像为主业，那么她肯定精于世故，世事练达才能以简单画笔勾勒出人生百态于大同小异的五官上，而一个过于精明的人其实是不能完全信任的。山水画家通常胸有丘壑，自然人生观更开阔些。而漫画家通常用一颗童心来描述复杂的社会问题，虽阅尽沧桑但初心不改，这种人就更值得我们冒险了！"

路易笑道："那最后一条我就明白了，你看人家儿子在中学读书明显还小，就算出了并发症也不会跑回来打你，所以你就觉得安全了是吧？"

我笑笑，回应道："我腿长跑得快，主要是替您着想——咦，快看，短阵室速，有希望啊！"

溶栓通了后的表现包括：心电图 ST 段回落、症状缓解，再通后的心律失常还有心肌酶谱时间窗的改变。而这个患者出现了短暂的心律失常，绝对是个好兆头，我赶紧去拉来了心电图机，做完了果然发现 ST 段回落了。

我们站在床边又看了半个多小时，发现患者的心率、血压比较稳定了，都舒了口气，但是心还是提到了嗓子眼，因为，冠脉虽然通了，但是会不会发生脑出血根本就不知道，而且患者意识仍然不清，现在需要做的就是等了。

我和路易搬了个小马扎，轮流坐在床边看着病人的病情变化，一夜还是比较稳定的，但是仍未醒……

到了早晨，天已大亮，我们的夜班结束了，我无奈地交完班就回宿舍了。彼时我已自觉地搬离了家到医院宿舍住了，条件虽差，但胜在方便快捷，实在太适合上夜班了。

我清楚地记得下午三点左右，午后的阳光照进宿舍的矮窗后，突然刺耳的电话铃声把我从醉酒般的睡眠中吵醒，我接了电话刚想骂人，就听到路易兴奋地大喊："兄弟，那个病人醒了，已经转 EICU 了，做了头 CT，只是皮下血肿，虽然面积不小，但没有脑出血，估计能活了！"明显路易也焦虑了一天，估计睡醒后第一件事就是打电话回医院问病人的情况。

我一个鹞子翻身就从床上下了地，一切都是值得的，担惊受怕后石头落地的感觉是那么美妙，我终于不用担心患者变成植物人或者偏瘫了，也不用担心画家变成中山狼诉诸公堂而导致巨额的赔偿了，更不用担心自己在遭遇农夫与蛇的故事后会死如烟灰，从此再没有临危救世的理想的圣洁光环飘在头顶了……

一天后我们再次上班时，那个画家特意跑到抢救室找我们，感谢我们救了她的爱人，告诉我们她老公是家里唯一的精神及经济支柱，她过上了理想中的虽赚钱不多却无比简单的漫画家的生活，得益于她老公的勤奋努力。她虽然是个画家，但是十分明白我们昨晚做出那个决定所付出的勇气。临走时她送了我们一幅漫画，说是连夜画的，画中是两个身材高大健壮的人身，头颅却是两头微笑的猛兽：一个是狮头，另一个是黑熊。从此以后路易的外号又多了一个——"大熊"，气得路易连骂了好多天……

医生每天面对世间疾苦，与死神相搏，听似骇浪滔天，但其实搏的是病人的性命，又不是医生的命，所以冷血点来说，医生只要不出医疗事故就能安全下班。因此，只要做到不出错、不出格，恪守临床指南，然后把剩下的事情交给上天就可以了。长期的训练让大家深谙此理，尤其是混迹急诊多年的路易、祖老师等人，让我这个新人一度觉得所有的医生到了最后都会变得麻木又冷血！尤其是"狂犬病事件"让我对路易的医德和人品产生了严重的质疑，直到真的面对生死抉择的时候，我才看到了他们人性的可贵之处，"明知山有虎，偏向虎山行"的除了不知死活的菜鸟，还有真正有勇气的人。一个有勇气的医生可能会改变一个家庭的整个世界，而我们需要的，只是一场真诚的理解。

争看娇女配仙郎

刘非是个漂亮的小伙儿。

确实如此，一米八三的身高配上白净的面皮，确实给人一种小白脸的感觉。刘非明明可以靠出卖色相过日子，却选择了当医生，这种精神倒是值得赞扬，不过问题来了——明明一堆小女孩围着他，他却没有时间谈恋爱！

我们着实为他惋惜，不过，经过很长一段时间的观察，我们终于认清了一个事实：恶劣的环境挡不住一颗骚动的心！

据目击者之一祖大夫口述："那一天风和日丽，百鸟齐飞，我怀着一颗上坟的心情来上班，刚走到医院东门那一片酒馆茶肆林立的小巷，陡然间发现一个熟悉的身影，那不是我们急诊科小鲜肉刘非吗？我再次擦亮双眼后仔细研究了一下，果然我慧眼如炬、福至心灵，正是刘非那厮。咦？旁边怎么有个二十许、风姿绰约的女子，我不禁对这一番场景进行了进一步的诊断。只见刘非伸出大手，面容端庄却目露淫邪，摩挲着女孩的葱葱玉手，我不禁心生疑虑，从来没听说过他在谈恋爱啊！在确认我上班不会迟到的情况下，我装作普通食客坐到了刘非后面的小桌旁。下面是我速记的对话内容：

"只听得那厮喃喃道：'我不是不回你短信，但是你不能每天早晨一起来就给我发信息，早上是最忙的时间，另外，我每四天一个夜班，都是值一宿的你又不是不知道，第二天你非让我陪你看电影，我哪能不睡着……'

"女孩一脸不屑：'那你答应给我生日买的 iPhone 怎么变成小米了啊？'

"刘非继续说：'咳咳，我只是小医生，又处于住院医生培训期，赚的确实少了点，咳咳，反正现在有品位的人都流行用国产手机啊！'

"女孩说：'额，那你们大概工资多少钱啊，培训几年啊？'

"刘非憋红了脸，狠狠说道：'不到一万块钱，要培训五年……'"

祖大夫说到这里，我不禁哑然失笑，这厮也太能忽悠了，一个月不到三千的工资竟然敢说是不到一万。不过后来当事人刘非据理力争，说三千确实没到一万啊，众人皆为叹服。

后来，故事的结局像大家想象的一样，刘非被甩了，这并不出乎意料，据祖老师描述，那女孩不但风姿卓绝而且贵气外渗，明显不是普通家庭背景出身的刘非所能把握住的。刘非自然悲痛欲绝、伤心难过了好长一段时间，我们几个轮流陪着他。我们三个人曾经商量过：刘非现在最需要的就是朋友的陪伴，每天下班后我们三个要出一个人陪着刘非，直到他恢复元气……

但是有一天路易的所见所闻彻底颠覆了我们的信念。那天刚刚开始接班，路易突然神神秘秘地和我说："兄弟，你知道吗，我们都被刘非要了？他早就恢复正常了，却每天骗我们说心情郁闷，好来蹭吃蹭喝，我饭卡给丫刷爆了，顿顿都要吃宫保鸡丁！"

我忙问："你怎么知道的，他自己说的吗？"

路易说："什么啊，我看到他又开始泡妞了，昨天下班看到的，就在樱花西街那儿，路边上演苦情戏啊！"

我赶紧凑过去问什么情况，有没有刘非又涕泪横流的环节。

路易说："你太小瞧刘非了，是那个女孩涕泪横流，故事梗概是这样的——那是一个阳光明媚的午后，小雨纷纷的下午……"

我赶紧打断："不是阳光明媚，怎么又下雨了呢？故事编的吧？"

路易嘿嘿一笑："我就是用小雨来衬托一下故事的气氛，你何必这么认真呢年轻人。不要打断我……天空淅沥沥地飘过雪花……然后在这阴郁的傍晚，我看到马路对面，刘非搂着一个女孩……"

我说："咋又雪花了呢？咋又傍晚了呢？"

路易怒道："听故事别那么矫情，搞得我一点讲故事的心情都没有了。就是我昨天下午在樱花西街那儿看到刘非和一个女孩在纠缠，凭我多年情场上的临床经验，是刘非在甩那女孩，女孩明显是倒贴的！"

我大惊："没想到，你双臂一晃八百斤的赘肉，竟然有情场临床经验，是只有病床上的经验吧！"

路易嘿嘿一笑："我猜得准不准，一会儿问问刘非就知道了！"

结果，那天的班实在太忙碌了，接连抢救了两个患者，而且最终都以死亡收场，于是大家自然都没心情纠结于刘非的这点小事，全部垂头丧气地下班就回家了。

接下来的日子里，我努力地写文章，终于编出了一篇能够发表在核心期刊上的文章，于是，我可以考主治医师了。起早贪黑地学习了一段时间后，我和祖老师一起通过了考试，关于这个事情后面还要描述，在这里主要是想告诉大家，几个月的时间如白驹过隙，没有人去狗拿白鼠管刘非的事情了。

于是，当接到这个消息的时候，我、路易和祖老师全部惊呆了，下巴掉了一地——刘非结婚了！

准确地说，是他刚领了证。我们始终难以把掉在地上的下巴捡起来，于是，当刘非说当晚就是他的单身派对的时候，我们只是机械地点了点头。

刘非的单身派对其实有点无聊，在三里屯一家几乎没有人的酒吧里坐着喝酒，大家一直保持沉默，突然，路易骂道："你丫疯了吧，是不是被甩了就随便找个人结婚啊！结婚是多大的事情啊，你他妈一定会后悔的！"

祖老师说："结婚不是请客吃饭，是真刀真枪的革命。你这样一定会后悔的！"

我说："你们不要乱讲，同是天涯沦落人，咱们单身同志能理解刘非看别人卿卿我我的痛苦，漫漫长夜无心睡眠时的孤独。我支持刘非，搞大了人家的肚子就毅然负责，这种担当值得表扬……"

刘非骂道："太他妈俗了，我可没搞大谁的肚子！"

我们三个一起问道："那你瞎结个毛婚啊！"

刘非突然沉默了一会儿，然后问："你们记不记得三个月前11床那个姓宋的老爷子，还有那个4床的姓范的老爷子？"

路易说："哦，我记得，是两个心梗死亡的病例。"

刘非用从没有过的正经的语调说："对，就是这两个人。11床的老宋其实挺牛的，两个孩子都送到美国读书去了，上市公司的老总，离婚后找了一个小他三十岁的女人又结了婚。你们看到那个女人了吧，年纪比祖老师还小呢，长得正经挺清秀的。那天我接诊的老宋，他是在酒会上晕厥了，来的时候意识就不咋清楚了，一大堆人呼呼啦啦地跟着，我他妈一做心电图就知道是广泛前壁心肌梗死，需要马上做手术，不做肯定得挂。我赶紧叫绿色通道的大夫来看，结果怎么着……"

路易接着说："我知道这个人，死我班上了，他手术风险肯定是挺高的，但是他那种情况，如果不做是必死的，做了有一线生机。后来问他那个小老婆，人家可倒好，就一句话：'我做不了主，等他儿子来！'我靠，他儿子他妈的在美国，等人到了黄花菜都凉了。郑老师和她快喊起来了，说不做当天晚上就得死。人家还是那句话，等患者儿子。那女的是那姓宋的合法妻子，唯一的可以签字的人，你说他妈周围那一堆患者手下的人也没一个管用的，谁让人家老婆不同意手术呢！结果生生地心脏破裂，死在后半夜！咱们作为医生只有建议权，没有决定权，只能干瞅着，这种情况那女人又不算谋杀，法律根本管不着！"

祖老师问："那患者孩子从美国回来不得找他们继母算账啊？"

路易说："算个屁账，那女人是合法妻子，丈夫死得突然没留遗嘱，剩下的财产一大半全归那女人，他那俩孩子留学的钱，继母给不给继续出都是个问题，还找她算账，算个屁，那女人终于等到老头子死了，什么等孩子来签字全是借口，分明是想老头死了继承财产！"

刘非突然慢慢地说："你们知道那个甩我的女孩吧……我对她是一见钟情的，我只看了她一眼就喜欢上了她……认识了以后才知道她家是高干，父亲是部委领导，母亲是咱们医院的退休主任，家庭条件远胜于我。不过我觉得真爱无价，就义无反顾地追她，放弃了一切其他机会。结果她总是说我不成熟，没出息，这么大岁数还是个小医生，收入也一般，虽然有房，但在人家眼里就像贫民窟一样。我一直还挺痛苦的，直到我看到了4床家属。"

我们都沉默了起来，4床范老爷子的事情我们都知道，他的事情曾经感动了我们每一个人好久。

范老爷子比较不走运，在心肌梗死发作的时候晕厥了，于是摔倒了，可惜由于患者是在公园里摔倒的，耗了几个小时才有人给 120 打电话送急诊来，等闻讯赶来的老伴儿到的时候心梗后心衰已经非常严重了，失去了手术机会，某种程度上来说，患者处于听天由命的境地。但是，不一样的是，同样是七十高龄的范老爷子的老伴儿，一个干枯瘦小的老太太，却每天守在范老爷子床旁，虽然不爱说什么话，但是满是刀削般皱纹的脸上，却一片温暖，一双静脉突兀的干瘦手掌时常摩挲着老爷子的同样满是皱纹的脸庞。无论是建立深静脉通路还是上透析设备，老太太都极为平静地说："医生你们尽力就行。"我们确实尽力了，每个人都尽了全力，不为别的，就为了老太太那一眼的不舍……

但是，折腾了一周后，老爷子最终还是走了，走的时候是我站在老爷子的旁边的，眼瞅着心率由慢到快，再由快到慢，范老爷子微弱地重复说了几句："我喘不过气来。"老太太摩挲着老爷子的手说："我知道，我陪着你，我知道，我陪你……"然后回头和我小声说，"不要让他遭罪了，让他走吧。"

老太太这句话说得异常坚定，这句话意味着剩下的抢救措施，包括呼吸机、胸外按压都将不再使用。但是我们每个人都知道，这些措施对老爷子来讲只是延长遭罪的时间，然而说出这句话需要的不仅是勇气，还有深情和对另一个人无怨无悔付出一生后的自信，自信自己做这种决定时，子女、亲属或其他任何人都不能提出任何反对意见的自信。

老爷子走后，老太太一滴眼泪都没流，只是告诉我老爷子最喜欢听评书，所以她想放评书给他听，她会用最小的声音放，尽量不要影响到其他人，希望我能允许……

刘非突然平静地说："我老婆是我上大学的时候认识的，就是路易看到过的那个。我知道你们一直不敢问，我知道，她不够漂亮，家境也一般。我们认识七年，她喜欢了我七年，我不知道她是不是我命中注定的缘分，但是我知道，她一定是那个能帮我签'放弃抢救同意书'的女人，所以，我要娶她……"

那一夜，我们喝到天空泛起鱼肚白的颜色，刘非过了一个完美的单身派对，所有的人都喝到大醉，所有的人都为他的婚姻真正地感到高兴……

其实，有的时候，不是我们改变了患者的命运，而是患者改变了我们的命运……

谨慎能捕千秋蝉

包子真是个胆大包天的主!

在我的印象中包子像是没有什么怕过的事情,上次忘记开氯吡格雷给放过支架的病人,被周老大骂了之后,似乎收敛了一些,但是很快就原形毕露了。

这天我下夜班,累得像条死狗一样,特别想睡觉,可惜浑身都快馊了,医院宿舍也没有浴室,所以只好跑到楼上病房里洗澡。洗完澡出来,眼睛都困得睁不开了,拎着东西要回宿舍,突然一个小护士跑了进来,一见到我就像抓到救命稻草,焦急地说:"王大夫,你去1床看看吧,病人大出血,包大夫正在那儿压着呢,让我来找二线,结果一个都不在,你先去看看吧。"

听完我就小跑着随护士到1床那儿,一进门就看见包子两手交叠,死命地压在1床瘦小男患者的股动脉处,但是明显股动脉还在往外涌血。包子的白大褂上已经沾了不少血迹。患者面色苍白,也不知道是流血过多还是吓的。

情况很清楚了,这个患者肯定是经股动脉做了造影术,术后保留鞘管,现在把鞘管拔出来。这种拔出鞘管的工作其实并没有什么技术含量，但是极其危险，因为那个自动铅笔粗细的鞘管可是插在动脉里的，这就表明拔出来后动脉上会留一个同样大小的窟窿，这个伤口如果不能妥善地用手压上，保持至少半小时不动，在几分钟内就会让病人失血致死。包子这种初生牛犊不怕虎的蠢材，肯定是拔过几个之后就觉得胸有成竹，然后就过来自己弄，也不带上个上级医生压阵，当医生自负的结果往往是自杀。

我赶紧跑上前，迅速戴上手套，然后平静地对包子说："来，我数到'三'你就放手。"

包子点点头，双手在微微颤抖，我知道这是过度用力和惊吓的双重作用，可惜的是她那两只大眼睛里并没有什么惧色，反而扑棱着不解的表情。

"一、二、三。"包子松开了手，我快速用我的右手拇指压在了腹股沟韧带下股动脉的位置。血马上就止住了，又压了半小时，我让包子配合我把加压腹带及纱布给患者包扎好，然后压上沙袋就收工了。可怜的 1 床这才哆哆嗦嗦地问："大夫，我没事了吧？"

我轻松地笑笑："哈，本来就没事，女同志见不得血，大惊小怪的，你一男的怕什么啊。没事，明天就能下地了。"1 床的脸马上就放松下来了。

我和包子离开了病房，到了休息室，包子拍拍胸口，笑呵呵地说："吓死老娘了，我怎么压不住啊？你力气也不比我大啊，怎么一下就压住了！"

休息室没有其他人，我立刻翻脸了："你他妈是不是找死啊，我再晚过去几分钟那患者就死了，你负得起这个责任吗？"

包子一脸委屈："凶什么凶，我都拔过两个了，看这个患者比较瘦，血管走向肯定很清晰，所以我才自己拔的，你刚才不是很平静吗？还和那人说没啥事，怎么转眼间就翻脸了，翻脸比翻书还快！"

气得我扬手就要打包子的头，包子马上把脖子一挺，头一抬，一副死猪不怕开水烫的样子。我扬了扬手还是没打下去，叹了口气，语重心长地说："包子，我知道你胆子大，敢闯敢拼，可是做医生就怕胆子大！你胆小如鼠没关系，包你平安，胆子大是能进步得快，但一招失手，那就是一条人命，你赔得起吗？"

看包子不再顶嘴，我接着说："你知道这次有多险吗？二线都在手术室，他们赶到这儿至少要五分钟，如果不是我刚好在楼上洗澡，这会儿那病人都凉了。我刚才语气平静，是因为咱们大夫如果都慌了，那患者非得吓死，我之所以完事后和他说见点血很正常，那是因为如果他知道自己刚才命悬一线，非得把你告得连你姥姥都不认识你。我这次会保你，不向主任告发，但说真的心里很不舒服，不是因为隐瞒了那个患者我觉得内疚，我还没那么圣人，没必要的祸水我也不想往你身上引！我是怕你不长教训，如果这次我因为保护你没揭发你，下次你却害死另一个患者，那我难辞其咎，心里一辈子都不会舒坦。所以你要是不能答应我以后做个胆小如鼠的大夫，那咱们的交情到今天为止结束。"

如果是平常，我相信包子肯定跳起来就骂："绝交就绝交，我才不稀罕呢！"但是今天没有，包子竟然露出了惭愧的表情，低头说："你板起脸训人真帅！"

我差点没闪到腰："我说你到底是不是女人啊？知不知道女孩要有点自尊心！"

包子气鼓鼓地留下一句："我不是女人你是？看你浑身毛，夸你句帅都对不起猴子！"

我本以为得罪了包子，我的命运会像路易一样被包子拉入黑名单，可第二天，包子竟然主动给我打电话："王教授（'叫兽'的译音，路易起的名），我又要拔管了，你能不能上来帮我把关？"语气竟然很是谦逊！

我心头疑云丛生，这孩子是吃错药了吗？但是，我还是担心她再犯错误，就赶紧上去。

这次她学乖了，拔管之前仔细地询问了我的经验总结。我当然不能当着病人的面教她，就把她拉到医生办公室，给她画了幅人体大概的股动脉解剖图，然后问她看出来什么了。

包子慢吞吞地说："您这图，画得连我两岁的妹妹都不如，这哪是人啊，这不就是一个'大'字吗？也太没艺术细胞了！"

我骂道："谁让你评论画的，我是告诉你，你昨天为什么压不住，是因为你没压在伤口上，所有的鞘都是斜45度到60度穿进股动脉的，所以股动脉本身上的伤口大多数会在皮肤伤口上面1厘米左右。你昨天压在皮肤伤口上，那无论你多用力，都是会有血涌出来。做医生要思考，不能只看表面现象。人要是不思考，和咸鱼有什么分别！"

包子竟然笑了，扭扭捏捏地说："你真聪明，咱们同时进医院，你咋能学得这么快呢？"

我一下呆住了，敢情这位女侠吃这套啊！我早在学心理学的时候就注意到，人的外在表现总是和内心反应相反。也就是天天娇柔无比的人，往往内心很强势不听人劝。而那些天天张牙舞爪的人，可能内心很脆弱，用外在的虚张声势来保护自己。看来包子这家伙明显是后者的典型案例，以后不骂得她妈妈都不认得，我就对不起我的心理学92分的好成绩！然后，我带着包子完成了拔管，又随便找了个理由批评了她几句，发现包子越发恭顺了，心里好不得意。

不管怎么说，包子算是得到了教训长了心眼儿，从那以后，大事小事都找我请教，我也正愁工作太压抑无处发泄，没事就骂她一顿解解气，真是相得益彰，一石二鸟。

生亦何哀
死亦何苦

在世人的眼中，医生是不生病的。

有次我重感冒没有请假，值了夜班之后，进展成肺炎，结果一样留院了。在观察室留观过程中，旁边床的老太太在得知我是这个科室的医生后，极为震惊地问道："你们医生也生病啊？"

从此我知道了在普通人眼中，医生是从不生病的，或者说医生能发现自身存在的任何疾病的苗头，将其扼杀在摇篮里。

事实上不是这样的，医生也是人，口入五谷杂粮，是一样会生病的。只是医生生病后他们的反应和普通人是截然不同的，在当今医疗水平高速发展的今天，医生生病后的反应，仍是一种可以借鉴的高级哲学。

说起这个话题，就不得不提到我们科室的神秘医生浪东。浪东本名其实非常普通，只是其人过于放浪形骸，三十多了还不肯安定下来，并且以每月相亲四次的频率，每周会被一名相亲对象拉进黑名单的速度不断前行着，所以被我们称为"浪东"。

当然，浪东的名字或外号到底是什么并不重要，重要的是他得的神秘疾病——贫血。可能所有人都会问贫血有啥好神秘的，血液科那么多人贫血，是个普通疾病啊，但是发生在浪东身上，那就绝对够神秘。

我们且看下浪东的就诊记录。

一年前，浪东体检发现贫血，血红蛋白只有 8.0g/L，这其实是比较低的一个数值，浪东心急如焚，这么低的血红蛋白是没有办法维持他放浪的生活的，让他不得不放弃西藏旅行的计划，更要命的是普通的熬夜唱个 KTV 对他来说也变成了危险的事情。他迅速找到了我们科里血液方面的专家祖老师。祖老师为什么突然变成血液科专家了呢？主要是因为他的在职研究生就是师从血液科顶级教授，算是除了心内科外的第二专业了。

祖老师也一脸震惊地看着浪东的化验单："浪东，哦，对不起，这位患者，请问你有没有慢性失血的病史？"

浪东说："没有啊，我没有发现过啊，连刷牙都很少出血。"

祖老师轻咳了一声："哦，那么每个月总有那么几天失血吧……"

浪东骂道："他妈的我是男性好吧，哪来的月经。"

"哦，对不起，你的外形上不好分辨男女。那么这位男性患者，请问你有没有痔疮呢，或者有没有经常流鼻血呢？我看你经常会有对路过的美女多看几眼的习惯，请问你是不是会继发流鼻血呢？"

"我说了我没有慢性出血的情况，你再废话我医务处投诉你。"

祖老师尴尬一笑："呵呵，这位患者你又没挂号，我这会儿又是中午休息时间，你无处投诉啊。好了，不闹了，浪东你最近有没有减肥啊，要知道青年女性贫血的最主要原因就是减肥过度啊……"

浪东怒道："再不好好给我看我就发飙了啊，下次别想找我再换班了。"

祖老师终于怕了："认真看，没问题。贫血的主要原因无非就是三种，要么是失血过多，主要是因为外伤、肿瘤、结核、消化道溃疡、痔疮和妇科疾病，咳咳，当然最后一条你排除了哈，剩下的你自己想想，看看有没有这方面的原因。"

浪东想了想说："没有，我最常见的都是内伤，最近被甩的次数有点多，心理伤害，另外肿瘤应该没有，我没有消瘦，也没有什么地方不舒适，最近还胖了几斤。另外结核没可能吧，我拍过胸片了，上述所有失血的原因都没有。"

祖老师说："另外两种原因，一种是红细胞破坏过多，也就是溶血性贫血，一般会出现黄疸、脾大等现象。"

浪东说："这个也不会，刚做完腹部超声，肝、胆、脾正常，胆红素指标也正常。"

"好，那么就剩下红细胞生成减少了，这个可能原因就很多了，是不是有合成原料缺乏啊，比如缺铁或者缺维生素啥的，要么就是造血微环境出了问题，比如再生障碍性贫血啥的，这方面的原因要去好好查，我给你开些单子，你去做检查。"

结果，浪东查了一大圈，连骨髓穿刺都做了，但是始终没找到贫血的原因，检查都是正常的，但是贫血又是客观存在的。甚至在浪东的不停地骚扰下，祖老师找了他的血液科导师会诊，仍没有找到原因。因此，浪东的贫血成了急诊科最大的秘密。

话说人们对神秘疾病的看法是完全不同的，有次浪东在流水出诊，一个患者在凌晨四点多来挂号看病，根据目击者——当天的挂号室护士口述："那个老太太我认识，经常半夜跑过来，每次来的时候拿一大摞病历，各医院的都有，再加上一大摞化验检查，都捂着胸口，让一堆家属搀扶过来，来了好多次好像也没查出啥问题，但是她每次都表现出症状很严重的样子，嘴里哼哼呀呀的，所以没医生敢不给她查。那天浪东医生看过这个病人之后，只见老太太笑呵呵地走了，从此再也没有半夜回来看过病。"

整个急诊科沸腾了，我们的热情被浪东点燃了，甚至有想过在调查清楚浪东的诊疗方式后要深层剖析他的工作方法，进而向全国五百万医务工作者推广，发扬光大！

当我们满怀崇敬的心情向浪东取经时，浪东只是淡淡一笑，伸手捋了下额前下垂的青丝说："其实，我只是把我自己的所有血常规化验单给老太太看了看，然后告诉她我之前的血色素只有 8 克，看了很多专家都没有发现原因，最后我放弃了继续深究这个问题，然后经过打太极拳、跳广场舞后，现在升到了 11 克。我从头到尾没有抱怨生活，修身养性，还说我作为医生，自己生病的时候才知道医学并不能解释所有的问题，不纠结、不折腾地顺其自然才是碰到这种情况的最高哲学。"

我骂道："你跳个屁的广场舞了，你贫血恢复了一点的最主要原因就是以贫血为借口和主任申请少上了不少夜班而已。你这给人家瞎建议一通，万一老太太回家出了事情，你就完了。"

浪东一笑说："我自始至终都在讲自己的体会，我什么时候给老太太建议了呢？老太太听了我的故事自己不想继续查下去了，和我有什么关系呢？"

我心下骇然，好深的心机啊！浪东果然名不虚传，用的是劝说的最高境界——润物细无声啊！

接着祖老师坐不住了，跑来问浪东："你贫血这么严重，你打算不再继续查下去了吗？"

浪东一笑："我查了这么久，有什么结果吗？算了，不折腾了，人类能够理解的事物，只占到了宇宙的 5%，能够理解的疾病，不到疾病的二成，如果真的无法解释，就选择放手，选择积极地生活。"

我和祖老师都问："什么是积极地生活？"

浪东眼神毅然地看着远方："妞照泡，舞照跳！"

其实，生死才能见真章，上面说的浪东的病情算不上什么重大疾病，顶多是伴随终生的慢性病而已，只能给大家小小的提示，不能算是生死抉择。而真真切切地发生在一名外科医生身上的故事才是真正能够反映出医生在面临生死时的态度，才是真正对大家有参考价值的哲学。

那天我如常接班，交班的时候夜班的医生告诉我在复苏间的1床刚来一个脑干出血的，人已经完全昏迷了，特殊的地方在于患者两口子全是本院的工作人员，患者是心外科的，他老婆是手术室的护士。这种情况比较少见，毕竟我们平时接待的都是一些退休员工，只有三十五岁的在职年轻医生患这么重的病还是极为少见的。夜班医生简单叙述了一下病情，脑出血的张医生之前没有特殊征兆，只是最近两天感觉特别累，又赶上五一节即将到了，因过节期间常规手术要停，所以科里大加班，目的是在节前将在院的病人的手术赶快做完。张医生加完班回到家后要改个幻灯片，凌晨两点才睡觉，中间可能不舒服，醒了后去了趟卫生间，结果很久都没有回到床上睡觉。他爱人心生疑虑下床查看，然后就看到了倒在卫生间马桶边的张大夫。张太太极有经验，判断完患者生命体征尚可后，马上叫120送到我院急诊了。到了急诊张大夫仍没有清醒，神经内科的医生判断是脑出血，赶快去影像科做了头CT，发现确实是大面积脑干出血，于是先送到抢救室过渡。

正当我们还在交班的时候，张医生科里的主任和部分医护人员来了，一起参加了神经内科、神经外科医生的联合会诊讨论。会诊讨论得如火如荼，但其实事情很简单：要么由神经外科开颅手术，要么由神经内科保守治疗。当然，两种方式都有风险，保守治疗也就是用药物继续治疗，需观察一段时间，好处是避免了手术带来的创伤和风险，坏处是如果颅内继续出血，可能会耽误病情。手术治疗的好处当然是可以及时开窗减压，及时止血，如果一切顺利，自然是对患者受益最大的，坏处是手术本身风险就大，无论是麻醉还是开颅，本身就有一定的死亡率，另外，在开颅减压后，部分患者已经凝固的出血点可能会因为压力骤减而再次出血。

任何急诊手术都是一次赌博，胜负概率自有变数，但必定是有胜有负的，所以即使是本院医生也不得不用最常规的方法决定患者下一步治疗方式——让家属决定！

张太太是个老资格的护士，长相颇为清秀，眼角带着因为长期夜班而特有的长纹。在听完神内、神外科医生的讲述后，我看到张太太眼角的长纹更深了，但她还是有着长期从事临床而历练出的特有的冷静。张太太平静地说："我选择做手术，我知道手术有风险，但是我爱人很年轻，我不想耽误最佳治疗时间，能够让他有机会站着活着，就绝不让他躺一辈子等死。"

张太太话音没落，路易绷着一张胖脸跑进来，推门就嚷："1床不行了，血氧掉到 60% 了！"所有人一窝蜂跑过去看，果然张大夫的血氧明显有往下掉的趋势，呼吸频率也降到了每分钟 5 次左右，这个数值已经比正常频率的一半还低了。神内科医生急道："压迫呼吸中枢了，快憋死了，插管吧！"路易手脚麻利，转身就去准备可视喉镜，准备插管。

正当大家在做快速准备工作时，我偷偷看了一眼张太太，她似乎在犹豫和挣扎，眼角的长纹皱成了"L"形。张太太咬了下嘴唇，突然说："别插了！"

众人了然，一起看着她。

张太太说："我和他刚结婚的时候就曾经商量过，将来等老了，重病躺在监护室的时候，谁也不能让对方身上插满管子死去。这个决定我们早就下了，只是没想到这一天来得这么早。"

其实，这是个在医生之间讨论已久的抉择问题：在生命走向终点之时，到底在哪扇门前谢幕？是 ICU（重症加强护理病房）门口插满管子地落幕，还是在子女膝下承欢，平静地离去？现在的人有一个新形成的观念：不作寻常床篑死，英雄笑卧复苏间。这是一个笼罩在现代医学急速发展光环下的无底黑洞，是人们对科学的盲目信任，以及对打破自然规律的一种狂热心情。可是，现实总是残忍的，有位国内的医学大家说过："医学对于人类，能够治愈的疾病不到 10%，40% 可以尽量控制，另外 50% 最多只能延缓，却无能为力。"更有国外的同人说出了"有时去治愈，常常去帮助，总是去安慰"这样的话，这并不只是让医生注意自己的工作态度，照顾患者的情绪，更说明了不管医学技术进步了多少，不管人们花费了多少金钱，人类依然会生病和死亡，医学不能治愈每一个疾病，不能治愈每一个病人。因此，不管是医生还是患者，都必须明白自然界强大的规律是不以人的意志为转移的，也许你用尽一切方法，患者的生命会得以延续，但是，没有生活质量的生命是对上帝意志的挑战，是对自然规律的亵渎。

医生在面临这种问题的时候通常会选择放手，这种放手并不是轻易地放弃，如果疾病处于可治愈的那 10% 之中，当然要放手一搏，甚至在 40% 的可控制范围内也要全力一试，但是如果是无能为力的范围，医生则会毫不犹豫地选择放弃。张医生的情况就是后者，脑干大量出血，脑室已经压成月牙形，甚至脑实质也受到了极大影响。张太太看过他的脑 CT 片子，已经清楚地认识到那触目惊心的快占了大脑一半体积的出血量不可能让她的爱人清醒过来，最好的情况是及时手术，换得瘫痪在床。可是，现在的情况如江水东流、大势已去，出血压制了呼吸中枢，插管后上呼吸机虽然可以苟延残喘，但可能永远无法脱机，张医生可能永远会躺在 ICU 里插满管子。这绝不是一个读到医学博士的张医生会做的选择，所以张太太选择了放弃。

张医生走的时候大家都默默地看着他，真诚地为他祈祷，真心地为他娶了这样的一个老婆感到庆幸。并不是所有人都敢于做出这样的决定，承担着未知的风险的。也许将来张医生的父母会怪她太武断，没有他们在场就敢决定他们儿子的生死；也许会有不明所以的风言风语说她担心丈夫会瘫痪在床，拖累她一辈子……但是，我们知道，在场的所有医护人员都知道，张太太说出了昏迷中的张医生自己的决定，这是夫妻间最伟大的感情，爱一个人莫过于尊重他的生死抉择，爱一个人莫过于有勇气说放弃对方的生命！

他走得很平静，处于昏迷中的张医生没有一丝的痛苦。张太太拉着他的手放在自己的脸上摩挲，眼角的长纹里溢满了泪水。整个下午张太太一直陪着张医生凉去的身体，我们默默关上了复苏间的门，路易一脸为难地跑过来说："复苏间不能长时间占着啊，要不要通知太平间啊？"众人虽然知道路易说的实话，但还是忍不住一起说："滚！"

良禽择木而栖

祖老师身高八尺，腰围也是八尺，但绝对不是急诊科第一伟岸的熊，要说急诊第一人，非小川莫属。小川其人身高九尺，腰围十尺，可能听起来形状比较像鸭梨，但是正所谓"一样米养百样人"，所以这个形状绝对也非超出几何范围的。

形状是什么倒不是重点，小川非比寻常的地方在于智商极高，据说他从小学开始就一直位列每年奥数比赛的前三，其余期末、期中、月考、课堂测试……各种考试样样拿第一，连街道举办的少儿拼图比赛也要拿第一才睡得着觉。对于这样的孩子，家长自然给予了很高的期望，加上祖上便是书香门第，因此小川从小就是个有理想、有文化的好孩子。

好孩子小川有个梦想，这个梦想在该熊孩子的每个甜美的梦里都会出现，激励着他不断用自己超级高的智商和坚韧刻苦的精神持续折磨着周围的每一个同学，使所有人都觉得自己是学渣。据说第二名小同学于其母膝下常常抽泣，其母不解地问道："你和第一名那熊孩子就差5分，已经不错了，这么小的差距你时时纠结，将来可能心理会很不健康啊。"第二名小同学哭道："那熊孩子考100分，我考95，其实差的不是5分。"其母惊道："孩子你是不是傻，不会算数啊，100减95等于5，这不是小学一年级算术吗？你都二年级了还说这种傻话！"该同学说："那个，那个是因为考卷只有100分啊！不然那厮有多少分就能考多少分啊！"其母大惊，遂将第二名小同学转学，不知所终。

言归正传，熊孩子小川的梦想到底是什么呢？

答案是他想做一位名动京城的医生。

为了这个目标，熊孩子小川不断学习着，不断摧残着小学、初中、高中的各种熊孩子们。终于，小川以北京前五的成绩考入了中国医学院的最高学府——协和医科大学。

故事很励志，但还没有完。小川依旧前行着，一直读完了协和医科大学的博士，然后以北京市各大医院争先恐后抢着要的壮观场面完成了他的自主择业过程。最后花落安真，被急需虎背熊腰壮汉的急诊科收入囊中。

小川很朴实，就想当一名好医生，每天起早贪黑不辞辛苦，由于表现出色，第二年就被选为急诊绿色通道手术医生，师从急诊科大主任，学习急诊PCI手术，也就是心脏介入手术，另外还兼着出普通门诊。这种发迹的过程很吓人，想想看，以这样的学习速度，再加上他的博士学位，可以预见，熊孩子小川将来会成为安真最年轻的急诊科主任也说不准。

正当大家满眼艳羡地崇拜着熊孩子小川的时候，小川却成了一个优秀的股票经纪人。咦，为什么是股票经纪人呢？熊孩子的梦想不是穿着帅气的白大褂，拉风地名动京城吗？虽然这种结果出乎大家的预料，对于熊孩子小川却是最好的结局。

是的，小川辞职了。

当小川辞职的消息像野火蔓延于原野一样刮过了整个医院时，急诊科的同人们立刻炸了锅，虽然医生、护士辞职并不是一件很稀奇的事情，但是对于小川这样的一个有着极其光明前途的协和博士的辞职还是引发了大规模的争论——在小川辞职的背后到底隐藏着什么不可告人的目的？究竟在他身上发生了什么？是何故事导致了一个年轻有为的协和博士放弃如此光明的未来呢？

不明原因的群众大体上有以下几种推测：第一，小川被情所伤；第二，小川嫌弃医生工作太辛苦；第三，股票交易所漂亮妹妹多。

没有调查就没有发言权。科内的八卦委员会推举我们"急诊四杰"作为隐蔽性最强的八卦小组成员对此事件展开调查，毕竟我们几个大男人看起来并不怎么八卦，而且之前和小川关系较好，看起来真的是出于对同事的关心才刨根问底。我们四人开了个紧急碰面会，对此项任务进行了深入浅出的分析，对于可疑之处——进行了讨论，最后决定分工合作，对广大八卦群众提供的三个疑点分头排查，务必给急诊科广大八卦群众一份满意的答卷。

首先，刘非作为急诊小白脸的代表人物与科内女性医务工作者有着天然的亲近感，于是我们委任他来调查小川的感情经历。刘非进行了细致认真的调查取证，据说还请了一直崇拜他的一个胖乎乎的可爱小护士吃了饭，并录了份口供。

刘非的调查报告指出：之前小川苦追漂亮女研究生的事情是真的，据说女生嫌弃小川胖，加上工作性质不好，未果。我们不禁惊问："怎么了，医生怎么能嫌弃医生的工作呢？相煎何太急啊！"刘非摆摆手："现在房价那么高，当个住院医生还要轮转，连科室奖金都没有，一个月不到三千，这种日子一下就得三年。小川在博士毕业的医生里面算年轻的，但是也快三十了，就算熬了三年，也才是主治，主治才赚八千，大好青春一瞬就过去了。现在哪个小姑娘能忍十年苦日子？所以跟了他不死定了！咱们去外面骗骗小姑娘还行，外面的人看着咱们三甲医院的医生觉得牛得不得了，但是自己人才清楚自己人的情况，你看有几个漂亮女医生找男医生的？"

众人不禁默然，路易突然说道："也怪小川心太高，长得和个猪头似的非要追那么正点的妞。"祖老师一笑："你这猪头都这么猪头了还说人家小川猪头，你不是也天天惦记着包子吗？"我和刘非不禁相视一叹，心道："相煎何太急啊。"

路易突然说："我说，被甩了也不至于辞职啊，再追其他的试试呗。这个绝对不是辞职的理由。"

我们心下赞叹，果然机智，活人肯定不能在一棵树上吊死，再说人家根本就没理小川，连小手指都没拉过，怎么可能因为追不上就辞职呢？

于是他们把目光投向我，我总觉得当面打听人家隐私特别没道德，于是偷偷从背后打听，我采访了和小川一组的大夫。据目击者说："小川这熊孩子没事就愿意上班，高度发扬不怕苦不怕累的精神，看来怕苦怕累也不是小川辞职的借口。"

接下来是路易发言，路易撇着嘴摇着头说："老子就因为这些八卦群众的推理，说什么股票交易所里漂亮妹妹多，于是我专程跑到小川工作的场所，说我想开户买股票，先去观摩一下，在那蹲了一下午，结果你们猜。"众人大怒："猜个屁，赶紧说，一会儿还要写病历去呢，哪有时间玩悬念！"路易说："太没有耐心了你们，是这样，他妈的一个美女都没有，交易所里全是退休大妈在那儿玩股票，年轻人现在都是用互联网炒股，哪会有美女出现在现场啊！"众人唏嘘不已，看来最后一条被排除了。

当我们最终提交了八卦报告，给了全科的八卦同僚们后，大家大为恼火，纷纷谴责我们没有履行诺言，没有完成任务，这种做事不认真的人是不会成为一代名医的。我们羞愧难当，最终，祖老师愤怒了，怒从心头起，恶向胆边生，大声说："我不信了，我今晚就约小川吃饭，就当给他饯行，不信酒过三巡后他不说！"众人齐声叫好。祖老师面露难色地说："不过最近手头有点紧，饯行宴不能太差，大家能不能把餐费先帮我凑凑？"瞬间众人四下散去。

晚上饯行宴会在安真东门的"槐花饺子馆"，饺子馆里唯一的单间给了我们一行人用，六点半，宴会正式开始，小川为客坐主位，"急诊四杰"按年资分坐两旁，也就是祖老师坐小川左边，路易坐他右边。服务员进来后不禁一呆，也难怪，很少见三个超过两百斤的高大胖子同时坐在一起，显得我和刘非格外可怜。

我们四人眼神相交，会心一笑，觥筹相错纷纷起立敬酒，对小川说尽了将要离别之苦。酒过三巡，小川面色微醺，突然笑了："你们太坏了，想套我口供才请我吃饭，太过分了。你们这点小心眼儿真是太贱了。要知道急诊科是没有秘密的，再说你们几个一撅尾巴我就知道你们要拉什么粪。"

四人大惊，祖老师不禁问道："明知道鸿门宴你还来？"

小川说："有饭吃我凭什么不来，再说我早有准备，今天中午就没怎么吃饭，一会儿不吃死你们。"

路易说："好，明人不说暗话，你医学都读到博士了，到底为嘛辞职？"

祖老师也说："对，咱们医生虽然苦点累点，但好在工作稳定，而且终日不见阳光，对皮肤也蛮好的，为嘛辞职？"

刘非也说："是啊，医生再怎么着也算是个有社会地位的工作，苦是苦点，但是总有人求你啊。我高中同学聚会从来不埋单，因为所有人都找我帮过忙。你为嘛辞职？"

我也轻咳了两声："这个，其实医生最好的地方在于人生目标明确，从住院医生到主任医师，考试繁多，一路升级打怪兽，从来不无聊，你看医生有几个得抑郁症的，从来不会吃饱了撑的闲得没事干，多好啊，你为嘛辞职？"

一连串的疑问句让小川蹙起了眉头，他沉默了一会儿，喝了一大口 42 度牛栏山说道："其实就算你们不问我也要说的，因为毕竟就算走也要和大家有个交代。"

众人说道："到底为嘛你快说啊，憋死我们了快！"

小川叹了口气，缓缓地说："其实，这个决定不是那么容易下的，毕竟我学了快十年的医学一下放弃真的舍不得，可是我不能不放弃。主要有三个原因。"他吸了口气接着说，"第一个，你们看看我腿是不是有点粗？"

我们观察后一起赞叹："哇，真的好粗啊！"

小川说："唉，知道你们就会这么说，前一段时间我就发现我的腿比以前粗了，于是我就问郑老师，结果郑老师也和你们一样惊叹说'以前就很粗啊'。我反复问了几天，后来郑老师终于觉得确实有点肿就让我去查查，结果我查出来是'甲减'。"

我们几个一起惊呼一声"厉害"。甲减（甲状腺功能减低）是甲亢（甲状腺功能亢进）的反义病，是由于甲状腺激素合成及分泌减少造成的机体代谢减低的一种疾病，属于内分泌疾病之一，临床表现五花八门，比如，记忆力衰退、反应慢、头晕、多虑、淡漠、对什么都没兴趣，另外对于心血管、消化、运动、内分泌等系统都有不同程度的损害，可以说是对朝气蓬勃的年轻人有着毁灭青春效果的疾病。

小川接着说："这个病我查出来大半年了，开始本来以为就是原发性的内分泌疾病，大不了终身服用甲状腺激素治疗呗。后来发现完全不是这么回事，是和手术相关的。"

路易问："你做过甲状腺腺体切除吗？是切得太多了吗？"

小川说："我不是说给我做手术，是说我给别人做手术，就是冠脉介入手术，可能是吃射线吃多了，后来考虑是射线相关性的甲减。"

祖老师说："那你就做不了手术了呗，那确实挺可惜的，你动手能力还是很强的！"

小川说："是的，我从小就喜欢动手打别的小朋友，所以我的动手能力还是很强的。"

众人："……"

小川接着说："我觉得只做一个看病开药的内科医生其实十分无聊，咱们安真医院心脏介入那么强大，所以能当个既能看病又能动手操作的大夫我一直挺高兴的，突然得了放射相关性甲减，以后都不能做手术了，突然就觉得泄了气了。"

路易说："你高兴去吧，咱们医院做介入的医生有多少都得病了啊！神内那个不是得了甲状腺癌，还有心内科大主任不是被射线照得股骨头都坏死了，咱们科的王老师不也因为长期背几十斤的防护服做手术，现在得了腰椎间盘突出了吗！你现在趁早退出多好，不然将来还影响生孩子。"

其实，小川的现象并不少见，现在几乎所有介入相关手术都是在射线下操作的，对医生的身体会造成一定伤害，所以做介入手术的医生都说"我们是在用自己的命换病人的命"。可能有人会说，能有多少射线啊！我每天过西直门地铁站安检时吃的射线都不少，也没啥事啊！其实这根本就没法儿比！

那点射线比起一次胸片来简直不值一提，而且，从事介入的医生基本每天都在照射上百次胸片，安真医院这样的以心脏介入著名的医院，每个做介入手术的医生的平均工作量是普通医院的三倍以上，也就是照个几百次呗。大量线照射对人体是绝对有伤害的，可能会致癌或致残。小川被照出甲减了，看来他的体质是不适合做心脏介入手术的。

祖老师说："我觉得其实就算你不能做手术了，也大可以出出门诊啊什么的，也不至于辞职啊。"

小川叹了口气："那就是第二个原因了，问你们一个问题，张大夫的死你们就无动于衷吗？难道就没有兔死狐悲吗？"看我们默然，小川接着说，"现在医疗的大环境太差了，医生收入低、压力大、责任大，还比较危险，就算不被砍死也有可能被累死，我是干不下去了，我的理想是做个牛气冲天的医生，不是低三下四的。"

路易突然说："你不是说三个原因吗？那第三个是啥？"

小川说："我上半年自己炒股就赚了十万，这我还是在根本没有充分时间看股票大盘的情况下赚的，所以我的智商干什么都行，根本不用和你们这些普通的地球人一起想不开，非要死在工作上。"

祖老师一笑："其实能考上医学院的哪个是傻子。"然后指着我说，"就连这厮也读到了博士，我相信大家出去干什么都能干好，只要你真想好了，辞职就辞职呗，将来有了好股票记得通知我们买。"

问题弄清楚了，但是小川辞职的理由根本就不能算是个八卦内幕，于是我们都选择了闭口不言。小川就这样离开了，后来听其他人说起过小川，说是跳到了证券公司，混得风生水起，甚至每年交的税都能达到我们工资的水平，但是毕竟斯人已去，后来就慢慢淡出了视野。

小川的离去其实对于"急诊四杰"来说实在是天大的机会，因为他走了，就腾出一个介入手术大夫的位置来，另外主任觉得还得多培养几个人做后备力量，万一又有哪个大夫被射线照残了好立马有替补队员补上。所以，我和路易作为两个年轻力壮的大骡子就被选中去做心脏介入手术了，祖老师前几年就开始做介入了，如今已经有一定水平。本来也选了刘非，但刘非考量半天，觉得做介入又累又对身体有伤害，他那么英俊的面容不可能像我们这些普通人一样去玩儿命，所以就放弃了，并通过自己的努力，练出了六块腹肌。包子好吃懒做，所以比以前更丰满了，也算是皆有进步。

白玉有瑕终为玉

工作一段时间后我才发现，做医生不仅仅只是一个工作，还是一场修行。医院里发生的每一次生离死别，医生都是最近的见证者甚至参与者，有人说当一年医生相当于普通人活了几辈子。我深以为然，每天的每天，我都被这些医院里的人和事改变着。

我站在手术台前，手脚冰凉，大脑一片空白，我感觉头很重，眼前像笼罩了一层白雾，特别想躺在地上来缓解我的头晕。可是，这是急诊手术，只有我和主刀医生于主任在场，如果我晕厥了，于主任一个人绝对没有办法完成这台手术，那么我眼前躺着的这个正在抽搐的患者就死定了，而全部责任都会在我一个人身上，可能我这辈子都无法再次穿上白大褂，也可能会有更严重的法律问题在等着我……头更晕了，手脚不听使唤了。于主任大声喊我的名字，让我赶快用手中的器械往冠脉里面推血，我没有动，看着手术间的护士在跑来跑去，拿除颤仪，推肾上腺素，但是病人还是在抽搐，我觉得人生和我开了一个大玩笑，让我用十几年的青春学了医，本以为找到了可以实现人生价值的可持续发展的事业，现在却面临着我亲手弄出的第一例临床事故，而这一例可能是我的最后一例，他死了，我就完了，就算不面临诉讼，光是巨大的内疚感就会断送我的全部职业信心！我不能呼吸，眼前已经完全黑了，我感到再过五秒钟自己就要像纸片一样摔倒在地上了……

事情是这样的，小川走后，我和路易加入冠脉介入组，虽然这样其实是更累了，因为除了正常的值班外，还要抽自己休息的时间去做手术，但是对医生这种技术决定命运的职业来说是很有诱惑力的。学习过程简单粗暴——从零开始！先从动脉穿刺开始学习，后来又学习常规造影，再到独立完成造影，虽然还没有到达独立放支架的地步，但我进步奇快。我是个很谦虚低调的人，所以不好意思直接夸自己，反正主任评价我是天才型选手！

这个其实并不完全是在吹牛，因为我的硕士、博士都是普外科出身，来了安真后才转型为内科医生，之前的外科训练让我的动手操作能力相较于这些始终注重理论知识培训疏于动手的内科医生确实高那么一点点，所以学起微创手术来得心应手。

总之，阳光灿烂的日子就这么继续过着，主任对我越来越重视，工作也越来越顺心，可谓是一帆风顺，前途光明灿烂，直到我碰到第一例空气栓塞。

导致空气栓塞的原因其实就是手术过程中为了要看清血管情况而向冠脉中推对比剂这个过程，如果这个过程中排气不充分，导致空气进入对比剂中，进而推入冠脉，那么患者会因为最短时间内血流被空气阻断而出现心脏骤停。比如，输液过程中有的时候管子里会有气泡，这通常会导致患者及家属的极度焦虑，然而这种小气泡和冠脉造影中推入空气相比简直不值一提！这种输液中的小气泡达到100ml才可能导致危险，而且这根本就是不可能的。况且输液的气泡是进入静脉，而手术中的气体是直接进入动脉的，而且是冠状动脉——人体最重要的生命通路之一，可以说进入的气体够多的话会马上导致死亡。

那天本来风和日丽，高高兴兴的，刚到医院抢救室就被叫去看个急性前壁心梗的病人，于是我遇到了老刘。老刘是个老革命，参加过中越边境自卫反击战，功勋卓著，现退伍在家，刚一见面就和我说："王大夫，我知道手术有风险，你不用和我提前说那些个我听不懂的话，你就放心下刀吧，我要是皱皱眉头就对不起我那一等功！"

说实在的我们就喜欢这样的患者，他对医生是百分之百地相信，配合度最高，今天遇到老刘我觉得很幸运，这样的患者至少让你觉得自己是被尊重和信任的，在老刘的指挥下，他儿子痛快地签了字，一切都很顺利，在最短的时间内老刘被送上了手术台。开始顺风顺水，支架也放了，于是我就打算最后再打个影就下台了。可是，一个疏忽，我打进去了半管气！刚才还谈笑风生的老刘突发室颤，血压一下就没了，我大声喊着老刘的名字，但是老刘已经没有任何反应，双眼上翻，手足抽搐，于是就发生了本章开始的那一幕。

我突然很生气，为什么我那么大意，难道古人说的得意忘形就是说我这种人吗？我自以为动手能力超强，是个手术的天才，于是所有的手术都往前冲，操作起来非要做出挥洒自如、云淡风轻的样子，现在怎么样，潇洒出人命来了！另外，我为什么这么脆弱，病人命悬一线在手术台上，我却头晕目眩，如果我倒下，将会成为安介入历史上第一个因为医生晕厥而导致手术患者死亡的经典笑话。我在心里猛地喊出来："不管到底有没有神，请你帮帮我，让这个人活下来！"

出离的愤怒让我的头脑猛然清醒，我抓起手中的器械，玩儿命地向冠脉内推注血液，一次，两次，三次……半分钟过去了，这半分钟长得就像是半辈子，突然，我看到心电监测上有正常的心脏跳动，那不断跳跃的曲线像是这个世界上最美的风景，我和于主任死死地盯着心电监测，时间如同静止了一般，然后老刘醒了，重重地咳嗽了几声，嘶哑着说："王大夫，刚才我做了个梦，感觉回到了越南战场，还被炮弹炸飞了，人老了一睡觉就总梦到从前。不过，我现在胸口疼得厉害，你说没事吧？"

我和于主任都没说话，快速把手术剩下的步骤完成。老刘看我们没有说话，也怕打扰到我们，就没有再言语。

手术做完后我和于主任沉默地回到病房休息区，于主任沉着脸说："你这事太大意了，空气栓塞是最严重的手术并发症之一，我明天得和周老大汇报这事。另外，患者那边你自己考虑要不要去和他本人说，理论上他应该不会有什么问题了，空气栓塞如果当时没事，过后气体被吸收就更没事了。"

我一夜无眠，巨大的不安和悔恨感交织在一起，让我辗转难眠。我也在反复想：出了这么大的事情，估计周老大不会让我再继续做手术了，搞不好老刘的家属会告我，我本来就是没根没基的外地学子，恐怕经过这么一折腾，在医院很难混得下去了。有时候真挺羡慕刘非和祖老师他们，作为北京人，有点什么事，立马一群七大姑八大姨就跳出来帮忙活动关系了，可是我就只能躺在床上发呆，连个帮忙出主意的人都没有。

第二天，早上交班时周老大面色阴沉，全科人都陷入沉默中，我如同行尸走肉般完成常规的交接，然后就接到主任电话让我到办公室去找她。该来的总是会来，躲也躲不过。

我走进主任办公室，周老大叫我坐下，然后和我说："昨天晚上怎么回事，你自己说说吧。"

我心里叹了一声：到底还是来了。先把事情经过叙述了一遍，然后和主任说："主任，我觉得我可能不适合做一个手术医生，我承受不了那种压力，您还是给我调个岗位吧！"

周老大却温和地看了我一眼："成功，蔺相如你知道吧？"

我摇摇头，那个时候我还没有听到过这个人和手术到底有什么关系。

周老大缓缓地说："蔺相如说和氏璧有瑕疵，所以才从秦王那骗过来拿在手里，其实有瑕疵的事情是真的，再完美的玉也会有瑕疵。作为医生也一样，这次的事情虽说和你的心浮气躁有关系，但是也不完全归咎于心态问题。所有的医生都遇到过气体栓塞，幸运的人可以躲过大的灾难，就像你这回的事情。不幸的人会直接导致病人死亡。"主任喝了口水，轻声说道，"我们医生一辈子可能会救很多人，但是同时也可能会害人，每个医生心中都会有一片墓地。和我同年资的安教授就是这样，我们一起开始学习做手术，可是安教授开始没多久就遇到了第一例手术并发症，一个比较年轻的患者死在他面前，他后来请假消失了一段时间，回来后他再也没有上过手术台。现在我们都快退休了，但是安教授一生都没走出这个阴影。这次的事情对你是个教训，但是我可以肯定地告诉你，将来你还会遇到类似的事情，如果你没做好这样的准备，就不会成为一个好的手术医生。你其实是个很有天分的医生，动手能力很强，我不希望看到一个自暴自弃的医生，你回去考虑一下，下周一给我答复。"

我离开了主任的办公室，一天时间浑浑噩噩地度过。后来我下意识地走进老刘的病房，老刘依旧热情地和我打着招呼，大声地开着玩笑。我内心极度犹豫，其实只要我不说，老刘这辈子都不会知道昨晚发生了什么，但是我一辈子都会对这个老革命内疚，也无法摆脱内心对自己的鄙视，于是我一咬牙把昨晚发生的事情和老刘全盘说了。

老刘沉默了一会儿，慢慢地说："1979 年我是第一批去的越南战场，去的时候心里别提有多骄傲了，以为咱们解放军去了几下就能把越南那些娘炮打垮了。没想到战争会拖那么久，会死那么多同志。那时候我是个侦察兵，打 921 高地的时候我晚上带了几个人去摸情况，看那些越南人有没有在对面山丘上建火力点。我带头摸上去，翻了个底朝天也没发现敌人。可想而知，第二天清晨总攻的时候我们没有人防备我摸过情况的那个小山丘，结果那个山丘上一共藏着八个火力点，全连一百多人被人家用交叉火力包了饺子，就活下来十几个。我当时就不想活了，那么多战友被我的马虎害死了。后来我每次战斗都冲在最前面，就想死了给同志们陪葬，结果一直到打赢了我他妈的也没死。我想可能是我那些好兄弟原谅我了，不想让我死。"老刘的眼泪哗哗地流着，"孩子，就算昨天我死了，我也不怪你，人咋样都是自己的命，以后你接着做你的手术，敞开了干，救更多的人！"

老刘话说完，我发现号称从不哭的我已经不能自已地流着泪。我转身跑了出去，不争气地躲进厕所哭了起来。周一的时候我再次出现在手术台上，科里的人谁也没有再提过这件事情，就像从来没有发生过一样。

人生不如意十之八九，不管你本意有多好，仍然有可能不能保全你的善意，绝世美玉仍有瑕，不管你能不能接受，都要咬牙接着走下去，只要"不失本心"，那么黑暗总会过去。

看罢苍生信鬼神

日子如流水般过去，时光荏苒，岁月如梭，生活重新回归平静，可是我内心深处无法将那次手术事故从心底挥去，虽然当事人老刘并没有追究我的过错，相反我们成了很好的朋友，但是当时的一个细节让我百思不得其解——就是在最危急的时刻，我内心的那句呐喊："到底有没有神，劳驾出来帮帮忙。"现在来看，那句呐喊效果还是很显著的。

这种亲身的经历，让我心中不禁充满疑惑：到底有没有神呢？我算不算一个被神罩着的小弟呢？

有人说，医生是最接近神的工作。不管是西方人还是东方人，大抵上都认为神的主要工作就是创造生命和毁灭生命，而无论人的出生还是死亡，基本都是在医院完成的。那么在这种情况下，估计造人的神和弄死人的神（死神）都会在医院这种地方设立常驻工作点，可能也会派各种神的员工在这扒活儿。所以，这样看来，医生作为每天在医院跑来跑去的人可能会经常和各种神擦肩而过，也可能会作为一种媒介替神来做些具体的工作。因此如果有神，我相信医生应该是和神离得最近的。

作为一个真正接触临床只有一两年的医生，我这方面的经验尚浅，于是我自然想到了问问那些老大夫他们的想法。第一个要问的自然是路易，他在急诊干了那么多年并且见了那么多生生死死，相信他会有自己的看法。我把我那天的经历向路易讲述了一遍，并着重强调了我向神请求帮助并得到回应的经过。路易听完嘿嘿一笑："你怎么不再求求你的神能不能帮你中个彩票什么的呢？"我骂道："别打岔，我和你很严肃地讨论学术问题呢！"

路易撇了撇嘴说："这个问题我也想过，我给你讲个故事吧。当年我还在 EICU 的时候，一个九十六岁的老太太收入院了，当时一看那个老太太的情况主任都傻了，她基本结合了所有重症疾病——胰腺炎、肺部感染、胆囊结石、胆管炎、I 型呼吸衰竭、急性肾衰竭，以前还得过脑出血，在结肠癌切除术后，基本就是个被判死刑的病人，所有的人都觉得没希望了，觉得患者会在四十八小时内死亡，但是最终的结局你猜猜。"

"那还用猜啊，肯定是相反的呗，活了并且出院了呗。"

路易一笑："年轻人你太聪明了，正是这样，她竟然惊人地活了下来，并且活到了近一百岁。这是我见过的最牛的病例，虽然这里面的最主要原因是这老太太遇到了像我这么认真负责、医术精湛、人品过硬、玉树临风的好医生，但是不得不承认，这个世界上是有奇迹的。"在我的作呕的声音中路易接着说，"不管有没有神，我相信肯定是有奇迹的，而奇迹是科学无法解释的，古人把这种小概率偶发事件称为'神迹'，我相信如果真是神迹，那么就有神。"

接下来我带着疑问和众多的医生、护士探讨了这件事情，得到的答案纷繁复杂而且多有迷信色彩。有个护士说每次抢救室死人的时候她就感觉到后背发凉，周遭感觉阴风一晃，说得我不禁毛骨悚然，但是周围人否定了这个观点，并告诫该护士下次在复苏间里的时候不要站在中央空调出风口下面。另外有护士说每次死人的时候休息室的灯光就会比以前暗淡一些，旁边人说废话，每次抢救的时候所有机器全上，光那个自动复苏机耗的电就够周围灯光暗一下了。还有人说有个大夫阴气逼人，只要他值班肯定会死上那么几个病人，本院内部人士知道其名号的无不绕路看病，后来又偷偷告诉我说就是海波那厮。总之，答案五花八门，但没有人有肯定的答案。

耳听为虚，眼见为实，直到亲历了一件事情我才感觉到这个世界的客观性。

半月后的一天，秋风萧瑟，愁雨连绵，正值班中路易突然打电话来："快把复苏间的床推过来，我在医院西门小卖铺门口，这儿猝死一个病人，我正复苏呢，把除颤仪拿过来！"说完挂了电话。我马上带着相应抢救设备并叫上一个护士，一路小跑来到小卖铺门口，看路易正满头大汗地给一个中年男子做胸外按压。我过去替换他按压，路易瘫坐在一旁大口喘气。护士立刻打开除颤器，把手柄接触面放在倒地的那人身上做感知，心电监测上面显示室颤，路易大叫："直接200J，电！"放电后那名中年男子身体弹了一下，我继续按，那人意识还没恢复，再电……重复三次后他终于恢复正常心率，但意识还是不行。周围站了一大圈人，路易大吼一声："来帮忙抬到床上去！"几个小伙子一起帮忙，七手八脚地把人抬到床上，迅速往急诊推。一路风驰电掣，到了急诊复苏间的时候，那名中年男子意识已经恢复了，进行了一系列常规治疗后，患者的生命体征平稳下来。

后来我和这个离死亡最近的人聊天，希望能从他那里得到最接近的答案，那患者很高兴有人问他这样的问题，滔滔不绝地说："我是你们医院的老病人，患扩心病十几年了，家就住安真西里，这种类型的室颤我已经经历过三次了，每次大夫都和我说其实我是已经死了又活过来的。我以前是有信仰的，觉得人死了灵魂就会神游天外，或许会转世投胎。但是经历过几次死亡之后我才自己体会到，什么灵魂啊，转世啊，死了就死了，心跳一停，人就没了，医生救回来我，我就醒了，连个梦都没做。所以啊，人死了不过是万事皆空而已。"

这种亲身经历我实在不敢反驳，但于我而言，我更倾向于相信自己是一个被神罩着的人，老刘之所以在手术中被我打进空气还没有死，是因为我的神没有放弃我，不愿意看到我良心受苦。于是我心里沾沾自喜了好多天，连走路都觉得有范起来，相当地有些狐假虎威、狗仗人势的感觉。可是，没几天我这点心气就全部被打乱了，因为我又见到了老刘。

老刘来我们医院复查，还是找我走的后门。我在给他开药的时候，老刘说："王大夫，你说我这人，在战场上那么多回都没死成，手术台上也没死成，前几天又没死成。"

我听后一阵心颤："你又咋了？"

老刘说："出院以后我越想越觉得自己命大，就觉着不能给自己留遗憾，就想起了去越南纪念一下我那些弟兄，结果你猜怎么着，我都到高平了，让那个导游带我去以前那个高地看看，结果那个越南导游一听我是中国越战老兵，要来看死去的战友，死活不带我去，还把我从车上撵下来，把行李都扔了，我这岁数了也跟他较不起那个劲，想着要是年轻几岁非揍这孙子不可。"

我问老刘："咋了，这为啥说又捡了一条命，是发现那导游是个变态杀人狂吗？"

老刘说："哈哈，当然不是，主要是我后来拦了一辆车，回去的路上看到那导游开的车和一个货车撞一起了，驾驶舱都压扁了，想来我要是没被那孙子赶下车，也死那车上了。"

听老刘说完，我倒吸一口凉气，敢情不是有神天天罩着我，而是这个老刘分明就是打不死的小强，不死之身啊！至于主观、客观到底谁是谁非，我也没多大兴趣知道了，反正为人要尽量善良，拼命救人，不害人，坚持了这个底线也就问心无愧、神佛莫怪了。

但使今朝女选汝

　　沉寂了好长时间的包子突然在这一天邀请我们吃饭，说是要回请急诊的师兄师姐们以谢谢大家，我们一听来了精神，路易却神色怪异，仿佛看到了希望却又不确定。

　　包子虽然上次因为路易的检举揭发被扣了奖金，但一顿饭仍请得有肉有酒，毫无颓败之气。

　　菜过五味后，包子起身，扶了扶眼镜，举杯说："老娘我来急诊已经一年多了，在这段时间大家对我悉心照顾，我十分感动。"说罢话锋一转，对着路易说，"路易师兄对我也很好，那件事情发生后开始我很不理解，觉得你不应该做叛徒甫志高把我出卖，甚至一度还很恨你。但是，后来我静下来想想，其实你是在保护我。如果你也蒙混过关，知情不举，如果那个病人死了并提起诉讼，那么我以后肯定也当不了医生了，下场一定比现在惨得多。而且就算是他没告，但那是一条人命啊，我背着这条人命的债继续逍遥地当我的大夫，那也是不可能的，所以我现在不怪你了，还得感谢你，也谢谢大伙儿对我的理解和包容。"说罢一饮而尽。

　　路易马上也举杯一口干完，然后在那傻呵呵地笑。

祖老师干咳一声说:"其实路易当时很纠结,还和我们诉苦了很久,说内心实在是不忍心伤害他最喜欢的,咳咳,喜欢的同事。但是咱们的工作性质不同啊,干咱们这活,不是你够聪明伶俐会读书就行了,最重要的就是细心和谨慎。你知道外科的那个刘主任吧,小心谨慎了一辈子,到快退休了做手术死一个病人,被告得七荤八素,现在官司还没结呢!小心驶得万年船啊。你别看路易平时放荡不羁、不修边幅,但是他看起病来可是一丝不挂,哦,对不起,一丝不苟。你才刚刚开始工作,我们这些人都经历过了一些事情,都长了很大教训。你这事其实结局算很好的了,至少还能翻身,就怕那种一件事出了就一辈子翻不了身的大夫,那才冤呢!"

接下来众人纷纷把自己出过的错说出来。路易说他曾经半夜睡着觉突然想起来没给第二天一早就要手术的病人备皮,所以半夜跳起来打电话给病房护士央求人家一定要在第二天一大早给患者备皮,还因为这个被敲了竹杠。祖老师也说了自己把要做瓣膜修补的病人当成冠脉造影的病人推到手术间,被查出来扣了三个月奖金的事情。总之,每个人都犯过不大不小的错误。

我也清清嗓子说:"我读博士期间一个老师身上的事情更惨。当时那个老师值夜班,你知道普外科夜班的二线都是病房、急诊两头跑的,那次他当时在急诊处理一个病人,然后病房的一线,是个研究生,打电话给他说一个病人感觉喘不过气来,让他去看看,结果他不想过去还得折腾回来,就用了两分钟把急诊的病人处理完了才过去。就这两分钟,加上路上的几分钟,那个患者就死了,结果是甲状腺切除术后的伤口出血压迫了气管。更惨的是那个研究生没有执业医师证,也就是说他对医院来讲算是临床型研究生可以独立值班,但是法律规定他不能,于是我这位老师就被告上法庭，成为北京市第一例'医疗渎职罪'，差点被判刑，后来被吊销了执照开除回家才躲过了牢狱之灾。所以，咱们这个行业不是简单地看个病那么简单，谁也不知道下一秒会发生什么，所以永远都得把那根弦绷紧了，因为一旦大意，除了害了病人，还搭上了自己。"

一番大道理讲得大家热血沸腾，但是路易明显脸色不对，我们相处多年，自然知道他现在开始要火山爆发了，赶紧打断大家说那些没用的。

刘非却不以为意，还要继续说他的事，路易突然说："我说你们没完了是吧，说一会儿就行了，叽叽歪歪的没完没了，说你们那点破事也是于事无补的。以后包子会注意的，你们谁要再说我的女人我和你们急！"

我深知路易从不放没味儿的屁，赶紧配合他说："啥，你的女人？"

路易赞许地看了我一眼，说："对，是这样，通过几个月的接触，我深深被包子所吸引。"

说罢，他提起酒杯站起来转向包子，接着说："包子妹妹，你的温婉可人、似水旖旎深深地打动了我。"大家全部马上胡乱地搓身上的鸡皮疙瘩。"我第一眼看见你就喜欢你，你就是我心中的白求恩、李时珍。"

众人呼啸："那都是男的。"

路易回头瞪了一眼说："反正就那个意思，就是神的意思，也就是女神。包子，你答应和我在一起吧，我保证一定会好好对你，以后咱们一起上班、下班、喝酒，我会保护你不让医闹伤害你，你要是答应就喝了这一杯！"

众人忙起哄："在一起，在一起……"

在热烈的气氛中，包子站起来，缓缓地接过这杯酒说："我喝了这一杯……"

众人马上热烈地鼓掌，包子马上高声盖过众人，快速地说："我喝这一杯是因为我感谢路易的好意，但是我已经有喜欢的人了，所以咱们不能在一起，我干了，你随意！"

说罢在众人一片瞠目结舌的定格中一口把酒喝了。

路易呆站在那里，包子说："怎么着，你还是不是男人？被老娘拒绝一次就傻了啊，来啊，喝酒啊！"

众人忙说："对啊，你都被人拒绝过一百多次了，也不在乎多这一次，赶紧喝酒吧。"

路易讪讪地坐下，和大家一杯接一杯地喝起来，不一会儿就醉了。

祖老师突然凑过来说："我说王教授，刚才包子拒绝路易时说有喜欢的人了，我怎么觉得她眼睛瞟了你一眼呢。"

其实我也感觉到了，但是赶忙嘘了他一声："别瞎说，让路易听到了，咱还能做成兄弟吗？再说包子看了一眼这边，也有可能看的是刘非，他白白净净的最招女孩喜欢。"

祖老师意味深长地看了我一眼："哦，好好，不说了，咱们喝酒吧。"

路易和包子的事情过去了一段时间，包子开始频繁地往抢救室跑，来和我俩聊天，开始大家都觉得包子是陕北豪爽劲上来了，不避尴尬地来化解和路易的尴尬，可是路易偏偏天生脸皮厚，很快就恢复如初，这时候包子还频频往这边跑，还经常给我们带好吃的，甚至是自己包的饺子，这就引起了大家的怀疑。

其实我也是可以感觉到的，毕竟我又不是单纯的傻小子。刘非跑过来说："我说王教授，你看包子是不是看上你了啊？你可得悠着点，路易虽然五大三粗的心可不粗，他是典型的张飞，胆大心细，到时候咱们兄弟关系破裂了你可别怪我没提醒你。"

我瞥了他一眼说："我也不怪包子看上我，毕竟谁让我玉树临风、鹤立鸡群呢，只不过这包子做得也太明显了，这种情况下即使我想偷偷地装作日久生情、润物细无声也不行啊，你要不偷偷和包子谈谈，我和路易相处这么多年了，总不能就这么掰了啊！"

刘非说："你自己惹的腥臊你自己擦，我可不管，到时候路易知道我在里面插手，连我也记恨上了。"

我叹了口气，知道刘非说的是实话，自古英雄难过美人关，再好的兄弟，和同一个女人搅和在一起也会关系破裂。包子怎么也算安真急诊第一美女，可是这个性格也太豪放了，让人招架不住啊，这要是娶回家还不得天天跪搓衣板啊！唉，我怎么想到那儿去了，不会是看上包子了吧？我赶紧清理下情绪，把这种萌芽扼杀在花骨朵里。

我对刘非说："为今之计，最好的解决办法就是在事情没爆发前我赶紧找一个容貌身材俱佳的女孩谈恋爱，这样包子这边的窗户纸也没捅破，让她知趣退走，也保全了大家的脸面不是？"

刘非说："哟，想得真美，你有时间出去找妞吗？还身材容貌俱佳，咱们这种小医生要苦熬十几年才能赚到养家糊口的钱，你这样就想随便找一个，哪那么容易啊！"

我告诉刘非："连你这种货色都能娶到不嫌弃你穷的老婆，我怎么就不能了？社会上虽然人心浮躁，笑贫不笑娼，但是毕竟还是有些比包子还缺心眼的傻姑娘。我就不信碰不到一个只图我绝世容颜的女子。"

刘非说："你还是出去卖吧，真的，不然浪费了你一身骚气。"

刘非虽然口上说不管，但是他这种北京孩子是把兄弟感情看得比什么都重要的人，他马上广撒英雄帖，召集各路英雄来给我介绍女朋友，没几天就锁定了一个。

那天我们四个在一块儿的时候刘非宣布了这个消息，我看到路易虽然赔着笑，但是神色明显是一松，果然，这厮是典型的外粗内秀，他早看出来了，就是装作不知道而已。

祖老师赶紧打听对方是什么情况，刘非说："哈哈，王教授这次真是要草鸡变凤凰了，公安部一个副处级干部，和王教授同岁，家里是军方高干，她爸好像是一个中将军官，母亲做生意的，家财万贯啊。另外上次手术差点出事，你看把王教授吓得，这回你要是跟了人家高官显宦，有什么事都有老丈人帮你顶着，就啥也不用怕了！"

祖老师说："好买卖啊，不过那女孩怎么可能和王教授同岁都是副处级干部了呢？"

刘非说："你还不自觉呢？你知道自己都三十好几了吗？谁和咱们学医的一样啊，王教授博士毕业都三十了，还刚刚开始参加工作，干了几年还处于起步阶段。人家其他单位都是本科毕业就工作了，现在都干十年了，再有点背景，副处级干部已经是算慢的了。要不是那女孩的二舅爷的三姑的女儿是我老婆的同学，哪能轮得到王教授啊。"

我忙问："这个，人家那种条件能看得上我这种小医生吗？"

刘非笑道："这个问题我一开始就问了人家，人家说我们家不需要那种呼风唤雨的金龟婿，人家就想要个踏实可靠的正当职业的外地人，房子、车子人家都给准备好了。就等王教授出卖色相了。"

祖老师笑道："那不是招上门女婿吗？这种好事为什么你不给我，而给王教授呢？"

刘非说："你没听清楚啊，人家找没钱没势的外地人，你是北京的，家里七大姑八大姨的能让你去入赘？不扯淡吗！"

我听完刘非的话说："我得和家里人商量下，要是我自己就决定入赘了，那我爸妈肯定会生我气的，你等我回话。"

然后，我极其高效地拨通了我爸妈的电话，并说明了情况。

我爸沉默了片刻说："不用咱家买房当然是省事了，北京的房咱也买不起，不过你要是真想买房当爸爸的肯定支持你。"我感动得热泪盈眶，就听我爸接着问，"那还用出彩礼钱吗？"

我说："呃……应该不用，据说人家是部队高干，这点觉悟还是有的。"

我爸说："那就去吧我的好儿子，我支持你入赘的决定。"然后我就听我妈抢过电话说："儿子赶紧去吧，这好事哪找去，入赘就入赘吧，你姐反正在咱家住，你回来也没地方住，打扮精神点啊……"

我听完差点没闪着腰，回来和刘非说明了我爸妈的意思，刘非当即和那边联系，定好了见面的时间。

安能摧眉折腰事权贵

在一个风和日丽、百鸟齐飞的周末，我一身干净利落的打扮，坐公交车来到了亚运村一家咖啡厅。入门后我往约定的座位走去，看到一个女孩已经坐在那里。

我赶紧上去自我介绍，接着说几句开场的客套话，然后偷偷打量对方。只见那女孩面容清秀，白色紧身 T 恤配战术军裤，脚蹬沙漠战斗靴，身材颀长，毕竟是警校毕业，举手投足中有飒爽之气。但是她看着我的眼神，混合了机关的精明和高干家庭的优越，不自觉地透露出居高临下的审视感，让我觉得不自在。

"你迟到了五分钟。"那女孩笑道。

我赶紧收回心神说："呃，那个，错过了一辆公交车，这边离公交站还有点远，所以迟到了，抱歉啊。"

女孩眼神一怔，随即恢复如初。这正是我的策略，本来嘛，我这种小医生即使现在装作成功人士，很快就得露馅儿，何况人家女孩是国家公安部的副处级干部，已然是成精，我是伪装不了的，还不如直接把实底交了来得洒脱呢。

女孩笑笑说："没事，我知道你的情况，我们家并不嫌贫爱富，要的就是为人踏实可靠，你的职业特点决定了你必然是个哪儿也不会乱跑的人，所以咱们还是可以坐下聊的。"

我心头一紧，听这口气，女孩可不是个省油的灯，世事练达，能够洞察别人的想法，尤其是一出招就占尽先机，气势上已经优于我很多了。

我讪讪地说："确实，我是外地人，家是内蒙古的，在北京读完博士毕业后留在安真工作了，现在还是个主治医师，听说你是公安部的，你主要负责哪一块呢？"

女警说："我负责公安部人事，平时的工作不会很危险，但是会对自己的工作保密，所以你不能再问我工作上的事情了。"

好吧，气势上瞬间又压了我一头，感觉就像是"007"邦德在说"如果我告诉你，我不得不杀了你"，赶紧转换话题。

"你条件这么好，怎么还没名花有主啊？"

女警瞥了我一眼，淡淡一笑，嘴角划出一抹风情："经历过就懂了一些，然后就会厌倦，但等真懂了才知道应该要什么和应该做什么，所以正确的时间遇到正确的人才是缘分，好饭不怕晚的。"

我深以为然，虽然这明显是个有故事的女孩，不过以我目前的状态是不能重新谈一场单纯无比劳心劳力的恋爱了。因此，双方在容貌和身材的吸引下，逐渐聊得越来越投机，甚至有些相见恨晚了。

聊到后来，女警突然说："听说你在急诊工作，那边很辛苦吧，要是咱们将来继续的话，我打算把你转到高干病房去，你们医院我人头很熟，转到高干那边去就不用那么累了，也更有时间照顾家庭。"

这时，我心里突然有点冷了下来，微有些不爽，虽然我开玩笑说是来入赘的吧，但是你也不能傻到当真啊，而且这八字还没一撇的就开始安排起我的未来了，于是说："呃，其实作为医生最重要的就是打下坚实的基础，我现在趁着年轻在急诊多练练，等年资高一点再去高干这样养老的地方。"

女警看出我的不快，但明显并不想在第一阵就输下来："高干病房这样的地方，你可以认识很多高层次的人，对你未来的发展是很有好处的，人能不能进步关键是看和什么人在一起。"

这种语带双关的话对于我这样的读《三国》读过七遍的人也太小儿科了，就说："确实是这样，不过我的本职工作是医生，对医生来讲，就算关系再高大上，如果手里的活不行，也就是医术不精，那到更高的位置也只能害人害己，所以我还是想再锻炼几年。"

虽然话说得并没有不妥，但是我的口气不容置疑、斩钉截铁，显然毫无委婉可言。多年后的现在，想起当年的少年意气和书生傲骨，感觉有些幼稚，可是在那一天那一刻，我觉得如果我心中的职业操守和对精湛医术的渴求都得压抑住，那做人和咸鱼有什么分别！

眼看着女警脸色由白转青，已经到了要发作的边缘了，我彼时其实倒是蛮好奇富家小姐发脾气是什么样子的，于是调整了下姿势，坐得更舒服些，就差手里再拿盆爆米花以便有个看戏的样子了。

但是，意外的是，女警竟然在发飙的边缘生生地止住了，并低下头沉默了一会儿，然后抬起眼睛认真地看着我："你是不是心里在想我到底还是个大小姐，受不得半点忤逆？其实，我不是你想的那种女孩！我爸爸对我家教很严，他是军人，从小把我当儿子养，动不动就会体罚我，我又是警校毕业的，所以我特别地能吃苦。我虽然和爸爸圈子里的那些女儿，也就是所谓的各种千金各种二代关系很好，但是我绝对不是她们！我之所以到现在还没有结婚，就是因为周围的人都不是我想要的，我从心底里其实是瞧不起他们的。我最崇拜的其实是我父亲那样的人，可以从东北农村里一步步靠自己的奋斗到今天的地位，这样的男人才是真正的男人。我之所以在听人说了你的背景后就来见你，不是因为我大龄愁嫁，而是因为你也是通过努力学习一步步从内蒙古的农村到了现在的平台。我为刚才的鲁莽道歉，就知道你这么聪明勤奋的一个人，怎么可能是个钻营取巧的呢。"

我不禁愣住了：我这是捡到宝了啊！通常情况下，人的性格决定了人的命运，大多数人的性格是稳定而突出的，如果极为稳定而突出的就是钻牛角尖，那样的人相处起来会让人有想同归于尽的冲动。而通常我们所说的情商高好相处的人，性格往往是二元或三元性的，这样的人极为好相处，可以因环境和对象而通融改变，女警显然就是这种类型，她在不屑于富家小姐而本身又是富家小姐的基础上，还能和一票富家小姐做朋友，这简直就是典型的三元性格，非常适合相处。当然如果性格太多元，往往就是奸猾狡诈、两面三刀之人了。

有这样的宝贝我还不赶紧收到碗里，还等什么，于是正色说道："看来我误会你了，原来你是这样率真的人，为了表示歉意，不如约个时间看电影吧，聊表寸心？"

女警点头说："当然可以，你是我认识的人里面学历最高的，我真的挺想看看你们这样的高才生在生活中是什么样子的，是不是真的是书呆子，哈哈哈。"

我也陪着干笑了几声，又聊了一会儿，为了保持矜持，我们跟对方告辞。女警在驶离停车场的时候突然摇下车窗对我说："你样子真的一点都不呆，还蛮可爱的，我明天晚上八点到你医院门口接你。"对我嫣然一笑，留下一溜汽车尾气。

刘非对我的表现很是满意，说女孩家里回话了，认为我是个有担当、有骨气的"二有"青年，而且和人家女儿郎才女貌，实乃良配。我也谦虚地说没什么没什么我还没有好好发挥，主要是高干家识货。

我谨记这约好的电影，于是在这天尽早地完成了抢救室的工作，然后早早地来到手术室，路易一看我来了，就说："我们都知道你今天有事，我把你的手术和我的调换了哈，你先做我那台吧，你那个还不定什么时候能上台呢。"

我心想路易这是多想我赶紧解决了自己啊，已经到了恨不得帮我出钱泡妞的地步了。不过还是心下感激，这样我就能做好手术赶紧上楼洗个澡打扮一下。

结果路易的这个病人手术做起来很艰难，三根冠脉有两根狭窄，其中前降支还是个分叉病变，但好在我现在手艺已经比较好了，在六点左右还是迅速地做完了手术。手术完事后路易过来推我说："你赶紧走吧，别耽误了正事，收拾手术台、送病人什么的都我来就行了。"

我心下暗笑，但还是依言上楼洗澡去了。

洗完澡还吹了头发还顺便换了身衣服，我高高兴兴地要走，突然电话响了，包子急促的声音传过来："你快来看看，你做的那个病人现在心率不停地往下掉！"

我脑袋"嗡"了一声，赶紧往病房跑，到了病人床头，包子和于主任都在，于主任说："心率已经四十以下了，推了几次阿托品（提高心率的药物）了，还是不见恢复。这手术是你做的，你最了解术中的情况，你估计可能是什么问题？"

我仔细地检查了病人的状态说："估计不是支架内血栓就是冠脉漏了，现在患者血压还行，于主任您看是不是先叫个心脏彩超看看啊？"

于主任说："我也是这个意思，已经让包大夫叫了。"

没几分钟超声波医生来了，检查完以后说没看到大量的心包积液。我和于主任对视一眼就松了口气。包子说："如果没有心包积液，是不是就能把手术过程中导丝穿破冠脉这个并发症排除了呢？"

于主任说："对，一般手术后这么短时间就发生血流动力学不稳定的现象，首先就要考虑是不是因为导丝穿孔或者支架内血栓，现在没看到心包积液说明应该不是穿孔。王大夫你赶紧联系手术室，咱们这就把患者推下去再做个造影看到底是不是血栓。"

我让包子赶紧和家属谈了再做造影的事情，我自己打电话联系手术间，不一会儿手术间说腾出地方了，我赶紧招呼包子和我一起把病人推下去。

到了手术间，我们用最快的速度把患者拉上台了，这时候我趁机看了一眼表，几近八点了。造影做得特别顺利，血管显影后才发现不是支架内血栓，再仔细检查，是右侧冠脉支架将供应窦房结起搏的血管压闭了，简单来说就是心脏的起搏区域的供血血管失效了，所以会出现心率下降的情况，这种虽不常见，但是危险系数较低，一般药物治疗一段时间后自行恢复。大家都松了口气。

我做完手术后赶紧下台，把病人推回病房并做了相应的药物处理后，打算给女警打个电话，这时发现手机不见了，想起来应该是放在手术观察间了，匆忙跑下去找，还好没丢。拿着手机拨通了女警的电话，发现反复打过去几次都没有人接听，我心下黯然，估计女警是以为被我放了鸽子，所以负气回去了。想想也是，我们约的八点，这会儿都快九点半了我才给人家打电话，任谁都会生气，这种情况其实在医生群体中很常见，属于坑害广大男医生打光棍的第二大原因，呃，第一大原因当然是穷。

我心中焦急但是也没有办法，只好给女警发了条短信，将今天发生的事情讲述清楚，要是她实在不能理解，至少也别觉得我素质低下，丢了刘非的脸。

虽然约会失败，但是由于刚才受到了惊吓，所以也没有心情再留在手术室继续手术了，于是我早早地回宿舍睡觉了。这一觉天昏地暗，不过急诊医生的睡觉能力是这世界上最强大的，不论何时何地只要时间允许，睡个对时不在话下。

第二天一早，我神清气爽地醒来，翻看手机，赫然看见女警的回信："你如果工作我理解，但是为什么是你女朋友接的电话，你如果有喜欢的人了，就不要伤害我，也不要伤害她。"

我立刻就蒙了，这都哪跟哪啊！

我拨回女警的电话，每次都是直接挂断，估计直接被她拖进黑名单了，根本就打不通。

我郁闷地去手术间继续今天的扒活儿，其间祖老师进来了，我和他讲述了一下这离奇的分手，祖老师思索片刻，沉吟说："具体的情况我不是很清楚，不过昨天包子和你推病人下来后就没走，一直看你在这边手术来的，你快完事了她才回去。"

我心下了然，可能包子接了女警打过来的电话，然后说了什么。

但是事已至此，我总不好去向包子求证，一个不好包子当场承认再提出非分要求，我要是把持不住从了她那可就太对不起路易了。唉，走一步看一步吧。

纸是包不住火的，一天不到刘非就知道了事情的来龙去脉，然后打电话和我说请我放心，他一定找他表妹向她同学的三姑的二舅解释一下，代我为之澄清。

我听完就怒了，骂刘非道："我还以为她是个性格豁达的女孩，但是出了问题连句解释的机会都没给就拉我进了黑名单，这也太武断了，我这是找老婆呢，还是找个姑奶奶回家啊？不用解释了，就算回来找我我也不见她了！"

刘非也怒道："你丫想着嫁入豪门飞黄腾达，还不想受点气，什么好事都想占恐怕白日做梦吧，真把自己当潘安了啊！"

我指天指地地说要是让我摧眉折腰事权贵，一生不得开心颜，老子就算当一辈子小大夫也不干这事，然后愤怒地挂了刘非的电话。

而今不食嗟来食
奈何全家在空堂

　　我觉得对于女警的问题，是我的自尊心在作怪，其实理论上错的是我这边，无论是不是包子打的电话，女警有着女孩基本的嫉妒心也很正常。可当年年少的我，认为女警对我骤然疏离的态度是由对我的轻视进而产生的可以对我呼来喝去的随意感。而虽然当时玩笑间"入赘"云云的，我其实心里根本就对侯门大户不屑一顾，颇有视金钱为粪土的豪气，认为金钱不是万能的，至少健康、亲情、荣誉、内心的平静等，都不是金钱能买得到的。虽然我只是个小医生，拿着不多的工资，却做着世界上最有意义的工作——拯救生命。古人说"救人一命，胜造七级浮屠"，我觉得工作这几年也已经搭了个国贸三期高度的浮屠塔了吧。所以，虽然银行卡里的数字仍然让我在任何 ATM 机取款时都感觉比较安全，不用遮密码，但内心比较平静，觉得走到哪儿好像都带着光环。而且，医生的社会地位确实是算高的，同学聚会从来不埋单，朋友喝酒都会提前一周通知我，我还经常不去，去了也还是不埋单，像我这样烂的朋友下次聚会大家还是会叫上我，可能大家总是觉得时不时就会用到你这个小医生帮个小忙啥的，所以都会容忍我。综上所述，我是比较满足现状的，也不认为非要有很多钱才会觉得幸福。

直到我发现一个悲伤的事实——金钱可能买不到你的幸福，但是可能买得到你的命。

还有十几天春节，急诊抢救室里患者明显增多了，当然这主要是因为各大医院病房开始缓慢减少收治病人数目，为关闭病房做准备。在这样的时刻最怕的就是突然来需要急救复苏的病人，没有统一协调的指挥协作系统的中国急救网，像安真这样的三甲级医院，随时可能出现患者爆发式的一拥而至，尤其是在病人情况都比较严重的情况下，那么急诊就算设立 100 张床位也是没用的，何况抢救室只有正式的 11 张床位。

急诊定律之二说得好——怕啥来啥，别叨叨。刘非一上班便边查房边像个邻家老太太一样叨叨着："过节病人就是多啊，过节病人就是多啊！"果然，查房还没结束，120 就送来一个重病人。

这次来的这个病人是我从医多年来见过最凶险的，简直可以用"险象环生"来形容。

患者三十四岁，青年女性，感冒一周，今晨突发胸闷、憋气、大汗淋漓，乏力，无发热。外院无法确诊病因，只是发现患者心功能进行性下降，已经出现了肺部啰音。上午九点来到安真急诊，一进门我感觉情况就不好，这么年轻的人面色蜡黄，只能坐在平车上，喘憋很明显，血压只有 80/50mmHg，这分明是个命悬一线的患者。没什么好犹豫的，直接拉到抢救室，经过检查确诊为"急性重症心肌炎"。

心肌炎顾名思义，其实就是心脏肌肉及血管、包膜等组织出现的炎症，多见于病毒或细菌感染后，流行性感冒引起心肌炎的概率可高达 57%，所以是个防不胜防的疾病。好在绝大多数心肌炎都可以自愈，也就是自己恢复，但是，仍有极少数患者会出现爆发性病理改变，会导致死亡，病情极为凶险，从发病开始计算，两到三个小时内就可能会发展到濒临死亡的地步。

很不幸，这个青年女性宋女士得的就是急性重症心肌炎，属于最危险的那种。当天的值班二线是刘主任，说起刘主任（老刘），就不得不在这么关键的时刻还要提一下，他是我们国家为数不多的拥有美国医生执照的大夫，美国医生执照含金量相当高，当然这个执照本身非常难考，考试全英文，还要通过极其变态且含有种族歧视的面试。老刘先在新加坡当了几年医生，然后在新加坡考了美国的执照，按理来说有了美国的执照在新加坡发展是极好的，但老刘念及家中父老，顶不住思乡之情，所以拿着在新加坡工作三年就赚得的几百万人民币，回来了，当然，他用在新加坡赚的钱买了套东三环边上的高档公寓，那就是后话了（十年前）。

言归正传，在老刘和该患者的丈夫交代完病情后，那个一米八几的大汉颓然坐到椅子上，带着哭腔和老刘说："主任，我媳妇刚给我生完一个小子，孩子还哺乳呢，咋整啊！我不能让孩子刚出生就没妈了啊！"

大个子说完就坐不住了，身体直往椅子下面出溜，我们几个赶紧把他平放到地上躺着，掐人中，灌了一袋葡萄糖后大个子回过神来，马上推开我们，自己站了起来，望着老刘说："有没有什么办法可以有活路呢？哪怕一点希望都行！"

老刘说："除了目前的保守治疗措施外，唯一可能有转机的就是用ECMO！"看大个子一脸茫然，老刘接着说："所谓 ECMO 就是一种暂时的替代心肺工作的装置，也就是说，虽然患者的心脏和肺脏目前情况非常糟糕，已经到达无法供应人体所必需的氧气的地步了，但是我们绕过病人自身的心肺，用机器来替代，这样能让心肺得到休息，如果您爱人的心肌炎能够在一定的时间段内恢复，那么还是有生存的可能性的。只是……"

大个子虽然新遭巨变，心浮气躁，但还是听得出来老刘口气中的犹豫的，于是就问："主任，您有啥话就直说，我顶得住！"

老刘说："只是这个概率并不高，通常上了 ECMO 最后能活下来的概率不到三成，而且费用极高！几乎几天下来就要二三十万，而且医保对 ECMO 的报销比例很低，所以你们自己要承担大部分的医疗费用。"老刘犹豫这一下不是没有道理的，因为不管是宋女士还是眼前的大个子，看起来都衣着朴素，言语间也没有当下金领精英们的自负，所以可能并不能承担这样的天价医疗费用。

可是，这个世界上的很多段历史告诉我们——不要以貌取人！

大个子根本没有犹豫："主任，我们用，不管多少钱我们都用，我卡里还有一千多万，我先给你交上五十万押金，你快给我治就行了！"

在一屋大夫的瞠目结舌中，大个子拿出了钱包里的银行卡按在桌上说："主任，在你这儿刷吗？"

老刘从茫然中惊醒，忙摆手："不是不是，交钱要到住院窗口。"

大个子一扫刚才的颓然，大步流星地走了出去，跑到窗口去交钱了。我们几个面面相觑，老刘幽幽地说："赶紧叫体外循环的人过来收病人吧，还看什么！人家有钱是人家的事情，你们做好本职工作就行了。"

体外循环的医生很快赶了过来，宋女士的这种危重症是用 ECMO 的绝对适应征，于是很快就让大个子签好了字，把宋女士推入了手术间。

只是在这期间，路易还是难改那副八婆嘴脸，贱兮兮地跑到大个子那儿套近乎："怎么样？紧张吗？估计手术间很快就会准备好的，您在抢救同意书上签个字哈。对了，这行职业栏您也填一下。哦？您目前无业吗？嗯，确实，拆迁以后再开出租车确实不合适……"

两周后，宋女士由家人推着轮椅来抢救室感谢老刘，她的心脏成功地恢复了部分功能，可以勉强维持日常的活动需要，再养个把月估计就能常规地活动了。家人极其感谢老刘的救命之恩，大个子拉着老刘非要请他吃饭，老刘摆摆手说这是我们应该做的，你们两周花了四十多万眼睛都不眨一下才是真豪杰。

　　宋女士的结局是一个皆大欢喜的场面，老刘因为在春节期间高瞻远瞩地抢救成功一例产后妇女，力挽狂澜地拯救了一个即将破碎的家庭，上了报纸，并得到院领导的高度肯定，不久便一路顺风地去了心内科做了副教授，离开了急诊。可以说是患者及家属合并老刘的幸运，虽说抢救成功的案例很多，可是谁让人家老刘做事做到点子上了呢？所以，大家心里其实都有点小小的嫉妒，并且也等待着再来类似的病例，自己也能露把脸。

　　安真医院是不缺机会的，没过几个月这样的机会就直接落在了我的头上。

　　机会是留给有准备的人的！因为我的努力表现加上英明睿智，人品出众……算了，不自吹自擂了，主要是我通过了主治医师考试，并且主治医师证发下来了，所以我已经由一个需事事请示上报的住院医生华丽转型为有独立诊疗权的主治医师了。因此，当这个机会落在我的头上的时候，我真是惊喜万分，看来我出头的日子不远了。

　　其时已至炎炎夏日，夜间的急诊空调嗡嗡作响，但丝毫感受不到凉意，人头攒动，接踵摩肩，在流水区值班的祖老师冲进抢救室的大门并带来一张病床，他拉我到一边说："这个病例和老刘那个几乎一样，产后两个月的年轻女性，三小时前出现喘憋，我都给你查好了，肯定是急性心肌炎，目前状态不好，赶紧像老刘那样处理，请全院会诊，惊动越多领导越好，机会我是给你了，能不能抓住看你自己了，哥只能帮你到这了。"

我心下一阵感激，还是有兄弟好啊！得到领导赏识全看这回了。啥也不说了，赶快去看病人。

患者女性三十五岁，两个月前刚生完第二胎，自然生产，一周前出现发热，以为是奶水堵塞乳腺造成的乳腺炎就没在意，因为喂奶所以未服用任何抗生素等药物。今晨出现胸闷、憋气，来我院就诊，祖老师已经查了心脏彩超及心肌酶，确认是急性重症心肌炎。

患者目前病情危重，血压在 80/40mmHg 左右徘徊，用多巴胺维持治疗，几乎无尿，我迅速给了对症处理后把家属叫到办公室。

家属是患者的老公，操着浓重的西北口音，中等身高但体壮如牛，面目忠厚。

我问壮汉："她最近有没有感冒？有没有过度疲劳？有没有营养不良？"

壮汉明显不善言辞，说话犹豫并且不甚流利："她……在家带孩子，在家，也不上班，俺们农村来打工的，吃得不咋地，俺那口子壮实得很，自己带娃娃。"

路易这个时候凑了过来，难得正经地说了一句："兄弟你媳妇有医保吗？你是做什么工作的？"

其实，路易问这句话明显是怀揣着最后一丝希望的，想从那汉子口中听到"我也刚拆完迁"这样的云淡风轻却扭转乾坤的一句话。

并没有意外发生，汉子低着头说："俺们没医保，俺来首都做泥瓦工的，在昌平那边工地干活儿，婆娘带娃，俺工友给凑了五千块钱，大夫你看够不？明天，明天一准再带一万块钱过来，俺几个老乡都答应俺了……"

我和路易陷入了沉默，路易无奈地看了我一眼，说了句："王大夫你谈吧，让家属在拒绝做ECMO治疗上面签一个字。"然后转身叹息着走了。

壮汉感觉路易的情绪不对头，急急忙忙地说："大夫，是不是不够啊？差多少俺借，俺婆娘不容易，跟了我十几年，一天好日子没过上。让她在家带孩子，她舍不得俺，怕俺吃不好饭，非得跟来和俺一道遭这个罪，知道俺娘喜欢小子，非得要再给俺生个小子。她说日子苦点咬咬牙就过去了，娃长大了就好了。俺婆娘一心一意地跟着俺，花多少钱俺也得救她啊，不然娃长大了，俺和他们咋说啊……"说着说着这个魁梧的汉子已经一脸的泪水。

医生是个很奇怪的职业，有人说："医院是这个世界上最光明的殿堂，也是这个世界上最黑暗的角落。"这个职业最大的特点是会面对生死，但是这些生死不是发生在草木或小动物身上，你可以无动于衷，而是发生在活生生的人身上。这些面临生死的人，每个人都有童年的天真、成长的艰辛、长大后的责任和亲人的爱护，这些死亡可能会让另外的一些人生不如死！而作为医生，是这场生死的最接近的见证者，进而在生死之间见证了他们的整个人生！

说医院是最光明的殿堂是因为这里工作的每一个人，不管这人平日里工作上会不会钩心斗角，或者有没有利用职务谋求点私利，更或者有没有到处拈花惹草、道德腐化，只要在面对病人的生死存亡的时候，他就一定会选择用尽全力把这个患者救活，这是医生的本能！可是说医院是最黑暗的角落也是对的，因为很简单——治病是要钱的！

对患者家庭来说，救治一场突如其来的重病，无异于刮一场台风，将你吹得家徒四壁，所以"久病床前无孝子"甚至抛妻弃子于医院的令人寒心的事情也绝不少见。另外对医生来讲，如果治疗的患者没有钱而你还在为他继续治疗，那么恭喜你，这笔巨款由整个科室来替你扛。你们科室很可能被扣掉所有奖金还不够填这个窟窿。要知道大家都是要养家糊口的，你自己的善心要别人一起帮你背，那么很可能每天早上你都不敢和人打招呼，也不会有人和你打招呼。现在这种情况好一点了，国家毕竟是在进步的，在遇到重大急症的时候，如果没有实施基本医疗措施，患者就会面临死亡的危险，所以可以边治疗边向医院申请，很可能由医院来帮忙填这个窟窿。看起来可以山呼万岁了，但是一定要注意是"基本的医疗措施"。就以这名患者为例，我的权限可以给她使用抢救室绝大多数的仪器、设备还有药品，就算她家一分钱都没带来我也可以先治着，但是如果涉及高端医疗条件，比如 ECMO，那是没指望的，毕竟 ECMO 本身的费用，医保覆盖得极少，而且就算用了也只有三分之一的概率活下来，你指望用我们微薄的国家医保资金去填这样的无底洞，那绝对是无稽之谈。

那么下面就面临一个抉择——到底要不要向家属强烈推荐ECMO？

从这个汉子哭泣的身影上我可以清晰地看到他和妻子活得很不容易，生活清苦，压力巨大，但好在两人真心相爱、相濡以沫，倒也能让温暖的日子有了奔头。"相濡以沫"用在他们的身上是特别贴切的，我可以想象这汉子结束一天的体力劳动，回到郊区湿冷狭小的出租屋，又累又饿，可是屋里自己的婆娘准备好了晚饭，有孩子在追打欢笑，这可能是他生活的全部意义！

作为主诊医生，我现在要告诉这个抽泣中的壮汉：你的老婆很快就要面临死亡了，唯一有 30% 存活概率的机会就是用一个你挣一辈子都不够的死贵死贵的机器，而且还不能保证能活下来，即使活下来也可能失去劳动能力，甚至生活能力。就算告诉他这些，他也不可能在短时间内凑齐十几万的押金，可是，如果不告诉他，一旦将来有一天对簿公堂，我是一告一个准，保证会输官司，家属的知情权是诊疗过程的充分必要条件。

正在纠结着，路易跑过来大声嚷嚷："哎，我说你谈完没有啊？ 1床血压不行了，你赶紧的，签完字过来帮忙！"

那汉子闻言瞬间止住了哭泣，奔向复苏间（1 床）的方向。我也赶紧跟了过去，到那边就看到患者的心跳已经停了，路易已经开始做心肺复苏，全面抢救了。

我赶紧过去帮忙，我和路易把手头能用的手段都用了，然而大势已去，眼瞅着患者一点一点地凉了……

剩下的事情就像其他所有死亡患者的情况一样，由家属陪着尸体去了太平间，据说那个汉子瘫倒在太平间门口无法起来，后来来了几个工友，才架着他办完了剩下的流程……

下班后，"急诊四杰"像往常一样到了"东门饺子馆"吃饭，吃着吃着祖老师突然说："这顿是不是王教授请啊？我给你送的那个病人情况可是和刘主任发迹之前的那个一样啊，你照方抓药至少能得个院领导的点赞吧！"

我和路易对视了一眼，还是路易先开口："少卖乖了你，那家属一看就不像用得起 ECMO 的主，你久经沙场的会看不出来？"

祖老师说："上次那个看起来也不像是当官的或大款啊，结果事实不是证明人家是更牛的拆迁户吗？"

路易骂道："少装蒜了，拆迁户都是衣着朴素但眼神有睥睨天下的豪气的。那个家属衣着不说，关键是一进医院就哆嗦，明显是没医保，心里没底啊！对了，王教授，让你签家属拒绝 ECMO 治疗的文书你签了没有？不签告了你可是会有麻烦的，告诉你，越是穷的家属越容易死了人后告大夫啊！"

我说了句："没有，没来得及。"

路易顿时怒了："狗屁，你在屋里和那家属谈了快十分钟，就一句话你都带不出来？我告诉你啊，你是主诊医生，我是帮忙的，出了事你死在我前面。"

气氛顿时有点小尴尬，大家沉默了一会儿。

祖老师开口："那个什么，不会有事的，有几个家属能认全'ECMO'这几个英文字母啊！对了，我说你为嘛不告诉人家 ECMO 的事情？"

我缓慢地说："不是我矫情啊，你们想想，如果自己的女人得了心肌炎，现在唯一的办法是用一个贵得负担不起的机器，当你知道了这个信息而又没钱救自己的女人时，等自己的女人死了，你会不会一辈子看不起自己，生活在痛苦之中？"

刘非说："肯定会，要是我，我肯定连死的心都有了，要是路易，从此以后肯定自暴自弃，走上犯罪的道路，变成连环胖子杀人狂都有可能。"

路易却难得地正色说："你说的话看似很有人情味，但是是错的，你只是个医生，你的任务是救患者的性命，而到底是不是决定砸锅卖铁来救自己的亲人，那是家属的选择权，你这样做是把自己当神的极度自负的表现！你是医生就尽你的本分，告知是你的义务，被告知是家属的权利，你不能凭自己的主观想法判断人家有没有经济能力，就决定是不是要隐瞒一种可能救患者性命的治疗手段！"

祖老师忙接过来："严重了啊，严重了兄弟，ECMO 从开始准备到床边开始操作，最快最快也要三四十分钟，那个患者到了抢救室十几分钟就不行了，就算王教授说了这事，家属的十几万押金就在口袋里，也断然是来不及了。你把问题上升到这么高的高度干啥？"

我一阵沉默，路易的话触动了我，我确实没有替患者下任何决定的权利，我是出于一片好心，可是有时候好心是会办坏事的。

正沉默着，刘非看出了我内心的纠结，笑着说："这个不怪王教授，也不怪医院，更怪不着那家属穷，谁让 ECMO 那么贵，还不在医保范围。"

祖老师接口道："有医保也用不起啊，现在国内医院的大型或高端仪器全是进口的，动辄几十上百万的，就咱们国家那点医保基金，哪折腾得起啊！"

路易愤懑地说："靠，你说咱们国家卫星都能上天，航母都能下海，怎么就弄不出来个 ECMO 呢？远了不说，你就说咱们医院吧，连最基本的 CT 机都是进口的，一台就是一百多万，加上核磁、导管机，整个放射科算下来就有几个亿的钱被老外赚去了。北京有三十几家三甲医院，这他妈得多少钱，全国这么多省份这么多大型医院，那他妈得多少钱，都让老外整去了，怎么就不能花点精力好好在这些应用科学上！"

我冲路易笑了笑，缓解一下刚才的气氛，然后说："医疗仪器研发不是单一的学科，是交叉学科，在这方面国内几乎是空白的，我们只是在仿制，说白了现在几乎所有国产的医疗器械都是山寨版的而已，根本谈不上自主创新。另外，从药到器械，在国内基础学科几乎没留下人才，因为短期内不会看到效益，所以无论是国家还是国内的公司对于基础研究投入很少，有很多基础学科的研究生后来不是出国就是转行。我觉得还是环境的原因，没有一个能够安身立命的环境让他们静下来搞研究。基础学科的人才也要吃饭、养家，但是现在我们国家对知识分子的不重视程度也是达到了一定水平的。就说我读博士的时候实验室的那几个留下的师兄，一个月不到五千块钱，在北京这样的地方怎么活啊？但是人家国外重视人才啊，所以你看看我那些同学，出国的占一半，出去不回来的百分之九十。国家花那么多力气培养的硕士、博士，说没一下就全跑了，要知道咱们国家的教育是世界上比较价廉物美的，都给他人作嫁衣了！"

路易又骂："政治家都是一群很聪明的庸才，只有真正的学者才是一群很笨的天才，你天天让人家他妈奉献，连基本的生活质量都保障不了，我奉献你大爷啊！"

祖老师说："冷静，这位兄台，请你再冷静点，你要是不想在中国干，有的是人想干，你走人就是了，何必咆哮？唾沫星子都跑到饺子里了。"

刘非说："其实路易激动点也是正常的，毕竟他在急诊工作十年了，很容易出现精神疾病，正好也让他发泄发泄，不然憋坏了就不好了。"

祖老师一叹："其实就算是留住了人才，但是整个国家的工业基础还是太差，那些医疗仪器涉及多种交叉学科，例如医药、机械、电子、塑料等多个行业，不是短时间能追上的。不过人才的差距是最重要的，如果能够重视起人才，给予宽松的政治环境和物质保证，经过几代人的努力终究是会追上的，但是如果一味让读书人受制于各种条件，忍受各种奉献，恐怕翻身的机会不大啊！"

我看路易发泄得也差不多了，赶紧往回拉："国家层面的改革不是一朝一夕能完成的，治大国若烹小鲜，太急太快也会出问题，不过我观各位的相貌，恐怕是活不到赶超帝国主义的时候了。说那么多也没用，国家取士之道如此，我们这种草民这辈子也没法儿指点江山了，不过正是不为良相即为良医，大家干好自己的活计就行了，今天散了吧，路易埋单，发泄一下好了。"

关于怎么改变这种现状，绝对不是我们几个讨论讨论就能解决的，但是从这件事情我知道了，没有钱是绝对不行的，同样病情的两个病人，一个因为家财万贯活了下来，另一个却连拼一下的机会都没有。潜移默化间，病人身上发生的事情，正在改变着我的思想体系，我也在思考，是不是我太把自己当回事了？固守我的文人的穷酸，自己固然傲骨铮铮挺胸抬头，但是家人怎么办？我很难想象将来有一天我没有钱去救家人的时候我会是什么心情，到时候不一定有人会为了让我能继续穷酸地活下去而对我隐瞒这种选择。

葛屦五两
冠缕双止

　　一周后，我突然接到女警的电话，说在我医院门口等着，让我下去。我在休息室里坐了十分钟，一咬牙换好衣服下了楼，然后钻进女警那气势恢宏的白牌奥迪 A6 车里。

　　我们先沉默了一下，然后我开口说："那天是我一女同事开我玩笑，所以接了你的电话……"

　　女警说："我知道，后来我调查过了，你现在确实没有女朋友，而接我电话那个女医生目前正追求你。"

　　我一听就惊出一身冷汗："我说警察同志，咱们不能这么浪费公共资源，不会是你派了卧底小密探调查我吧？"

　　女警一笑："没有调查就没有发言权，既然我们打算谈恋爱，我当然得把你背景资料掌握齐全，你不用紧张，我也没派什么间谍，只不过打几个电话就了解清楚了。"

　　我们相视一笑，她的笑带着得意，我的笑充满苦涩，我说："您这一手，恐怕我将来连早上上班都不敢和护士打招呼了，您是有多在乎我啊？"

　　女警一笑："你多心了，现在你只是案件嫌疑人，远还没定罪，离着婚姻的牢狱还差着十万八千里呢。这样吧，你晚上能不能和我吃个饭，我订好了'将太无二'，俗话说酒后吐真言，我们喝点清酒怎么样？"

我心里一紧，这北方的妹子们怎么都这么豪爽大气啊！于是赶紧答应下来。

女警绝尘而去后我犯了难，我的手术都排到晚上了，这回损失大了。我找到路易，委婉地提出了要再换手术的想法，路易一听就急了："你别换了，上次换了不是还没去成吗？您这回就把今天的手术都给我得了，顶多我明天的都给您上还不行吗？我说您就踏踏实实地去约会吧。"

坐在前面的周老大听到我们的对话，回头一笑："成功啊，你去吧，手术什么时候不能做啊，先把自身问题解决了才能更好地工作。"

我这一听就差点热泪盈眶："主任您对我们实在太好了，学生实在无以为报啊！"

周老大神秘一笑，说："昨天院领导给我打电话询问你的情况，问你到底有没有女朋友，说是卫计委的领导过问来的，我说成功啊，你这找的哪家的姑娘啊？这背景也太深了吧。"

我一听差点没闪到腰，这女警是想害死我啊，还没怎么的就到院领导那问这问那，这要是将来得罪了她，还不一把就把我捏死啊！

路易大点其头："真是酒香不怕巷子深啊，咱们急诊科藏龙卧虎，这种百年不遇的天上掉的馅饼怎么就砸你小子头上了！"

我赶紧瞪了他一眼："你乱用什么俗语，周老大在这坐着，你还在这儿胡说八道。"

晚上我应约而至，"将太无二"果然是日料中的战斗机，以前因为太贵所以一直都不敢来，这回人家订好位子，咬牙也得挺着吃啊。

女警招呼服务员，说："按照我平时的单子点两个人的份就行了，然后把我存你这儿的那个'白鹤'温一下倒两壶。"

我心下一松，想：嘿嘿，知道您在显摆，没事，我们急诊医生就不怕人显摆，反正您这酒肯定不用我埋单就行了，菜能有几个钱，谁不知道日料主要是卖死贵死贵的清酒，那玩意儿淡如水，喝起来几壶都不够。

接下来我淡定自若地大吃大喝，一杯一杯地喝着清酒，与女警谈笑风生。席间女警谈起国家大事，常委、部长的如数家珍，还时不时地带出叔叔、伯伯的，一看就是家学渊源，与高级领导们同气连枝。反较我而言，我连什么叫人大什么叫政协都分不清楚，政治敏感度为零。但谁让咱有文化呢？读过的穿越小说一摞摞的，你和我说新中国成立后的十大元帅，我就和你讲三国蜀国五虎上将，你再和我说目前国家机器结构，我就和你说明朝内阁首辅制，反正把唐、宋、元、明、清的各大名臣都显摆了个遍。

女警显然是没有准备，在她的印象里医生应该都是读书读傻的书呆子，肯定不会有我这样的纵观古今的吹牛大王，所以一时眼露崇拜的目光我也可以理解。

酒至正酣，女警接了个电话，然后娇媚地一笑说："我闺蜜们知道你了，她们非吵着见你，你说要不咱们见一下她们吧？"

我知道女人的闺蜜是不能得罪的，如果你想搞定一个女孩，就要先搞定她的闺蜜，于是说："那赶紧叫过来吧。"

女警说："她们在'唐朝'小聚呢，要不还是咱们过去吧？"

我爽快地答应，然后喊服务员埋单，账单拿来一看，不禁惊出一身冷汗，两个人不算酒吃了一千多块！

但是好在奖金卡里还有五千多块，一咬牙刷卡走人，由于平时急诊见过无数风雨，我面容平静祥和，一派从容淡定。

见到女警的闺蜜我才真惊到了，这纯属一群"网红"啊，个个样貌秀丽，而且四五个人要了一个巨大无比的包间，在里面又蹦又跳。后来我才知道，都是各路神仙的女儿。

我一进去就有个样貌甜美的女孩拉住女警的手，随即斜眼瞥我，打量片刻，然后小声和其他人说了几句，就一起笑作一团。

过了一会儿，几个女孩就叫嚷着让我挨个敬酒。说实话我真没有经历过这样的场景，这种莺莺燕燕、翠翠红红确实让我眼花缭乱。但是我突然想到了一个可怕的问题：不会是我埋单吧？按照惯例，第一次见女友闺蜜，通常情况下都应该表现一下的，这也算是基本规矩，我懂，不过，我也深知这种俱乐部的大包间一晚上消费一万两万也是分分钟的事情。可是我可怜的卡里只有不到四千块！

想到这里，我冷汗不禁冒了出来，一个面对生死从容淡定的急诊科医生，面对灯红酒绿却头一次感觉很无助。饿死事小，失节事大啊。这要是掉了链子，恐怕将来在女警面前会是永远的痛了。

陪女孩们玩了一会儿，我借口出去透气，跑到街上给刘非打了电话，说明完情况，刘非说："咱'急诊四杰'不能失了体面，你等着，我马上把我的卡给你送过去。"还好半夜不堵车，刘非只用了二十分钟就打车来到了"唐朝"门口，给了我卡，交代了密码后拍了拍我的肩膀说："舍不得孩子套不住狼，舍不得老婆抓不住流氓。兄弟只能帮你到这儿了，你保重。"

我不禁感慨，还是兄弟好啊！

回到包间后，女警问我怎么去了这么久，我含糊说喝多了出去躲酒。此时我已经完全没心思再喝酒聊天了，问她们一般会玩到几点，女警说经常是后半夜。我赶忙说明天还有手术要提前回去休息，然后豪气地说第一次见面我请大家了。

女警眼神怪异地看了我一眼说："其实不用的。"但是此时其他女孩都高兴地说："谢谢姐夫。"我赶紧抓起包出去了，到了服务台埋单，果然不出所料，将近八千块！

逃也似的打车回到医院时已是午夜，心里五味杂陈，我们这种普通医生和人家是玩不起的，一晚上的消费就是我一个月的辛苦。我不禁思考，就算真的攀龙附凤成功，且不论会不会尊严受损，单是人家那种空中楼阁的生活就离我太遥远，让我产生一种不真实感。我从内蒙古最偏远的农村考大学来到北京，每一步都是用自己的努力和聪明才智在前进的，虽然前进速度犹如牛车，但胜在踏踏实实，每获得一点都觉得心安理得。现在小医生的生活虽然不能大富大贵，但这种生活属于我，而我也属于这种平凡。

第二天女警发短信说："昨天很高兴，闺蜜们也很喜欢你，希望这个周末能够一起去九华山庄玩，不知道你有没有时间。"我毫不犹豫地回复："实在抱歉，周末值班，改天吧。"

中午食堂吃饭，我和刘非说下个月才能还他钱，刘非摆摆手。路易却凑过来说："九华山庄啊，那不是摆明要和你出去度周末开房间吗？这都不去，也太可惜了吧！"

我苦笑说："大哥，且不说能不能得手，就说我这真没钱了，刘非那钱我还得省吃俭用到下个月才能还上。这要是再来一次度假山庄，我下半年才能还清啊。"

路易也笑笑："其实你哪怕向银行贷款，只要能搞定这妞，等婚一结，那她就是你的了，而你的也是她的。你就一穷二白，人家可是家财万贯，这不是最高回报的投资吗？"

祖老师说："我觉得还是得门当户对，古人说的话还是有道理的。你想啊，就算你觉得可以入赘享受侯门生活，可是将来你的父母和人家父母见面什么的，总是会觉得低人家一头，就像是刘姥姥进大观园，不管怎么样人家都觉得你是来占便宜打秋风的。"

　　我感慨道："确实，如果连父母的尊严都不能维护，那做人和咸鱼有什么分别？"

　　刘非此时说："你们都还没结婚，可是我是过来人我知道。我以前没觉得什么，但是现在明白了，一旦结婚，就由两个人变成两家人的事情了，其中的纠葛理不清剪还乱，所以门当户对我也觉得比较重要。"

　　我说："确实，入赘女婿哪有地位，到时候连累家人都跟着低人一等，那……"

　　大家异口同声地说："那做人和咸鱼有什么分别？"

　　我沉吟了一会儿说："你们说的都对，其实我们外地孩子，尤其是我，在偏远农村长大，一直努力读书，事事争先，不只是为了留在北京过和你们一样的生活，最主要的动力其实是'尊严'。我永远忘不了十岁时表哥到我家过暑假时说'你们农村怎么连电都没有，街上怎么都是马粪'时的鄙夷，也忘不了我第一次一个人拿着铺盖卷到北京，上地铁的时候一个大妈无来由地对我说'你们外地人把北京地铁弄得像菜市场'。更忘不了我考研那年为租个地下室去办暂住证，像条狗一样被赶来赶去。我现在所做的一切努力就是为了'尊严'。所以如果我向生活妥协，把自己的婚姻都出卖了，让自己剩下的几十年都处于低人一头的境地，那……"

　　大家又七嘴八舌地说："那做人和咸鱼有什么分别？"

　　路易说："不过人家姑娘对你不是挺满意的吗？还没怎么鄙视你，

你就退出了，会不会太敏感、太玻璃心了啊？"

祖老师笑道："和阶级的差距比起来，地域的差距根本就不算什么，现在国内阶级之间的鸿沟几乎是难以逾越的，就像你永远都不会和一个貌美如花的清洁工结婚，就算结了婚也不会尊重她一样。我们小医生在人家官二代、富二代眼里就是清洁工，如果你不能接受清洁工，那王教授就不可能获得平等的婚姻。"

我叹了口气说："算了吧，反正周末我是不去九华山庄的，你们谁爱去谁去哈。不过我估计以那个女警的智商，我这么明显地找借口拒绝，她肯定看得出来，一定不会再主动联络我了。"

众人见状也停止了讨论，反正"花自飘零水自流"，随他去吧。

天下纷争起于利

转眼已是秋高气爽鲫鱼肥的日子，我们的日子也过得有滋有味，且进步颇大，因为，祖老师、路易和我完成了华丽丽的心内科医生的进化，被调到病房了！这可是天大的好事，我们不但可以过早上八点上班的正常人生活，一周一个夜班就 OK，还可以随时地去手术室做手术，而且可以做自己管的病人的手术，进而从整体的诊断、手术、术后用药等多个方面综合提高个人能力。对路易来讲，他可以每天看到包子，这点搞得路易很长一段时间内就像下颌关节脱臼一样合不拢嘴。

事情是这样的，我们在这大半年里每天起早贪黑地做心脏介入手术，也就是人们常说的心脏支架手术，终于有了一定的基础，拥有被榨取剩余价值的资本了。于是我们三个全部都被调到急诊大病房，开始成为一名光荣的病房大夫了！想想这大半年真是苦啊，抢救室的班都得上，在完成基本工作之余，我们还要在自己的休息时间跟着急诊大病房做介入手术。每天工作都超过十二小时，而且有的时候下了夜班也不走，继续跟着上手术。刘非就是受不了这个苦，就没有和我们一起上手术，所以这次我们都调到病房去了，他虽然心里不舒服，但是受不了这个苦就享不了这个福哦，所以他也没有怨言。

为了庆祝一下我们三个的华丽转身，我和刘非商量着叫上大家一起去密云水库烤鱼吃。话说密云水库真是个好地方，基本上我们"急诊四杰"每个月都会去一次，观观景、吃吃鱼，也是紧张工作后的一种放松。但是这次，我和刘非失望了！因为祖老师和路易都不愿意出来聚餐，这是头一回有酒有肉却遭拒绝的，肯定是有什么事情发生了！我和刘非赶紧到休息室密谈。

　　刘非说："王教授，他俩肯定有啥事。你看啊，我和祖老师说聚餐的事，祖老师不咸不淡地问路易去不去，我回答，那还用问吗，路易肯定去啊，但是祖老师马上就说自己周末要看文献，想在家学习。这他妈也太扯了，他这种医院里的本科生，相当于半文盲，会看什么文献啊，能不能找个好点的理由？"

　　我问："路易怎么说？"

　　刘非恶心地说："路易就更扯了，他拒绝的理由是说要去教堂做礼拜，净化一下灵魂。他那灵魂已经肮脏到双氧水加高锰酸钾也无法消毒了，去什么教堂啊，还不得把牧师折磨疯了。所以说他俩是不是吵架了啊？是不是都看上包子了啊？"

　　我想了想说："有可能。"

　　刘非立刻跳起来："包子那样的至于吗？像个老爷们似的。"

　　我苦笑一下："大哥，我说的是可能两个人有芥蒂了，据我观察，最近他俩基本不说话，做手术的时候很少一起上，那一定是竞争下产生的矛盾。"

　　刘非说："你也上手术啊，你怎么不和他们竞争？"

　　我笑笑："年轻人，你不了解人心啊！你想啊，他俩都是来医院工作快十年的人了，临床经验没得说，现在已经调到病房了，再下一步就是需要争病房二线的位置了。我才刚来，即使手术比他们有天分，人也风流倜傥很多，另外人品也过硬，还有数不清的优点，可是想进二线是不够资历的。小鬼，你猜他们要想再进一步或是想升二线，靠什么呢？"

刘非说："什么时候你都忘不了吹嘘自己！哦，升二线靠人际关系呗，谁和周老大关系好谁牛呗！"

我说："你太幼稚了，对于主任来讲，他俩没有什么关系好不好之说，两个人都不是周老大家亲戚，况且也都听话肯干，溜须拍马谁也不输谁，在主任眼里没有谁比谁关系更近的说法。"

刘非说："那是不是靠和周老大下面的两个大二线——郑主任或于主任的关系啊？"

我叹了一声："叫你平时多读点书，你偏偏去泡妞，白长了一副好皮囊。这不明摆着吗？领导眼里只分'两类四型'的人。咳咳……啊，这个'两类'指的是'听话的亲信'和'不听话的路人甲'，四型指的是'大骡子大马型''懒驴上磨型''牵着不走打着倒退的倔驴型'，还有就是'汗血宝马型'，唉，你的智商也很难理解的，我喝口水慢慢给你讲。"

刘非赶忙用杯子接了纯净水并细心地泡上茶，然后一脸诚恳地望着我说："老大，您真是职场达人啊，请不吝赐教，帮小弟拨开云雾啊！"

我咳嗽几声，清清嗓子说："小鬼，听仔细哈。告诉你吧，从古到今，中国的官场规矩其实就没变过，正是'一朝天子一朝臣'，所有的领导都会培养自己的亲信，而所有的非亲信都是路人甲。你可以干活，也可以不干活，但是特别好的机会是没你的分的，因为你根本就不在领导眼里！闲得蛋疼的机关更是这样。当然，也不能只任人唯亲，单位的活还是要有人干的，所以就出现了四型。'大骡子大马型'就是吃苦耐劳的老黄牛，不通人情世故，只认干活，这种同志休想上特别的高位，领导充其量以利用为主，尽量榨干他们的剩余价值。另外'懒驴上磨型'的不消说，所有的单位都养着这样一群人，不干活光叽歪，背地里传闲话、嚼舌根，有点不满动辄就说'我为单位奉献了一生'，其实屁活不干，他这辈子在哪儿都是浪费国家粮食，有地方吃饭就是幸运的了，要不是在体制内，早被开除一百回了，这种人领导一般都是闲置不理的。'牵着不走打着倒退型'这种人有强烈的反抗精神，对领导的指示有抵触心理，稍有不公就公开作对，这种事领导最反感的，因为他们会闹，会上访，所以领导对他们都会以安抚为主，会满足他们的基本要求，但是不会把重要岗位交给他们。最后这个就厉害了，是'汗血宝马型'，据说在大宛国，有一种良马，这种马的耐力和速度都十分惊人，不但能日行千里，肩膀附近位置还会流出像血一样的汗液，而且耐饥渴，这样的同志实在是领导最需要的人，有能力、肯吃苦、不抱怨，而且最主要的是领导骑在你身上可以日行千里，趴在你表皮上就能吸血，你还觉得自己是在流汗，不以为忤，这才实在是居家旅行必备啊！"

刘非惊道："难道这两个小子都想做汗血宝马？"

我说："没错，要知道领导虽然骑在你身上日行千里，但是同样地，你也随着领导奔到了千里之外。他们两个都只是本科生，临床水平也差不多，所以只有在手术上比出高下才能入领导法眼，毕竟科室的效益主要靠手术在支撑着，谁能最后在手术上独当一面，谁才能当二线做一方诸侯，所以他们最近都在拼命练手术。"

刘非说："我说呢，你刚才说他俩很久不一起上台了，肯定啊，心脏介入手术一般都是两个人上，如果他俩一块上，谁是主刀谁是助手确实不好定，肯定大家都想当主刀呗。谁当主刀谁就练手多啊！"

我拍了拍他的肩膀："孺子可教，他们最近的不对付肯定来源这事。就算他俩不一起上手术，不会争主刀的位置，但是你想啊，科里的手术每天都是固定的十几台，除了他俩，还有笑面虎和'一绝大师'海波，还有我和春哥，这么多人都要当主刀，分到自己手里的能有几台啊！所以两个人肯定在争手术的过程中出现了矛盾。"

刘非是个急性子："靠，'急诊四杰'就为这么点事闹掰了，传出去还不让人笑死啊！我去找他俩，今天必须得把这事说清楚。"

我一个没拉住，这小子已经蹿出门去了。

不过话说刘非虽然是在北京土生土长的少爷，从小娇生惯养，纨绔非常，就差给个鸟笼上街遛鸟了，但是谁让我熟读诗书，善于观察呢？能看出刘非是个本质善良的好孩子，内心比较单纯，为人仗义，不会耍小心机，而且做事情还是比较有分寸的，太逾越的事情他是不会做的。我心里正默念着刘非这孩子的优点，告诉自己缓和祖老师和路易关系的这件事情交给刘非做也是能让人放心的，就见刘非一手一个拎着这俩人的领子就进来了，并且边走边骂："'急诊四杰'的脸都被你俩丢尽了，虽然你们比我大，职称也比我高，但是咱们既然称兄道弟就别做那种背后捅刀子或者貌合神离的事情。不就点破手术吗？有他妈什么好抢的？等你们练成手术兄弟也没得做了，看你们有什么脸和兄弟们混……"

我不禁瞠目结舌，下巴快掉地上了，忙上去拉开刘非的手，边拉边骂："你这厮好不晓事，外面那么多外人，你喊这么大声也不怕丢人！"

看两人心事被戳破，面露尴尬异常的神色，祖老师想说点什么，但是看路易一脸愤懑就憋回去了。路易倒是得理不让人，指着祖老师说："按理说也没多大的事，我也不该挑这个理，不过确实这小子不地道。刘非不做手术可能不清楚，咱们冠脉介入手术其实最重要的就是学会怎么放支架，可是很多病例都没有达到需要放支架的地步，那样的做个冠脉造影就下台了，那有啥意思啊？但是这小子每天负责排手术，按理说你自己吃肉我没意见，可你一排手术就把那些单纯造影的都排给我了，反而把那些看起来就可能放支架的都排给笑面虎，还有海波，就连王教授的机会都比我多。你这样厚彼薄我，我心里问候你大爷等亲戚朋友也无可厚非，还吃个屁烤鱼！"说罢竟一摔门出去了。

场面异常尴尬，我见状干咳了一声说："那什么，赶紧回去干活吧。刘非你别瞎闹了，晚上咱仨食堂见吧，吃点饺子。"

刘非却恶狠狠地说："都他妈什么人啊，还兄弟呢，遇到一点利益就和菜场大妈一样，我呸！"说罢竟又摔门走了。

祖老师挂不住了，脸都快憋成茄子色了，也没理我，径直摔门去了。

原来散伙分行李竟然这么容易，难道真的应了那句老话"同事不可能成为真正的朋友"吗？一瞬间我待在空空的房间里，感到一阵悲凉。

此后的一段时间里，大家再也没有开心地相聚过，祖老师仍然没有给路易排好的手术，刘非看他俩没有和好竟十分生气，不再与所有人来往。我夹在中间好不尴尬，只好闭口不言，日子在几人尴尬的气氛中一天天过着。

莫道不销魂
人比黄花瘦

　　路易差点死了。

　　要说路易这事，真的不能和包子脱离关系，大家一致认为是相思成灾。

　　包子不理路易后，路易很消沉，我们大家就劝他："本来你和包子就没什么感情基础，不过是包子长得还过得去而已，也不用这么要死要活的啊！"

　　路易的回答却让我们大吃一惊，他说："你们他妈懂个屁，一见钟情，再见倾心，三见终身。真正的爱情从来都是自相遇的那一瞬间就注定天雷地火，日久生情都是你们这些俗人经过对比、权衡、妥协等一系列俗套的程序后，对凑合接受和将就爱一个人的借口，老子第一眼就看上了包子，这辈子就爱她一个，她早晚是老子的女人！"

　　大家被路易骤然爆发的文采和思想惊得呆若木鸡，遂无人再劝。

　　但襄王有意神女无心，包子始终不理路易，路易伤心地每天吃肉喝酒，经常酩酊大醉。一次宿醉后上班路上，路易喝了一大桶可乐提神，而后竟然昏迷，直挺挺地倒在医院对面安真西里小区的停车场里。幸好路易懒得要死，无论上班还是下班都穿着我们急诊抢救中心的刷手服，一个经过的老人看到了躺在停车场角落里的一个穿着制服的大夫，随即从他胸卡上发现了他的名字和科室，就打电话到急诊找人。

一个护士接到电话的时候我们正在交班，然后就听到那个护士激动地说："路易倒对面停车场了，说是猝死了！"

我脑袋立马就蒙了，然后我就看到祖老师已经像狗一样蹿了出去，我马上也跟上疯跑。顺着楼梯，我们一口气就从六楼跑到一楼，惊得过往行人鸡飞狗跳，唯恐避之不及，不过他们看疯跑的是穿制服的大夫，知道是去救人，于是纷纷避让。到了一楼，祖老师大喊："你去抢救室推床，叫上人拿上设备，我先去抢救！"

没有多余的话，我到了抢救室，看到大家在交班，没时间讲礼貌了，就大喊："路易倒对面了，来两个人跟我推床、拿抢救包，快点！"

刘非立刻就推开交班的众人，拿了抢救包扔在一张空床上，我俩默契地拽着床就跑，另外一个平时总是跟路易打情骂俏的护士也在后面跟着。

跑到对面小区，就见到一圈人围着，刘非喊："都让开，让抢救床过来！"有的闪避较慢的闲人直接就被我俩推开，然后我们就看到了祖老师一头眼泪、汗水，在那儿拍路易的脸，叫他名字。刘非问："什么情况，你怎么不做心肺复苏？"

祖老师回头，满眼通红："心律、皮温什么的没事，就是叫不醒，不会是脑出血了吧？"刘非略一发怔，我们现在满脑子都是因脑出血死去的张大夫的影子，刘非突然就哭了，接着就去抱路易，想把他摇醒，完全失去了急诊医生的冷静和专业。我还算有几分清醒，冲他们俩喊："别他妈哭了！抬上车，先回抢救室。"

我们三人一起费了吃奶的力气把路易这个死沉死沉的胖子拎到抢

救床上，推着就往回跑。路易体验了一把这个世界上最快的就医过程，直接被推进复苏间，半分钟内，我们就把所有的监测设备和静脉通路都建立了起来。仔细检查后才发现，路易不是脑出血，而是血糖已经高到测不出来了，典型的酮症酸中毒的状况。

接下来事情处理得更快了，我们给了路易胰岛素降糖、扩容等紧急处理，过了一会儿路易慢慢醒了，我们终于松了口气。正当我们处理路易的时候，祖老师带了一组实习生进来，边走边说："同学们，这位患者就是典型的糖尿病酮症酸中毒，谁知道此病的临床表现是什么吗？"

一个戴眼镜的女同学立刻举手说："患者可能会有糖尿病症状加重的情况，如多饮多尿、体力及体重下降。还可能有胃肠道症状，包括食欲下降、恶心呕吐。严重者可能有脱水与休克症状，如尿量减少、皮肤干燥、眼球下陷等，可危及生命。另外，患者可能有神志改变的情况，早期有头痛、头晕、萎靡的症状，继而出现烦躁、嗜睡、昏迷等情况，还有部分患者会出现特有的烂苹果气味。"

祖老师鼓励说："这位同学基础很扎实，不过此患者以前并没有被查出糖尿病，这次是以酮症酸中毒为首发症状。事实上很多糖尿病病人都是以一种应急的状态发现的糖尿病。这就是平时不注意的结果，还有你们不要以为出现了酮症酸中毒就是特别严重的糖尿病了，其实不能这么定义，这只能说明患者平时根本没有关注过这方面的问题。所以在猛吃猛喝，尤其是饮酒或者喝大量带糖饮料后就可能出现这样的危险。下面，请你检查一下这位患者的皮肤脱水体征。"

路易迷迷糊糊地说："检查个屁，你小子赶紧把人带走，看要猴吗？"

"嗯，这位患者，我们的医院是首都医科大学附属的教学医院，必然会有实习学生来学习，所以麻烦你配合检查，这也是为培养我们优秀的下一代医生做长远打算。同学们，不要怕，这个患者是本院医生，不会投诉你们，唉……别一窝蜂全上啊，排好队一个个来……"

一个眼镜男奇道："老师，为什么在脱水情况下本应该干燥皱缩的皮肤，触诊的时候却感觉挺滑溜的呢？"

祖老师干咳了一声："这种触感来源这位患者太厚的皮下脂肪，知道什么叫油腻腻的胖子吗？就是你手底下这位。"

男生赶忙缩回手，悄悄地用手在白大褂上抹了几把。

刚才那个女生又问："老师，酮症酸中毒的患者呼吸的时候，可能会闻到像烂苹果气味的酮臭味，现在咱们屋里的这种味道就是酮臭味吗？"

旁边一个护士说："你错了，这不是典型的酮臭味，这是路易臭袜子的味道！"

全体师生马上都把口罩下意识地往紧里系了一下。

路易听到这话气得半死，但也无力反抗，于是只好任由大家排队检查，不过听到有臭袜子的味道后，同学们检查得倒还是蛮快的，意思一下然后飞也般地逃走了。

路易在经过一系列处理后血糖恢复正常，又睡了半天时间，基本就恢复如初了。当他睡醒时，却在复苏间里大叫了一声："哪个王八蛋把尿管给我插上了？"

更惨的事情还在后面，包子虽然很久没理路易了，但是现在他都被抢救了，自然要看看他了，一进门包子就说："我看看你个叛徒死了没有。"

路易迷迷糊糊的，一听是包子，立刻精神了，挣扎着半坐起来赶紧解释："我没事，就是借机休息一下，这屋都是单间，正好睡一觉，让王教授干活，我下班就走人多好。"

包子皱眉，捂住鼻子说："你这什么味啊，几天没洗澡了啊？"

路易辩解道："烂苹果味，酮症酸中毒的典型表现……"

包子瞥了他一眼，说："行了，死不了就行，祸害活千年唉，你是有多不要脸啊，没什么事让护士妹妹给你插什么尿管啊！"

路易闻言带着哭腔辩解："这是王教授插的，不是护士。"

包子突然叹了口气说："你最好把身体搞好，不然就您这条件，恐怕会打一辈子光棍吧。"

路易突然像是完全清醒了，对包子低沉地说："我就喜欢你，这辈子就喜欢你一个，这回差点死了，醒了以后第一个念头就是'还好没死，不然怎么娶到包子呢'。"

包子不忍心在此时说出绝情的话来，看着路易可怜巴巴地躺在床上，就说："别说这些了，你说悬不悬啊，要是没人管你，你就死定了。不过你们几个还真是兄弟，听说祖老师都急哭了！"

路易欣慰地笑了笑，并表示关键时刻还得靠自己兄弟，并指天发誓要是早日恢复，就以健康的体魄继续为人类的医疗卫生事业添砖加瓦。

路易出院后的行为超出了我们对胖子路易的理解，他作为急诊科比较擅长看糖尿病的医生之一，首先给自己制订了极为严格的饮食计划，戒掉了可乐，少食多餐，并且按时吃药，选择食物极为精细，一起吃饭时不能吃的东西连我们也不让吃，根本不让我们点菜。而且他能够随血糖变化随时调整饮食。然后，他制订了严格的体育锻炼计划，每天上班的时候能走不坐，能跑不走，并且是有规律地跑步，没多久竟然就控制了血糖，并且明显瘦了。

三人成行
四人成虎

路易康复后的第一件事就是请我们吃饭以感谢救命之恩。

俗话说这个世界上没有什么男人之间的问题是不能用一瓶二锅头解决的，如果真有，那就用两瓶。当然路易这会儿还不敢喝酒，就用喝茶代替了。

酒过三巡，一只羊腿下肚后，刘非微醺地举杯说："我说路易，这回你差点死了，孤零零地躺路上，祖老师差点没哭死，去救你跑得比野狗还快，上回的事你们是不是也该化解了？"

路易说："都过去了，工作上那点小事哪能真生气啊！死中得活，醒了后，我就发誓以后一定要珍惜一切，无论是我的兄弟还是我的包子！"一席话说得大家唏嘘不已。

事情说开了我不免心生奇怪："祖老师，话说你为什么把好的手术给外人，不给自己兄弟呢？"

祖老师悠悠地说："路易你是不是和于主任关系很好？"

路易听完立刻脸色数变，说："你的意思是……有人让你这么干的？"

刘非急了："你们别叽叽歪歪地说谜语，我听不懂，有啥就直接说出来！"

祖老师缓缓地说："刘非你还小不明白，咱们这么大的科室除了大Boss周老大，一共就两个三线——郑主任和于主任，这两个人各占科室半壁江山。他们关系不好，路易这家伙和于主任关系很好，据说总把自己'年轻漂亮'的优质病人收给于主任，所以郑主任就急了，前段时间就找我谈，非常隐晦地告诉我说路易的手术技术进步较慢，我和主任商量是先让一部分人技术提高上来，然后再带动其他人，你先把倾向于做支架的病人给笑面虎和王教授做吧。我说路易我为了你容易吗？虽然看起来你那儿的好病人确实比笑面虎和王教授少，但是你要知道，每周你都能保证有五六个优质病人，这都是哥们在暗地里不显山不露水地给你送的，我他妈容易吗？一边顶着郑主任的压力一边照顾你，要知道手术归郑主任管，我以后想进步也得靠郑主任，何况是你。你说你没事得罪她干什么啊！"

我和刘非交换了一下眼神，瞬间表达了"还好不是他俩竞争"的意思。然后刘非问："等等，那个笑面虎是谁啊？我怎么没听过这个人？"

我回答说："笑面虎本名李虎，他一直在病房做介入，没下过咱们流抢区，所以你可能不知道。他是吕大师的硕士弟子，毕业没留在吕大师那儿，来咱们急诊了。由于每天都是笑嘻嘻的，所以大家都叫他'笑面虎'，不过反正我不咋喜欢他，为人心机太深，经常跑到领导那边说小话，我们三个经常会被他告黑状。"

路易陷入思考，祖老师接着说："我说做人方面你得学人家笑面虎，你看郑主任每天的早餐都是笑面虎买的。没事就跑到郑主任办公室和她私聊，很多人在的时候两个人也经常咬耳朵，人家才是领导的'心腹'。就算学不了笑面虎，你学王教授啊，王教授虽然身材相貌仅次于我，人品也差我几百倍，但是人家有一点好，谁也不得罪，每个领导说的话人家都听，看怎么样，虽然不是心腹但是你把手术多排给他一点，哪个领导都没意见。咱们医生最重要的不就是手艺吗！领导整人都是先从阻止这个人的技术进步开始的，你平时精得和大马猴似的，这回怎么这么愚蠢！"

刘非说："我说周老大也是，郑主任和于主任关系不好这事大家都知道，她怎么还把两个人都提到三线的位置上，这不明摆着让科室不和谐吗？"

我暗叹一声，还是年轻啊，说："小鬼，历来当权者都要维持平衡，就像严嵩当政，嘉靖至少也要放个徐阶来平衡权力，严嵩下台了就找个高拱上台，反正事情都是如此，如果下面人同气连枝，就把领导架空了，那领导说话哪个还听啊！"

刘非说："你别扯那些历史，我读书少你别蒙我。不过有道理，周老大这么一搞，下面的两个三线自然都会竭力通过逢迎她来压制对方。我说小小的科室怎么这么乱啊？大家自己看好自己的病人不就完了吗？也不累。"

我拍拍刘非肩膀："傻子，有人的地方就有江湖！"

路易叹了口气："那咋办？于主任对我真不错，我晋职称需要一篇中华牌的文章，于主任说她帮我搞定，让我现在反悔损失大了，我再不升主治，你们都他妈要进副高了。虽说职称很重要，但手术也是同样重要的，不过现在已经被郑主任划到'于党'了，再改变这种印象恐怕很难啊，祖老师你说咋整吧？"

四人沉默了一阵，祖老师突然说："唉？有了。"

大家赶紧抬头说："啥？"

祖老师说："路易你从此退出介入界，本本分分地做个普通内科医生吧。得罪了郑主任，介入上是没法发展了，只要她处处给你小鞋穿，你就死定了。我不可能和她对着干的，她是我的顶头上司，我的直接三线，得罪了她我肯定混不下去了。"

我们一起"切"了一声然后又沉默了。

不过把话说开后，至少路易不再怨恨祖老师了。祖老师释放出心里的压力后，也不再需要每天面对路易惴惴不安。所以虽然大家喝的是闷酒，但是至少"急诊四杰"的感情又光荣回归了。

突然我想起来一件事情，就问："不知各位看官知不知道海刚峰？"

祖老师说："不就是海瑞吗？你会叫个名号有什么好跩的？"

刘非说："又要卖弄了，不就读过几本书吗？说吧，这故事和路易有什么关系？"

我清清嗓子说："没错，就是多读了几本书，就能让路易化险为夷。讲个故事吧。你们知道明朝有个首辅张居正吧，此人隐忍多年不献一策，当上首辅后主张改革，整治吏治，并打算推行'一条鞭法'来改善明朝赋税流失的情况。"

路易突然打断："请问是什么鞭呢？鹿鞭还是虎鞭呢？"

我怒道："别打岔，'一条鞭法'是赋税改革的重要措施，以你的智商是很难理解的，不过当时因为这场变法触及了很多豪强大户的利益，所以推行困难。于是海刚峰就登场了，大家都知道海瑞为人刚直不阿，不畏权贵，连东南总督胡宗宪的儿子都敢吊起来打。所以张居正任用海瑞这个偏执狂在应天府的江宁、上元两县推行'一条鞭法'，'从此役无偏累，人始知有种田之利'。然后'一条鞭法'开始在全国顺利推广。"

路易说："你说了这么多没用的，除了显摆你读过几本书以外没看出和我有什么关系。"

祖老师沉默不语，刘非说："赶紧的吧，卖什么关子啊！"

我叹了口气："竖子不足与谋，其实很简单，你们看'一绝大师'海波同志怎么样？"

刘非惊道："你说的可是'一旦值班，必绝一人'的海波？"

"还能有谁啊！海波确实是很衰，运气差，样貌猥琐，还小气抠门，不过他还是有优点的。"我肯定地说。

祖老师拍案而起："我明白了，海波此人，最大的优点就是像头倔驴，牵着不走打着倒退！虽然领导不待见他，但是又不敢惹他。而且他为人刚直不阿，不会那些弯弯绕，所以我把排台的任务转交给他，从此天下太平，郑主任就没法在技术上限制路易了。"

路易一听立马恍然大悟："真是经天纬地之才啊，这种把所有黑锅都给海波背的急诊科优良传统，在你身上又得到了进一步发扬光大啊！"

刘非拊掌大笑："哈哈，没关系的，海波专业背黑锅数年如一日，不会介意多一个黑锅的。"

在一片欢声笑语中，祖老师又阴阴地说："嘿嘿，笑面虎每天都把咱们的事情打小报告给郑主任，又每次都仗着郑主任的势力欺负咱们，手术也净拣好的上，我觉得这回既然要玩阴的，就阴到底。"

路易邪恶地一笑，阴恻恻地说："计将安出啊？"

祖老师说："各位奸臣，我有一计比较歹毒，不知道是不是戳中了各位猥琐的灵魂。"

大家一齐摇头："哪里哪里，愿闻足下高见。"

祖老师抿了一小口酒说："你们几位哪里都歹毒，还问哪里。唉，好吧，我就勉为其难分析一下。你们看啊，虽然我们现在都有了独立手术的权利，也就是可以做主刀，但是存在一个问题，就是介入手术看似上手比较快，学习周期短，可是毕竟存在风险，尤其是来我们急诊科介入的，很多都是急性心肌梗死的患者，风险更高。这个时候不但主刀的意义很大，助手也特别重要，如果助手的配合不是很流畅，那么手术一样拿不下来。现在医患关系那么紧张，哪能像以前一样让你不停地尝试呢！那么坐在手术观察间的主任们就必须上来帮忙，当然上来帮忙的次数多了，必然会导致对术者的不信任，必然不敢再让这名术者去完成稍微复杂的手术。"

路易拊掌大笑："我明白了，祖老师好算计。本科室做手术的一共就那么几个人，海波已经是成熟术者，自然不会去给人做助手，这样就只有我和祖老师、王教授和春哥了。如果没有这几个人做助手，就只能让进修生做助手，简单手术还行，一碰到难搞的，自然就做不下来，得让主任上去补刀。只要以后我们一看到笑面虎的手术，马上就撤回病房看病人，主任自然不会让他做高难度手术。而咱们互相配合、互为犄角，技术必然比他提高得要快了！"

几个人一起奸笑了好一阵，刘非悠悠地说："你们这样对病人是不是不负责任啊？"

祖老师不以为意："你不懂，现在大夫比患者还怕手术出事，每台手术主任都在下面盯着呢，一旦遇到困难马上就上去补刀了。正是因为这一点，这个计策才如此管用。主任上去，笑面虎就只能当助手了，主任可没时间陪你练手术。"

刘非又说："不是还有春哥吗？"

路易白了他一眼："春哥最喜欢占小便宜，每次上台都想方设法凑到前面当主刀，我们就给他占这个便宜，每天每人陪他上一台，让他做主刀，他自然就没必要和笑面虎再搭台了。"

说完众人又阴恻恻地笑了起来。

事实证明，"急诊四杰"在齐心合力去阴竞争对手的时候，效率那是相当高，组织严密性那是相当强！奸计被坚定不移地执行了下去！首先祖老师说自己要准备考研，向主任申请后把排台的活交付给了海波。然后，我们三个人上台的时候只在我们之间两两组合。事实上，好的手术基本都落在我们手里，而且由于我们都是熟练工，所以两两组合下，大多数比较复杂的手术也都被我们拿下来了。当然了，手术水平和练手机会的数量肯定是成正比的，于是我们的水平直线上升。而那段时间里的笑面虎，甚至其他人，那些散兵游勇对抗我们这种组织严密的正规军，基本就是以卵击石，所以他们基本没捞着什么好的手术，我们暗中窃笑不已。

不过，快乐的日子总是短暂的，随之而来的是无穷无尽的伤害——我们的小团体被彻底击垮了！

我们的奸计持续了大概一个多月就被笑面虎鸡贼地发现了，可能是某一天他突然发现我们能做很厉害的手术了，或者是某一天突然发现他自己捞不到什么好手术了，所以他一朝顿悟，当然了，他都不用想就能知道是我们商量好的。于是，他一如既往地去郑主任那打小报告了。

悲剧发生的那天中午，我们三个本来高高兴兴地正在去食堂的路上，转角处突然看到了那个满脸堆笑的笑面虎。笑面虎不管什么时候都面带微笑，他的那个笑到底是讥讽的微笑还是自信的微笑，谁也说不清楚，反正他脸上的笑就像不粘胶把两侧的口角提肌和口轮匝肌都往上固定住了一样。据说他有次值班的时候，有个患者去世了，本来是挺正常的死亡，家属也能接受，但是笑面虎面带讥笑地去和人家解释病情，人家就不干了，说大夫你再笑我就揍你！笑面虎就满面带笑地说你们不可以这样对我，结果被一个男家属追着跑了好几圈，才仗着对地理位置的熟悉跑掉了。

面带讥笑的笑面虎和我们打招呼，互相说了几句"你吃了啊，哦我吃了，你们也吃去啊"后就打算分道扬镳。但笑面虎在走之前突然说："哦，对了，大家在一起工作这么长时间了，也没机会一起吃个饭，挺可惜的，不过过几天肯定有机会，到时候和你们好好喝几杯。"

路易一听要喝酒，就开心地说："呵呵，一定一定，兄弟到时候陪你多喝几杯。"然后笑面虎就一脸讥笑地走了。

等笑面虎走远，我和祖老师对视一眼，对路易说："喝你个头啊，你听不出来那小子话里有话啊！"

路易一脸无辜："我那不是第一反应吗？有人找碴拼酒，咱不能落了'急诊四杰'的名号不是。"

祖老师一脸惶恐地说："恐怕要出事，这小子肯定听到了风声。"

路易说："啥事，要咱们请客吗？"

我叹了口气："就知道吃你！还能有啥事，无非就是那小子打了小报告，现在领导要整治我们。听那小子口气，估计肯定是把咱们三个人中的一个踢走，这样就没法总是两两组合了。"

祖老师叹了口气也没说话，这顿午饭吃得郁郁不知滋味。

到了晚上手术结束后，周老大把大家叫到一起开了个小会，面色凝重地说："最近抢救室和流水区安全隐患严重，一些刚来的小大夫临床经验不足，很容易出事，那个，路大夫和祖大夫你俩去一二楼支援一下，带带楼下的小大夫们。"

郑主任补充说："对，据流抢区医生反映，你们两个在的时候给流抢区解决了很多问题,你们的团结合作精神是值得那边的医生学习的,多教教他们,看看咱们老急诊的大夫是怎么合作的。"

然后就散会了。

我们三个面面相觑,本来以为会踢走一个,结果没想到直接把路易和祖老师全部打回原形,又发配流抢区了。话说为什么大家都不爱去流抢区呢?其实很简单,就是工作强度大,患者病情复杂,责任和风险也就相应提高。流抢区的医生要经常熬夜,工资奖金又不高,而且对我们想练手术的大夫来讲是致命的,因为你只能在完成自己的流抢区工作之余才能上手术,没有固定时间上手术就只能捡漏,不会有正式的排台,好的患者早就被病房大夫瓜分干净了,剩下的就只能看运气了。

我们在休息区东倒西歪地颓然躺着,这时刘非走了进来说:"完蛋了吧,我说你们老老实实上台就完了,你们没事惹人家笑面虎干什么,人家是领导的亲信。这年头都是小人说坏话,老实人都没有自辩的机会。这下好了吧,干那么多活才调到病房,这下又被流放了。"

路易说:"这个结果虽然比咱们预想的要差,但是我有两点想不通:第一,就算郑主任要护着笑面虎,想整咱们,但是周老大和咱们无冤无仇,为啥要整治咱们;另外一个就是王教授也是咱们小团体里的,他怎么没事?"

祖老师悠悠地说:"因为咱们对于周老大来说就算个屁,人家郑主任才是左膀右臂,所以大领导肯定是站在最有用的人那边。而且,咱们自己觉得冤,觉得辛苦了大半年才能转病房,但是对领导来讲他根本就不在乎你的想法,领导要的是让机器持续稳定地运转下去,才不会考虑扔掉一两个多余的零件后零件会有什么想法。另外一个,人家王教授多会做人啊,每次都是咱们俩冲在前面,他八面玲珑谁也不得罪!"

我连忙说："我人品过硬只是原因之一，最主要的原因是你们两个实力太强，工作经验和临床经验太丰富，再往上进一步就是二线，虽然地位还是不如郑主任，但是架不住你们齐心啊！再加上路易和于主任关系那么好，你们这个小团体很快就能威胁到郑主任的权威了。所以她才会不遗余力地干掉你们。其实笑面虎也就是个引子，党争才是关键。"

大伙一听都沉默不语，刘非说："你们这些人啊，光叹气有个毛用啊！被流放是定了的事情，总结总结经验，以后不犯类似的错误也就行了。其实这次的起因是路易为了贪便宜投靠了于主任，然后才有了以后的事情。罪魁祸首就是他。"

路易急了，说："你们都是硕士、博士的，我们本科生哪会写什么文章啊！现在好不容易有人帮我写，才有机会晋升主治，我哪能不要！别站着说话不嫌腰疼。"

我感觉差不多了，赶紧圆场："行了，都这时候了就别不团结了。要我说，这件事情的起因在于晋升制度上，临床医生好好看病就得了呗，升官发财反而要靠编文章、发论文、申请课题。这就导致了像路易这样的小大夫不得不去钻营，像郑主任这样的临床优秀的老一代本科生也时刻觉得受到了于主任这样的博士毕业的主任的巨大威胁。而于主任这样的博士毕业的医生又在临床上始终被郑主任这样的提前进入临床工作的本科生压着，大家都过得不自在。不过说白了还是那句话：'有人的地方就有江湖。'医院算是很干净的地方了，大家斗得再凶，也不至于到官场那种你死我活的地步。这回的事情咱们就长个教训，以后领导层之间的斗争咱们绝对不掺和。路易你的文章要是于主任没给你写，我帮你编一个得了。咱们彻底退出党争，自己干自己的活就完了。"

祖老师一脸讥讽："你这么说我就不同意了，你是不愿意参与党争，但是有人愿意啊。你看人家笑面虎混得风生水起，连上手术吃点小亏都能动用领导的力量直接赶走两个比他年资还高的人，你不争就一直落于被动挨打的局面，要打就往死里打，投降派要不得啊！"

我说："你想得也对，但是不全对。君子群而不党，那种投机谄媚的人终究还是不着大家待见的，可能得意一时，但长远来看肯定没什么好结果的。就像周老大，也没听说是投靠谁了啊，还不是靠着踏踏实实干临床工作最后才到急诊科大主任这个位置的？这次之所以阴笑面虎这么顺利，还不是他平时人缘太差，大家一拍即合，连海波和春哥都默默地配合？打铁还需自身硬，投靠这个投靠那个，还不是因为自身实力不足？要我说就得学人家海波，虽然运气差得要死，但是他会没皮没脸地努力磨炼自己，现在谁也动不了他，人家手术水平在那摆着呢，领导层再斗也是需要干活的，怎么着这种技术工种把自己技术搞好了，就不怕别人算计。"

路易说："海波一辈子就是个喽啰了，谁都不靠就谁都靠不上，我觉得在投靠大佬的路上是没有止境的，就算是周老大，还不是和咱们大院长没事总套近乎？现在的社会环境，没有人罩着肯定是要被小人排挤的，就算你很努力。就像咱们这回，铆足了劲干了大半年，抢救室就够辛苦的了，下了班还得上手术，累死累活的好不容易有点起色，还不是领导一句话就滚回老家？所以要一手抓生产，一手抓关系，两手都要抓，两手都要硬。"

刘非叹了口气："你们活得累不累啊，我就不像你们，我干好自己的活就行了，天天想着升官发财烦不烦啊！"

祖老师也说："总结教训吧同志们，这次最大的教训就是'宁可得罪君子，不能得罪小人'，谁让咱们惹了天子内侍呢？"

路易笑道："天子内侍不是太监吗？倒是有点像，哈哈。不过祖老师说'与天斗，与地斗，其乐无穷'，我不觉得，我觉得应该融入小人的群体，成为打入小人内部的君子，才能又当婊子又立牌坊，两头都沾光。"

　　在众人的笑声中，我不禁怀疑，我们四个人之中到底谁会走得远，走得稳呢？那时的我们还年轻，所有的想法和行为都如同刚刚爬出巢穴的雏鸟，都想展翅高飞却不知方向。直到多年以后，我们四人走在不同的道路上，才知道原来人生就是你自己的，和他人无关，小人只逞能一时，长久不得。

小人如草生又生

自从祖老师和路易被赶出病房后，这个世界清静了。再也没有了完成一天的手术后一起出去吃串的轻松，也没有了写着写着病历突然一起盯着一个经过的美女护士时的心照不宣，更没有了兄弟齐心完成一台难度超高的手术后的欣慰感……最让人受不了的是这个世界上好像只剩下了看上去因口轮匝肌痉挛而保持诡异微笑的笑面虎。

此人绝对是具有超能力的外星人，随便做什么能让人抓狂。总结一下，你就会相信他不是地球人。

首先，他总会出现在我出糗的任何现场。一次我在手术时做穿刺找不到桡动脉，大概耗时十五分钟，急得我满头大汗，因为穿刺置管是做手术的第一步，虽然简单，但是如果不能成功就谈不上手术了，就像赛艇运动的第一步是把船推到水里一样，虽然简单无比但是确实必不可少，但是我那天不知道怎么了，这一步就是无法完成。正当我浑身被水浸透，看到郑主任在外面的面容明显焦躁的时候，笑面虎不知道从什么地方突然跳了出来，我是说"突然"，毫无预兆，如同走在微风拂面的马路上，陡然从风中飘过一阵下水道的恶臭味。笑面虎绷紧了口轮匝肌，说出了那句是个大夫就讨厌的话："我来吧，你搞不定！"

实际上，这句话是极其恶毒的。我们是同年资的，理论上是水平不相上下的，就算我确实搞不定，情感上出于尊重，也应该由我的上级医生来插手，也就是坐在观察间的郑主任。而出于对同级之间的尊重，我们不会主动跳出来去尝试给同年资医生补救的，那样做会显得别人水平不如你，是同年资医生的绝对禁忌！

而这小子笑嘻嘻地戴上手套，就要凑过来抢夺我手里的器械。我心里这个气啊，不由得望向观察间的郑主任。透过观察间一面墙大小的观察玻璃窗，只见郑主任就像没看见一样，就是不动弹，显然是隔岸观火、高高挂起。我只能把器械给了笑面虎，他竟然真的搞定了。说实话，这个时候我心里除了有些生气外，也有些许的嫉妒，这说明笑面虎真的是头脑清晰、手脚麻利，反正五味杂陈后我更郁闷了，这台手术自然也就不能由我来完成，而由他全程做完了。

如果那次算出糗的话，和另外一次比简直就像白日萤火，可以忽略不计了。

我其实是北方粗糙汉子学了点文化华丽转身为闷骚型知识分子的典型代表。我这种人基本上骨子里还是仗义豪爽的，尤其是喝酒后。基本熟悉我的朋友都知道，我平时看起来谦逊有礼，可是一旦大块吃肉、大碗喝酒后就恢复了那个从小在草原上策马狂奔的野小子本性。所以，那天我大学同窗同学来北京看我，我请他吃饭把酒言欢，往日情分一上来，就喝多了！其实喝酒并没有什么，哪个年轻人没有年少轻狂的时候呢？但是，医生喝酒是很危险的！尤其是如果第二天有手术的话，那就更了不得了，且不说"病人安全性"的这种大道理，主任一旦知道了有手下小弟敢酒还没醒就来上班，那肯定会导致一场日月无光、天塌地陷的大发飙，犯事者铁定会被收拾得欲仙欲死的。

那天早晨起来，我顶着宿醉后头痛欲裂的感觉赶到医院交班，在休息室换衣服的时候我拉过海波说："老大，今天全靠你罩着了，我的手术全归你做了。我昨天喝多了，估计得趴一上午，主任要问你，帮我找个理由顶过去。"

海波这个山东四尺大汉办事没得说，直接告诉我没问题，交给他了。不过这个时候我心里突然涌过一阵不安，一种说不出的感觉，不过暂时没想到是什么，就由它去了。

交班会上，各大主任都站在医办室最里面靠窗的位置，我在门口找了个角落，躲在别人的影子里面，口中默念："你看不见我看不见我……"

但是身体那个难受啊，浑身上下像被掏空了，额头的汗珠不停地往外冒，感觉马上就虚脱了。好不容易熬到啰啰唆唆的交班快结束的时候，突然一个声音响起："哎，好大的酒味啊！是不是门口加床的病人带酒进来了啊！"

我心头一紧，暗道不好，终于知道早晨不安的感觉来自哪儿了。肯定是当时我身体内的反外星人雷达给我的第六感发了信号，说明当时笑面虎肯定躲在哪个更衣柜后面听着呢！

这么明显的提示语，对全都是高智商的医院工作人员来说简直就是直接指名道姓。周老大一眼就看到了面色苍白、冷汗直流、摇摇欲坠的我。她鄙夷地看了我一眼，作为一个有着几十年临床经验的医生，周老大知道我现在非常难受，就快受不了了，于是转头对郑主任说："你昨天不是去院里开会了吗？你把院里关于'九不准'的规定和大家强调一遍。"

郑主任斜了我一眼，眼中饱含脉脉杀机，用无比标准的普通话一字一句地说道："为进一步加强医疗卫生行风建设，严肃行业纪律，促进内部分配激励机制，严禁向科室或个人下达创收指标，严禁医疗卫生人员奖金、工资等收入与药品、医学检查等业务收入挂钩……"

这下可苦了我，刚才我就在勉强支撑，只想着等他们交班完我好赶快去休息室躺着，现在倒好，没完没了地说，我只觉得腹中翻江倒海，眼前一阵发黑，"哇"的一声吐出来了。一时间人人闪躲，热闹非凡。我恨不得找个地缝钻进去，但是已无处可躲。眼见着周老大满脸的阴云密布，很快就要到发飙的边缘了，我心里一阵发空，觉得大事不好。一旦她当众因为宿醉这样的事情批评我，由于有这么多双眼睛看着，那就不得不向院里上报，给个处分是肯定的。

包子在这个时候突然急中生智，赶紧说："这个，王大夫，即使对国家的医疗政策有不满意的地方，你也可以向组织反映问题。你这样公然当场呕吐，确实对卫计委不是很尊重啊！没事，没事，你都吐出来，别往回咽啊！"

在众人的哄堂大笑中我瞥见周老大也抿嘴在笑，知道这关是过了，被处分的可能性是不大了，于是赶紧溜出去，跑到卫生间大吐特吐。

这件事情被当作笑料传播了近十年，成为我终生的耻辱。

而且更令人发指的是，自从那天呕吐事件发生后，我根本就在科里待不下去了。每个经过我的护士都会抿嘴一笑百媚生，笑得我五味杂陈。连包子也每天嘲笑我，不过包子的嘲笑还好接受点，就是每天见我就做呕吐状，恨得我牙根痒痒。而最让人受不了的是笑面虎的口轮匝肌、眼轮匝肌、面颊肌、咀嚼肌甚至动眼肌整天都处于收缩状态——满脸讥笑，我心里恨不得找个麻袋套他头上打一顿，可惜文人终究是动口不动手的，只能打碎牙咽肚子里。

一周后，我实在受不了众人每天的讥笑，和主任申请自我流放了，回到了急诊抢救区，"急诊四杰"自己的地盘。

我一回抢救室，立刻受到了英雄般的欢迎，兄弟们都说："安真史上第一人！什么'九不准'啊，那个和我们普通小医生有什么关系，准他们药监局、各大主任们大吃大喝，我们却连汤都没有，还告诉你汤是导致食堂亏损的主要原因所以你们不能喝，这什么逻辑。我们王教授太牛了，直接吐他们一脸，这是对剥削和专制有声的抗议啊！是不是领导们觉得你吐得没有风格、没有水平，才把你流放的啊！"

我苦笑一声："我是受小人陷害才跑回来的，咱们急诊的人实在不适合在病房里面整日钩心斗角啊！"

大家立刻七嘴八舌地说："对啊，你这没心没肺的东西怎么和人家耍心眼啊？还是回来踏踏实实地值夜班吧你！"

当天晚上，"急诊四杰"举行了盛大的团聚宴会，宴会地点当然是老地方"炭烤羊腿"。

路易笑着说："怎么样，连你也败北了吧？行了，咱们就老实了吧，无论明争还是暗斗，咱们'急诊四杰'全都不敌，四个人绑一块儿弄不过人家一个，丢人丢姥姥家了！"

刘非说："别把我算进去啊，我一直没掺和你们愚蠢的战役，现在输了把我捎上，我可不当那个傻子。"

祖老师叹了一声："要我说，王教授你谁也不得罪的策略是不是根本就不行啊？看人家笑面虎，摆明了整你，你一点办法都没有，所以当君子的对小人就是防不胜防的，因为君子不要诡计，也拉不下脸做那些诌媚告状的事情，所以只能处处挨打，处处被动！"

我说："兄弟们，我想了很久，这次的事确实把咱们整惨了，尤其是我。你们两个算是阶级斗争的牺牲品，但是我纯粹是被算计了，而且这种名誉的损失要持续好多年。不过我倒是觉得，通过这次的事情，我该总结下教训了。为什么笑面虎通过一次的算计就整垮我？主要是我自身破绽太多。我如果不出去喝酒就不会宿醉，他也就没机会当面戳穿我。所以我相信无欲则刚，以后把自身的坏毛病都改改，将来说不定还要感谢那些小人的鞭策呢！"

刘非突然笑了："好孙子，真是孔乙己精神十足啊！不过也有道理，不管怎么说，咱们也是又团聚了，值得庆祝，干！"

众人齐齐把盏言欢，虽然世间总有苦难，但是有肝胆相照的朋友。虽然我总是觉得自己的人生身处险地，却也如兄弟们的单身派对和单身旅行，苦涩却充满欢笑。

石压笋斜出

    时间过得飞快，我们几个重回急诊流抢区后，又开始没日没夜干活，每天把自己繁重的工作做完后，还得去上手术，身心俱疲，却很充实。而且我们在逐渐改变自己身上的毛病，平时不再经常出去喝酒了，没事看书、学习等。反正这一段时间我就像运动员为快速提高成绩而到青藏高原拉练，虽然清苦，但很多年后再回想起这段痛苦经历，我才明白这是我作为临床医生的一段最宝贵的时光。

    另外，由于路易和祖老师临床经验十分丰富，工作年限很长，所以被转为楼下带组的夜班二线。夜班二线其实很多人是不爱当的，因为在急诊的夜间值班时基本是没有各级领导支援的。夜班二线就是全权负责人，有制订一切临床治疗计划的权利，俗话说能力越大责任越大，夜班二线既然是全权负责人，也就失去了把包袱推给领导的机会，所以夜间发生的一切医疗事故、投诉甚至是医患冲突，全部由夜班二线背黑锅。而且夜班二线又苦又累，又不会多发奖金，所以没人爱干，这种好差事，祖老师和路易就理所应当地被推了出来。

    但对我来讲，这简直就是天赐良机，而且我还被分到了路易那一组，基本上路易是不会限制我的任何临床决策的，很多难得的临床操作机会更是都让我自己完成，倒是把我炼成了"百变金刚"，又能动手操作又能自定治疗规则，还练会了与武力值不同的各种患者家属的沟通技巧，出了问题，还能让夜班二线路易同志来背黑锅，简直就是天高任鸟飞，鸟屎有人背！

反观留在高大上的病房中干活的几个人，他们仍是每天趾高气扬地查查千篇一律的病人，处置处置术后患者的头疼、脑热等小问题，一个个养得膘肥体壮，日子过得滋润无比。

但是我内心深处在此时涌起了自豪感，因为我知道自己在成长，而他们在原地踏步。当然，手术技术方面可能笑面虎进步会更快些，可是当医生要十八般武艺样样皆精，绝不是单纯地会个手术就可以称自己是好医生的。

机会是留给有准备的人的，接连发生的两件事情，让"急诊四杰"重新夺回了兵器谱第一。

一天，我与路易照常值夜班，突然 EICU 打来电话，路易接了以后听对方说了几句，就回答说："我马上来看看！"

我赶紧问怎么了。路易说："今天下午手术的一个病人现在血压维持不住了，超声提示心包积液了，可能是导丝穿了。"

我奇怪地问："今天下午咱们接了抢救室的班，没去手术啊，不是谁做的手术谁处理并发症吗？"

路易一脸鄙夷："今天病房值班的是包子，她又不做手术，周老大、于主任去上海开会了！他们就打电话给那个患者的主刀大夫——我们的笑面虎，那小子倒好，直接说他处理不了，让找郑主任。她家在五环外呢，到这儿黄花菜都凉了，郑主任就让找咱们，说咱们刚好值班，先过去处理一下。"

我听完一笑："那小子还真没撒谎，他天天在病房，见过几个心包积液的患者啊？这种心包大量积液压塞的，不做心包穿刺引流根本没活路，他哪敢过来啊！"

路易说："看，这就是这群老爷兵的坏处，你看你在这穷山恶水的抢救室都穿了不下五十个了，在病房哪有这样的机会？算了，我赶紧过去了，先江湖救急吧。"然后路易小跑着上楼去了。

两小时后路易下来了，满脸得意："典型的导丝刺破冠脉导致的延迟性出血，血压都到 80/40mmHg 了，我赶紧做心包穿刺引流，现在已经稳定了，你下半夜没事再上去看看，应该问题不大。"

我不禁担心地问："家属那边没事吧，出了手术并发症会不会折腾啊？"

路易一笑："哈哈，那我就管不着了。科里明确规定，谁的手术患者出问题，谁自己负责，理论上我不帮笑面虎搞定，他就吃不了兜着走，但是也不能拿病人的命来惩罚小人。我现在把人救了，也就仁至义尽了。我刚才和家属简单地交代了一下情况，告诉他们具体的细节等他们的主刀笑面虎明天来了自然会详细交代。哈，让那小子自己挨骂去，我可犯不着把自己也搭上。"

后来周老大特意下来，在交班的时候表扬了路易，给我们大长了一把脸。

路易挺胸叠肚了好几天，直到我做了一件事情技惊四座，他才讪讪地收起了保留了几天的得意的笑。

那天我们按照常规去手术室扒活儿，正坐在观察间无聊地玩手机，突然，于主任叫了起来："快进来除颤！"

众人立马从椅子上弹起来，冲进手术间，发现患者已经在抽搐了，心电监护仪刺耳地在报警，是"室颤"，毋庸置疑，马上除颤，做胸外按压，除了两次患者终于有窦性心律了，众人才问怎么了。于主任说："支架内急性血栓，前降支刚放进支架没两分钟就看不见远端影，肯定是血栓。"周老大这个时候也被电话叫了下来，赶紧做补救手术，疯狂地往里面推血。半小时后患者终于稍微稳定了，周老大对观察间说："你们谁去和家属说一声，把情况交代一下？病人还没醒，估计可能会用ECMO，不然没救了。"

众人都把头低下来了，这可绝对是个苦差事！

首先，支架内血栓发生概率很低，一旦发生了死亡概率极高。这患者年纪不大，才五十几岁，家属肯定很难接受。其次，上ECMO的费用极高，一周可能就会用掉几十万，而且产生这笔费用的原因是手术出现了并发症，家属的接受度肯定低得可怜。可是不用是必死的结局，用了还有一丝希望。总之，谁出去谈谁倒霉，轻则恶语相向，重则拳脚加身。那些平时像苍蝇样围在主任身边的人这时候都不说话了，就像那些聚会完到埋单的时候保持沉默的人一样令人生厌。

我看了一眼那些平时趾高气扬的人精，又看了一眼还在那轻松自若的笑面虎，觉得可笑至极。我透过观察间的玻璃窗向正在忙碌的于主任点了点头，然后决然地走了出去。事后，据祖老师后来形容，我当时的背影流露出一股虽千万人吾往矣的气势。

我走出手术室大门，说出了患者的姓名，家属闻声而至。

我问："谁是直系亲属？"

这个问题是很重要的。在抢救室经历过武力值不同的家属后，我总结出一套极为行之有效的策略。而这个策略的第一条就是问谁是直系亲属。这是很有讲究的，首先，第一个跳出来答你话的人肯定是在这群人中与患者关系最亲近的人之一，而且是比较有话语权的。找出这个人后才能分析其性格，进而拟定相应的谈话策略。其次，要在外围站着的旁系亲属中找到战斗力最强的那一个，因为几乎所有的医闹中折腾得最凶的不一定是直系亲属。直系亲属一般在极度伤心的状态下是想不到设灵堂、搭香案这些战略部署的，所以一会儿的谈话要注意顾及这个旁系亲属的感受，不能激怒他。

然后我叹了口气说："现在情况不是特别好，可能有危险！"

那名直系亲属四十出头，鼻直口方，天庭饱满，穿着合体休闲西装，明显是个有修养的人，他问："怎么了，我母亲怎么了？"

基本上对这种文化素质较高，看起来理解能力较强的人，我一般都会讲得比较细致，会加上一些原理性的东西。他们一般会比较容易理解，知道了事情的不可避免性后多半会配合医生。但是，其实和患者家属沟通，最重要的是真诚。不管是什么类型的家属，如果你的言语模糊不清，想蒙混过关，甚至撒谎，那么马上就会导致家属的不信任！一旦一个人对另一个人产生不信任，那么你所有的话都会被当作欲盖弥彰、遮掩事实，随之而来的就是悲剧式的结局。

我直接告诉了他事实："您的母亲出现了手术并发症——急性支架内血栓，现在生命垂危，我们正在全力抢救，但是可能会有性命之忧。"

早就锁定的"战斗旁系"果然马上问："什么是并发症？是不是你们做手术做出来的？"

我没有犹豫，对着他们说："是的，这个并发症是和手术相关的，在手术前你们的主管医生肯定和你们交代过，支架内血栓发生率很低，但是发生了就可能有生命危险。我们也很遗憾这个概率很低的支架内血栓发生在了您母亲的身上，可是既然事情已经摊到咱们头上了，现在就全力抢救，把咱们能用的劲都用上，尽最大可能把她老人家拉回来！"

我看自己直言不讳的表达果然没有引起他们的不信任感，那个"战斗旁系"也像被陡然截断话题一样不再说话了，心里安定了不少。其实我现在最重要的目的并不是安抚住这些家属，而是要引出ECMO，这个医生既爱又恨的医疗设备，这个在大厦将倾的时刻能够把垂危的患者拉回来却死贵死贵的机器！

患者的儿子马上说："医生，你们尽力，把能用的方法都用上，你们一定要尽全力！"

话说到这里，我心下松了一口气，知道自己是遇到开明的家属了，马上提出ECMO的事情，并且交代了那个机器死贵死贵还不怎么报销的事情。患者儿子马上同意，说钱多少都可以再赚，人没了就一切皆空了。

后来事情向着好的方向发展了，我们清除了血栓，又用ECMO帮这名患者度过了最艰难的危险期，然后患者于一个月后出院了。

这件事情过去了没多少天，周老大定了一条新的规矩：鉴于流抢区手术医生没有完整手术时间，而且两头工作非常辛苦，所以每次流抢区医生来手术室，要保证他们每人每天能够做三台手术。

这个政策出台后我们"急诊四杰"雀跃了几天，这明显就是给我们定的规矩啊，是对弱势群体的保护啊！后来，于主任专门下来和我们说周老大对我们的表现非常满意，对某些只会奉承、关键时刻就缩头的人表示强烈不满，叮嘱我们好好干，不要被眼前的困难吓退了脚步，坚持下去，革命一定会胜利。

其实不管是在什么地方，人品和能力永远是最终胜利的筹码，钻营之人可能会获得眼前的利益，但是更可能会失去长远的成功，毕竟人心总是面朝大海，背向沟渠。

人间四月芳菲尽
山寺桃花始盛开

　　转眼春节将至，家家户户洋溢在喜庆的气氛中。我最近也是意气风发，因为我是博士毕业，又很会写文章，所以经过层层审核，过五关斩六将，现在已经晋升为副主任医师了。也就是说，我只当了四年的医生就超过了路易和祖老师的十年工作资历，成为一名有医学专家职称的医生了，对于这点他俩倒也没什么不服气的，毕竟他们逍遥快活的那几年我还在学校苦熬着读书，一分汗水一分收获呗。另外，由于我的职称够了，再加上临床水平得到了领导的认可，就被提拔为急诊科一名光荣的累死人不偿命的夜班二线了。

　　真当上了夜班二线，我就理解为什么夜班二线这种看起来又累又穷又背黑锅的职位有人还是喜欢干的。因为医院有三级查房制度，等级森严。在医疗决策中，下级医生必须服从上级医生的指导，当上二线就意味着可以独立做决断，这就从根本上避免了碰到一个不靠谱上级时你明知道他瞎指挥还不得不服从的憋屈感。而且，真当上了二线，我发现常规的写写算算的活都让下级医生去做了，上级医生反而有更多的时间思考病人的诊断和治疗了，再加上指挥别人干活时的快感，着实让人欲罢不能。

那天我正上班，很久未见的女警同志突然给我打了电话，我接起电话后立刻感受到女警的语气不对。

"王大夫，我这边出事了，我一闺蜜，上次你见过的，刚才突然就说喘不过气来，现在已经快没气了，我们已经拉着她往你们医院赶了，很快就到了。"

我赶紧问："你们现在的位置在哪？"

女警说："在亚运村，离你们医院最近，我知道就近处理原则，你帮我这个忙，我肯定感激不尽。"

还能说什么呢？人家都求到头上了，而且就算不是熟人也不能见死不救啊！我赶紧找了张空床，把相应设备准备好。一会儿工夫，只见一辆红色宝马7系呼啸而至，直接开到了抢救室门口。女警身手矫捷地跳下车，拉开后门，只见一个女孩歪在后座的另一个女孩身上，明显已经昏迷了。我招呼人把抢救床推出去，然后我也不避讳什么，抱起那个女孩就放到了抢救床上，拉着就往里面跑。

我边跑边问女警："什么情况？什么时候昏迷的？刚开始什么症状？"

女警这时已经冷静下来，说："就在十几分钟前，我们本来在亚运村商城逛街，正试衣服呢，突然她就不行了，喘不过气来，然后直接就晕了。幸好车就停在商城门口的街上，拉着她就过来了。"

我们把床直接推到复苏间，连上监测一看，吓了一跳，发现这女孩的血氧低得吓人，只有不到五十，赶紧加大氧气量，然后嘱咐一线医生做其他检查。

我把女警叫到一边说："现在看起来确实不太好啊！氧分压很低，指氧还不到五十，如果吸一会儿氧气还不能缓解，很可能要气管插管，你能签字吗？"

女警斩钉截铁地说："能！你能用的方法都用上，我这就打电话给她父母要授权，千万把她救回来。她家就这一根独苗，没了我实在没法和张伯父交代。"

我问："张伯父？是不是你上次说的那个部委领导？"

女警说："是啊，就是他女儿，所以你无论如何也要把人救回来！"

我点头说："这个不消你说，就算不是你闺蜜，该尽力我一定尽力。不过这女孩平时有什么病史吗？"

女警旁边的闺蜜答道："姐夫，晓丽平时挺健康的啊，哦，对，就是有花粉过敏，但是过敏后顶多打喷嚏啊！"

这会儿我也没工夫和她计较叫"姐夫"的事情，沉吟了一会儿问："她试衣服？试的什么衣服？"

女警的闺蜜回答："一件貂皮大衣，她很喜欢，三万多眼睛都不眨就要买。"

我心下稍定，让女警去打电话，转身进了复苏间，进门就对护士说："先给静脉激素，然后把氨茶碱也用上。"

护士在问明剂量后手脚麻利地把药加进去了。

又过了十几分钟，女警过来叫我出去，女孩的父母来了，我出去后带着他们进了医生办公室。

进门安排他们坐下，女孩的父亲张伯父果然是不怒自威、气场十足，不过这会儿明显还是难掩心中的紧张，问道："怎么样了？我女儿现在有没有危险？"

我回答："张伯父，您女儿应该已经脱离危险了，刚才给过药物后已经醒了。"

张伯父一阵错愕，看了女警一眼，然后转头和我说："刚才妍妍给我打电话的时候说晓丽已经昏迷了，在车上就没气了，说是随时有生命危险，这怎么这么快就没事了呢？"

我解释说："张伯父，是这样，晓丽可能是重症过敏性哮喘，她平时就有花粉过敏，因为症状轻微所以大家没有特别在意，但是其实那个是过敏性哮喘。这次晓丽去试貂皮大衣，可能由动物皮毛引发了严重过敏，导致了重度哮喘的发生。还好妍妍送来得及时，不然真是来不及了。"

这时候晓丽的母亲也从极度震惊中缓过来，满眼泪光地说："真是太好了，吓死我了。"然后转头和张伯父嗔道，"你看人家妍妍多有福气，找了个这么有水平的医生做男朋友，咱们晓丽怎么没这个福气。都是你，就由着她，一点都不把她的事放心上。"

我一看话题扯远赶紧拉回来："不过，晓丽现在还不是很稳定，您二位一会儿去看她的时候尽量不要和她说话。等晓丽稳定点了，咱们就能把她转到呼吸科去看看哮喘，顺便查一下过敏原，以后再随身带上治疗哮喘的喷雾剂，不会有太大问题的。"

张伯父闻言喜上眉梢，说："小王啊，你这孩子真是医术高明、药到病除，等晓丽好了，让妍妍带你到伯父家去吃饭，咱爷俩好好亲近亲近。"

女警闻言说："他啊，那可是大忙人，我约他出去，半年都杳无音信。"

张伯父何等老油条，马上呵呵一笑："那不耽误你们年轻人谈恋爱了，小王啊，以后有事来找你伯父，伯父一定尽力而为。"说完转身带着老婆去看女儿了。

女警的另一个闺蜜也是个狠角色，一看屋里只剩我们三人，就吐了个舌头说："姐夫，你们两口子先聊着，我出去看看有什么要帮忙的。"说完一蹦一跳地跑了。

我和女警面色尴尬地对坐着，女警突然说："你是不是觉得我们天天纸醉金迷的，所以看不上我啊？"

我连忙摆手："岂敢岂敢，都是因为在下出身贫寒，觉得良禽择木而栖，怕耽误了您的前程。"

女警打了我一下，笑骂道："你们这种知识分子就知道转着弯骂人，你当我听不出来你骂我是家禽是吧！"

气氛顿时缓解，我不禁佩服起女警的处世手段来，又有的没的聊了几句，然后我就去继续干活了。

晓丽恢复得颇为迅速，第二天就转到 301 医院高干病房去继续治疗了。

一周后，女警打电话过来，说晓丽已经出院了，301 那边的医生给了明确的诊断，和我给出的一模一样，并且开了药物，现在晓丽已经可以活动自如了。然后她告诉我晓丽想请我吃饭，酬谢救命之恩，让我一定赏光。

我思索再三，决定还是赴宴，为避免尴尬，我叫上了刘非，刘非一听有高级宴会可以吃，自然无不应允。

两天后，我和刘非收拾得干净整齐准备赴宴，祖老师看完不禁骂道："这两个王八蛋收拾得像出去卖的，一定不安好心。"路易也说："禽兽，不叫上咱俩，一定是怕咱俩貌似潘安抢了他们的风头。"

我赶紧干笑几声说："抱歉了，两位翩翩公子，主要是人家两个人，我要是把你们都叫上，咱们白吃白喝的意图恐怕显得太明显。刘非是介绍人，带过去很合情合理，你们两个看起来就太能吃，一出场就漏了底。"

祖老师骂道："吃个饭穿得像去相亲，司马昭之心路人皆知，赶紧滚，吃相好看点。别坏了'急诊四杰'的名头。"

很快我们就到了约定的"大董烤鸭"，站在高大气派的门前，刘非观察了一会儿，然后说："我说这地方恐怕不便宜吧，估计四个人千把块钱下不来。"

我笑道："又不是咱们请，管那么多，先吃了喝了再说。"

我们进入约定包间后两个情影映入眼帘，让人眼前一亮。第一次见晓丽是在那个昏暗的"唐朝"包间里，第二次见她时，她处于濒死状态，面如土色，都没什么清晰的印象。而今天，晓丽穿着亮丽的蓝色短裙，化着淡妆，显得美艳不可方物，说实话瞬间就压了人高马大的女警一头。

刘非看得口水直流，我轻轻地拉了他一下："素质！"刘非这才收敛心神。众人落座，晓丽自然是一番言辞恳切地感谢，说救命之恩如同再造，还说如果没有我，恐怕就要香消玉殒了云云。女警瞪了晓丽一眼说："我说你是不是想以身相许啊！"

晓丽忙掩口娇笑，倒像是在擦口水，然后说："我怎么能抢姐姐的菜呢！对了，你叫刘……"

刘非赶紧说："小的姓刘名非，北京人氏，刚晋升主治医师，今年三十一岁。"

我轻咳了一声："咳咳，素质！"

女警瞥了他一眼说："王大夫总提你，说你是你们'急诊四杰'里长得最白净漂亮的，今天一看果然是闻名不如见面，可惜结婚早了点。"

晓丽一听，神色一黯，随之恢复如常："姐夫，你和我姐的事情怎么样了啊？发展到哪一步了？"

我一听干咳不已："咳咳，咳咳，这个，咳咳，还未做出明确诊断。"

女警笑骂："就你个死丫头多嘴，他的案子还在审理中。不过，在晓丽这事没出之前，我真心觉得王大夫你也太拽了，说不理人就不理人，我以为你是读书多了就傻了，绷着读书人那点酸劲觉得我们俗不可耐呢。"

我赶忙收敛笑容说："不是不是，当然不是，只是人贵有自知之明，在下一介布衣，虽然玉树临风，但身处社会谷底，恐怕也引不来凤凰筑巢。"

本想开几句玩笑揭过这页，哪知道女警正色说："不过自从晓丽出了这事，我想了很多，觉得名利如浮云，一切光鲜的外壳下都是脆弱不堪的身体和灵魂。只有你们，才是真正做事情的人。你们的工作是这个世界上最伟大的职业，只有这种职业的人才是对国家、对人民有益的，所以我现在特别敬佩你们，我敬你俩一杯。王大夫你要是不嫌弃我俗，咱们的案子发回重审！"

刘非见我脸色阴晴不定，忙解围："再伟大的灵魂，肉体也要吃饭啊，我们也是俗人，就认吃。王大夫赶紧喝酒，人家夸你两句你还真把自己当圣贤了啊！"

我借坡下驴，赶紧举杯说："那我也借花献佛，祝晓丽早日康复！"

女警眼神精芒一闪，然后抿嘴笑了，我们一饮而尽。

接下来气氛就轻松多了，女警非常识趣，没有再犀利地逼供。我们四人就北京天气、过年哪里玩耍和如何保持苗条身材等一系列重大问题展开了热烈的探讨。双方交换了意见，并达成了共识，宴会取得了圆满成功。

宴会结束后，晓丽义正词严地拒绝了我和刘非象征性的埋单行为，然后在女警的倡议并主动提出请客的前提下共赴"钱柜 KTV"举行了丰富多彩的文艺联欢晚会。刘非于文艺演出中发挥出色，个人独揽"任贤齐模仿赛冠军""许巍个人之路回顾表演赛冠军"等多个奖项，引得晓丽花枝乱颤、眉目传情，实在是扬我"急诊四杰"之威，令人叹为观止。

书中自有黄金屋

　　花开两朵，各表一枝。在我们轰轰烈烈地陷入男男女女的纠葛的时候，祖老师偷偷成为一个首先富裕起来的人。

　　这事其实我们也是有察觉的，因为最近很长一段时期祖老师除了在流抢区上班时间出现外，很少看到他，就连病房给他排的手术都不上，而分给了我和路易。路易早就觉得不对劲了，几次问我和刘非什么情况，我们也只能无奈地摇头。路易想去问祖老师，被我和刘非拦住，毕竟就算是兄弟，也要有分寸，人家不愿意告诉你的事情你非要去问就太不明晓事理了，时机到了人家愿意说了，自然就会说出来。

　　一月一次的"急诊四杰"大聚会的日子如期而至，祖老师在出发前却拦住了大家说："每次都去'炭烤羊腿'都吃腻了，今天我请你们去个好地方。"

　　我们三个自然是点头如捣蒜，无不应允。出了门，刚要到门口打车，祖老师却拦住大家说："坐我的车吧。"

　　众人一阵茫然，路易说："你买车了？我怎么不知道。你每个月还完房贷还剩几个钱啊？"

　　祖老师笑而不语，带着我们到医院停车场，然后掏出包里的钥匙按下，一辆崭新的吉普牧马人应声而响。众人眼珠子都快掉出来了，路易惊道："我去，这车值四十几万啊，你不会抢银行了吧！"

刘非也说："咱们兄弟虽然穷，可都是正经人家的孩子，出去卖身作娼的事情不能做啊！"

我骂道："你这厮不是偷偷地去把我的女警搞定了吧！入赘这种事情你都和我抢，简直令人发指啊！"

祖老师嘿嘿一笑："少说废话，等到了地方我再讲给你们几个土包子听。"

一路上，我们三个都贪婪地摩挲着牧马人车内崭新的内饰和皮沙发，感觉如坠梦里。到了地方一看，瞬间气滞，只见气势恢宏的一栋建筑上赫然一道牌匾——"丰泽园"，我们一直想吃的最高级的山东菜。

祖老师定的是"四海"包间，在袅袅婷婷的服务员给我们手足无措的三个人倒完茶出去后，大家立刻炸了锅。

路易带着哭腔说："祖老师，你年纪轻轻，不能就这么走向犯罪的道路啊！你不会是用咱们在医学院学到的化学知识去制造冰毒了吧？我思前想后，觉得对于咱们这种高级知识分子，能迅速发家致富的无非就是这个了。"

刘非说："祖老师肯定不会这么傻，制作冰毒是要枪毙的，你不会中彩票了吧？"

祖老师看我也要发言，赶紧摆手阻止："行了行了行了，别瞎猜了。这么跟你们说吧……"

还没等祖老师开始说，服务员就进来极有礼貌、声音甜美地问："请各位先生点菜。"说罢给我们一人送上一本镶金嵌玉的菜谱。路易快速说："不用看，刚才就琢磨好了，葱烧海参、罗汉肚、狮子头，这几个菜我定好了，都是我的你们别抢。"

刘非骂道："瞅你那点出息，烩乌鱼蛋汤、锅塌豆腐，我就这两个。"

我也拿过来看了看说："水晶肘子、香酥鸡，就这些吧，肯定够了。"

祖老师大骂："刚才你们还担心我钱来路不正，这会点起菜来专挑贵的点，怎么一点不担心了？一群烂泥扶不上墙的吃货！"

路易讨好地一笑："这不是怕您老想摆排场却冷场，我们几个配合您少年得志的心情吗？"

祖老师说："告诉你们吧，别瞎猜了，我最近出去走穴了，在河南和河北占了几个医院，那边病人挺多的。"

刘非说："我们刚才还怀疑你最近去哪了呢，原来是走穴去了，走穴这么赚钱吗？医院不是不让走穴吗？"

祖老师说："你们几个天天闷头干活，都干傻了吧！人家心内科几乎人人都走穴，不然医院发的这点钱大家怎么养家糊口？走穴确实挺赚钱，那边医院会给出场费，患者家属会给专家费，器械代理商会出一部分车马费，林林总总出去做一天手术都有个万把块钱。"

我听完忧心忡忡地说："咱们满打满算，做手术也不过才三四年，外出手术风险可是没有安真医院顶着的，到时候真要出了事可完了。"

祖老师一笑："要不说你们真是干活累傻了，你根本就不知道自己的价值所在。你们算算你们一年能做多少台手术？"

路易说："单纯造影加能放支架的加起来，怎么也有六百多台吧。"

祖老师说："这就对了嘛，你知道一般普通的医院整个医院加起来一年也到不了三百台，你一个人就做了他们两倍多，而且是高度集中、最大强度的训练，所以你现在的手术水平已经到了很多医院的主任都难以望其项背的地步了。我这次出去才知道，在咱们这看起来很简单的手术，外地很多医院的主任根本做不了。就像王教授一年前就能做分叉病变了，可是河北邯郸的三甲医院主任到现在还不敢做，这就是差距，就是咱们的价值所在。"

路易犹豫了一下，问："这要是让主任知道了，恐怕要收拾你吧。"

祖老师说："她要是知道了肯定不愿意，这也是我很长时间以来没和任何人说的主要原因。但是你们也要想想，第一我没耽误工作，我科里的班都值了，我用的是我下夜班和休息的时间。另外，咱们以前拼死拼活地干活，那都是超出八小时工作制以外的义务劳动，那点加班费实在少得可怜，就算是资本家也没有这么吸人血的吧。咱们那么久以来一直牺牲自己的休息时间去做手术，不就是为了锻炼手术技术吗？现在咱们的手术技术已经可以独当一面了，为什么就不能脱离你们的奴性思维，自己主宰自己的命运，出去赚点钱养家糊口呢？"

刘非咽了口唾沫说："早知道我也和你们一起去练手术了。那个时候一时犯懒，现在练可能也晚了。"

路易说："算了吧，就算时光倒流，你还是吃不了这个苦。不过祖老师，你还没回答王教授的话呢！万一出了事可怎么办？现在医患关系那么紧张，一旦死了人咱负得起责任吗？"

祖老师说："那我问你，你如果在安真医院做死了人，会不会被告，有没有人替你扛雷？"

路易不服气地说："会啊，至少主任会帮咱们出头。"

祖老师"嘁"了一声："主要责任人还是你啊，不过外面手术风险确实高，但高风险必然会带来高收益，你一点风险都不想冒，那干脆去当公务员好了。"

我不禁长叹："其实祖老师并不是个例，这种事情是拦不住的，因为马克思《资本论》说'价格反映价值'，现在国内的医生价值被严重低估了，价格更是被行政手段泯灭人性地压低了。但是价格一定会通过市场顽固地反映出价值，所以祖老师走出去才会赚那么多钱，这个是大势所趋。国家政策要是放医生自由，到那个时候恐怕会更乱。"

路易说："乱点好啊，火中取栗是我最喜欢的，而且乱世出枭雄，说不定我到时候就是一方诸侯。"

我笑骂："你成一方猪头还差不多。不过，就怕到时候一乱起来，老百姓看病就更难了。要我说，最简单的改革就是'区域辐射法'。"

众人皆惊："什么区？什么域？什么辐？什么射啊？"

我回答："你们没觉得现在很多政策都是'一刀切'吗？其实这种'一刀切'的办法可能主要是为了防范下面的人执行上面的政策时走样，当年明朝首辅张居正就是用这样的方法把各州县胥吏们上下其手的路给堵死的。可是中国太大了，各地发展又太不均匀，我倒是觉得要分区域对待。比如咱们安真医院，天天人满为患，可是附近的那么多家二甲医院门可罗雀，病房都空着，这没办法，医疗资源都集中在三甲医院。为什么不能让这些二甲医院和一个大的三甲医院成立医联体，让三甲医院的部分医生到二甲医院定期工作，二甲医院的医生到安真工作，把各级别的医生流动起来呢？三甲医院处理重要的手术及疑难病人，等稳定后就转到二甲医院，让普通病人先去二甲就诊，处理不了再转三甲，而平时开药什么的就限制在社区医院，这样不就把所有资源都调动起来了吗？各市、区或县都要根据自己的情况制订计划，采用'大体方向国家定，具体细节地方定'的方针政策。"

祖老师一笑："你当卫计委里都是傻子啊，人家早想到了，可是没办法啊，流通不畅啊，一方面，你要让老百姓满意，就不能强行限制他们就诊的去向；另一方面，二甲、三甲都有自己的领导层，你说三甲医院的去了二甲，下面的大夫是听二甲医院主任的话，还是听这个来不了几天就走人的三甲医生的话？"

我苦笑了下："其实说一千道一万，还是两个问题：第一就是医院管理行政化味道太重，谁好不容易当上官都不想放权。另外一个就是医生待遇问题，如果让医院实行年薪制，经过培训后的医生的收入可以相当可观，这样，这些医生无论去何种级别的医院都能保证收入，那才能流动起来。"

路易骂道："别做梦了，去行政化到你死也不可能实现，至于待遇，咱们主任现在的正常收入也不足以过上富足的生活，更别提你了。空谈误国，实干兴邦啊，来干吧，喝酒喝酒。"

我一脸无奈："商女不知亡国恨，隔江犹唱后庭花。"

刘非赶紧说："说了半天话题都扯远了，祖老师你这样走穴，时间长了把身体累垮了，到时候给多少钱也买不来健康啊。"

祖老师黯然："确实，最近我累得胖了十几斤，走穴确实太辛苦了。每次都是这边下了夜班，我马上坐上车就奔河北，到了河北，十几台手术做完马上赶回来，最近就没睡过整觉，都是在车上睡的。所以我觉得这也不是长久之计，因此我想开个公司。"

众人一惊："开公司，开什么公司？"

祖老师认真地说："这种走穴挣钱的方式实在太消耗健康了，再这么下去非活活累死不可。俗话说'死道友不死贫道'，所以我想整合能够出去走穴的医生资源，安排他们去相应的外地医院做手术，然后医院和医生两头收介绍费。"

众人骂道："这不是中介公司吗？"

祖老师说："对，就是中介，这个灵感来源北京的房价。你看哈，北京的房价这十年快翻了十几番，但是其实赚钱的是谁呢？是国家税收和中介。不管现在房价多少钱，房子还是那套房子，攥谁手里也不会变成别墅。不过税收和中介可是实打实的净收益，咱统治国家肯定没戏，但还不能开个中介吗？我想过了，就叫'祖氏医疗媒介公司'。"

刘非骂道："你这禽兽自己觉得累就开中介公司让人家给你干活，简直丧尽天良，而且名字起得不好，不如叫'急诊四杰医疗联络局'。"

路易说："不好不好，叫'威名赫赫大杀四方医疗中介'。"

祖老师说："杀你个头啊！人家都去做手术，你要杀病人啊！还是王教授读书多，你想一个。"

我想了想，整整嗓音："不如叫'道友医疗'怎么样，这一方面体现了你联络的是一群志同道合的医生朋友，另一方面也表达了你'死道友不死贫道'的精神。"

大家拍案叫绝，祖老师无奈只好同意了，一顿饭吃得宾主尽欢。当然，回到医院后我们就绝口不提祖老师出去赚钱的事情了，日子继续如流水般淌过。

夫婿轻薄儿
新人美如玉

　　接下来的日子云淡风轻，随着春节欢快的气氛如白驹过隙，转瞬即逝。

　　我和刘非也陆续出席了几次晓丽和女警的活动，活动形式多样化，主要以喝酒和吃菜为主，但是我在这个过程中忧心忡忡，毕竟刘非是已婚的，这样和晓丽混在一起，总是让人有些担心。刘非这孩子看似单纯，其实是幼稚，对生活方向的把握主要以"我高兴"为主要基调，对个人行为的底线主要以"我愿意"为基石。偏偏他这心思单纯的人是极具吸引力的，他不但对朋友够义气，而且因为幽默天真、充满童趣，对比他还幼稚的女孩有着致命的吸引力，偏偏晓丽就是这种女孩。看着两个人一天天暗送秋波、眉目含情，我决定找刘非好好谈一谈。

　　心下主意一定，我就把刘非叫到休息室，非常正式地提出了我的担忧。

　　刘非沉默半晌后说："我已决定离婚了！"

　　我一口可乐喷了一桌子，然后愤然站起说："你疯了吧？当初是谁说你老婆暗恋你七年，把你感动得要死要活，非要娶人家的？到现在你后悔是不是晚了啊！"

刘非一脸无奈："这我知道，可是我就是忍不住，我当时也说了，犹豫了七年才肯和我老婆在一起主要的原因就是她很无趣，外表、身材也不能带给我满足感。现在婚姻已经持续快三年了，我真是过不下去了。每天回家都是一样的话语，张家长李家短的，每次休息在家都是看电视剧，这样的生活我忍不了。"

我怒道："你忍不了你早干吗去了！现在说忍不了了，当时你结婚，可没有人拿刀架你脖子上逼你啊！还不是你自愿的？！现在离婚，你不是害了你老婆一辈子？！再说婚姻不都是这样吗？你见过哪个结了婚的天天爱得雨里来风里去的，不都是平平淡淡的生活吗？"

"晓丽不一样，她的生活很精彩，我们会在半夜的时候去吃火锅，会去夜店震耳的音乐中静静地看着对方，会看整宿整宿的汽车电影，还会不顾旁人地在车上亲热……"

我实在听不下去了："闭嘴，这全是不成熟的表现，你还能玩一辈子吗？生活到最后都是柴米油盐、丈母娘和娃，你走到这步都是你老婆惯的，就不该给你那么多自由时间。我告诉你，你要是离婚了，咱们以后也别在一起混了！我就不该带你去见女警那群不靠谱的闺蜜。"

刘非沉默了很久，说了一个让我再也说不出任何话的理由："晓丽怀孕了。"

我颓然坐到椅子上，半天才说了一句话："每次出去都是咱们一起去，你什么时候下的黑手？"

刘非说："第一次见面，咱们唱完歌，我送的晓丽，到她家楼下她邀请我上去，然后实在没忍住。你不知道她换上轻纱睡衣煮咖啡的样子，我是无法拒绝的，身材太好了！"

我不禁愕然："第一次见面你们就搞在一起，还瞒我这么久，那恕我直言，我觉得晓丽对自己的感情也不是很负责任，第一次见面就换睡衣，这也太草率了……那个，身材怎么好了？"

刘非勉强一笑："唉，就算重来一次，我还是会选择不顾一切，她有那种男人想要的她都有的那种好。"

我心下黯然，孩子都有了，恐怕无可挽回了，就问他："你老婆可是咱们医院的大夫，你离婚了怎么在医院混啊？光是背后的议论就够你难受的了。"

刘非沉默一会儿，说："晓丽已经帮我安排好了，要是还想当医生就换个医院，要是不想当医生就去澳大利亚经营她家里的一个公司。"

我不禁问："那你的抉择呢？"

刘非说："我是真不想当大夫了，医生这个职业在几十年内是不会有太大改变的，待遇低，风险高，每天还要听一群不懂医的人指手画脚，我现在就能看到我十年、二十年后的样子了，这种没有趣味的人生不是我想要的。我当医生已经四年多了，说真的挺舍不得的，我也想过转个医院算了，可是经历的一些事情让我真的想离开了。祖老师和路易当医生都十年了，你看看他们好到哪去了？收入一般我可以忍，可是我忍不了动不动就有一群家属指着鼻子骂我是无良医生，王教授你也说你做的一切都是为了尊严，那你看看，你现在有尊严吗？你是可以说自己问心无愧，可是有人听吗？几乎所有医生都说以后打死都不让自己的后代学医了，我想不了那么远，我自己退出去，老子不干了。其实，我现在离不开晓丽，其中也有一部分原因是我觉得晓丽可以让我从这种生活中解脱出来。咱们不是神，不可能只为了世人而不考虑自己。我劝你也和妍妍在一起算了，你就向世界低头吧。"

我无话可说，刘非切中了我心底最脆弱的地方，我也经常想退出，可是真舍不得，也许刘非这次是上天注定的。事已至此，我除了深深地懊悔，没有任何的办法。

很快祖老师和路易就知道了刘非的决定，大家坐在一起沉默不语，半天后路易突然说："你去了澳大利亚我们会很想你的。"说完竟哭了出来，惹得大家眼眶都红了。

"你老婆的情绪怎么样？"我问道。

刘非这次真的哭了，说："她很平静，说早就料想到有这么一天，当初爱上我，也是觉得我像个孩子，很想照顾我。现在我长大了要去外面的世界闯闯，她刚开始和我结婚的时候就有这样的心理准备了，还说要是闯累了就回来，北京的家一直给我留着。"说罢已是泣不成声。

祖老师也哽咽着说："怎么什么好事都让你这孙子赶上了，这么母爱泛滥的好女孩怎么就让你丫个鳖孙给糟蹋了。我怎么这么惨啊，三十大几了还他妈没人疼！"

路易搂着祖老师哭着说："别哭了，爸爸爱你！"

我大怒："都他妈这个时候了你们还这么不正经！刘非现在开弓没有回头箭也实属无奈，但我们要引以为戒，并且要树立正确的人生观、价值观，不能不以为耻反以为荣。"

刘非说："其实我知道你们看我心里难受，故意逗我开心的，可是真的是开心不起来，我这次的事情改变了整个人生，如果有后悔药，我可能现在就一口吞了。"

说罢，我们四个人陷入真正的沉默，久久不语。

天生奇女子
何论由尔等

刘非已经辞职了，离开了安真医院，入住到晓丽的别墅去准备移民的事宜。我们的日子还要继续过，没有了刘非，三个人坐在一块儿实在是没啥意思，感觉总是少了点什么。我们渐渐也变得无话可说、不想说话。这时候，一个人的出现拯救了我们仨，这个人就是包子。

包子到底什么时候开始融入我们仨的，现在谁也不记得了，只是记得有包子在的饭桌才能真正地吃饭，包子总是能用她的质朴的女汉子行为让我们充满欢笑。这天照例在南食堂小包间里吃饭，吃着吃着，路易又眼眶红了，说："也不知道刘非那小子怎么样了，净身出户到别人家里会不会受气？"

祖老师说："不会受气的，晓丽家谁也管不了她，她父母都听她的。再说，晓丽病了一回，彻底把她父母吓傻了，也希望她找个医生贴身照顾。"

路易说："就算是找个医生照顾，也可以找我这样身家清白的啊。刘非那是二婚头，她父母不会在亲戚朋友面前抬不起头来吗？"

我骂道："晓丽连刘非的孩子都有了，要你去你愿意吗？这个便宜爸爸我就不信你爱做。她家现在也只能接受，等孩子一出生，老两口一看到外孙子，什么二不二婚的都抛到九霄云外了。"

包子突然气道："你们这些死男人，这个时候还想着刘非高不高兴，你怎么不想想刘非他老婆一个人住在那个曾经的爱巢里，现在有多他妈悲凉。你们这些死东西就是管不住你们的下半身，活该跑路，去澳大利亚那个苍蝇蚊子满天飞的地方，我帮你们解决了祸根就清净了。"说罢举起空碗，作势要砸路易下身，吓得路易围着桌子转，引得我们笑作一团。

一阵吵闹后众人终于能安静地吃饭了，这时候包子突然一撂碗筷，气苦地说："我觉得我就不适合当大夫。"

众人忙问怎么了，包子接着说："我今天又被周老大骂了，因为我开医嘱的时候没注意，多开了一个'免疫V1'，然后那患者就质问护士怎么抽了两次血，护士就跑过来告诉我了。"

祖老师苦笑："我说包子大姐，你这大手一哆嗦开了一'免疫V1'，患者那可就是多抽一管血，多花四百多块钱啊！"

包子说："我知道，所以我就找那患者道歉，我本意是说你的钱我来出，你再抽我一管血还回来不就完了吗？就不要让他把事捅到周老大那儿去了。"

路易说："对啊，这样处理很好，那周老大怎么知道的？"

包子气恼道："谁知道我一进去，刚扬起注射器，那患者就哭哭啼啼地说：'女侠多抽我一管血而已，我有医保，这钱也不用您出，可您也不能赶尽杀绝啊，您拿这么大针头跑过来是要弄死我吗？'然后那家伙就往外面跑，我就在后面追着，想解释是想让他抽我的血，不是要扎他，结果那家伙跑得更快了，一直跑到周主任办公室才停下来，然后我就被老大狠狠批评了，又被扣了一个月奖金。"

众人不禁目瞪口呆，随即笑得肚子疼，路易更是直接钻到桌子底下去了。笑够了，我不禁问："我说包子女侠，您那奖金什么时候领过啊？要是您实在过不下去了，以后顿顿我们请您吃食堂也不……"还没说完又觉得肚子笑得疼，就说不出话了。

包子怒道："我告诉你们这件事情是有目的的，你们再笑，以后有什么事情我都不找你们。"

众人只好勉强停止了笑，然后路易憋得满脸通红地说："女侠，那个，您有什么事情尽管吩咐，不要赶尽杀绝……"

说完又笑了起来，包子怒喝道："都他妈给我闭嘴，你们每人出五百块钱，我这个月房租交不起了，就没领到过奖金。"

众人这才闭上嘴，每人乖乖地拿出五百块，祖老师讪讪地说："这……这算不算打劫啊，女侠？"

包子说："这点钱不算，下面的才算，以后每天的早上九点、下午一点、晚上五点，你们三个分批分次准时过来到我这儿报到。"

我奇道："为什么要报到，是还要送一日三餐给你吗，女侠？"

包子挠挠头，不好意思地说："其实是这样，我下个月不能再被扣奖金了，再扣我还找你们要多尴尬。你们以后分这三个时间段来检查我的医嘱啊，病历啊什么的，帮我查缺补漏，这样以后就不会被扣奖金了。"

我们三个面面相觑，路易说："包子，你让三个抢救室的二线每天不辞辛苦地检查你的医嘱，这样未免也太不尊重我们的睡眠了啊！"

我和祖老师一起点头称是。

包子说："少废话，我也不是一直要你们这样，就一个月，你们帮帮我，把这些坏习惯都改了，然后我能像其他人一样不挨骂了我就放过你们。"

我们知道多说无益，最后还会激怒包子女侠，只好点头答应下来。

日出日落，星暗星明，一天很快就过去了，晚饭时包子黑着脸坐在墙角，我们三个面色凝重地开碰头会。

路易首先发言："这个同志的问题很大啊，我看没救了。"

我和祖老师闻言点头，然后问："你查出什么问题？咱们研究一下。"

路易摇摇头说："我都不知道她到底是不是女的，心怎么那么粗，我早上九点好不容易抽出时间去查她的医嘱，结果我发现她医嘱上写着'香蕉，每次一根，一天三次'。"

包子小声辩解："那个病人血钾稍低，3.4mmol/L，我想这个血钾也不用喝氯化钾水吧，那就吃点香蕉补补呗。然后就写上了。"

我和祖老师捧腹大笑，祖老师说："包子啊，你是有史以来第一个在医院最重要的文书上写上'香蕉'两个字的大夫。你知道医嘱单是整个医疗文件中最具有法律效力的，只能写药品和治疗操作内容。你写个'香蕉'在上面是想打官司时笑死法官吗？"

包子嘀咕道："开什么医嘱就写什么呗，认真点不好吗？"

我说："要叫你这么说，我们想让患者下地活动防止血栓，那是不是也得写上'下地溜达，一天三次'啊？"

祖老师说："路易你那个算轻的，看我这个，我中午的时候去包子那儿，正查病历，结果护士来找包子说扎血气时找不到桡动脉，包子过去帮护士扎，折腾半天患者手腕都扎肿了还是没找到，这也无可厚非，毕竟谁都可能碰上桡动脉走行异常的患者。关键是包子当时就决定扎那男患者的股动脉，结果她让那患者把裤子脱了以后……"

包子突然红了脸，抓住祖老师衣领喊道："不许说，不许说！再说我打死你，很残忍的！"

路易一把拉住包子的手冲祖老师喊："快说，我搞定她！"

祖老师强忍住笑，脸憋得像个紫茄子似的说："那患者的生殖器不知道怎么的一直挡在右股动脉前面，包子一把就拎起来拉得绷直，然后让护士去扎血气。我看那男患者臊得从头红到脚，然后护士想笑不敢笑，手一直抖啊抖的。"

包子闻言大窘，然后抗议说："我觉得没什么不对啊，那玩意儿碍事，我拉起来怎么了？"

路易听完怒道："你还知道你是个女的吗？你不会让患者自己用手挡着啊！再不济你弄块胶布粘往另一侧不就完了！你一个大姑娘，一手就拎起人家生殖器，你害不害羞啊？"

然后两个人一起望向我："你检查出什么了？"

我叹了一口气，说："你们根本无法理解包子的世界，现在我懂了。"

他们忙问怎么了，我说："我没有看包子的病历，但是我看了包子写的每日计划。"

祖老师说："就是我们上高中经常写的那种带有决心的计划书吗？"

我回答说："是的，包子是这样写的：'早晨 8：00—9：00 查房；9：00—9：30 热牛奶、吃曲奇；9：30—11：00 写病历、收病人；11：00—11：30 问那三小子哪里吃饭；11：30—12：00 蹭饭；12：00—2：30 继续收病人，写病历；2：30—3：00 电饭煲煮两个鸡蛋，外加可可；3：00—5：00 继续收病人、写病历；5：00—5：30 问那三小子哪里吃晚饭；5：30 蹭到饭。'汇报完毕。"

包子满脸通红，说："最近不是手头紧吗？就琢磨着好不容易找到你们的吃饭规律，怕忘了就加到计划书里了。唉，你去检查我工作，你没事看我计划书干什么？你这叫侵犯隐私权。"

祖老师长叹一声："包子啊，你整天脑子里都想着吃，还专门琢磨怎么蹭我们这群穷人的饭，你这样能不犯错吗？"

包子小声说："我听路易说了，现在你都开公司了，就你最富了，跟着你们肯定有肉吃。"

祖老师瞪了路易一眼，路易说："包子也不是外人，她不会说出去的。"

我很严肃地对包子说："当哥哥的不得不说你，你这样下去是走不远的。当医生要满脑子都想着病人的事，你不是一个普通的文员，每天光想着怎么写好病历，一个打字员都能完成这份工作。你是个医生，你遇到的每个病人都不一样，他们对于每种药物和操作的反应都是独一无二的，所以你要时刻在心里琢磨，才能在不同中找出规律，然后才能做一个好医生。当然了，你想多吃点，搞好身体，这也是做个好医生的本钱，可是你绝对不能舍本逐末每天想着蹭饭，尤其不能蹭最穷的我的饭。"

路易嘻嘻笑着："来蹭我的吧，我家正缺个做饭的。"

随即他被包子瞪了一眼，缩回头去了。

从那天开始，我们三个在忙碌之余经常去教导包子，搞得新来的一线纷纷表示要加入我们这个温暖的大家庭，被我们严词拒绝了，告诉他们再多几个像包子这样蹭吃蹭喝的一线，我们三个夜班二线就得破产了。不过，经过一段时间的悉心教导，包子真的有了进步，直到多年以后，包子每每提到当年的特殊待遇就感动得落泪，并教导年轻医生一定要虚心加脸皮厚才能学有所成。但是我们到现在还一直觉得，当年的包子，那脸皮是真厚啊！

小人唯所遇
寒暑不可期

自从笑面虎坑了我们三个以后，哥几个一直伺机报复，苦于笑面虎为人谨慎，又有郑主任保护，就始终没有得手。而在我们成长的这段时间，笑面虎当然也平步青云，当上了病房二线，地位仅次于郑主任和于主任。虽然恨得我们牙根痒痒，但是没有任何办法。

这一天我们还在岗位上忙活着，微信群里突然有了包子的一条紧急信息，召集大家到二楼休息室开会。我们以为包子又闯什么祸了，赶紧交代完手头的活，去了休息室。一进门包子就从床上跳起来，一把关上门，然后神秘兮兮地对我们说："知道吗，笑面虎完蛋了。"

我们立刻开启八卦雷达，路易第一个跳起来说："怎么了怎么了？说出来听听。"

包子说："笑面虎这次死定了，恐怕要挨处分了。"

祖老师打断说："我猜猜，肯定是于主任出手对付他了。他现在当上二线，和郑主任关系那么好，于主任肯定会想办法干掉他。"

包子笑着说："哪那么容易，于主任拿他也没办法，是他自己出的事。你们别打断我啊，我告诉你们。事情是这样的，病房有一个患者，听说是由别人介绍认识笑面虎的，已经确诊为冠心病，收进来打算做手术。手术前几天，患者家属就通过中间人问笑面虎有什么需要他们做的，意思就是给个红包呗。"

路易说："不可能，连我都不敢收，那玩意儿是定时炸弹啊。没事还好，病人一旦出事，家属一旦告到上面说医生还收了红包，那死得会很惨。笑面虎那么精的一个人，哪敢收红包？"

包子说："那是，钱他肯定不收，他跟中间人说他家刚搬了新家，缺一台冰箱。你知道中国可是人情社会，连当官的有个婚丧嫁娶，只要不收钱，收点东西这都无可厚非的。"

祖老师说："那还能有什么事？冰箱都是厂家上门装的，连照面都不用打，哪能出事啊！"

包子说："别打岔，问题就在于收了冰箱后，手术也做了，还挺成功的，你们也知道笑面虎水平不差的。人家家属非常感谢，就说要请笑面虎吃饭，笑面虎就约人家在'静雅'吃饭，你们知道'静雅'有多贵的，结果笑面虎一顿饭吃了人家一万多。据说，人家家属从家里带的'百年牛栏山'笑面虎说味道太冲喝不惯，人家不得不在'静雅'点了瓶茅台，一瓶就两千多，这也没什么，至少场面上人家过得去了，可是临了埋单的时候，笑面虎问人家方不方便帮他办张'静雅'的五千块钱的就餐卡。那当然不方便了，这一下家属就急了，想想也是，笑面虎这前前后后折腾人家近两万块钱，还要五千的卡，这也太贪得无厌了。结果那家人还是很有背景的，不但当场翻脸，转头第二天就找到咱们医院纪委，实名举报。笑面虎这事现在医院还在调查呢，估计很快就有结果了。"

我们面面相觑，一起说："这小子真贪啊！"

包子一笑："各位大佬，这么重要的情报，我一个弱女子冒着被郑主任发落的风险告诉你们，怎么也得意思一下吧？"

祖老师爽快地摆摆手："意思不意思的，你也每天蹭饭，顶多今天再让你蹭顿好的。不过你要记住笑面虎的教训，不要重蹈覆辙。"

包子白他一眼说："你现在这么大款，还在乎这点小钱？说说你公司最近赚了多少吧？"

祖老师神秘一笑："嘿嘿，公司还可以，估计就算撑死你个死丫头也吃不穷。不过确实，公司现在业务有点太多了，下面的人都没有医学背景，不太好用，好多决定还要我拍板，我这上班的时候又不能总接电话，搞得受了好多损失，真想彻底辞职算了。"

我和路易一惊，说："大佬，刘非走了已经够让人心碎的了，你要是再走了，那咱们可就彻底散伙分行李了。"

祖老师点了点头，没说话。

我说："包子，你接着回去打探消息，有什么情况，在群里随时汇报。"

"得嘞！"包子一溜烟没影了。

路易说："真是善有善报，恶有恶报啊！"

祖老师也说："天理循环，报应不爽啊！"

我也点点头："估计这小子完蛋了，想想还蛮可惜的，其实笑面虎除了人品差点，总体来说是个好医生，手里的活拿得出手。"

路易沉声说："是不是好医生不是光会治病就行了，医生的人品比技术还要重要。再说他现在才是个二线就敢要挟病人家属送东西送卡，要是将来当了主任或者院长，那肯定是为祸一方。"

祖老师附和说："这小子为人鬼鬼精精的，善于钻营，要是再给他十年，说不定真当上主任了。"

说完我们觉得也没什么好聊的了，就纷纷回去干活了。

一天无话，晚上回宿舍了群里传来信息，包子说笑面虎的事情上面已经商量出结果了，由于那家的家属咬住不松口，说医院要不从重处罚，他们就要闹到卫计委，所以医院估计要彻底开除笑面虎了，然后包子在这句话后面加了一排笑脸。

本来以为这事就这么了了，上次那口恶气也由老天帮忙出了，结果当晚发生了一件事情让路易和祖老师鄙视了我好久。

第二天下班后，他们两个还有包子照例打算和我一起去"炭烤羊腿"吃饭，我想了半天说："今晚我请你们吃好的吧，老北京火锅吧。"

路易说："哟，受什么刺激了，这大出血的多不好意思，走着吧。"

话说安真桥南的这家"老北京火锅"是我吃过味道最地道的，建筑是民国风格，飞檐青瓦，内里装修极其简单，一进门就是雪白的墙面，整个大厅被半人高的纵横交错的矮墙隔成十几个隔间，这种半矮的隔间很有意境，不但让每个隔间内的人有隐私和安全感，还让所有席面热气腾腾的火锅相映成趣，显得格外温馨。众人落座，伴着火锅的沸腾和羊肉的香气我不得不说出实情："各位大哥哈，小弟有件事情要坦白。"

祖老师吃了羊肉，漫不经心地说："嘿嘿，是不是被女警给拿下了啊？好啊，那就等着喝你喜酒呗！"

包子伸出去捞羊肉的筷子突然一滞，说："不可能吧，你昨天不是回宿舍了吗？"

路易喝了口啤酒不满地说："人家当了乘龙快婿，咱们不是也能借借东风吗？你瞎操心个毛啊！"

我干笑几声说："是有个事，确实也和女警有关。"

包子惊道："你真被拿下了吧？你们男人怎么都这么不是东西啊！能不能矜持点，把那点美好保留到婚后呢！"

我咳嗽了几声："咳咳，女侠，不是这事，我说你们能不能正能量一点。是笑面虎昨天找我了。"

路易说："啊，你把笑面虎拿下了啊？"

包子："我呸，王教授是异性恋好不好。"

我瞪了路易一眼说："其实是笑面虎昨天晚上突然打电话给我约我在宿舍楼下见，一见面他就哭了，说郑主任已经和他通过气了，他可能要被医院开除了。"

众人这会儿全把筷子放下了，祖老师说："找你干吗？还得请他吃饭安慰他不成？我们不放鞭炮庆祝就不错了。"

我干笑了几声，尴尬地说："其实是那小子不知道从哪打听到我和女警的关系，然后又得知告他的那一家人是女警老爸手下的亲戚，所以想找我疏通疏通，让他们不要闹了。只要不继续告，医院也不想把事情闹大，搞得丢人现眼的。"

路易一拍桌子骂道："你不会答应了吧？你当年怎么被他从病房赶下来的你忘了吗？你他妈没这么缺心眼吧。"

祖老师也说："你也熟读诗书，我就不说什么了，你可别忘了明朝首辅夏言当年要整死政敌严嵩，结果严嵩父子在入狱前跪在夏言家哭了一晚上，最后夏言放了严嵩，结果被严嵩以莫须有的罪名整死，家破人亡，你那么多书都读狗肚子里去了吗？"

我反驳说："那是政治斗争。政治斗争是你死我活的，但我们只是医生，这是人民内部矛盾。那小子老婆刚怀孕，要是现在就被开除了，孩子谁养活？那可是一个家庭，就算是农夫与蛇，这险也值得冒！"

路易"啧啧"道："我也是无语了，你这厮心慈手软，难成大器，竖子不足与谋！"

祖老师说："不过，那小子老婆怀孕的事确实是真的，这也是他换了大一点的房子的原因，可能也是他找人要冰箱的原因，但绝不能作为他要人家给他办就餐卡的理由。我说你到底和女警说了没呀？"

我脸一红："说了，我把笑面虎家里的情况和女警说了，让她务必帮这个忙。"

包子说："那她有没有趁机霸占你肉体的想法？"

路易说："你管呢！周瑜打黄盖，愿打愿挨的和你这个八婆有什么关系？"

一顿饭吃得不欢而散，不过最后路易和祖老师到底还是心软了，说这事要帮笑面虎就帮吧，不过以后这小子再对付你，我们可不管。

过了几天，笑面虎的处理结果出来了，由于家属主动到医院管理部门撤销投诉，所以从轻处罚：笑面虎调离临床岗位，转入后勤部门，扣半年奖金。

这似乎是皆大欢喜的局面，祖老师和路易看那小子调离临床以后烦不到他们了，就消了气，但是时不时地还是说我"伪君子""假好人"。

又过了几天，风波完全平息，周老大找我谈话，说笑面虎走后病房二线腾出一个岗位，郑主任力荐我接任这个岗位，她问我愿不愿意接任。我这为人长袖善舞的，当然没有忘记咨询一下于主任的意见，见大家都同意，就被调到病房担任二线。这似乎是件与人为善于己为善的故事，但是我始终记得，我欠了女警一份人情，而人情总是要还的。

山雨欲来风满楼

　　我和女警自从经历过一些事情后，加之现在又欠了她一份人情，两人的关系反而冰消雪融，有丝丝春意透了进来。最近我们在一起的时间比往常多了起来，也不知道她是刻意而为之，还是她本性其实是淳朴的，最近约会都去奥森公园跑跑步，去"绿茶书屋"看看小说，或者到她自己的房子做做饭什么的，让我一度产生幻觉，认为她只是个普通的女孩，而不是那个随时可以打电话到卫计委调查我背景资料的世家女。

　　路易和祖老师也感受到了我最近对女警的态度转变，因为我在他们面前不再称呼她为"女警"，而是她的名字"妍妍"。这两个家伙识趣得很，也深知我们急诊医生时间紧张，泡妞需要挤时间，所以最近很长一段时间都不打电话叫我吃饭，尤其是晚饭，包子似乎也接受了现实，最近和路易他们走得越发近了。

　　这天我休息，就到妍妍家里一起做晚饭。话说妍妍家我已经来过几次，但是每次进门仍觉得赏心悦目，心脾舒泰。妍妍的房子离我们医院真的不算远，坐公交车只要四站，就在亚运村马可波罗酒店旁边的一个小区里。房子是一个开间的 studio，不算大，但布局很合理，且南北通透，打开窗子顿有微风拂面，让人心神微醉。装修很简单，但胜在古朴典雅。桌椅都是我喜欢的复古实木品质，旁边的楠木书架价格不菲，但绝对物有所值，古色古香的气息顿时让整个屋子都像回到民国文艺繁荣的黄金时代。再配合上妍妍在这让人沉醉的书架上放置的《机器猫》《海贼王》《名侦探柯南》等颇有"深度"的海外畅销作品，实在是令人啼笑皆非，不得不接受她可爱的一面。

其实我的内心深处对妍妍还是非常有好感的，她虽然家世显赫，但是由于在机关单位混，身上的那种沉稳低调让人很舒服，没有盛气凌人的感觉。另外，尽管妍妍只有警校的本科学历，但世事洞明皆学问，人情练达即文章，对于人情世故我远不如她。再加上她在这样的家庭环境中耳濡目染，学到了她父亲不动如山的气质，也学到了她母亲的贤惠和智慧，总之在她面前，其实我是有些自惭形秽的。再说妍妍虽然没有晓丽那种绝色容颜，但胜在面容清秀，透着灵气，四肢修长结实，运动能力极强，总是穿着各种海、陆、空的军裤和修身的T恤，格外有股飒飒爽利之气。

好吧，说了这么多，其实我当时在内心已经接受她，并开始打算正式地交往了。每次到妍妍家做饭，其实都是我主厨，她帮厨，而且总是帮倒忙。刚才我只是想让她把几只螃蟹从篓子里拿出来，放刷碗池里，我正淘着米，突然妍妍大叫一声，我转头一看，发现她用嘴吮吸自己的右手手指，另一只手指着一只螃蟹说："它夹我。"

我检查了一下妍妍的手指，并无大碍，然后就看到那只螃蟹正在耀武扬威，所有的腿都在拼命地踢打，想躲进柜橱下面。我赶紧到微波炉旁边，想找棉质的保护手套，免得我也被它夹了。刚找到手套一回头，我发现妍妍正气势汹汹地拼命用脚踩着那只可怜的求生欲望强烈的螃蟹，一边踩一边骂："敢夹老娘，你不想活了吧。踩死你……踩死你……"

然后她突然注意到目瞪口呆的我，赶紧缩回了脚，并用手捋了一下头发，低头娇媚地说："哦，我担心它又夹到你，你的手那么金贵，还要做手术呢。"

我转头看看那只连坚硬的壳都被踩得四分五裂，死得不能再死的可怜的螃蟹，讪讪地说："嗯，你考虑得真周到啊。对了，您，杀过人吗？"

妍妍随即和我扭打起来。

除了在生活上越来越和谐，步调越来越一致，在工作上我发现她也能帮我很多。比如，对于"站队"，我虽然说起来都是一套一套的，但那个都是来源于我所读的历史读物，唬唬祖老师、路易那两个傻大夫还行，但是真正用于实战时，绝对只是纸上谈兵。我这次被调到病房担任二线，又卷入了病房的党争之中，虽然竭力避免，但病房就那么点大地方，哪可能不殃及池鱼？经历了几次不大不小的无妄之灾后，有次闲聊的时候我向妍妍诉苦。妍妍听我讲述了病房现在的行政结构后对我说："你这点事还算是事啊？你一直以来是钻牛角尖了，因为长期以来不是郑主任整你们一下，就是于主任整你们一下，让你们产生了一种错觉，认为如果不跟着其中一方老大，从而享受保护，就会被另一方无情地打压致死。其实这根本就是无稽之谈，那种情况只在你们没办法接触到大老板的情况下才会发生。现在周老大你们随时都见得到，而且周老大是招你入职的人，这是知遇之恩啊！在我们机关，这种就是天然的派系啊！所以其实你从根本上看是周老大的门人，那怕个毛啊？紧跟周老大的步伐就行了。至于那两个主任，见你是周老大的亲信，以后哪还敢招惹你啊，供着你还来不及呢！"

我如醍醐灌顶，瞬间明白了问题的关键所在。看来政治斗争也是需要锻炼学习的，机关大院长大的孩子是不一样的，从小耳濡目染，成年后简直就是天然的阶级斗争机器。我第一次深情地握着妍妍的手，含着热泪说："姐啊，小弟从入职那天起就没过过一天的好日子，现在跟了您老，终于有盼头了。您就是我的再造父母啊，您老别动，小弟拜您一拜。"

妍妍怒道："我有那么老吗？"然后她摸摸我的头，半开玩笑地说："其实，你只要从了本姑娘，什么于主任、郑主任啊，甚至你的周老大，都只能给你当垫脚石，老娘非在五年内给你弄个院长当当！"

我心里一惊："东西可以乱吃，话不能乱说啊！您这就算再运筹帷幄、决胜千里，也得看看小人是不是这块料啊！"

妍妍说："你这厮真以为老娘就图你这张脸吗？"

我打断说："咳咳，应该还有身材。"

妍妍嗔道："闭嘴，这两个是必要条件还用你说？我在和你的接触过程中，发现你们这些身处一线的知识分子其实是很有想法的，你们聪明、睿智，对于百姓的看病难、看病贵的疾苦是能从根本上了解原因的。你们除了做自己的临床工作外，也在苦苦地思索解决之道，而且平时听你吹牛的时候还真是切中要害，且能分清缓急，不是一时的愤青义气，而是把国家现在的实际困难和接受能力都考虑了进去。另外你们有报国的赤子之心，是一群真心想改变这个国家积累多年弊病的年轻人。可惜你们始终是技术类型的知识分子，首先啊，这样的人多数学习都学傻了，身居高位也不知道如何运用得当，不懂如何运用权谋、刚柔并济。另外，你们闷头干活，投靠无门，所以想成为能制定政策、改变时弊的人也是不可能的。然而，我发现你还可以，所以老娘想开启脑洞，助你实现理想。"

我说："您这是不是也太自信了啊？"

妍妍的微笑中流露出无限的自信："你知道希拉里吗？她最霸气的一句名言就是和她老公克林顿说的。当时他们在加油站，加油站一个小工是希拉里的初恋，克林顿对希拉里得意地说：'要是你当年嫁给他你现在会怎么样？'希拉里说出了那句霸气侧漏的话：'要是我嫁的是那个工人，那他现在就是总统。'你懂不懂老娘在说什么？"

我若有所思地点点头："小的明白。"

日子如流水般流走，转眼到了乍暖还寒之时，但三月中旬的北京，已是掩不住绿肥红瘦、柳宠花迷。

刘非终于办好了手续，准备带着肚子隆起的晓丽赶赴澳大利亚了。走前大家自然要送一送，大家心里明白，这一别就是天各一方，再见不易了。我和祖老师商量过后，还是定在了我们"急诊四杰"第一次吃饭的地方"炭烤羊腿"。祖老师问我："要不要把那个地包下来？这样大家也能放开些，估计刘非肯定会哭的。"

我想了想说："你他妈真有钱啊！应该不用，刘非说要带晓丽一起过来，还嘱咐说要让厨师在厨房把羊腿烤好再拿上来，晓丽怀孕见不得油烟。他现在那么在乎晓丽和孩子，应该不会情绪失控。我再把妍妍带过去，她知道晓丽要走也得送送，这么多女人在，我不信刘非会号啕大哭。"

祖老师说："那行吧，那个，要不要叫包子啊？我觉得她现在已经接受了你和妍妍的事，跟路易打得火热，应该没啥事。"

我沉吟了一会儿说："还是不要让包子和妍妍见面了吧，毕竟还是有风险。你临出发时再通知路易在哪儿吃，咱这回就不叫包子了。反正包子其实和刘非也不是特别熟。"

祖老师答应了一声就走了。

第二天晚上，我们都换好了班次，陆陆续续到达了"炭烤羊腿"。

一进包间的小门就看到晓丽抱着肚子坐在主位上，刘非在旁小心伺候着，一瞬间我的担心就烟消云散了，就笑着和他们打了招呼，妍妍更是马上跑到晓丽旁边坐下，拉着她问长问短，两个闺蜜很快就笑作一团。我和刘非相视一笑，刘非拉我出去抽支烟，我奇怪地说："你不是戒了吗？"

他淡淡笑笑："又捡起来了，不过抽得不多，晓丽怀孕见不得烟味，都是跑到屋外头抽。"

我知道他肯定心里苦闷，也没就这个话题继续纠缠下去。刘非点了两支烟，给了我一支，沉默了一会儿后，我问刘非："你和晓丽领证了吗？"

"没有，去澳大利亚再结，在北京我们家那么多亲戚朋友，实在不想见他们。我妈这回真生气了，晓丽怀孕了也没来看过她。"

我安慰他："没事，等孙子一生出来，她老人家什么气都消了。"

刘非嘿嘿一笑："晓丽爸妈他们现在倒是挺高兴的，已经搬过来和我们一块儿住了，一起照顾晓丽。"

正聊着，祖老师的车到了，里面陆续下来祖老师和路易，啊，还有包子。

祖老师阴着脸小步快走过来，小声说："我去，路易那个大嘴巴，早就把今天要聚会的事告诉包子了，包子也真是不把自己当外人，一直等在医院，我一通知路易，他俩就一块儿出现了。你看这事……"

我叹了口气："事已至此，天要下雨，娘要嫁人，随他去吧。"

我们几个一起进了包间，空间立刻就显得狭窄起来了，我看到晓丽隐隐地皱了皱眉，妍妍倒是泰然自若，心下稍安。待看到凉菜已上齐，互相介绍也做完了，每个人杯子里也都满上了，我就举杯说："这个包间是我们'急诊四杰'第一次吃饭的地方，从那天开始我们的友情才正式拉开了没羞没臊的帷幕，所以我们对这个地方有特殊的感情。刘非马上就要漂洋过海去放羊了，在这个'急诊四杰'大散伙的日子里，我们欢聚一堂……"

大家笑起来，刘非骂道："把老子送走你们有这么高兴吗？要不要再放串鞭炮什么的？"

我连忙说："你急什么，我还没放完呢，呸，没说完呢。今天高兴不是因为刘非要走，而是为了庆祝刘非和晓丽的意外的结晶，他们生命的延续……"

晓丽骂道："就知道你狗嘴里吐不出象牙，什么意外的结晶啊，那是爱情的结晶！"

众人哄笑，我尴尬地说："我说你们能不能让老大把话说完，行吧，就是那个意思，祝你们百年好合，母子平安啊！"

众人举杯喝酒，妍妍擦了一把汗悄悄和我说："真怕你说出'百年苟合'这个词来。"

我微微一笑说："官人我还是拎得清的。"

席间我们四个男人推杯换盏，气氛很是热烈，不过说实话，这里的菜品着实上不了台面，只不过价钱合理，还满足了我们四个肉食动物的基本需要，所以才成为我们的据点。在热烈的气氛中，我几次看到晓丽面色不悦，好像和妍妍说了什么，妍妍拍拍她的手安慰她。祖老师这精明的主显然也注意到了，和我交换了一个"早就应该想到""后悔也晚了"的眼神，然后继续用我们的笑话让晓丽高兴起来。

路易突然站起来，举着酒杯说："刘非，你放心地去吧，'急诊四杰'的名头不会因为你走了就倒了，因为我们有了一位新朋友，来，新朋友包子同学，快来敬你的前任一杯。"

许久没说话的包子倒是豪爽，站起来端起酒杯就说："前辈走好，他们仨就交给我吧。"然后一饮而尽，惹得众人叫好。

这时我突然看到妍妍的脸色变得很难看，转头瞪了我一眼，然后就沉默得可怕。我赶紧拽了拽她的衣袖，问："怎么了，你是不是哪不舒服？"

妍妍扭过脸，一字一句地说："你还记不记得我是个警察？上警校的时候学过声音辨识，我想记住的声音，一辈子都忘不了。"

我陡然明白，汗珠就滴下来了。之前我们想的是，包子和妍妍见到了也不会有太大问题，因为包子现在已经逐渐接受了我和妍妍的关系，再说她最近通过磨炼，脾气也改了很多，不会闹什么别扭。妍妍又没见过包子，自然只会把她当我们的普通同事看，所以应该可以瞒天过海，四方太平，可是万万没想到妍妍竟然记得包子的声音。我和妍妍第一次约看电影，就因为包子接了我的电话给搅黄了。我到现在还不知道她俩当晚说了什么内容，只觉得大家装作不知，这件事就过去了，没想到现在因为妍妍的侦查能力，这件事被曝了出来。

我尴尬地笑了笑，小声说："等吃完饭我去你家，再和你好好解释啊！"

妍妍淡淡地说："以前时间晚点邀请你去，你就推三阻四，好像本姑娘在占你便宜似的，现在你反过来主动想去，说明你们俩真的有鬼啊，怪不得那天她说的话那么难听！"

我心下骇然，这是要糟的节奏啊，看起来妍妍真生气了。现在这么多人，我也没机会把路易和包子的前后是非解释清楚啊。正当我发愁的时候，妍妍明显已经把她的发现告诉了晓丽。晓丽的脸色阴晴不定，然后终于发难了。

只听晓丽说："本来呢，今天我老公和我就要走了，有些话不该说，可是我憋着也难受，话带走了也没处扔啊！"

众人常年处于高度紧张的对可疑性家属的防范状态中，焉能听不出这话是要发飙的意思。刘非赶紧扯了扯晓丽，小声说："怎么了？今天是高兴的日子，有事咱回家说哈。"然后干笑着和我们说，"孕期综合征，理解万岁啊！"

我们三个老爷们立刻点头如捣蒜："是啊，特别理解，我碰到过不少这样的患者，孕期激素紊乱的典型表现。哈……哈哈哈。"

谁知道晓丽突然暴怒，对刘非喝道："放开！"然后一甩刘非的胳膊，就挺着肚子站了起来，阴恻恻地说道，"咱们明人不说暗话，是谁当年说我们就是一群富二代、官二代，仗着家里有几个臭钱，不把天下男人放在眼里，像我们这样的败家子根本配不上一个学富五车的博士的？"

听完这话，一直处于大吃特吃、常规性大脑短路状态的包子的头脑突然清明了起来，明显想起了当年她说过的话，在我和祖老师严厉的注视下，缓缓地说："小妹当年不懂事，两位姐姐别往心里去啊！"

晓丽不依不饶："谁是你姐姐？我们一群文盲可配不上你这样的有文化、有理想的好妹妹。"

路易到现在还不明就里，因为大家怕伤害他感情，所以没有人告诉过他当年包子接妍妍电话的事情。他看见有人欺负包子，瞬间火大，转向刘非说："兄弟，今天怎么也是给你送行，酒菜寒酸了点，要是不满意咱们改天再换地喝，您家这位这是什么意思？"

刘非也动了火气，但是还是怕气坏了晓丽，伤了腹中的孩子，压抑着声音低吼："够了，我说你搞什么乱，不爱吃你就回家去，我这群哥哥们相处了那么多年，你这是要拆台是吧。"

晓丽闻言冷笑一声："一群穷酸，挣不了几个零花钱，还天天真把自己当棵葱了。真以为自己是白衣天使呢？你们就是一群农民工，现在的泥瓦匠也比你们挣得多。也不撒泡尿照照自己那德行，看病的时候看得起你们，叫你们一声'大夫'，不看病，谁爱搭理你们这群穷鬼。吃个饭连个像样的饭店都请不起，还推脱说什么故地重游。"然后转头用森森的眼光看向刘非，"我看你们的感情也就值顿路边摊！"

话一出口，晓丽可能也有些后悔，不安地看向妍妍，见妍妍仍旧一言不发，晓丽别过脸坐了下来。

场中的气氛一下降到冰点，如液氮般刺骨寒冷。

包子突然站起来，转身就出去了，虽然大家都感到内心寒冷一片，但我们仍担心包子那火暴脾气上来，要么回去跳楼，要么去厨房拿把尖刀，一刀砍死晓丽和妍妍。我赶紧给路易使了个眼色，路易见状跟着包子就出去了。

我刚想开口说点什么，只见包子又冲了回来，后面跟着扯着她衣服却明显没拦住的路易。

包子重回包间，手里多了两个酒瓶。我们大惊失色，这看起来像要一瓶一个将晓丽和妍妍打翻在地啊。刘非这会儿也顾不得晓丽刚刚快把他气炸了，马上转换角色，双手一挡护住晓丽的肚子。我也下意识地往妍妍身边靠了一下。还没等众人反应过来，只见包子把两个酒瓶往桌子上一顿，引起一片刺耳的碗盘碎裂声，然后大声地说："我说警察同志，老娘当年是喜欢你男人这不假，我看不上你们这群有钱有权的富家小姐这也不假。可我当时说的是气话，谁让我一穷二白，家里爸妈都下岗工人呢！我连和喜欢的男人开口的勇气都没有。我知道他跟了你会活得更好，也可能可以实现理想。但是我就是气不过，为什么我努力了十几年，读了这么多书却从娘胎里就败给了你？我这啥也不说了，我祝福你们白头到老！"说罢拧开盖子，就咕咚咕咚地灌了一整瓶 42 度的牛栏山。路易冲上去死死地把住瓶子，包子非要喝，两人纠缠在一起。

事到如今，只能赶紧散场，今天的事情恐怕已经到了无可挽回的地步了。

谁知"屋漏偏逢连夜雨，船迟又遇打头风"。一直沉默的妍妍终于将在我面前压抑了很久的世家小姐脾气淋漓尽致地爆发了出来。

妍妍一把抓起一瓶牛栏山，拧开盖子就灌，我一时没拦住，半瓶已经没了，好不容易才夺下来。妍妍已经通红了脸喊："你一小丫头了解老娘多少？老娘在机关混，到处都是首长子女，老娘我算个屁，老娘不一样得忍气吞声地过日子，你们这些知识分子，动不动就拿富二代、官二代说事，搞得好像你们的不幸都是别人造成的。你们怎么不想想自己的原因？你不愿意受穷你可以去做生意，你不愿意受气你可以拼命往上爬去当官，天天怨天尤人，看不惯这个看不惯那个，其实还不是你们自己没本事。晓丽说得没错，你们天天把自己当救世主，其实脱了那层白色的皮，你们还不是一群整天想着升官发财的俗人！"

说罢一屁股坐在椅子上。

包子已经彻底失控了，疯狂地撕咬路易。路易把包子扛起来就放在肩膀上，穿过狭小的包间门，身上被粗糙的门框蹭得血迹斑斑。祖老师看了看我，见我还呆呆地坐着，摇摇头跟着路易跑出去了。

包间里就剩下刘非、晓丽、妍妍和我，大家都坐着不说话，妍妍喘着粗气，但并没有失去意识，精神仍然很亢奋。

我看了一眼刘非，轻声叹了口气说："回去吧，晓丽毕竟有了身孕。"

刘非点点头想说点什么，但还是低下头拉起晓丽走了。走到门口，晓丽突然说："姐夫，我这人见火就着，那话可不是说你啊，我是气不过那个死胖子骂我老公……"刘非低低地说："没用了，走吧。"就拉着晓丽出去了。

这时候妍妍的酒意已经上头，趴在桌子上睡了。我把她扶起来，放到肩膀上，就出了包间的门，此时才知道包间外面其实是有几桌在吃饭的，见我出来，都用一种奇怪的眼神看我。老板见状赶紧跑过来，小声说："兄弟啊，你们这是闹哪出啊？这么多年老主顾了，打烂的东西我也不要钱了，劳驾您下次别把这几个姑奶奶带来了。"我苦笑着给了他几百块钱，估计是超过账单的，然后对他无奈地说："哪还有下次啊……"

把妍妍送回家，发现她始终处于沉睡状态，我检查了一下也没发现什么身体上的不妥，就帮她把鞋子脱了，轻轻带上门，然后锁好大门就回医院了。

这天发生的事情，多年以后回想起来，却怎么也想不清楚，一切都像做梦一样，那么不真实，感觉就像发生在别人的身上的故事似的。

一看肠一断
好去莫回头

刘非带着最后一聚时的伤痛走了，从此就消失在我们的世界之外了。那天的事情发生后路易也不再和我们主动联系，"急诊四杰"的光辉随着斗转星移、日月交替而逐渐暗淡下来。我也没有再见过妍妍，祖老师倒是还和我们每一个人都保持着关系，我也经常在他那里听到关于包子、路易和刘非的故事。

这天我正一个人默默吃饭，突然收到一条微信，祖老师发来的，问我在哪儿，我如实回答："北食堂。"几分钟后祖老师找到了我，一屁股坐在我对面的椅子上，开始叹气。

我白了他一眼："你抽什么风，'急诊四杰'都他妈散伙了，还能有什么事情值得你丫个鳖孙叹气的？"

祖老师沉默了一会儿，说："包子要走了。"

我不禁大惊："不至于吧，就算'急诊四杰'散伙，也不能就此消沉，甚至辞职啊！以包子的为人品性，恐怕流落到社会上也会为祸一方啊。"

祖老师一把抢过我没吃完的半盘饺子，边吃边说："要说这事也不怪包子，落谁头上都得崩溃，不过包子最近情绪不好，崩溃得太彻底了。"

我问道："到底什么情况啊，我怎么一点都没听到风声？"

祖老师风卷残云般地吃完了所有饺子后，说："你怎么可能知道，上次'三女闹三夫'的事情发生以后，包子不爱和你再在一个病房抬头不见低头见的，就主动和周老大提出调职申请，自动流放到流抢区了。流抢区领导也知道她不靠谱，没敢放抢救室、流水区这种重灾区，就把她扔观察室了。"

我说："我知道啊，不过观察室也不轻松啊，二十多张床，每天都只有两三个大夫值班，根本忙不过来。"

祖老师说："那总比抢救室好点吧，至少要死要活的少啊！可是就这样包子还倒霉地碰上了个小概率事件，包子今年真是流年不利啊！"说完祖老师掰断筷子，又要开始剔牙。

"到底啥事，快说！"

他放下筷子："周三那天包子值班，上午收了个胸痛的患者，流抢区检查完，考虑是非 ST 段抬高型心肌梗死（极为严重的一类心梗），病房没地方收，就先放观察室过渡一下，想有了空床马上收上去。结果患者待了一上午就突然猝死了，观察室罗主任他们抢救半天也没搞定，到底还是死亡了。"

我叹了口气："肺栓塞还是心脏破裂？"

祖老师一伸大拇指："肺栓塞，不过谁能提前想到那个患者会有下肢深静脉血栓啊！双腿不红不肿也不疼，D2 聚体稍高一点，心梗也能高啊，另外心肌标志物还高，心电图倒是没什么，这不典型的非 ST 段抬高型心肌梗死吗！"

我问："那家属折腾了吗？不应该啊，这种小概率事情算正常死亡啊！"

祖老师说："谁说不是呢，可是那家人是密云农村的，来一大家子人，就认死理，说：'我们进来的时候还好好的能走，怎么就突然没了，肯定是你们用药错了，要不就是诊断不及时。'按理说这事咱们也见过不少，只要不砸不抢，推到社工处调解就完了，是赔是罚那是法院的事。"

我疑道："那和包子有啥关系啊？不吱声，挨几句骂，法院去判就行了呗。"

祖老师一叹："就是包子没有不吱声啊！有个闹得最凶的男家属跳脚骂包子：'你看你人模狗样的，也是无良庸医，我们进来做一大堆检查，连个啥病都没查清楚，光知道开检查、开药挣钱，连人都给治没了，你们脱了白大褂就是一群卖药的！'然后包子就急了，冲上去就把那个男家属给打了，你说包子到底是不是女的啊？把那家属打到桌子底下去了，其他那么多人看着，愣是没人敢动手。后来警察来了，那男家属拉着警察就哭了，说：'这大夫看病不行，打架真厉害，就没见过敢动手打家属的大夫。'"

我心下一冷："那人是专业的吧，见过多少大场面了。"

祖老师说："估计就是专业的，要不挨打时那么多家属也没人拦着，那肯定是被打得越狠他们越占了理呗，又不真是自家人，那还不暗中加油才怪。不过这小子这回可遇到不要命的大夫了，估计会给他以后的职业生涯留下阴影。话说包子是完了，带派出所去了，估计医院会开除她。"

我听完一阵内疚，包子之所以这么激动，肯定是那天晓丽和妍妍的一番话刺激到她了，这回这不开眼的专业医闹正好戳到她痛处了，不挨打才怪呢！

但转念一想又疑云骤起："包子要被开除了，你怎么一点担心都没有，怎么还显得轻松自在呢？要知道包子家庭条件可是一般，没了工作咋养活自己啊？"

祖老师嘿嘿一笑："谁说离开公立医院就不能活了？我的公司现在风生水起啊，上半年你猜多少净利润？"

我笑笑："从你手上戴的劳力士'水鬼'看，我估计至少一百万。"

祖老师笑道："没那么多，不过也差不多，我打算把包子招到我公司帮忙，我分她股份，让她把活都干了，我就可以轻松自在了。"

我心中一松，不禁微笑道："对啊，怎么忘了你这茬了，那祖老板，咱们去看看包子吧。"

"得嘞，走着。"祖老师吹着口哨就出门了。

到了安真路派出所门口，就见一脸担忧的路易早就等在门口了。我和祖老师上前询问包子的情况，路易白了我俩一眼："还嫌包子不够惨啊，我看你们趁早离包子远点。"

祖老师瞥我一眼说："得，连我也一起骂了，真是城门失火殃及池鱼。"

我也觉得尴尬非常，就对路易说："祖老师打算让包子去他公司做董事，包子被开了也没事。"

路易一听，眼睛又开始烁烁地放起光来，拉着祖老师到一边私聊起来，我被晾在一边，稍微有点尴尬，就跑到门口坐在台阶上等。等了快一个小时，包子被放了出来，我们赶紧迎上去安慰。包子一甩头发，搓了搓手："这下老娘爽了，心里舒坦了。"

说罢也不理我们三个，径自走了。我们面面相觑，路易小声说："我说祖老师，你可不能改主意啊。包子不会轻易打你的，别害怕哈。"

祖老师干笑了几声，我们一起向包子追去。

包子走得飞快，像草甸子上的野鸡似的，我们三个又不能放开腿狂追，那非得被当成流氓抓起来，气喘吁吁地在后面紧跟着，到了医院对面包子租的那栋楼楼下，我们才追上，包子说没心情和我们吃饭，就自行上楼去了。

我们三个也自是没心情一起吃饭，便各自散去了。

一个月后，包子的处理结果才下来，她并没被开除，只是被通报批评，估计罗主任和周老大从中说了不少好话。大家这些年也是压抑得紧了，突然跳出一个女侠大杀四方，众人心里还是觉得很解气的，所以虽然明面上都说是包子不对，君子动口不动手，暗地里却都给包子使劲遮掩。院领导那边也是拖了一段时间，等这事的风头过了才处理包子，这已经是最轻的处分了，大家都跟着松了口气。

可是令人震惊的是，包子自己递交了辞职书，而且是不容商量的那种，没有通过周老大，直接递到医院人事部了，急诊科立马炸了锅。几个瘦弱的观察室的男医生难以掩饰心中的忧伤，纷纷表示："包子女侠走后，观察室将是任人宰割的鱼肉！"就连郑主任也摇头叹息："这孩子有我当年的风采，再过几年恐怕无人是她敌手了，可惜了！"

我马上偷偷地发信息问祖老师："你是不是把包子忽悠到你公司去了？"祖老师给了否定的答复并表示他忽悠过，可包子拒绝了，又说到时候你们就知道了。祖老师现在也不知道内情。

就在我担心包子出事的时候，包子突然约我到宿舍楼下见面。我赶紧穿衣服下楼，刚下楼梯就看到包子穿着紧身短裤，上身一件白色T恤，将身材显露得美好无比。

我们谁也没说话，信步往医院的小花园走去，坐到了喷泉边上，我问包子："您这身打扮，是在辞职之后求人包养吗？"

包子扑哧一下笑了："谁敢，看不打断他的腿。"

我好奇地问："我说包子，您这身外家拳是什么时候开始练的啊？水平相当高啊！"

包子说："打架讲究的是气势，开打了就要往死里打，犹犹豫豫、躲躲藏藏肯定打不过别人。"然后比画了几下，笑着说，"我爸下岗后开拳馆去了，祖传的。"

我赶紧一抱拳："失敬了。"

包子突然严肃起来："王教授，那天的事对不起了，我其实早就对你没有想法了，我知道你有远大的理想，女警可以帮助你实现理想。所以那天我才坦然去的，没想到弄巧成拙。"

我拍拍她的肩膀："行了，都是兄弟，说那么多呢！那天的事情我回来以后仔细地想了，晓丽和妍妍她们两个其实并没有从内心深处尊重过我们，尽管我救过晓丽的命，可在她心里，即使没有我，也会有别的大夫救她。我们在人家眼里只是一个包装好看的工具，谁用完象牙马桶还能把马桶抱着睡觉！"

"是的，有些人可以肆无忌惮地侮辱我们的尊严，就算得罪了安真医院的所有医生又怎么样？还不是有北大医院，有阜外医院，有其他三十多家三甲医院。这些人需要的只是我们一时的'服务'，而不是真正从心底尊重这个职业。"

我往回拉拉话题："但这也不是你辞职的理由，毕竟真正上升到侮辱你尊严的也是少数家属，就像有丧尽天良的行为的也是少数医生一样。这些事情会慢慢转变的。"

包子突然激动起来："'慢慢'是多久，十年还是二十年，我等不了那么久。我是穷人家的孩子，爸妈还指望着我养老，我还指望着能找个如意郎君。现在的收入和地位，我对喜欢的人都不敢开口！我已经忍不了了！"

"可是你不觉得可惜吗？你还有更好的选择吗？"

"我用这一个月的时间申请出国了，去美国做博士后，我想改变一下这种生活，即使那样的生活也不是我想要的，至少不会比这个差！"说完我们又陷入了沉默。

良久，我问她："那路易好可怜，你不去看看他吗？"

包子说："不可怜，他要是我的真命天子，我们终归会在一起。行了，我走了。"

说完竟头也不回地走了。

我望着她的背影消失的方向，呆坐了半晌。从那以后很久，我都没有再听到过关于包子的任何消息。

非是飞燕皆报春

日子自此平淡无奇，路易彻底歇菜了，包子的离去对他打击很大，于是这小子整日神出鬼没，不见踪影。只有祖老师和我还时不时吃个午饭什么的，虽然坐在一起总是长吁短叹，但总算是种安慰。这天吃完午饭，我们往回溜达，祖老师突然问："王教授，我问你个技术性问题啊，这个问题困扰我很久了。"

"放。"我言简意赅地回答。

"包子一个硕士，怎么能到美国去读博士后呢，那不是直接跳过了博士部分吗？"

我瞥了他一眼："你个土鳖，在美国，所有的医学本科毕业的就叫MD，也叫'医学博士'，所以在中国有临床本科学位的都可以直接申请博士后。再说博士后是一种工作，不是学位。"

祖老师还是不太明白："我说，那我不是也能申请博士后了，那玩意儿赚钱吗？"

"你当然可以申请，毕竟你在学校读书的时候，每个学期十几本书那不是白背的，医学院是所有本科院校里最辛苦的，通常能活着出来的还是有点脑容量的。但是你直接去做博士后会比较吃力，因为博士后主要是做科研，而你从来没有做过科研。包子读的可是科研型硕士，她转化起来就一点都不吃力，会很快上手。博士后在美国一般会有四万到五万美元的年收入不等，你算算是多少钱？"

祖老师对金钱十分敏感："哇塞，那是三十万人民币啊，王教授你都副高职称了是不是？医院发的钱也就这个的一半不到吧。"

我叹了口气："美国的强大，我看有一半原因是在对人才的占有欲上，全世界最聪明的人都跑到美国，给人家做科研上的苦力去了，那国家怎么可能不昌盛？你看着吧，咱们国家如果还是这么不重视知识分子，会有更多的人跑到美国给人家打工，我们现在强势的'航天''军械'甚至'核武器'都会逐渐落于下风。"

祖老师说："你说的一套一套像真的似的，对于军事方面我最有发言权，那些方面的人才在出国的时候审查得特别严格，根本就跑不了。"

我白他一眼："你只看眼前，那些直接搞核武器的是跑不了，可是那些高、精、尖的做材料工程、软件开发编程、数学等方面的人才会跑啊，那些人跑一个就是巨大的损失。你以为做个核弹光靠核物理专家就行了吗？"

祖老师骂了句："你激动个屁啊，又不是我叫人不给他们发钱的。不过包子这种人在国内当大夫都勉勉强强，去美国给洋鬼子添堵也是好事。"

"国家培养一个包子你知道花多少钱吗？咱们是全世界大学学费最低的国家之一，研究生以上基本是没有学费的，这倒好，今天跑一个包子，明天跑一个饺子，虽然有进有出，总有回来的，但是特别聪明的人往往很快就在美国扎下根了。你说包子都快三十了，转眼就要结婚了，在美国一结婚，再生了孩子，还回来个屁啊！连着包子还算聪明的基因都一起贡献给美国人了。这样长久下去，怎么赶超美国？不落后挨打就行了。"

祖老师沉吟一会儿说:"那也不能闭关锁国啊!"

我叹了口气:"其实,尊重智慧和知识的最大用处就是避免愚昧重演!"

我和祖老师明显都没有把这种无意义的牢骚继续下去的意思,进了门诊大厅,很快就分道扬镳各忙各的去了。下午的时候周老大突然打电话给我,让我上去找她,我交代完手头的活,小跑着上楼找她去了。

一进门就见周老大面色阴沉,我暗暗心惊,看到椅子空着也没敢坐,等着老大问话。

"成功啊,你最近是不是干得不顺心啊?工作上有什么问题你可以直接来找我反映,能给你做到的我都会尽量照顾你。"

我心里一紧,这是哪一出啊?自从半年前听了妍妍的劝,我全心全意投到了周老大门下,有事没事就提周老大对我的知遇之恩,日子明显好过了很多,不但从此天下太平无人招惹,工作上还占尽先机。现在几乎高难度手术都安排给我,我做不下来,周老大往往会亲自上去补刀,还悉心教导,搞得"一绝大师"海波同志嫉妒不已,说我肯定是被潜规则了,气得我见他一次打他一次。在这种大好形势下,我怎么可能对周老大有任何意见呢?

"绝对没有,领导,您招我进来,又处处照顾我,学生心里都明白得很,怎么可能对工作有什么不满意的呢?每天跟着您工作是我最开心的事情!"一番话真诚无比,我自己都被打动了。

果然,周老大面色缓和下来,但仍有些凝重:"是这样,院里有领导跟我通气,说有人为你活动,让你去高干病房做三线,领一个组,还要特批你的副教授的申请。相关领导还偷偷和我说你的主任医师的事情明年三月就能批下来。这些好事，你不会不知道吧。"

我一阵茫然，这也太快了吧！我现在满打满算才三十六，周老大在我这个年龄还跟在人后面打酱油呢！这天上掉金条的事怎么一下全来了啊？

周老大明显看出了我的迷茫，觉得我这表情估计连奥斯卡影帝也装不出来，所以她的声音又缓和了一些："当然，这些都是传言，咱们医院可是最高级别的三甲医院之一，而且这届的院领导很注重实际，最烦有事没事试图拉关系上位的人。正是有这种重实际能力、排斥拉关系走后门的风气，咱们医院能用二十年的时间不断前进，就快赶超阜外医院了。你看我，一个普通的大夫，没什么关系，不也一步一步到了今天的位置吗？"

我一听周老大的语气，就知道她现在已经信了我几分，忙说："是啊，您一直是学生心中的楷模，再说我现在处于向您学习的阶段，路还走不稳，怎么能跑呢？我真不知道这个事，是不是有人造谣啊？"拍马屁要快、准、狠，以有心算无心，这一直是我不断强化自身训练的成果，要知道机会是留给有准备的人的！

周老大若有所思地点点头："我也正琢磨呢，你说你一个外地孩子，找工作都是自己投简历到我门下，连个打招呼的都没有，现在突然来这么一出，很可疑啊。和我通气的院领导也是关心你，好心提醒，就是怕有人造你的谣。你要是给院长留下钻营取巧的印象，那对你将来的发展可是非常不利的。行了你去忙吧，咱们两方面都去核实一下。"

我心想，那个院领导是怕有人挖您墙脚才提醒您吧，不管怎么的，周老大直接和我坦诚地谈这事，就说明她还是很把我当自己人的，也不愿我离开急诊。我心中一阵感动，眼含晶莹的泪花，向周老大拍胸脯保证后就回到了自己的岗位。

现在"急诊四杰"四散分离，只剩下祖老师犹然坚挺，于是我赶紧打电话叫他过来商量一下。

祖老师一进二楼休息室就哈哈大笑："哎呀，我说王教授这回真要成教授了啊！您老这升迁速度我拍马也不及啊，啥也不说了，兄弟以后跟你混了。"

我啐了他一口："我呸，你赶紧给我想辙，你来医院时间长，人头足，现在就找人给我打听一下什么情况。"

祖老师看我一脸焦躁也不愿意惹我，说了声"得嘞"，一溜烟跑了。

过了一段时间祖老师就跑来找我，面色凝重："我说王教授，你这事是真的，据说是有上面的大领导通过咱们直管部门打的招呼，说你是个超大领导的亲戚，让院里照顾你。我可听说了，院长因为这事可是挺不高兴的，咱们院长可是一步步自己干上来的，最烦的就是这些蝇营狗苟的事情。"

我顿时蒙了："大哥，我家祖孙三代可都是牧民，我可没亲戚在朝廷当官……"

突然想到了什么，我俩一起说出来："妍妍！"

祖老师重复道："对，肯定是妍妍，我连你三岁偷看邻居阿姨洗澡、五岁强迫邻居阿姨看你洗澡的事都知道，你认识的人里除了她，就不可能有人有这么大能量了。"

我这时真没主意了，就问："祖老师，你看这事可如何是好？我是真蒙圈了。"

祖老师沉吟一会儿说："据说妍妍找的大头头相当牛，我看不如将计就计，就当不知道，要是得了便宜咱就装乖，要是弄巧成拙惹恼了院长，咱就一推六二五，硬说不知道。"

我这时恢复了理性，想了一下说："你这馊主意不可谓不馊。咱们分析一下啊，就这事你等院长都火了才说不知道，你当领导智商和你一样啊，那些院领导都是成了精的，你当人家是傻子那纯属找死。但是现在去澄清也不行，毕竟招呼都打了，已经造成了影响，现在去卖乖也会死得很惨，不但院领导反感，而且会把打招呼的那个顺便一起得罪了。"

祖老师终于怒了："这也不行那也不行，我看你也别想了，直接找妍妍问一下不就行了。别在这叽叽歪歪了。"

"唉，大哥，自从上次'三女闹三夫'的事件之后，我和妍妍就再也没联系过，这会儿找人家，怎么好意思开口！"

"有他妈什么不好意思的？她搞这一出不就是逼你出来吗？但是别怪我提醒你啊，人家既然有能力找大头头打招呼要提拔你，就有能力找人把你踩死。唉，真是红颜祸水，理不清的感情债啊！"祖老师说完摇头晃脑地走了。

这一夜，我躺在床上翻来覆去的睡不着，左思右想，瞻前顾后，也想不出个办法，索性什么都不想，睡了个天昏地暗。

打仗亲兄弟

　　第二天一早，我起来后还是觉得精神萎靡，然而还是赶早来到了科里。一进门，我就觉得气氛不对。"一绝大师"海波第一个跳了出来，笑呵呵地对我说："王主任，可以啊！深藏不露啊！啥也别说了，收下我的膝盖吧！"说着作势要跪。我忙说："爱卿平身，退下吧。"

　　本以为只有海波这个二货会一早就跳出来惹我不高兴，结果到了休息区，我发现笑面虎早就等在那儿，见我过来就寒暄了几句："王教授，上次的事还没谢谢你呢，咱晚上吃个饭去呗，'齐鲁人家'，包间我都订好了。"他一撅尾巴我就知道他想干吗，他最近玩命地找各种关系，想调回临床，这会儿肯定是从哪儿听来了小道消息说我上面有人，就跑过来巴结，上次帮他保住了工作，快大半年了也没见有什么动静。这话正戳到我的痛点上，我就淡淡地说："不好意思，今晚约了人。"

　　笑面虎尴尬地笑笑："那没事，您忙，您忙，那改天，改天啊！一定赏个脸啊！"然后一步三回头地走了。

　　本想着连这两个极品都跳出来了，应该也就差不多了吧，结果刚到手术室打算做几台手术转换一下注意力时，手术室护士长就跑了过来，说真的我以前都没怎么和她说过话。手术室可是权力部门，各大主任也都让她三分，她跑过来不咸不淡地和我聊了几句，临走前还情真意切地说："我最喜欢你这样有干劲的年轻人，有事说话啊以后！"弄得我颇不自在。

周老大一天也没理我，我讨好地和她搭话，也被她不冷不热地顶了回来，我浑身上下更不舒服了。说真的，我对周老大是真有感情，相处久了，我才知道她是个外冷内热的人，我犯了几个不大不小的错误，她表面上没给我什么好脸，背地里都帮我偷偷地遮掩过去了，而且上次她对包子的暗中保护我也是看在眼里。对于这样一个能对下属真心扶持的好领导，我打心眼里佩服。可这么一折腾，我明显看出来她心里已经有了芥蒂，日后修复起来恐怕要费一番工夫了。

好不容易挨到快下班，正打算约上祖老师一起商量商量对策时，我突然接到妍妍的电话，电话那头声音依旧甜美，不带一丝阴谋的味道："我知道你现在应该想见我，十点我到医院门口接你，不见不散。"

我带着各种疑惑赴约了，见到熟悉的奥迪汽车，我一阵感慨，拉开车门就进去了。沉默了一会儿，妍妍说："我最近见到了张伯父，吃饭的时候提起了你，他主动提出要帮你这个曾经救过他女儿的人，我没提什么具体的要求，他安排手下的高秘书办的。"

我点点头，说："你们机关那一套可能在医院这样的技术部门不是很有效，院长现在不是很高兴，他最见不得投机取巧的人。"

妍妍显得有些意外，随即恢复了自信："他喜不喜欢是他的事，办不办是张伯父的事。就算你院长那给顶回来，也可以越级办理。别说这些小事了，说说你最近怎么样，有没有想我？"

我心里先是一惊，这么大的事人家其实根本就没当回事，不禁心中一阵感慨，叹了口气说："你倒是说得轻松，就和什么都没发生过似的，真不敢总想着您老。"

妍妍一笑："怎么，有了新欢了？谁家的姑娘，说来听听，不会是上次那个包子吧，那样的你也受得了？"

提到流落他乡的包子，我心中一阵烦闷："还好意思提她，她已经辞职走了，到现在还音信全无。"

妍妍愕然："不至于吧，我又没说什么。不就是晓丽气不过说了她几句嘛，女孩之间吵吵架很平常啊，也不至于走人吧！"

妍妍真的是非常练达，几句话就将那天鸡飞狗跳的闹剧说得轻描淡写。偏偏我又挑不出这话的毛病，只好气恼道："你们富贵人家的小姐自然吵完了就忘了，可是我们寒门子弟最怕的就是伤了自尊心。为什么屈原要跳河，谭嗣同不跑路，南宋灭国时会有十万书生投海自尽？你那么聪明不会想不明白吧！"

妍妍黯然一笑："以前我不懂，现在我懂了，可我就是不能理解，你们骨子里一副傲骨，本质上还不是求的升官发财？当个医生而已，天天抱怨待遇差，不就是想要钱了，动不动就说行政约束太紧，还不是因为每个人都想往上爬？你们有什么不一样的？"

我被激起了怒火："不一样，我们寒窗苦读那么多年，殚精竭虑地治病救人，就应该成为精英阶层。哪个国家想昌盛，首先都应尊重知识和技术，行政管理应该为这些人服务，不能本末倒置。我们要的不是待遇，是尊严。我们天天想着往上爬不是为了中饱私囊，反正我不是，我就想自己有更大的能力，让这个国家变得更好！"

妍妍讥讽道："这是你们这几个小人物能改变的吗？你要做的是顺应时代，不然逆流而上必然溺水，死了都污染河流！"

我知道妍妍从政十余载，说的话切中要害，黯然说："我知道，我们改变不了，所以我要做戚继光，为了抗倭可以贪军饷，喂养军部蛀虫；为了保住东南太平，可以不顾尊严地巴结东南总督胡宗宪。"

妍妍脸色一缓："这不就结了，所以张伯父提供的这么好的机会你不要错过，不用担心你们院里的态度，你保持沉默就足够了，其他的交给我。"

我冷冷地和她对视："可是你要记住，戚继光靠的不是女人！如果我这么做了，我会一辈子瞧不起自己。我要靠自己的智慧去实现我的理想，而不是你！妍妍你是个好姑娘，我知道这次你是好心，如果我们将来能在一起，我也希望自己是堂堂正正男子汉，而不是吃软饭的窝囊废！"

妍妍面色复杂，纠结了一会儿，不咸不淡地说："我也不希望我将来的老公是个软骨头，但是你把我的好心当作驴肝肺这点我仍然不能接受。你不是怕你们院长误会你是蝇营狗苟吗？好啊，你自己去解决，用你所谓的智慧去解决。如果你办得到，从此以后天高任你飞，我不再插手。"

我毅然道："好，一言为定，还天高任我飞，你骂我是鸟别以为我听不出来，等我解决了这事我再骂回来。青山不改，后会有期。"说完我下车走人，悲壮莫名。

回到宿舍，我急切地打电话给祖老师，说马上到医院门口的饺子馆开会，夜宵我请。

不一会儿祖老师和我坐定，一人一瓶啤酒，桌上两碟凉菜。祖老师喝了一大口啤酒，揶揄道："你倒是痛快了，这事你解决得了吗？前几天咱们商量了半天也没个对策。你还有个屁办法，你智慧个屁！"

这会儿，我刚才大侃豪言壮语的气势早没影了，我颓然喝了一口酒："刚才就图痛快了，也没想那么多，咋办？你可得给我想个主意。"

祖老师想了一会儿说："这事我觉得要找路易。"

我奇道："难道他也是官宦人家的公子？"

祖老师说："那倒不是，但是你要学会逆向思维，当所有君子用的正大光明的阳谋解决不了的时候，你就得找小人用的卑鄙猥琐的阴谋。你在咱们认识的人里面，还见过比路易更卑鄙更猥琐的人吗？"

我头摇得像拨浪鼓："没见过，这辈子都没见过这么猥琐的。"

决策已定，第二天上班时候，祖老师直接找到路易，说我遭难了，恐怕会有大祸临头。

我在二楼休息室等着，一会儿就见路易气喘吁吁地跑上来，后面跟着更气喘吁吁的祖老师。一进门路易就说："我说你他妈别招惹那些权贵吧，你非不听，是不是因为上次包子把人家得罪惨了要报复你啊？"

我心下感动，路易这家伙没什么优点，小气、猥琐、不讲卫生……基本没什么优点，就一点好——绝不背叛兄弟。他爱包子已经爱到了骨头里，也知道我是他和包子之间最大的障碍，他心里有怨气，但是他从来没有因为这个背弃过兄弟。在得知我大祸临头时，他就第一时间站出来挺我。

我正感动得要哭，路易说："哈哈哈哈，我就是赶快来看看你是怎么被人玩死的，哈哈哈……"

我身形一晃，差点没喷出鲜血。祖老师进门，不耐烦地说："你他妈少来这套，刚才急得和猩猩似的，赶紧给王教授出个主意。"

路易正色说："大体情况我听说了，就是那个女的开始帮你飞黄腾达，好培养个金龟婿，发现势头不对，就撒手不管了，是吧？"

我尴尬地笑笑："大体是这个意思吧。"然后就把具体情况给路易讲述了一遍。

路易沉思片刻，随即大笑："我他妈还以为多大个事呢，就这么点屁事还值得我出手。啥也别说了，这事交给我了，今晚'炭烤羊腿'你请，不醉不归。"

我和祖老师愕然相视，然后祖老师小声说："还好意思去'炭烤羊腿'啊，换个地吧。"

我不禁无语，祖老师对这厮也太有信心了吧，这么大的事哪能云淡风轻地过去啊，只好问路易："大哥，计将安出啊？"

路易笑着拿起电话，看了看医院的电话簿，然后拨了一个号码，我和祖老师面面相觑，不知道这厮在搞什么鬼。电话通了，路易声音深沉："喂，你好，我是高秘书，哦，就是××部委张首长的秘书，对了，想起来了吧，我就是打电话过来核实一下，上次我们领导说的那个王成空的事你们落实了没有？哦，快了是吧，嗯，很好——等等，不是王成功，是王成空。啊，没有这个人？怎么可能？我查查我的备忘录啊，你等一下。"路易转头对我们猥琐地一笑，然后拿起电话接着说，"哎呀，对不起对不起，那个王成空是安定医院的，实在抱歉，你赶紧和你们的院领导班子打个招呼，好好好，不耽误你们时间了，就这样，再见！"说完挂了电话。

我和祖老师目瞪口呆，下巴掉了一地。

祖老师半天才缓过劲，悠悠地说："小弟对您老的佩服真是犹如滔滔江水，连绵不绝啊！"

我不安地问："你这招行不行啊？万一院里和张伯父那核实起来，不就露馅了吗？"

路易咧嘴一笑："这你们就不懂了。第一，院里本来就不想落实这事，那还不就坡下驴，谁他妈吃饱了撑的去核实；第二，张首长秘书找错了衙门，院里领导去核实，那不是摆明了打张首长的脸连带告高秘书

243

的黑状吗？"

祖老师听完说："你刚才打给谁的啊？"

路易不耐烦地说："和你们这种智商的人说不清楚，肯定是院办秘书呗，现在官场上不熟悉的领导层面的对话都是通过秘书，这样找人办事被拒绝也不会太尴尬，事情成了也不用当面千恩万谢丢了身份。你们读书都读狗肚子里去了吧？"

我和祖老师这才如梦方醒："真乃鬼才也！"

这天晚上，冰释前嫌的三个兄弟喝到天光渐亮，大醉而归。

落花有意随流水

　　大醉之后睡了一个周末，我才缓过神来。周一早回医院上班，海波又不出意外地第一个跳出来："孽畜，你给老子跪回来！还真以为你要发达了，还指望鸡犬升天了，结果放空炮。别跑，给老子滚回来！"

　　我心情大好，到更衣室换衣服时，看大家都用同情的目光看着我，我心中不免得意。交完班，周老大又特意把我叫到办公室，一进门就笑呵呵地给我递了瓶矿泉水说："成功啊，你这孩子起什么名不好，非攀人家皇亲国戚，搞得我空欢喜一场，别有心理压力啊。好好干活，扎扎实实的好事都会来的。"

　　我赶紧拧开矿泉水盖子，先放到主任办公桌上："是啊主任，我也不相信那些好运气的事，跟着您把技术练出来才是我最好的出路。"

　　周老大闻言哈哈大笑："你小子就会拍马屁。这样吧，咱们科里有一个名额，是去美国学习一段时间，最短三个月，最长两年，时间根据你的学习情况自己定。你的英文底子好，去多学点东西。这可是难得的机会，科里就一个名额，你可要珍惜啊！"

　　我感动得眼泪啪嗒啪嗒地掉了出来，几乎每个医生都有一个去美国学习临床技术的梦想，只要方向找对了，回来混个人模狗样还是大有希望的，这周老大对我也太好了吧，不会是为了补偿前几天对我的精神折磨吧？我正在自顾自地想着，周老大问道："你傻了啊！说话啊，不愿意去我找别人了！"

我如梦初醒，忙不迭地说："愿意，愿意啊，我一百个愿意，您对我的恩情犹如滔滔江水，连绵不绝啊！"

周老大闻言大笑："我说你和祖大夫、路大夫都学坏了，拍马屁词都一样。"

我尴尬地笑着告辞出来。

中午，我们久违的三兄弟终于又凑在一起吃午饭了，气氛无比热烈，像是要把失去几个月的对散伙的伤感情绪都找回来。席间我和祖老师又高度肯定了路易卑鄙无耻下流的诡计，路易也表示这没什么，都是他应该做的，以后有需要随时说话，像这样的雕虫小技，他肚子里倒都倒不完。我和祖老师表示了由衷的赞叹，一时间满屋暖意。

快吃完时，我举起茶杯说："两位兄台，小弟还有一件喜事向大家分享，周老大让我去美国学习，据说今年院里就这一个名额。各位兄弟以后有什么要代购的啥的，就和我说哈！"

祖老师吃惊地说："我靠，这也太偏心眼了吧。我辛辛苦苦干了十几年了，也没捞着这样的好事，你丫个鳖孙怎么把好事全占了啊！不行，你要是不请我们顿大的，我心里过不去这个坎。"

我豪气顿生："行啊，不过明天还得上班。等周末找一天，看你们俩也没夜班的时候我请你吃'全聚德'。唉，你两个周末什么班啊？"

祖老师说："我周六没班，就算有班也得换班，这机会可难得了。路易你什么班啊？"

这时候我们俩才注意到路易始终不发一言，默默地坐在那里，一脸凝重。

我和祖老师对视了一眼，祖老师不解地问："咱兄弟要去美国大展宏图了，你咋了？嫉妒啊，还是嫉妒啊，还是嫉妒啊？"

路易依旧沉默半晌，我和祖老师面面相觑，不知道他抽什么风。好半天，路易突然抬头坚定地说："王教授，你把这个名额让给我，我要去美国！"

我和祖老师顿时呆住了。

过了一会儿，祖老师说："那王教授怎么办？这可是关乎前途命运的事，你怎么这种事情也和自家兄弟抢啊！"

路易一字一顿地说："我要去把包子找回来。"

祖老师不说话了，转头看向我，见我半天没说话，想了想说："王教授，你要理解路易的心情，狗都追着包子跑的。您老也说句话啊，愿不愿意也给个信啊！"

我抬头望向路易，我们双目对视良久，我开口说："我刚才只是在考虑怎么和周老大说。"

祖老师明显松了口气："你们这是要吓死我啊，玩什么对眼啊，那你想出来没有？路易你又玩什么深沉，你想什么呢？"

我冲路易笑了笑："考察兄弟默契的时候到了，首先我明天一早去周老大那儿，说我现在正在跟女警谈恋爱，打得火热，她坚决不肯让我现在走。"

路易咧嘴一笑："接下来我就去主任那哭，声嘶力竭地哭，说我没有包子就活不了了，要是不让我去美国，我就赖着不走！"

我转头对祖老师说："路易根本就没想过我会不答应，他一直在琢磨怎么和周老大说才能达到目的。而我一直也在想我的理由，让周老大不会嫌我不识好歹的理由。"

祖老师叹道:"行,咱哥几个算是没白混。不过王教授的理由想的确实不错,你年纪一大把了,想先解决个人问题再立业也无可厚非。不过路易你这个就差点了,你为什么不说你有一颗拳拳报国之心,想去美国学习先进知识,回国为家乡父老服务呢?"

路易说:"说了周老大也得信,我一本科生,英文也不是特别好,说要出去学习知识,用这个理由,就算王教授放弃这个名额,那'一绝大师'、春哥他们也比我合适啊!只有实话实说,一来咱们跟了周老大十年了,她肯定不会见死不救,看着我为爱情香消玉殒,所以于情于理她都会同意。二来我为包子要死要活的事情科里人都知道,我用这个理由要求出国,科里人是不好意思和我争这个名额的。"

祖老师叹了一声:"你们丫个鳖孙都成精了,还好是我兄弟,不然被你们怎么玩死的都不知道。"

第二天依计行事,我先去周老大那说女警死活不同意的事情,周老大安慰我几句表示理解。其实她是很传统的人,早就觉得我这岁数了还没个着落不好,一直也为我操心来的,还时不时给我介绍个女朋友,现在看我和女警有戏,自然不会做那个恶人。

下午,路易就进了周老大办公室,开始的时候很安静,我和祖老师躲在休息室,漏了个门缝听动静。谁知道不到十分钟,就传来路易鬼哭狼嚎、捶胸顿足的声音,好像是坐在地上哭的。祖老师低骂了一句:"这孙子玩真的,我还以为他说说的,真哭啊!"

我们赶紧跑到周老大办公室的门口,见门口已经聚集了一批好事的大夫、护士,尤以家住朝阳区的居多。海波艳羡地赞道:"路易嗓音真不错啊,悠远绵长,仿佛劲风吹过山隘,一波又一波,荡气回肠。"

一个护士也双手交叉胸前，痴痴地赞道："路易最近真是没白健身啊，他的手掌多有力啊，拍打胸膛时有如金刚附体，充满野性魅力。"

　　更有一个小个子的护士挤不到近前，情急之下竟然从海波的胳膊底下钻了进去，气得海波低低骂道："有没有规矩？谁的好位置不是放下手里的活跑得飞快才占到的！"说罢手下暗暗用力，竟然偷偷把那护士抱在胳肢窝下，那护士只顾看戏，浑然不觉。

　　周老大一脸的无奈，摇头看了看路易说："行了，号什么号，这么多人看着你也不嫌害臊！"

　　路易声泪俱下："我不怕……呜呜，我媳妇都跑了，我还怕什么害臊！周老大，您就答应了我吧，等我把媳妇找回来，我念您一辈子好。我求您了啊！呜呜……"

　　众人看着，闻者无不伤心，听者无不落泪。海波胳肢窝下的护士还在偷偷抹眼泪，小声抽泣着说："别看路易长得猥琐，可真是有情郎啊！为了包子，哭得这么伤心，周老大不会是铁石心肠吧。"

　　周老大果然被路易的真情所动，叹了口气说："你快起来吧，我答应你就是了，我要是不答应你，门外的同志们都会觉得我不近人情，快滚吧，回去准备护照吧。"

　　路易大喜，眼睛瞟了一眼周老大，发现她不似在哄骗自己以解燃眉之急，就慢吞吞地爬起来，向周老大鞠了个躬，抽抽泣泣也听不见说的什么，估计就是您是我的再造父母什么的，然后走出门来。

　　众人潮水般两边散去，看着路易凄凉的背影摇头叹息。我和祖老师忙跟上去，这时听身后有个女声叫道："死海波，你抱着我干什么？不要脸，臭流氓！"伴随着众人的哄笑声，我们追上了已经转过墙角的路易。只见他一脸得意扬扬地站在走廊尽头冲我们咧着嘴笑，脸上还挂着鼻涕和眼泪，眼睛又红又肿，让人看了毛骨悚然。

晚上手术结束，刚洗完澡出来时，我就见周主任笑吟吟地坐在休息区的沙发上，指着对面的板凳说："你坐下。"我赶紧小跑两步过去，半个屁股坐在凳子上，谦虚地问："您老吃了吗？"

周老大笑骂："你少跟我装糊涂，这一出是你们商量好的吧？你前脚跟我说放弃名额，后脚那死路易就跑过来号丧，说你们不是串通的鬼都不信！"

我看周老大语带戏谑，明显是没生气，就赶紧说："也不全是，我这也确实有结婚成家的刚性需求，这不一石二鸟吗？您老真是慧眼如炬，什么也别想瞒着您。"

周老大再骂："马屁精！路易这人我了解，平时吊儿郎当的，其实很重感情，这次如果真不让他去，他肯定受不了。这小子也真是豁出去了，跑我这哭，还故意把门开着不关，就是要造成影响，让众人不敢和他抢名额，倒是有几分机灵。你去和他说，别去了美国光顾着谈恋爱，也要学点东西回来，不然院里那边影响也不好。"

我得令而去，直接跑到路易租的房子，进门就问："饿死我了，我这成传声筒了，你做饭了没有？"

路易一脸无奈："你真是会挑时间，我刚做好的牛肉炖土豆。都给你吃吧，我再炒几个菜，一会儿再说。"

路易真是个好厨子，看来爱吃的胖子都是好厨子这句话是对的。路易平时是看不上一般小饭馆做的饭菜的，但我们时间实在紧张，能到路易这蹭上饭的概率实在不高，他自己也没什么时间做。今天真是公私兼顾，送了信还顺便蹭一顿。路易噼里啪啦一会儿就炒了四个菜，又拿了两瓶啤酒，给我满上，然后问："怎么着，周老大有啥指示？"

我一边吃一边说："中心思想就是，第一她知道你耍的心眼，叫你别太得意，她是故意让着你；第二就是去了美国要好好学习，别让她在院里没法交代。"说完喝杯啤酒，接着大吃。

路易愕然："就这两句，你发个短信就说清楚了，还至于跑过来？不就是为蹭吃蹭喝吧。"

我停下筷子，慢慢地和他说："你去美国这事虽然我支持你，但是也得告诫你，落花有意随流水，就怕流水无心恋落花，你明不明白我在说什么？"

路易低头轻声说："我懂，可是就是放不下，要是不去一趟，我这一辈子都会生活在遗憾和悔恨中，明知道飞蛾扑火，可就是想着自焚时那灿烂的一瞬。"说着竟又流下眼泪。

我的眼睛其实已经湿润了，忙吃了几口菜："你他妈今天还哭上瘾了，少来这套，对我没用。你丫去了好好学习，回来发达了什么样的姑娘找不着，别就在一棵树上吊死，多试几棵。"

路易被我一骂，破涕为笑，转而神色暗淡，然后仿佛在自言自语地说："她要是不和我回来，我也不回来了，就他妈黑在那，什么时候她受不了我了，什么时候肯和我回来，我什么时候回来。"

我一惊："去美国学习期限最短三个月，最长就两年，你要是过了那个期限，就是非法移民了，那你所有的一切就都没了。不过你这个死胖子做饭倒是真有一手，到美国当个胖大厨估计问题不大。"

经我取笑，路易也回过神来，恢复了精神："不过，要是两年都搞不定一个姐，那我也没脸回来见你们了，放心吧，我最多三个月，拿下就回国，等着我凯旋还朝的好消息吧！"

路易走了，悄悄走的。医院手续办完，我们本打算择日给他在

"炭烤羊腿"饯行，结果当天晚上他就走了。可能怕我们着急吧，他还是给我发了条短信，说是先去包子的家乡看看，然后回来就直接从上海飞纽约。

路易没有遵守我们三个月的约定，从那天开始，就消失在我们的世界中了。

举杯邀明月
对影成三人

　　之后时间就像是变成真空了，刘非、包子、路易，这一个个曾经那么熟悉的朋友就这样消失在我的生活中了。祖老师虽然坚挺地没离开安真，但也是三天打鱼两天晒网，动不动就直接请事假，一请就是三四个月，反正他的公司现在红红火火的，也不怕医院扣那点奖金和工资。他的公司不但做医疗中介，还开发了挂号 APP、远程医疗、高端体检等服务，甚至搞起了医疗媒体。据他说目前公司正在谈很大的融资项目，在考虑要不要上市，现在和我说话动不动就带出几亿几亿的词汇，吓得我不轻，好在他也没工夫和我常聚，每天忙得团团转，也不会没事总刺激我。

　　就这样，我的世界就像下了第一场大雪的原野，不见了活物的踪迹。没有了他们，我像游魂一样每天机械性地工作。曾经充满了挑战和趣味，甚至和斗兽场般刺激，让人血脉偾张的安真医院，变得死寂沉沉。同样的走廊、病房、花园，在我的眼中变成了灰色，就像晚秋的草原、山脉、河流未曾移动过，只是失去了那抹绿色，就不再是同一片草原了。

　　灰色的日子就这么一天天过着，流年似水。我依旧每天在进步，手术技能飞速提高，临床诊疗能力也已出类拔萃，甚至还用安真数量庞大的急诊病人做了一项超大规模的肺栓塞治疗的临床研究，一跃将安真的该领域提高到了国际水平。

可是，这次没有人为我喝彩，听我吹牛。当年连赌一个家属会不会开除护工而我胜了这样的事情，我都会欢呼雀跃，心里像中了五百万。我边吃着赌赢的饭，边向大家吹我的判断有多准确，预见性有多强，那时觉得我们就是世界的中心。可是七年过去了，现在只剩下了我，大家都走了，分散到了世界的各个角落。

深秋已至，我独自于安真路的路边吃完一碗拉面，正游荡在回去的路上，一辆熠熠发光的奥迪停在路边，车窗缓缓摇下，露出妍妍娇美的笑脸。她冲我招了招手："去哪啊？起步价十块。"

我想都没想就钻进了车里，看着她熟悉的脸，竟然险些流下泪来。

妍妍突然把我抱在怀里，让我的头枕着她的胸膛，哦，胸膛上面十厘米，轻声对我说："我知道，我知道，对不起，是我不好，把你一个人扔下了这么久。"就这么靠在她身上，我突然回忆起那些熟悉的日子，很踏实，很安全。眼泪突然就下来了，我强忍着说："你上次不是说我要是自己摆平了院领导，你就以后都听我的吗？"

妍妍轻抚着我的背说："都听你的，以后咱们俩的事你说了算。"

我松了口气说："那麻烦你把我的头放开先，眼泪都被勒出来了。大姐你知不知道自己练过那么久擒拿，抱着人的时候会先用肘关节夹住脖子两侧颈动脉啊！"

妍妍马上松开手，尴尬地笑笑："不好意思，习惯了。"

我揉着酸痛的脖子问："你上一个男朋友是分手了，还是死了啊？"

妍妍气得打了我一下，又奇痛无比，接着她怒道："你这个人就没个正经，和你在一起就他妈浪漫不起来，非得天天打你才能好好相处。偏偏老娘还他妈特贱，每次被你气跑了都颠颠地主动送上门找你，我恨不得抽自己一顿。"说罢作势真要打。我忙伸手捏住她的两只手说："怎么舍得让你自己打自己呢？我帮您老出气吧，我来抽你。"眼看着妍妍像是真的生气了。

我一看事情不妙，赶紧转移话题："我说这斗转星移、沧海桑田的多少日子过去了，您今儿怎么出现了啊？"

妍妍气恼地说："你还好意思说，哪有总让女孩先开口找你的啊！这次是实在没办法了才来找你。"

我点点头说："确实，你想我想得实在没办法了，这我可以理解，谁让我玉树临风、鹤立鸡群呢！"

妍妍正色道："少臭美，是我最近得到可靠消息，张伯父被反贪局控制了。"

我大惊，赶忙问具体情况。

妍妍接着说："现在已经立案调查，主要的问题是收巨额贿赂并买官卖官，所有经过他提拔上来的人都要一个个被叫去问话。虽然你只是个小医生，但是上次的事情毕竟是通过他手下的高秘书打的招呼，而现在高秘书是主要的污点证人，所以我赶紧通过熟人打听会不会涉及你。开始把我吓得半死，因为高秘书确实招得很彻底，就连你的事情也说了。于是人家调查组就到你们医院核实，结果院领导班子所有人都说你这事是件张冠李戴的事情，说高秘书已把这事和他们说了！调查组就回去问高秘书，高秘书也说你这件事太小，他哪能记得那个医生具体是王成什么啊！调查组又好气又好笑，想了想：第一，你只是个医生而已；第二，你也没得到提拔啊！所以你的事情不了了之。"

说罢狠瞪了我一眼，这时候我正在暗自擦汗，妍妍气恼道："这消息一传回我耳朵里，就把我气了个半死，肯定是那天你在我这赌咒发狠后就用了这么卑鄙的混淆视听的法子，虽然我不知道你具体是怎么做的，不过这确实表明你很有智慧。再说这次的事情也是个教训，虽然找关系托门路是一条捷径，但是这也是一条可能走向完全相反方向的捷径，所以我会信守诺言，以后任你飞来飞去！"

　　我又暗自擦汗，心想：幸亏没上了这条贼船啊，不然死都不知道怎么死的！

　　妍妍白了我一眼："是不是在暗自庆幸啊？你怕什么，就算这次张伯父的事情连累到你，我也能把你保下来。"

　　我心想：姑奶奶，要是这么折腾一顿我哪还有脸在医院继续混下去啊！但转念一想似乎有蹊跷："不对啊，你说没办法了才来，但是这事既然和我没关系，那你为什么巴巴地没办法了来找我呢？是找借口过来抱死我的吗？"

　　妍妍咬咬牙，把气咽了下去，说："你忘了我的好闺蜜晓丽和你的好兄弟刘非了吗？"

　　我瞬间如遭雷击："我怎么把这茬忘了，他们两个受到牵连了吗？"

　　妍妍说："牵连不会，毕竟他们和国内的事情一点关系都没有，两个人又都在国外，中国和澳大利亚又不互相引渡，所以他们人身自由上没问题。但是你别忘了，他们在澳大利亚赖以生存的物质基础可是张伯父的钱，那个所谓澳大利亚的公司是个幌子，不过是个转移资产的工具罢了，中澳对巨贪的资产调查是可以联合执法的，也有查没的权力！"

　　我不禁愕然，继而心惊："那刘非他们一家喝西北风去啊？这么说其实也不对，毕竟那些钱来路不正，拿回来也是当然的，可是我很为他们的生活担忧，独在异乡毕竟不是那么容易生存的。"

妍妍说："所以我才来找你，怎么可能只是为了来抱你，我又不是变态色狼。我的身份是不允许我和晓丽联系的，你和刘非联系应该没有问题，你打听一下他们的近况。"

我想了想："刘非走了以后所有的联系都中断了，电话停机了，肯定是换了澳大利亚的号码。微信不再用了，我连发邮件都试过了，都没有反应，可能他的本意就是和北京的一切都诀别吧。"

妍妍问："你能不能联系到他的家人呢，比如爸爸妈妈什么的？"

我茅塞顿开："有道理，这么多同事，总会有人去过他们家或有他父母的联系方式吧。"说完我也没心情和妍妍久别重逢后腻歪了，拉开车门就下去了，气得妍妍咬牙在车上骂："没良心的狗东西，跑得比兔子还快！"

我赶紧回到单位，见人就打听，还给每个可能相关的人都打了电话，没有任何人去过他们家，也没有人见过他的父母，我想起来，刘非结婚都没有邀请任何人参加他的婚礼。颓然坐在休息区沙发上，我给祖老师打了电话说明了情况，祖老师一听就急了，半小时后他出现在休息区。

一见面祖老师就焦急地问："怎么会这样？就没有任何人知道吗？"

我看了他一眼，没好气地说："是我急糊涂了没仔细思考，连咱们两个都不知道他的父母的联系方式，其他的同事怎么可能知道！"

祖老师在我旁边坐下，喘着粗气，低头不语，突然像是灵光一现："我想起来了，她前妻可是咱们医院内分泌的大夫，找她问不就知道了。"

我白了他一眼："你以为我傻啊想不到这个，刘非把人家伤那么深，你这会去干吗，找骂吗？"

祖老师毅然说："挨骂也得去，那是我兄弟！"然后狡诈地一笑，

"不过那也是你兄弟，挨骂这事不能我一个人担着，你也得去，挨打也能分担点不是！"

商量好都晚上九点多了，宁早不宜晚，我们迅速开工，打电话找到刘非前妻科里的人，一问才知道她今晚值班。当医生的就是这点好，基本跑不了，不是在医院就是在家里，好像在医院的时间还多点。我们相视苦笑，一起往内分泌科的病房走去。

到了病房，她果然在医生办公室里，见面异常尴尬，我手足无措地把事情经过讲了一下，然后说出了我们的请求。刘非的前妻沉默了一会儿说："其实你们不知道他的家人是很正常的，刘非的家庭情况不是特别好，父母没有稳定收入来源，父亲的身体还不太好，每个月要花好多钱买药。这几年我每隔一两个月就会去看望他们，带点补品过去。我把二老的电话给你们，你们自己联系他们吧，不过千万不要把实际情况告诉他们，我怕爸接受不了再犯病……"

我和祖老师彻底惊呆了！

刘非这孙子一副小白脸的样子，整天油头粉面像个北京少爷似的，居然有这么多心酸的事情埋在自己心里，怪不得他忍受不了一个月几千块的小医生生活，怪不得他会被他前妻感动到要结婚。虽然最终他没有战胜内心的孩子气和野性，但至少从他前妻离婚了还经常看望他父母的事情，就可以说明他并没有看错人。

心里虽暗骂这孙子不知道珍惜身边芳草，但也没心情感慨，赶紧趁着还不算晚，拨通了刘非父母的电话。一接电话听说是我们，他母亲先是一惊，然后祖老师赶紧解释说是因为医院里还有些刘非剩下的事情没交办完，又没他联系方式，所以领导让找二老要。然后刘母就开骂了，说这个兔崽子放着好好的工作不做，好好的媳妇不要，抛下父母跑国外去受洋罪，虽然每个月都寄一笔钱回来，可是见不到人有个屁用，还千叮咛万嘱咐，让我们一定要多在医院领导面前说说好话，把他工作保留着。

敢情这小子从来没告诉过他父母他彻底辞职的事，估计就说停薪留职什么的。也没时间再感叹了，我们赶紧按他父母给的联系方式拨了澳大利亚的电话。

电话通了，传来刘非疲惫的声音，听出是我们，这孙子算是有了点精神："你们两个货啊，这么晚了打电话干吗？不知道澳大利亚比北京晚两个小时吗？老子明天还要去公司作威作福呢！"

我叹了口气，把妍妍和我说的事情告诉了刘非，说我们就是想知道他现在的情况，以及公司受没受到影响。

刘非沉默了一会儿，说："我和晓丽关系早就破裂了，半年前就分居了。那个公司就是个空壳子，用来走账的，两个月前国内一传来风声，晓丽就带着公司所有的钱和儿子跑到美国去了。"

我和祖老师才不关心晓丽跑哪儿去了，赶紧问他现在过得怎么样，怎么生活。

刘非对我们也没隐瞒，说了实情。刚到澳大利亚的时候真的不错，晓丽的母亲也过去帮助照顾晓丽生产，可是孩子出生后不久，晓丽母亲不放心一个人在国内工作的张伯父，就回国照顾老伴儿了。晓丽在澳大利亚的广阔天地下失去了父母的约束，本性暴露得淋漓尽致，加上澳大利亚的生活不像国内，三个人生活就算手里有些钱，日常所有的事情也要自己来完成，做饭、带孩子……各种琐事。两人经常吵架，晓丽动不动就指着刘非说他是小白脸，除了长得帅一无是处。刘非骨子里是个自尊心特别强的男人，哪受得了这些，很快两人感情破裂，刘非便搬出来住了。本来刘非还经常去看孩子，没想到张伯父东窗事发，晓丽就卷了公司所有的钱并且低价把房子卖了，消失得无影无踪。刘非找到公司的老员工才打听到了真实情况。好在刘非英文还可以，搬出去时就找到一家国内的进出口公司，给人查货验货，做了一个地道的蓝领，虽然辛苦，但是能够度日，还能够给家里人寄钱。听他说话的语气和他的经历，我们一下感觉到他长大了。

祖老师劝刘非："你丫一个人在那有啥意思，赶紧回来吧，我公司还缺个副总，回来咱们兄弟一块儿干。"

刘非沉默了一会儿，说："我暂时不想回去，现在的生活虽然苦点，但是我感觉自己长大了，能自食其力养活自己和父母了，我想再待几年，锻炼一下自己。"

我和祖老师劝了一会儿，看没有用，反正知道他现在过得下去就行了，刘非第二天还要上班，又聊了几句就挂了。

祖老师沉默了一会儿，说："我想兄弟们了，也不知道路易和包子在美国怎么样了？"

我也被他勾起了伤感，骂了他一顿出了气，就各自散去了。

任尔东西南北风

初冬的天气总是阴沉沉的，北风时不时卷起落寞的雨夹雪，打在人的心头徒增寂寞。周老大最近心情很差，听说院里要整改，所有没有博士学位且不是博导的医生都没有资格担任行政主任职务。大家每天如履薄冰，生怕触了周老大的霉头。一时间谣言四起，遍地狼烟，有心机的人四处活动，符合条件的人觊觎着可能会空出来的位子，没有条件的人不停咒骂着这看似不公平的政策。

早上交完班，于主任把我拉到一旁，小声说："你听说院里的整改方案了吗？"

我点点头表示知道。于主任说："咱们周老大是老三届的大学生，后来也没再往上读，估计这回肯定是保不住了，你将来有什么想法？"

我摇摇头："这个事我这种小民也只能随波逐流，干好自己的活就行了呗。周老大也马上到退休年纪了，说实话再折腾也没意思，还不如安全退休，回家抱外孙算了。天天起早贪黑的遭这罪干吗！"

于主任说："她倒是无所谓，可咱们不行啊。新来了主任，肯定要带自己的一大批亲信，那咱们去哪？只能赶鸭子似的都扔到流抢区了呗，那地方又苦又累，还耽误前途，这你就没考虑过？"

我想了一会儿说："那您的意思是？"

于主任说："你这会儿不是和那个女警谈恋爱嘛，我琢磨着你和她打个招呼，第一是看看谁会接任咱们病区主任，咱们好提前拜拜庙门。第二是要是有机会，你通通门路，把咱们自己人弄上去呗。"

我一下明白了，现在病区里有博士学位且是博导的就只有于主任一个人，看来她是有想法啊！

只能装傻充愣了，于是我傻乎乎地说："好的领导，我马上去问，先打听出来情况咱们再研究。"

于主任看我傻乎乎的黑不提白不提她的事，知道难以点醒一个装傻的人，就笑呵呵地鼓励两句，干自己的事情去了。

晚上下班，妍妍照例在医院门口接我，由于最近周老大心情不佳，手术做得也少了，所以下班格外早。上了车妍妍就说："哟，您最近下班怎么这么早？不会是为了见老娘提前翘班了？那我多不好意思。不过可以理解，毕竟老娘姿色过人，身材又火辣……"

"咳咳，你学我点好的行不行？那点吹牛的本事你倒是一点就透。最近下班早是因为院里的新政策。"然后就把院里的决定说了一遍。

妍妍先是一愣，然后说："我真不理解你们医院，看病和博导有什么关系？"

我无奈地摇摇头："毕竟医院要发展不能单靠临床技术，科研一样很重要，没有科研，医学没法进步的。"

妍妍"哦"了一声说："那倒也是，可是这会不会让下面的人无心临床，专门做科研呢？那临床的水平不是会变差吗？另外谁当上行政领导，有了权力，都会打压比自己强的人，那样临床好的医生反而会被压制得更厉害，长此以往那医院的医生水平不会越来越差吗？"

我知道妍妍是个很有见解的人，但也没想到她看问题竟然一针见血，于是赞许地说："不愧是混迹机关多年的老油条，看问题真准确，不过国内就是这样，要想发展一个方向，就必须给予这个方向的人行政权力，不然以国内的这种资源集中于当权者的模式，那科研就会被打压了，所以这其实不是科研和临床的战争，只是行政理念的错误。我知道的国外的医生，想向哪个方向发展完全看自己的兴趣和能力，就算去了不同的方向，只要够出色，就会名利双收。所以让能当上官员的人做科研，并且让做科研的人想当官，这才是问题最拧巴的地方。如果能够让有才华的人根本不屑于当官，那国家的科研才能真正地强大起来。"

妍妍若有所思："我觉得你说话总是很有道理，可惜你说的总是没用的屁话。还是这么着吧，我给你活动活动，让你赶紧升上博导，你又是博士，你当了官，你说的事情才可能实现，至少是小范围的。"

我摸摸她的头发："年轻人，上次的教训忘记了吗？"

妍妍不好意思地笑笑："呵呵，对了，不能干预你的事。行了，咱们看电影还是吃饭？"

"这个事你说了算，除了工作上的事情，其余的都你说了算。"

"得嘞领导，那咱们去吃火锅！"妍妍开心地笑了起来，像是瞬间回到了二十岁。

结果很快就下来了，周老大果然在被拿下的名单之列。这事无法改变，周老大徒自伤心也没有用。新来的主任是空降兵，中日友好医院直接过来的，带了一大批中日的精兵强将，瞬间人人自危。

在周老大的退休送别晚宴上，大伙一杯一杯地喝着酒，说着离别的话。突然周老大生气地直拍桌子："我把一生都奉献了，'非典'时下过隔离病房，抗洪时进过救灾现场，新疆最乱的时候去支援过喀什，临了快退休了也没得个善终，我心里真憋屈。"说罢眼圈微红。

郑主任也黯然："老领导，这事是大势所趋，上面的政策就是一刀切，您难受也没用，今儿个给您送行，咱高高兴兴地走，也不能让人看了笑话，鸟尽弓藏、兔死狗烹的事还少吗？"说罢竟要落泪，大伙一阵难过。

于主任也劝："您这伤的哪门子心啊！别忘了广州那家私立医院可是要挖您过去当心内科主任啊，还是年薪制，一年一百万，搞得我也想退休了。"说完大伙笑了起来。

周老大喝了口酒："我就是舍不得，这地方待了一辈子了，想想就难受。"

在送别晚宴上，大家空前地团结一致，文人相轻的铁律在共同的伤感面前第一次失效了。我也陪周老大喝了不少的酒，晕晕乎乎之间仿佛哭了，可能是因为看到了自己的未来吧。

新主任上马后立刻投入无限热情的整改当中，大家积极踊跃地配合着新领导的行动。在这场惊涛骇浪中，我没有积极地拜码头、找关系，就是因为感觉累，也懒得折腾。

似乎是看出了我的消极应对，于主任找我谈心。她关切地问："你最近是怎么了，看起来很消沉啊？"

我抬头看着于主任："其实没有，我就是觉得一切都没用。当年我年轻，把主任对我的态度看得比天还重，主任的一个不爽的眼神，我回去后都琢磨半天，仔细回想是哪做错了，其实可能就是因为主任的眼睛里长麦粒肿了也说不定。主任那时候说一句语气不对的话，我回去又想半天，其实可能是因为主任那天出门踩到狗屎心情差也说不定。这样的日子我受够了，现在不想再这样生活了。我们是大夫，职责是看好病、做好手术，积极点再搞好科研，我们不是一群端茶递水的小厮，随人呼来喝去的。如果真的谦虚谨慎到要把自己的位置放得这么低，那永远也不能让人瞧得起。"

于主任似乎有些触动，随后轻声地说："孩子，你死定了！"

在这个人心思变、风雨飘摇的时刻，医院还是要正常看病的。我正在办公室检查一线的病历，突然听到外面一阵嘈杂，我赶紧往外跑，正常情况下病房是不能大声喧哗的，只要有人高声说话，不是医闹就是抢救。我赶到走廊里一看，全体出动了，大事件啊，过去问了才知道2床在抢救，不明原因的呼吸衰竭，病人已经晕厥了，几个医生正在用简易面罩给患者吹氧气。患者口腔内分泌物流了一床，这时候嘴里肯定已经堵得不成样子了，用简易呼吸器吹有个毛用。

新主任也到场了，他吩咐道："插管吧，叫麻醉科！"

立马有人去执行了。在绝大多数情况下，不明原因的呼吸衰竭导致的缺氧乃至意识丧失是必须立刻做气管插管的，而这个时间要求只有短短的几分钟。一般缺氧时间稍微长点，患者就算被抢救回来也很可能因为脑死亡而变成植物人，那后期的事情就变得异常棘手了。而虽然大部分病房的大夫都接受过急救训练，可是插管那可是危险的活，在患者口腔紧闭、牙关紧咬、充满分泌物的情况下，成功的插管只有极其熟练的医生才能完成，那种经过培训后半年碰不到一次插管的人，是不可能完成这种高难度操作的。而最熟练的人是麻醉科的医生，因为他们每天在做全麻前都要做气管插管，熟能生巧，所以每次病房遭遇这种大抢救，都会第一时间喊他们。

可是现在，麻醉科在外科大楼里！

具有正常地球人速度的麻醉科医生是不可能在五分钟内飞过来的，

而五分钟，就是一条人命！

我顾不得中华泱泱大国千年的韬光养晦教育，分开众人到了床头，喊了声："导丝、管子、喉镜！"

没有人敢质疑我，因为老急诊的人都知道我在抢救室是出了名的快手，插过的管没有一千也有八百。

半分钟后，插管成功，氧气输进去了，患者意识开始恢复，有些躁动。经过各种药物调整，十分钟后患者醒了！而此时，麻醉科的医生终于来了。

主任看了我一眼，然后说："王大夫，你把患者的病情综合地看一下，然后出个治疗方案，接下来的事你来定。"说完转身走了。

我仔细看了患者的病史，两天前就有喘憋。再查各项检查，血氧一直就有下降趋势，并且左侧胸腔积液，X光片上显示，可能量还不少，只是集中在后侧，所以看上去并不明显。显然，这几日人心惶惶的，并没有人真正仔细地查房。

原因找到之后，接下来我给患者做了胸腔穿刺，娴熟的技术又惊艳一片人，女护士们纷纷送来秋波表示崇拜。

一周后，患者康复出院。

一朝天子一朝臣，很快人事变动名单出来了。大部分老急诊的人都离开了急诊大病房去了流抢区，包括郑主任和于主任，而这份名单里没有我。

我被提为病房带组三线，手里管一个二线、四个一线和二十张病床！

当天晚上，我到妍妍家做饭，伺候这位少奶奶，吃饭的时候我把事情的经过讲述了一遍。妍妍沉默了一会儿说："看来你们医院的情况是真的不一样，无论怎么钻营，到了面悬一线的紧要关头，再口若悬河盘根错节的文臣，也比不上能上马挎刀喝退百万雄兵的武将。"

我摸摸她的头："哎呀，我的警察同志，最近读了很多书啊，词汇量变大了啊！"

妍妍娇媚地看了我一眼："以后，你工作的事情，都听你的，我也听你的……"

一会儿，我急促的声音在房间内回荡："你干什么？放开……别这么粗鲁……轻些……"

妍妍微喘的声音响起："你怕什么，吃亏的是我……"

我果断地制止了她："这不是谁刷碗谁吃亏的问题，这是碗碟还能不能保住的问题。你再这么粗暴，用尽全力地刷碗，恐怕咱们以后就无可用之碗了。"

忽如一夜春风来

接下来的时光简直可以用"春风得意""小人得志"来形容我。当上病房三线手里有了权力之后,日子果然不一样了。每天上班,除了主任外的几乎所有大夫都要尊称我一声"王教授",没有任何揶揄之意,毕恭毕敬。此时我虽然还不算老,可是已经升了主任医师、副教授,还刚被提为病房三线,简直就是一头的光环啊!普通的医生哪里敢得罪我,我每天在自己的组里查房的时候都是走在最前面,每到一张病床前,身后的二线先向我汇报病情,然后我给一线医生提几个问题,装模作样地教育几句,然后就回自己的办公室喝可乐。虽然办公室是两个三线共用的,但是和之前一堆人挤在一起的境遇相比,简直就是天壤之别啊!

我心里一阵感慨,突然脑子里蹦出"人生得意须尽欢,莫使金樽空对月"的诗句,不免呷了口可乐,装模作样地看起书来。

突然门外有个低沉的声音响起:"王主任,我能进来吗?就耽误您五分钟。"

我此时已然当了大半年的领导,早就习惯了别人的服从,官威十足,头都没抬就说:"进来吧。"

门开了,进来两个人,我抬起头来打量来人,然后,眼泪就不争气地流了下来。

路易和包子!

我从转椅上跳起来，碰翻了可乐，洒了一桌子。路易和包子对着我笑，我揉了揉眼睛。路易眼里也闪着泪花说："我说王主任，您这表现也太丢范儿了，这哪是三线的风度啊！"

包子已是泣不成声，我三步并作两步跑过去，一把就把他俩都抱在怀里，三个人抱了好久，也流了很多的眼泪。

然后，就听路易说："我说王教授，你一直没完没了地抱着我媳妇，这我结婚你得多给多少份子钱啊！"

我听完马上放开他们，惊喜地看着他俩，然而又不信路易这孙子胡咧咧，就看向包子。包子点点头，然后黑着脸掐了路易一把。

眼泪也流得差不多了，我问路易："什么时候到的？"

路易回答："刚从机场回来，行李还在楼下抢救室放着呢，就直接来找你了。刚才到前面医生办公室看看你在不在，结果一大堆大夫我愣是不认识几个。后来一个你的小弟听说我是你兄弟，就毕恭毕敬地把我领到你办公室门口。行啊王教授，我才走了两年你丫就鸟枪换炮了。"

我谦虚地说："这没有什么，要是您老还在，我哪能和您同争日月之辉啊！"

路易突然说："王教授，我们直接来找你是有很多事情还要和你商量！"

我打断他："现在别说，这里也不是兄弟说话的地方，你俩先把行李拿回家，然后好好休息一下。你当年租的那个房子，走的时候你把钥匙给我让我帮忙退了，我没退，一直帮你租着，也时不时过去做个饭睡个觉什么的，收拾得很干净。钥匙还给你，你们先回去睡觉，晚上'炭烤羊腿',有事在那说！"说完从抽屉里拿出钥匙给了路易。

包子说："怎么你都三线了还去那破地，太丢身份了吧？"

我笑了笑说："这你就不知道了吧。祖老师的公司总部就设在'炭烤羊腿'旁边的'开元国际'里，丫现在是真有钱了，公司已经上市了，所以这个小子为了方便自己和公司的人吃饭，就把'炭烤羊腿'换了主人，现在这家餐厅的名字是'急诊四杰烤羊腿'。"

给祖老师打了电话，说路易、包子他们已经回来了，此时他正在杭州谈事，听完就扔了句："我马上飞回去，你打电话让烤羊腿晚上关门歇业，等着我。"然后就挂了电话。

到了晚上，我把手里的活交给了下面的二线去做，然后开车去接路易和包子，为了避免没必要的尴尬，我想了想就没叫妍妍过去吃饭。

路易一上车就说："这不是祖老师的牧马人吗？他不要了啊？"

我说："那哪能啊！这是我用劳动换来的，现在经常给他出去做手术、讲课，还兼职做他搞的各种活动的主席。这小子从来没给过我钱，我把他车抢过来开也合情合理吧？再说他奥迪、宝马好几辆呢，不差这一辆。"

包子说："真是为富不仁啊！一辆开了好几年的二手车就能换一个教授的全力支持，路易，你小子也给我铆足了劲当教授啊！"说罢又掐路易，路易连连讨饶。

到了"急诊四杰烤羊腿"，掌柜早就等在那儿了，看我们一行人下车了，忙招呼手下小二忙活起来，一面笑着说："二东家，接了您电话我立刻就让他们把预定都退了，屋也都收拾干净了！您说有贵客是这二位吗，您给介绍介绍？"

我笑着说："不用我介绍了，以后这二位没事就会自己跑来吃饭，你记得他俩就算三东家和四东家就行了。"

掌柜赔着笑说了句："得嘞，三东家、四东家。"然后招呼菜去了。

整个大厅都是我们的，所以也不着急坐下，路易和包子边溜达边啧啧咋舌，然后说："你说以前的'炭烤羊腿'多破一店啊，现在这一装修，简直改天换地啊！"

包子也说："一看就是祖老师的风格，非要把奢华和风雅拧一块儿。你看着壁纸上的教堂图案多洋气啊，非要在上面挂这么大一幅山水画，把壁纸都挡住了不说，还不协调。更不协调的是店名，'急诊四杰烤羊腿'，感觉怪怪的，不和仄押韵，不知道的人还以为你们是想害人吃坏了去急诊呢！"

路易也说："另外，你们非要把老板叫'掌柜'，把服务员叫'小二哥'，你们真是俗不可耐啊！"

他们正评论着祖老师的低劣品位的时候，大门开了，祖老师快步走进来后定了定神，然后跑过来死死抱住路易，号啕大哭，声音响彻寰宇。吓得刚端菜进来的掌柜一猫腰就跑回厨房去了。包子刚想过去和祖老师抱在一起，被路易偷偷地推开，看得我想笑又不敢笑。

哭了许久，祖老师擦着眼泪说："就你这个猪头样，还敢说追不回包子你就不回来了，我以为你丫个鳖孙真黑在美国了，再也见不着你了呢！"说罢又要哭。

我赶忙阻止他："别光顾说话了，拿酒上菜啊！人家可是辛苦一路了。"

祖老师连连称是，对掌柜说："你把那瓶八二年的五粮液拿出来，羊肉给我烤好点！"

掌柜点头下去，包子笑道："你这个土豪，听说八二年拉菲，就没听说八二年五粮液的！"

我赶紧解释："女侠您有所不知，这八二年的五粮液真是八二年的，祖老师收集了一批那个时代的酒，有茅台、五粮液、汾酒什么的，数八二年的五粮液最好喝，我以为他藏柜子了，却怎么找也找不着，原来你是让掌柜帮你藏着，卑鄙！"

酒过三巡，微醺大好，我们趁机问路易和包子这两年在美国到底是怎么过的。

路易说："当年，我凭着一腔意气跑到美国找包子，可是到了那才知道，我在纽约，包子在洛杉矶，我们隔了一整个美洲大陆。刚开始我为了适应环境并拿到医院的补贴，只能在纽约哥伦比亚医院学习。几个月后才适应了语言和各种习惯，这其中的艰辛我相信你们是可以想象的。"

祖老师说："可以想象，你主要是脑子短路，连普通话都说得断断续续的，何况英文！"

路易没理他，继续苦笑说："但是后来我实在受不了了，每天想包子想得都要发疯了。我在美国根本没有亲戚朋友，连个说话的人都没有，根本无处发泄想包子的心情。后来，我一咬牙，自己申请转入了洛杉矶西奈医院。"

我问："那不是挺好的吗，为啥刚开始你不转？"

路易说："你以为我不想啊，但是我不是国家公派留学，这是纽约哥伦比亚大学基金会出钱培养第三世界医生的项目，所以只要我离开纽约，就一分钱都拿不到。"

路易虽然工作了很多年，但是他平时大手大脚惯了，吃吃喝喝从不节俭，而且薪水确实也少了点，八九千的工资在北京如果还租房的话真剩不了什么。所以我很难想象路易去了洛杉矶后的艰难。

路易说："刚到洛杉矶，我想我穷成这样了去找包子，那不是明摆着去包子那蹭吃蹭喝吗？不被嫌弃就不错了，还怎么把包子带回来啊？我就想办法挣钱。还好美国人十分重视劳工的权利，每天就是八小时工作，一分钟也不耽误你的。所以我到了洛杉矶以后，除了在医院正常学习和白干活以外，下了班就去餐馆打工。"

我和祖老师马上说："这个适合你，肯定赚大钱。"

路易摇摇头："不是，因为我是J1签证，是不能在医院之外的地方工作的，所以我只能去偏远的地方的中餐馆打黑工。我的炒菜技术根本就没发挥出来，只在那边洗盘子、倒垃圾，赚的是加州最低工资，大概一小时十美元。我每天打三个半小时工，刨去往返的车费，吃饭没问题，但只住得起八个人挤在一起的华工宿舍。说实话，那时候我都有点后悔，出国时那么冲动，发誓一定要找到包子，结果出来了才发现第一个要解决的不是爱情问题，而是吃饭睡觉的问题。我每天干活干到晚上十点半，有几次稍微晚了点错过公交车，就只能在公交站的长凳上过夜。偏偏洛杉矶晚上很冷，有几次都冻感冒了，也只能硬扛过去，别说有多凄凉了。"

包子在旁边心疼地摸摸路易的头，说："错过一次还不长记性，带条毯子去打工不就完了，你长点心吧！"说罢又掐路易。

路易龇牙咧嘴地说疼："我这不是博人同情嘛！我接着说哈，后来我发现不能这样下去了，再这么搞，我估计活不到见到包子的时候了。于是我就想办法，终于让我想出一条妙计。"

我和祖老师一点都不意外，暗道你小子还能让自己吃了亏，就懒洋洋地配合着问了句啥好主意。

路易得意扬扬地说："我发现医院的饭特别贵，又难吃得要死，每顿饭至少十几美元，于是好多员工都被逼得没办法，只能从家里带饭。但是做饭多麻烦啊，好多人要起很早，就为了做午饭，你可要知道美国人的懒惰是出了名的。所以我先和自己科室里的人说，谁要中餐的午饭可以在我这定，五美元一份。结果一下就订出去十几份，那可是七八十美元啊！我也不打工了，连夜准备好材料，第二天早上起来做好了带过来，中午给大家放到微波炉里热了吃，刨去成本，我这一天就净赚了五十美元。"

祖老师说："那就是三百大几十的人民币呗，那不错啊！一个月就是一万多人民币，比在北京挣得多。"

我看着路易的目光却难以掩饰怜悯，路易虽然傻呵呵的，看起来不在乎，可是要知道他又是知识分子又是外地孩子，骨子里是很看重尊严的，给老外同事做午饭，无论从哪个角度来看都是跌份的事。不过我的同情都白搭了，马上路易就差点没让我闪到腰。

路易嘿嘿一笑："哈哈，老子怎么会看上这点钱，我到整个医院的科室里都走了一圈，几周后每天中午我的订单就有将近二百份，我马上把一起住的七个室友组织起来，给我买菜、做饭，还有人专门负责送，很快我一个月就能赚上万美元了。"看着一脸得意的路易，我和祖老师真是无语，这小子真是走到哪儿都得占便宜，吃点小亏就要加倍地讨回来。

我不禁奇怪："你这个规模这么大，税务部门或者司法部门不管你吗？"

路易哈哈一笑："你想多了，五块钱一顿美味的中国菜，提供者还是自己医院的同事，你说谁会嘴贱去举报？老外还不是一样的，民不举官不究，我们交钱都是现金，哪有税务部门查啊！后来我就只负责订单和监督，竟然一下富裕了起来，不但买了辆送货的车，还买了一辆'野马'跑车，结果当真因为买了这辆车而抱得美人归。"

祖老师说："不可能，包子要是那么恶俗的人，当年跟我算了，还轮得到你。"

包子愤愤地说："我来说，这个王八蛋有了钱之后天天来我实验室送花，搞得我实验室的同事都开始由羡慕变嫉妒，进而厌烦了。我实在受不了就约他谈，谁知道这孙子根本不和我谈，就天天这么耗着。耗了一年多，我实在是被逼疯了，就把他的车砸了。"路易哈哈大笑，我们正奇怪他是不是抽风了，自己车被砸还这么开心。

包子接着说："砸完了才发现我粗心大意的毛病又犯了，我砸错车了！"

我和祖老师擦着汗说："厉害，然后呢？"

包子说："警察就来了，把我拘留了，让我赔车主五万美元。可我哪来那么多钱啊。警察就说如果不能赔钱，铁定是要蹲监狱的。我在警察局待了两个晚上，就快疯了，真是特别特别怕被送进监狱。路易就跳出来了，把钱交了。"

祖老师说："路易你丫也太鳖孙了，让包子在里面待了两天才去救人，就想包子遭点罪服软是吧？你是不是人啊！"

路易骂道："你知道个屁，包子根本就不服，我第一天就交钱了，人家本来打算放人的，警察在临放人前要常规教育一番，包子就跳脚骂人家是一群金钱的看门狗，所以又被关了一天，第二天才老实了。"

我这个汗啊！

包子说："我那时候气不过啊！在里面蹲着时和一个老黑妹妹聊天，才知道那车就算是新的也值不了那么多钱，肯定是多要了，他们美国警察也黑着呢，和车主有私下的交易也说不定。后来骂完我又被关起来了，警察还威胁我说交钱也没有用了，肯定要送我去监狱，我这才真的开始害怕！你们知道绝望的感觉吗？我是体会到了，把我的整个人生都思考了一遍，又推翻了一遍，总结出人是斗不过整个世界的，强权就是公理，在世界上每个角落都是一样的，躲到天涯海角都一样，你只能跟人家的规则一起玩才能开心地活着，你如果想制定自己的规则，结局就是覆灭。"

说着包子看向路易，眼中闪过一丝温柔："只有路易，他为了我什么强权都不怕，也不怕没尊严，不怕吃苦受穷，甚至不怕死！还好美国人只认钱，路易又缴纳了一份罚金后，就把我弄出来了。除了他，我觉得这个世界上不会有人再这么对我了，我累了，怕了，所以就跟他回来了。"

他们的罗曼史讲完，我和祖老师也不禁万分感叹，这简直就是一部电影啊，描述了一个穷小子如何吃苦耐劳在美国淘金，然后拯救不良少女重返人间的故事。

我问路易："你今天在我办公室说有事要商量，什么事啊？"

路易说："两件事：第一，我回来要去流抢区工作；第二，包子已经辞职了，现在回来了，王教授你帮帮忙，看能不能找关系把她弄回医院去。"

我一口答应下来帮忙，让包子明天和我先去见新主任，具体怎么办，我们也顺便商量周全了。

包子的问题说完后，祖老师不解地问："路易你为什么要去流抢区呢？你怎么也算留洋学者，再不济也能去急诊大病房里，为什么回流抢区受罪啊？"

路易淡淡地说："中国医疗所有问题解决的方法，就藏在各大医院的流抢区里！"

我们大惊："这么神，你脑子秀逗了吧，在急诊待了这么久，你还不明白中国医疗矛盾最集中的问题都堆在流抢区里了吗？这是相反的吧，大哥。"

路易特别严肃地说："我在美国两年，把他们的先进性和落后性摸得一清二楚。"祖老师打断他："大哥你说话这么严肃我不适应，你还是不正经点好。"

路易立马换了一副嬉皮笑脸的嘴脸："好吧，应同志们要求。其实你们知道吗，中国的医疗本质上根本就不落后，还很先进！你看啊，美国和其他的发达国家，基本上生了病，只要不是要死的，就必须先预约家庭医生，打电话约个时间至少要三到七天。好不容易约上了，那些不靠谱的家庭医生看完了患者的情况，要么不靠谱地安慰几句就打发走人，要么发善心做几项检查，然后你就等吧，拍个 X 光片，没两周检查报告出不来，在欧美国家，除了那些病情特别重的患者，一般患者不是自己好了，就是轻病变重病了。"

我反驳说："不可能吧，这样还不得被告死啊，你说得也太绝对了！"

路易说："这不是我说的，在美国生活了很久的华人都这么说，所以有一部分华人会上中国的商业保险，在遇到美国医疗不理不睬的时候直接回国治疗。这个是实情，你可以去打听。所以美国医疗的落后性在于效率极其低下，医务人员极其懒惰，而且形成规矩后大家反而习以为常，连告的都少。中国的医疗的先进性在于高效高能，这是几百万医务工作者用辛勤的汗水和生命的消耗换来的。"

祖老师说："那还学个屁，让他们来和咱们学吧，这点恕我不敢苟同。"

路易说："没说完呢，着什么急啊。美国医疗的先进性在于医疗制度。刚才我说的那些是严密制度的副作用，但是这些制度的好处在于，家庭医生会过滤掉大部分的没什么大问题的患者，所以这可以减少中国的这种有事没事都跑三甲医院，导致医疗资源过度浪费的现象，从而节省医保资源和大医院的人力资源，进而让大医院更有精力去认真对付疑难病例，甚至有精力真正去做科研，而不是那种因为不得不做又没精力认真做而产生的无效科研，大医院医生的水平会很快提高。"

我问："你说了半天，我也没听出来和急诊有什么关系。"

路易点头说："王教授看问题果然一针见血！其实国内的专科医疗一点都不比国外差，效率还很高，比如你想看个心脏病，如果能做手术，一两周就能住院治疗，可是一旦碰上无法手术的，比如严重心衰或者合并感染等，住院就成了难题，尤其八十岁以上的患者，因为这种病人既不好周转，又没有经济价值。

"综上所述，中国的医疗问题并不是可治愈性疾病的问题，而是分两部分：第一部分就是医疗分流不合理，导致大家一有小病就去看三甲，三甲医院只能进行防御性检查，造成了巨大的浪费。第二部分就是治疗结构不合理，导致有不可治愈性疾病或无治疗价值性疾病的患者看病难！

"第一部分的问题目前国家已经注意到了，正在积极地应对，所以不需要我来操心。而第二部分的问题其他人是注意不到的，只有我们急诊科医生才知道，国内这样的病人最后都会被扔到各大医院的急诊，现在中国的急诊已经成了重病病人最后的落脚点，抢救室甚至成为临终关怀病房了。那些快不行的一住就是几周，咱医院甚至还有住两三年的例子，结果导致我国巨大的医疗资源被无效应用在终末期病人身上。"

祖老师问："那美国怎么处理？"

路易说："第一，让病人在医院试图渡过难关，渡不过去的就送去专门的临终关怀医院，那边住两个月还不行就送回家，请社区服务的护士上门进行临终治疗，打打吗啡什么的。如果你不去，医保就拒绝报销，美国人比中国人穷得多，医疗自费谁也承担不起。"

我还是不解："那这个问题是社会问题和政策问题，你回咱们急诊能解决个毛？"

路易说："我在美国就申请了一项课题，研究中国的终末期疾病医疗浪费问题到底有多严重、终末期病人看病到底有多难，到底有多少人是无奈地被堆积在急诊，要调查出实际数字，把数字给上头领导看看。另外我总结出了——中国医疗困惑的终极解决方案，要随着我的报告一起发表，就不信我不能一石激起千层浪，哈哈哈哈哈哈。"

我们一听来了精神，就鼓动路易说出来，听听他的看法。

路易呵呵一笑："其实很简单，可以说，这个方案的原则就是'抓大放小'。"

众人的疑惑中，路易接着说："'抓大'可以说是抓大方向，要把中国医疗分为物质层面和精神层面。物质层面包括诊疗流程改革、基础配置改革、医保资源分配改革和独立监督改革。精神层面很简单，就是要制定法律法规，让大家知道医疗必须遵守秩序，没有秩序后果会很严重，让改革后的流程能顺畅起来，不能一味地让老百姓牵着鼻子走。只有让这套流程行之有效地运转起来，才能产生效果。"

祖老师又问："你这说得太官方，哪能听得懂。那什么是'放小'呢？"

"你听不懂是因为你笨，聪明人听到这就基本明白了，"路易喝了一口酒，"'放小'就是不能再一刀切的改革，我们国家的改革通常都是一刀切，其实这主要是为了避免好的政策到了下面就走样。这在一定程度上是好事，但是中国这么大，幅员辽阔，每个地区经济、民族、文化都有很大差别。事事一刀切就可能事事走板走样，下面会出现对政策的水土不服。所以要定好大的政策，然后放权给地方政府，由中央政府派工作组去参与构建和监督执行。"

我问道："那你怎么保证工作组顺利完成构建和监督工作呢？"

路易说："两个重要因素，一个是要用一线临床工作人员在各省之间相互监督，另一个是要适度放开医疗新闻自由。"

祖老师撇撇嘴："这你不用担心，媒体对抹黑医生可是一向都不遗余力的。不过，你能不能再具体点？"

路易抿上嘴，眯着眼，摇头晃脑地说："佛语云，不可说，不可说。我要是在这把全部改革计划都说清楚，恐怕到天亮也说不完，你们就等着看我的报告吧。"

一夜眼泪着酒，但使主人能醉客，不知此处是故乡。

冯唐易老
李广难封

　　包子的事情不是很顺利，我先带包子找了主任，主任为难地说不是在他任上辞职的，很难在院领导那说上话。我想想确实也是，就带着包子找到了院领导，好在现在我人头熟，院领导对我还有印象，听完来意，倒是一口答应包子可以回来工作，但因为包子在国外一直做科研，所以只能先进研究所工作。包子似乎不太情愿，但是也只好先答应下来，怎么着也算有了个事情做。

　　至于路易，他找主任谈过后，主任很支持他的决定，对他的课题很感兴趣，还鼓励他放手去做，路易自是屁颠屁颠地走了，第二天就正式上班了。

　　自此之后，路易用在美国积攒了两年的斗志，玩命地开始了他的课题，每天不是做记录就是打电话回访，要不就是做数据统计，忙得不亦乐乎。还好有包子的悉心照料，路易在美国掉的肉很快长了回来。

　　经过半年的回顾性研究调查，路易洋洋洒洒近八万字的调查报告及解决方案新鲜出炉，一时间声名鹊起，观者无不拍案叫绝，就连我和祖老师看了都不禁对路易刮目相看。

　　他的报告中不但用实际数字描述了目前国内医保的实际去处，也就是到底是哪些疾病、在哪些科室花费的医保金额最大，而且深入浅出地分析了造成这种现象的原因，最终根据我国的实际情况，阐述了在医保资金匮乏、无法强行限制就诊流程的环境下，如何用现有条件解决那些不可治愈性疾病及终末期病人的看病难、住院难的问题。我和祖老师看完后对望一眼，叹道："真乃鬼才也！"

路易的尾巴一度又翘了起来，每天见到我就说："王教授，以后跟着我混，有肉吃！"

可是随着时光流逝，路易高涨的热情一天天地被浇灭了。他先把研究报告浓缩后发表，又将报告寄往相关部门。在他空欢喜的等待后，没有任何回应，他的研究成果如同泥牛入海，连个屁都没激起来。

"急诊四杰烤羊腿"倒是快被他吃黄了，最近由于心情低落，路易跑到那喝酒的频次增加，开始的时候包子还贤惠地陪他喝，后来实在听不得他自诩怀才不遇的长吁短叹，干脆就不去了，由他一个人在那顾影自怜。于是路易就每天在那儿号着。可惜路易空有一身的好功夫，对手根本就不理你。

倒是掌柜进来送酒的时候说了句："三东家，我说您老太纠结了，大事我是不懂啊，反正这烤羊腿是我养家糊口的活计，要是突然有一天，门外来一个不知道哪的厨子，当着我所有服务员和帮厨的面，甚至当着客人的面说我这烤的东西不行，他烤的才好，那我第一反应就是把丫打出去。我管你行不行，来挑战我的智商就是不行。"

路易若有所思，突然抓着掌柜问："那要是厨子不跑进来，把秘方贴在你门口电线杆上，你会采纳吗？"

掌柜想了想："怎么也得自己先试试吧，如果真好，就一点点加到自己的烹饪方法中，总不能一下就接受了让人家嘲笑吧。"

路易缓缓点头，像是明白了什么。

但是忧伤的心情仍然是路易白吃白喝的最好借口，这一天路易正在慨叹"知音少，弦断有谁听"，我和祖老师就进了被他常年占据的小包间。祖老师坐下自斟了一杯说："我说路易，你快把这儿的好酒都喝光了，咱们玩怀才不遇，能不能喝点劣质的酒？别专挑好的啊。"

路易给我也倒了一杯酒，说："这是我的心血啊！它不只是三个多月的废寝忘食，还是我在美国两年时间内每日思考的智慧的结晶。我完全可以不回来的，我在美国送午饭的生意早就从地下转地上了，公司已然很正规了。我完全可以养活自己和包子，还会过得很好。但我就是不甘心，如果做人只保自家一日三餐，与草木同枯，那和咸鱼有什么分别？我就是要回来改变这个世界，哪怕只有一点点，哪怕只有一点点啊！"

三人陷入沉默，半晌我轻声地说："这是最坏的时代，这也是最好的时代，你的一点野火，终有一天会燃起燎原之势。"

祖老师若有所思，路易眼睛里却星光闪动，终于激动地喊："还是王教授懂我啊！"说罢作势要抱我，我赶紧闪身躲过。

祖老师突然坚定地说："路易，你不是马上要和包子结婚了吗？你领证之前我送你一件你永远都想不到的大礼。"

路易马上停止了嬉闹，正色说："祖老师的大礼我相信一定是价值连城的，我在这里先代表我儿子谢谢祖老师了！"

我们大惊："怪不得包子肯跟你回来，果然你丫用了奸计啊！你是不是人啊？包子你都下得去手！"

路易哈哈大笑："你们想多了，包子可是肚子平平地回来的啊，这都回来大半年了，要是在美国怀上的这会儿都快生了。是最近的事情，这心情郁闷吗？除了喝酒就是在家'唇齿留香''闭门造车'，总得让人有点盼头吧。"

我不禁叹道："好好的成语都能被你用得词不达意、卑鄙下流，真是令人叹为观止。"

我们三个打闹一阵就各自散去了，毕竟这是好事，走的时候我们心情都是愉悦的。

愿得此身长报国
何须生入玉门关

　　路易终究还是从自怜自艾的状态回归到了正常的生活，毕竟再悲愤对人生也没甚帮助，大家都不着急你急也没用。和包子的婚期将至，将不惜奔袭万里才追回的媳妇娶回家，将这场来之不易的婚礼办得风风光光的，才是正理。正在我伙同路易和包子积极筹备他们俩婚礼的时候，祖老师的人影却怎么也找不到了，打电话不接，发短信也不回，气得路易大骂："关键时刻就找不着人，这孙子真不靠谱！"

　　路易的婚礼全程都是我设计的，别具匠心，独树一帜，简直就是可以用完美来形容，最精彩的环节就是我编的一部短剧，这部短剧演绎了路易和包子从相识到最终走到一起的全部故事，由科里的几个实习医生友情参演。今天是最后的彩排，路易、包子坚持要亲自来看，于是就和我这个总导演还有妍妍坐在台下看彩排。当然了，妍妍和包子的关系现在已经缓和了，毕竟事情过去了那么久，大家也都已经成长了，面子上过得去，也就没必要那么纠结了。所以我们四个坐在一起倒也不尴尬。

　　只见一个穿着白菜状戏服的女医生高声说："你这个叛徒甫志高，到主任那儿告我黑状，你去死吧！"说完拿出一把八尺青龙偃月刀往地上一杵。旁边头戴猪头面罩的胖胖的男医生马上跪下："包子，我不走，你就算砍死我，我也还是爱你。"旁边的群众演员纷纷指指点点，齐声说："女侠，路易不是有心这样做的，他根本就没心没肺啊！"

刚看到，坐在台下的路易就骂："你导演的是什么玩意儿？为什么非要让表演我的那个演员戴上猪头面罩？你这不是直接骂人吗？"我耸耸肩："其实我也不想这么没有技术含量的，我本打算用隐喻的手法，可是包子非要我这样做我也没办法。"路易看看包子，叹了口气不说话了。包子突然转头问我："我可没让表演我的人穿菜色的衣服啊，我还以为你会让演员打扮成肉包子呢？"我摇摇头，示意她继续看。

已经到了路易跪哭于周老大面前，要去追包子的那一幕了，只见路易的表演者哭道："周老大，我不能没有包子啊！一天不吃就想啊，我……饿啊！""周老大"怜爱地摸摸他的头说："我也饿啊，你去把她追回来，咱俩一人一半分了吃吧。"

坐在台下的路易怒道："你这也太无厘头了吧，我他妈是为了吃包子追到美国的吗？"包子拍他的腿，打断他："闭嘴，这种高级意境你不懂。"路易又讪讪地闭上了嘴。

剧情已经发展到包子怒砸"野马"车，路易舍财救女友的桥段，很快"路易"在用道具钱糊成的铁锤打败了美国警察装束的敌人后，就拉着白菜装的"包子"纵身一跳，然后自由女神像背景墙换了，变成了安真医院门诊大楼的背景。只见"路易"说："太好了，我终于成功了！"最后在纵声大笑中他趴在地上疯狂地拱"包子"的脚面。道具演员再上，把背景墙换成"完美收工"四个字。然后演员齐齐上台躬身致谢，就下去了。

路易奇怪地问："为什么最后要用头拱女演员呢？"

包子却抚掌大笑，说："我终于知道为什么让我穿白菜装了，那是在说'好白菜让猪拱了'啊！"说罢开始放声大笑，声音响彻寰宇、震耳欲聋，在我、路易、妍妍及还没走的演员们的目瞪口呆中，包子停止了放肆的大笑，突然说："这就是我想要的婚礼，绝对地与众不同，谢谢你，王教授。"

我刚想说"不客气"，突然感到腰间右侧剧痛，果然妍妍一边掐我，一边附在我耳边说："我看包子的性格你倒是摸得一清二楚啊！"说罢手上继续加力。

就在这危急时刻，一辆车快速驶来，停在婚礼大厅门口，声音刺耳，我们循声望去，是一辆奔驰轿车，车门打开，却是一个身着西装、戴着墨镜的人，他走过来时我才认出他是祖老师的司机。他走到我们跟前才躬身说："各位老板，祖总让我带各位去找他，说有惊喜给大家。"说罢侧身到一旁虚让，做了"请"的动作。

路易拿出电话，打给祖老师，这次却有人接了，祖老师的声音响起，路易骂道："这么多天跑哪去了也不回话，我们这边都忙死了你也不来帮忙！"

祖老师神秘一笑："快上我那车跟司机走，我有好东西送你做礼物。"

我们这才依言上了车，车开得又快又稳，转眼进了京藏高速，开了二十分钟后出了高速，来到了一片工地上。车驶入工地内，在最大的那栋正在施工的楼面前停下。

我们下了车，四人站定，打量着眼前的环境，这个施工现场非常大，一共有四栋大楼在同时开工，整个场面热火朝天，好不热闹。

路易咳嗽两声，说："靠，粉尘太多了，这孙子带我们来这干吗？这么大的地方，看起来可不是送给我做婚房的。"

包子骂道："瞅你这点出息，胸中容不下这么大地方，就当然不会有这么大的婚房……你说祖老师给我们一两间应该没问题吧？"

他俩正拌嘴，突然包子发现路易眼睛直了，而且眼泪滚滚地流下来，刚转头想问问我怎么了，却见我也已经呆在原地不能动弹。包子循着我们的目光的方向看过去，就看到了祖老师和刘非正站在这座空荡荡的施工大楼里。

我和路易跑进了楼，抱着刘非大笑大嚷，祖老师在旁边微笑不语。看到刘非黑了，也结实了，下巴上蓄了密密的胡子，相当成熟老练。

路易大笑道："我说你丫跑哪去了呢？原来你是找刘非去了啊！"

祖老师微笑着说："咱们所有人都回来了，就差他，怎么可能再让他一个人孤苦伶仃地在澳大利亚那鸟不拉屎的地儿受罪呢？"

妍妍这时候跟过来，奇怪地问："为什么人家资本主义发达国家无论美国还是澳大利亚明明景色那么优美，又地广人稀的，而你们这些人总是一口一个'穷山恶水''鸟不拉屎'呢？"

刘非双眼微湿地说："出国后我才深刻体会到，国外再好，也不是生我养我的地方，没有对我有天高地厚之恩的父母，也没有我生死至交的兄弟。祖国就算有哪不好，也是我自己的祖国，我可以横挑鼻子竖挑眼地骂，但是老外想骂绝对不行。祖国有哪不好的地方，我们这些人拼了命帮她纠正，因为这是我们自己的家。我待了段时间就想回来了，但是总觉得灰头土脸地回来很没面子，祖老师前几天来我找，开始还骗我说只是让我回来参加路易和包子的婚礼，结果被我戳穿。后来他就抛出最大的饼把我引诱回来了。"

路易赶忙问："是啥大饼把你的自尊心都击败了？"刘非缓缓地说："就是你们眼前的这片工地。"

众人这会儿才从见到刘非的激动中缓过神来，包子就问："对啊，你把我们弄这里来到底是干吗？"她的眼神中充满了对婚房的期待。

祖老师说："跟我来，我指给你们看。"然后打开施工电梯拉我们上了尚未完工的楼顶。

到了楼顶，大家四下站定，只见四座大楼同时在建造中，祖老师坚定地看着我们，又转头望向这一片沐浴在夕阳余晖中的工地上，一字一句地说："这里正在建一家医院，我们的医院。"

众人下巴掉了一地，路易惊道："大哥，你知不知道建医院得要多少钱？现在民营医院都是在吃医保的残羹冷炙，专拣公立医院不愿干的活，要么就干着上不了台面的勾当。这不是最好的时机啊。看你这些楼盖的，至少是有五百张床的大医院，这么大型的医院一旦亏损，你的内裤都得搭进去！"

祖老师望着路易说："这所医院的每一条政策，都会参考你的报告中提到的'中国医疗困境应对草案'！"

路易瞬间呆住了，嘴唇哆嗦着，定定地望着祖老师说不出话来。

祖老师突然笑了，狡黠地一笑："当然我的全部身家加起来也不够建一家医院，我拉上了一个冤大头，他投资 80%。"

包子问："哪来的冤大头？没这么傻的吧？"

祖老师说："你以为为什么我前段时间没事就往杭州跑，中国最有钱的、比路易丑得多的牛人是谁？"

众人倒吸了一口冷气，说："难道是他？"

祖老师点点头："就是他！除了他谁还比路易看起来更猥琐，我和他谈了不下十次，把咱们所有的理想都讲给了他听，几次都谈到深夜。他说明知道支持我可能有如杯水车薪，搞不好连杯子都得搭进去，但是中国如果没有我们这种有理想的年轻人是不会有希望的。他很敬佩我能用全部身家赌这一场！所以他打算陪我玩这一把。”

路易这会儿回过神来："包括'建重症关怀病房'和'家庭护士临终关怀计划'吗？"

祖老师说："全部都有，大环境的政策我改变不了，但是这所医院周围十公里范围内的二十万居民，将全部被纳入计划当中，每个患者都会变成中国最幸福的病人。"他顿了顿又说，"这所医院将不会有任何形式的回扣、灰色收入，所有医生都是年薪制，并有适当的奖励机制，薪金高得你不好意思伸手，伸手就必须滚蛋。这里所有的墙都会被刷成白色，这里将成为医疗界的最后一块净土，就像一座白色城堡，就让这座坚城守护着方圆十里的百姓，我们要用我们的理想、我们的一切，守住这块最后的圣地！"

我肯定地说："不是最后一块，是第一块，星星之火，可以燎原。"霞光映射得众人眼中烁烁发光。

刘非吸了口气，问："我们不一定会被世人理解，如果出现医闹怎么办？"

一时沉默，妍妍却淡淡地说："有我呢。"

祖老师转头望向快要落下去的夕阳，接着说："我非要玩这一把，刘非已经答应来了，包子来我这里估计会更合适，但我知道王教授和路易在公立医院很快就会飞黄腾达，让你们放弃那种唾手可得的稳定和前途似乎很不近人情，但是我还是要让你们陪我玩一把，干他妈的一票大的，干不干？"

我和路易对视一眼，眼里全是焚烧的火焰："就他妈的干这一票！"

祖老师轻轻地问："如果一去不回呢？"

"那便一去不回！"

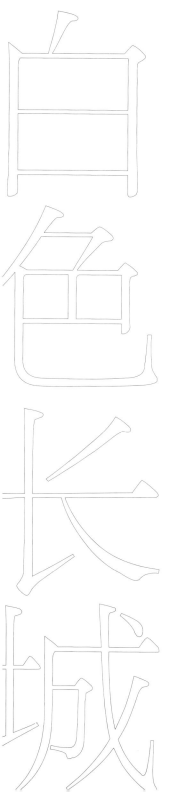

下篇 ——

白色长城

千里沃土翠无穷
百万荆棘藏坳中

时间有如白驹过隙，岁月总能偷走你最美好的东西，不过还好，至少给了我们可以倚老卖老的机会。

新落成的"白色城堡"医院行政楼 13 层的会议室，炫目的灯光配上奢华的真皮沙发和锃亮的实木圆桌，好似中世纪意大利灿烂的教堂。不过路易从进门开始就一直揶揄作为董事长的祖老师，说他的装修风格怎么都脱离不了欢场豪华 KTV 的低级趣味。

今天是我们的乌托邦医院"白色城堡"开业前的执行董事汇报会，两大投资商都派来了高层代表，院里所有的院级领导和既定的科室主任都到场出席，由祖老师……哦，应该是祖董事长向投资方汇报医院基建及运营准备情况。当年的"急诊四杰"外加包子各个衣着光鲜、人模狗样，就连最不着调的路易也难得地一本正经起来。不过他阿玛尼西装里面打了条粉色领带，基本上再加朵小花就可以办婚礼了，着实品位有限。

祖老师在台上口若悬河，幻灯片里是精美的医院宏观和微观图片，被 PS 修图过的痕迹比小女生的自拍照片更明显。投资方的两个胖子明显被调动起了情绪，不由得激动起来。可惜我们和祖老师之间太过熟悉，所谓外行看热闹，内行看门道，看着他只把医院的硬件拿出来显摆，而且还故作慷慨激昂、英勇就义状，眼里却全是没钱付账准备逃单时的狡黠，我和路易便对视了一眼，感觉这里面有猫腻。我们转眼望向刘非，这厮眼神闪躲，非奸即盗。

接下来的气氛热烈而又祥和，投资方被祖老师的中国第一家五星级酒店式医院彻底说服了，参观完各大宽敞明亮、高端大气的病房，又在量贩式自助食堂吃了顿热情洋溢的午餐，两张胖脸荡漾着笑意，估计内心正默默地点数着钞票。

送走了投资方，院领导班子各自归位离去，我和路易一把揪住要借机溜走的祖董事长，连同刘非一起拽到了董事长办公室，包子赶紧对办公室秘书那张不知所措的俏脸说："去，把门关上，说董事长今天下午的预约取消！"秘书一扭腰跑了。

路易坐在董事长办公椅上，一脸杀气地对祖老师说："赶紧说实话，医院现在的实际情况是啥，为啥你PPT里完全没有各科室专家介绍和能开展的手术级别！你们很多科室不是已经试营业两个月了吗？"

祖老师开始标志性地假笑，露出两颗兔牙，刘非也在挠头皮。

我和路易对于医院情况确实不是很了解，很长一段时间我们一直一边站好公立医院的最后一班岗，一边周旋于如何圆满无伤害辞职的事务，所以祖老师和后勤处长刘非就一直负责建设及筹备医院运营的事宜。有时候问他们进展，这两个小子也一直把胸脯拍得山响，说就等我们辞职来投，立了大旗就能下山抢劫了，但现在明显有问题。

路易怒道："有什么话不能直说，全院人都知道我们要辞职了，就差临门一脚了，今天不交实底，我们拆了你这KTV！"

刘非讪讪地说："哪有那么严重，我们就遇到点小问题。"

"什么问题？"

在我和路易杀人的目光中祖老师闪烁其词："都是自己兄弟，而且人也已经马上就骗过来了，刘非你简单介绍下。"

刘非轻咳一声说："第一，我们没钱了。"

路易马上接茬："投资方拿了几十个亿过来，怎么会没钱？"

祖老师叹气："几十个亿算个屁，你不当家不知柴米贵，那点钱打水漂都跳不了几下，光是咱们病房楼氧气管路铺设就花了一千多万，还有天价的各个大楼的基建费、装修费。王教授你打算来当这个心内科主任就是等现成的，可是建你的两个导管室可是花了大把银子，四周的墙壁，连地砖下面都铺的是特殊防辐射铅质材料，两个进口造影机哪个不是上千万，你把一百块钱的人民币摞到十层，铺一屋都不够整一间屋子的费用。还有中心手术室，百万级层流净化系统把我们最后一点钱都扔进去了。另外我说路易，你这急诊科主任听着光鲜，可你知道急诊的抢救间，一间的设备加起来就顶上市中心一套两居室，你们全来等现成的，我和刘非可是为了到处要钱连脸皮都不要了！"

我看了路易一眼，摇头叹息，然后问："有第一就有第二，还有啥问题？不可能只是钱的事，你有那么大的靠山，钱肯定不是最大的问题！"

祖老师舌灿如莲："刘非口误而已，哪有什么第二第三的。再说事在人为，二位赶快去辞职，有两位高人相助，小小天堑秒变通途！"

我和路易哪里肯信这厮，转头盯着刘非。刘非无奈，皱眉叹气："最大的问题是医院定性问题，这涉及整个医院今后的战略部署。咱这医院到底是属于营利性医院还是非营利性医院！"

路易说："不可能，这事之前咱们讨论过，而且投资方和你俩不把这件事先捋顺了就掏钱，你当人家资本家是傻子啊！"

刘非黯然道："我们当然讨论过，其实这事不像看起来那么简单！

按照国际惯例，非营利性医院享受税收优惠政策，政府办的还有同级财政补助，而营利性医院服务价格放开，照章纳税。咱们医院的初衷就是非营利性医院，可是《关于城镇医疗机构分类管理的实施意见》明文规定：城镇个体诊所、私立医院、股份制、股份合作制和中外合资合作医疗机构定位营利性医疗机构，也就是说我们的性质决定很难归到非营利性医院那个阵营里，也就没有税收优惠。那我们就得交5%的营业税、3%的教育附加税和7%的城市建设税，这三项就要占毛利的6%。还有企业所得税，分两种途径征收，要么查账征收，上缴纯利润25%，要么代征所得税，就是毛收入3%。按第二种方法收的话，加上前面的税总共要收毛收入的9%，和其他高回报企业一样。可医院是低回报行业！如果你想高回报，收高价医疗服务费，那根本就争不过公立医院。咱们初衷是给老百姓看病，老百姓肯定不到高价私立医院看病啊！按公立医院定价来的话，你算算，一张50块钱的处方，规定药物利润不能超过15%，按最高算利润也就7.5元，交完所得税和其他税，就剩2.42元，除去运营成本，你挣个屁，投资方拿钱是要回报的！咱们要是搞薄利多销，医院这点床位根本就不够！"

路易一怔："哟，你小子业务很熟练啊，看来没少下功夫。但你是不是太死脑筋了，为什么不打擦边球，找个熟悉的公立医院合作啊！"

祖老师又一叹："你说得没错，很多社会资本办医都是采用托管、合资、并购等方式迂回进入公立医院，这就是为啥人民医院、同仁医院、天坛甚至安真医院这些大型公立医院都在办分院的原因，最典型的例子就是北大国际医院！可是你不知道这些大型公立医院胃口有多大，事事都要占好处，院长们更是把合作办医当退休后的退路保障来做的，而且风险很大，一旦院长换人或者政策改变，咱们前期投的钱直接就算打水漂了。"

我急了："你讲那么多理论干啥，到底是咋定性的？"

"我们和投资方后来定性的是营利性医院，卫生部规定营利性医院分类管理后前三年免税，三年后实在不行咱们也搞搞男科、妇科、不孕不育什么的补贴补贴，再整点激光矫正视力、整形美容什么的高利润项目就能赚钱。可现在试运行了两个月才发现需要解决的首要问题，是能不能活下来。"祖老师喝了口水继续说，"首先，地方税务部门根本不买卫生部的账，认为分类登记之日就得交税，这个问题很难解决。其次，重复收税问题很严重，比如普外科一个副主任医师，你给人家两万一个月的工资不算多吧，医院帮专家交了个人所得税，但税务部门只认可起征点，也就是 2600 元，另外 17400 元仍要算企业利润，再收 25% 的税，还得交 4350 元，这种现象方方面面都有，一点脾气都没有，照这么算，咱们能不能活过下去实在是个问题。"

路易说："那还回非营利性医院呗，我怎么记得民营医院是可以申请非营利医院呢？"

刘非幽幽地说："拉倒吧，实际操作非常困难，卫生局说了不算，要财政局同意。财政局把我们私立医院当可薅毛之羊，根本就没戏。"

包子突然说："挣不着钱可完了，现在部分民营医院之所以不温不火到处被人说是莆田系的骗子，还不是因为吸引不到真正的人才，摊子铺了一大片，能有本事治病救人的人根本就没有几个，完全做不到用实力来说话，所以不得不走下三烂的路线。话说回来，人家三甲医院的医生干得好好的，至少稳定，你要是没钱让人家发家致富，哪个傻蛋会跳到民营医院啊！"

气氛一阵尴尬，祖老师干咳两声："咳咳，这个，话不能这么说，有的傻蛋还是可以用情怀骗来的。"

路易骂道:"妈的,不就是说我和王教授,你一句要用这座医院守护一方百姓,点起星星之火就把我们两个忽悠来,现在说你这困难那困难。我告诉你啊,要是你答应的工资少一个子我们就去你家吃饭去!"

祖老师一拍大腿说:"好主意啊!我正愁不知道怎么说,您一句话就提出了解决方案。我现在真没钱,高薪挖了几个三甲医院的教授过来,他们的钱我要是不给人家肯定撂挑子不干了,不过你们的工资咱们先欠着,明天开始大家全搬到医院来住,食堂全天免费提供伙食,夜间还有消夜,住宿水电全部免费,咱们可以天天在一起混,多好啊!"

路易大骂:"你这禽兽,我儿子都快一岁了,你不给我工资,我儿子喝西北风去啊!"

祖老师又一拍大腿:"正好啊!咱们医院的'职工幼子托管所'也马上成立了,你们都住医院,孩子放那托管,多方便,多好啊!"

我和路易对视一眼,彻底被这厮的无耻打败了,生了会儿气,我突然想起来这厮属于竹筒倒乌豆——一粒一粒出的那种,赶紧问:"你说完了没有,还有什么困难?"

祖老师眼中贼光闪躲:"呃,也没啥,就是医保还没办下来……"

路易急了,跳起来大骂:"没医保?!说了半天这才是 K.O. 一脚,没医保普通老百姓根本就不会来看病!没医保医院根本就活不了!"

刘非讪讪道:"这个说起来就生气。医保资质分为门诊医保和住院医保,门诊的我们拿到了,可是住院医保我们从刚开始建院就申请,大半年过去了,包子孩子都生了,一点消息都没有。国家早就出台政策要鼓励社会资本办医院,可是政策上不能一碗水端平,民营医院要想申请住院医保资格需要满足一大堆条件,折腾大半年准备好了所有材料,到了社保局后人家就一句话，你们院内网主机软件容积不够，我去！咱们全是新买的电脑，储存这个世界上所有的日本小电影都没问题，可好容易找了技术部门证明容积是够的，再去之后，社保局要求必须出示卫生部门评定的医院等级证书，可是卫生局好几年才搞一次等级评定，也就是说，我们今年是不可能拿到医保的。我们的定位本来就不是高端医疗，我们的初衷也本来就是想冲破桎梏、造福百姓，可是老百姓住院如果不能报销的话，谁来你的医院看病啊！就算你的水平再高，流程再方便合理，也不可能吸引普通老百姓到咱们这儿来！"

众人瞬间气息全无，这可是致命性的打击啊！已经花了那么多钱，根本就不知道能不能撑过这一年。

眼见大家士气低落，连祖老师都紧锁眉头，我只好开口："这个情况也可以理解，毕竟现在国家医保的钱实在有限，有的黑心民营医院还骗保，套取那点可怜的医保钱，甚至还有利用私立医院洗黑钱的，国家也着实不敢放开。要是社会办医那么容易，中国早就是私立医院的天下了。万事开头难，怎么也得坚持下去，胜利的曙光迟早会到来！"

包子叹气说："为什么国家就不能多拨点医保基金呢！听说外地很多医院都是医保限额拨款的，就是医院要先垫付患者医保的报销费用，然后年底财政才能给医院回款，很多医院到了最后一个季度都不敢让患者住院，因为多出来的垫付费用很可能打水漂。"

祖老师说："我国医疗卫生费用在 2014 年就达到了 35312.4 亿元，占 GDP 比例 5.5%，而蒙古是 6%，墨西哥 6.2%，你说多拨就多拨啊。"

我反驳祖老师："你想法太片面，咱们虽然整体医疗投入不多，但增速快，国家还是在进步。就是美国碰到医疗问题也是头疼，奥巴马医改那么多年，你觉得他成功了吗？国家对医疗的期待和老百姓对医疗的期待是不一样的。"

包子奇怪地说："有啥不一样，不都是让老百姓有病治病，老有所医吗？"

我给了她一个鄙视的眼神："太幼稚，国家要想持续发展，医疗投入力度和方向必须有正确的把握，任何无限制的医疗投入都会拖垮整个国家。老龄化是世界难题，2012 年我们 24.9% 的退休人员消耗了 59.9% 的医保资源，劳动年龄人口还在持续下降。纵观全球，我们老龄化秒杀全世界，60 岁以上人口从 10% 增长到 20% 这个过程，法国用了 100 年，英国 80 年，美国 50 年，而中国因为建国初期的人口'大跃进'，最多 20 年就能赶超英法美，西方列强现在都被医疗改革弄得浑身是屎，你觉得咱们敢进行大规模的医疗投入吗？"

路易说："你别避重就轻，包子问的是国家和老百姓对待医疗期待的不同，又没问老龄化，你这不是转移话题吗？"

我闻罢叹气："你这孩子是不是真傻，这不明摆着吗，经济发展需要的是保障有健康的劳动力人口去干活，无限制投入又不能产生劳动力的医疗行为是社会负担，比如全力投入肿瘤的治疗你觉得这种无底洞能填得满吗，那部分投入是为了社会稳定，不是延年益寿，白痴！"

祖老师大喝一声："你们思想太龌龊，以小人之心度君子之腹，资本主义国家都一样搞不定的事你们叽叽歪歪有什么用！回到主题，你们三个什么时候来上班？"

路易刚想说话，包子突然默默地站起来，神情复杂地走到门口，在拉开门把手出去时低头说了句："祖老师，很抱歉，可现在毕竟我已经有了儿子，不能不顾一切地跟着你们冒险，我就先不辞职了，安真医院的工资虽然不高，但总归是份保障。"说罢竟头也不回地走了出去。

包子走出去，众人齐刷刷把目光落在路易身上，路易神色尴尬，搓着手，半晌后咬了咬牙说："她产后抑郁哈，你们聊，我得去看看。"随后追着包子而去。

祖老师如斗败的野鸡般垂头不语，刘非看了看他，又转头望向我，开口道："王教授，你……们还来吗？"

我毫无征兆的爽声大笑，吓得二人一激灵："仰天大笑出门去，我辈岂是蓬蒿人。小小挫折岂能难住我等英雄，事情要一件一件解决，咱们先解决眼下最要紧的事，你们看是不是先把专治不孕不育的招牌打出去……"

祖老师打断我："王教授豪气干云，我等佩服，只不过，现在投奔莆田系还不是头等大事，现在最亟待解决的问题不是这个……"

我大惊："又来，你到底有完没完，还有啥啊，能一次说完吗？"

刘非苦笑："21世纪最缺啥？人才啊！虽然我们用高薪聘请了几个知名的专家坐镇，可是咱们最缺少的是扎实的中层医生，这部分医生非常重要，因为知名专家主要是噱头，可是主要的临床工作是要由中层医生来完成的，他们还得负责培养低年资医生，你们也知道医学院刚毕业学生啥也不会，就像王教授刚毕业那会儿还不得我们从头教，都是进临床现学。一个医院要想有长远的发展，必须有这样一批能承上启下的中层医生。可是现在的优秀中层医生都在三甲医院，他们一方面好不容易从底层医生的苦日子熬出来，另一方面又指望着三甲医院浑厚的底蕴锻炼自己，用蜂拥而至的患者继续完善自己的技术，所以反而最不在乎高薪。还不如那些技术成熟的老教授，正好处于想用技术换待遇的需求中。所以最难挖的正是这部分中层医生！"

我想了想说："平均每个科室需要三到五名中层医生，你现在主要的临床科室到底挖过来几个，缺口有多大？"

祖老师脸一红："哦，我想想，每个科室都至少缺两个。"

我向后一瘫："那还搞个屁啊，你啥啥都没有，连个能搭台做手术的大夫都没有啊！"

祖老师尴尬笑笑："这不等着您老人家指点迷津吗？"

我说："人手不足我们就回去找那些退休的医生，他们经验十足，虽然做不了手术，但是出门诊一点问题都没有。"

刘非不屑道："你当我们是白痴啊，早想到了，虽然很多退休医生都被公立医院返聘回去出门诊了，不过倒是也能找到几个白发苍苍的来充充门面。但门诊这块还不是医院最急缺的，医院最缺的还是能做手术的中坚力量，老同志们眼睛都花了，逼人家上台手术无论是对病人还是老大夫也确实太残忍了点。"

看大家意志消沉我只好说："行吧，其实中层医生也不是不能解决，你们想想啊，我们就是中层医生啊！我们读完医学院这么多年，我们所有的本科、研究生、博士生同学现在全部都成长起来了，混得慢的也至少是主治、副主任医师级别吧，这些人临床上摸爬了十年了快，正是经验体力最巅峰的时候。祖老师你有本事把我和路易忽悠来，咱们就有本事将所有同学都忽悠来！来，让我们打开各自的手机通讯录，磨刀霍霍奔向那些多年的老友去吧。"

就这样，我们白色城堡医院的第一次核心小团体会议在路易和包子的离去后结束了。当时我们并不知道，人到中年，一腔热血也只不过是撒向海中的一把鱼食，很快就会被一条条名叫"生活"的怪鱼生吞活剥，而且眼下的苦难也只是刚刚开始而已。

牛耕硬地受鞭抽
狗吠良人饲肉粥

虽说包子拂袖而去显得极没义气，但要说我和路易心里一点不打鼓那也是不可能的。

大型三甲级公立医院是集中了政策、资金、人才以及声望为一体的医疗界航空母舰，而且医生还有人事编制，绝对是目前全国各行各业残留不多的实实在在的"铁饭碗"！水浒好汉逼上梁山还绝大多数是被人断了后路不得已而为之，而有着铁饭碗的我们怎么看也不该放弃这种"一经出厂终身保修"的工作去落草民营医院，更何况那边还困难重重、前途未卜。

回到单位，我和路易碰面，良久无语。

几支烟过后，路易叹道："兄弟如手足，女人似衣服，奈何有时候衣服还是要胜过手足良多。我看这事儿包子要是坚决反对，确实……"

我看着他，摇摇头说："遥知兄弟登高处，遍插茱萸少一人。你明不明白我在说什么？"

路易猥琐一笑："了解，不过这个'茱萸'是谁，漂不漂亮？"

我一口烟呛得咳嗽不止，骂道："你为什么总有本事把各种诗词歌赋变成下三烂的脏话呢！你语文老师现在还活着呢吗，有没有被你气死？"

路易起身，留给我一个肥硕落寞的背影和一句话："肝胆一古剑，波涛两浮萍。世事难料只能一切随缘，不过我若现在马上随你们而去，必然只能空留一支大古剑，丢了包子两波涛。你明不明白我在说什么？"

我气得几欲翻白眼晕倒，对着他的背影大骂："畜生，包子跟了你算是明珠暗投、死不瞑目，天哪！你快打雷劈死这个禽兽吧。"

虽说笑骂仍不止，但我心里已然清楚路易的态度。目前在包子的淫威下，他是不可能辞职落草的。至于我，说实话，之前那种不撞南墙不回头的勇气也在动摇。

但任谁都没想到路易一句"世事难料"竟一语成谶，不久后的一件事情改变了一切。

几天后，我正与妍妍吃过晚饭后轧马路，突然接到路易电话："王教授，你消化科有没有熟人，这有一消化道大出血的，挺年轻的，你问问他们能不能给急诊做胃镜？"

我问："是你关系吗？那我找郑主任帮忙，让她问问消化科欧主任，他俩比较熟，看看能不能帮忙。"

路易骂道："就他妈是这个欧主任定的。那病人才四十二岁，明显的上消化道活动性出血，上午到现在都吐了五次了，每次都是不凝鲜血，这不是活动性出血是什么？我找了消化科会诊了，人家就说现在病人血色素 8 克左右，不具备急诊手术指征，请示了欧主任让保守治疗。这种出血哪他妈保得住啊！你看着吧，再吐几次非死不可！"

我叹口气："那就是普通病人不是你熟人呗。这样找了郑主任她也未必肯帮忙，主要是消化科水平实在一般，轻易不敢动手。"

路易再骂："一群尸位素餐的东西，没这本事还不承认，说什么没手术指征，这病人这么耗下去非死不可。你看看他老婆领着两个女儿那可怜样，真他妈的！"说罢竟挂了电话。

我想了想赶紧拨回去："路易，你把普外科也请来，看看能不能急诊开腹手术，说不定能救他一命。"

路易大声说："你以为我白痴啊，早请了，普外科说没有做内镜不知道出血点在哪，手术成功率低风险高，那以前没有胃镜的时候不也只能开腹探查吗！说白了就是也往外推呗，他妈的医院养了一群什么废物啊！"说完又挂了电话。

我无奈地看了妍妍一眼，放下电话，妍妍却奇怪地问："路易怎么了？不是普通患者吗，为什么还要你找关系给治疗呢，走正常流程不就行了吗？"

我叹口气："我们医院的普外科和消化内科是比较弱的，上消化道出血其实很凶险，不停的活动性出血死亡率挺高的，治疗主要通过做急诊胃镜，进去看到出血点后用夹子夹住止血，要不就普外科开腹探查，把带出血点的胃切掉再缝合，但无论哪种方式其实都需要很高的技术才能做，不然手术台上找不到出血点或者手忙脚乱的止不住血那就得死在台上，承担的风险太大，所以这两个科室都很抵触做这种急诊手术。不过若是真的熟人找来的可能会手术，一个是碍于情面，另外就是熟人告状率低，接受风险能力强，所以路易才出此下策。"

妍妍又问："哦，那水平不高就派人出去学习呗，去有能力的医院学成了回来开展呗。"

我转头望向她："这不该是你这种机关混过的人精问出来的问题啊！科室主任是舍不下脸面和到手的利益出去学习的，尤其是这种三甲医院，离开半年都可能被鸠占鹊巢。派下面得力的人去学，学会了回来抢自己位置吗，这不是养虎为患吗？所谓兵熊熊一个，将熊熊一窝就是这个道理。"

妍妍点头，又摇头："这不应该啊，医院是救命的地方，高位应该能者居之，要是实在不行院领导可以在其他大医院挖人过来啊！"

我摸了摸她的头："年轻人，哪么多应该啊！首先，上了位的人一般都有千丝万缕的裙带关系，占住了位置肯定就会动用一切手段保住位子，领导们有谁会把人往死里得罪的，自己的屁股不干净被人反咬了怎么办。其次，就是现在的人才选拔问题，科主任的选拔是以科研能力为考察点，你要是不会申请课题根本就升不上教授，而人的经历和能力是有限的，这些平时玩命做科研的教授临床通常不会太强，上了位自然会打压那些临床能力强不好控制的下属，限制你开展新技术或高难度手术，所以最后就是恶性循环，临床水平越来越差。"

妍妍若有所思，摇头道："怪不得人家说看病不能找教授看，最好找个副主任医师或主任医师就足够了，原因在这啊！"

世间无奈之事太多，不是我等小民忧心便可改变的，于是我二人继续逛街看电影，将这件事放到了一边。

但任谁都没想到事情会以一种公立医院的同志们从来没经历过的情况引起轩然大波。因为，路易就从来没有一个小民的自觉性，他将消化科及普外科告到了医务处，罪名正是——德不配位、力小任重、害人害己。

后续的故事其实并不难猜，路易给我打完电话后的两个小时左右患者就出现了消化道大出血，血压嗖嗖地往下掉，路易急了，又找了消化科、普外科会诊，本以为这回坐实了消化道活动性出血他们不得不做手术救命，可是两科这次又以"血流动力学不稳定，手术风险过高"拒绝了急诊手术。这次彻底激怒了路易，他马上直接打电话给医务处处长，声嘶力竭地痛斥了消化科一干人等，并表示如果不给他反馈意见，他就闹到院长办公室，非要讨个说法。在医务处的协调下，两个科室一顿扯皮，毫无进展。绝望的路易和家属谈话，表示唯一救这个患者的办法就是转到有能力手术的医院，又亲自叫了救护车陪同患者及家属送至其他医院，虽然患者最后在外院得到手术治疗并保住了性命，但家属却在了解前因后果后，回头就将我院消化科和普外科告上法庭，却送了路易一面"医者仁心，救命恩人"的锦旗。

一石激起千层浪，安真医院院史乃至中国公立医院历史上也从没有出现过医生与患者家属分兵两路状告其他医生的盛况，真是令人叹为观止。

急诊抢救中心最高领导"大主任"一般是不会参与急诊流抢区的交班的，因为流抢区算是边塞苦寒之地，时不时有人流放此地以示惩戒倒是常有，但绝对入不了大人物的法眼。

这天早交班，大主任破天荒地出现在交班现场，一脸肃穆。当交接完医疗常规内容，大主任沉声说："现在医疗环境这么差，医护人员应该互相保护，最近有人伙同家属将其他科室告了，这事太离谱了，这不但会影响到科室之间的团结，还开了一个坏头，以后若是各科室遇到事情就开始扯皮互相告状，那工作怎么开展。而且我要告诉大家，这种行为还会影响你个人的发展，现在无论是职称评定抑或是个人职业发展，都离不开各科室带头人的那一票，你这一下得罪两个科室两个主任，我想帮你都帮不了！按科室奖惩原则，扣两个月奖金，以后再发生类似事件退回人事处不再续签合同。"说罢眼角瞟了路易一下，看大家低头无语，转身欲走。

一时人人屏气凝神，针落可闻。

就在大主任手搭在门把手上那一瞬间，最让人担心的事还是发生了。路易冷冷地说："我想请教主任，科内奖惩制度哪一条规定了对病人负责是错的，又是谁给了您解聘一个在编医师的权力，您扣我奖金根据的是哪条制度哪条规章？"

大主任身形一顿，缓缓转身，看到路易喷火的双眼和发抖的双手，嘴角抽动了几下，终究还是没说出话来，拉门而去，一副"穿新鞋不踩狗屎的神情"。

大家默默散场，留下气得浑身发抖的路易。

很快我在病房就知道了这件事情，马上敲开大主任办公室的门，进去后看他一脸铁青的样子就知道事情要糟。

我手足无措地站着，半天小心地说："主任，您别气坏了身子，路易就是一条疯狗，逮谁都咬，最近和他爱人在闹别扭，心情不好，您别往心里去。"

主任哼了一声："什么他心情不好，刚生了个儿子高兴还来不及呢！再说这是工作，要是大家都因为私事影响工作，那这么大的科室还不乱成一锅粥！"

我点头如鸡啄米："是，是，您教训得对，我回头骂他，该扣奖金扣奖金，千万别惯着他。"

主任冷笑："扣奖金？这么便宜吗？现在院办和党委都在讨论这件事，我看这事不能善了。"顿了顿，看了我一眼接着说，"我知道你俩关系不错，但我把你提到这个位置不是让你包庇护短的，你要起到带头示范作用，维护中心的规章制度。"

我忙道："一定，一定，主任，其实怎么处理他还不是您一句话吗，我的意见是路易虽然行为可恨，举止粗鄙，但这事他的出发点也不是为了他自己，咱们还是大事化小、小事化了吧。"

主任低头看桌上明显不怎么重要的文件，漫不经心地说："你出去吧，怎么处理院里会有安排，也不是我能做主的。"言毕，竟不再抬头，一语不发。

我看事情无望，只得起身退出办公室，解铃还须系铃人，直奔急诊流抢区。

找到处于蛤蟆功运气阶段的路易，我劈头盖脸地骂："孙子，你疯了吧，你告其他科室算是失心疯我不管，咱大主任有多大权力你还不知道，弄死你像碾死一只屎壳郎，你直接顶撞他，要不要命了？赶紧去道歉，事情还有转机的余地。"

路易开口，功力自泄："兄弟，我受够了，他大主任什么好处都占着，科研临床全把着，吃肉都他妈吃到乳糜血了却连口汤都不给我们，平时就一群厂家围着拍马屁，临床上一旦出了医疗事故就一推二五六，谁做事谁负责，这不是地主恶霸是什么！这回的事情我没错，你别劝我，大不了咱们不干了，去找祖老师倒也干净。"

我震惊半晌，问道："你不会是为了辞职才闹这一场吧，何必呢？"

路易低头："也不全是，我早看这群不干人事儿的家伙不顺眼了，现在闹掰了，此地前途尽毁，倒也方便和包子解释了，算了！人生自古谁无死，留取丹心照汗青。此去泉台招旧部，旌旗十万斩阎罗。"说罢竟在休息室内拿出烟作势欲抽。

我大惊："哥，咱要走就走，您别在这抽烟啊，那抓住是被开除好吗！你是不是想走前扔个烟头把安真医院烧了啊！"

路易一笑，潇洒地拿起一页"处方签"点燃，叼着烟凑过去，猛吸一口仰靠在椅子上，一副小马哥临终前的潇洒派头。

几天后，路易向人事处递交了"停薪留职"的申请，原本急诊科就是人员稀少，基本处于只许进不许出的状态，更何况路易还不是辞职，而是申请停薪留职，这在原来是绝无可能性的一厢情愿。然而路易此时恶名昭著，人人唯恐避之不及，各部门领导看这厮主动离开欣喜万分，竟是办理得极其顺利，大主任签字尤其痛快，我紧随其后提出了同样申请，由于事有先例，再加之提出申请那天路易保镖一样不离左右，竟也一路高山流水，绝尘而去。

忽闻河东狮子吼
拄杖落手心茫然

　　终于就职于白色城堡医院，我来到心内科主任办公室。祖老师还真是大气，这间办公室至少有四十平方米，而且还有个套间，外面是办公室，套间里面是小卧室，一张床一个卫生间，虽然简单，但是对于我这样在公立医院和几个人分享一个办公室的人来说，这简直就是天堂。

　　上山落草自然要纳"投名状"，在这个温馨祥和的环境中，我拨通了一绝大师海波的电话。

　　"喂，那啥，你下午来我办公室来一趟。"

　　海波大怒："来你大爷，你们这些死骗子，这个星期都打了五个电话给我了，平均每天一个，你们不烦我都烦了，怎么着，是不是去你办公室要带钱给领导送去啊，不方便拿现金先打你卡里是吧，你是不是当我白痴啊！"

　　我赶忙打断海波："我说海波，你是不是把我电话删了啊，我这人走茶凉也太快了吧！"

　　海波顿了顿："咦，哦，是你啊，我接太快了，没看显示，对不住啊。为啥让我去你办公室？想向我显摆有单独办公室了是吧，老子才不找刺激呢，不去！"

我愣了愣："你这厮拒绝得也太快了吧，我还没说让你来干吗呢！是这样，今天开了院务会，祖老师给了我一盒'高思巴'的雪茄，我也不爱这口，这不心想您老不是喜欢抽雪茄吗，为父我这儿事情也多，没法给您送去，就想着您要是有空就过来一趟嘛。"

海波闻言立刻说："下午三点我准时到，再见！"说完就挂了电话，倒是光棍的很。

如法炮制，我随后约了几个同学分别来我办公室，当然免不了对症下药、投其所好地以利诱之。

忙完之后，下午三点整，海波准时出现，一见面就冲我嚷嚷："我说王教授，您这也太高调了吧，啧啧，啧啧，真行啊，这气派。"然后鬼头鬼脑地到处乱看，又跑到套间里面的卧室看了看，出来后一屁股就坐到了我办公桌里面的真皮转椅上，转了两圈说："我早就知道你们几个小子能弄成点事，结果弄这么大，这家伙，啧啧，啧啧。"

我赶紧谦虚地说："您过奖了，其实我和您比都是后进末学，您的年资比我高啊！这不是运气好吗，赶上国家大力扶持民办医院，又赶上祖老师运气更好，找到了全国最大的金主，我之前也和您说过是谁哈。据说后期投入更厉害，又要和全国最大的网络公司合作，线上打先锋，线下产业对接，估计这票做成了，很快会有新院连锁。他们实力太强，我就跟着借光就行了，反正水涨船高呗。"

海波眼中贼光四射："王教授，你这运气可不是一般好啊。要是新院开了，你还不得弄个院长当当。"

我赶紧摇手："他们是有这个意思，可是我忙不过来啊，你也知道临床科室有多少事，我也没个自己人在这，要是有自己人的话我把这摊交给他，我心里也踏实，再说肥水不流外人田啊，可惜啊……"

海波眼神变幻，精光四射："王教授，你也知道，我在公立混了二十年了快，到现在才是个二线，平时领导也不待见我，不然跟着您老混行不？"

我心中一喜，却面露难色："这个，现在白色城堡医院的待遇比公立好很多，很多医生都抢着来，我虽然是科主任，但是没有人事权啊，招人进来还需要祖老师他们董事会决定。"

海波怒道："禽兽，我们这么多年交情，这么点事你都不帮忙，我自己找祖老师去，他要是不同意我抽死他！"

看着海波气冲冲的背影远去我心中一阵狂喜，双脚不自觉地翘到了桌子上。

半小时后，海波兴冲冲地回来，一进来就一屁股坐到沙发上，嚷嚷说："哈哈，祖老师一听是我老人家要来，马上就同意了，说让你给我安排个三线位置先，以后有的是机会给我。诶，我说你的雪茄呢？都忘了这茬了。"

我从抽屉里拿出一盒雪茄丢给海波，海波接过去先闻了闻，又仔细看了下包装说："你被祖董事长骗了啊！这根本就不是'高思巴'，'高思巴'英文是'cohiba'，你这盒上面写的'cosiba'，这就是山寨版的啊！"

我佯作大惊："啊！怎么可能，诶呀，确实是我不懂了，不过cosiba确实发音就是高思巴啊。诶呀，疏忽了，对不住啊！"

海波似乎心情很好的样子："没事，真的假的我都笑纳了哈，总之领了你的好意就不会和你计较，我明天去医院辞职，下周来你这报到。"说罢扬长而去。看着一绝大师远去的背影，我心中不禁暗叹一声：希望你将来真的不和我计较……

过了一会儿，祖老师的短信发过来："恭喜你成功忽悠来一例，再接再厉。"

接下来的事情进展得还算顺利，经过一周的努力，又成功地忽悠来几个同学，算是超额完成了任务。其中值得一提的是我一个师兄，此人姓张名彦斌，实在是个人才，当年在学校的时候就颇有能力，无论是科研还是临床上都是一把好手，不过可惜的是因为读博期间太过优秀，被学校选派送去美国做了两年的交换学生，这本来从哪个方向看都是好事，但是因为课题没做完，延期毕业了半年，等回国时发现错过了派遣期，没有办法获得正式派遣编制，也没法获得北京户口，于是只能去了一个三甲医院做合同制医生，晋升受阻，到现在还是个主治医生。这次被我一忽悠，特别爽快地离开了本来就没根浮萍的三甲医院，来我们医院的普外科当了二线，为这事祖老师着实请了我吃了顿大餐。总之忽悠来的这几个同学各有绝活，却在公立医院不甚如意，正是相得益彰、互惠互利。

俗话说天下众生，唯八卦不灭，唯显摆不止。任务完成后心里顿感轻松，不自觉地就想打听下大家的工作进行得怎么样了，要是不如我这么干净利索就顺便显摆显摆，杀杀他们的锐气。拿起电话，在我们的"谈情怀不谈待遇"聊天群里约了中午去食堂吃饭，就悠闲地去科里转了转。彼时的心内科大部分医生还在入职培训阶段，所以科里看不见几个人，偶有几个后勤基建的人或者科里做开业准备的护士走过，都停下认真地喊一声"王主任"，叫得我心里很是得意。科里的环境那是相当得好，配备和格局仿制美国医院，偌大的病房中间是一大圈医生、护士办公区，里面陈设了十几台电脑，只有半人高的工作台与周围相隔；围绕圆形办公区的是一大圈病房隔间，一共有三十间，每间住两个人。这种格局很体现医学的人文气息，患者踏出房间的门就能看到自己的医生在哪，想和医生说话直接走过去就行，也不需要敲门什么的，那是相当地方便。

在自己的领地巡视了一圈，看看表时间差不多就换了衣服向食堂奔去。

进了我们几人的专属食堂大包间，我立马感受到气氛不对，祖老师、刘非皆是一脸丧气之色。我赶紧问："祖院长，是不是海波不来你们医院了？"

刘非怒道："什么你们医院，现在是咱们医院，你怎么还是摆脱不了公立医院那点可怜的归属感。现在我们正愁住院医保的事情呢，又被拒了，可咋办啊！"

正当我们三个唉声叹气之时，包间的门突然开了，路易冲进来，一屁股坐下，一边招呼工作人员拿筷子碗碟，一边得意扬扬地说："就你们三个臭皮匠，离了本公子肯定是有如无主之驴，入黔徒号。"

刘非疑惑地问："啥驴啥黔啊？"

我笑道："他说你黔驴技穷，没文化的东西。"

路易边吃边说："前期投入那么大，竟然临门一脚时说这没办下来那没办下来的，我看你们可能要把内裤都赔进去，包子回去就和我说了，就祖老师和刘非这两个不靠谱的东西，将来不被投资方买凶干掉就不错了，跟你们混要是有前途，那母猪都能上房揭瓦！"

刘非斜眼问："路易老师您被东家一脚踢出来的主，来我院蹭吃蹭喝还这么仗义，真是特别符合你们外地人的思路。"

祖老师沉声骂道："刘非你说什么呢？扯什么北京人、外地人的，你这种地域歧视太狭隘了，路易只是单纯的妻管严而已。怕老婆在路易

314

河北老家那块一亩三分地绝对是美德！"

路易蹙眉："是，我们是外地人，可你们北京的大老爷们要能把事办明白了，也就没我们啥事了，听这话的意思是不欢迎我呗。"

我赶紧圆场："他们北京人不是不欢迎你，就是有点嫉妒咱们外地人勤奋努力、手段高明。"

刘非怒道："你们这些外地人，有本事发展你们家乡去啊，别来北京搅和啊，就我今天说的那些事，你们能办成一样，我给你们唱一年《北京欢迎你》！"

路易悠悠道："我有没有告诉过你们，我有个生死之交的发小现在就在这个区卫生局工作，早就是要害部门一把手领导，和我一样为人忠厚老成、义薄云天，办个医保什么的小事吧，应该不在话下，但是也是外地人，哎——要不然算了，还是别自寻烦恼了。"说罢转身欲走。

祖老师和刘非一闪身挡在门口，四目圆睁，盯着路易。

路易被吓了一跳："干吗，老子在乡下吃西瓜都不要钱，来你们这破食堂吃几口菜还得结账怎么的？"

就见祖、刘二人运气半晌，竟一起整齐地唱道："北京欢迎你，为你开天辟地……北京欢迎你，有梦想谁都了不起，有勇气就会有奇迹。"一首歌唱完，连拉带拽地把路易拖到主位上，又大声招呼服务员添酒加菜，二人的笑容简直可比盛开的菊花。

路易不满道："你们这翻脸和翻书似的，刚才怎么没见拿茅台上来招呼外地人啊！"

祖老师笑道："正是有朋自远方来，不亦乐乎，有酒肉与之，不亦君子乎。"

刘非也说："四海之内，犹如一家，我最看不起北京人，那种毫无道理的优越感在您这种贤德大能面前简直是太惭愧了。我就喜欢外地人，勤劳勇敢、真诚善良，尤其是河北郡，诶，对了，您那个区卫生局的发小也是河北人士吧，不若您叫来让我们亲近亲近？"

路易大笑："哈哈哈哈，你们这两个小子，鼠目寸光，见风使舵，实非良民。不过说真的，包子那天的态度不好，也一直阻止我过来，我心里确实有点过意不去，毕竟之前就说好了兄弟们一起做一番事业的。"

祖老师连连摇手："没事没事，我正愁您一个主治医师非要来我这当主任不能服众呢……咦，怎么把实话说出来了，不是不是，主要是包子产后抑郁，千万别刺激她。您这不也来了吗，还提那些做什么，您发小情况您介绍介绍呗。"

路易一笑，推开腻着他的祖老师说："我一高中同学张珺，现任咱们区卫生局办公室主任。我一直叫他张狗少，这人颇有义气！有一次我主动试图辅导一个低年级女生功课，不知怎么的那女生痛哭流涕，结果女生的哥哥找了一大票人来学校堵我，然则张狗少见到那群人就大喊大叫着狂跑把那些人引开了，我当时看他跑得挺快就没有过去帮忙，后来才知道狗少还是被捉住挨了顿打，到现在还觉得欠他一个人情，找他准成！"

祖老师喜出望外，对路易说："真是得路易者得天下啊！"

路易嘿嘿笑着："祖老师，您这不能把我当傻小子用啊！我有个条件，你答应了我就帮忙。"

"瞧您这话说的，咱们兄弟提钱就生分了啊，而且我也没钱。"祖老师嬉皮笑脸地说。

路易正经地说："不是管你要钱，要钱多俗啊！我要一点点股份。一个是公立医院的待遇其实养家糊口没问题，辞职过来总得图点什么吧。另外就是你和刘非都有股份……"

祖老师脸色慢慢地平淡了下来，然后转头和我说："王主任是不是也是这个意思？"

我犹豫了一会儿："这个，咱们开始决定要干这件事情的时候，确实没有说过股份的事情，当时脑子一热就辞职来了。不过，要是想走得长远，确实还是有股份会比较好……"

祖老师突然叹了口气："都说商人逐利忘义，亲兄弟合伙做生意也能成仇人，看来所言非虚！这件事不是我一个人能决定的，我去问问董事会和投资人，如果大家都同意才可以。不过医保准入的事情刻不容缓，咱们多年交情，这点信任还是有的吧！"说完平静地看着路易。

路易嬉皮笑脸地说："祖老师高见，我这就去办，不过你再穷，这办事请人吃饭送礼的钱可要提前预支给我。"

祖老师淡淡地交代了刘非几句就散会了，一种不咸不淡的感觉，开始在大家心里升起，就像吃了苍蝇，咽下去反胃，吐出来看到了更反胃。

扯虎皮做大旗
凭利嘴食供奉

　　路易办事果然干净利索，没过两天就约到了他的那个高中同学，叫我们几个一起去喝一场攻坚战。

　　我们几个到了位于北四环的鲍王饭店，提前进到包间内商量怎么腐化他。刘非问："你们觉得给丫多少钱合适？现在办事没有不花钱的。"

　　祖老师沉吟说："给也不能今天给，现在给了他，他也不敢要，我看今天咱们就先和他喝酒拉关系，晚上再去欢唱 KTV，找几个美女把他攻陷。改天让路易单独去找他送钱！"

　　路易不屑地说："这小子和我一起上高中的时候，抽烟打架调戏女同学，什么坏事都一起干过，他小名张狗少还是我给起的呢，关系是铁板一块。祖董事长你就把你的心放肚子里，把红包放我兜里就行了，事肯定给你办成。"

　　众人皆惊："路易你真恶毒，狗少这样的名字你也起得出来，那个张狗少也是相当大度，现在还和你一起做朋友！"

　　话音未落，门口传了一阵爽朗的笑声："路易你个王八蛋，就知道你会把我的外号到处说，我现在还理你我真是贱到家了！"

　　说话间门口进来一人，身形高大，健步如飞，人随声至，听着大笑声就知道明显是个豪爽的河北汉子。

路易热情地上去和那人互拍肩膀问他怎么来得这么快，那人又道："我坐地铁来的，这年头你老人家派司机开豪车去机关门口接我，是不是想坑死我？！这几位就是你说的'急诊四杰'吧？哈哈哈，早就听路易说起你们是过命的交情，都是好朋友，一见如故！"

果然是一副高级公务员做派啊，众人心下感叹中，赶紧上前寒暄，一副崇拜的模样。众人落座，酒菜上齐，路易举杯起身："各位兄弟，今天我们非常荣幸地请来张狗少，呃，不不不，是张主任。大家都是我路易这辈子亲生的朋友，当浮一大白！"说罢一饮而尽。

张主任也饮尽，然后起身，大声喊着："服务员，拿几个碗来！"不一会儿，五个小碗就摆上，张主任大笑："好兄弟喝酒用碗才痛快！"

刘非赶忙把每碗酒斟满，祖老师也端起碗来说："张主任，您是真性情的人，身处要职却一点架子都没有，为人还如此重感情，到现在还把路易这种人当朋友，真不容易，咱们干一碗！"两人一饮而尽。

这气氛可就热烈了起来，大家不断地推杯换盏，一会儿工夫，全都有些酒意上头，开始和张主任勾肩搭背、称兄道弟起来。祖老师看时机成熟，给路易使了个眼色。路易就抱着张主任肩膀说："张狗少，兄弟有事找你，我们兄弟几个开了个医院，现在医保办不了，你能不能找找你们那边负责办这事的人呢？"

张主任瞥了路易一眼，随即眯起眼缓缓道："这事，不好办啊！为强化民营医疗机构的刚性约束，从源头抓起，市卫生局和人社局对民营医疗机构资质审批制度进一步收紧，而且现在民营医院太多，政策照顾不过来，国家医保的钱也快见底了，只能嘴上大声吆喝，手里攥得更紧，而且这事我说了不算，得找别人……"

路易一瞪眼："你就说能不能办吧，别的你不用操心！"

张主任一挺胸："你的事肯定能办啊！交给我了！"

祖老师打蛇随棍上："张主任，您看咱们这边吃的差不多了，不然一起去唱个歌醒醒酒怎么样？"

张主任讪笑着说："客随主便，客随主便。"

众人八分醉意地直奔"金长安"俱乐部而去。

进入俱乐部一个巨大的包间后，一个领班模样的女子进来，和祖老师亲切而友好地寒暄了起来，还行了法式拥抱和贴面礼。祖老师随后向那名风韵犹存的领班介绍了今日的主角张主任，领班立马就拉住张主任的手带到了主座，随后又叫来一群莺莺燕燕围坐在张主任周围，并各自用自己的礼节和张主任表示问好。张主任反复用各种礼节表达友好，其乐融融。

一夜宾主尽欢，暂且不提。

第二天，我们中午食堂吃饭，祖老师问路易："这事成了吧，你得盯着张狗少一点，昨天一晚上就花了一万五，幸好那些KTV最多也就让吃点豆腐，要是让干别的，那得多少钱啊！"

路易明显还在宿醉中，含混地说："知道了，肯定办得妥妥的。"

祖老师说："你那个张狗少，一看就和你是一丘之貉，你看那几个女孩让他给掐的，到处躲。诶，王教授昨天怎么表现得那么正经，离你那陪酒女孩八丈远？"

我严肃道："在下不是这种人！"

众人大骂："没出息，肯定是被妍妍管得死死的，连占点小便宜都不敢！"

我只好岔开话题："漂亮的那几个都被那张狗少抢去了，给我留的那个女的比我还黑呢！我又不能说我嫌她黑，只好说我不是那种人。"

大家大笑一阵，路易突然咳嗽一声，笑嘻嘻地说："我老人家出马眼瞅着就把医院最大的问题解决了，怎么着，您也兑现兑现承诺吧，打条狗您也得真扔点肉包子吧！"

祖老师面色逐渐沉了下来："下次董事会我就会和他们提你们股份的事情，你急什么？"

路易回嘴："是你们该急吧，我这种人才你不用股份把我拢住实在是你们的损失！我就不明白了，大家都是辞职创业，凭什么我们就从铁饭碗降级到打工仔，你俩就摇身一变成资本家！我拖家带口的，少和我提情怀，我就是要待遇！"

气氛立刻就尴尬起来，祖老师还想说什么，刘非突然站起来就走，我喊了他一声，刘非闷哼道："饱了，够够的了！"拂袖而去，留下现场一片更尴尬的气氛。

隔了几天，路易在群里发了消息，说张狗少回话了，晚上叫大家一起吃饭共同商量一下。众人皆在群里回复了一个大大的"牛"的手势。

晚上众人赶到了大宅门饭店，出乎意料的是，等我们进了包间的门后，发现张狗少和四五个人已经坐在里面等着了，见我们进来张狗少马上站起来走过来，大声笑道："多日不见，甚是想念啊！"然后和我们每个人都握了握手，一指座位上的几位说："这几位是我机关的几个好朋友，今天一起来认识一下各位。"众人又是一阵寒暄，一一落座，酒菜上齐后就是一阵推杯换盏。张狗少还是一贯的豪爽气派，喝酒大碗，吹牛大声。

我和祖老师交换了一下眼色，祖老师便猛地在桌子下面踢了路易一脚。路易会意，便在众人大吵大嚷的时候低声和张狗少说："怎么样，那事如何？"

张狗少说："有进展，我找了负责审批的社保部门的人，和他们说了一下咱们的情况，基本符合开绿色通道的标准，咱们加把劲，争取把那边的关系搞定，大有希望啊！"

路易和祖老师大喜，又频频敬酒，几轮觥筹交错后，大家又有了几分醉意。张狗少看了一眼祖老师，然后对路易说："老同学，不知还有没有机会今晚再一闻你的歌喉呢？"

路易当然忙点头说："当然有，咱们这就吃罢撤席，奔赴老地方吧。"

于是，众人又重复了一下上回的情形，张主任再次以各种礼仪反复地向女孩们表达友好，和张主任一起来的一个机关的同志又被一个女孩怂恿着开了个皇家礼炮，虽然祖老师感到十分肉痛，但反正都开了，还不如自己多喝点，省得留给别人，结果众人大醉而归。

又过了几天，路易再次发声，说又有新消息了，要晚上再去陪酒。可是我实在是不想喝酒了，每醉一次都要难受好几天，耽误很多正事，所以用晚上要约会的理由让他们自己去了。

饱睡一夜后，我精神抖擞地到了医院，忙碌了一上午，把一绝大师海波指使得团团转，将心内科的信息系统和科内抢救备药的事情重点审查了一下。带着好心情来到了食堂，刚进入我们几个吃饭的固定包间里就发现气氛有些不对，大家像在争论什么。见我进来，刘非开门见山地说："我估计咱们被那个张狗少耍了！"

我一惊："何出此言啊？"

刘非气道："吃了那么多次饭了，事也没办，昨天本来以为是找了分管这事的领导来吃饭，结果昨天来那么多人，没一个是正主，还都觉得自己了不得，到了KTV就点酒，昨天又花了两万多招待费。花点儿钱倒也没什么，反正办事都得花钱，关键是我们觉得狗少根本就没在办，或者他的能量根本就没那么大。可咱们这时间耽误不起啊，这一转眼就过去半个多月了，他要是不行咱们就找别人了，不能吊死在这一棵树上。"

祖老师说："也不一定吧，毕竟狗少是路易的同学，昨天晚上他和我要二十万的活动经费，还说下次要带专门管这件事情的人一起过来吃饭，让咱们准备好钱，吃饭的时候给他，由他交给人家，现在不能办事谁敢要钱啊？我觉得还是有门的。"

我赶紧说："对啊，现在国家对机关管控得多严啊！狗少毕竟是个办公室主任，敢要钱就有戏。何况路易和狗少关系非同小可，年少时不是还组成学习小组辅导人功课吗？"

刘非笑骂："路易这老小子主动试图辅导人家功课，我看就是死皮赖脸地调戏人家小女生吧！不过这样看来狗少那小子应该还行，也可能是他们办事风格就那样，咱们再给他一次机会吧，看狗少下次到底能不能把对口机关的人带来，他要是真办成了，咱们把钱给他也没什么。"

众人商议已定，各自散去不提。

一周后，狗少来信，并神神秘秘地说要求我们一起去长安俱乐部集合，有重大突破。众人大喜，临出发前刘非忧心忡忡地说："这个狗少不会又找来一群人吃喝玩乐吧，长安俱乐部和金长安俱乐部虽然一字之差，可价钱是天壤之别，那是京城最贵的销金窟之一啊！"

路易回答："他说就带一个对口部门的领导过来，今天的活动要秘密一些。"

刘非心下稍安，径自坐到驾驶位开车去了。

一路无话，到了长安俱乐部，我们几个土包子才真傻了眼，这地方也太夸张了，俱乐部位于长安大街上，绝对的紫禁城范围，据说没有会员介绍你就算有钱也不让进，刚一进门又被震撼了，这大厅就像是米兰大教堂，绚烂的难以用语言表达，我们几个土包子的脑子里就只有"金碧辉煌"这一个最俗的词不断跳跃，一副刘姥姥进大观园的样子。到了狗少定的包间，进去就看到张狗少一个人坐在那，旁边伺候着两个堪比三线小明星的女孩。

狗少笑声洪亮，和我们一一寒暄，又友好地责怪了我上次没有参加他们的聚会，我则表示家中有事，遗憾非常，又表达了对狗少能是这样的俱乐部的会员的羡慕，狗少笑着说没什么，这个俱乐部也不是最好的，下次带你去更壮观的地方。

既然对口部门的关键人物要来，我们自然不能太过小气，虽然翻看酒单时脸上肌肉都在跳动，但是刘非还是毅然决然地点了一瓶 XO，将近五千大洋。喝了一阵领班奉上的香茗，路易就问狗少那个领导什么时候来。狗少迟疑一下，就说打电话过去问问，于是操起电话走向了外间。须臾狗少返回，面露为难的神情说咱们先开始喝着吧，领导那边有事耽搁，还得再等等。我们也没办法，谁让人家是领导，日理万机呢。狗少一把抓过酒瓶打开半开的盖子，亲自给我们斟满酒杯，豪爽地干了一大口连声抱歉，众人也无奈喝酒。

过了个把钟头，领导连个影子都没有，路易再次催促，狗少如法炮制，再次到外间打电话，回来说领导可能来不了了，现在上面管得严，领导觉得还是不应该明目张胆地出没在这种烟花声色场所。狗少提出让祖董事长把事情交给他办，由他直接带着我们的"意思"接触领导，这样避免领导为难冒险。

事情到了这步我们要是还不疑心那就是傻子了，祖老师虽连声答应但还是向我们使了个眼色。我们四个配合多年，不知道坑了多少敢于和我们拼酒的同志，手段套路极为默契。当下刘非作势要吐，我和祖老师马上扶着他进了卫生间，路易则端起杯子拉住要起身查看的张狗少说："咱们继续喝，不用管他，刘非这小子每次喝了就吐，吐完了马上还能喝呢。"狗少不疑有他，坐下与路易继续喝酒。

进了卫生间，刘非发出呕吐声，祖老师小声说："情况不对，这厮有问题！"

我和刘非点头，我小声嘱咐："老招数，你俩回去灌酒，我本来不想让妍妍掺和咱们的事情，但现在情况紧急，只能找她去查查狗少的底。"

刘非打开水龙头假意洗漱一番，然后两人回去劝酒。我则到了外间拨通了妍妍的电话。

"你这个负心人，还好意思打电话给我，你多久没来找我了！"电话那头传来妍妍的嗔骂。我哪有心情打情骂俏，赶紧把事情诉述清楚。妍妍回我一句："十分钟后给你回话。"就挂了电话。

我坐在外间焦急地等待，一支烟的工夫妍妍电话打来："你说的那个人是区卫生局工会的，只是个副主任科员，你们肯定是碰上'扯虎皮'了！"

我不解，就问啥是扯虎皮。妍妍说："扯虎皮是十年前很常见的一种骗术，现在都没什么人玩了。他们通常都说自己熟识某某要害部门领导，或者干脆说自己是人家亲戚，借此骗吃骗喝骗好处费。通常可能是机关的一些小人物，了解机关内情，常常扯出一大串当权领导名字，再开口闭口一顿官话博得信任，然后拿了好处后就走人，受害者多是有钱没关系的人，一般要是损失不大又没证据还怕得罪机关的人也就忍了。最典型的例子就是十年前有一个部委领导家被辞退的保姆，凭着从部委领导家偷的一大堆名片和偷听到的机关人事结构到处招摇撞骗，竟然在地方上冒充领导家亲戚骗吃骗喝又到处要好处费长达一年无人发觉，受骗者无数，横跨数省。你们遇到的这个人就是典型的'扯虎皮'，好在他虽然无权无势，但终究还是在公职机关工作，骗也不会骗得太过分，你们这群刚从公立医院象牙塔跳出来的傻子，这么明显的骗局都看不出来，是不是想笑死我，哈哈哈哈哈哈……"

我在妍妍的狂笑中悲伤地挂了电话，心想社会果然不是我们这群单纯医生玩得转的，落寞地又拿起手机在"谈理想不要待遇"群里把情况说了一下，就回到了包间。

落座后发现大家脸色都有点难看，尤其是路易，胖脸像吹气球一样更大了，就像蛤蟆功在出手前运气的一瞬间。我正想劝他几句，告诉他赔上了几顿吃喝的钱就当交学费了。可是路易突然大喊了一声："服务员！"

一个穿马甲的小伙子赶紧跑进来问先生有什么要求。路易一笑："把你们这最贵的酒拿来，有没有什么'路易十三'的，就是电影上那个。"

服务员立刻笑得眼睛眯成一条缝："有，有的先生！"

张狗少吓了一跳："老同学，你这是干什么，咱们君子之交淡如水，你点这么贵的酒干什么？"

路易哈哈大笑："一码归一码，虽然你是高中时代陪我泡妞打架的好兄弟，但是你帮了咱们这么大的忙，我想祖董事长也不会吝啬几瓶酒吧！"说罢望向祖老师，不动声色地眨了下眼睛。

三人立刻会意，十年前一起坑同事骗美女的感觉立刻回归，齐声说道："张主任，千万别客气，这都是我们应该做的。"

张狗少大笑："这怎么好意思，哈哈，对了，路易你小子还好意思说一起泡妞打架，当年你小子多不讲义气啊，那个时候我捏了一个高一女孩的屁股，结果她哥找上门，跑得慢了被抓住打了一顿，你竟然不上来帮忙，过后还一声不吭，气得我记恨了你好几年，不过看在路易十三的分上我就原谅你了！"

路易脸一阵红一阵白，终于像是如释重负的样子吐了口气，转头对急急出门的服务员喝道："急着跑什么，给我拿两瓶来！"

随后四杰轮番上阵，一顿顿的恭维话不要钱似的往狗少身上招呼，伴着路易十三一杯杯地往狗少灌去。虽然狗少是半职业骗子，但是在我们四双崇拜加感激的清澈目光及美女美酒的攻势下，很快就双眼迷离，显然是喝高了。

四人对视一眼，祖老师说道："张主任，这事就拜托您了，知道您也得求别人，我这准备了点'意思'您拿上。刘非和王教授跟我去车里拿钱，这地方太乱，我可不敢自己拿钱溜达。"

张狗少迷迷糊糊地说："无所谓吧，兄弟的事包我身上，钱不钱的没关系。不过你们快去快回，回来咱们接着喝！"

我们三人出门上了车，找好了个代驾就停在门口等着，不一会儿路易摇摇晃晃由一个领班扶着出门，路易上车前冲领班喊："那什么，你给张主任办张五万块钱的会员卡，他一会儿就要，快点去！"

风韵领班应了声："好嘞，哥！"挥手告别。

进了车，我们四人哈哈大笑，笑得眼泪都出来了，笑了半晌祖老师说："你出来的时候狗少没怀疑吧？"

路易喘了口气，笑着说："怀疑个屁，他喝得迷迷糊糊的，站都站不稳，听我说车钥匙在我手里，你们可能白跑一趟，就赶紧催促我快来送钥匙。"

刘非大笑："我出门的时候问了下服务员，酒水、包间费、姑娘小费加起来将近 5 万块，这张狗少也不知道带没带钱。"

"偷鸡不成蚀把米啊，狗少这个独立作案骗子非要对付我们这种团伙作案的，真是找倒霉！"我叹了一声。

众人又大笑一阵，笑罢却陷入沉默，久久后，祖老师一叹："这事估计是黄了，咱们另想办法吧。"

路易认真地说："对不住了兄弟们，钱白花了，事没办成，这几天我琢磨了一下，这股份我不要了，包子忘记了我们是兄弟，但我不该忘，对不起。"

我也点头附和："这几天我心里一直特别不舒服，自从路易把股份的事情提出来后，我就觉得咱们之间像隔了层玻璃，看得清却摸不到了，兄弟们当年一起玩耍的时候那是最美好的时光，要是真毁在一点股份上，咱们从三甲医院跳槽的意义就全没了。"

刘非也说："咱们四个能一起为理想共同奋斗是多么幸福的一件事啊，这就是我回国来找你们的全部原因，我前妻抢了我儿子跑到美国享受去了，如果咱们再兄弟离心，我的整个人生就彻底失败了。我挺感谢张狗少的，他把我们的初心给逼了回来，也把大家的贪婪给逼走了！走吧，再出去接着喝，为今晚大胜庆祝一下，去篁街，走！"

众人哄然应好。

半小时后，我们出现在篁街街口那个竖着大大的"活鱼跳虾"店铺的熟悉的座位上，面前出现四大盆通红的小龙虾，一只只鲜红的样子充满了喜悦的气氛，当年我们在这里尽情欢笑、嘲笑领导、议论同事、意淫护士，简陋的桌椅和恶劣的服务态度，也完全阻挡不住我们对这里的喜爱，这里存留了太多的美好回忆。然而今天，几杯酒下肚，大家却没有多年前的纵声浪笑，反而越发深沉。

祖老师喝了口啤酒说："其实我理解你路易，结婚有子，这个世界就不属于你一个人了。我也理解包子，女人有了孩子之后就会一切以孩子的利益为中心，其实这不算自私。"

刘非端起酒杯碰了一下路易的杯子说："你那天提出股份的事，我当时都震惊了，你从来不是这样的人，以前那个插科打诨不要脸的你是绝对不会在意这些东西的，何况祖老师其实早就和我商量过等你们辞职过来就研究一下你们技术占股的事。只是没想到你自己提出来了，而且是办事前提出来，说实话我确实心里不舒服。可是你当时的语气实在像极了小女生的攀比，所以我们都估计这肯定是包子的原话。"

路易叹口气："最近我心情着实不怎么爽利，包子确实变了，以前她野蛮、粗心、喜欢动手解决问题，但现在完全不同了。变得斤斤计较且解决问题全靠吵架，有的时候我真是有点后悔结婚了。不说这次股份的事，就说和我父母的关系，现在也到了谷底了。"

"我去，你不挨打改挨骂这是进步啊，不揍你就不爽利是吧，这得多贱啊！对了，你父母不是在保定吗，离这么远吵得起来吗？"我笑道。

路易喝了一大口闷酒："咋吵不起来，我结婚后父母把天通苑买的那个房子让给我住，但他们并没有说这房子就给我了，因为那房子在一楼，外面有个小小的院子，特别适合养老，我爸说让我们先住着，等他和我妈岁数大了就来北京，到时候他们把河北那些老宅子都卖了，用那些钱贴补我们再买一个房子。"

祖老师奇怪道："这不蛮好吗，吵啥？"

刘非叹气："一看你就没结过婚，这事肯定得出幺蛾子，你想啊，路易父母那套房子当年房价多低，是全款买的近一百六十平方米的，现在再买肯定负担不起那么大的房子了，而且还可能要贷款，是不是包子逼你要这套房子了？"

路易低着头："谁说不是呢？包子她妈不是在北京替我带孩子吗，这娘俩天天和我折腾，非要我和我爸说把这套房子过户到包子名下，我他妈怎么开这个口啊！就说上次我爸妈来北京看孙子，你看包子她妈那样儿，一副你们来我家做客的样子，搞得我爸妈心里别别扭扭的，没住几天就走了。包子她妈把我爸妈用过的床单被褥枕套毛巾全都洗一个遍，就像我爸妈有多脏似的。"

我拍拍路易肩膀："路易这个人我知道，别看爱撒谎爱吹牛还不讲卫生，但是自尊心很强，当年他能以全校第二的成绩从保定考到湘雅医学院就足以证明他很要强。他和他爸关系一直不是很好，他前半生的努力都是为了向他爸证明他自己，现在要他向他老爹低头，他肯定受不了。"

刘非也拍拍路易肩膀："别哭了，我们这三个爸爸爱你就行了。"

祖老师刚要加入拍路易的行列，路易暴起骂道："一群孙子，你们把快乐建立在为父的痛苦上，义气呢，同情心呢！？"

刘非安慰说："当年可是你追人家追到美国去，死乞白赖地把人家求回来，自己造的孽，含着泪也得忍啊！再说婚姻不都这样吗，我和我老婆不也这样吗？当时她看我回国主动到我家找我复婚，我爸妈威胁我说不复婚就不认我了，你看现在怎么样！天天查岗，每天下班就得回家，今天好不容易因为正事有借口出来喝个酒，还得要拍照片当证据。来，一起笑一个，好的，茄子！"我们默契地一起龇牙乐，刘非拍了张照片赶快给老婆发了过去。

我刚要说话，刘非电话就响了，就听他老婆电话中大骂："你不是说陪领导吗？怎么还是你们四个喝酒，赶快回来，和他们有什么好喝的！"

刘非连连点头："好嘞，马上回，你别着急哈，先看会儿电视。"电话挂了急匆匆地对我们说了声"走先"，竟头也不回地跑了，留我们三个面面相觑。

祖老师尴尬地笑笑："看来意气风发只属于少年人，你俩怎么着，咱换白的喝呗？"

路易抱歉一笑："不喝了，我也得撤，回家晚了包子又得唠叨了。"

"那算了，今天让妍妍给咱帮了大忙，我也挺长时间没去找她了，改天喝吧。"

祖老师见状摇头不止，三人起身，留下一盆盆暗红色的小龙虾离去。

仰天大笑出门去
我辈岂是蓬蒿人

医保准入的事情是彻底黄了，但开业已是箭在弦上不得不发。公元 2017 年 8 月 1 日，白色城堡医院正式营业。

隆隆的鞭炮声中，我们的投资人丑丑地站在了医院大门口，这也是我第一次近距离观察这个中国最有钱有名的人物，不得不承认，他确实很特别，倒不是特别地丑，是有一种特别的魅力，让人忽视他的身高、忽视他的长相，仿佛搓皱了的人民币一样，就算外形奇特也让人感觉想揣进怀中。

而我和路易想把他揣进怀里绝对是有正当理由的。

我们的投资人到了医院视察过后，就和我们进行了一席长谈，在了解到了我们之前所做的一系列事情和出过的一些馊主意后，投资人主动提出给了我们每个人 1% 的股份。路易当时就急了，说您给这数都可以算忽略不计了，您见过我这么胖的叫花子吗？

投资人淡淡一笑："1%，按原始投资算就是 260 万人民币，如果医院能在五年之内回本并营利，你们的股份市值预估能达到 1000 万。"

路易立马就闭上了嘴，并谄媚说："您老吃了吗？"

我则一脸正气地说您老把我看成什么人了，就算您给我 0.5% 的股份我也照样鞠躬尽瘁，死而后已。

投资人走后，医院开始正常营业。意料之中的事情发生了，摊子铺得很大，病人却很少，挂号病人还不如窗口的工作人员多。祖老师天天愁眉不展，一个月过后，比我们想象的稍好点，只赔了100多万。

祖老师揪着自己的头发，我们几个围坐四周，祖老师戚戚然地说："一个月一百万，一年就是一千两百万，两年就是两千四百万，三年三千六百万……"

路易闷哼："别叨叨了，你背乘法口诀也没用，赶紧想办法！"

刘非犹豫了一下说："不如去买病人，到公立医院去，那边有很多有钱还住不进去院的，我们和公立医院门急诊的医生私下做交易，转给我们一个病人就付他们一些钱。这样慢慢就运转起来了。"

路易嗤笑一声："你什么时候学会这套了，幸好包子回家了，不然打断你的腿。"

我接过来说："我觉得要和事业单位搞好关系，让他们的职工到我们这里来体检，本身体检就不在医保范畴，通常都是医院的福利，这样应该会增加收入，总比让那些几百万的机器空着强。"

路易点头："这个还像话，我建议咱们找报纸或媒体宣传一下。另外，用新媒体比如微信、腾讯要闻什么的也做做广告。"

祖老师发话："现在咱们死马当活马医，你们说的这些招数全用上，另外咱们得找些明星，到咱们医院生孩子或者做手术，让这些有钱人在这里享受高端服务。"

路易马上反对："我觉得不能这样，我们当初建这所医院的初心大家都忘记了吗？我们是要改革弊政，让百姓获得更好的医疗服务，不是只为有钱人服务。"

祖老师骂道："少废话，什么理想，狗屁，我现在是商人，目前是医院生死存亡的时刻，理想算个屁。"

路易眉头微皱正待发声，我赶快制止他："咱们先都尝试一下，所有方法齐头并进，将来医院活下去了，祖老师也没跳楼，咱们再一起往服务百姓上面靠拢。"

路易无奈点头。

计策既定，执行就要迅速。

刘非找遍了所有公立医院的同学故旧，提出给送一个住院病人提成两百块的条件，并安排了专门的救护车帮忙转运病人，任何医院任何时候都可以随时转运病人过来。而且提成都是现金月底支付，童叟无欺。

祖老师则散出了办公室工作人员，将他们派往各大单位保健科和工会，希望我们医院成为他们的定点体检单位，当然了，会给予相关单位的办事人员免费的体检卡作为回报。

路易倒是很有办法，很快各大媒体都在报道我们这家医院，甚至还有几个电视台节目组邀请我们去谈谈理想。

我们毕竟还是很不错的医生，真论起治病救人，白色城堡也绝对不是那些什么圣母玛丽妇幼、罗宾男科的游医们能比的。

清河街道三办事处居委会曾大妈是个乐于助人的老太太，在清河住了一辈子，最大的爱好是帮人保媒拉纤。据老太太讲，她的奶奶、母亲均有此业余爱好，所以清河每一条街道都有因为她家族的兴趣而喜结连理的夫妻，每一个小区都至少有一个孩子会亲切地叫她"干奶奶"，而她也因此吃遍了清河几乎所有上档次酒楼的喜宴。

曾大妈最近很惆怅，因为她突然发现自己吃不下饭了。为此她跑到附近的三甲级公立医院，胃镜、肠镜、腹部 CT 做了个遍，除了"轻度胃炎，结肠息肉"等不痛不痒的诊断外没有得到明确答案。曾大妈自三甲医院回到家后症状急剧加重，在夜间因腹痛来我院急诊就诊。

闲得难受的路易带着手下大夫隆重接诊。路易看完曾大妈的所有检查结果后心里疑虑丛生，先安顿好床位，随后给我打了电话："嗨，王教授过来会个诊呗。"

"会你个大头鬼的诊啊，我会的你都会，别打扰老子看爱情片。"

"你少看点爱情动作片，对身体不好。你天天睡办公室，两步就下来了，快来帮我参谋一下。"路易叽歪道。

无奈穿衣下楼，到了一层急诊科，进了医生办公室门就看到路易在捋胡子，周围恭顺地站了几个年轻大夫。

"来，王教授，这个病例好奇怪，两天前在三甲医院腹部超声、CT、胃镜肠镜都做了，就是没发现问题。但患者现在主诉疼痛非常厉害，你帮忙看看。"路易把各项检查都递给我。

翻看完，我问路易："有没有压痛、反跳痛什么的？"

路易摇头："感觉就是肠鸣音有点弱，其他体格检查都正常。"

突然我看到了一张化验单上一个不起眼的异常结果——D2 聚体轻度升高。我若无其事地递给路易，伸出脚在桌子底下踩了他一脚。

路易会意，毫无表情地接过这张化验单，又欲盖弥彰地把所有报告单都接回去重新翻看。

"咦，王教授，D2 聚体 300 啊！"路易沉声道。

"路主任，300 比正常标准高得不多啊！不一定有问题吧。"

"非也非也，当年在安真的时候，春节那个病人你忘了吗？D2 聚体也高得不多，但症状明显，最后查出来是 B 型主动脉夹层，你还记得吗？当时要不是我提醒你，您麻烦大了。"路易一本正经地说。

我去，当时我这个气啊！我是想在你手下人面前给你面子，你却揭我老底，看着他得意扬扬的样子实在想报复一下。

"行了，您就说说，这啥情况吧。"我恨恨地说。

"做个主动脉 CTA 呗，我觉得是腹主动脉夹层，王教授心内科主任做久了果然急诊业务有生疏啊。"路易再次捋须状。

蹬鼻子上脸，不能再给面子了，我气道："路主任，我有很强的预感不是腹主动脉夹层，但主动脉 CTA 肯定要做，咱俩打赌 500 块，谁输谁请大家伙消夜怎么样？"路易的小弟纷纷点头支持，挨个提出吃什么的具体意见，毫无廉耻可言，果然上梁不正下梁歪。

在建议患者进一步检查的时候遇到了阻力，家属和患者不同意。下级医生报告后我和路易赶至病床旁边，曾大妈边捂着肚子边抱怨："还查啥啊？那边的医院都查了一溜够了也没瞧出啥来，你们给我点药让我不疼就行。"家属也帮腔，言语中略带鄙夷，大概的意思是私立医院就为赚钱，过度检查。

路易一改不正经的样子，诚恳地说："大妈，这事您还是听我的，我在安真医院干了十年了，以前也遇到过您这种情况，而且我们医院门急诊都可以医保报销，花不了多少钱。一旦像我推测的那样，今天可能就救您一命。请您相信我。"

曾大妈看着路易点头："这孩子行，胖墩墩的一看就是实在人，我做！对了，你结婚没有啊？"

为了第一时间知道赌局情况，除了必需的值班人员，我们都跑到CT 室去看结果，图像出现后，路易没电了，确实不是主动脉夹层，而是肠系膜上动脉血栓。

一个年轻大夫问:"王教授,您是不是早猜到了啊,您当时的依据是什么呢?"

我拍拍路易肩膀:"D2聚体高提示是血栓问题,主动脉夹层也高,但夹层进展通常很快,疼痛剧烈难忍,确实也有轻的,但很少。而且,患者肠鸣音减弱,第一要考虑动力问题,也就是供血不足造成的,所以我判断是肠系膜上动脉栓塞。它会造成胰、十二指肠以下至横结肠中段的肠管缺血,可出现严重后果,所以要尽快处理。路主任下单吧,柳叶刀烤串您说咋样?"

路易恨恨地说:"人到中年,也不怕胖死你。那你说咋办,保守还是手术。"

我再拍拍路易:"路主任,手术治疗动静太大了,要把供血脏器全切了,介入治疗效果一般,复发率不低。我建议保守,CTA上血管远端是显影的,说明没完全堵死,至少有缝。"

告知患者及家属后,曾大妈拉着路易的手:"孩子,我就说你人实在准行,看了那么长时间,就你们这给了个准信,你说咋治就咋治,不用和我们商量。"

路易面色微红说出了更倾向保守的看法,曾大妈完全不听路易接下来说的抗凝保守治疗失败的后果,一口咬定:"听你的孩子,我就抗……对,抗凝保守治疗。孩子,你到底结婚了没有啊!"

经过抗凝治疗一周后,曾大妈症状完全缓解,安返家中。自此,推荐附近居民来白色城堡医院看病成为继她保媒拉纤外的第二大兴趣,而且效果奇佳。我们这才感受到,只要真心治病救人,百姓口口相传往往比电线杆子上的小广告要有用一万倍。

在我们的齐齐努力下，病人在逐渐地增多，各科室开始有三分之一的床位使用率，虽然在公立医院看惯了人挨人的我们看着仍旧空了大半的床位觉得颇不习惯，但这已经是个不小的进步了，估计到了月底病人数目会是上个月的两倍。祖老师的大嘴咧到了耳朵根，相当地开心。月底结算时竟然发现只亏了二十几万，这是个不小的进步啊！

当天我们就决定在食堂大摆宴席，一醉方休。

宴会上祖老师热泪盈眶，边抹眼泪边说："我们迈出了我们的第一步，这虽然是我们的一小步，却是医疗界的一大步，是整个医生群体的一次飞跃，是人类卫生事业的一次革命性胜利……"

众人随之觥筹交错，其乐融融。

就在这举院欢庆的时刻，保卫处的杨处长却跑了进来，一进来就想趴在祖老师耳边说话。祖老师骂道："这儿坐的都是我兄弟，你大声说！"

杨处长焦急地说："祖院长，'清河龙'正坐在您办公室等着您呢，还来了二十几个人，来者不善啊！"

"清河龙是什么玩意？"祖老师瞥了一眼杨处长。

"清河龙是咱们区的一个流氓大哥，专门负责看场子收保护费，手底下有一群混混替他卖命，势力还不小。再加上他爸是清河镇的镇长，咱们这个区没人敢惹他。"杨处长小声说。

祖老师哼了一声："老杨，你是清河本地人，我找你来当保卫处长，你就应该把这些事情帮我摆平，不然我要你有什么用？"

杨处长一阵冷汗，不敢说话，但是意思已经很清楚，他惹不起那个清河龙。

路易笑道："祖老师，既然人家找上门，咱们是不是就去会一会！"

祖老师点头："好，去看看他想要什么！"

四人离席向行政楼而去，到了办公室门口，就看到二十几个人正围着院长办公室，看我们来了就拥了过来把我们四个围住，气势汹汹，歪脖子佝偻肩膀，一看就没一个好东西。

　　我们四个久经医闹的各种阵仗，眼前的局势倒是小意思，知道只不过是下马威，看起来凶神恶煞，其实不过是勒索而已，没提出条件之前，绝对不会有人动我们一下。

　　一个光头、金项链、五短脖子粗的黑背心走了过来，指着我们说："谁是院长啊？"

　　祖老师没理他，径直推开几个混混，拿出钥匙开了办公室大门，然后转头对他说："来吧，进来谈。"

　　我们进了办公室，祖老师坐到院长宝座上，那群混混呼啦啦地进来一群，那个光头大咧咧地径直坐到沙发上，还跷起了二郎腿，拿出一支烟，旁边的小弟立刻掏出打火机点上。

　　我们四个对视一眼，心道："一群土鳖，长成这个熊样还想模仿人家周润发。"

　　那个光头撇着嘴说："哎，你就是院长是吧，你听好了，我叫刘龙，这里的人都叫我清河龙。我说你小子在我地盘上开医院征得我同意了吗？"

　　祖老师笑笑说："这位兄弟，我背后的墙上挂的是清河区卫生局颁发的营业执照，还有我们的卫生许可，资质许可等证明，手续齐全，照章纳税，不知道为什么国家都允许了还要你同意呢？"

　　清河龙大怒，一拍桌子："你他妈瞧不起我是吧，信不信老子每天找人揍你八遍！"旁边的混混也一起鼓噪起来，一时间怒骂骤起。

　　等他们喊够了，声音小了，祖老师笑着说："我说刘龙，这是法治社会，你敢动我一下我立刻报警，老子再砸一百万进去关你个十年八年，再花一百万找人进去做了你，不信你动我试试！"语气平缓，却充满自信。

清河龙神色稍滞，但随即恼羞成怒，伸手从腰间拔出一把匕首，三角眼死死地盯住祖老师，起身一步一步向祖老师走过来，身后的流氓们一起低头斜眼地上前几步，像极了一群蓄势待发的豺狗。

路易转身在衣柜里拿出一条电棍，两把短款东洋刀，分别将武器抛给我们三人，然后回身又拿出了一只流星锤。哦，流星锤……天哪，竟然有这种传说中的武器！我们三人暗暗好笑，但面临强敌，互相看了一眼，强忍着都没笑出声。

祖老师短刀前推，指向清河龙，一字一句地说："有种你就试试，我第一刀就砍你丫颈动脉，让你送医途中不治。你丫上门持械行凶我这算正当防卫！"

一时间剑拔弩张，怒喝暴起，场面离血流成河只差一步。

可渐渐地，气氛越来越尴尬，每个人都放着最狠的话，骂着最毒的词汇，偏偏脚下生根，不肯向前半步，这时间长了就有点受不了了，渐渐地骂声小了，喘息声却重了。路易收起流星锤，突然仰天大笑："我说哥几个，都是水贼，谁也别使狗刨，你们这套在这没用！但都是道上的人，让你们空手回去传出去说我们没义气，咱也是有规矩的人。从今天开始哥几个要是有个头疼脑热或万一有个闪失落个皮外伤，不管多晚你给我打一电话，我们这肯定兜着你们的底。都是跑江湖的，有个能保命的朋友你们不吃亏！"

清河龙看了看周围的混混们，冷哼一声："这位兄弟有点意思，可我们这么多人来你这一趟，你丫一句话就给我们打发了，老子还你妈混不混了！"说罢三角眼斜瞥，不用说又要进入"你瞅啥，瞅你咋的"的模式了，但这次气势明显弱了许多。

这个时候我把电话递到清河龙面前："兄弟，你接个电话！"

清河龙瞪我一眼骂道："老子凭什么接你电话！"

我笑笑说："是你的熟人，你接了就明白了。"

清河龙哼了一声，牛哄哄地接过电话大声说："谁啊！"

电话那头传来我们这个片区陈所长的声音。妍妍熟知世道艰辛，早在开业那天就请来了陈所长出席典礼，还特意嘱咐他对我们多花点儿心思照顾，陈所长对于大他好多级别的公安部专管人事的妍妍当然是连声称是。

陈所长大骂："你小子两天不挨收拾就皮痒了是吧！这家医院的王主任是我好朋友，你再去招惹他，有你好看的！"

刘龙唯唯诺诺地挂了电话，讪笑道："哎呀，真是大水冲了龙王庙了，自己人，自己人。我说哥几个怎么把气质这块拿捏得死死的呢！小弟有眼不识泰山啊，改日摆酒赔罪啊！"

说完就要领着人走，路易却突然叫住了他："诶，我说刘兄弟，哪能就这么走了！"

刘龙一惊，金链子都颤了一下："哥，您还有事？"

路易大笑："来都来了，我们要是连饭都不请一顿，那也太不厚道了。走吧，和哥一起去尝尝我们食堂的酒菜怎么样？"

刘龙大喜，知道今天不用把脸全丢干净了，就高兴地答应了。因为我和祖老师实在不愿意理会这样的小混混，就由路易陪着这群流氓去食堂喝酒去了。

祖老师看着路易和流氓勾肩搭背远去的背影苦笑说："路易真是入错行了啊，当流氓看起来应该会蛮有前途！"

我微笑说："路易是对的，像这些臭番薯、烂鸟蛋早晚可能会用得上，吃顿饭打什么紧！"

清河龙走后，医院平静了好些个日子，虽然还在亏钱，但情况仍在持续好转，连投资人都觉得五年收回成本指日可待。但我们谁都没想到，一场滔天风暴正在不远处酝酿，正悄悄向我们接近。

出门得名声
不假亲旧援

　　路易活动的媒体公关起了效果，我们四人作为白色城堡医院创始人被邀请至电视台讲述民间办医的故事。这天我们穿戴整齐，意气风发地赶往电视台。之前四人谁也没上过电视，虽然大风大浪都见识过了，可面对镜头却觉得嘴唇发木，手脚都没处放。

　　美女主持人范子萱亲切的语气部分缓解了我们的紧张，子萱首先发问："祖董事长，您觉得是什么让您毅然弃医从商呢？您有没有后悔您的选择呢？"

　　祖老师整了整领带，略显紧张地说："哦，这个问题问得好！我觉得导致我从商的主要原因是穷吧。"

　　路易立刻提醒："你怎么把实话说出来了。哎，主持人咱们把这段掐掉吧，祖老师你重新说！"

　　祖老师轻咳一声："对对，其实我从商的主要原因是想为中国的健康界探索出一条新的道路，通过机制灵活的私立医院为祖国摸索出一套新的医疗模式，部分解决困扰人民群众多年的'看病难、看病贵'的问题。"

　　主持人强憋着没笑出来，脸涨得发红，又问道："那么路主任，您又是为什么一定要放弃公立三甲医院的优质工作，转投向祖董事长的麾下呢？"

路易大声说：“为了我的理想，为了能把我糅合了国外的医疗机制及国内实际情况的医疗改革策略应用于实际，成为我国的第一块试验田……”

　　主持人子萱明显被调动了情绪，轻拍玉手：“谢谢你们的努力，多一些您这样有理想的医生，就多了一些希望。对了，王主任您是不是和路主任的初衷一致呢？”

　　我看着路易那得意的嘴脸，笑着说：“确实如此，做人没有理想……”

　　还没等我说完，三人已经条件反射地说道：“那和咸鱼有什么分别！？”

　　说完自知失言，路易赶紧说：“主持人啊，王主任设套让我们钻，这段不能放啊！太丢份了。”

　　接下来，主要就是路易在那大吹特吹，把他之前的那些改革理论说得天花乱坠。连一向口舌灿如莲花的祖老师都插不上嘴，气得我们牙根痒痒，最后形成了路易一人吹牛，我们三人在下面拆他台的搞笑局面。

　　直到范子萱问路易当时选择出国进修，是不是就已经做好了要学习国外经验回国改革医疗现状的打算时，我们三人一起抢着说出他是为了出国追求他的包子老婆，当时还抱着主任大腿哭的事情。主持人再也忍耐不住了，抱着肚子趴在地上狂笑，半天起不来，最后由一个编导上来扶着她重新坐下。

　　艰难地录完了这期的节目，已经笑岔气的范子萱对我们说：“你们有没有打算来电视台做长期嘉宾的打算，你们这样的气质和谈吐不用来娱乐广大人民群众实在是太浪费了。”这时候我们才惊觉这是要面向全国人民的电视节目，不是我们平时一起臭屁的聚会，赶忙向主持人和上台致谢的制片人拜托，千万要把那些不太正式的内容删掉，还答应送他们体检卡以回报，在制片人的一再保证下我们才千恩万谢地离去。

几天后，我们几个在祖老师的办公室沙发上盘坐，看着电视上放我们录制的那期节目，广告结束后，就传出祖老师那句"我觉得导致我从商的主要原因是穷吧"。我们一脸黑线地看完了整期节目，基本上除了我们的插科打诨、互相攻击外没放什么关于理想的段落。

我们四人互相埋怨，说这不是宣传，这是毁誉啊！老百姓看我们这么不正经，谁还能来医院看病啊！

刘非叹了口气："行了，别埋怨了，咱们平时互相侮辱习惯了，就算事情再来一遍，只要咱们四个在一起说话，肯定还是不自觉地就变成那样了。"四人顿时唉声叹气成一片。

出乎意料，过了一段时间，医院的人气一下就上升了。那期节目收视率是当晚黄金档第一，而且被卫视频道放到北京市级地方台反复播放，白色城堡医院的名字一下子变得家喻户晓。来我们医院就诊的患者雨后春笋般地多了起来，连投资人都打电话过来向祖老师表示庆贺，还针对这么不正经的节目仍能让医院获得百姓信任的问题一语道出天机："苍井空成名了都能当老师，世人还不是趋之若鹜，广告片约不断。名为利动，利随名来，万年不变至理！"

我们纷纷向祖老师道贺，庆祝他喜获大老板赞誉，并表示当年异口同声叫他祖老师绝对是有道理的。

另外一件事儿也值得庆祝，清河龙的老爸刘老爷子晕倒在了工作岗位上。医者仁心，说值得庆祝确实不美好，可这对白色城堡医院却是里程碑似的事件。

刘老爷子是这片相当有头有脸的人物，晕倒在村委会的会议上，着实引起一片大乱。清河小龙同学第一时间想到了路易，何况我们也是最近的医院。经过简单的检查，判断刘老爷子是心肌梗死，伴随电风暴，不停地室颤，意识较差。

如果在公立医院，当医生面对这样一个极高危患者的时候，可能他们第一时间不会向患者家属推荐手术治疗。道理很简单，首先就是干多干少一个样，多做一台手术并不能多点养家糊口的银钱。如果仅仅是分配制度的问题，还可以用"医者仁心"来弥补，毕竟救人一命胜造七级浮屠，可要命的是一旦手术出了并发症，所有的责任都是由那个有着悬壶济世之心的大夫来承担，扣奖金、部分赔偿款、诉讼、处分接踵而至。如果说这个世界上的哪个地方是专门惩罚好人的，公立医院肯定是第一个完美的场所。

好在我们是私立医院，医疗制度都是由深谙公立医院缺陷的急诊四杰商议制定的。因此医生的手术难度、成功率及手术量与收入直接挂钩，出了问题后只要诊疗措施得当，医院行政部门会负责后续的官司麻烦，真的因诊疗不当造成不良预后，只是降级使用，仍由医院出面处理，医生只需做你自己认为该做的决定，并无后顾之忧。

路易第一时间推荐清河小龙哥手术治疗。小龙哥不愧是这片地头著名的混混，颇有担当，一咬牙就决定签字手术。

小龙哥的决定是对的，血管开通最快的办法就是介入治疗，没有之一。

路易和我推着刘老爷子以最快的速度跑到导管室，就这样路上仍然室颤一次，不得不电击除颤。用最快的速度消毒，最快的速度穿刺置管，最快的速度造影完成——果不其然，冠状动脉前降支闭塞。此时老爷子意识稍好，看着满头大汗的我们，颤巍巍地说："犬子管教无方，前些日子冲撞了各位……"

路易哭笑不得地说："就是你那犬子砍过我一刀，今天您心梗了，我也得第一时间救你，别说话了，乖。"

刘老爷子依言闭嘴，手术过程有惊无险，顺利下台。

从此，白色城堡医院又多了一个名誉推销员，刘老爷子的公信力可不是曾大妈能比拟的，一时间我们医院成为附近村级干部、土地开发商及其他有头有脸人士的第一选择，有钱有地位的人要是没来我们医院住过院，早上见面都不好意思和别人打招呼。我们医院住院没有医保报销这件事，反倒让人觉得在这看病倍儿有面子，何况我们水平确实不差。自此，白色城堡医院俨然成了身份的象征。

前日看花心未足
狂风暴雨忽无凭

天有不测风云，美好的时光总是短暂的，就在我们大肆庆贺医院开始上了轨道，病人逐渐增加的时刻，噩梦来临了。

这次的事件就是载入白色城堡院史的"栽赃门"事件。

9月26日夜间，医院运输科接到我市著名三甲医院某科室的电话，要求转入一名危重病人，本着医务处刘非处长制定的外院患者需及时转运的原则，我院出动了急救车，将该三甲医院的一名重病人转至我院重症监护室。

灾难就是在这时候开始的。

这名病人转来的当夜，家属就拒交住院押金，但是此时人已经接来了，无法再送回，而且就算送回去可能那边也不会接收，另外在路途上出任何危险都是我院承担。于是，在当晚的总值班海波大师的指示下，这名患者先被送入监护室治疗。次日，我和祖老师亲自去查房，得知这名患者是肺纤维化晚期患者，现在没有什么好的治疗方法，就连想做肺移植也已经失去了手术最佳时机，只有用呼吸机治疗，平时也就是用胃管给予辅食，抗感染等，基本失去治疗意义。

祖院长亲自带着监护室主任与家属谈话，没几句就崩了。家属要求很简单：你们把人接来了，就把人给我救活。

监护室主任立刻就疯了，颤抖着声音说："您老爷子都肺纤维化晚期了，命悬一线，连市三甲医院都没有什么好办法，您怎么能对我提这样的要求呢？不行你转回去接着治也行。"

那家属，也就是老爷子的大儿子大吼大叫："我不管，市三甲医院说他们弄不了，你们这边治得好，而且你们派人去接的我们，要是治不了你接我们干吗啊！折腾人玩啊！你不用说了，你们医院条件比那边好，我肯定不回去，而且回去人家也不会接收，你们就给我治，我老爷子要是死了，我放把火烧了你们医院，还得砍死你们这群庸医！"

事情到此，没什么好谈的了。监护室主任留下继续和家属沟通，我们则来到了祖老师办公室。刘非拿起电话就想打给将这名患者转过来的市三甲医院医生，不一会儿就气得把电话摔在桌子上："王八蛋，不接我电话，还挂了！"

祖老师说："有问题啊！路易你那个医院不是有个兄弟吗，让他打听一下情况。"

路易得令而去，不一会儿就回来了，众人皆问怎么这么快。路易骂道："畜生，我们被陷害了，市三甲人人都知道这个患者的事情，一问就清楚了。这患者在市三甲医院住了一周了，把那边折腾得鸡犬不宁，医务处都给砸了，患者本身就没有医保，家属还耍无赖，到现在一分钱也没交。后来医院报了警，警察来了做调解工作，家属才同意转走。结果清河区医院略做转诊调查后根本不敢收他，直接就拒绝了市三甲医院的转诊请求，其他医院也一样，结果这帮孙子就通过咱们的转诊通道直接把这个病人塞到咱们医院来了，这不是栽赃嫁祸吗？"

刘非呆了半晌，摇头说："没想到啊，咱们买病人的计划有这么大的漏洞。"

祖老师也叹气："其实也不难理解，哪个医院能把优质病人给咱们啊，咱们捡来肯定是终末期或者无治疗价值的患者。其实医院各科室已经有所怨言了，说转来的患者要么没什么好治的，要么就是各医院发现不好伺候的，咱们还得照样搭上转诊费。这个计划是你负责的，所以我就一直都压着他们这些情绪，怕直接停了你面子上不好看，再说确实也对咱们医院有一定的帮助，不过现在看来弊大于利啊！"

我摆摆手："这些马后炮还是以后再总结吧，现在赶紧想办法解决眼下的问题。我算了下，那个患者现在的治疗费用，压缩到最低也得每天花四五千才能保住他的命，他每多住一天就多一天损失啊！"

祖老师咬牙说："这样吧，第一，刘非你先把转运病人的计划停掉，要是再来这么一个咱们可彻底招架不住了。第二，路易你想办法把患者家属的情况摸清楚。第三，王教授你去联系一下派出所的陈所长，要是这边闹事，让他们那边尽快出警，千万别让咱们的员工受伤。咱们可不是公立医院可以一推二六五，员工受伤全都得咱们自己出钱安抚。"

命令已出，众人分头行动。

就这样我们咬牙坚持了几天，本来打算等该患者略有好转就让他赶紧出院走人，谁知祸不单行、流年不利，这个患者很快就出现了应用呼吸机最可怕的并发症之一——误吸，一大口口腔分泌物跑到了患者气管里，迅速引起感染。本来就只剩八十多斤的老爷子哪受得了这样的折腾，没过三天就去世了。

这下可捅了马蜂窝，患者的三个儿子纠集了一大票所谓的亲戚朋友，占领了整个医院的主要交通要道。常规的拉横幅、设灵堂还不够，还找了辆推土机堵到医院正门。在铺天盖地的"还我命来""血债血偿"

的标语恐吓下，一时间人心惶惶，不但是看病的患者跑了个精光，连医护人员也全都拒绝上班。

我也在第一时间打通了陈所长的电话，陈所长派出了派出所不少警力守着医院。不过，患者的三个儿子显然是有专业人士指点，指挥若定，严格限制暴力层面，只占领重要交通要塞，绝不动手打人，也不打砸医疗设备，还派出女性家属孝服哭诉，博取同情和舆论导向，并同时于微信、微博火力齐开，本着无理搅三分的原则将责任一股脑地推到了医院身上，将患者的意外并发症说成是医院故意为之，将医疗事故升级为谋杀！

更绝的是，该患者的大儿子拿着一把钱跪在医院门口大哭："爹啊！都怪儿子耳朵眼浅，被人忽悠送您到这家黑心医院，看病死贵还不报销！儿子卖房卖地地终于凑齐了您的医药费，可是您已经被这家黑心医院给活活耽误死了啊！儿子不孝，儿子没本事，但您放心去吧，您的公道我一定要讨回来！"哭罢猛抽自己耳光，并以头抢地，时不时哭晕过去一阵，看者无不落泪，周围群众是越聚越多，事态逐步升级。这种情况下，警察哪敢管啊，也就维持一下秩序，生怕一不小心就被说成无良私立医院的保护伞，陈所长也躲得远远的，根本就不敢沾我们的边。

我们四个呆立在祖老师办公室的落地窗前，无言以对。良久，路易说："真可怜啊！好想抱他安慰一下。"

祖老师也叹道："当了那么多年医生，终于见到终极医闹了！"

刘非附和道："恐怕以后很难有人能够超越了，这人创造了经典啊！"

我骂道："快想办法吧，都发什么神经啊！"

刘非无奈地说："还有什么办法啊，人家一口咬定是因为住院自费导致的不交钱就不给看病！在医疗鉴定出来前，咱们全是杀人嫌犯！那大儿子开口就要 200 万的天文数字，咱们赔得起吗？！"

祖老师说："在群众的印象里咱们就是没钱不治病，毫无医德的医院！即使赔得起也不能赔，只要赔了就是因理亏而破财消灾的明证，那以后谁敢来咱们这看病，医院就只能关门停业。投资人往医院扔了十几个亿进来，这么快就黄了，估计他得找人追杀咱们！"

我苦笑："他们在这已经闹了三天了，天天声嘶力竭，不累吗？"

刘非哼了一声："闹几天就能赚 200 万，这事你累吗？"

我骂道："你要是死在别的医院，我倒是可以帮你去闹一下。"

路易突然："嘿，我想起一个人可能能帮上忙！"

众人齐问是谁，路易神秘一笑，突然变得大笑："哈哈哈，这人肯定能帮忙。我这就叫来，瞧好吧您呐。"

铁鸡斗蜈蚣
一物降一物

半个小时后，穿着小背心、露出半个老虎头文身的清河龙出现在我们办公室里。

路易笑眯眯地上前给刘龙点了根烟，亲切地说："兄弟，这都快十月份了，您这小背心也不冷！"

刘龙哈哈笑道："路哥，你啥都别说了，叫我来是不是为了对付外面那些小子啊？"

路易也笑了："爽快人，兄弟，咱们这处境你看到了，哥现在有难你看着办吧！"

刘龙面露难色："哥，这事不好办啊！那哥儿仨是我们镇杰出的流氓混混，平时横行霸道惯了，这会儿人家家里还死了人，我怎么管啊？"

祖老师站了起来，大步走过来，将一个黑塑料袋丢在桌子上："兄弟，这是两万块钱，请你的弟兄们喝茶。另外，兄弟你的父母老幼以后只要在我这里看病，哥给你负责到底！"

刘龙霍地站起："行，咱们都是痛快人，这事我管了，哥你等信儿吧！"说完一把拎起袋子就走了。

刘非说："这刘龙真不要脸啊，他自己就是大流氓，还好意思说人家哥儿仨是流氓混混，他靠得住吗，你就把钱给他？"

祖老师苦笑："看看吧，死马当活马医呗。"

第二天一早，当我们还在住了四天的祖老师办公室里呼呼大睡的时候，突然被一声惊叫惊醒，只见刘非穿着小内裤站在落地窗前，大叫着让我们过去，我们赶紧到了窗前，只见一夜之间，所有的灵堂标语全部消失了，就像从来没有存在过一样。我们四个抱在一起又蹦又跳，大声地欢呼着。突然祖老师大骂："路易，麻烦你把内裤穿上好吗？别在这瞎甩，我办公室你他妈的也裸睡啊！"

中午刘龙出现在医院的食堂，我们一起摆酒宴感谢他。

路易端起杯子笑道："兄弟，这回全靠你了，哥几个先敬你一杯！"

刘龙爽快地喝了，祖老师拿出几张体检卡递过去："兄弟，这是哥哥们孝敬你的父母的，以后有什么需要帮忙的，尽管开口。"

刘龙也不客气，拿过去就揣进兜里。

路易邪笑："兄弟，你怎么搞定那三个杰出小流氓的？"

刘龙得意地说："哥，为了您的事我可是跑断了腿！开始我先去找他们家老大，连吓唬带威胁，愣是没用，那小子虽然不敢惹我，但铁了心从你们这讹钱，说没有 200 万他爹死不瞑目。我去，他爹得那病，在镇里半死不活的挺了好几年了，这小子估计早就憋着等他爹死了讹医院钱呢。公立医院不好惹，死在你们私立医院倒是遂了他的意，只能算你们走背字儿。"

祖老师问："那你后来怎么又劝得他同意了？"

刘龙哈哈一笑："我找我老爷子了啊！我老爷子的话他得听吧，他要是敢不听，我老爷子随便动动手脚就能弄没他几百万的拆迁款。那小子家其实也不差钱，就是耍流氓贪得无厌呗。我老爷子放话了，他再敢耍无赖，以后别想在清河镇混！再说了，他其实心里也明白，你们医生哪有可能故意弄死他爹呢，只要你们坚持住，等法院判了，他也弄不了几个钱，还不够折腾呢！"

我犹豫地问："这事就算彻底了了吗？那他们这几天不就白折腾了吗？"

刘龙拍胸脯大声说："王哥，你甭管了，这事了了，他要是敢再回来找，我捏死他！不过王哥，这小子这几天雇了不少人壮声势，还雇了辆推土机，他问哥能不能给他把这些钱出了？"

祖老师当即拿出两万块钱交给刘龙，让他带过去。

事情已了，众人松了口气。路易笑嘻嘻地说："兄弟，老爷子帮了这么大忙，改天哥儿几个上门拜谢一下老爷子呗？"

刘龙难得庄重了些："行啊，我老爷子和我说了，你们这几个人是有大本事的，又有文化，现在做的事情都是正事，让我多和你们学学，不让我成天在街上混。我想问问哥哥们，咱们这还缺不缺人，我能不能上你们这来找个营生，也省得让老爷子天天骂我不干正事。"

祖老师笑了："行啊，你就来我们这保卫处当个保安队长吧。但咱有言在先，你来了不能给我惹事，就算碰上有闹事的你吓唬吓唬可以，可不能动手打人。"

刘龙大喜，嬉皮笑脸地说："得嘞。哥，咱这会儿是有正经工作的人了，哪能干那些小流氓干的事呢！"

闹事的人撤走后，医院逐渐恢复了秩序，可惜经此一事，医院名誉大损，门诊量大幅度下降，再加上没有住院医保导致病房床位使用率低下，一时元气大伤。

院里人心浮动，已经有几个年轻得力的医生提交了辞职书。我们虽然天天唉声叹气，但总结大会还是要开的，四人再次聚齐。

祖老师宣布：首先，以后不再用买病人的手段来增加病源；其次，要加大宣传力度，让路易再想办法联系各大媒体，争取再次出镜的机会，扩大知名度；最后，取消"一绝大师"海波的夜间总值班岗位，让这厮的霉运不能再祸害我们辛辛苦苦建立起来的声誉。

路易则表示要培养医院医护人员的"爱院护院"热情，不能像之前那样有一点的风吹草动医护人员就跑了个精光，连食堂大妈都闪人了，让我们四个困在孤岛一样的办公室里啃方便面。

我很严肃地和大家说："我觉得最近我们的工作重心出了问题！"

大家问：啥问题？

我问路易："你现在已经辞职过来了，但作为急诊科主任，多久查一次房？"

路易脸一红："每周只有周一查房，平时都是副主任帮忙查房。"

我沉声说："是的，咱们作为临床科室的主任，却把工作重心放在院务工作上，甚至是为了院里的利益要一些小伎俩上，这样下去咱们的医疗质量怎么得到提高呢？我们始终忽视了医院终究是医疗技术层面占主导的，才是一个医院的灵魂。这次的'栽赃门'事件，难道咱们就一点错都没有吗？为什么'误吸'这种并发症会出现在咱们医院，而市三甲医院人家住了一个星期都没有，这和咱们的临床护理水平是不是有直接的关系呢？"

一席话问得大家哑口无言。

祖老师悠悠地说："可是，要是你们不来给我出谋划策，我和刘非两个人恐怕搞不定啊！"

路易正色说："放心吧，我不会不管你们的，只是我和王教授要多把精力放在临床上，所以以后鸡毛蒜皮的小事就别来烦我老人家！走吧王教授，回去查房吧。"

我俩一溜烟跑了，路易边走边竖起大拇指："高，这些管理的事情真是麻烦，而且短时间根本解决不了，实在是不想掺和了，我还天天在医院和他们耗着，我得多点时间陪老婆儿子。"

我也说："妈的，我都一个多月没和我女朋友见面了，要是再陪着这两个货胡折腾，妍妍肯定被人拐跑了。"

说罢，两人各自离去。

山穷水尽风云起
否极泰来红线牵

　　"栽赃门"事件几乎榨干了我所有的能量，在长达近两周的惊吓和担心中苦熬后，大家都已筋疲力尽。和路易分别后我直接回到自己的办公室，往隔间的床上一躺就睡着了。随即进入梦乡，梦中我们的白色城堡人流如织，我站在高耸入云的行政楼顶楼，观赏我的帝国，迷人的秘书小跑过来，悄悄地说："院长，电话，院长，电话……你快接啊！"突然声音尖利了起来，并传来巨大的电话铃声。我猛然被惊醒，看着自己的电话不停地又振又响，赶紧拿过来接通。

　　"诶，你真行啊，电话、短信都没有啊！你是真不把我放心上啊。"妍妍的声音明显的不悦。

　　我陡然清醒："啊，领导，对不住啊，医闹那个事情刚消停，我累得睡着了。"

　　妍妍无奈的声音响起："你们那边的事情陈所已经和我说过了，烟消云散了你就出来见见我吧。我知道现在是你们比较困难的时期，可再忙也得想我啊！别光顾工作，捡芝麻丢西瓜的事情你这么聪明不会犯糊涂吧。行了，今天晚上跟我去吃饭，我约了几个你们那个区重要部门的领导一起吃饭，你也参加一下，到时候让他们照应照应你们医院。"

我赶忙答应下来，慨叹一声："家有贤内助果然是大不一样啊！"

挂了电话后却突然想起自己的梦境，不禁汗颜。看来我内心深处还是想当院长，这不是想抢董事长兼院长的祖老师的位置吗！这种野心要不得啊，心中稍稍反省了一下，勉强收拾了一下自己就出门赴宴了。

妍妍还是很照顾我的，找了家北五环左右的饭店，正好离我们医院不是很远。一进门就看到大理石饭桌前围坐了一圈中年男子，妍妍也位居其中。其实我此时差不多四十了，也是中年男人了，可是我就是很奇怪为什么我国的男子到了中年就一定要大腹便便，仿佛没有肚子就说明自己吃得不好、地位不高一样。兄弟不才，就算再忙也会坚持健身，每次晚餐尽量吃半饱，所以到现在身材也算很好，从不把自己当中年人，也可能所谓的"为老不尊"就是说的我这种总把自己当年轻小伙子的人。

众人见我进来，气氛为之一滞。妍妍忙说："各位哥，这个就是我男朋友，他单位离这挺近的，今天就把他也叫上了。"然后指着对面的空位说："来，你坐吧。"

妍妍旁边的一个中年男子起身大笑："哪能强拆鸳鸯呢，您来坐我这，我过去坐。"仔细观瞧，这人正是派出所陈所长，我赶紧伸手欲寒暄，陈所却几步抢身过来，拉着我就坐在那个位置上，热情无比。

坐定后，妍妍帮我一一介绍。这些人大多数是清河区各级单位的一把手，每个人都主动过来和我握手寒暄，气氛相当热烈。官最大最对口的一个竟然就是我们朝思暮想的区卫生局局长，这可是顶头大佬啊！我心中一阵高兴，要是能拉上这人的关系，搞不好我们医院办医保准入的事情就有希望了。

心中邪念生起后就不自觉打量了这人几眼，这个局长大人给人的第一印象就是"普通"——普通的身高，普通的长相，普通的气质，绝对是那种放在人堆里就会转眼消失，任谁也在外观上猜不出来这是个掌握几十家公立和私立医院外加诊所生杀大权的人物。唯一不普通的是那人穿着白衬衫和深色的拉链夹克衫，这看起来土里土气的衣服可是标准的公务员装扮，现在的领导们谁要是没有一件土气的拉链夹克衫都不好意思说自己是从政的。

妍妍何等聪明，看我上下打量那个卫生局局长，就忙介绍说："这位是咱们清河卫生局的李局长，李局可是人民大学毕业的高才生，他的父亲和我父亲当年是战友，我们是通家之好，这次的聚会也是李局张罗的。一会你多敬李哥几杯。"

我忙道："那是自然，李局和我年纪相仿，却已身居高位，实在是让我感到惭愧。"

李局却淡定地说："哈哈，王兄弟品相出众，为人谦和，怪不得能获得咱们妍大小姐的芳心，将来必然是前途远大，我这区区芝麻官上不得台面的。"

我忙道："李局您太谦虚了！咱学医的最高领导就是您了，小弟拍马难望您项背啊。"

李局笑道："原来王兄弟你是学医的啊，妍妍大小姐光说你是她男朋友，却没说你是医生啊，那正好，咱们兄弟多亲近亲近。对了，你现在哪个医院高就啊！"

我回答道："以前我是安真医院的，刚跳槽去了私立医院，就是那个白色城堡医院。"

李局一笑："哦，安真医院跳槽出去可是要很大勇气啊。那个私立医院我知道，刚刚成立，还是找我批的执照呢。小王啊，现在私立医院可是不太好干啊，估计你要挣扎一阵子了。现在你们医院情况怎么样啊？"

妍妍接过去话茬："你们这些人饭桌上谈什么公事啊，等回头让王主任请你李大局长吃饭，你们单独聊去，现在你们净耽误大家喝酒！"我心领神会，不再多言。

现在宴席不成文的规定，一般是由东主先敬酒三杯，说些漂亮的场面话，然后就是自由发挥，大家各找想拉关系的目标聊天喝酒。本来我是这个圈子的外来人，说话没有分量，然而陈所极其配合，每当我举杯敬他人时，陈所都要起身赞助，并和我一唱一和，马屁拍得山响，很快就和在座的领导们称兄道弟，义气非常。

不过陈所的酒量是相当地一般，宴会才到中场就明显有些高了，大着舌头过来，非要和我干一壶酒，边给我倒酒边说："兄弟，哥，哥欠你一回啊。上次的事，哥，哥办得不到位。"

我赶紧摆手："哪能呢，不是您的人在那蹲点，说不定会出什么乱子呢！"

陈所大着舌头说："嗨，兄弟你有妍大小姐做后盾，还能有什么乱子。兄弟，兄弟你运气好啊！妍大小姐的背景太牛了，你看到没有，就咱们清河区这些头头，要不是你在这片地面上混，想见她一面恐怕得想想办法才行！"

我心下暗想，这就怪不得你四十多了还是个派出所所长了，管不住自己的嘴，酒量又差，估计您还得在这个位置上待上很久。

陈所没感觉到我的沉默，继续说："兄弟，碰到这么好的姻缘，赶紧办事，实在不行就先弄个孩子出来。孩子有了，人就是你的了，错过这村就没那店了，别怪哥没提醒你啊！"

看着陈所口无遮拦，还完全不自知自己的声音超大，我赶紧拉他去上个卫生间，看着陈所摇摇晃晃地从卫生间出来，裤角上还有斑斑尿渍，我摇摇头，心想您还是好好当所长吧。不过陈所这样的人为人实诚，当盟友成事不足，当朋友却是毫无问题。

李局却给了我深刻的印象：为人低调，说话朴实、不打官腔，来酒必干，酒意开始上头就立刻找理由不喝，是个极有控制力的人物。这个类型的人比较难搞定，阈值较高。很明显李局也在偷偷地观察我，时不时我们二人就目光对视，只能点头示意，惺惺相惜却又生起提防之心。

一顿酒宴吃得宾主尽欢，大家均互留联系方式，指天指地发誓要尽快再聚会痛饮一番。酒真是拉关系的良药啊！

妍妍没喝酒，开车送我回去，路上笑道："王主任，陈大所长给你出什么馊主意呢？"

我立刻清醒，转头望向妍妍："你听见了啊！咳咳，没啥，就是陈所说了一些要珍惜身边人，创造未来人的建议，你说要不要听信谗言呢？"

妍妍拍了我一下嗔道："您都喝成这样了还想乱七八糟的事情，我还是送你回去吧。你们医院离我家太远了，我早上又不能送你，你上班太辛苦了。"

孤苦凄凉一夜无话。

第二天开始，我和路易不再乱跑，安心整顿科内事务。不查不要紧，一查吓了我一跳。"一绝大师"海波这厮，仗着我给他的三线位置，把心内科弄得乌烟瘴气。我们作为私立医院，服务是第一位的，这才能和普通公立医院区别开。可是全科的医护在海波这厮的带领下还是走的公立医院"你爱来不来，爱走就走"的老路线，完全没有任何的服务精神，那谁还肯花钱买罪受，不跑才怪。

我赶紧把大家召集到示教室开会，表达了一下我的想法，然后看大家的反应。

海波这厮真是煮熟的鸭子，肉烂嘴不烂，梗着脖子说："那王主任你还想让我们怎么服务，跪式服务吗？我们当医生、护士，总得有自己的职业尊严吧！"

我深恨这厮不懂事，在这么多人面前顶我。但也知道思维定式一旦形成，想改变是件非常困难的事情。不过我还是定下心神，问海波："以前在安真医院的时候，你接诊一个病人给你多少钱？"

海波想想："固定工资，奖金是按年资点数分的，咱俩当时不都一样吗！"

我盯着他说："一分钱都没有，那个时候是大锅饭，干多干少都一样，服务好坏都一样。可是现在你们门诊看一个病人，挂号费一半都是你的。病房接诊一个病人，有 200 块钱的接诊费。这么多钱买不来你一个笑脸吗？你看人家冯真真，看病人多认真热情，解释病情有多详细，一个病人出院，这个病人七大姑八大姨都接着找她看。"

我手一指科里的一名年轻的女主治医师，这孩子脸一红。我接着说："从今天开始，每个病人都要填写就诊满意卡，只要我发现有'不满意'的评价，这个钱你们一分也别想拿，要是次次都不满意，就停职去医务处学习医患沟通技巧，都听明白了吗？"

大家稀稀落落地答应着。我接着骂："以前你们在公立医院时病人实在太多，工作也累，所以态度好不起来我也能理解，但是现在你们一天的工作量很小，还从来不加班，如果不好好端正你们的态度，那别怪我不客气！"

众人皆是一凛。

"我不是让你们跪式服务，但是医生的尊严也不是靠态度冷淡收获的，而是靠真正解决患者的病痛来实现的。从今天开始你们每接诊一个患者都要给我随访，看人家的药物需不需要调整，看人家的病痛有没有彻底解除。总之一句话，我这不养闲人，你干得越多赚得越多，不干活或干得不好，穷死也是你自己的事。"趁热打铁，我对护士长说，"护士们的工作其实还是不错的，患者还是比较满意。不过我们要和公立医院不同，不能'一人住院，全家陪护'，咱们有护工专门带领做检查和拿药办手续，基本患者家属只需要在住院时划一下信用卡的预授权消费，就不再需要跑着办任何手续，甚至不出现也行。

　　"另外，所有人要保护患者隐私，任何写有患者名字、年龄等信息的东西，哪怕一张纸片也不能丢到外面，必须拿回来集中存放销毁。

　　"还有，病人或家属问你们话的时候，要热情回答，你们回答不了，至少告诉人家谁能回答。要是问路的话，你要是忙，就找一个护工带路，或者干脆给人家画个草图，绝对不允许爱答不理，发现有这种现象一律扣奖金……"

　　整整骂了两个小时，针对各种服务问题提出很多条要求，骂得我是口干舌燥。不过，当主任真爽啊，想骂谁就骂谁！更爽的是，冯真真医生竟然把我骂了两个小时的话总结纂写成一部小册子，第二天一早就恭恭敬敬地放到了我的办公桌上，并眨着大眼睛问我："主任，您看要不要印刷上几十本，发到咱们科里每个人手里呢？"

　　我仔细翻看了一下那本小册子，发现冯真真整整总结出了二十五条关于我说过的如何提高服务质量的意见，竟然分毫不差。我不禁奇怪地问道："你是怎么记下来这么多话的呢？"

　　冯真真掩口一笑："主任，您忘记了手机能录音吗？"

"哦，那你一般都在什么时候录我说的话，不会到处播放吧！"

冯真真低头："当然不会，我都是录下来自己回去听，怎么能放给别人呢！"

我看了她一眼，正色道："那你去院办张秘书那印刷吧，就说是我让你去找他的，咱们自己出去找印刷厂太贵了。对了，小册子封皮上印个名字，就叫《二十五条科规》。"

事情的发展是出乎意料的，我的本意是院办看在我是医院股东，并且和祖董事长兼院长狼狈为奸的分上能够帮我免费印刷一部分小册子，但令人意想不到的是，《二十五条科规》院办不但给印刷了，还是大肆印刷，变成了《二十五条院规》，被全院传颂，连祖老师都大为赞赏，院务会上大笑着说："王主任骂人都能骂出一本书来，实在令人佩服，以后每次院务会希望王主任也能多骂我几句，让大家一起受益。"

我连道不敢，心里却有些得意，觉得我还是蛮有做领导的天分。

医院状况逐渐回暖，虽然病人仍然不多，但好在医院经过一系列调整，各科室的运营皆颇为顺利。尤其是医院的服务质量，在我的小册子指导下大幅度提高，吸引了相当多的手里不差钱、不愿意在公立医院求爷爷告奶奶还要时不时地忍受白眼的有钱人。另外还吸引了一部分工作比较忙，宁可多花点钱也不想来回跑医院来照顾老人的病源，原本冷清的医院一下就增添了不少人气。

面对患者及家属不断升高的满意度和医院收入的节节攀升，祖老师喜出望外，召集我们三个一起庆祝，还特意嘱咐食堂给每个人弄了只澳大利亚龙虾下酒。

路易一进门就嚷嚷起来："这么多龙虾啊，祖老师你不过了？"

刘非则迫不及待地下了筷子，边吃边说："你疯了，有这桌饭你还不如把我们的奖金发了呢？"

祖老师笑着给我们每个人丢了一个大牛皮袋，路易看完惊呼："我靠，这得有几百万了吧！"

祖老师得意地说："是五万，自从你们来了医院我就一分钱都没发过你们几个的，虽然你们三小子快把食堂吃黄了，但是我老人家仗义疏财、乐善好施，这钱是你们这个季度的奖金，庆祝咱们已经完成了历史性的转折！如果下季度还这样，你们就发了。如果能扭亏为盈，那你们的奖金翻倍！"

包间里顿时欢声如雷，路易流下了幸福的眼泪："我还以为你小子这辈子不会给我发工资了呢，都打算让父母从老家赶过来一起在食堂帮我吃回来呢。"

我也比较激动："哇，这才只是收支平衡，如果医院开始车水马龙、人流如织，那我们轻松一年百万啊！"

"必须的！医院的发展主要靠我们一起的努力，这段时间咱们经历了多少风雨啊！人才荒，扯虎皮，栽赃门，事情一件接一件的，要不是兄弟们始终团结一致，怎么可能过关斩将，挺到现在呢！"祖老师难得地动了真感情，眼睛有点湿润，"另外，王教授你是怎么想到那二十五条提高服务质量的办法的，这是我们非常重要的一次进步！"

我谦虚道："这个不过是我老人家随口骂骂的，没有经过深思熟虑，有待提高，有待提高！"

路易骂道："嘿哟，你是想说你随便想想就比我们绞尽脑汁强是吧？"

我赶紧摇手："不是这个意思，其实我的灵感源于我的性格特点！"

大家忙问我有什么特点。

"其实，每个人的性格都是与童年的经历相关，我小时候因为不在自己家长大，都懂事了才被送回家，所以爷爷奶奶和父母对我其实比较冷淡，再加上我姐特别得强势，又十分受宠，所以我从小性格就比较内向敏感，注重他人感受，大人们有一点的不高兴我都能察觉到，还能自个儿琢磨原因。正是我这个性格特点，以前在公立医院的时候我才能经常换位思考，为什么病人和家属就医体验那么差。"

祖老师一叹："你丫绕了一圈还是想说你聪慧敏感，为他人考虑。你直接说就行了，扯那么多干啥！"

我骂道："公立医院那帮医护，天天觉得自己牛逼得不得了，整日像欠人钱似的，那就医体验能好的了才怪。你们想想，去公立医院看病，从一进门就开始不舒服。首先就是根本不认识路，指示牌不明确，如果你去问路过的医护人员，他们爱搭不理的特别招人烦。其次就是流程过多，办卡、挂号、预约检查、划价、取药、住院手续、还得去办病历、复印病历……想想头都大了，每个流程都让人迷糊，还都不在一个地方，去哪还都找不到路，又得问，又遭白眼！"

众人立刻点头称是，我接着说："我的第一个想法，就是简化流程，而且患者看病就医不需要自己去跑，直接等候大厅坐着喝茶，由工作人员全程办理这些事情。也不能让人家不明不白地等，要告诉人家可能等多久，等候时间到了后，要有专人告诉他们'去哪找谁干什么'。"

祖老师也严肃了起来："确实如此，我们接着按你的想法改进，那你那些服务态度的问题是怎么想到那么多细节的？"

"其实很简单，病人和家属需要的不多，尊重是一个很基本的礼貌，所以我定下了规矩，与人说话不能用几个字就把人打发走，至少要说'您好''不客气''您慢走'等几个基本词语，绝对不许别人问话你不回答的现象。另外，细节上的事情，比如说要尊重患者的名字，任何有患者名字的纸片都得扣着放，而且绝不能随意丢弃，要集中销毁。这样就会让患者觉得咱们很尊重他们的隐私，会让人觉得舒服。总之一句话，公立医院的陋习，我们这里要彻底地摒弃，虽然我们收费高，住院还不报销，但高就要高的有道理，不能让人花钱还买气受。其实我也是通过观察冯真真大夫接诊的一些细节才想得这么全面，这孩子确实很有天赋。"

路易坏笑："你天天瞄人家小姑娘干什么，是不是看人家身材好心里痒痒？"

还没待我还嘴，刘非就接道："这才从公立医院跳出来，就一口一个'公立医院那帮人'，您也太没立场了吧。"

祖老师很高兴："王教授，算你厉害，墙头草转向快，又有会伺候人的奴婢性格，我喜欢。以后你定期挑挑咱们医院服务方面的问题，只要你说的我一定照办！"

龙虾吃完了，我们喜滋滋地拿着五万块各回各家，我高兴地给妍妍打了个电话想请她吃顿大餐。妍妍想了想说："你把那个李局叫上，拉拉关系，看能不能把你们医院医保准入的事情解决了。"

我谨遵圣旨，赶紧约李局。其实理论上像李局这样的局长级人物，想请他吃饭至少得提前一周约时间，不过李局听说妍妍和我一起去立刻就答应下来。赶紧找了家比较像样的酒楼，定好房间后就开车去接妍妍下班。

妍妍高挑健康的身形出现在她们单位大门口，看见我的车就蹦蹦跳跳地跑过来，像个大学的小女生。上车之后，妍妍凑过来笑道："王主任，我觉着自己简直就是个圣人，每次和自己男朋友约会都要带上对你工作有利的关系们一起，简直就是贤内助啊！"

我点头如啄米："谁说不是呢，您形象太高大了，显得我特别渺小。"

妍妍拍拍我的肩膀："年轻人，你能及时地自我批评让我很欣慰，我也是为了你的成长，等您发达了好带着我这穷公务员一起享受。"

我叹了口气："合着您还是担心我没出息养活不了你呗？"

妍妍瞥了我一眼："别好心当作驴肝肺啊！"

我赶紧转换话题："你们公安部不是在长安街那种高大上的位置吗？为什么你每次都跑圆明园这么远来办公？"

"哦，那地太小，也不够安全。你话题转得倒挺快的，你想过今天怎么对付李局了吗？"

我沉吟说："今天主要是探口风吧。李局是聪明人，知道咱们不会无缘无故找他的，要是他顾左右而言他的话，我们干脆就不要再提了，省得被他看扁了。"

"你呀，就是脸皮薄，自尊心又强，你学学我吧。那个李局虽然我们从小就认识，但是长大以后我就没理他。这次为了你的事，我还不是找我爸要了他联系方式约出来吃饭。"

我疑道："为什么长大后没联系呢？你们也算青梅竹马，你老爸就没考虑找他做乘龙快婿吗？上次陈所可说了，李局是钻石王老五，刚离婚又没孩子。"

妍妍迟疑一下说："他爸其实以前找过我家提过，想促成我俩，可我觉得这人太闷了，懒得理他。"

我瞪了她一眼："早知道这样，我才不见他呢！"

妍妍心虚地吐了吐舌头说："领袖让我们团结一切可以团结的力量，我和他手都没拉过，你吃个毛的醋啊！"

到了北方居烤鸭店，一进包间门就看到李局已经就座，我赶上两步迎过去和他握手寒暄："真是不好意思，还让领导等我！"

李局笑道："哪里，没等多久，而且我不是领导，咱们是朋友，就叫我李哥就行。"说罢抽回我握着的手，向妍妍伸出手寒暄："上次我见你就觉得你这么多年都好像没有变化，这次再见觉得你比小时候还漂亮了！"

"李哥倒是变化不小，以前你多瘦啊，那个时候大院里的孩子都叫你李猴子，现在可没人敢叫您李大局长的外号了吧？"

李局尴尬地笑笑，但仍没有抽回握着的我女朋友的手，还将左手搭上去，妍妍看我表情不善，赶紧指着座位让大家快入席。

北方居烤鸭店其实并不是只卖烤鸭，它最有名的实际上是"丹东蚬子"，是真的从丹东运过来的，味道鲜美、价钱公道，美好的味道顿时让大家气氛好了起来。

李局这人看着低调谨慎，口才却相当好，将他和妍妍小时候在军队大院里的故事讲得绘声绘色。当讲到他因为隔壁空军大院的讲妍妍的下流话，便跳出来和他们打架，被打得头破血流，发誓要锻炼身体报仇雪恨，然后每天去后山跑步，最后练成神功，后山之地如履平地，自认功成。随即去找空军大院的孩子报仇，结果不成，又被打得头破血流，被十几个孩子追打，一路追到后山。追兵兴奋异常，正当吹响最后的号角，痛打落水狗之时，只见年少的李局一声大喝，用常人难以企及的速度一溜烟跑到了山顶不见踪影，剩下一群人瞠目结舌，"后山李猴子"的名号也是那天开始在各大院中传颂开来。

妍妍大笑："李哥，您为啥锻炼身体却练成了逃跑绝技啊？"

我接过话头："李局高瞻远瞩，谋而后动，未雨绸缪，年少时就预示着必成大事啊！"

李局大度地一笑："这段故事我一直没有和妍妍讲过，也是个人生小小的遗憾。王主任，您可得好好对待我这个妹妹啊，你要是看不住她，可就别怪我去圆儿时的梦想了！"

话说到这个分上，要是还不知道李局贼心不死，妍妍两次招他即来的用意那可就是傻子了。我心下愠怒，打算无论怎样都不会找他办事，大口吃鸭子，吃完就走。

妍妍看我迟迟不开口说医保准入的事情，连连给我暗打眼色，我装作没看见，接着吃鸭子。妍妍看我态度坚决，知道我已经恼怒，就夹了块带鸭嘴的鸭头放进我的碗里，还用筷子点了点鸭嘴，我知道她是在笑我煮熟的鸭子——嘴硬，也不搭理，一顿饭不咸不淡地吃完，就挥手和李局告别，走的时候故意没和李局握手告别，让他也找不到由头和妍妍握手。

送妍妍回去的路上，妍妍笑着说："王主任，您这醋吃得没来由啊！二十几年前的事情了，你心眼太小了吧！"

我哼了一声："还说连手都没拉过，刚才我看你们大手拉小手，还猴哥猴哥的那么亲切，真是羡煞旁人。"

妍妍扑哧一笑："您自始至终也不提你们医保的事情，那这顿饭不白请了，气也白受了啊！"

"没办法，我做人还是有原则的，就算穷死也不能牺牲自己风韵犹存的女朋友吧。"

妍妍气急："风韵犹存，我他娘的有那么老吗！说，是不是有小姑娘最近勾引你了！老娘回去就查你开房记录，要是让我逮到，哼，抓你们奸夫淫妇游街！"

"怎么可能有记录，用淫妇的身份证登记不就行了吗！"

车里响起噼噼啪啪的一顿响声。声音停止后我专注地坐在驾驶位上开车，脸色留下了几条指印，头发被抓得凌乱，叹了口气说："就算你打死我，我也不会向你青梅竹马的猴子投降的，这事不办了。"

妍妍喘着气："我打你又不是因为这个，只是个人小爱好而已。不过，你为什么不肯稍微吃点亏呢，只要我不吃亏不就行了。你这个人什么都好，就是太倔强，要是在机关里混，恐怕一辈子都是个跑腿的。"

我认真地看了妍妍一眼："做人要是没有原则，和咸鱼有什么分别！我从公立医院跑出来，就是受不了那些条条框框和那些自以为是的屁股决定脑袋的嘴脸，要是跑出来了还要向他们低头，还是以牺牲女朋友小手给人家拉的代价，那就算成功又有什么意义。人的一生应当这样度过：当一个人回首往事时，不因虚度年华而悔恨，也不因碌碌无为而羞愧；这样，在他临死的时候，能够说，我把整个生命和全部精力都献给了人生最宝贵的事业——为人类的解放而奋斗。而不能在死的时候对自己说'我用自己的女朋友换得了一生的成就'。"

妍妍笑道："同志，收起枪，别跟任何人说。哪怕，生活无法忍受也要坚持下去，这样的生活才有可能变得有价值。我敢断言，要是不改掉您这个倔驴的毛病，您的生活也不可能变得有价值。"

我慢慢地说："钢是在烈火和急剧冷却里锻炼出来的，所以才能坚硬和什么也不怕。我们的一代也是这样的在斗争中和可怕的考验中锻炼出来的，学习了不在生活面前屈服。你要是让我变成一个世俗的人，让我在斗争中屈服，让我成为一个可悲的汉奸，那么你不会是我亲爱的战友，我会无情地向你开火。"

虽然是用生动且互不伤害的革命话语说出来的，但我们都是聪明人，大家内心的立场不同已经显而易见，一种若有若无的隔阂无形中在我们中间开始形成，像炙热沙漠里的空气，透明却扭曲可见。

送妍妍到了楼门口，她看了看我，叹了口气，知道今天大家没有相拥入眠的心情了，拉开车门走了下去，消失在楼门口。

世间文字八万个
唯有情字最杀人

　　我还是太幼稚了。

　　本来以为顶多我就不去找那个李猴子办事也就算完了，隔几天再哄哄妍妍也就风和日丽了，可惜我还是低估了李猴子的手段和决心。

　　李猴子首先让他父亲李司长带着他亲自登门向妍妍父母问候，并恬不知耻地在午饭前赶到，摆明了要蹭饭。吃饭时，由他父亲表达出来自己儿子内心还是喜欢从小一起长大的妍妍，至今不肯再娶妻生子，导致自己和老伴茶饭不思、内分泌失调等状况，李猴子却于一旁做娇羞状。妍妍父母表示相当惊讶，妍妍父亲说老李你不是知道我女儿已经谈恋爱了吗？结果李猴子立刻大进谗言，说已经见过了妍妍的男朋友，还陈述了我三大条罪状：第一，为人不踏实，不愿脚踏实地在公立医院打磨，急功近利地跳槽到私立医院。第二，接触妍妍是有目的、有心机的，甚至还利用妍妍和他的关系来走后门，所以像妍妍这样的高干家庭，最好还是要找门当户对的家庭，省得被有心人欺骗感情。第三，长相不老实，肯定会在外面招蜂引蝶。

　　这事也怪我和妍妍太过自信，也和我一直忙得不可开交有关，竟一直没想起来去妍妍家拜见一下未来岳父岳母，导致二老对我没有任何印象。在李猴子的巧舌如簧和他爹的老兄弟老感情的攻势下，二老迅速沦陷，叛变成了李猴子的后盾，开始反对起我和妍妍的事情，并阻止我们往来。

当妍妍打电话告诉我这些情况后，我顿时就傻了。李猴子真阴险啊，从头到尾都是他的各种设计和圈套，幸亏我没说找他什么事，不然肯定成为另一个他在妍妍父母面前打击我的砝码。

气愤之余我问妍妍："那你是什么想法呢？我知道你一向听父母的话，这次你打算叛逆一次吗？"

妍妍沉默良久说："我肯定不会离开你的，绝不能让李猴子得逞。不过咱们还是得先分开一段时间，不然我父母可能把阻止我们来往变成坚决禁止来往，那事情就糟了。"

眼见事无可为，我也只能悻悻地挂了电话。总不能死缠烂打，把草根的脸都丢尽了吧。

可是我还是太小瞧李猴子了，他竟然敢给我打电话！

见到是李猴子的电话我气得七窍生烟，接了电话就骂："我说李大局长，您这釜底抽薪、上屋抽梯也太损点了吧！"

李猴子声音还是那么冷静："王主任，妍妍现在还没有和你结婚，所以我当然也有追求的权利，所谓'一家女，百家求'就是这个道理。"

我气道："您追您的我不管，可是您跑到妍妍家当着她父母面说了我一堆坏话，这可不是君子所为。"

李猴子又说："我也是陈述事实，妍妍和我都是大院长大的孩子，和你们地方长大的是不一样的，你恐怕很难理解她的很多想法。我相信你也知道你们之间是存在这种阶层问题的，这个问题现在在你们年轻充满激情的时候显不出来，可是过几年激情退去，阶层的问题会无限放大，恐怕到时候再爆发出来就害人害己了，索性我现在就给你们引爆了。如果你们真有缘，我相信你们最终还是会在一起。咱们也不用像地痞无赖那样为抢女人打架，各显神通，看命运到底走向哪里！"

我沉默了一会儿，然后大骂："妈的，说得好有道理，我差点就又上了你的当！你欲抢他人女友在先，耍阴谋诡计在后，现在还振振有词，太无耻了吧！咱们还是像男人一样打一架，谁输谁滚蛋！"

李猴子有点慌，显然没想到凭他的口才竟然没法说服我，于是又换套路："这样吧，兄弟，不管怎样哥也有不对的地方，我知道你们医院现在没有医保，这个事情我尽快给你办了。不过我刚才说的话确实是肺腑之言，希望你能面对现实，还是和妍妍分了吧。"

说完李猴子竟然就直接挂了我的电话，气得我跳脚骂，直想摔手机。但考虑到换一个太贵，就顺手抓起个杯子砸了。

那天晚上我做了一夜噩梦：妍妍和我彻底分手，还跟李猴子满山乱跑摘野果，吓得我立马惊醒，再难入眠。第二天早晨上班无精打采，心情很糟。

中午照例到食堂吃饭，外粗内细的路易看出我情绪不佳，就问我缘由。对这几个货我也没什么好保留的，大概说了下我本打算凭妍妍和李局的关系给咱们医院弄医保，结果发现这关系很危险，就放弃了通过李猴子办医保的打算，但李猴子却狠狠地阴了我一把，又打电话过来气我，还想拿妍妍和医保交换的事情。

祖老师惊呼："王教授你太仗义了，竟然又搭饭钱又搭女人地帮我们办事！"

路易也说："这事有什么大不了的，要想生活美好，谁的头上没点绿啊！"

刘非骂道："你们怎么能这样对待王教授呢，王教授快四十的人了好不容易找了个女人，现在你们为了医保准入这么小的事情就给王教授戴上绿帽子，那怎么行！告诉李局，我们的条件除了医保外，还要变成民营三级甲等医院！"

我气得大骂："你们这些畜生，有没有点基本的同情心，我他妈的肯定不会再去找那个李猴子了！"

祖老师赶忙拉着激动的路易和刘非："算了算了，不能真的为了医保的事生生毁了王教授的幸福生活，咱们还是想想怎么给王教授再找个女朋友吧。"

刘非说："急什么，单身多好啊。你们两个以后天天一起去泡妞，咱们有钱有身份，还怕没有女人吗？"

祖老师点头说："有道理，天涯何处无芳草，何必独恋一枝花。哥负责给你找一堆女人，让你天天不重样的宠幸！"

路易叫道："是啊，多好啊，牺牲一个王夫人，换来全院的幸福美满生活，多划算！"

我一个回旋踢，路易转身避开，又叫道："慢着，小弟还有一计，必能保全王夫人，还能搞定医保！"

我收回脚，所有人都围过来。祖老师笑道："哈哈，还是鬼才路主任牛，说吧，这次怎么阴死那个李猴子？"

没等路易开口，我却真的发火了："路易你闭嘴！要诡计弄回的感情，实在是没有任何意义，如果妍妍犹豫不定，那说明她并没有对我有很深的感情，即使结了婚，和一对儿咸鱼有什么分别！你们谁敢耍心眼用妍妍换医保准入，我要是知道了，咱们就此一拍两散！"

路易讪讪地笑道："别啊，兄弟们都是气不过而已，你要是真不愿意我们出手，这事就算了。"

祖老师也赶忙说："别生气啊，其实你看路易玩命弄回包子，这不过得也挺好吗？儿子都生了。"

刘非是过来人，还是知道感情的事："其实王教授说得对，婚姻是绝对不能勉强的，结婚前发现有一点的不合适，结婚后这一点点就会放大一百倍，直到吵得不可开交。其实那个李猴子虽然是个无耻小人，但是他至少说对了一件事，你俩阶级成分差距太大了，骨子里的思想很难统一。其实妍妍最崇拜的人是她的父亲，她内心里一直想找个能指点江山、众星拱月的政治家。虽然被王教授仅次于我的英俊所吸引，但结婚后身材长相根本就起不到作用，早晚她会发现自己内心深处的渴望，现在被李猴子把这点引爆了也好，省得日后后悔都来不及。"

路易叹了口气："随他吧，婚姻确实勉强不得，现在我和包子也动不动就吵架，包子自始至终都是喜欢装腔文艺范儿的假正经青年，我这种粗人始终走不进她的世界！"

一顿饭吃得不欢而散，这件事揭开了大家各自的伤疤，世间的苦难有千万种，唯独感情会直接击中你的心脏，导致胸闷、气短、胸骨后钝痛，进而失去一切快乐的功能。

一连两周，我没有主动联系过妍妍。正好路易的儿子过一岁生日，我作为他儿子的三个干爹之一，自然要庆祝一番。虽然吃了他们家的设宴摆酒，但我们事后还是找了个其他的借口聚在一起开开心心地喝了一顿，还在酒席上送了路易金锁、金脚环什么的。路易也正好有了借口逃出来喝酒。几天的热热闹闹倒也让我暂时忘记了妍妍，忘记了已被推到悬崖边的爱情。

一张利嘴言福祸
闭目鼓腮道真宗

世人皆贱人，拥有的时候心安理得，一旦失去才能体会到掏心挖肺的空荡。

妍妍一直都没有联系我。我无时无刻不攥着手机，生怕错过任何关于她的消息，每次铃声响起都用最快的速度拿起电话，可看不到那个熟悉的名字，就会失去一切回复的兴趣。

浑浑噩噩地又过了几天，懒得做任何事情，工作上的事情能推就推，实在推不了就应付了事。其实在我心里，已经知道了答案，可就是忍不住地想那渺茫的万一。

我的堕落彻底激怒了我的兄弟们。

中午时硬是被三人拉到了食堂包间，祖老师开门见山地说："你丫太没出息了吧，是男人就拿得起放得下，先狠揍那李猴子一顿，然后咱们就去北京最大的夜店去泡妞，你丫砸多少钱进去都算老子的。泡一个还不行，咱们找他个十个八个，个顶个年轻漂亮，让看不起你的人都去死，咱自己活得高兴不就完了！"

路易大声说："要么咱们就死缠烂打，你只要豁得出去，没有搞不定女人！你小子一个电话、一条短信也不给人家，那不是摆明了把她往李猴子那推吗？"

刘非在经历过大风大浪大伤害后确实比较沉稳了，缓缓地说："算了吧，别折腾了，给丫放个假，出去走一圈，回来就好了。"

路易瞪他一眼："这是逃避，是投降，你怎么就能断定一定没戏，万一你让王教授错过了唯一的机会不是让他抱憾终身！"

刘非说："你们还记得当年跟着妍妍一起把晓丽送到急诊的那个女孩吗，叫童童的？"

我看了他一眼："记得，后来一起唱歌的时候还见过。"

刘非接着说："我昨天去找她了。你也别生气，我看着你这样确实心里着急。"

祖老师愕然地问："她现在还和妍妍在一块混呢啊，还以为晓丽跑路了她们的小团体就散伙了呢？"

刘非答道："没有，现在她是妍妍唯一的闺蜜了，她和我透露说妍妍现在心情很糟，家里不断地施压，只能躲在自己的公寓里不回家。可是那个李猴子很厉害，成天往妍妍家跑，两家的父母已经互相认可了。那李猴子把妍妍的父母吃得死死的，殷勤无比，据说这周末还要陪他们去白云观游览。其实妍妍骨子里和晓丽是一样的，他们这种高干家庭的孩子，在外面嚣张跋扈，唯独对父母唯命是从，因为他们很清楚自己嚣张的本钱是啥，我看这事没戏了，过去就过去吧。"

路易突然一拍桌子："真的假的？"

刘非疑惑地说："应该没错，童童也没必要骗我啊，再说她因为晓丽跑路的事情也对我心存些许愧疚，不会骗我的。"

路易笑笑，向刘非眨眨眼睛："我说的不是这个，是他们周末真的要去白云观吗？"

刘非又问："你问这个干吗？还想去半路劫了李猴子怎么的？"

路易摇头："没事，没事，我就是问问。"说完又向祖老师和刘非使了个眼色，二人会意，都放下筷子说吃饱离席，各自离去。

我隐约觉得略有不妥，可我听完刘非带来的消息后心如死灰，现在脑袋已经凝固了，哪里还管得了那许多，惆怅得连办公室都没去就直接回家了。

可是，任谁也没想到，这三个小子竟做了一件前无古人能比肩其下作，后无来者可超越其诡诈的大事！

几天后，寂寞了很久的电话终于拼命地振动，并于光滑的桌子上摇头摆尾，妍妍的名字跳跃在屏幕之上。我先是一把抓过电话，但犹豫了半天没接，知道这回应该是妍妍有了决断的时候了。彼时我其实已经有了妍妍哭着说抱歉，我大度地说没关系祝你全家幸福之类的话。

可是事情完全出乎了我的意料！

我还是接了电话，妍妍语速超快地大叫："我爸妈同意我和你交往了，哈哈，老娘终于可以明媒正娶了，本来还琢磨着和你私奔呢，现在不用了！"

我张口结舌地愣了半天："这……这是真的吗？不是前几天还坚决反对吗？"

妍妍继续快速地说："我也不知道啊，就是昨天我爸突然和我聊，说李猴子身上歪风邪气很重，在官场胡来，早晚要东窗事发，还是找个医生比较踏实。我妈还说等过段时间，大家把这段不愉快的插曲忘记了，让我带你回家吃饭呢！"

我回过神来："这太突然了，不是想让警卫在鸿门宴上干掉我吧？"

妍妍怒道："少贫嘴。你小子走了狗屎运了，我老爸那可是出名的

'倔将军'，说出的话从来都是一条道跑到黑，绝不更改。这次也不知道是中了什么邪，竟然改主意了！"

接下来，我和妍妍在轻松活泼的氛围中对命运和缘分交换了意见，一致认为我们两人的姻缘是上天注定的，受上帝佛祖观音姐姐手拉手联合保护的，并对未来做出了一系列展望，考虑尽快生米做成熟饭，省得夜长梦多，"倔将军"再发神经又改变主意。我们还装模作样地看了各自的档期，约了个最近的"做饭"时间。

我心情极好地回了医院，路上正好碰到路易，还没等我说话，路易抢先说："啥也别说了，晚上在食堂给你庆祝。"

我不禁气滞："我还啥也没说呢，你们要庆祝个毛？"

路易大笑离去，边走边说："看你面带桃花，嘴角溢春，还用说吗，肯定是干柴烈火、水乳交融、鱼水共欢、郎情妾意、胶漆相投……"

随着路易的声音消失在走廊拐角，我不禁瞠目结舌，这小子对于男女之事的词汇量及应用自如的程度实在令人叹为观止。

晚上如约而至，刚一进门，这三个小子就欢呼起来，刘非还不知道从哪搞了婚礼小礼花，"嘭"的一声漫天散花。另外桌子上摆满了食堂做得最棒的菜，烧鸡烤鸭一样都不少。我不禁疑惑道："怎么了，医院开始营利了吗？"

祖老师端起酒杯："今天是庆祝比医院营利还要厉害的事情——我兄弟终于得偿所愿，抱得美人归，来吧，满饮此杯！"

众人又欢呼，并一饮而尽，我疑惑地问："这事你们怎么知道的？是不是妍妍那个闺蜜，叫什么我忘了，是她说的啊？"

这三个小子一起摇头，我又追问，只见祖老师对另外二人说："这会儿他心情正好，咱们还是提前说出来吧，省得将来他知道了再发飙。"

这会儿就算我再傻，也知道今天的巨大转机肯定是这三小子搞事情搞出来的，便叹了口气说："行了，说吧，只要你们没有用下三烂的手段，也没有伤害到谁，看在我和妍妍重归于好的分上，这事就算了。"

三人又一起摇头。我不禁急了："你们用什么手段了？是不是把李猴子阉了？"

刘非老实地说："我们也不确定手段是不是下三烂，并且这次的事情肯定是会让李猴子伤心的，那也算伤害到他了，所以我们摇头。诡计是路易想出来的，我看还是由路易说吧。"

路易一笑，清了清嗓子说："王教授别急啊，兄弟我想出来的诡计，哦，不，是计谋，那肯定是偷天换日、瞒天过海、机智过人，你怎么还能觉得我们会用下三烂的暴力手段呢？"

我打断他："少废话了，你到底干什么了？"

路易严肃说："我给他算了一卦！"

我骂道："你算个屁的命，你连《易经》少儿版连环画都没看过。"

路易嘿嘿一笑，说出了事情经过。原来一切起因是在路易从刘非嘴里得知李猴子要领妍妍父母去白云观。周六上午，李猴子和他爹李司长还有妍妍父母果然到了那，然后李猴子的噩梦就开始了。

正当四人走出停车场的那一刻，身边突然传出一个沙哑的声音："此命推来福不轻，不用劳碌过一生；平地登雪升九霄，进通月影上仙桥。老朽今天算是开了眼了，能遇到'池塘锦鲤'命的贵人，还一次遇到四个，真是难得。"

四人闻声转头，只见一个戴了大墨镜的穿着一袭长衫的瞎子席地盘腿而坐，旁边一条长幡，上写"批阴阳断五行，看掌中日月；测风水勘六合，拿袖中乾坤"，李司长不禁哑然失笑："我说亲家兄弟，算命先生说你富贵命呢。"

妍妍父亲大笑："人家做生意当然要说好话，上来就骂你没福没禄，那搁谁身上还不掉头就走啊！"

李猴子一看自己老爹和未来老泰山被这个算命瞎子哄得如此开心，自然不愿意落下个小气的口实，随手就拿出一百块钱给那瞎子。熟料那瞎子看了一眼李猴子伸过来的手却大惊，眼镜都掉到地上："这位朋友，您的手相！您的手相！"

算命先生的表情实在诡异之至，眼睛睁得大大的，一只指向李猴子的手在不断哆嗦，牙齿也发出咯咯咯碰撞的声音。李猴子看此情形闷哼一声："装神弄鬼，你不是个算命瞎子吗？现在眼睛又睁这么大！"

算命的却先盘腿坐好，手里拿了一串佛珠不停捻转，口中念念有词："若善男子。善女人。受持读诵此经。若为人轻贱。是人先世罪业。应堕恶道。以今世人轻贱故。先世罪业即为消灭……"

这一来连妍妍老爸都看不下去了，冷声说："这是道观，他拿个佛珠，念着《金刚经》，不是骗子是什么，把钱扔给他，咱们走！"

结果算命先生大叫道："我不要你的钱，你赶紧走，快走！"

这下众人心中疑惑，要是骗子的话哪有不要钱的呢？难道是想骗更多吗？

李司长平日吃斋念佛且爱子心切，终究没忍住问道："大师，有什么不对的？"

算命先生念了会儿经，这个时候略略较刚才平静了，吸了口气说："各位先生，不要说一百块，就是一千块一万块，只要是这位朋友给的我绝对不会要！我也绝对不是骗子，鄙人本来就不是瞎子，天气热太阳高

384

照，戴着墨镜也是很合情合理的。虽然此地为道观，但佛道本就是一家，形式不同，道理却相通，西天取经还不是佛道两家齐保高僧才能功成。"

妍妍母亲这个时候出来缓声道："大师，究竟怎么回事？"

算命先生长叹一声："也罢，看你们命格非凡，绝对不是普通人的分上，我就斗胆泄露天机。其实，这位朋友还有你们三位都是'池塘锦鲤'之命，有此命者，非富即贵，而观各位面相精神澄澈，举止汪洋，气量宏达，威严式藏，定是官宦之命，按理说您这几位贵人手中流过的钱钞必携些许财气，我受之有益。可是……"说到这里却戛然而止。

大家听到这里都已经有几分颜色改变，李司长沉声问："可是什么？"

算命先生接着说："可惜这位朋友的手相却和面相命理完全不合，他的手相是天煞孤星手相，这就是为什么我不敢接他的钱。他命格过硬，会克一切接近他的人！"

李猴子大吼："胡说，以为我们不懂想骗我们是吧，天煞孤星掌中有痣，我哪有！何况你刚才根本就没看到我的手掌。"

众人不禁投去疑惑的目光，算命先生微微闭目缓缓地说："无稽之谈，不过是鹦鹉学舌拾人牙慧。掌中有痣是大富贵手相，要配合八字才能看是否为孤星相。而这位朋友掌纹如辐射，如太阳光芒四射状，热炙万物生灵，不信你把手平放，对了，就这样，再把手掌半握，手指并拢，看看吧，这种手纹万中无一，纹理如八卦阵被太极搅动，乃是天煞孤星收敛锋芒，有此手相者必克四方，且为温水煮蛙，待到亲近之人察觉受害时却木已成舟，任是大罗金仙也难挽天倾，鄙人言止于此，冒犯之处还望见谅。"说罢竟收拾摊位，拿起长幡，任由妍妍母亲恳求，甚至拿出重金相赠都不留半步，扬长而去。

四人面面相觑，半响李猴子怒道："江湖术士，胡言乱语，不知所谓，咱们不要理他，我看是神经病吧！"

妍妍父亲和母亲对视一眼，妍妍父亲轻咳一声："咳，林子大了什么鸟都有，咱们别在意这些骗子，入观吧。"

李司长连连做请的手势，并说："对，我和白云观的张真人还算熟识，得让他好好清理下门口这些不三不四的人了。"

四人入得观中，但这没头没脑的事情显然是影响了大家游览的心情，气氛多少有些尴尬。等他们走至三星殿前，李猴子卖弄道："殿内供奉有福禄寿三星。福星根据人们的善行施赐幸福；禄星掌管人间的荣禄贵贱；寿星主管君主和国家寿命的长短，也可给人增寿，成为长寿的象征。人们常说的'三星高照'也正是源于这三位神仙。咱们拜拜再上炷香，必能保佑叔叔阿姨身体多福多禄，长命百岁。"

妍妍父亲笑呵呵地说："行啊，果然学识渊博，不愧是人大的高才生。"

正当李猴子得意之时，一个声音传来："这位道友也不全对。三星殿始建于清乾隆年间，原名'华祖殿'，奉祀华佗、扁鹊等七大神医和药圣。我华夏泱泱大国，数千年文明，自古对医者推崇备至，不过自从2000年重建之后，就改成'福禄寿'三星官的居所了。"

众人闻声望去，一名身着道袍、面蓄长须的道士赫然从门内转出来，正一摆拂尘，站在石阶之上。

李司长笑道："多谢道长赐教了，我们想请几炷香敬神，不知道道长这里有没有？"

那青袍道长一捻长须："当然有，里面请。"

几人入殿，李猴子接过几炷高香，分发给大家，然后拿出两百块香火钱递给那道士。

道士微笑拒绝说："贫道化外之人，不想沾染了俗气，几炷香几位拿去就是了，若是真有心供奉，去门口功德箱自便，不过也要不了这许多钱。"

众人多看了那道士一眼，虽然道士体态臃肿，但笑容亲切又不接钱钞，不自觉地就添了几分仙风道骨之感。

上完香李猴子向道士道谢，正要离去，道士突然说："闲来无事，小道友来卜一卦吧。"

李司长摇头说："不了，生死有命富贵在天，卜卦倒是不必，不过刚才在门口有个算命的说我儿是天煞孤星，您看有没有这事？"

道士闭目："得道者多助，失道者寡助就是这样的道理，所谓天煞孤星也不过是周围人对你的看法的一种反馈，你要是正直无私、对人和善，相信也不必在意所谓天煞孤星的说法。不过这位先生眼神飘忽，与人对视眼波流转，骨骼颈短肩窄，恐怕易惹非议，望今后对人真诚，不可事事隐藏心机。世间之是非，不过是你给人下个绊子，也免不了被人打个闷棍而已。"

说完也不顾众人的反应，转身离去了。

后面的故事我是根据妍妍的叙述猜到的：事情到了这步，虽然妍妍父母是生在红旗下、长在新中国的老党员及无神论者，但涉及女儿的终身幸福，也不能冒险。何况那天道士说完那席话后，李猴子呆若木鸡，并没有反驳，那必然是说中了他的心事，戳中了他的痛处。好在妍妍父母人脉颇广，很快找到卫生局的关系，打听出李猴子官虽不大，但在单位飞扬跋扈，任人唯亲，任用的那些小人能力不足，挖社会主义墙脚倒是颇有手段，举报信一大摞，现在的风平浪静也不过是因为查无实据、后台稳当罢了。另外，此人在平日男女作风问题严重，第一次婚姻失败媳妇竟然闹到单位，搞了个满城风雨，妍妍父母怎么能亲手推女儿入火坑，遂绝了与李家攀亲的念头。

听完路易得意扬扬地讲完，我不禁目瞪口呆，下巴差点就掉在地上，老半天才缓过这口气，悠悠地说："大哥，不用说，门口那个算命的是祖老师，道士是你了呗。那你们怎么认识李猴子和妍妍父母他们的呢，你们不是没见过吗？另外，你们哪来的长幡、道袍，又怎么跑到三星殿里面去的？"

路易大笑："太简单了，网上到处都是他们几个的新闻照片、背景简历，人肉一下连门牌号都找得到。另外白云观众神仙老夫熟悉得不得了，又捐了一万块钱，就借个大殿坐两天静思悔过而已，这么简单的事情难得倒本天师吗！"

我又问："那你们怎么知道他们会去查李猴子呢，万一人家打一哈哈就走了呢？"

祖老师答道："本来路易是想让李猴子再抽签的，然后抽个下下签忽悠一下，要是妍妍父母能给他俩测下八字就更好了，那样一句八字不合、夫妻相克就搞定了，可惜老李猴子不上当。路易把那么多下签和下下签的解释都背得滚瓜烂熟，也闹得半宿没睡觉，合着全白折腾了。好在妍妍父母表面不动声色，暗地里托人查了李猴子的底，才有了后来你的顺利抱得美人归。"

我心里既是好气又好笑，但是看到他们露出的真诚笑脸，眼睛突然就湿润了，半天后举杯说："辛苦你们了，虽然手段不怎么光彩，甚至可以说是卑鄙无耻，不过我喜欢。世道险恶，就让咱们不要脸地干掉一切敌人吧。"

大家一饮而尽，路易大笑："你也别太感动，毕竟卜卦算命、毁人名誉也是我的兴趣爱好，何况李猴子是这么卑鄙无耻。我们虽然也卑鄙无耻，但最看不惯的就是卑鄙无耻还要装作大义凛然、一身正气的狗东西们。"

众人痛快地喝了一夜的酒，豪气冲天，痛快淋漓。

山重水复疑无路
柳暗花明又一村

李猴子被干掉后，整个世界都清静了，我和妍妍又能像往常一样正常地约会了，这对我是件美事，也着实让兄弟几个高兴了几天。然而高兴归高兴，现实问题就来了——医保的事儿该咋办？

四人在会议室里闷闷地喝着茶。祖老师说："行了，算上张狗少，再加上李猴子，区卫计委咱们得罪得差不多了，这事估计一辈子也办不成了。"

刘非气道："你当时装算命瞎子在白云观门口坑李猴子全家的时候怎么没想起来这事，现在覆水难收，多说何益。"

祖老师讪讪地说："每个人心中都有一个成为影帝的梦想，再说我当时也是为了王教授。"

刘非笑着说："算了吧，一听装算命瞎子坑人，你看你兴奋那样，结果还被人当场戳穿不是瞎子的谎话。"

祖老师怒道："我再重申一遍，天气炎热，艳阳高照，我戴着墨镜是很合情理的，而且我戴着又好看，你们为什么针对我！再说我根本就是被路易拉去垫背的，耽误老子约会，老子都没说什么！"

众人追问和谁约会，祖老师却含笑不语，怎么问都撬不开。

刘非打断他们："说正事，大半年都过去了，一年后就有资格申请医保了，你们说李猴子到底会不会卡住咱们。"

我说："我觉得不会，顶多拖着。"

祖老师说："那个，还可以接受，你觉得他会拖我们多久？"

我答："海枯石烂，时光尽头。"

"靠！"

正在此时，沉寂已久的路易一把下巴上稀疏的胡须，撇嘴道："山人自有妙计，有计便是连环计。之前老夫说过要两手都要抓，两手都要硬，你们当老夫说话是术后排气不成！"

众人大惊，祖老师谄媚地倒茶递烟："您老早就想好了啊！厉害，真是得路易者得天下也。"

我骂道："如果是牺牲妍妍，别怪老子和你割袍断义，再用割下的袍子勒死你！"

路易大笑："竖子不足与谋！你当老夫在三星观只是装神弄鬼帮那厮争风吃醋吗？荒谬！老夫当时便另与李司长定了三日之约，三日一过，李司长便派专车将老夫及吾师尊请至府宅辨风水、调阴阳，将不和之气尽去。"

"师尊，你哪来的师尊？"众人问。

"哈哈，福生无量天尊！"路易单掌行礼，"老夫是正经八百的三清弟子，师从北华真人，贫道道号玄虚信士。"

众人皆惊，面面相觑，但竟丝毫没有意外之感。毕竟路易这厮平时就神神道道、脑洞奇葩，社会关系又纷繁复杂，认识一两个真人、法师也实属情理之中，甚至侧面解释了他神经兮兮的原因。

路易在众星捧月、敬茶递水中开始讲述后来的故事——

李司长乃卫生部门实权领导，其人具有大智慧，为官谨慎且颇进取，着实为人民卫生事业做过一些实实在在的功绩。智慧到了一定层次，必然对神学有一定领悟，这是世间普遍规律。就连牛顿、爱因斯坦、霍顿……这些顶级科学家和聪明人，最终都走向神学，并言明科学的尽头是神学。所以，李司长家中摆神龛、胸前挂观音也是合情合理的，而他会隆重邀请一顿忽悠的玄虚信士，以及由其引荐的名满长江以北的北华真人也颇符合逻辑。

部委家属区门口，李司长亲至门口迎接。玄虚信士路易手扶一人下车，此人鹤发童颜，衣着简单，未着道袍、帽正，手中也无拂尘，但只是简简单单地绾了个发髻便衬出一身俊逸洒脱，不禁看得李司长频频点头。后据路易解释，如今经常出入官宅的得道高人，必然知晓低调隐讳，不给领导找麻烦，所以北华真人一出场便对了路数，展示了道行。

寒暄入府之后，北华真人取出罗盘、手捏法诀，肃穆庄重地走了两圈，不发一语，时而微微点头，时而摇头。李司长一旁观瞧，见真人摇头次数颇多，不禁皱眉，但碍于情面，并未出声打断询问。

半晌，真人立定微笑，众人忙围拢上前。

真人双目微闭，捋须不语。终是李司长按捺不住，笑问："请真人赐教。"

北华真人睁眼，精光毕现，缓缓地郑重开口道："贵人不是等闲人，龙跃于渊屈可伸，只是水浅遭虾戏，一朝飞腾上青云。"

李司长听罢大惊失色，一改刚才审视的目光，虔诚请教："实乃真人也，近日身边确实有小人图谋，请先士教我如何化解这份劫难。"

真人一笑："贵人最近的烦心事看似偶然，实则必然，毕竟人生无常，没有绝对道路通达的一生。遇到无常，我们要做的却是知常、守常，所谓'一阴一阳之谓道'，所以人生无常也有常，这'有常'不是别的，正是我们内心的平静！用平静的心去对待谋害你的人，有若巨石入湖换来的是水波不惊，顽石除了沉入湖底外再无法掀起惊涛骇浪，那么劫难自然就会化解，小人自然离你而去，有时候什么都不做也是一种人生智慧！"

李司长沉默片刻，眼神里光彩更盛了一些，抬头微笑转移话题道："真人看我家环境如何？"

真人一改刚才严肃神情，表情轻松，微笑抬头望向墙上山水道："这画甚是不错，是当代著名画师许文远的山水，山水画离不开'风水'，叫它山水画可以，称它为风水画也可以。风水是判断'气'运动的方法论，而风水画正是变现气的运动。'山主人丁，水主财禄。'挂在客厅再合适不过，只是水流应流向屋内，寓意财源内流，但这还不是最主要的，沙发后的这幅祝枝山的'满江红'的字则必须要换位置，否则贵人常年坐于其下，寓意'走背字'，我看客厅内的字与画位置对调即可。"

真人又指出几处风水禁忌，李司长此时已然言听计从，点头称是，气氛一时变得相当融洽。李司长中午于家中设宴款待真人及玄虚信士，相谈甚欢之际，真人沉吟道："积德行善是改变命运和运气的关键。生命的种子如果没有德水浇灌，就开不出智慧的花果；生命的水杯如果没有德水注入，就会干涸。'善欲人知，不是真善。'就是说行善要随缘，不要为了行善而行善。我看贵人与我的顽徒玄虚颇有缘分，这孩子有悬壶济世之心，放弃了美国的富贵回来追求理想，希望贵人能够鼎力相助，小道感恩于你二人善念，必为两位诚心祈福，消灾解难。"

李司长微微一笑，目光转向玄虚信士，详细问了路易的生平背景以及理想，路易将已经忽悠过无数人的说辞言之恳切地说了一遍，李司长听罢沉吟片刻，指出一条明路——

会议室内，众人目瞪口呆，嘴巴张得老大，半天无法闭合，仿佛下颌关节脱臼。半晌，祖老师回过神，激动地拉着路易的手问道："道长，您老人家快说啊，到底李司长给指明了什么明路？"

路易捋须，不紧不慢地喝着水，像只死乌龟一样瘪着嘴，动作一格一格地慢放。

刘非一巴掌拍在路易后背骂道："你他妈再不说老子一口一口咬死你！"

路易呛咳不已，无奈道："窍门很简单——咱们要注册成'中西医结合医院'。"

众人一起小声重复："中西医结合医院！"

"对，去年开始，国家政策大规模倾向于中医，中西医结合医院的审批极为痛快，流程很简单，各种手续办理得都非常快！"路易微笑着说。

刘非呆了半晌后说："为什么啊，难道中医在被鲁迅痛骂了之后改过自新了吗？"

路易摇头道："话也不能这么说。'中医无用论'过于偏颇，也过于绝对，咱们不用在这个问题上争论不休，否则三天三夜也说不清楚。我只能说中医作为一种存了上千年的医术，一定有自己存在的道理，存在即为合理。"

祖老师叹气道："不管有用没用，可是国家政策向中医倾斜，恐怕我国的西医会倒退很多年啊！"

我平静道："这个其实也是没办法的事情，你们看现在美国的药厂研发费用和临床实验费用动辄就几亿美元。另外，一旦新型药物过不了 III 期临床实验，前面的所有钱全白花了。你以为这些钱都是谁出的，咱们这些人口大国一直在帮他们填窟窿。他们每出一种新药，只要被我们引入中国，就让老外赚了无数的人民币，然后他们就有钱接着投入新的研究和实验，再出新的药物。这样循环下去，国内的那些只知道仿制没有任何长远眼光的药厂永远无法与他们竞争，最终的结果就是我们所有的国民用赚了一辈子的钱，去支持老外的医药公司了。事关国运啊，同志们！"

刘非点头说："有道理，反正咱们现在搞了这么多年的西医，还不是天天跟着老外屁股后面跑。你看现在的治疗指南，哪个不是外国人制定的呢，更不要提西药每片的剂量都是按老外的体格设定的，而实际上中国人的体质和外国人差距太大了，把治疗猩猩的药物剂量用来治疗金丝猴，没有副作用才怪呢！所以我看国家倾向于中医也没啥问题，再说又不是不让西医继续发展，我们多一条自己的路至少以后不用只能给人家老外送钱还吃瓜落了。"

祖老师骂道："都给老子闭嘴，老子是生意人，如果能解决住院医保问题，就算让你们去卖身我也没半点儿话。就这么办，今天就开始办！"

生活有的时候就是这样的，在错误的方向上不管怎么努力，都是越走离目标就越远，而有时被所谓贵人指回了正确的方向，就像撒了欢的小牛犊子，蹦蹦跳跳地就抵达了目的地。

接下来的事情办理得非常顺利，派了办事员出去更改了一下职业范围，再增加了中医科，又找了李司长推荐给玄虚信士的相关领导，没有两个月就办下了医保准入。我们一直担心李猴子会从中作梗，结果中西医结合医院的审查主要在中医药管理局，在相关领导的帮助下，直接通过几个部门的审核就万事大吉了。这下我们医院一下就变成老百姓都能看得起病的私立医院了。

自此很长一段时间里，祖老师的大嘴就没有合上过，一直咧得老大，每天都是一副地主家傻儿子的表情。不过，事情远没有那么简单，老百姓并不是你有了医保就马上如潮水般涌入的，住院病人上升缓慢。祖老师很快又愁眉不展，在院务会上唉声叹气："现在，我们解决了住院医保的问题，但病人量没见增加啊！"

普外科的张主任，也就我那个师兄，自从上次医闹事件后普外科前主任辞职，就由他接替了主任的工作。张主任沉声说："院长，咱们医保虽然办下来了，但形势还是不容乐观啊。附近居民还是相信大医院，咱们这到北医三院也就一小时车程，除非急症，不然人家宁肯去排队也不愿意到咱们这来。"

其他科室主任也纷纷表示出了自己的想法。总之民营医院与公立医院之间竞争，无异于鸡蛋碰石头，完全没有可比性。

路易撇着大嘴分析道："老百姓的信任感低不只是咱们医院的问题，是全国所有民营医院最大的问题，其根源在于民营医院的历史发展轨迹。你们知道民营医院的前身是什么，是街头电线杆上和厕所里'难言之隐、药到病除'的小广告，也就是我们所说的'游医''赤脚郎中'。20世纪70年代末80年代初，我们实行了二十年的合作医疗体制一夜解体，游医们重出江湖，他们趁着公立医院大锅饭导致的效率低下、医疗水平和医疗服务出现空缺，农村患者盲目进城，无头苍蝇一样乱扑，大医院人满为患，看病难的恐慌蔓延，靠所谓的'祖传秘方''悬壶济世'大发特发。趁封建思想残留，性病患者不好意思去医院，靠几支青霉素赚到了第一桶金，然后承包公立医院的科室，开始了在'公私不分'大旗下的大捞特捞，'魏则西'事件就是这种历史问题在现代社会的残留毒素。20世纪90年代后期，政府对游医的私人诊所和公立医院的承包科室清理整顿，结果他们用完成的原始积累建立并打开了民营医院大门。你们知道90%的民营医院都是这群游医成立的吗？这种问题就来了，这群人本质上是商人而不是专业人士，那自然办医也是一种商业行为，所以有了滥做广告、乱收费的现象；所以有了医疗广告上说'10元做B超、80元无痛人流'，结果患者进去医院门被榨干了才放出来，你说让老百姓怎么相信民营医院。现在的民营医院妖魔化就是这些历史问题造成的。"

刘非赞道："您真是高屋建瓴、知识渊博，可是这是问题出现的原因，不是问题解决的方法！"

海波叹口气："我正想出主意说咱们也打点广告呢，您这直接把我堵回去了。"

路易捻着胡子笑道："我既然知道问题的根源，就知道解决问题的办法。"

众人大惊，祖院长忙给路易倒茶："您说。吹吹再喝，小心烫。"

路易说："解决方法很多，第一条你们应该知道，就是差异性经营。也就是找公立医院的薄弱处，像不孕不育、妇科、产科、男科，这种患者在公立医院就医体验差。我们需要吸引高收入人群、境外人群、明星人群这种注重服务质量和隐私的病源群体。"

刘非接道："这早就知道啊！我们也开始规划了，有没有建设性意见。"

路易喝口茶："你急什么，抛砖引玉你懂不懂。第二就是人性化管理，包括制度建设、人才建设、财务制度、医疗质量和技术含量。尤其是财务制度，公立医院现在还是大锅饭分配制度，我们要用经济刺激来激发活力，分配制度合理才是最重要的，具体这些内容我明天把我这几天总结的资料发给你，院务会再研究。接下来就是第三条，品牌效应，看全球最成功的私立医院梅奥医学中心的发展历史就知道，一个医院要想百年兴盛，就得建立百年口碑，治不孕不育都是小把戏，时间长了也是自毁长城，关键还是医疗质量，真正为老百姓解决疾患，所以这方面要下苦功，要请各个学科的名医来多点执业和培训年轻医生，时间久了自然就能建立品牌。"

祖老师骂道："你别说这些空话套话，远水解不了近渴，品牌建立起来了医院都黄了，到底有没有建设性意见！"

"好吧，我有一计可解燃眉之急！"看大家齐齐伸长了脖子，路易故作神秘一笑，"我们医院的地理位置决定了医院患者来源，你们猜……诶，刘处长你别动手，这是院务会！嗯，就是流动人口。我们周边有号称全世界最大的社区——天通苑社区。据调查，养活一个三甲医院需要30万人口，而天通苑的人口数在60万—70万，把这个社区病源都拢住，撑死我们都可以！另外，单是天通苑所在的东小口地区的辖区人口就有37.9万人，其中本地户籍人口仅4.2万人，外来人口20多万人，还有13万为非本地的北京户籍人口。这个社区的最大特点就是基本都是外来人口，比如一个在北京工作的年轻人，他有了孩子肯定父母会来北京帮忙照顾，那么这些老人就是我们的目标人群，他们看病有什么难处吗？第一，异地医保不容易结账，这造成了就医很大的不便。第二，时间有限，这些老人照顾孙子孙女，出来一趟不容易，要是有高血压、糖尿病什么的几乎每个月都要来门诊开药、调药，十分不方便。第三，即使住院，子女要留在家里照顾小孩，还要工作，很难来医院陪护。第四，老人们大都不会开车或家里没车，来往医院非常不便。第五，靠谱的儿童医院北京就两家公立医院，儿研所和儿童医院，都在市中心。所以……"

祖老师大笑："路易真乃鬼才也，得路易者得天下啊！剩下的事不劳您费心了，刘非你去办！"

路易奇怪道："我还没说完呢，你知道怎么解决吗？"

祖老师兴奋地搓手："这个思路太好了，解决太容易了。首先设立专线班车通往天通苑，他们来看病半小时一趟往返免费班车。然后再设立陪护制度，让这些打工族年轻人不需要总跑医院照顾，咱们成立专门的医保联络办公室，帮助患者异地医保结算。再派门诊医生去社区义诊，门诊开药、调药在家门口就能做到。再加大儿科的投入，请些儿研所的专家来多点执业，方便天通苑儿童就医……"

路易叹道："祖老师真是个天生的商人，比我想得还全面，智商仅次于我。"

其余众人皆大为叹服，有这二人，医院何愁会不兴旺发达呢！

名花虽有主
锄头更无情

经过一个月的改革，医院焕发出强大的生命力。心内科的情况也格外的好，病床都满满的，而且首次出现了有病人排队等床住院的现象。

我生怕出现当年公立医院那种因为一床难求而滋生出医务人员的傲慢感，不断地强调服务态度，当然大家都知道思想教育对于国人来讲就是个笑话，所以我干脆将工作量和服务质量与工资奖金挂钩得更紧，甚至出现了最优秀的医生一个月可以赚近六万块的情况。重赏之下必有勇夫，在这种金钱刺激下，科里人员的积极性极高，整个科室简直就是一种近似抢着干活的情况。

刘非听闻了我在对科室管理改革就过来看看，了解到了我用经济刺激积极性的方法。刘非不解："你让第一名一个月挣六万，你就不怕把大家都刺激得发疯全部玩命干活，要是每人六万，那你养得起吗？我告诉你啊，这次是我奉旨前来视察的，要是发现你私设小金库小心我抄你家！"

我拍了拍刘非的肩膀："小鬼，你听说过朝三暮四的故事吗？"

刘非大惊："我可没有朝三暮四，我刚复婚，你丫是不是想栽赃威胁我？！"

我叹了口气："你什么都好，就是文化少了点。朝三暮四是指有个老道养了群猴子，开始的时候早上给猴子吃四个栗子，晚上吃三个，猴子非常不开心，说晚上吃不好导致失眠健忘、内分泌失调。于是老道就改成了早上给三个栗子，晚上给四个。结果猴子特别地开心，大家又愉快地一起玩耍下去了。你明不明白我在说什么？"

刘非点头："知道了，你把员工比作猴子，你这个没人性的老板，我要去举报你。"

我懒得理他，接着说："我科室奖金一共就那么多，给第一名六万，当然就少给一些最后的几个人，这样相当于让所有人掏钱给第一名，总量还是那么多，但是积极性却高了。"

刘非又问："那积极性高到一定程度，大家干得都差不多了，不是又回到以前大锅饭的水平了吗？"

我叹了口气："你个傻子，我不会趁着大家积极性高提高病人的周转率，并且扩大经营规模啊，那样我的科室会赚更多钱，这样才是良性循环，才是打破大锅饭的唯一办法。"

刘非受教后离去。自此祖老师又把嘴咧得更大了，每个科室都采取经济刺激机制，很快我们就发现祖老师开始不给大家发现金了，因为我们的奖金已经达到了惊人的数字，现金拿着太费劲了！

冯真真是首个单月奖金突破六万的主诊医生。不得不说冯真真还是很优秀的，北大医学部的硕士毕业，据说当年要不是因为硕士太难留京，恐怕我们私立医院很难招揽到这么优秀的医生。不过，冯真真最大的优势不是学历和医术，而是她特别会察言观色，非常懂人心。这样的特点就让所有的病人和家属对冯医生赞不绝口，认为冯医生总能为他们考虑，说话总能说到他们心里去，所以冯真真的病人格外地多，她拿到这么多奖金我一点也不奇怪。

还有一点也不奇怪：这个懂事乖巧的女孩拿到奖金后就跑来找我，打算请我吃饭。

"奖金是你辛苦工作应得的，不用单独请我吃饭，晚上我约了女朋友了。"我语带双关地拒绝了她。

冯真真笑道："主任，您别误会，我也有男朋友的。我不但请了您，还请了海波主任和其他几个人。"

我哑然，只好尴尬地笑笑："那什么，我也不想让你太破费，这样吧，今天你把大家召集起来一起吃饭，但你请客我出钱好了。"

冯真真甜甜一笑："主任真好，那我定好了饭店发信息给您。"转身就走了，留下了一个丰满摇曳的背影。

海波在办公室门前路过，一探头就钻进来，不客气地拿了我桌子上的矿泉水就喝，灌了几口擦了擦嘴说："诶，我说你小子不公平啊，我都三线了，这个月的奖金还不如冯真真，你是不是看人家胸大屁股大想潜规则下属啊！"

我骂道："你懒得要命，两万就不少了！我问你，我三番五次强调咱们是私立医院，查房时要戴领带，你为什么不听！"

海波根本就不回答我："冯真真可不好惹啊！别怪我没提醒你，我看她平时就眉角带春，我觉得你这小身板不一定顶得住啊！"

我随手抄起一本书隔空砸过去，可惜海波为人贱惯了，见势不妙早就一猫腰就蹿到门外跑了。

晚上的宴会定在了温泉山庄。不得不说冯真真想得很周到，这个山庄集餐饮、卡拉OK、客房、温泉于一身，而且规模不大，价钱自然也很公道，离我们医院也不是很远，实在是理想的科室聚会地。

宴会开始，我首先站起来，刚说了句："同志们辛苦了。"竟换来热烈的掌声，我一阵愕然，接着说道："一定要吃好哈。"掌声经久不绝，还有的同志干脆站在凳子上鼓掌。我呆了一呆，我没说什么激动人心的话啊，怎么这么大反应。旁边的海波悻悻地说："你以为他们是给你鼓掌啊，他们是给你发的奖金鼓掌。"

我这才明白，说得天花乱坠也不如让大家过上好日子，心中有盼头，分配制度公平透明合理才是人们会拥护你的最重要原因。

接下来就是大家纷纷向我敬酒，每个人都对我的科室管理工作高度赞扬，也可以说是溜须拍马屁。好在医院这种知识分子高度集中的地方果然不落俗套，谄媚的话也是引经据典，有人说我的科室制度改革堪比明朝首辅张居正，有的说我绝对不弱于秦国宰相商鞅，更有甚者说如果我能进入上头推行我的改革理念，改变国运也说不定。

总之，我虽然当了一年的主任，但直到今天我才体会到深受群众爱戴的快乐，一时间豪兴大发，来者不拒逢酒必干，歌功颂德的话照单全收。渐渐地，眼前的笑脸模糊了，我醉了。

第二天醒来，觉得头痛欲裂，嘴唇像干裂的黄土高原，喉咙像有团火在燃烧，跌跌撞撞地爬起来，却发现这不是我的宿舍，明显是山庄的客房，看来是大家把我架到这里休息的。还好有矿泉水在桌子上放着，我拿过来猛灌一顿，感觉稍微舒服点了，在桌子上方的镜子里看到我赤红的眼睛，心里不禁埋怨起那群小弟不懂事，怎么能把我灌成这样。就在这时，我如遭雷击，整个人呆住了。

通过镜子我看到了一个女人赤裸着趴在床上！

我呆呆地看了五分钟，心里却像过了五十年，思想如同活火山一样奔腾炸裂。这到底是谁啊？咦，腿好长，皮肤真好。我靠，想哪去了啊，这都什么时候了。我去，这么丰满，不会是路易一直看到就流口水的冯真真吧？不应该吧，她不是有男朋友吗？……

五分钟的时间有一千种念头闪过，我保持着同样的姿势，右手拿矿泉水瓶，嘴里含着一口水，眼睛瞪得大大的，看着这具裸体。

最后，牙一咬，心念老子豁出去了。悄悄走过去看看是谁，然后穿上衣服神不知鬼不觉地溜了，等有人来找，就说老子喝多了，死不承认！

我蹑手蹑脚地走了过去，歪头躬身想看看那女人的脸，谁知女子口中呓语几句，把脸又转到那边去了，披散的头发将脸遮得严严实实，这时候我哪敢拨开头发看面容啊，刚才女人的呓语已经吓得我魂飞魄散，以为她要醒了，忙一动不动，不发出一点点声音。待了一会儿，发现她只是梦话，心下稍安，悄无声息地从地上捡起满地的衣裤穿在身上，因为怕发出声音吵醒她，连皮带都没敢扣上。我手拎皮鞋，悄悄地拉开门，又悄无声息地带上。

出了门后，感觉整个人都放松了一下，陡然又紧张了，满房梁地找摄像头，看有没有留下我罪恶的影像。还好，没有摄像头的影子。我走到楼梯间，穿好衣服，检查一下，手机钱包都在，谢天谢地没有忙中出错。

我没敢乘坐电梯，就这么一层层地走下去，好在只是四楼，出去后低头走路，很快到了大门口，突然想到要不要到前台看到底是谁的名字定的房间呢？

算了，还是不要节外生枝了，跑路要紧。

路边找了辆黑车，一路惴惴地回了医院，心里无比担心昨天晚上的丑事已经被同事们知道了。盘算一路，到了医院第一件事情就是把海波这厮找来，他是出了名的大嘴巴广播电台，我先探他的口风，如果他知道就一定要重金买他闭嘴，不行就杀他灭口。

海波进来后第一句话就让我放了心："王教授，今天我要请假，昨天喝得现在还头痛呢！"

我忙点头："行，好好休息吧，昨天真不该喝那么多。对了，你昨晚去哪睡的呢？"

海波随口说："我回家了啊，酒店就剩几间房，都让你们这些喝多的给占了，我只能回家了。"

这下我松了口气，听海波的口风，分明是没有人知道这件事情，谢天谢地。

刚坐下，手机突然响了，吓得我差点没跳起来，赶紧看是谁，好在是妍妍，还以为是酒店的女孩打上门了。

接了电话，妍妍开口就问："快说，你昨天晚上去哪了，怎么不给我打电话！给你打你也不接！"

我沙哑地说："对不起啊，昨天科里的同事聚餐，喝多了几杯，被人架回来了，就睡在办公室了，早上起来难受死了，现在头还痛。"

妍妍关心地问："没事吧，你这么大岁数了还喝那么多，让人架回来多丢脸啊！"接下来又数落了我几句就挂了电话各自忙去了。

整整一天，我都没敢出办公室的门，后悔得不要不要的，恨不得时光能够倒流去修正这件事。另外，身体确实难受得要命，把胆汁都吐出来了，也实在出不了门。

傍晚时分，我仍趴在单人床上迷糊着，突然闻到一阵面条的香味，一整天粒米未进又连胆汁都吐光了的胃立刻大声抗议，我睁开眼睛，看见冯真真端着碗面条蹲在我脸前。

"冯大夫啊，辛苦了，麻烦你把面条放这吧，太感谢了。"我有气无力地说。

冯真真不说话，双手却放在我两侧的太阳穴轻轻地揉了起来。说实话那是相当的舒服，部分缓解了我的头痛，但我还是挣扎着爬起来，刚要伸手去拿面条，冯真真却早已变爪为掌，平端着面条递到我面前。

"咳咳，这个，我自己来就行了，你还是回去吧，挺晚了。"

冯真真还是不说话，眼睛直勾勾地看着我，手却不停，用筷子夹起几根面条送到我嘴边。我无奈吃了一口，温度适宜，入口香甜。

吃了半碗后觉得身心舒泰，看了一眼冯真真，又说了一句："回去吧，孤男寡女、瓜田李下的不好。"

冯真真这才说话："放心吧，我有男朋友，不会缠着你的。"

我心里一惊，终于证实了我的猜想，颤抖着问："这个，从何说起啊？"

冯真真低头，突然哭了，半天后抬头和我对视说："我就默默地陪着你，关心你，不会给你添任何麻烦的。"

我心里谜团顿解，但还是带着一丝希望不甘地问："昨晚？"

冯真真笑了下："昨晚你很好，我也很好。"说罢竟然缓缓地伸手脱去自己的外衣，露出比不穿还招人恨的吊带半透明小背心，并把头向我靠过来。

"等等，女施主不可以一错再错，咱们悬崖勒马，回头是岸，还能是好领导和好下属！"说罢起身就想跑路。

冯真真却一把抓住我的衣服，幽幽地说："我又不是妓女，你发泄完了就想招之即来、挥之即去吗！"

我大惊："这个，你，不会想对我负责任吧？我这个人好吃懒做，抽烟喝酒就差吸毒，连房子都没有，而且我真的啥也不记得了，您还是放了老衲吧。"

冯真真又哭了起来，我大骇，夺路想逃，她却开始放声大哭，余音绕梁，我忙回身小声说："姑奶奶，怕了你了，你小点声，科里还有值班的人呢！"

冯真真止住哭声说："我又不求你什么，就想和你好，不会给你添任何麻烦，你怎么就这么嫌弃我。昨天晚上你还说我的身材是你这辈子见过最好的，还……"

"大姐，我真不记得了，不管怎么样咱们到此为止，我有女朋友，很快就要结婚了，咱们这么不清不楚地鬼混下去会影响工作的！"

冯真真突然抬头，嘴角有一丝不易察觉的微笑，鬼魅异常："好吧，我也不想当小三。这样吧，你答应我，在我没弄清楚我到底有没有怀孕之前继续和我好，等我一旦有了结论咱们就一刀两断，两不相欠。"

我头顿时一阵眩晕，结结巴巴地说："不会吧，怎么这么不小心。"

"你那么壮，我拒绝得了你吗？还不是你想怎么样就怎么样，没事的话大家自然可以两清，有事最好你也能承担起自己的责任，你不想我告你强奸吧？"冯真真眼睛开始变得直勾勾的了，这实在不是个好现象。

我听到"强奸"两个字已经面白如纸，基本上来讲，只要女的告男的强奸，不管当时两人苟合时的氛围及情形如何，基本上男的就死定了，就算没有证据无法定罪，这个男的也已经声誉尽毁，在别人眼里绝对就是超级色狼了！

气氛已经失去了和谐稳定，冯真真显然感受到了，起身离去，临走前还回头看了我一眼，小声说："我真不会给你添麻烦的。"然后轻轻带上了门。

我呆坐在床上，有如泥塑。这事要是让妍妍知道了，恐怕就彻底玩完，就算我打死不承认，但如果冯真真一口咬定，我跳进黄河、长江、渤海、太平洋、北冰洋也洗不清，百口莫辩！

　　人生真是喜欢在我最得意的时候和我开玩笑啊！

树欲静而风不止
竹且挺却人相折

我彻底体会到了心里有鬼有多恐怖。

真不知道那些卧底间谍是怎么生活的，反正我是一天都过不了那样疑神疑鬼的日子。自从醉酒事件发生后，我心里就像住进了一只兔子，一点的风吹草动就会让它吓得乱蹦乱跳。

宿醉后的第二天，我必须要正常工作了，只能硬着头皮去交班。然而只扫了一眼，我就看到了冯真真的目光。在她逼人的目光中，混合着审视、居高临下以及得意，我低着头，像做错事的孩子，值班医生的交班我一句都没听进去，只感觉浑身发烧，像所有人都在用审视的眼光看我，就连海波那厮又没扎领带，还一脸的欠揍样我都没心思理会，真是应了那句话：君子坦荡荡，小人长戚戚。

交完班，我不敢在冯真真可能出现的地方停留，一头扎进了手术室，猫在角落里不动弹。海波又一脸讨打的表情凑过来说："王教授，是不是被甩了啊？"

我懒得理他，他又贱贱地说："是不是搞大了谁的肚子啊？"

我惊得快跳起来，低声问："说什么啊你，你听谁嚼舌根了？"

海波若有所思："没事没事，大家研究一下，你这么认真干什么。"

我生怕再待在手术室会被这厮套出话来，借口院里有会就去了祖老师办公室。祖老师的秘书见到是我，甜甜一笑，可这笑容在我看来就像是嘲笑或讥讽。心里有鬼真是难受啊。

祖老师见我进来就说："说吧，你怎么能做这种事情出来，你打算怎么办？"

我大惊失色："啊！怎么连你都知道了，谁告诉你的，还有谁知道？"

祖老师一笑："随便一下就诈出来，咱们多少年的关系了，你一撅尾巴我就知道你要拉什么屎。何况你一脸偷了邻居嫂子的表情，我还看不出来吗？说吧，怎么了？"

我松了口气，知道还没有满城风雨。但无奈已经在祖老师暴露，就只能原原本本地把事情对他说了。

祖老师皱了皱眉头，随后拿起电话打给刘非告诉他查一下冯真真的档案资料。不一会儿刘非来了，还带来了路易。我看了一脸坏笑的两个人，瞪了祖老师一眼问他路易怎么来了，祖老师一耸肩："对不起，实在忍不住，就在群里发了。"我赶紧检查手机，果然群里赫然出现"王教授被醉奸，赶紧上来围观"的信息。

我跳脚骂了一会儿，颓然坐下，喘着气说："怎么办？让妍妍知道铁定分手，让科里人知道我也没脸再当这个主任了！"

路易一撇嘴："瞅你这点出息，这事算个屁，你就打死不承认，那个冯什么的又没拍视频，谁能证明你干过这事。咦，对了，以这个女人的精明很可能拍了视频，有的话你拿出来让兄弟们观摩学习一下王教授的雄姿。"

我呸了他一口，却听刘非说："我也觉得没事，冯真真不说不会给你添麻烦吗？那你就按照我们一贯的原则对付美人计：将计就计不中

410

计。她要献身你就接着，不是身材很好吗，反正你又不吃亏。"

我刚想大骂，就听祖老师说："没那么简单，冯真真可不是省油的灯。你们看看，她档案上写得很清楚，她高二的时候因为私自逗留男生宿舍被记大过一次。"

还没等我想明白，路易就哈哈笑了起来："这孩子不简单啊，高二就早恋！"

我目瞪口呆，祖老师一伸大拇指赞道："厉害！女生去男生宿舍玩很正常，就算抓到也不过是赶出去而已，会被记大过就只有一种可能——留宿！"

路易放下从祖老师那接过去看的档案并摇头："你丫这次是碰上茬子了啊！她父母离异导致从小住校，高考成绩不错，但大学成绩并不怎么优异，却能在本科毕业后保送研究生，还在硕士期间就出国作为国际交换生学习了一年，这孩子肯定极会利用各种身边的关系，至少是个精明强干的人，恐怕你吃完就甩的算计要落空了。"

我叹了口气："事已至此，你们出个主意吧。"

祖老师说："我先声明，人家工作上没犯错误，而且还表现很好，咱们于情于理都不能利用手里权力对付一个女孩子！砸人饭碗太下作，这事我反正不干，再说你把兔子逼急了还咬人呢！"

刘非说："我看你们就是把人想得太坏，王教授人模狗样，冯真真可能出自真心喜欢也说不定，王教授占了人家的便宜，现在反而你们一群老爷们聚到一起想着怎么合伙对付人家一个女孩。这事太不要脸，我也不参与。"

路易不屑说道："这个世界上的女孩为了爱情主动点也没什么，但是醉奸男人的就一定有问题！我不相信冯真真是出自真心，至少她肯定有什么别的目的。不信咱们就打赌，等她提出条件再说吧。"

我叹了口气："妈的，什么'醉奸'，太难听了！哎，你们说得天花乱坠、义正词严，其实不过本着继续看戏的念头，你们现在手里就差盒爆米花了。"

众人点头窃笑，祖老师表示下次叫大家上来一定备好啤酒和爆米花。

又惶惶过了几天，倒是风平浪静，冯真真没有再来找我，交班的时候也没什么异样，这个时候我心里反而感觉很内疚，觉得可能这次真的冤枉她了，也许那晚确实是我酒后乱性，她又不敢拒绝，此时我觉得自己活脱脱的就是那种油腻猥琐的中年领导，用威逼利诱的手段占了女下属便宜，得手后提上裤子就不认账，真是要多猥琐就有多猥琐。

虽然心里有鬼，但是也不能总是躲着不见妍妍，下班后，我开车到了妍妍家里，打开门进去，她还没有回来，我躺在沙发上发呆，夕阳暖暖地照进窗子，整个房间懒洋洋的。这时我突然有种不祥的预感，觉得一直以来习以为常的这个安静的小窝就要离我而去了，东窗迟早会事发，妍妍知道后的反应我都不敢想象，肯定会咆哮着把我从窗户扔出去，然后再制造个我擦玻璃不慎失足坠楼的假现场，到时候谁会怀疑她呢？

正神游天际间，房门突然打开，一身警服的妍妍下班回家了。

见我在沙发上，妍妍三下两下跳过来，一把抱住我，短暂的温存后就问我今晚吃什么？我这才想起来我没做饭，赶紧跑到厨房开始忙活起来，还好我存了条鱼，拿出来用微波炉化冻。

正在忙活中，妍妍突然出现在厨房门口，脸色阴沉得吓人，我一阵紧张，鱼"啪"的一声掉在地上，接着就听她一字一句地问："你没有什么要告诉我吗？"

"没有啊，对了，你想吃红烧的还是清蒸的？"

"你少打岔，为什么冯医生给你发信息说'我应该没怀孕'？"妍妍厉声问，手里拿着我的手机，身上穿着警服，柳眉倒竖，一身正气，让人一看就想坦白从宽。

我慢慢蹲下捡起鱼，脑子快炸了，不过急诊医生的基本临危不乱的素质还是有的，起身后轻声说："你为什么看我的手机，是不相信我吗？"

妍妍语气一滞："哦，我刚才用你的手机玩游戏来的。"随后想起来什么，又吼道，"这是两回事，你先解释这个，铁证如山，你还不肯认吗？是不是想耍花样，给我老实点！"

我叹了口气："妍妍，我以为咱们的感情是有牢固基础的，没想到你却这么不信任我，翻看恋人的手机那是小孩子做的事情，我们的感情应该是炙热且成熟的，你是我想分享一生的人，要是我们不能互相信任，那么我们的感情会变成对方的负担，我是那么无条件地信任你，你也应该这样对我。"

妍妍声音立刻没那么尖锐了，咬着嘴唇说："我没有不信任你，可是你手机里突然有女人对你说她没怀孕，任谁也都会怀疑的，我问问还不行吗？"

我伸手摸摸她的头发说："冯真真是我科里的医生，你也曾经见过，她前几天说自己怀孕了，准备请长假保胎，今天可能发现没有怀孕，就发信息和我汇报，这件事情是很合情合理的，不知道你为什么要怀疑我。"

妍妍顿时语塞，脸色微红，把手机还给我说："我还是想吃红烧的，麻烦你把鱼洗干净点啊！"

我心里长舒一口气，回答说："不知道你为什么要洗鱼，要知道鱼在生前特爱干净，每天都在洗澡。"

妍妍一愣，随即想明白就笑着跑了。我知道这一关我是过了，不过冯真真在我约会的时候发这种信息，到底是巧合还是有意为之，这是个问题。

胆战心惊地在妍妍家过了一夜，抱着手机不敢撒手，又调成静音模式，还好冯真真没有再发消息过来。

天一亮我就早早出发，多待一分钟就多一分钟危险，现在知道当年那部电影《手机》是多么超前的一部现实题材巨作。

在手术室藏了一天，下班后开车逃也似的离开医院，想去找妍妍又怕再来次手机惊魂，想来想去只好跑到路易家蹭饭，顺便看看包子和大侄子。

路易自己的房子在装修，最近住在医院给他的宿舍里，两室一厅，屋里装修简单，家具都是从宜家买的，虽然不结实但胜在样式简洁时尚，配合上路易噼里啪啦炒菜的声音，感觉相当的温馨。

我一进门包子就骂："你们这些禽兽，还知道来啊，多久没来了啊！咱们宿舍离这么近，我自己在家看孩子，都没个人说话，快憋死了。"

路易用围裙擦着手说："这小子今天要不是没地方吃饭也肯定不会来的。"

我赶紧把礼物放下，边逗大侄子边说："我这人还是有姓王的自觉性的，来太多了怕被路易当成隔壁老王了。"

包子神色黯然道："放心吧，路易现在肯定不会担心，我现在这个隔壁产后大胖媳妇天天敞着门也没一个老王想进来。"

路易嘿嘿一笑："哪能呢，我媳妇再胖也是最漂亮的胖媳妇，再说我天天都把你反锁在家里我担心个啥。"

很快路易饭菜准备齐全，包子喂完孩子奶后走过来，急切地拉着我的衣服说："快摆一摆，听说王教授你出轨了，还是被人醉奸了。咋回事，快说说！"

我狠狠地瞪了路易一眼，路易偷笑说："媳妇自己在家太无聊了，只好找点八卦让她开心一下。没事，她除了上班就是回家肯定不会泄密。"

我叹了口气，把事情经过又讲了一遍。

包子突然大笑起来，边笑边说："王教授你也有今天，幸亏我找了路易，我就不用担心他被迷奸或醉奸。你实在太笨了，醒了啥也想不起来，那就等于没占到便宜啊，还惹了一身腥，关键是你撒谎真是一个来一个来啊，连妍妍这种专业警察的拷问你都能挺过去，这实在是太精彩了，麻烦你以后多来几趟让我多笑笑，缓解一下产后抑郁。"

我又被气得半死，大骂路易和包子两人简直就是天生一对、一丘之貉、狼狈为奸、男盗女娼。还没骂完，手机突然响了，一看是科里的电话就赶紧接了，电话那头传来一个女声："哥，我想你了，这两天我心里太难受了，你能来陪陪我吗？就说说话，我保证。"

我头嗡的一声，这是冯真真的声音。

路易和包子也隐约听到了冯真真的话，两人悄无声息、兴高采烈地击了一下掌。

我瞪了他们一眼，本想起身到厨房接电话，却被包子死死拉住，用嘴型说："就在这说！"

我这会头大如斗，也顾不得这两个八卦之神已经把头都凑到我电话旁边，还你推我搡地抢位置，我答道："你不是说如果你没怀孕这事就两不相欠了吗？怎么还不停地找我啊！"

冯真真幽幽地说："哥，我没有别的想法，就是想和你说说话，毕竟咱们一夜夫妻也算有点恩情，这点要求你都不能答应吗？我都已经尽量不在工作时间打扰你了，我也不想在科里人面前失态，我已经很注意影响了啊！"

我叹了口气，知道逃避躲着也不是办法，要是不赶紧解决，恐怕就像一颗定时炸弹一样随时可能引爆，只好说："好吧，我一会回去，你在医院门口的咖啡厅等我吧。"

冯真真马上说："咖啡厅熟人太多了，我觉得不方便，还是在你宿舍门口等你吧。"说完挂了电话。

包子憋着笑说："这女孩真为你考虑啊，你真是碰上了绝世好情人啊，不吵不闹身材好，王教授你赚大发了！"

路易不屑道："屁啊，你听见冯真真的话了没有？虽然言语都是为你着想，但是充满威胁，你要是不从，她就在全科人面前失态给你看，心机婊啊！"

包子笑道："你当我傻啊，这冯大夫每天白天不找他，一到休息时间不是发短信就是打电话，摆明是想让王教授和女朋友在一起的时候她来放把火。我说这小子今天怎么跑我们家来吃饭了，敢情是料敌于先机，跑咱们这儿避难加蹭饭啊！"

我也懒得理他俩，转身就想走，路易在茶几下面里找出两个避孕套塞给我说："王教授，今晚万一被那个了，一定要恳求人家让你戴这个哈！"

我把避孕套一把扔到茶几上，骂道："你们两个禽兽，客厅里放这种东西，要不要脸啊，随时随地都来一发是吧。"

路易大笑："卫生间、厨房更多你要不要欣赏下。"包子大窘，抓住路易扭打，我关门离去。

到了宿舍楼门口，冯真真已经等在那里，见我过来甜甜一笑，声音阴柔："哥，我带了啤酒和烧鸡，咱们好好聊会儿呗。"

事已至此，虽然我不敢喝酒，但是宿舍门口人来人往太容易暴露，只好开门，引她到我宿舍里。

冯真真看了看我宿舍，笑着说："单身汉的日子怎么都过成这样，好乱啊！"说着就要帮我收拾东西，我赶紧阻止："没事，乱点我习惯，你想说什么，咱们说吧！"

冯真真嗔怪地瞥了我一眼，幽怨得说："你紧张什么，是不是藏了什么秘密啊？行，不动你东西了，咱们坐下慢慢说。我饿了，先吃东西吧。"说罢打开塑料袋，拿出啤酒、烧鸡和几个凉菜。说实话虽然我不敢再醉酒，但是刚才在路易家还没吃几口就被逼出来了，现在看到烧鸡也流口水，吃了再说，管那么多。

吃着东西，小口呡着啤酒，气氛得到极大缓解。我语重心长地对冯真真说："小冯啊，其实平时你工作表现真的不错，将来也会是个很有前途的医生，这次的事情咱们暂且不论，不过我真的不希望因为这件事情影响了你的前途，或者毁了你和你男朋友的感情，你有什么想法咱们可以敞开了聊。"我的口气像极了各种中年猥琐领导大叔，自己都觉得恶心，不过在这种情况下，感觉这种语气真的好合适啊！

冯真真一笑："主任，您这是拿我的前途威胁我吗？咱们这是私立医院，又没编制又没户口，我也有想考博的打算，不一定会在您这长期工作的。另外我和男朋友已经分手了，我不想再勉强和我不喜欢的人在一起了。"

一句不痛不痒软绵绵的话粉碎了我的指望，我沉默了一会儿说："我有女朋友了，而且咱们年龄差距太大了，在一起不合适，你也不能勉强我和不喜欢的人在一起吧。"

冯真真还是一脸的阴柔："哥，咱们挺合适的，你事业有成，我给你照顾家庭，我又比你女朋友年轻得多，至少生孩子上我肯定比她强，再说她很快就老了，我还能再年轻十几年呢！而且那晚你说和我做爱感觉更好，咱们在一起一定会家庭更和谐的，再说感情是可以培养的。"

我心里一阵腹诽：你怎么不和你男朋友培养感情去，跑我这来瞎搅和，心里暗骂嘴上却还不想激化矛盾，又用缓和的口气说："那也不行，我和妍妍已经在一起好多年了，我们经历过很多事情，感情很深，我们散不了。"

"没事，我可以等你，现在我就当你的红颜知己，不会逼你分手什么的，也不会给你添麻烦，平时我会给你收拾收拾屋子，做做饭什么的，我只晚上陪着你，你要是出去我也不会打扰你。"冯真真一脸真诚地说。

在这种齐人之福的诱惑下我差点就答应了。

我还在沉默的时候，冯真真突然站起来，把手在我头上抚摸了两下，柔媚地说："我去洗个澡，你等我一会。"自然地脱下毛衫，露出轻薄小衣下的苗条身材，妖娆地向浴室走去。

说句只能在心里说给自己听的话：谁要是不动心谁是太监！

我的脑子里不停地浮现出那天早上看到的冯真真的赤裸背影，那夸张的曲线让人热血沸腾，我的头像倒立般在充血，当然充血的还有其他部分。我心里有个声音不停地告诉自己：妍妍可是警察，纸包不住火！又有个声音却在劝说：破罐破摔吧，妍妍早晚会发现的，发现只有一次是死，发现有两次也是死，没爽到就死了那不是太冤枉了！两种念头在不停地打架，我艰难地站起来，想去阻止冯真真，但又想此刻恐怕她都已经一丝不挂了，这会儿进去洗鸳鸯浴不是更好，啊呸。总之，短暂的十几分钟像是过了十几年那么漫长，大滴的汗水从我额头渗出，内心魔鬼和天使的交战已经浴血千里，尸横百万。

冯真真显然并不想给我太多的时间考虑，浴室门一响就走了出来，只穿了一件若有若无的轻纱，缓缓向我走来，峰峦尽显、柔条纷冉冉，我心里的防线瞬间被击溃，在此时此刻，脑子里只有人类的最基本的本能。当冯真真走到我面前的那一刻，我知道一切都晚了，自己走不了了。

就当我的手捏向冯真真丰臀的千钧一发之际，电话突然响了一声，出于本能反应我回头看了一眼放在茶几上的电话，屏幕上赫然跳出路易的短信：我在你包里还藏了两个避孕套，带点点的哦！

说真的，就在此刻，箭已上弦，这个短信即使是妍妍发过来的恐怕也天倾难挽，对情人的内疚从来都不是能够阻止男人出轨的有力盾牌，但是路易的音容面貌绝对是浇熄情欲之火的最佳脏水，路易猥琐的笑脸瞬间在我脑中浮现，本能的先是一阵恶心，然后就清醒了过来，不顾那具活动荷尔蒙的身体在阻拦，夺路而逃，飞也似的跑到门外，像脱缰的野狗一样跑得无影无踪，留下一脸难以置信表情的冯真真。

焉能使我心
皎皎远忧疑

虽然成功跑路了，但是当我站在路边时才发现自己跑路的经验还是不足——钱包、手机、钥匙没一样带出来。关键是年关将至的北京还是很冷，我只穿了一件毛衣就蹿出来，跑路的时候因为浑身出汗没什么感觉，可是这会儿停下来感觉到寒风刺骨，不由连打喷嚏。

没办法，回宿舍不敢，去路易那会被拉住八卦，去科里的话一会冯真真也搞不好会找过去，只好向医院行政楼走去。虽然医院早已下班人去楼空，但还好楼下有保安开门，楼上的祖老师办公室是密码锁，我哪会不知道密码，输入密码后进去，空调开大，泡了壶茶才从冻僵的状态缓过来。

祖老师大套间的办公室自然有床有沙发，对付着睡了一夜。祖老师早上开门进来，发现我还躺在床上，就惊奇地问我怎么了，我只好如实回答。

这次祖老师却难得的没有笑，严肃地说："这下不好办了，如果冯真真要求钱或者升职，咱们都可以满足她，可是她要的更多，想天天睡你，这就不好办了，你小身体吃不消啊！要不然你和她说'我还有个朋友，就是咱们的院长，比我官大，身体也棒，还是单身，不如介绍给你先顶着'。"

我呸了一声，再次垂头丧气地说："哪那么简单，我当时没想明白，现在想清楚了，怎么可能有这么便宜的事！她要是每天都和我睡一起，那就不是酒后乱性了，那个是情妇！性质完全不一样，到时候尾大甩不掉就彻底玩完。"

"那你也不能躲在我这不上班吧，你总不去我可是会扣你奖金的。"祖老师说着就做赶人状。

我想想也是，再怎么样也得面对啊，就慢慢向科里挪去。

刚进科室，就见海波一脸狡黠地站在门口，贱贱地笑着，我心道不好。果然，进门后海波就伸出手来说："王教授，你的手机、钱包、门钥匙，冯大夫让我交给你的。对了，你的大衣我给你挂医生办公室了。"

我接过东西，海波却拉我进了我办公室，压低声音说："冯大夫可是气冲冲的，眼睛肿得和桃子似的，还好我今天来得早，科里还没有什么人来。你们两个这是怎么了？"

我没回答他，反问了一句："冯大夫在哪呢？"

"哦，她说今天不舒服要请假。你是不是潜规则未遂啊？"海波眨着眼睛不死心地问，"是不是啊？不说是吧，没关系，我猜得到，兄弟一场，怎么也会帮你守住秘密的。"说罢扬长而去。我心里暗叹完了，让这个出名的大喇叭广播电台知道了，恐怕全宇宙都知道了。

拿起手机看了一眼，不看不要紧，看完吓得我面如土色。

只见冯真真给我发了一条短信：我要告诉你女朋友，你是个怎样的男人，我觉得应该让她知道！

冷汗从我头上密密麻麻地渗出，想到可能自此失去妍妍，心如刀绞。想起冯真真不免恨得牙根直痒痒。再想起自己，又可气又可恨，心道还不如昨天晚上把便宜占了呢，这下真是鸡飞蛋打，竹篮打水了。

这一整天根本就什么工作都不能做，完全处于头脑发蒙状态，千百种念头在脑中绕来绕去，实在是六神无主，心里乱得像纠缠到一起的耳机线，特别的招人烦。就在我快疯了的时候，祖老师带着路易和刘非走进我的办公室，并关上了房门。

我正难受，看他们进来没好气地说："我现在没心情给你们戏看啊，你们都识趣点儿，别惹我。"

没想到三个人很安静，各找地方坐下，路易说："知道了，海波已经告诉我们了，这事麻烦了。"

我说："更麻烦的事情是冯真真要去找妍妍了，恐怕凶多吉少。"

路易说："这个我们也知道了，海波早就看你手机了。"

"我去，这个王八蛋。"我大怒。

祖老师安慰道："谁让你设成短信屏幕显示，那样有密码都没用，更何况你手机连密码都没有。你放心吧，我已经严厉地警告了海波，让他老实点别乱说。"

我颓然说："你觉得警告海波有用吗？"

三人一起摇头。

路易叹了口气："现在的女人都是怎么了？现在想想，这个冯真真也真够过分的，一口一个不负责任的男人！你说你自己要是清清白白的也行，高中就早恋有性行为，估计长到这么大也没断了男朋友，找一个睡一个，想怎么睡怎么睡，跟王教授搞的时候还算是同时睡着两个！还有什么权利要求男人们对她负责，这种人谁不是吃完就甩，最后哪个男的真负了责任才是绿帽王呢！"

这时刘非说："你说得也比较偏激，成年人类进行性行为是动物的本能，就算是女人你也不可能要求人家守身如玉，直到找到如意郎君，那是封建礼教，何况封建社会女子十几岁就嫁人了，三十几岁都当奶奶了，现在的女孩哪有结婚早的啊，忍不住偷尝禁果也是人性使然。何况你丫遇到包子前也不是什么好鸟，你有那么多婚前性行为，凭什么还要求女人守身如玉。"

路易不耐烦道："行了行了，现在探讨人性有什么用！说王教授的事，我觉得王教授现在只有两条路走，第一条就是在东窗事发前找到冯真真，无论是奉献肉体，还是封官许愿给钱私了都可以，只要能够稳住她就行。凡事都经不起一个'拖'字，拖得越久，和平解决这个事儿的可能就越大。"

祖老师说："我也同意，其实真心来讲，冯真真也是被你逼急了，人家不就是想睡个觉吗，有什么了不起，你看你一个不愿意百个不愿意，这下把人家自尊心给伤害了，开始疯狂反扑了吧！"

路易摇头："第二条路，我看你直接找妍妍承认了算了！这事其实也没什么了不起的，顶多是酒后乱性，而且昨天晚上你坐怀不乱那么嚣张，相信妍妍也会理解你的。"

我沉默了半天，终于决定下来，站起来说："行，我听路易的，不是为了别的，就是心里有鬼的日子过得太痛苦了，我还是喜欢以前简简单单的感觉。我不知道其他人心里有鬼的人是怎么过日子的，反正我这几天度日如年，每天除了担心妍妍知道后和我分手，就是担心在单位造成不好影响。这样的日子我过够了！"

计议已定，刘非突然没头没脑地说："王教授，如果被甩了，就回来喝酒吧，我们等你信儿。"

我心下感动，驱车赶往妍妍单位。到了门口就给她打电话，打了好多个电话没人接，我只好把车停在路边等着，心里默默祈祷现在还没有东窗事发。

等了近一个小时，妍妍终于给我回电话了，我接起电话就听到妍妍高兴地叫道："亲爱的，我发了，哈哈哈哈哈，我被提为正处了，晚餐老娘请客哈，吃啥你随便挑。还有，晚上翻你牌啊，留下侍寝。"

听着她愉悦的声音，我真不知道这事该怎么开口，只好告诉了她我已经在门口等她了，下班到门口来找我。

没过一会，妍妍一本正经地出了公安部的大门，到了我车附近却几步就跳了进来，抱着我的脖子就亲，边亲边说："老娘发达了，你知道这个位置有多难拿吗？要不是我去年考评第一，再加上我最强的那个竞争对手不小心怀上二胎了，这事肯定就搞不定了。正处啊，终于熬到了，老娘一直不敢结婚生孩子，终于搞定了。老公，咱们今晚就造宝宝，现在啥也不怕了。"

这个时候我的内心是崩溃的。妍妍是多好的女孩子啊，虽略年长，但是漂亮、懂事又大气，最重要的是我心里无条件地信任她。经历了冯真真这件事后，我更觉得这种信任是弥足珍贵的，冯真真哪怕再风情一万倍我也不会和她在一起，对于她我需要时刻地提防，还需要揣度她的目的，预判她的手段，这样的人哪里能够做夫妻，做对手斗地主倒是蛮合格！

整个一个晚上都在妍妍的兴高采烈和我的欲言又止中度过，我找了几次机会都没法将这件事情说出来，看着妍妍兴高采烈的样子，我实在没有办法破坏这份美好。诶，算了，享受这一刻，将来的事情将来再应付吧。作为一名医生，我打破了十几年的习惯，第一次将手机关机，静静地享受着最后的晚餐……

虽然心神不宁，但多日的忧愁和刚刚激烈的运动还是让我很快进入了深睡眠状态。不过半夜的时候却被低低的哭泣惊醒了，我醒后看到床头灯亮着，妍妍披散着头发，抱着双腿在哭泣，像个委屈的孩子，完全失去了平日里大杀四方的飒爽豪气。妍妍都这样了如果我还猜不到是怎么回事那可真是傻子了。

我默默地爬起来，低着声音说："你都知道了？"

妍妍听到我醒了，哭得更厉害了，我只好说："你别哭了，是这样的……"

还没等说话，妍妍却一下扑到我的怀里，抱着我大哭："我爸告诉我，碧云死了！"

"啊！呀！怎么死的？碧云是谁啊？"

"碧云是我们家的狗啊，你还没去过我们家没见过，它可乖了，我早就想让你们见见了，可是，可是，它竟然这么早就走了！呜呜呜呜……"

"碧云啊！你怎么走得这么早啊，呜呜呜呜呜……"我竟然借着碧云的死把多日的压抑、委屈和怨念瞬间发泄了出来，如同山洪暴发，一泻千里，妍妍瞬间止住了哭泣，目瞪口呆地看着号啕大哭的我。

早晨上班，就见路易竟然在我办公室等着，一见面就说："他俩有事来不了，派我当代表出来问下。"然后就双手在我身上乱翻乱看，我一把推开他，骂道："八婆，我是异性恋，谢谢。"

路易嘿嘿一笑："我查看下你身上有没有被戳的血洞。妍妍没拿刀追你吗？"

我苦笑了一下："我没说，没机会啊！"

路易急了："你这人做事优柔寡断，决定好了的事情就赶紧办啊！你现在不说，等冯真真找到妍妍告知真相，到时候完全是两种性质，死得更惨！"

我叹了口气："碧云死了！"

"啊！呀！死了！碧云是谁啊！冯真真小名吗？你杀人灭口了啊！"路易大惊。

"不是，是妍妍家的狗，她哭了一晚上，我哪能雪上加霜再说这个事啊！"

路易"哦"了一声，然后叹道："你错过了最好的机会，你想啊，妍妍刚刚失去了一条狗，她肯定不会这么快就杀另一条。昨天趁热说多好，女孩不是理性思维，对付感性动物应该在她们心软的时候说这个事情。"

路易走后，我去参加交班，冯真真回来上班了，低着头一言不发，我们谁也没有任何眼神的交流。海波这厮一会看看她，一会看看我，在那贱贱地等看戏。这个时候我已经打算破罐破摔了，冯真真要是当场发飙，我也无所谓了，顶多我自己走人也就是了。

好在预报中的风暴并没有来临，我心情忐忑地混了一天，刚要下班走人，冯真真找到我，幽怨地看了我一眼，低着头不说话。

事已至此，我也不想再安抚或者强压怒火了，恨恨地说："冯大夫，没事不要总是来找我，我并不想见你！另外，我想过了，你想去告诉我女朋友就去吧，与其整日提心吊胆，还不如快刀斩乱麻，我现在看到你就想起来你发短信威胁我的样子，很令人反胃，请你离开！"

冯真真抬头，满眼泪水："我就那么令你讨厌吗？当初你压在我身上的时候你怎么不讨厌我，你们男人怎么都这样啊！"顿了顿，咬着嘴唇说："我来就是想告诉你，我不缠着你了，你不愿意就算了，我又不是没有别人喜欢，一刀两断吧！"说完转过身，慢慢地走了，我张了张嘴，还是没发出声音说些什么。

一瞬间，一股内疚涌上心头，也许冯真真不是我们恶意揣测的那种女孩，也许那晚真的是我自己酒后乱性，也许冯真真真的只是很单纯地喜欢我，也许最近她所做的一切，包括威胁甚至一些精心设计都只是一个女人山穷水尽时一些无奈的小手段。

怀着内疚的心情我找到路易，第一时间告诉了他这个结果。路易惊诧莫名，简直不敢相信自己的眼睛和耳朵，这，这就完了？太意外了！随后，强拉着我一起谢谢上帝、阿拉、王母娘娘啊……还说要特别鸣谢"碧云"，是它的牺牲才没让我在昨晚就自首啊！碧云——！

当晚，路易张罗了一桌丰富的晚宴款待曾经帮我渡过难关的来自五湖四海的朋友，虽然还是只有祖老师、路易和刘非，席间众人欢声笑语、喜气洋洋，祖老师和刘非纷纷向我道贺，并表示以后有这种白占便宜的好事一定要带上他们。路易再次对昨天劝我自首的行为表示相当的羞愧，也指出祖老师现在整日神龙见首不见尾，肯定在秘密谈恋爱中，趁早把这种占便宜的好事还是让给他，并决定按我的方案请他的急诊科所有的女医生吃顿饭，再装醉躺进客房，看能不能钓到条大鱼。

我也非常激动，并以自己这么多天的紧张焦虑的心情导致多了 N 根白发为现实例子，教育路易他们不要重蹈覆辙，毕竟路易最近头发掉得厉害，所剩无几。

一顿饭吃得沟满壕平，欢声笑语，充满了雄性动物们自己感觉不到的性别自豪感。不过刘非终究是说了句公道话：一个女人放下尊严、用尽手段和你在一起，就算这个女人图的可能是你的钱和地位，但终究也只不过是想要一个体面稳定的生活而已，其实这个要求并不过分。什么时候男女在获得生产资料上的地位真的平等了，女人还图你的金钱那才可以称为可耻，一如男人入赘做婿一样。

男儿欲画凌烟阁
第一功名不爱钱

　　日子难得的平静下来，冯真真和我也逐渐恢复了上下级关系，科里的工作仍然是欣欣向荣，海波也不再上蹿下跳。一切就像风暴后万里无云的海面，让人怎么也想不起来曾经巨浪滔天。

　　妍妍趁着碧云小型告别仪式的机会，把我带回了家，伯父、伯母对我比较满意，何况我上门之时带去了二两茶叶，伯父那是相当识货，一眼就看出了这茶是"潮州凤凰单丛宋种1号"，二两茶叶就价值八万块钱。事后伯父当着伯母和妍妍的面夸道："这孩子很聪明，看上去是送东西，其实是在表明自己心意。这哪是二两天价茶叶啊，这分明是这孩子在告诉咱们，他就是二两茶叶，表面看着不起眼，实际上是咱们捡到宝了！"自此二老开始鼓励妍妍和我交往，颇有谈婚论嫁的意思了。

　　大家对我的机智赞不绝口，除了路易，按他的话讲："你要是买八万块钱的金条送给你老丈人，可能这会儿都去民政局的路上了！"这小子最近不知道怎么的就是一直高兴不起来，一天比一天沉默，我们四人的聚会也经常不来参加，每天都不知道在忙什么，让人非常的不解，还好没人在乎他的心理健康，大家仍旧快乐又没心没肺地生活着。

　　祖老师每天赚钱赚到合不拢嘴，投资人非常高兴，已经专门跑来和祖老师聊开设杭州分院的事情了。为此祖老师小宇宙爆发，熊熊的野心之火每日在周身燃烧，像打了鸡血似的投入各种商业计划书和市场调研中去了。

刘非生活也四平八稳，他老婆真是这个世界上不可多得的傻女孩，这么多年一直在等着他，而且还默默地照顾刘非父母。这看起来确实有点缺心眼，可是对刘非来讲却是拯救他灵魂的天赐良药。经历过那么多事情，刘非已经不再是那个任性的孩子了，这次的复合他倍感珍惜，简直一时一刻都不想离开去而复得的老婆。当然，他只要离开张琳的视线就会跪搓衣板跪键盘什么的，但好在日子过得安安稳稳，也每天努力耕耘，争取早日生个谁也拐不跑的孩子。

一切看起来都是那么地美好，直到一绝大师一如既往地跳出来毁灭一切。

对于毁掉别人的幸福生活，引爆平静海面下的深水炸弹，海波绝对是天赋异禀，每次点燃导火索的人肯定是他。

平静的下午，正当我气定神闲地享受一盏大红袍时，办公室电话响了，电话那头祖老师气急败坏地喊："王主任，你怎么带的兵，患者都闹到我这了，你快过来看一下你们科海波大夫干的什么事！"

我心里咯噔一声，每次被祖老师称呼为"王主任"而不是"王教授"的时候，都没什么好事。我赶紧跑到院办，进门的时候正好看到祖老师的秘书送了一个气呼呼的老人出门，态度殷勤小心，一看就是刚大闹一场回去。

进门看到祖老师正坐在那生闷气，我忙问怎么了。祖老师闻声立刻跳起来："你看看你带的人！刚才那个老人是你们科出院的患者，今天去看海大夫的门诊，结果他给人家开了四种中成药，你看看！"说罢从脚下踢出了一个纸壳箱子，里面满满的都是药。祖老师接着骂："海大夫忽悠人家说这些药有什么降脂、活血的功能，还能有效去除病根，你这不是扯淡吗！人家老人哪懂啊，肯定点头答应，结果一看价钱就不干了，这些药快 8000 块钱了！人家马上就跑到医务处投诉了，这么多药是让人当饭吃吗！后来又东咨询西咨询的，结果发现这些药都是辅助作用，没有一样是非吃不可的，这不就闹到我这来了吗！你说怎么办吧？"

我一听就明白了，肯定是这些药物是对开药医生有好处或回报的。我又看了看药物说明书，确实都只是辅助作用。

刘非这个时候跑了进来，拿了一堆文件，进门就说："祖老师，问题很严重啊！你让我去信息科查，结果一查吓了我一跳，这几种中成药在心内科和中医科开的量都挺大。"然后看了我一眼又小声说："只是海大夫一人每个月至少就是五百多盒，还有别的人，包括那个冯真真，量都在三四百盒左右。"

祖老师气得把那纸壳箱举起来扔到墙上，破口大骂："王主任，你说的高薪养廉，我听你的了，他们谁挣得少了？那个冯真真一个月平均都是四五万！这么多钱，就算养条狗也得护家吧！你看看他们，还是到处乱咬，乱开药！这样下去，老百姓还不说我们私立医院只认钱才怪，早晚得关门大吉！"

说完他又转向刘非："你给我查，有一个算一个，谁这么开药谁滚蛋！"

眼看祖老师怒发冲冠，我只能识时务地保持沉默。其实我自己也快气炸了，海波把这种风气带到私立医院，纯粹是要把这里也搅浑，那我们跳出来的意义是什么呢？

到了晚上，一切调查结果都出来了。我们四个人垂头丧气地坐在食堂，谁也没有心情动一下筷子。问题太严重了，不只是上面提到的几种药物，几乎市面上我们所认知的各种"辅助治疗药物"，在我们的医院都发现存在，而且使用量也不比公立医院少多少，几乎涉及三分之一的医生。

刘非颓然地说："真是不能对人性有任何指望。我们以为高薪就可以养廉，现在发现你给他们一万块钱，他们就会想两万，给他两万就会想三万，贪欲是永远没有止境的！"

我叹了口气："我们想得确实太简单了。不过这也正好，我们杀几只鸡给猴看看，就先拿那个死海波开刀！"

祖老师说："海波毕竟是咱们老同事啊！当初也是投奔咱们来的，会不会太狠了点？"

我气道："上午是谁跳脚骂来的，你这不是妇人之仁吗！另外，你也要找找自己领导能力上的原因。为什么这些药物可以通过药剂科和院领导班子的审核进入医院，他们是怎么替你把的关，这些药能进来说明你的领导班子就已经出现问题了，你当院长的为什么没有提前预防！现在涉及人这么多，拿谁开刀谁都不服。反腐抓了那么多贪官，你觉得就没有人再贪了吗？世界上本就没有完美的人性，只有完善的制度。找管理上的因素吧先！"

祖老师一叹，道："我哪有时间管那么细的事啊！药剂科刘主任那人看起来很正直，我当时特意把他从市第五医院挖过来，就是看中了他的人品。"

路易幽幽地说："你们觉得咱们的理想实现了吗？"

我们一起回头看去，见路易一脸的颓丧。他接着说："我们当时创立这所医院的目的是什么呢？我们是要造福一方的百姓，点燃燎原的第一团火！可是现在你们看看，理想和现实根本就是两回事，我们只是建立了一所老百姓看病相对人少的大医院而已，其他什么都没改变！"

路易还要说下去，祖老师不耐烦地挥手："行了，说这些有什么用，路易你有理想是吧？好，你明天就全权调查这次的'辅助药物'事件，我给你所有的权力，务必还我们一个干净的医疗环境！"

路易从刚才的"省电模式"又重新回到"激活模式"，苦笑着答应了下来。可是，我们谁都没有想到，祖老师打断路易的话，没有及时疏导他的苦恼，最终引发了一场难以收拾的风波。

当然，那是后话，与眼下的事情无关。

路易的办事能力那真是没话说，没到半个月，就把所有调查结果在全院大会上公布，祖老师还当场宣布了处理措施：药剂科刘主任被开除；主管医务的丁副院长被免职，降为普通医生；每个涉及开辅助药的医生按照所开药量，一一被扣奖金，最多的被扣了多达十五万元人民币！

药剂科刘主任明显没有想到是这样的结果，激动地站了起来，光亮整洁的头发有几根掉垂到了额头。他大声说："我有什么错！那些药物都有药监局正规审批手续，并且全国的医院都在用！药物的疗效也不是你们说否定就否定的，每种药物都通过了 III 期临床实验，你们要是学问不够，不会在 Pubmed（医学论文数据库）上查，我可以下载下来给你们看，要是你们不会英文，我可以翻译好了给你们看！"

祖老师在台上缓缓站了起来，眼睛扫视着全场上千名医务人员。好一会儿，他开口说："少跟我扯什么药监局、临床试验！我们在场的全是各学科的专业人士，到底什么才是治病的药物，我们心里清楚！我只是想让大家摸着良心想一想，你们对不对得起自己身上这身白衣服！古人云：医者，父母心！当医生的要有像照顾自己儿女的那种心情去对待患者，患者才能像尊重父母一样尊重你们！当前社会上一系列医患矛盾、医患冲突，当然有很多外在原因，比如跟不良媒体的鼓动宣传有关，也跟医务人员的付出得不到回报有关，同样也跟不恰当的医疗资源配比模式导致过劳过累有关。可是，你们有没有想过，除了这些，也跟每个人心中的贪欲有关！"

祖老师环视全场："不要不承认，贪婪自私本来就是人性的一个重要组成部分，这些药物到底是怎么通过审查的我不清楚，那是别人的事情！可是在我的医院里，我给了你们足够的薪水养家糊口，给了你们足够的金钱来匹配你们的聪明才智和辛勤工作，那么你就得给我揣着善良之心治病救人。这次是扣钱，下次就是开除！永不叙用！"

刘主任冷笑："小孩子才分对错，成年人只讲利益！什么是善、恶，符合大多数人利益的事情就是善，损害的就是恶。你们玩的那套朝三暮四的分配手段你以为大家傻吗？这些药有正规合理的手续，还有医保报销，大家门诊开一点，上增加医院收入，中能补贴家用，下对患者无害，我不明白怎么就是'恶'了？"

这可摆明了是煽动大家情绪了，台下一片鸦雀无声，但众人情绪明显被这种"王侯将相宁有种乎"的话语掀起了阵阵波澜。

路易也缓缓起身，瞥了一眼刘主任说："这符合的是你们少数人的利益，老百姓的损失呢？医院信誉的损失呢？国家利益的损失？药监局的大佬们、医保局的领导们咱们管不了，那是食物链顶端的事情，但咱们作为执行者，作为医生，一举一动都代表着人类的道德底线，如果把生命健康也当成是敛财的工具，那和飞禽走兽有何区别？当然，我们是私立医院，也是追求剩余价值的，但这种价值是我们知识和劳动应得的那部分，而不是丧良心那部分！开除是最轻的，如果你还不服气的话，我只能送你到检察院，看看性贿赂要坐几年牢！"

众人一片哗然，刘主任愣了半晌，掩面而走，不知道谁小声嘀咕了一句："原来是这样，刘主任为了地位，想把屁股送给路主任啊！"这句话引发一阵爆笑，继而嘘声雷动。

晚上吃完饭，我们凑一块喝茶。祖老师志得意满，笑着说："怎么样，我这样处理还算得体吧，既从根源上打击了歪风邪气，又敲山震虎，让他们不敢再这么干！"

路易喝着茶："我觉得最主要的，还是要坚决把那些乱七八糟的药物抵挡在医院的门外，就算老百姓一时不理解，可能还会觉得咱们医院药物不全什么的，但是长久看，只要是让老百姓省了钱又看了病，就会越来越信任咱们，口碑就这样建立起来了。对了，我辛苦调查完了，祖老师要是你不建立起完善监督机制，后面我一走就重新让歪风邪气死灰复燃，那老子可不管了再！"

刘非叹气："你说这些药到底能不能治病，难道上面的人不知道吗？"

我笑道："年轻人，我们的星球主要能量源泉是太阳，光明养育了万千草木，牛羊可以撒欢地吃，但食物利用率低，所以它们只能天天吃，不停地吃才能活命。可食肉动物吃条羊腿就补充了一天的元气，到处没事溜达，威震八方，看多有效率，多轻松。"

祖老师大笑："少扯这些没用的。路主任，我打算让您老人家担任主管药事的副院长，您老就一直监督这事吧！"

路易一愣，继而皱眉："这事多麻烦，我还有自己科里的活要干呢！"

祖老师说："哦，副院长年终奖是 50 万，加上科室主任的薪水，路主任您觉得呢？"

路易眼中精光一闪，沉声说："麻烦叫我路院长，谢谢！"

祖老师又说："路院长，你打算怎么干啊？我委你重任可不是让你尸位素餐，拿钱不干活的。"

路易一笑："你们知道咱们国家从五代十国到唐宋元明清，就没有一个朝代能够真正杜绝贪腐，没有一个朝代不是亡于官员结党营私、互相掣肘拆台吗？"

众人摇头，路易接着说："我在美国学习了几年，美国要比我们这方面强太多。大贪大恶不是没有，可是绝对不是全民腐败，不是每个人都挖空心思谋私利！最重要原因就是美国规则讲得多，道德讲得少。一个肮脏的国家，如果人人讲规则而不是谈道德，最终会变成一个有人情味儿的国家，道德自然会逐渐回归；一个干净的国家，如果人人不讲规则而大谈道德，谈高尚，天天没事就谈道德规范，人人大公无私，鼓吹奉献，最终这个国家会堕落成一个伪君子遍布的肮脏国家。"

众人大惊，我忙问："您老人家这都说什么玩意，哪来的反动言语啊！"

路易撇嘴："这不是我说的，是胡适在几十年前说的！所以我就是要立规则，违反规则的惩罚，遵守规则的奖励，我不管外面的世界怎么样，但是白色城堡医院，我一定要打造成一片净土！"

祖老师很激动，举杯敬了路易一杯酒。

刘非却笑道："路院长，您那个'性贿赂'是怎么回事啊？您也太不讲道德了吧。"

我也慨叹："路院长办案那么快，半个月就水落石出，不会把自己屁股卖出去了吧。"

路易开启讲故事模式："这件事件说来话长，要是各位看官真有心相询，那就要从我那晚临危受命讲起了。事情是这样的，要说调查一件谜案，就要庖丁解牛、顺藤摸瓜，不入虎穴、焉得虎子……"

众人一起"喊"了一声就作势要走，路易忙拉住大家："我肯定第一个就是要找刘主任了。我对他说我有一个亲戚想在咱们医院引进一种药物，问这事咋办。刘主任立刻就两眼放光，但是还跟我这装腔作势，说事情不好办，不是他一个人说了算。这不正中我下怀吗，老子就是想把你们一窝端呢！于是我就说想请他们吃饭，说了算的都叫上。实际上咱们都知道就是他和丁院长说了算，但是我也得有凭有据啊。"

祖老师说："您这法子倒是蛮好，可是自始至终都没有女的啊！"

路易笑道："急什么！吃饭时刘主任定的地，拉我们去了一个会所，里面那姐可真多啊！刘主任说丁院就好这口，丁院长也果真好这口，丑态百出，甚至当着我们的面就和那些姐云雨起来，我当然把全过程都录音了，要不是担心暴露，能把过程录像就更精彩了！所以下午开会时我一说这事他才那么害怕，屁都没敢放就跑了。"

刘非奇道："就这么简单？这两人也太笨了吧！他们不知道你和祖老师的关系吗？怎么敢把底都露出来？"

路易撇嘴："这你就不懂了，我和祖老师关系再好他也不会白送钱给我，当年袁崇焕这种历史书上的民族英雄，深得崇祯赏识信任，还不是在辽东偷偷把军粮卖给清军八旗'以粮资寇'。关系都是暂时的，只有利益是永远的。"

祖老师骂道："你个王八蛋，是不是有一天为了利益能卖了老子！"

路易摇头："非也。这个刘主任没想到的是，我跟着祖老师混不是为了金钱，而是理想！这个世界上只有理想才能把人真正团结在一起！就像农民起义军如果不提出自己的'理想'和'主义'，激情过了就是一盘散沙，这就是陈胜吴广完犊子的原因。只有理想，才能让同志们前赴后继地努力，最终成功！"

刘非说："是啊，我们的理想是要点起燎原大火，这种普通的地球人怎么想得到。"

我突然问："对了，路院长，您老人家进了那种花红酒绿的可以当众宣淫的场所，请问您有没有随波逐流？还有，谁买的单啊？"

路易嘿嘿一笑："我和包子情真意切，乃是患难夫妻，对不起她的事情我怎么会做呢！只不过当时形势逼人，我只能'虚与委蛇'。"

刘非骂道："虚与委蛇的意思就是半推半就了呗，不要脸的东西！"

路易猥琐地笑着说："我说的虚与委蛇是象形词，那天我借口说自己那天比较累，大海蛇整晚处于萎靡不振的状态，所以我提前跑了，当然没埋单。"

众人一阵恶心，纷纷表示路易能把成语用成这个样子真是令人发指，毛骨悚然。

这场"辅助用药"的闹剧迅速地平息下去，充分体现了民营医院的优势，没有那么多利益牵绊，也不用考虑错综复杂的关系，但凡有损害患者利益、医院利益，进而损害到股东利益的事出现，就会迅速地被扑灭，充分体现了"主人翁精神"和"我就是主人"的区别。

花开有落时
人生容易老

路易遭受了灭顶之灾。

初冬的清晨，我刚查完房，正打算去手术室，突然接到祖老师电话，声音急促不安："兄弟，路易出事了！赶紧来医院门口，一起去！"说完就挂了电话。

我脑袋嗡了一声。说实话，第一个想到的是路易因为什么原因被包子失手打死了，但想到随着路易的经济基础增加而水涨船高的家庭地位，就打消了这个念头。但路易毕竟有糖尿病等基础疾病，还是很让人担心死在野花丛中。我赶紧交代完工作，换了便衣就奔赴大门口。

到了门口，祖老师和刘非已经在车里了。我拉开车门上去，焦急地问："路易死了没有？"

祖老师叹气："不是路易，他没事，是他儿子小峰。具体情况我也不知道，早上路易打电话跟我请假，说可能这个月不能来上班，我问他情况，他没具体说，只是交代他儿子小峰病了，现在儿研所住院。肯定是大病，不然不会请一个月假。"

我和刘非对视一眼，都看出了对方的不安，一路无话，直奔儿研所。

到了雅宝路附近才知道什么是"看病难"，在离儿研所整整一条街的地方交通就堵死了，红绿灯完全失去作用，车根本就无法前进，看情形明显全是去儿研所就诊的。

眼见堵得失去希望，祖老师一咬牙："没戏了，我把车停进这个酒店停车场，咱们走过去。"

事实证明祖老师是对的，我们走了十分钟左右到了门口，一路所见俱是在车里焦急的家长，所听均是满街的狂躁鸣笛声。我们直夸赞祖老师英明，直到进入儿研所门诊大楼发生了诡异的一幕才让我们闭上了嘴。说实话，那场景，我们三个常年出入医院上下班的大夫都被震撼到目瞪口呆。这哪里是门诊大厅，这就是大号的沙丁鱼罐头！整个大厅人挨着人，每个家长都抱着孩子往前挪，不让孩子自己走的原因不是因为孩子生病没力气，而是怕挤丢了或踩扁了，孩子们的小脑袋和家长们的大脑袋靠在一起，像极了一簇簇成片的湖中苇草，本该生机盎然却蔫头耷脑的。

刘非赞叹道："何其壮观啊！这要是咱们医院的盛况，那得赚多少钱啊！"

我骂道："少来了，你有没有想过家长们的心情，孩子患了病，看病又这么难，条件还这么差，你看这破楼破大厅，怕是快塌了。"

祖老师一叹："这就是'儿科慌'的恶果，真正能看疑难病的儿科有几个呢！真正愿意从事儿科的又有几个人呢！儿科又累又辛苦，不赚钱还风险高。小孩子很多都不会说话，只知道哭，就是不告诉医生怎么不舒服，看个病就像福尔摩斯探案，又像瞎子算命，医生动辄被告被打，谁爱干啊。要不是儿科医生实在短缺，咱们医院也不至于一个靠谱的都招不进来，害得路易还得跑这来遭罪。另外，护士也不愿意来儿科工作，一针扎不进去家长就和你急，哪个小姑娘受得了啊，都是爹生妈养的,哪个父母愿意自己孩子来这工作遭罪啊!中国儿科医生缺口超过二十万,每年辞职的儿科医护却在递增,再这么下去,祖国的花朵们成长就只能靠自己,得病了就只能靠运气了。"

说话间我们穿过门诊大厅,出了后门就看见住院楼,还是一样破败。刚想进去,刘非突然拦住我们,向花坛边一指。我们循迹望去,赫然发现路易的身影。可是我们没有向那边走过去,都愣在了原地。

因为,路易在哭。

在我的印象中,路易是这个世界上最没皮没脸、神经大条的男人,我从来没想到有一天会看到他哭。曾经,路易得知自己因一型糖尿病而被抢救时他没哭,包子辞职走了他没哭,岳母、老婆每天冷眼相对逼他要房要车他没哭,在美国吃了那么多苦他也没哭过,然而今天他哭了!

路易穿了一件连帽运动服,帽子深深地遮住他的脸,外面完全没办法看到脸上的眼泪,但我们三个还是一眼就认出了他,是的,我们之间的熟悉程度就算他化成灰也能认得出来。路易背对着我们,背对着小小院子里的所有人,手指上夹着一根带着如垂柳一样长长烟灰的烟,身体不停地耸动,是的,他在哭。打扫卫生的老汉向他走去,袖子上带着一个大大的红袖标"禁烟",但走到他身前几步的时候停住了,看了看路易,摇摇头悄悄地走了。

路易哭了,我感到从未有过的悲伤。实际上路易才是"急诊四杰"的灵魂,他代表的是面对任何苦难都厚着面皮生活的勇气,他代表的是天塌下来他仍能一边躲一边嘲笑我们个高死得快的贱贱的顽强。他一哭,急诊四杰的气势就没了,这代表我们一样会在某一天被生活击溃,代表我们终于老了……

我们站了许久,还是向他走去。

当祖老师的手抱着路易的肩膀时，路易终于开始号啕大哭起来，眼泪像十三岁男孩撒尿逆风飞三里一样哗哗的从他硕大的脸庞流下，我们三个都没有说话。路易一边哭一边断断续续地哽咽："都怪我，小宝宝从一周前就开始发烧，我却天天他妈的上班，呜……包子和岳母问我咋办，我看小宝宝出现嘴唇红、手掌手指红、脚掌脚趾红，背上屁股上大腿小腿上红疹，以为就是小儿的常见出疹，像急疹或荨麻疹什么的，让吃点退烧药、物理降温就行了，一点没上心。呜哇呜……三天了烧一直不退，我他妈才回家，孩子也不会说话，就眼泪汪汪地看着我，我肏！"路易扇了自己几个响亮的耳光，刘非一把死死地拉住他的手。路易放弃挣扎，接着说："我感觉情况不对，就到咱们医院儿科看病，结果他们就知道输抗生素，挂了三天水还没退烧。后来我问了儿研所一个儿科同学，人家一听就觉得不对了。来这一查……"

说到这里路易已经是泣不成声，大家急了，催促他："到底是啥问题？"

路易边抹掉鼻涕边哭着说："川崎病！"

众人都呆住了。川崎病又叫小儿皮肤黏膜淋巴结综合征，是以全身性血管炎为主要病理改变的急性发热性出疹性疾病。该病最早由日本川崎富作医师在 1967 年报道，故又称川崎病。川崎病本身并不可怕，多数是自限性病程，预后良好，但有部分患儿可能有冠状动脉病变等后遗症，是引起儿童后天性心脏病尤其是冠状动脉病变的主要原因之一。我们从事心血管疾病诊治多年，知道很多年轻人猝死的原因就是川崎病的后遗症，冠状动脉能够扩张成葫芦样，支架或搭桥效果都不好，基本人就废了。

我拍拍路易："你也别想得太悲观了，一般及时用上丙球蛋白什么的，大多数不会出现大问题。"

路易开始抓自己头发："别跟我说什么'及时'，要不是我没上心，早点带过来，丙球蛋白至少能早上3天，小峰刚才一边打点滴一边还伸手让我抱，我一碰他就受不了了。我真他妈混啊！"

祖老师问："你儿研所找的谁，要不要我和倪院长打个招呼？"

路易摇头："不用了，我第一时间和这边的同学说了，要说看病找院长没用，住院什么的安排得确实快，可是院长不管你细节啊。我昨天抱着小峰去做心电图、彩超、胸片什么的，你知道小宝宝根本就不配合，必须用小剂量催眠药弄睡了才行。可每个检查室排队太厉害了，每一处不排一个小时都别想见到大夫，那就得每做一次检查就吃一次催眠药，我看好多家长都急得不行不行的，还得唱'小兔子乖乖'哄孩子睡觉，真是太难了。还好我有个兄弟在这边，不但让我们第一时间住院了，还带着我到处插队，虽然遭了不少白眼，但好在不用重复给催眠药。"

和我们说了会话，路易情绪平静了点，我们拉着他进了病房楼。然而到了三楼的风湿免疫病房后，就被看门的大妈拦下了，对方傲气十足地嚷："干什么干什么！你们这么多人都想进去啊，我告诉你们，想都别想，就一个，其他人都留外面。"

祖老师赶紧说："我们是安真医院大夫，进去看看朋友孩子，您通融一下。"

大妈白眼一翻："我不管你哪个医院的，我们这有我们这的规矩，想通融回你们医院去通融！"

路易偷偷塞了两百块钱到大妈只有象征意义的白大衣兜里，小声说："十分钟，我保证送他们出来，我不出来您尽管到5床那屋骂我去。"

大妈冷哼一声："5分钟，坏规矩可不行。"

我们四个点头如鸡啄米，连连称是。进入病房后看到的景象与成人病房完全不同。走廊里欢声笑语，小朋友们头上贴着退热贴，互相追逐打闹，护士对陪同家长怒目而视、厉声喝止，家长赔着笑追上自家孩子，还舍不得骂，抱在怀里带回房间。

进入小峰的病房，发现这里条件不是一般的差，六张病床将十几平方米的房间挤得像车马店的大通铺，空气闷热潮湿，初冬的天气又没人敢打开满是患儿的房间窗户，个个汗流浃背、满头油腻。小峰坐在床上，小手上扎着点滴，正在玩一个绒毛小熊，看见爸爸进来，兴奋得伸手咿咿呀呀地叫。我看见路易眼泪又在眼眶里打转，咬着牙忍着很是辛苦。小宝宝边笑边拍拍爸爸的脸，路易却转头跑了出去，留下一脸错愕的小峰。

包子倒是出乎意料平静，熟练地给小峰换了退热贴，又喂着水，冲我们笑笑，道了声"来了"。房间实在没有坐着的地方，我们挤在床边，看着面带微笑逗弄小宝宝的包子，心里对女人在关键时刻爆发出的母亲的镇定由衷佩服。

五分钟不到，看门大妈已经站在门口大声催促。祖老师拿出一个厚厚的信封塞到褥子下面，包子看了一眼，点头道谢，眼睛里的平静让我们很难将她和几年前那个丢三落四、野蛮愚笨、天天被主任扣奖金的女孩联系到一起。

出了病区门，就看到路易坐在楼梯边头埋在手臂上哭，也不管周围来来往往经过的人。我们过去安慰他，他摆摆手，没有抬头。祖老师叹了口气，带着我们离开了。

我们的心情已经很难用"复杂"或"难过"这样的词汇形容了，脚步异常沉重地走下一楼，就看到 ICU 门口的角落里瘫跪着一个男子，壮硕如山，双手合十，口中默念着什么，一个看起来像他妻子的女人在一旁拉着医生的衣角苦苦哀求着。

我们逃也似的出了儿研所大门，深吸了一口初冬的寒气。

刘非骂道："真他妈倒霉，怎么什么事都让路易摊上了！"

祖老师看了他一眼："这就是成长的代价。"

我叹口气："你们不觉得人到中年后我们叹气的次数越来越多了吗？以前咱们当大夫这么多年，从来没感受过做患者家属是什么感觉，来了这才知道家人生病后整个人就像没有了灵魂，未来是未知的，现实是可悲的，更难受的是完全没有自尊可言，为了一个方便，路易那么盲目自信的人不得不向看门大婶点头哈腰。祖老师，以后咱们白色城堡医院一定要做到真正让患者感受到关心，让家属不再是三孙子。"

祖老师点头："对，之前咱们当大夫，觉得患者家属各个是医闹种子选手，却不明白他们为什么总把咱们的好心当驴肝肺。但你看看，无论从就医环境，还是看门的大妈，又或是颐指气使的护工，全都不让你有自尊，更别提收费的、摆药的，甚至是保安、保洁，这些人都在家属伤口上撒盐，他们忍耐其实就是为了家人的病能被治好，如果治疗效果不尽如人意，那当然之前所有的怨气都会一股脑地撒在给患者治病的大夫身上。医患矛盾不仅是经济问题，也是人的素质问题。"

刘非摇头："也不全是这样，你看为什么派出所办户口的民警态度差却很少有人闹呢？这里面不乏有知识分子软弱可欺的因素在里面。"

我又叹气："虽然最近叹气很多，但是终归是因为值得叹气的事情太多了。这些年我们国家虽然经济好起来了，但人文素质教育没跟上，各行各业规矩规则没跟上，总之就是让人处处时时感受到社会的恶意，老实人受气吃亏，撒泼耍赖反而占尽便宜好处。"

众人找到车子，一路回程无话。

当病痛真正落在你所爱的人身上时，我才知道那些看似平淡无奇的平凡日子是多么快乐。路易从此之后就失去了所有快乐的能力。小峰在治疗了半个月后终于还是出院了，出院前路易作为一个学了半辈子医的大夫，不停地追着小峰的主治医师，反复地问着小峰留下冠脉畸形后遗症的可能性，纠结于医生说的每一句话，当主治医生说后遗症 5%—8% 的概率后，他又跑去主任办公室，缠着人家问了半天。最后主任说小峰治疗效果良好，留后遗症概率不大，路易才宽下心。

出院多日后，路易最终还是没敢带小峰去检查冠状动脉的情况，路易说如果查出有问题的话，他会死。

君子之仇十年期
小人有仇一世了

被最近一桩桩事情搞怕了，趁着难得的平静，我和妍妍决定把正事办了，正式进入婚姻的牢笼。不过，我们这个牢笼主要是防着人进来破坏，而不是防着里面的人跑出去。

当然，千头万绪要从头开始，我先去找到我的父母，提出了想结婚的事情，让他们登门提亲，我爸一听就急了："你这臭小子，都要结婚了，我们连媳妇是什么样的都没见到过，你也太不把我们当回事了！"

我这才想起来原来一直都没领妍妍来过我们家，心里觉得有些过意不去，只好岔开话题："爸，你看彩礼钱一般要多少，我自己出好不好？"

见我爸气呼呼的不吱声，我妈赶紧来打圆场："你这老头子，儿子结婚多好的事啊，你别出来添堵！"说完又转头对我说，"你别怪你爸，他就这样，分不清轻重，你还记得他年轻时候玩气枪让你躲在靶子后面的事情了吧？还有他去河里钓鱼的时候总作势要把你扔河里，后来失手真扔下去了。还有那次让你去屋檐下鸽子笼里抓鸽子蛋，结果差点被蛇咬着那事……"

我爸忙捂住我妈的嘴："你个老糊涂，你这是劝我俩呢，还是想让我俩断绝父子关系呢！"

我一脸黑线说："我也觉得我活着长这么大挺不容易的，对了，你那时候剥羊皮时让我按着羊大腿，后来差点没把我手指头给削掉了，你还记得吧？"

我爸突然斩钉截铁地说："儿子，时间地点你来定。我儿子结婚，彩礼钱当然是老子出，十万块够不够，不够我再加点！"

事情进展很顺利，虽然吃饭的时候妍妍父母和我父母并没有什么共同语言，但是好在大家都不互相讨厌，于是顺利过关，接下来就是选个好日子，先领证，然后就是办婚礼了。

既然都决定要结婚了，我和妍妍都认为还是赶紧领了结婚证为好，这样让她尽快有理由请假，先来个蜜月旅行，回来再办婚礼。我们一直以来也确实太忙太累了，两个人好像从认识开始就没有过假期，实在太期待一次马尔代夫之旅了。

于是领证日期就定在了六月六号，也就是两天后。我不禁暗自得意自己的手段高明，从煽动我父母到修成正果，不过也就用了一周。然而，我们谁都没想到，六月里的这一个普通的日子，竟然是这辈子最长的一天。

那天，风和日丽，百鸟齐飞，我和妍妍都穿了白衬衣，在急诊其他三杰和妍妍唯一闺蜜童童的陪同下奔赴民政局。一路上我的心情极为复杂，就像点燃爆竹引信前的一瞬，既想看爆竹炸开得绚烂，又紧张害怕得要命。我转头看看陪我坐在后座的妍妍，比我淡定很多，不由得攥住了她的手。妍妍回头，目光炯炯地拍拍我的手说："小宝贝，不用怕，跟着老娘以后吃香喝辣，去城里下馆子都不要钱！"

一路通畅，刚到民政局门口就发现我们选的这个日子肯定是皇历上特别适宜嫁娶之日，因为民政局门口的队排得有二三十米，估计大厅里面也是排满了人。没办法，等呗，正好借机缓解一下紧张的心情，一会儿拍照片还能自然舒展一些。

就在一切看起来很美好的时候，海波突然打电话过来，说实话我根本就不想在这个喜气洋洋的日子和一绝大师这样的衰神说话，不过今天是工作日，还是担心科里有事，只好硬着头皮接了。海波的声音从电话那头传过来："王教授，祖老师怎么不接电话啊！我知道他肯定是去和你领证了，你快让他接电话！"

我骂道："不是祖老师和我领证，是他来看我领证，你少来打扰老子的好事！"

海波气急："快点吧你！咱们医院让卫生局给封了，院办给祖老师打电话找不着人，全院人都疯了似的找人打听他在哪，我这不想起来他可能陪你领证去了，所以才给你打电话吗！"

我一听立感不妙，赶紧把那三个正斗地主的家伙叫过来，祖老师一听电话就急了："什么！他们凭什么要求咱们立即停业调查！好，先稳住他们，我马上回去！"说完挂了电话，然后面带难色地望向我说，"王教授，你听见了哈，不是兄弟不仗义啊，这确实有事……"话还没说完，就看到祖老师突然呆呆地看着我的身后，与此同时，路易和刘非也两眼发直地盯着我的背后。

我不由得回头望去。真是流年不利，祸不单行，冯真真赫然站在我们身后！

没等我们出声询问，冯真真就已大声哭道："哥，你真要和她结婚吗？她这种富家小姐不适合你的！"

不仅是我们几个人瞠目结舌，还有整个排队等候的民政局大门前一片寂静，针落可闻。

祖院长马上说："冯大夫，你别无理取闹，王教授结婚和你有什么关系啊！赶紧回去工作！"

冯真真根本就不理路易，看着妍妍说："姐姐，就算他不会和我在一起，但是我也希望能让你知道他是个什么人，省得你将来后悔。去年12月21号那天晚上，他是和我在一起的！"

妍妍根本就没想到会有这样的事情出现，整个人都傻在了当场，转头无助地看向我。我也完全傻掉，根本就不知道如何处理。

童童却一言不发，走过去啪的一记耳光打在冯真真脸上，怒斥："你这种人老娘我见多了，说得一本正经，装受伤、装无辜，实际上不过是个没有自尊、追着男人贴上去的贱人。给老娘有多远滚多远！"

冯真真却毫不在意这一耳光，仍是看着妍妍，捂着脸说："姐姐，男人都是吃着碗里的看着锅里的，他骗我上床的时候就有什么好听的都说，骗到手了就推得一干二净。"然后又望向我一字一句地说，"你不喜欢姐姐的身材，还嫌弃她年纪大，喜欢和我做爱，你敢不敢否认！"

此言一出，满场哗然，有些好事的围观群众一阵骚动，外围处竟然传来口哨的声音。

我心里一叹，事到如今，冯真真已然不要脸了，不管是我否定、肯定还是拼命反驳，一切都失去意义，今天的结婚证是肯定领不成了。为今之计，就是先行离开这里，避免再丢人现眼下去，离开这里后再慢慢地和妍妍解释。至于结果如何，那就只能看命运安排了。

我正要去拉妍妍的手离开，却被妍妍惊恐地甩开，然后她低着头快速往外走。童童紧跟在后面，我赶忙追过去。

冯真真本欲剩勇追穷寇，路易却拦住了她，冷冷地说："冯大夫，您这一手漂亮啊！不过做人最好不要赶尽杀绝，给人留条生路也免得将来自己没路！"

冯真真讥笑地盯着路易："路主任，真是够朋友啊！你少对我说教威胁，我已经决定辞职了，你们砸不了我的饭碗。"然后微转身看向祖老师，"我砸你们饭碗还差不多。你现在自身难保了，还不赶紧回医院，怎么有闲心在这看别人的戏啊？"

祖老师狐疑地瞥了一眼冯真真，终是丢下一句："惭愧，这段戏实在是精彩无比，错过太可惜了。"转身拉着刘非跑了。

路易突然发现现在变成了自己和冯真真面对面站着，觉得实在无趣，冲围观的排队领证男女们喊了一声："看吧，今天日子根本就不适宜嫁娶，你们继续啊，祝白头到老。"说完也一溜烟跑了。

冯大夫收功自行离去不提。

花开两朵，各表一枝。我在妍妍上车的一刹那终于追上了这个跑五公里山路如履平地的警校高才生，急切地说："妍妍，你难道不想听我解释吗？"

妍妍这时已经是满脸泪痕，往日的杀伐果断均不见踪影，哽咽地说："去年 12 月 21 日，你不是说喝多了回宿舍住了吗？另外，那个冯大夫，就是之前发短信给你说没有怀孕的那个同事吧？我最恨别人骗我，还有什么好解释的！"

我不禁愕然："你怎么能把那么久之前的事情记得那么清楚？"

妍妍回答："我记性好，而且警察是用联想记忆，可以调用很久以前的脑中的记忆。哎！不用转移话题，到底是怎么回事，我给你三句话解释清楚。"

我只好说："12 月 21 号那天我喝多了，醒来发现冯真真躺边上，也不知道做了没有！后来，她想当我情人，我拒绝了，大家都能作证！

我……"

妍妍做了个停止的手势："行了，三句到了，你那晚住的温泉山庄吧？"

我点头，刚想说话，妍妍关上车门，汽车绝尘而去。

我无奈自言自语地说："不是三句吗？这才两句。"

等我从蒙圈状态回过神来的时候，我发现自己站在马路边上。早上陪我来的兄弟姐妹们一个都不见了，只有我一个人。瞬间，巨大的恼恨感和失落感再次袭来，像一块湿答答的破布盖在脸上，不得呼吸，憋闷得胸口疼。一瞬间我就体会到了"万念俱灰"是什么感觉，找了个台阶坐了下去，再回过神来的时候已是满地烟头，手里拿着空空的烟盒发呆，心里想着祖老师柜子里还有几条好烟……咦，祖老师！我突然想起来祖老师被电话叫回医院，是因为医院要被停业，心里一阵发慌，赶紧拦住一辆出租车，向医院赶去。

在我的印象中，被查封的买卖铺面应该有这样的画面：几个士兵在门口把手，大门上贴着封条，满地狼藉，外面是围观百姓在指指点点，里面大堂里，几个趾高气扬的官员在呵斥着垂头丧气的掌柜，掌柜的大公子在一旁跳脚抗议，被掌柜强按着低头，然后官员哈哈大笑扬长而去。

这些印象可能来自我看过的民国背景的电视剧，当然和我们当下情形完全不同。到了医院后我并没有从表面上看出来有何不一样，门诊大厅里病人和家属依旧不少，医护人员往来穿梭如常，气氛安定和谐。

然而，刚到院办我就意识到了事情有多么严重。

一大群医院的工作人员都围在门口向里面张望，我伸长脖子看到大厅里面有十几个穿拉链夹克衫的人，正围着数张桌子拼成的一张大桌子前整理如山的文件，面容肃穆，令空气紧张凝结。我悄悄拉过院办一个工作人员问："什么情况，祖院长和路院长呢？"

这人回答："王主任，咱们被实名举报了，说咱们药房进了一大批假药，卫生局派出调查组来查，把所有账目文件和药房都查封了。祖院、路院被带走单独问话了。"

我急了："人被带哪去了？"

这人一脸苦笑："王主任，我也不知道啊，应该是公安局吧，或者是拘留所，我也说不好。"

我脑子嗡的一下，眼前一黑，心里却只有一个声音："贼老天，你想玩死老子啊！"

然后就什么都不知道了。

跳梁小丑具狰狞
砍头巨奸现蜜笑

等我醒来后，发现周围昏暗，努力辨别，才知已身处高干病房，手上扎着点滴。我看了一眼吊杆上的药物，是葡萄糖氯化钠，心下稍安。只是单纯补液，应该没有急火攻心造成脑出血或者心梗什么的。

刚想按护理铃，就听到刘非的声音从角落的沙发处传来："你死不了，别叫人了，现在医院里的人都放假了，就剩值班人员了。等目前的住院病人离院之后，咱们就正式停业。"

我叹了口气："停业就停业吧。祖老师和路易被带哪去了？"

刘非说："我到处打听，没人知道。这次咱们的罪名是卖假药，调查组已经在药房里搜出了三大箱假药，咱们百口莫辩。我问了律师，如果销售假药的罪坐实了，祖老师和路易是主要负责人，三年的有期徒刑是跑不了了。"

我倒吸一口凉气："三年啊！"

刘非又说："律师说了，搜出来的药物是假冒的替罗非班，属于急救药物范畴。咱们这次算幸运的，那三箱药物包装完整，如果真的已经被用于患者，间接或直接造成患者死亡，那十年的刑期妥妥的，估计出来胡子都白了！"

我一把拔掉手上的针头，爬起来拉着刘非就走。刘非急道："你把液输完了再走啊！"

等我和刘非赶回院办的时候，门口围观的工作人员已经散去，院办大门贴了封条上了锁，估计是今天调查结束，明日继续。

看着地上的一片狼藉和触目惊心的封条，凄苦的心情一下袭来，眼泪不停地在眼眶打转。正当我和刘非傻立在门口的时候，一个声音传了过来："你俩哭个屁，有点出息行不行，都过来！"

我和刘非循声望去，只见包子从走廊另一头的一个办公室探出头来。我们赶紧过去，包子打开门放我们进去。

进去后发现里面已经围坐了七八个人，都是董事会成员和院领导层。包子随手锁上门，然后对我俩说："都别废话，由我来介绍情况。打听出来的消息是这样的，由冯真真实名举报，我们医院药房卖假药，区卫生局组成了调查组，由张狗少带队入驻我院调查，祖老师和路易被带到公安局问话。就知道这些了。"

我问："你们商量出来什么结果了？"

之前被我忽悠过来的张彦斌师主任严肃地说："我们认为，不管怎么样，先把祖院和路院两位捞出来。至于咱们医院，诶，随便吧，这回弄了个人证物证俱在，翻盘机会不大啊！"

我望向其余众人，大家虽面色各异，但均点头称是。

我沉吟了一会说："感谢大家在危难时刻还以祖院和路院的人身自由为重。不过，这事非常蹊跷！首先，冯真真是临床大夫，她怎么这么了解药房的情况？何况药物都还没开封，也就是说还没有人用过，她怎么看到的，难道她是神仙？"

包子一拍大腿："对啊，肯定是诬告！或者是她和以前那个刘主任合谋干的。对了，是不是刘主任进的药啊！推他身上不就完了。"

我说："你想得太简单了，当时开除药房刘主任后，祖老师担心这孙子监守自盗，特意交代过路易要严查库存，核对清单，所以这药肯定是后来进的。再说，如果是刘主任合谋陷害，他们肯定不想搬石头砸自己的脚。"

刘非这会儿突然叫道："我知道了，肯定是刘主任自己放进去的。咱们药房是密码锁，从来没改过，刘贱人想进去易如反掌。不过，咱们药房门口和药房里面可是有好几个摄像头，我就不信他们不留下蛛丝马迹。我马上去保卫处调出这段时间的录像。"

众人皆兴奋起来，就像打了鸡血后再一把抓住救命稻草，想来这根稻草是不会有好下场的。我们马上前往保卫处去找已升任保卫处长的原"清河龙"刘龙。

此时保卫处也只有处长办公室亮着灯，其他房间黑洞洞的空无一人。我们心急如焚，一股脑涌进办公室，刘大处长见呼呼啦啦一大群人冲进来，马上大叫："各位好汉，有话好说！"

刘非上去就抽了刘龙脑袋一下，叫道："好你个刘龙，敌人还没看清呢你就投降了！不过，忠心可嘉，大家都树倒猢狲散了，就你还在这。"

我也骂道："你小子以前那么嚣张，原来是个银样镴枪头啊你！"接着转头对刘非说："我去，你看清楚点再夸，这小子不是在打包东西准备跑路了吗！"

刘龙看清是我们，就讪笑着说："是你们啊，还以为是调查组呢！我这不是想诈降吗！哥，我都从良当处长了，哪还能像个流氓混混。"

我们也没空和他废话，让他赶紧调出药房的监控录像。刘龙办事麻利，很快找到该文件夹，边打开边说："咱们常规只保存七天的监控录像，不过因为是 24 小时录像，所以要想仔细查也是很费时间的。幸好咱们这人多，我们每人拿一天的，可以 2 倍速度快进，再快就容易漏了。"

众人听从了刘龙的安排，我们各自找来自己的手提电脑，把属于自己那一份文件导进去，自己找个角落查看去了。

一夜无眠，众人困顿无比，好在刘龙这真是什么都不缺，烟、方便面、火腿肠、咖啡、可乐……刘龙献宝似的从各种角落或柜子里翻出来食品烟酒饮料，众人倒是可以随时补充体力。不过，办公室存这么多吃喝，也不知道是该夸这个刘处长还是该骂他。

第二天快中午的时候，大家基本都查完了监控，但每个人都摇头，说看了一晚上也没有发现冯真真或者刘贱人的身影。

刘非揉着眼睛说："不对啊，从刘贱人被开除到我们被举报，这个时间没超过七天啊！真要是有人陷害我们，不可能没有任何线索啊，难道……"

刘龙眯着眼睛说："难道真是路易哥和祖院长联手卖假药，看来真是人心隔……"

还没等刘龙那"肚皮"两个字说出来，刘非的巴掌又拍在他头上："你蠢得像猪似的，祖院长连正常的'辅助药物'都不卖，怎么会卖假药赚黑心钱。"

刘龙揉着头，委屈地说："那也可能是路院长自己干的。他干掉刘主任后就自己说了算了，面对利益难免不动心……"

还没说完，我又一巴掌抽他头上："路院长家里又有孩子有老婆，他除非疯了才会去卖假药找死。还有，他老婆现在就站在你身后呢！"

刘龙回头一看，见包子正一脸气愤地撸着袖子，怪叫一声就抱头蹲在地上了，搞得包子都不好意思打他。看着刘龙现在憨态可掬的样子，实在难以把他和之前那个嚣张无比的"清河龙"联系在一起，估计是随着他当上队长，又升任处长，身上那点戾气被官位磨得灰飞烟灭。看来当领导不但能束缚手下，更主要的是能束缚自己啊。

打刘龙一顿，虽说舒爽解乏，但于案子无益。我们几个一筹莫展，然而时间已经过去二十四小时，祖老师、路易还在局子里蹲着呢，这时候我们火烧眉毛，毫无困意。可是，其他的院里领导们和祖、路二人没那么大渊源，这个时候已经熬了一宿还多，实在坚持不住了，就纷纷告辞回家补觉，让我们有事随时联系他们。我们情知人家到这份上已经仁至义尽，只好一一道谢说拜拜。

现在，保卫处办公室里只剩下了包子、刘非和我，还有那个跑路没跑成的刘龙。一时间显得空空荡荡，颇有曲终人散之意。

刘龙递过来一根烟，然后小心翼翼地问："哥，您说调查组那边查得怎么样了啊，咱们要不要去看看。"

他一句话提醒了我。我一把推开递过来的烟，起身就走："对，去院办看看。"

到了院办，工作人员仍在翻阅各种文件。我找了一个面善的小伙子问："帅哥同志，我能不能问问咱们现在查得怎么样了？"

小伙子看了我一眼："这个我不能告诉你，你要是非得问，只能问我们张组长。"

我只好说："您受累告诉下哪个是张组长呗。"

"就是我，别来无恙啊，王主任。"我听到了一个熟悉的声音，循声望去，一个熟悉的高大猥琐的身影，不是张狗少还能是谁！

我怀着拔凉拔凉的心情握向了张狗少伸过来的手掌，赔着笑说：

"张兄，看您意气风发，看来必然是诸事顺利、气运亨通啊！"

张狗少邪笑着，看着我和刘非二人说："托你们几兄弟的福，最近不得不努力工作，还好李局看得起，现任医政处副手。"

刘非上前低声说："张哥，生死攸关的事，还望您不计前嫌拉哥几个一把。这次的大恩，我们结草衔环，砸锅卖铁报答您！"

张狗少一笑："哥信你，但这回可是李局亲自布置的任务……不过你们放心，我们肯定秉公执法，不让一个好人蒙冤，也绝不让一个恶人逃脱。"张狗少的最后一句话说得一字一顿，在我和刘非的耳朵里有如炸雷一样，振聋发聩。

狗少说完就笑着离去，走前还不忘看了几眼还在哺乳的大胸包子。包子不明就里，忙问我们："你们认识这个队长啊！那不是好办了，咱们去找找他通融一下呗。"

我和刘非对视一眼，觉得就算告诉包子这张狗少是我们的宿敌也于事无补，只能徒增她的焦虑。刘非说："包子，你回家看着我大侄子去吧，你都出来一天一夜了，孩子不能总让别人看着啊！这边我和王教授会一直盯着，再说你留在这也帮不上忙。"

包子叹了口气："好吧，老娘回家奶孩子去了，胸快爆了。你们既然认识那个队长，我这就放心多了。"又叮嘱了几句，无奈离去。

刘龙凑上来说："哥，我觉得那个组长和你们可不对劲啊！你们是啥关系啊？"

我苦笑一下，并没有回答他的问题。

我们回到保卫处，我在黑板上画了张图，对刘非和刘龙说："现在，既然已经知道了调查组那边肯定是不会有什么好结果，那我们只能自己找证据。"

监控录像里既然没有冯真真或刘主任的影子，那把货放进去的肯定另有其人。当然，这只有两种可能性：第一是药房的工作人员，也就是丁贱人或者孙贱人买通了里面的人把货送进去的；第二就是有外人进入，可能是刘贱人把密码告诉外人，让其他人送进去的。

　　"昨天晚上大家只顾得找那两个嫌疑人的影子，没有注意有没有外人进过药库。"我看着刘龙说，"所以现在我们兵分两路，第一路由刘龙你来负责，你组织人手，把昨晚的录像再重新看一遍，将所有的进出药库的人都记录下来，这是个体力活，你得找多点人来办。另外要找药房的人来帮你认人，要写出每一个人的名字。"

　　说完，我又转向刘非："第二路由我和刘非负责。咱俩直接找药房的人分别谈话，搞清楚药房内部人员的相互关系，看有没有和孙贱人是一丘之貉，有可能为他偷偷栽赃的人。"

　　刘非和刘龙点头称是。

　　刘非又不放心地对刘龙说："你小子要尽全力啊，等事情过了，少不了你的好处。"

　　刘龙正色道："哥，自从和你们哥几个混了，我现在才觉得自己混得有点模样了，连我老爷子都说我现在像个男人了。我知道我没文化，可是老弟我知道啥是义气，你放心吧哥，事交我手里妥妥的！"

　　刘非重重地拍了拍刘龙的肩膀，并点了下头，转身和我走了。

　　药房一共有三十多个工作人员，折腾了我和刘非整整一下午的时间，终于和所有人都面聊了一遍。下午五点，我和刘非手里各拿着一摞档案和文件，回到院办走廊尽头那个小办公室里。

　　刘非首先说："王教授，我和你给我的这十五个人都谈了，也调查了他们的背景，我觉得嫌疑最大的就是药房副主任李大年，他和刘贱人都是原来市第五医院的，是刘贱人来当了主任以后才调他过来的。而且这次路易当上副院长后还兼职了药房主任，抢了这个李大年的位置，所以我觉得他的嫌疑很大。"

我递给他一份资料后说："你看看这份资料，我这边嫌疑最大的就是他，他叫刘怀德，是刘贱人的亲戚，应该是堂兄家的孩子，是刘贱人给安排进来的。我们人事管理怎么这么乱，这种裙带关系要不得啊！"

刘非叹口气："你现在说这些有毛用，就眼前这事来看，你觉得他们可能性谁更大？"

我想了下问："你和那个李大年接触过吗？"

刘非说："接触过，还见了面。那小子指天发誓，说肯定没有做任何对不起咱们医院的事情。"

"发誓有个屁用，那个刘怀德也发誓赌咒的。这个要是能信，那早就天下无贼了。"

我想了想又说："这样，咱们去找刘龙，看看他们的监控录像上这两个人有没有什么可疑的。"

我们收拾了下材料直奔保卫处，一进大门我们就被眼前的场面惊呆了。

保卫处里到处都是精壮小伙子，得有近五十个人，每个人都坐在小马扎上，腿上放着一个笔记本电脑，手里拿着纸和笔，认真地忙碌着，乍一看好像一群认真学习的传销分子。

我们走到正咬着笔头，皱着眉头，穿着小背心，露出满身文身蹲在马扎上看文件的刘龙旁边，刘非啪地拍了下巴掌，吓得刘龙差点没跳起来。我笑道："你小子行啊，整这么多人，成果如何呢？"

刘龙得意地站起来，给了我们一叠纸，上面密密麻麻地记录了人名和时间，大声说："哥，您交代的事我办好了，我把所有进出药房的人名都写下来了，还详细记录了他们出入的时间。兄弟们现在正在复查第二遍，绝对不会有岔子的！"

刘非看了下："行，你小子有心了！帮我调出这两个人，李大年和刘怀德，看看他们进出的时候有没有什么异样，有没有拿箱子进出的痕迹？"

刘龙拍手示意在场的小伙子们安静，然后告诉他们两人的名字，让他们现在就查。

人多力量就是大，没半小时小伙子们就按单子上记录的人名和对应时间查看完了这两人的进出情形，并没有拿箱子。这下希望破灭，我和刘非长叹一声，无奈对视一眼。刘非点了两根烟，给了我一根，我们蹲在地上默默地抽烟，一筹莫展，顿时觉得一下午的辛苦全白费了。

这时刘龙突然说："哥，我一兄弟发现周四那天有个外人进过咱们药房，还拿了几个箱子进去。"

刘非跳起来狠狠地打了刘龙头一下："你个猪头，这么重要的消息你丫不早说！"

刘龙委屈地说："哥，你们一进门就让我查那两个人，我也没机会说外人啊！"

刘龙那个小弟闻言把早就准备好了那天的监控画面递过来放给我们看，画面清晰可辨，一个戴棒球帽的青年男子，于周四中午十二点左右从货梯上到药房西侧的楼道，打开药房侧门的密码锁进入库房，前后送了三箱药物进去。

我仔细一看，这不正是"踏破铁鞋无觅处，得来全不费功夫"的替罗非班的药箱吗！

风吹草低见牛羊
水落石出现王八

发现了事情真相后，刘非兴奋地大叫大嚷："定然是陷害，你看他选的时间和路线，多完美！正好是午饭时间，药库没人，又选普通人找都找不到的货梯和侧门，不是刘贱人的指点还会有其他可能吗？哈哈哈！"刘龙也被调动起了情绪，手舞足蹈起来。

见我没动静，两人安静下来。刘非问："咋了，这不洗清祖老师、路易的冤屈了吗？是外人送进去的啊！"

我长叹一声："傻小子，这个视频能说明什么啊？刘贱人可以死不承认，那这个人到底是刘贱人的人，还是祖老师他们的人，谁能说得清？"

刘龙说："那把那小子找出来就行了啊！打一顿再问，那不就清楚了。"

"你找得着人家吗？我现在知道为什么刘贱人肯定不会去找李大年或者刘怀德送假药进来了，因为只要看到这两个人送货进来，让公安局抓住一问，他们就什么都招了。所以最好的办法就是找个谁也不认识的人进来，我敢打赌，那个戴棒球帽的小子现在肯定已经不在北京了，咱们哪找去！"

刘非怒道："那这样我不是以后想害谁就害谁？随便找个人送假货

进去，分分钟抄家封店。还有没有法律了！我们全院一起证明不认识那个棒球帽小子，难道还能全院都撒谎吗！"

我气道："有个屁用，你说他不是咱们医院的人，那库房密码怎么会让随便一个外人知道，没人指路你都找不到货梯入口，或者你怎么能说服法官是刘贱人告诉那小子的密码？现在唯一的办法就是证明那个小子是刘贱人或者丁贱人派去的，只有这样才能洗清祖老师和路易的冤屈！"

刘龙说："哥，你刚才不是说那小子肯定跑路了吗，咱咋证明？"

我咬了咬牙说："你把你的小兄弟们都撒出去打听，看有没有人认识那个棒球帽小子，尽量打听他的籍贯和住址。我两个兄弟还被关在局子里呢，我就算全国上下一寸一寸翻，也要把这小子找出来！"

刘龙眼眶微红，对大厅里的五十几个小伙子大吼："我哥说的话都听见了吗？全给老子出去找人，挖地三尺，也要把土八路找出来！"虽任处长，还是一副汉奸走狗模样。

我和刘非蹲在空荡荡的保卫处抽烟，刘龙凑过来说："哥，咱们都两天两夜没合眼了，两位进去睡会儿吧，我在这盯着，有事那帮小子会回来报告的。"

我摇了摇头，虽然已是困顿难忍，就像要随时晕厥一样，可是一想到祖老师和路易那两个小子可能要在局子里待上很久，就根本不敢睡。因为电视里说过，营救一个人，最佳的时机就是"越快越好"。

恍惚间，刘非推了我一把说："你电话，是不是包子打的啊？"

我瞬间清醒了些许，拿起电话接通，妍妍的声音却传了过来："你还好吧？"

我突然委屈得想哭，哽咽着说："为什么全世界的冤屈都砸到我们几个头上了啊！"

妍妍低声说："祖老师和路易的事情我知道了，他们的冤屈我洗脱不了，不过你的冤屈我给你洗脱了！"

我一怔："不会吧，虽然情非我愿，不过毕竟有些事情是做了，覆水难收啊！"

妍妍道："谁说你做了，你没有！"

我大惊，忙问什么情况。

妍妍说："我去温泉酒店调查了，你去年12月21号确实住在那，不过你是晚上十一点由你科里同事送进房间的，而冯真真是夜里两点自己去的你的房间，你早上七点离开的，所以你的嫌疑洗清了。"

我不解地问："那个，这怎么洗清的啊？五个小时能发生好多事情呢！"

妍妍说："你都醉成那样了，何况两点多是人最困的时刻，你能醒才怪，所以我断定你们什么都没做，她只是脱了衣服陷害你而已！"

我立马大哭："一朝沉冤得昭雪，天地变色炸惊雷，满天红霞如瀑下，映我清白在人间。咦，我当时出来的时候查过了啊，那个小破山庄没有安摄像头，你是怎么知道得那么确切的？"

妍妍道："你什么时候入住，查一下酒店登记记录就可以了。至于那个冯大夫嘛，酒店虽然没有监控记录，可是温泉山庄门口的马路上有啊，她本来回家了，两点左右驾车又返回山庄，监控上可都有记录，铁证如山。"

我不禁问道："诶，对了，不是一般的监控就保留一周吗？"

妍妍说："公共交通监控不同于普通单位或公司的，而且就算是普通单位的监控，删除了之后也可以在硬盘直接恢复。"

我突然眼前一亮，急急地说："谢谢你帮我昭雪哈，我有事先挂了！"

妍妍气急："你以为我原谅你了吗？没有，你本有机会告诉我实话，可你没有，直到那个贱人找上门你才说，你以为你没做就行了吗？欺骗一样是犯罪，咱们以后别见了。"说完就挂了电话。

我一阵心塞，看了看刘非，又看了看大门，但终究还是没动。

刘非叹气说："诶，算你讲义气，没直接飞奔去找你老婆。"

我大声说："少废话，刘龙你马上去帮我办一件事，如果真如我所料，我定让祖老师，哦，不，是刘贱人、丁贱人他们死无葬身之地！"

一个月后，关于白色城堡医院贩卖假药案开庭。

卫生局派出张狗少坐在原告席上，祖老师和路易二人神情憔悴地坐在被告席上，不过明显也没遭什么罪，只是害怕而已。

众人坐定，穿西装配红色领带、戴国徽的检察长宣布正式开庭。

当原告——也就是张狗少——呈递上各种证据，也就是假冒伪劣"替罗非班"的实物以及于我院药房的贮存处照片时，全场哗然，几个不知道哪来的群众演员还发出了夸张的惊呼。

张狗少扫视全场，义正词严地说："被告藐视国法，不顾患者死活，违背医生救死扶伤的天职，用假药欺骗患者，为追逐经济利益犯下这滔天大罪，实属罪大恶极，请审判长从严治罪，让后来者知难而退，还百姓一个安全的就医环境！"几句话说得慷慨激昂、正义凛然，搞得我都想判定祖老师和路易有罪，打进十八层地狱。

我院辩护律师陈大律立刻反击说："药物并没有开箱，也没有送与患者手中，所以根本不能构成犯罪。何况该药物并未入库存清单，没有主观上和客观上要售与他人的意图和行为的任何证据。"

张狗少一时语塞，和自己带来的狗少团队商量后，要求己方证人出庭作证。

祖老师和路易齐齐回头望向我，我比了个"OK"的手势。两人点点头，但明显并不是很有信心。

果不其然，原告第一位证人竟然不是冯真真，而是原白色城堡医院丁院长。丁贱人一脸正义，原告律师请他发言，那孙子便道："审判长，我在任职于主管医事的副院长期间，祖院长，就是那位，不止一次地向我暗示，要求我接纳他所说的'替代药物'，被我拒绝后怀恨在心，将我的副院长职位交于路医生，就是那位。"

原告律师又问："你所说的'替代药物'，是不是就是假冒伪劣药物？"

丁贱人一脸严肃："想来就是的，没想到我卸任后他们真这么做了。真是让人痛心疾首！"

原告律师一脸嘚瑟地退下。

我方陈大律师上场，问丁贱人："丁医生，你本人是神内科医生，又已卸任副院长一职，是如何得知药房内有假药的？"

丁贱人结巴着说："我听别人说的。"然后望向己方律师，那律师马上提出要引出下一位证人。

意料之外的事情发生了，只见"一绝大师"海波出场了。

这孙子一出场，我们几个立刻气炸了肺，再怎么样也是同一个医院出来的战友，就算是当时辅助用药事件中也处罚了他，但被敌人随随便便就策反了也太不仗义了！

原告律师问海波："海医生，您作为心内科医生，有没有接触过替罗非班呢？"

海波一梗脖子："有，怎么没有，天天在用！"

张狗少一脸得意，我们则一脸黑线。原告律师再问："那您在工作中有没有发现有患者应用该药物后病情未得到有效控制，反而有不符合规律的恶化呢！"

海波又一瞪眼："没有，没听说过！我说你们干点正经事行不行？祖院长连合法又赚钱的'辅助用药'都不让我们用，怎么可能卖假药呢！他还因为我多给病人开药就扣了我的钱，我虽然不高兴，但是我佩服他，这才是正事。你说你们连情况都不了解，就瞎扣帽子，那个丁医生明显是怀恨在心……"

原告律师赶紧打断："好了，我的问题完了，你下去吧！"

张狗少脸色发黑，气鼓鼓的像只蛤蟆，不过他确实是小看了我们医生之间的战友情，实属活该。

原告引入下一个证人，冯真真。

当原告律师又重复了一遍问过海波的问题后，冯真真用天然无公害的声音说："这个，确实有过这样的情况，有一次一个非 ST 段抬高型心肌梗死的患者用完该药品后病情加重，我记得很清楚。哦，名字啊？那个没记住，我们每天看那么多患者哪记得住啊！不过，肯定是有的。另外，我们科室的领导，哦，就是王主任，坐在那边那位，不止一次地暗示我们，可以尽可能地开'替罗非班'这个药物。然后我本着一名医者的良心，询问了药房的刘主任，发现了假药的端倪，于是便向上级监察机构反映了……"

陈律师追问冯真真患者的姓名和病历号等问题，冯真真推说自己考上博士所以已经辞职了，因此在出庭前无法登录医院的信息系统查询病人确切信息，倒也天衣无缝。

陈律师问："冯真真医生，据说你因为开'辅助用药'过多被医院罚过钱，还被公开批评过，有没有这回事？"

冯真真声音提高了几分："那是对我的打击报复……"

我们律师打断她："请证人只回答有还是没有？"

冯真真低头说："有。"

我们律师大声说："我们的另一位证人丁医生，也是因为'辅助用药'事情而被免去副院长职位的！这很明显是一场报复行为，是冯医生和丁医生不满医院的处罚，心生怨愤做出的所谓举报和指证。我认为，二人与医院本身存在私怨，所以二人的证词不足采信。"

冯真真声音又高了几分，急着说："谁说我心存怨恨，我和王主任两情相悦、鱼水同欢，如果不是为了正义，我怎么会陷害他兄弟？"

陈大律"哦"了一声："陷害他兄弟，说出心里话来了啊！"

全场再次哗然，审判长喊了几声"肃静"才平息下来。原告律师立刻出声反对，认为这是断词取义，曲解证人的本意，审判长宣布反对有效，被告律师不得再断词取义！

陈大律再次说："嗯，咱们也不断词取义，恰巧我也认识王主任，我问你，王主任马上要结婚，为什么新娘不是你，反而跑到民政局登记现场大闹，是不是你因为感情问题而因爱生恨，作证害王主任和他的朋友？"

冯真真面色大窘，半天说不出话来，完全失去了在民政局门口的那股尖酸泼辣的能耐。

陈大律向法官请求要求请王主任，也就是我上庭作证，指证冯医生是因怨挟恨上庭作伪证。如果罪名坐实，重则判刑，轻则拘留，最轻也是个丢人现眼。

全场哗然。张狗少团队明显有些慌了手脚，在那边交头接耳。如果法庭也同样认为丁贱人和冯真真不足以信任的话，那对于我方是相当有利的。

审判长同意我上庭作证。我看了一眼冯真真，她满脸通红，显然心中愤恨自己的愚蠢，被陈律师抓住弱点，在大庭广众被羞辱了一番。不过说真的，冯真真欺负欺负我还行，碰到比猴精比贼还坏的律师，吃瘪那是一定的。

我起身后没有动，众人全部望向我。我沉吟一会儿，终于下定了决心说："我拒绝出庭作证。"

祖老师和路易立刻就惊讶地向我望过来。我知道他们可能会怪我不尽力，不过，对于冯真真我确实做不出来这种类似于当庭扒光她衣服羞辱的事情。

她从小父母离异，母亲经济能力有限，对于她的感情也很复杂，一方面是对爱女的相依为命，另一方面却是对前夫入骨三分的怨恨，进而会对外形酷似父亲的冯真真极为强势。这种畸形环境下长大的冯真真心理很扭曲，她很自卑，可以轻易把自己的自尊放到地上，但又心胸狭隘，会对任何形式的羞辱发出阴险无比的报复。她对男人充满渴望，一方面是缺乏父爱，另一方面是见证了母亲的凄苦后，对于孤独十分的恐惧，所以她会在高中就和男孩搅在一起，也会在成人后不断地更换男朋友。自卑、狭隘、阴险、对爱情的渴望，所有综合在一起，就造成了我和她出现一系列令人遗憾的闹剧。

她很可恨，也很可恶，但终归只是个可怜人。

我虽拒绝出庭作证，但是大家却给了我赞许的眼神。审判长和当庭群众不是傻子，气氛明显地就偏向了我们这边。

原告律师立刻跳出来说："请辩方律师暂时放下对我方证人的攻击，何况白色城堡药房内存在假冒伪劣药物证据确凿，不是几句言辞就能否定得了！"

陈大律看了我和刘非一眼，我向他点点头，陈律师站起来，请求审判长允许我们呈递新的证据并传唤证人。

得到同意后，刘龙穿着西装打着领带走上了证人席。

陈大律说："此人是白色城堡医院的保卫处长刘龙，他手里有新的证据，请他边播放证据边解说。"

刘龙起身向审判长行礼，向观众席行礼，憨态可掬让人心生好感。刘龙请庭警播放光盘，解说道："6月2日中午，这名戴棒球帽男子趁我院药房工作人员午饭休息时间，将三箱假冒药品放入库房，对，他手里拿的那个就是，我暂停一下，大家可以看到商标吧。可以断定，此人就是作案嫌疑人。后面这一段是我摘自医院侧门的监控录像，可以看到一辆黑色丰田车副驾驶位上即为该名棒球帽男子，驾驶位上有位戴鸭舌帽中年男子，样貌不清。"

果不其然，放完后原告律师说："我们认为该嫌疑人不能排除是白色城堡医院的工作人员。该男子对于道路和密码锁相当地熟悉，很显然已经不止一次地向药房运送过药物，很可能就是医院与假冒伪劣药厂中间的送货人。"

陈大律要求再请一位证人上场。一会儿一个矮胖的中年男子入场，一进门就笑，一看就是买卖人，该中年男子对刘龙讨好似的拱拱手后就进入了证人席。

他又拿出了一张光盘。

等放完这张光盘后，众人鸦雀无声，张狗少颓然地坐到了椅子上。是的，我们已经踢出了绝杀的一脚。

6月2日上午11:05，该名戴鸭舌帽的男子于白色城堡医院侧门的

7-11 连锁超市门口上了一辆丰田车，驾驶员样貌清晰，赫然是已经被开除的白色城堡医院药房刘主任。刘主任前往超市内购买牛奶、面包等食物，二人于车内就餐。11：45，二人乘坐丰田车驶离 7-11 超市，按方向判断该车驶向医院侧门。

接下来陈大律痛打落水狗，询问证人，7-11 店长清晰记得 6 月 2 日上午见到刘主任和该棒球帽男子接触并共同乘车离开，还补充说刘主任和该名男子态度暧昧，当时他误认为两人为恋人关系，还多看了几眼。作完证店长冲刘龙亲热地拱了拱手，满面笑容地离去。

剩下的事情不言而喻，陈大律轻易地证实本案情为刘主任因"辅助用药"事件被开除后怀恨在心，联合冯真真和丁院长，组成坑人小分队，并找棒球帽男子潜入医院药房，放入三箱假冒伪劣"替罗非班"，之后再主动举报，试图栽赃嫁祸。陈大律说完后，还当庭提出会起诉刘、丁两人。审判长表示随你便吧，今儿赶紧都回家吃饭吧，再折腾下去纯属于浪费时间了。大锤一敲，全给轰走了。

我和刘非笑吟吟地站在法庭门口，看着祖老师和路易走出法庭大门，伸手挡了挡阳光，然后向我们飞奔过来，可惜的是路易跑着跑着突然跌了个跟头，让本应出现的两兄弟洗冤屈重获自由、四人相拥而泣的动人一幕化成泡影。

兼济直饶同巨楫
自由何似学孤云

　　自由是这个世界上最可贵的东西，祖老师和路易现在正享受着自由。

　　白色城堡食堂大厅里杯觥交错，祖老师站在台上，举杯大喊："啊！我和路易又回来了！同志们，我们下半年开工复产，所有我们失去的，都要拿回来！"

　　大家哄笑，一时间喜气洋洋，祖老师讲完话后回到第一排的桌子上，又举杯对路易说："这次我相当地感动，我的好兄弟路易，虽然他贪财好色不讲卫生，可是我们在里面的时候，无论怎么威逼利诱，路易都一口咬定这事和我没关系，没白交你这个兄弟！"

　　路易也举杯说："当时审我的那个小年轻不断地暗示我，说祖老师是院长，如果把事情推他身上我顶多算个从犯，也就拘留几天了事，但如果祖老师提前下手把罪都推到我身上，那我就完了。我当时就想你小子当我白痴啊，且不论祖老师会不会推到我身上，只要我当污点证人咬祖老师一口，那卖假药的罪可就坐实了！这小子根本就不知道，我在外面的两个兄弟王教授和刘非可不是什么好东西，他们阴起人来连我都害怕。看，果然吧，他俩这回反咬了刘贱人和丁贱人，这两孙子估计死定了！"

　　众人一饮而尽。祖老师和路易把我和刘非的酒杯斟得满满的，四人相视一笑，又一饮而尽，并无多言。朋友到了这个分上，说多了反而不美。

海波此时笑嘻嘻地说："哈，丁贱人那小子还敢来找老子，说上次辅助用药事件罚我的钱最多，让老子上庭作证咬死你们。我一想以前也没出过庭应该挺好玩的，就答应他上去玩了一圈，哈哈差点把丁贱人气吐血。"

大家立刻对海波竖大拇指，我却黑着脸说："海波你个贱人，虽然你这个王八蛋法庭上算是表现得像个人，可是我去领证的事情只告诉过你，好让你帮我盯着科里的事，那冯真真是怎么知道的？还打上门来，肯定是你小子泄的密！"

海波大惊："各位，家中有事，少陪。"竟然转头就跑了。

我正要追出去，祖老师一把拉住我说："算了，回头再收拾他。王教授，你是怎么想到要去 7-11 超市调监控的呢？"

我坐下说："很简单啊，药房货梯那么难找，一个外人要想赶在中午 12 点那短短的二十分钟午饭时间栽赃，那肯定是要人引路的，除了刘贱人引路还能有谁。妍妍帮我洗清冯真真那事冤屈的时候提醒了我，楼里的摄像头照不到同犯，那就去门外找啊。我让刘龙去调侧门大门口的监控，结果这小子办事很聪明，看大门口的摄像头没有拍到戴了鸭舌帽的刘贱人正脸，就举一反三，想到北京这么堵车，要想赶正点到药库，肯定是提前来在门口等着。于是就调了咱们门口所有商店、旅店、餐馆内及他们停车场的摄像头，还好不少小商小贩懒得删过期的视频，于是在 7-11 超市发现了他们的踪迹。"

大家一起鼓掌，向我和刘龙表示敬佩。刘龙不好意思地站起来说："各位哥哥，我为了拿到门口商家的监控，连吓唬带许愿，许出去不少张体检卡，你们别怪小弟啊！"

祖老师当即表示一定兑现，并赞许地拍了拍刘龙肩膀，联同路易一起敬了他一杯，刘龙激动得手舞足蹈，连干了两杯才坐下。祖老师又说："王教授，你的冤屈也得以昭雪，实在是大快人心，我就说你每次喝多了都睡得像条死狗，哪还有本事瞎搞胡搞呢！"

路易却一旁阴阳怪气地说："五个小时啊，同志们，有多少种可能性啊！不过一个女人喜欢你，那她只会相信自己想要的那种可能性，值得珍惜哦。"

说到这我才想起这段时间一直忙于营救这两个小子，连个电话都没打给妍妍，心里顿生各种内疚，赶紧起身，对着大家说："有事先走，抱歉！"有一副院长不开眼试图阻拦，欲留我喝酒，却被祖老师狠狠瞪了一眼，讪讪地坐了回去。

我心急如焚，急急开车赶往妍妍住处，快到了才想到妍妍今天上班，看了看时间，虽然已经快接近下班时间，可此刻恨不得肋生双翅飞到妍妍身边，哪里能够在她家等，直接驱车前往她单位门口。

在门口等了一阵，打了数通电话，并未接通，只好守在门口，还好没被当成恐怖分子踩点人员被门口警卫捉起来。终于看到了妍妍的车驶出大门，我暗提丹田一口真气，几个纵步跳了出来。妍妍的车发出刺耳一声刹车，离我堪堪停下，妍妍摇下车窗，探出头惊魂未定地看着我喊："你个浑蛋，老娘还以为有人想在公安部门口碰瓷呢！"

我激动地大喊："咱们明天去民政局领证吧，这次谁阻止我娶你，老子就和他拼了！"

妍妍也激动地大喊："滚，老娘不去！"

我怒道："你凭啥不去，我定要娶你！"

"明天七一，党的生日，老娘要去大合唱。"

"哦，那改天吧。"

当晚，我和妍妍度过了一个美好的夜晚。我向她讲述了事情的经过，痛陈离别之苦，被妍妍骂了一晚上没心没肺，连个电话都不打，为了兄弟，随手就把未婚妻丢到九霄云外，并向我展示了多种擒拿格斗技巧，最终在我不得不用毕生所学的急诊知识对脱位的肩关节复位后，双双进入梦乡。

自由的代价是昂贵的，白色城堡医院停业近一月后终于重新开业，却迎来了史上最低迷的时刻。门诊大厅空空如也，住院部门可罗雀，没有人再愿意相信这家饱经信誉危机的医院，老百姓们更愿意相信的说法是：医院前任药房主任售卖假药，虽然已经伏法，但售出药物掺假者不知几何，足以证明民营医院始终是漏洞百出，商人逐利，不知还会出什么幺蛾子。所以，老百姓宁可排队去挤下饺子般的公立三甲医院，也不愿意再为民营医院管理不善埋单。

于是，接下来的几个月，我们守着一座近似于废弃的城堡一筹莫展。一如明末的宁远城，墙高炮利，可惜清军宁可绕道蒙古也不跟你玩，让你十八般武艺无从施展。

祖老师端坐院长宝座，揉着太阳穴喃喃地说："我已技穷，各位黔驴有无良策啊？"

路易低头不语，刘非望着窗外的浮云发呆。

祖老师于"假药门"事件后对我言听计从，此刻不由得巴巴地向我望过来。

我咳嗽一声说："这次的麻烦，是信任危机，医院是人民以性命相托的地方，最近莆田系瞎搅和，咱们又来了这么一出，人家能来才怪！"

路易闷哼一声："废话，这个我也知道，就说怎么解决？"

我一咬牙："没办法了，只能再用这招了！"

众人一齐抬头："啥招？"

我大吼一声："再去电视台做脱口秀！"

祖老师等人怪叫一声："滚，还没丢够人啊上次，不去不去！"

我知道他们是说真的，上次去电视台留下的阴影太大了，何况宣传只是辅助，恐怕无法填补这次信任危机的巨大缺口。

就在众人再次陷入沉默之际，路易缓缓开口："各位，你们觉得咱们跳出公立医院，建造了这座白色城堡，到底有没有改变群众的看病难问题，到底有没有引发燎原大火的趋势？"

众人不解，祖老师说："别的不说，自从咱们建立了这所医院，这方圆数里的群众确实得到实惠了啊，看病不用排长队、医疗水平不低、服务态度好、生老病死一条龙，为什么咱们没解决问题？难道咱们能影响全国人民吗？能影响方圆几里十几万人就不错了啊！"

刘非也奇怪道："路易，这话好像不是你第一次问，你到底想说什么？"

路易缓缓说："我一直很压抑，咱们的确成立了一所医院，但是没有提出正确的解决方案，我们的方向错了！就像祖老师说的，我们医院确实是看病的流程合理，而且比公立医院方便，那是因为我们患者的人数还是少。如果达到安真医院每年 300 万门诊量，一样快捷不了多少！我们确实服务态度好，但是挂号费、医事服务费也高于公立医院，所以慢慢造成了来我们医院看病的都是相对富裕的中产阶级。我们成了给有钱人服务的医院，这和我们的初衷完全背道而驰！"

"一直以来，我们兄弟齐心，渡过了重重难关，但是我们只是在挣扎着让医院活下去，说难听点就是让医院赚钱，让投资人满意，我们所做的一切努力不过是建成了一所生存在公立三甲医院夹缝中的私立三甲医院！"

路易的话让我们无言以对，祖老师张了张嘴，并没有发出声音。

半晌，刘非说："我和你们的目标不一样，我只想和兄弟们在一起。我们走到今天着实不易，你所说的我认同，不过对我们医院下一步的生存是于事无补的。"

路易大声道："我觉得我们应该创办自己的诊所，像星星一样多的诊所。"

祖老师眼睛一亮："诊所？这个赚钱吗？"

路易骂道："怎么又是赚钱，要赚钱我不如留在美国开饭馆，何必回来！咱们国家现在的问题不是缺少私立三甲医院，而是高水平的一线诊所。你们好好想想，私立三甲医院根本就竞争不过公立医院，人才发展不可持续，患者信任度也不能完胜，老百姓看病难也得不到解决，在这场战斗中我们必定会失败！"

停顿一会儿后，他继续说："我们应该像美国一样，建立完善、高质量的诊所！将百姓的基本医疗问题在家门口解决，将大量的普通病人挡在三甲医院门口，将其疏导到可以解决的普通医院，让城市和农村的老百姓同样享受高质量的'首次医疗服务'，这才是能解决三甲医院无限扩张，患者看病一号难求，轻度患者、优质病源被三甲优选，重症患者无处可去等一系列问题的方案！"

祖老师瞠目结舌："这……这是国家应该担心的问题，不是咱们升斗小民能够办到的吧。现在人才全部都集中在公立三甲医院，有编制限制，请问您怎么能够让这些人才下放到诊所看病呢？如果生挖的话，就必然要提高工资待遇，那经营成本成倍上涨，挂号费、医事服务费还不是加在老百姓身上，那最后还不是变成为有钱人服务的诊所，这不是个死循环吗？"

路易咬牙说："很简单，我们不用替国家考虑，只需解决周围这一亩三分地的问题。我打算用三步解决此问题。第一步，医疗分层，公立医院为体现公平，限制特需门诊，我们反其道行之，有钱人多交钱就可以享受 VIP 服务，可以自由选择看医生时间，也可以自由选择我们的名医看病，我们主要来赚这部分钱。我们甚至可以卖 VIP 卡，就卖给周围有钱人，让那些有钱的人凭卡可以随时看病，当我们医院口碑超好时，这保险自然就会有全北京的有钱人、明星来买。我们用这笔钱来维持运营及贴补给普通百姓看病的亏空，这钱赚得心安理得。"

祖老师一笑："那普通老百姓看病还不是难，还不是要等。"

路易撇了撇嘴："谁说解决看病难就是让所有人不用等了，美国看病预约门诊也需要等，去了就能享受服务等都不用等的只能是饭馆，而且还是街边摊，不是医疗，医疗本就是稀缺服务，本来就值得等待！我们第二步就是实现网上及电话分诊预约，由专业导医人员首先接触病人，弄清楚轻重缓急和所涉及的医疗领域，让普通患者可以不用排队等待，实现线上预约，这样大家看病都能实现一定程度的 VIP 服务，谁也不用在大清早起床去医院排队挂号了。当然，导医不是医生，所以一定有无法判断病情的时候，所以我们要建立围绕在大型医院周边的星罗棋布的诊所，用诊所方便群众见到医生，套牢病源群。"

众人点头，各有所思。我问："那第三步呢？"

路易斩钉截铁地说："实现医药分家，让诊所开的药物到我们的定点药店去买。当然了，嘿嘿，其实大家不知道这些药店也是我们开的，但此举省去了医院药房的 10% 加成，我们药店也要采取薄利多销，进一步降低药价，进而压迫公立医院和其他药店，最终拉低所有医院药房的药物价格，让百姓真正得到实惠！"

众人一片沉默，半晌祖老师缓缓说："大哥，您这方案是要和全世界对着干啊！那么多利益集团不和你玩命啊！"

路易大笑："不破难立，你不置之死地而后生，怎么撬动冰山一角，自古皇图霸业险中求，你想期盼既得利益者自我觉悟，放弃已经到手的富贵，那还不如等着母猪自己爬到树上掉下来摔死你来做红烧肉。我还有第四步，保证让一切纸老虎自焚于市！"

大家瞬间屏息，忙问是啥？

路易狂笑："我们成立自己的 3A 保险业！"

众人大惊，问啥是 3A 保险。

路易捋须："3A 保险灵感源于美国，在 GEICO 等大保险公司的挤压下，美国汽车保险业其实已经蛋糕分尽，但是 3A 保险出现，一年交几十块钱就能享受免费拖车，免费电瓶接电，去他们签约的汽修中心享受打折维修，让每个受各种保险政策折腾的司机得到最省心的服务。基本上出了事故后，司机给 3A 保险打个电话就啥都不用操心了。现在美国 80% 的汽车拥有者在买高价保险的同时，也买 3A，所以他们赚得盆满钵满，自己创造了自己的蛋糕。我们就这么干，买我们的 3A 保险，受保人全家均可享受便捷医疗服务，药店买药积分折扣，快捷向合同医院转诊，总之就是一切不用你操心，得了病交给我们就会得到最快捷便利的服务。最终目标当然不只是一个服务性质的公司，而是建立我们自己的医疗保险公司，挤掉那些只顾收钱卖保险，到赔付掏钱的时候就叽叽歪歪的商业医疗保险公司！"

我们三个眼睛瞪得大大的，久久失语。祖老师最后重重地叹了口气："大哥，我的小祖宗，咱不说能不能成功，就算是千辛万苦成功了，咱们能不能全身而退那是个未知数啊！你是想把所有人的身家性命连同白色城堡医院拉上做赌注啊。"

我激动地说："没问题，你看看支付宝，或者微信钱包，他们撬动了大银行冰封一角，现在不是活得好好的！"

路易站起来，大喊道："王侯将相，宁有种乎！你们干不干这一票？"

我也站起来："我来！干这一票！"

但我们却没有等到另外二人的呼应。祖老师沉默不语，刘非看着他也没动地方，我们俩站着站着就有点尴尬。路易怒道："妈的，你们两个到底干不干？"

祖老师半晌才说："这次被关了这么长时间，我真有点怕了，我们只是普通人，我就想踏踏实实地赚钱，我不想每次都赌上身家性命。我父母年纪大了，我也有了宝宝，我赌不起！"

路易骂道："谁没有宝宝，我儿子还不到三岁，高堂也是七老八十了，我都不怕。咦？等会儿，你有宝宝？你哪来的宝宝？"

我和刘非也恍然大悟，一起跳起来抓住祖老师："你哪来的孩子，说！你这厮不是雌雄同体的吧！"

大家一起跳起来质问祖老师，竟一时忘记了路易的提议。

祖老师尴尬一笑："就是那个范子萱，做节目的美女主持人。"

"啊呀！明星啊！要不要脸啊！什么时候下的手！"我们一起大叫。

祖老师黑脸一红："就是那次剪彩后，我约了她几次，后来她就说怀孕了，我这不得负责任吗？"

众人一阵疯狂，路易抓着祖老师来回摇晃："你说，你是不是把医院赚的钱都给她了啊？"

刘非小声道："人家可是众星捧月的美女，别是借鸡生蛋，或者鸡生鹅蛋啊！"

祖老师勃然大怒："说什么呢你！那是你嫂子，我马上要和她结婚，你滚一边去！"吼完竟然起身摔门而去。

我们面面相觑，我拍了拍刘非肩膀："你这话确实伤人，万一是祖老师的种呢！"

路易骂道："你也说'万一'，如果不是呢？"

刘非有些尴尬，窘迫地问："祖老师不是真生气了吧？"

路易哼了一声："他没事就逮着我儿子说长得像王教授，你只是随便说一句，他凭什么生气。我看是借题发挥，不敢回答刚才的话题跑路了！"

众人皆叹姜还是老的辣，屁还是老的臭，这祖老师快成精了。

金莲莫辨楮叶
尾生难假因缘

祖老师的婚期还是提上了日程。但是对于这件事情，我们兄弟之间第一次发生真正的争执。

刘非和路易坚决反对祖老师和范子萱结婚，认为明星多不靠谱，祖老师当便宜绿帽老爹的可能性极大。我则支持祖老师结婚，只不过提议先生孩子，等孩子百天后偷偷做个DNA检测，然后再决定婚期。

祖老师一意孤行，一口咬定那孩子就是自己的，认为自己英勇无双，招招致命，点滴精血片刻化龙完全是有可能的。但众口铄金，最终在我们割袍断义的威胁下，还是选择了先让我们接触一下范子萱同学，使这群小人们死心。

路易经天纬地的办连锁诊所的提议就这么暂时被搁置了下来，毕竟兄弟终身大事是第一要务。经过我们三人精心设计，一场盛大的祖老师兄弟团与范子萱闺蜜团的聚会如期而至。

根据我的设计，我们三人要扮猪吃老虎，装成无辜老男生，接近范子萱闺蜜，找机会贿赂并拿下其中最脆弱的一个，然后套出事实的真相。毕竟，女人肚子里的孩子是谁的，除了她自己就只有闺蜜最清楚。

然而，当范子萱闺蜜出现在唐会KTV的时候，我们的计划被彻底打乱。

这实在不能怪我们，只能说对手太漂亮了！范子萱的闺蜜虽然也大部分是二线、三线演员，可是我们直到今天才知道，敢情多数二、三线明星长得比一线还漂亮啊！

据当事人刘非介绍，他的对手是一个三线演员，因为意志坚定、品格高尚，不肯接受任何形式的"潜规则"，所以至今籍籍无名，但那长相和身段简直没话说啊，堪比林青霞！而且即使只是三线演员，收入也颇丰，一部电视剧，运气好能演二十几集还没被编剧写死，那每集都能赚个七八万，一部肥皂剧顶我们一年的收入。像范子萱这样的二线明星，一年收入上千万简直就是如同探囊取物。刘非对那个范子萱的三线闺蜜差点就燃起熊熊战火，要不是一朝被晓丽咬过，十年怕井绳，又十分珍惜和前妻复婚后的美好生活，恐怕又已中招。但即便如此，他一晚上痴痴傻傻的状态也是丑态毕现。

路易也好不到哪儿去，整晚上看看这个，瞅瞅那个，觉得个个貌若天仙，口水都快赶上黄果树瀑布了！

刘非听我这样形容路易就骂道："你口水都流成尼亚加拉大瀑布了，还有脸说别人！"

祖老师气急："一群没出息的蠢货，老子的脸都被你们丢光了，子萱今早把我的老底都掀出来了，你们几个不但没套到什么秘密，反而被人家闺蜜一网打尽，把老子糗事一股脑说了个干净，你们是不是人啊！"

路易干咳了几声说："哎，这个，不是我军无能，实在是敌人太狡猾了！范子萱把她所有最漂亮的闺蜜都带出来了，一个个巧舌如簧，全是演技派的川岛芳子，我们哪里能招架。好，看来这招不行了，只能变招！"

我和刘非赶紧问有什么办法？

路易嘿嘿一笑："请问明星最怕什么？狗仔队啊！找狗仔队查她的底。"

祖老师一巴掌拍在路易头上："狗你大爷的仔队，子萱现在在我家住，你找狗仔队那不是要把老子也祸害了！"

路易却是一呆："咦！好主意啊，我怎么没想到，咱们就这么办！"说完低声说出了他的奸计，我们三人嘿嘿地淫笑起来，只剩下祖老师气鼓鼓的却反对无效。

数天后，微博、朋友圈、各大小报火力全开：范子萱原来是白色城堡医院执行董事加院长的女朋友，连孩子都有了！又深挖特挖，把白色城堡医院的前世今生挖了个干净，投资人丑丑的大脸照片贴在报纸头条，又爆料出一堆二线、三线小明星在白色城堡医院出入，据说也是合约医院。最劲爆无稽的消息莫过于白色城堡医院建院挖地基之时，从地底掘出金龙遗骸，破金光而出，幸得那天雾霾遮云蔽日才不为人所知，原来该院地处龙脉，后请香港风水大师测算，认为挖掘龙脉损伤国运，故取名"白色城堡"，意味着镇守此处神龙破口，避免真龙之气流失。

一时间铺天盖地的各种小道传言漫天飞舞，白色城堡医院疾风四起。

在各种炒作宣传之下，医院逐渐有了些许生机。

祖老师笑得合不拢嘴，对路易的诡计多端大为赞赏。这次的宣传炒作不但让白色城堡医院成为老百姓茶余饭后的谈资，进而提高了知名度，还坐实了范子萱和他的恋情，让本来还犹豫不决的范子萱只能铁了心跟他。直到这时我们才知道，原来根本不是范子萱牛皮糖似的贴上他这个小款，而是祖老师破釜沉舟、彻头彻尾地陷入了一场恋爱。为了能够和范子萱在一起，他可以抛开一切世俗、一切的风言风语。

事已至此，也没什么好阻拦的了。作为好朋友，我们只能衷心希望祖老师没有变身成祖母绿，并准备好红包等着参加婚礼了。

　　祖老师用尽全身解数来准备他和范子萱的婚礼，不但订了最好的酒店和酒席，还请了时下最火爆的说唱歌手来表演，甚至连婚礼用的请柬都是烫金的。更让人感动的是每一份请柬都是祖老师亲自一笔一画写上去的，承载了他满心的喜悦和幸福。

　　我们渐渐地被祖老师的心情所感染，都真心为他感到高兴，于是四兄弟便全身心投入盛大婚礼的准备中去了。因为包子和路易的婚礼上有一段小舞台剧，祖老师很是喜欢，加上子萱是演员，她所有的朋友也都是演员，所以祖老师特意要求我再编排一段舞台剧来歌颂他和子萱的伟大爱情。

　　经过夜以继日的准备，终于迎来了婚礼前夜。我们在酒店婚礼大厅里横七竖八地歪着，路易叹了口气："我说，今天是婚礼前最后一天了，你的单身 Party 不办了吗？我们一直等着呢！"

　　祖老师并没有和我们一起躺着，他站在桌子上，审视着搭好的舞台和四周的喜庆装饰，头都没回地说："办个屁，老子累死了，哪有心情玩，再说万一喝多了耽误了明天的正事就完了！"随后他转身问我，"王教授，你的群众演员什么时候来？我等着看舞台剧最后一次彩排呢！"

　　我还没等说话，路易抢着问："哎，你准老婆怎么不来看看，而且婚礼准备这么多天了她也不露面，也太不当回事了吧！"

　　祖老师骂道："她怀着孕哪能干活。再说今晚要是来看了彩排，明天哪还有什么惊喜。"

　　正说着话，一群演员闹哄哄地推门进来。这群演员其实是真的演员，大部分都是祖老师软磨硬泡请的子萱的男女闺蜜们，据说许下来不少好处。这群演员叽叽喳喳地拥入，服饰时尚，样貌既漂亮又单一，让人有点脸盲。我作为总导演连忙爬起来，拿起大喇叭喊话："按出场顺序排好队。剧本你们都看过了啊，今天做一次彩排，各位都是专业人士，拿出点专业精神！来，准备登场，我倒数十个数……"

一个男演员大声喊："诶，我说导演，女一号还没来呢，我们着什么急！"

我闻声望去，子萱的那个闺蜜果然没来，心下大怒，拿起电话就打给她。

电话通了，却是在门外响起铃声，随着铃声越来越近，一个女孩推门而入。我们循声望去，她袅袅婷婷地走过来，只不过神态有着说不出来的不自然。

她按断了电话，完全没理我，直接走到了祖老师面前，一言不发，只是定定地望着他。气氛顿时变得尴尬和紧张起来。

路易急忙爬起来，小跑过来说："这位小姐，想要搅局抢老公不是应该明天关键时刻来比较好吗？您现在出场早了点吧。"随后向祖老师偷偷一竖大拇指，意思是连老婆带闺蜜一起搞定实在是高。

祖老师却一言不发，像是生怕一出声询问就得到那个可怕的答案。

但该来的总是会来的。子萱闺蜜苦笑着伸出手，拿出一串钥匙："她已经走了，让我把钥匙还你。"

祖老师痛苦地闭上眼睛，竟然流下泪来，轻声地问："还是没选择我是吧。怎么招呼都不打一个呢！"

闺蜜摇摇头："这种事情勉强不得，子萱说你是个好人，是她不好，让你忘了她。"说完就叹息一声转身走了。

一片寂静，那一大群演员呆呆地看着这一幕，互相小声地交谈了一会儿，就陆陆续续地走了，而且走得井然有序，全然没有刚来时的无组织无纪律的样子。

祖老师像泥塑一样呆立不动，我们三个一言不发，就这样静静地站着，现场一片寂静。

不知过了多久，祖老师轻轻地说："我准备了这么多天，怎么也不来看一眼就走了呢？"

我们三个也不知道该怎么劝，都没说话。路易跑到舞台前面，打开香槟塔前的酒柜，拿出了一瓶百龄坛，扭开盖子，狠狠地喝了一大口，然后过来递给祖老师。

祖老师机械地接过酒瓶，也喝了一大口，又传给刘非。然后我们每人一大口，就这么一直传下去，一大瓶酒很快就见了底。祖老师喝光了最后一口，然后猛地把酒瓶摔向香槟塔，那座香槟塔原本象征着甜蜜爱情的坚实巩固，更象征着美满姻缘的永恒纪念，此刻轰然倒地，化作无数齑粉。接下来祖老师疯狂地抓起椅子，打烂了他遇到的每一件物品。

我们没有人劝他，反倒跟着他一起砸起来，一时噼里啪啦响声大作。门口保安赶忙跑进来，发现是新郎和伴郎们在砸东西，头一缩就跑了。

砸够了，我们又开始喝起酒来，祖老师喝着喝着声嘶力竭地大哭起来。在寂静的夜空中声音凄厉，犹如夜枭嘶鸣。

第二天等我清醒过来的时候，已经是早上七点左右。我推醒了刘非和路易，却没法弄醒祖老师。我对他们二人说："咱们把祖老师弄回家去，一会儿宾客快来了，看到这样就丢人丢大发了。路易你去开车，顺便告诉酒店的工作人员摆出牌子在门口，告诉宾客今天婚礼临时取消，刘非咱俩把这孙子抬出去。"

众人闻声而动，我们费尽气力把祖老师弄回了家，他已经醉成了一摊烂泥。我们谁都没有回家，都守在外面客厅里。路易气急："我就说别惹那些女演员，人家有颜又有钱，凭什么在你一棵树上吊死！"

刘非苦笑："这就是爱情啊！你还不是为了爱情跑到美国，差点成了专业厨子。爱情是这个世界上唯一能和可卡因相媲美的毒品，同样能让人产生美好的幻觉，易成瘾，戒断难。"

我叹气说："爱情本来就是幻觉，我们每个人心中都有一个完美的形象，所谓遇到合适的人，其实也不过是遇到了和自己心中那个形象接近的人。范子萱摆明了是个不值得爱的人，除了样貌、身材、家世、经济条件、年轻、可爱之外简直一无是处，可是在祖老师眼里她就是心中那个形象，无论她有多无情和无耻，祖老师都会爱她。爱一个人，也不过是爱一种幻觉。"

路易反驳："我可不是啊，我真的爱包子，你们没爱过的人不知道爱情的美好，包子现在都胖成球了，可是每次抱着包子我都像抱着子萱闺蜜似的，即使她和她妈一起折腾我，我还是爱她，尤其是看到她和我儿子一起玩耍的时候，那才是采菊东南的田园生活。"

刘非骂道："你这王八蛋果然看上了人家闺蜜。我那时候搞上了王教授女朋友的闺蜜，到现在还没缓过劲来呢，你别重蹈覆辙啊！还说有爱情，还不是一边和包子睡觉一边想象成那个闺蜜！另外，那个范子萱也太不是人了，祖老师付出那么多筹办这个婚礼，她一句不来了转头就走了，到底有没有心啊！"

路易却叹了口气："你做再多的事情也无法感动一个不怎么爱你的人。"说罢竟然沉默起来，久久无语。

从那天开始很多天，祖老师都没有迈出过卧室的门，我们几个轮流守在客厅里，保证他不会自杀或者饿死。子萱逃婚的事情也逐渐地揭开面纱，她怀孕的时候同时交往了祖老师和另外一个已婚男人，她并不能确定谁是父亲。但是祖老师并不在乎，坚决要求负责任。迫于家庭和我们无心制造出的舆论压力，子萱选择了祖老师。那个已婚男虽然当时不想离婚，可也并不是打着拍拍屁股不认账的主意，因为他一直没有子嗣，守着偌大的家业也不想死后就捐给公益，所以等到子萱怀孕 65—85 天可以采取胎儿的绒毛样本进行亲子鉴定时候，他就跳了出来，开出确定了孩子是自己的就和子萱结婚的条件。剩下的事情就不言而喻了，子萱还是选择了大她二十岁却富可敌国的已婚男，祖老师一腔心血付诸东流。

这是一个网络烂新闻都懒得再用的老套故事，只是这次发生在一个其实并不穷也不小白脸的祖老师身上。祖老师其实身家千万，典型的钻石王老五，可惜和一座金山比起来还是太过于渺小，无法留住阅尽千帆的范子萱。

人人皆有凌云志
一曲罢了散酒席

　　三个月后，祖老师终于戒掉爱情，从毒瘾般的状态恢复如初，只不过此时已经瘦得脱了相，掉了五十斤的肉，完全不再是当年那个意气风发的死胖子了，像是只颓废的死猴子。

　　当祖老师出现在白色城堡医院院长办公室里时，女秘书激动得不能自已，热情地欢迎了这个恢复了单身又瘦了身的钻石王老五。我们三人也同样表示了欢迎，坐定之后祖老师问秘书有没有积压什么文件或者难以决断的事务，秘书关切地说祖院长您多休息休息，所有的事情都已经被路院长处理好了，报到董事会，投资人也十分地满意。

　　祖老师骂道："路易你个不要脸的，趁我不在想抢我帮主的位子是吧？"

　　路易一脸无辜："这么大个医院，哪能三个月没有人管理呢？我都快累死了，还换来主公的猜忌，老子还不干了呢！"

　　祖老师一笑："哪能呢！我现在想法变了，之前我想的是就办好这一家医院，小富即安，有钱有闲有兄弟。经过子萱的事情后我算看明白了，这个世界还是属于有钱人的！我要和投资人谈谈，他一直想将白色城堡做成连锁医院，我都没有答应，现在我决定好了，路易你来管理这所医院，我去杭州开分院，等那边稳定了王教授你去当院长，我再去上海开分院。我最终的目标是全国每一所大城市都有白色城堡医院的招牌，我要做成全国最大的连锁三甲民营医院。老子要大富大贵，让一切曾经瞧不上我的人都仰望我！"

路易欲言又止，众人沉默不语，祖老师转头望向我问："是有什么事情发生了吗？"

我低头说："还是让路易自己说吧。"

祖老师又望向路易，路易吭哧半天，最后一咬牙说："祖老师，你不在这段时间，投资人很不放心，就亲自过来视察。当然，对我们的工作还是比较满意的，我们两个进行了一次深谈，我把想开连锁诊所的事情和他说了，他表示很支持，认为这个方向才是中国医疗的未来。"

祖老师一愣，随即陡然大怒，狂吼道："未来个屁，你提出的开连锁诊所的方案根本就是在替国家医疗体制埋单！上次我都没好意思说你，你想用富人的钱补贴普通人看病的费用，那咱们不是赔本赚吆喝吗！那么多星罗棋布的诊所，投入大产出小，人家挂个号你敢收几个钱，收多了国家物价局不管吗？另外，你怎么解决人力资源问题，咱们开个民营三甲医院都得到处挖人，你开诊所哪会有人跟你玩！你开出高工资就会造成成本再次上涨，另外别看是个诊所，麻雀虽小也要五脏俱全，你相应的设备比如心电图、超声、血液诊断仪器，哪样不要钱？这些全部都是成本。我告诉你，做生意最重要的就是赚钱，没有钱你早晚关门。我不知道投资人是不是和你一起被驴踢了脑袋，但是我绝对不同意，这事没商量！"

祖老师一口气骂完，坐在那里喘着粗气，显然是真的动了怒火，看来路易没经过他同意就直接和投资人谈下一步战略部署的事情真的触动了他的底线。

路易呆立在当场，半响才缓缓地说：“我说过很多次，我辞了公立三甲医院的工作来这里不是为了赚钱，是为了理想。咱们当时的方向错了，建立很多很多的民营三甲医院解决不了老百姓看病难的问题，只有建立星罗棋布的合格的诊所，在全国真正做到分级诊疗，才能让国家在低投入的情况下把老百姓看病难问题解决掉。现在你说赚钱是第一目的，那我只能说人各有志，祝你财源滚滚吧。”说罢路易拱了拱手，转身摔门离去。

刘非刚想去追，却身形一缓，看了一眼祖老师。祖老师气得嘴唇直哆嗦，却还是咬牙说：“看什么看，还不去追！”刘非得令，一溜烟跑了。

我点了支烟递给祖老师，说：“你不能怪路易，他才是个纯粹的人，咱们不是。”

祖老师点点头：“我知道，无论是对于爱情还是对于理想，路易从来都没有变过。他对包子是真的爱，可以不顾一切地追到美国去。他对理想也从来没变，就想改变现在的医疗现状。我很欣赏他，可是我们不是圣人，也不是什么达官显贵，我们只是小人物，我们改变不了整个社会，他现在的做法会把我们辛辛苦苦打拼下来的基业全部葬送掉。我不可能再过那种穷小子的生活了，子萱就是因为我不如那个王八蛋有钱才选择了他，我一定要让她后悔。”

我叹息说：“诶，你不要想着去刺激一个不爱你的人的神经，是不是想重蹈《了不起的盖茨比》主人公的覆辙呢！就算你再有钱，也不会让一个眼中没有爱情的女人爱上你！”

祖老师陷入沉默，我又说：“你有没有想过，为什么咱们的投资人会接受这个规划，难道他连这点商业常识都没有吗？"

祖老师想了想，又摇摇头，我接着说："因为他说过：'在一个聪明人满街乱窜的年代，稀缺的恰恰不是聪明，而是一心一意，孤注一掷，一条心，一根筋。'而路易就是这样的人，投资人本身也是这种人，所以他很欣赏路易能坚持理想，他认为人最可贵的就是理想和一根筋，所以他认为路易会成功。"

沉默一阵，祖老师又抬头问："那你呢？也相信他吗，也会离开这里吗？"

我重重地呼了口气说："我虽然不相信他的智商，但人没有理想和咸鱼有什么分别。等他那边的平台搭起来了，我打算过去帮他。不过我马上要和妍妍结婚了，我想先过段稳定的生活。"

祖老师又点点头："好，谢谢你能如实提前告诉我。我累了，你先回去吧。"

在关上门的瞬间，我看到了祖老师颓然地坐在椅子里，像一个漏了气的充气娃娃。

我走出大门，看到路易和刘非蹲在马路牙子上抽烟。我走过去接过刘非递给我的烟，跟他们一起蹲下，像极了三个蹲在路边趴活的泥瓦工。

我问路易："不再考虑考虑了？"

路易深吸了一口烟："没啥好考虑的，必须做决断了！"

刘非丢下了手里的烟屁股，然后续了一支说："这回真的分行李了！急诊四杰真的散伙了。"

我笑笑："有理想的人是天底下最固执的！祖老师铁了心要发大财，路易是一定要拯救地球，我也想赶走外星人，这个世上能拆散我们的也就是这些所谓的理想了。不过刘非你还是留下吧，本来你就没什么脑神经元和理想，我们两个撤了，你怎么也得留下陪着祖老师，省得他觉得众叛亲离，再羞愤自尽就不太好了。"

刘非点点头："本来我也没想走，我和我老婆现在就想踏踏实实地生活，抓紧时间生个儿子，转眼都年近四十了，我真是折腾够了。"众人随即无言。

第二天，路易走了，没和任何人道别，一如当年。

少年赋词强说愁
而今只道好个秋

路易走后，队伍也就散了。祖老师刚从失去未婚妻的打击中走出来，又陷入失去朋友的二次打击中去，变得少言寡语、难以接近。可能他同时也在怨恨我在不久的将来会离开这里，对我开始疏远，只有在院务会上才能见他一面，连眼神对视都变得躲闪和陌生。刘非成了我们之间的唯一传话筒，关于祖老师的情况，都是刘非传递小道消息给我听。

最离谱的是路易。他和祖老师意见不合也就算了，可是我当时是表示过要和他一起走的，谁知道路易离开北京后就再也没和我或刘非联系过，打电话不接，发短信不回，气得我们大骂这孙子心胸狭窄，一竿子打死一船人。

但日子总是要过的，时间有如白驹过隙，我和妍妍终于有情人终成眷属，在春节前领了结婚证，不过婚礼却迟迟未办，原因有点儿荒诞无稽：冯真真同志考上博士后突然闲了下来，所以每天除了上课和吃饭睡觉就是给我和妍妍发各种骚扰短信，还想方设法地人肉我们的一切情况，甚至弄清楚了妍妍的公寓地址，发短信告诉我们她有机会上门恭贺我们新婚，还准备贺礼送上，言语颇为礼貌，但无一不透露出变态的气息，吓得我们赶紧搬进了公安部宿舍。

冯真真这个女人就像一块踩在脚底的狗屎，虽然平时看不见摸不着貌似没什么影响，但每当你舒舒服服地坐下，得意地跷起二郎腿的时候，马上就会闻到鞋底的臭味。在这种若有若无的臭味中，我和妍妍当然不会有心情办婚礼，同时也担心她大闹婚礼现场，把妍妍那"倔将军"老爸气出个好歹，于是婚礼一拖再拖。不过，鞋是好鞋，舒服合脚，当然不会因为踩过狗屎就扔掉，只能等臭味慢慢散去吧。

　　春节如期而至，往年的春节都是我们四兄弟一起度过，除了三十晚上陪家人吃吃饺子，看看春晚，剩下的时间都是我们一起胡天胡地地喝酒、玩游戏机、唱歌和打牌什么的。可是，今年却没有任何人提议聚会的事情，大家都不约而同地选择了沉默。

　　大年初三那天，正当我和妍妍百无聊赖地闷在家里看电影，突然接到一绝大师海波的电话，说已经在楼下了，很快上来。虽然过年见到海波总觉得晦气，但也挺高兴，在私立医院这种根本不拿上级当干部的环境下，终于还是有个下属在节日能想起来给主任送礼啊！赶紧起身跑去电梯口迎接。

　　刚拉开门就看见海波已经站在门口了，我看了这厮一眼就骂道："你这拜年也太没诚意了，手里连篮水果都没有。"

　　海波急急地说："我不是来拜年的，是来告诉你消息的，路易失踪了！"

　　"这小子快七八个月没和咱们联系了，我当然知道他失踪了！"

　　"不是这种失踪，是实实在在的失踪！"

　　我大惊，忙把海波拉进屋，海波喝了口妍妍递过来的饮料后说："我昨天听我一个朋友说的……"

　　我怒道："你们造谣的人怎么总是这样，'我听我一个朋友说的'，你哪那么多朋友这么倒霉背你的黑锅！"

海波气急："老子德才兼备，天下仰慕者不知几何，有几个小弟时不时跑我这八卦一下是很合情理的！你别打断我。昨天我和他吃饭的时候，他提到了路易在杭州开诊所的事情，你猜怎么着？"

"发了？"

"没有，跑路了！"

"啊！呀！赔本也不用跑路啊？我说怎么打电话发短信都没反应！到底什么情况？"

海波叹了口气："据说路易从投资人那边拿了几千万，挺好的事情，路易也确实有才，只用三个月时间准备就在杭州开起了五家诊所，五个诊所地理位置都相当好，开始的时候挺顺利的，很快就在杭州有了些名号，据说到半年的时候就可以收支平衡，眼见就要扩大经营规模、再开新连锁店了……喝口水，等一下。"

我急道："你这人，后来怎么了，你关键时刻喝什么水啊！"

"诶，结果路易他……"

"他到底怎么了？"

"他绿了！"

我疑惑道："啥绿了，不是跑路了吗？"

"听说是包子和别人好了，送了路易一顶绿帽子，路易顿时就精神崩溃了，然后就不知所终。诶，我就是和你一个人说啊，你千万别到外面传。"海波摇摇头，压低声音极为神秘地说，"据说给路易戴了绿帽子的人就是祖老师。有人亲眼看到包子从祖老师办公室走出来，精神焕发，衣冠不整！啧啧啧，你说你们还四杰呢，这种勾引二嫂的事情祖老师都干得出来，真是令人不齿，我呸！"

我推了海波一把：“别乱说，你有证据吗！赶紧滚，滚滚滚，有多远给老子滚多远。”

海波起身就跑：“嘿，不识好人心，我大过年过来给你通风报信，不领情也就算了，连饭都不留我吃一顿，此处不留爷，爷自去别处蹭饭，告辞！”刚要关门，海波突然回头说：“我说，你看好你媳妇啊！小心祖老师这厮偷人偷得兴起，连你也一起绿了。”

我砸过去一瓶矿泉水，可惜这厮平时躲各种暗器熟能生巧，竟然关上门就跑了。

虽然这厮言语不堪，但如果确有其事，那可是大大的不妙。我们急诊四杰目前虽然已经分了行李、散了伙，但那是理想道路不同，绝对不是个人感情不和！与其说是散伙，倒不如说是赌气。单从感情上来说，我们互相扶持，挽救对方于危难之中可不是一次两次，所以我们之间兄弟情谊一直都在那里，假以时日各自实现理想，众人再聚首追忆往事、重归于好绝对是板上钉钉的事情。可如果祖老师真的偷了包子吃，那可就惨了，这是夺妻之恨，只能老死不相往来，毫无回旋余地！

我立刻心中大骇，穿上衣服就要出门。妍妍一边帮我拿车钥匙一边说：“你好好和祖老师说话啊，别再乱上加乱啊！”

我含混答应了一声，接过钥匙就出门了。

路上打了个电话给祖老师，在他讶异和惊喜的回答中知道了他正和刘非在自家别墅打桌球，便驱车直接前往。

祖老师的别墅其实并不算奢华，在顺义机场附近，位置比较偏，而且也不算大。但好在祖老师装修的时候为了方便我们急诊四杰聚会，把一楼大客厅完全改成了酒吧，有吧台、台球桌、大屏幕电视、游戏机，甚至还有一个小型可收放的幕布式电影院，也算是相当温馨。

祖老师家大门的密码锁我自然是可以直接打开的，进了别墅后看到他和刘非正在喝酒玩桌球。刘非见我进来很是高兴，赶紧放下球杆跑到吧台给我倒了杯"Three wise men"。

祖老师明显心情很好，笑着说："哟，王教授，我还以为您老马上要良禽择木，不愿上我这来蹭酒喝了呢，今儿怎么有空过来？"

我冷着脸，一字一句地问："你是不是偷吃了路易的包子？"

两人立刻愣住。祖老师面现怒容，刘非赶紧过来，一边递给我酒杯一边问："这是啥情况？绿帽子可别乱扣啊！"

我大喝一声，把酒杯摔在地上骂道："有个朋友告诉我，说路易失踪了，原因是祖老师偷了包子，路易接受不了就跑了！"

刘非转头看向祖老师，一脸愕然，继而脸色铁青："祖老师，你说过包子找你要过房子，你是不是用房子逼包子就范了！"

祖老师这会儿真急了，指着我怒吼："妈的，你这都是听谁说的！我姓祖的顶天立地，女人是有过不少，但从来不图兄弟的女人！今天你要是不把事情说清楚，咱们割袍断交，从此陌路！"

看他的反应，我倒是心里一阵放松，说道："老子义薄云天，朋友遍天下，有个消息灵通的朋友很合情理！你最好给我说清楚，包子从你办公室出来衣冠不整、面如桃花是怎么回事？"

祖老师真急了："我用得着和你说吗？你以为你是谁！"

谁料到，本应该和稀泥的刘非却一把揪住祖老师衣领："必须说！你不说，老子现在就揍你！"

我不禁大惊，连忙往回拉刘非："先别动手啊，消息来源是海波，没弄清楚之前先别随便打人啊！"

刘非、祖老师听我说到这里，一起说了声："喊。"便各自分开，坐到沙发上。

刘非说："你丫有没有智商啊！海波那厮的话你也信？"

"那厮专门跑到我家来，煞有介事地讲了这事，不容得我不信啊！"

祖老师骂道："你也太武断了。你不想想，包子生完孩子现在还一百五十多斤呢，老子就算跑了个未婚妻正在空窗期，也不至于下得了这样的重手吧。"

我讪讪地说："我就是问问，一是担心你饥不择食，二不是担心你打击报复路易吗？"

祖老师又骂："你丫也太看不起人了，路易是和我一起蹲过号子的兄弟，就算不跟我混了我也不用赶尽杀绝啊！包子前些天来找我，说路易在杭州开诊所搭了不少钱进去，现在虽然他人已经不在咱们医院了，但希望能继续让她和孩子住在我给路易分的房子里，还带了几万块钱给我当租金。我当然不能要了，就撕扯推让了几次，包子劲真大啊，要不是我使出吃奶的力气，这钱真给不回去啊！"

我不禁松了口气："哦，这就是衣衫不整、气喘吁吁的真相啊。这个死海波，看我回去不收拾他！"

刘非认真地说："虽然这事纯属谣传，但是说明了一个问题——路易有麻烦了！"

祖老师笑笑，随即觉得不妥，端正了一下胖脸说："他肯定是死要面子，不肯向我们求助。也怪我脸皮薄，一直不肯问投资人路易的情况，我这就打电话问这事。"

说罢起身走进里间给投资人打电话去了。

我和刘非大眼瞪小眼了半天，突然一起笑了。刘非边笑边说："这厮竟然说自己脸皮薄，实在是太厚颜无耻了。"

"嗯，其实他的脸只有两种状态，二皮脸和不要脸。"

笑了一阵祖老师阴着脸走出来，我们赶紧止住了笑意望向他。祖老师叹了口气："路易真跑了！"

"啊？什么情况？"

祖老师继续叹气："投资人说其实路易做得挺好的，成本控制或者营利点都算得很准，三个月就在杭州开了五家诊所，高端的环境和贴心的服务很快就建立起了口碑，可就是不赚钱！"

我们忙问出什么事了，祖老师愤愤地说："谁都没算准一件事，就是诊所是一支孤军，孤军深入的命运只有灭亡。比如有一次，路易诊所去了一个心绞痛的病人，评估了一下觉得还行，就由诊所的医疗秘书负责去公立医院约冠脉 CTA（一种诊断冠心病的检查设备），结果人家那边直接就给约到了两个星期后，患者很好说话，觉得与其去大医院再排队挂号重新预约，还不如多等几天省力气，于是就回家等着了。结果在等待的过程中突发心梗，那家人也特别的二，先把病人送到离家最近的诊所来了，诊所医生一看不好就叫了 120，送到三甲医院急诊，可惜病人在那边做介入手术过程中突发室颤，直接死亡了！"

我叹道："是不是三甲医院将责任引到诊所身上了？"

祖老师说："这是肯定的，患者家属将诊所和三甲医院都告了，三甲医院转移责任，一句'耽误了最佳抢救时机'就把诊所推向主要责任人。"

刘非问："那就走司法程序，该赔多少钱就赔呗，以后赚回来也就是了。"

祖老师说："你想得太简单了，那家人不但打官司，还想打人。他们不敢去三甲医院大闹，却跑到诊所大闹，诊所的医生和护士瞬间跑了个精光。杭州五家连锁店，他们一家一家地打上门去，大哭大闹地要找法人。好不容易这事通过投资人的关系压下来了，赔钱了事，可架不住事多啊，公立医院骨子里根本就瞧不起私人诊所，别看公立医院门诊人满为患，但还是不愿意放弃门诊的收入，处处打压，几个月下来路易的诊所入不敷出，人员工资都开不出来，我们的'法人'路易心灰意冷，之前投资人让路易入了股，用的可是自己那套天通苑的房子做的抵押，你当包子那天为什么跑我这要求保留宿舍，那是因为银行把路易的大房子收了要拍卖。那房子是路易拼上所有的自尊管他父母要的，才过户几年啊就没了。路易无颜面对包子，就跑路了。五家诊所全部关门，我们谁都没算到开诊所是支必然会被剿灭的孤军，这支孤军太过弱小，连反抗的机会都没有。"

刘非神色黯然："确实如此，面对航空母舰般的公立医院，毫无还手之力，死路一条，偏偏路易还贱，非得解决什么国家的医疗问题，人家领情吗，用你去拯救吗？这个傻缺！"

祖老师说："这也是没办法的事情，当初我看开诊所这条路没有政策支持，没有与大医院的医联体一起实施，根本就不可能存活下去。王教授，这回出头鸟路易都跑路了，你还是安心在医院干吧，我把院长的位子让给你，你要是愿意，咱们把这杯酒干了，这事就这么定了。"

我突然感到醍醐灌顶，盯着祖老师急切地问："你刚才说什么？"

"让你留下当院长，我出去开分院啊。"

"不是这句，前一句。"

"没有大医院支持……"

我兴奋起来："真是好主意啊！祖老师，公立医院为什么看病那么难，不是因为病人太多，而是因为太挑病人，你看咱们安真心内科，能做手术的病人还不是过不了几天就能安排住院，因为他们能带来效益。

而那些心衰、肾衰，癌症晚期的那些终末期病人，住个十天一个月也带来不了什么效益，科室还控制不了死亡率，还有纠纷隐患。所以我们民营医院不能和公立医院硬碰硬，而是要作为公立医院的有益补充。"

祖老师思考再三，又问："我有三个疑问。第一是咱们也对付不了医疗纠纷啊？第二是你都知道这些病人带来不了利益那咱们要了有什么用？第三你怎么这么贱，还为公立医院擦屁股，吃饱了撑的吧？"

我笑笑："一个个回答哈。第一个问题我觉得你太短视，终末期患者面临问题非常多，比如家庭无法照顾卧床或腿脚不方便的老人，或有个不舒服就跑大医院太费劲，这两个问题导致子女根本无法正常工作生活，我们不是要治好他们的病，而是解决家属和患者生活质量问题。另外我们开的不是医院，而是临终关怀机构，都已经临终关怀了，就算最后病逝，家属也能理解，何况每个来的患者家属都要当律师面签知情同意书。第二个问题，我觉得你太迂腐，高端养老院，每个老人一个月的养老费需要花一万到两万元，咱们是高端医养老加基本医疗保障，你说一个月二三万多不多，咱们还能靠慢性病人的门诊药物增加收入，而且临终关怀本就不会一住就十年八年的，住几个月就终了了，十几万北京的中产家庭都出得起。就算住时间长，还可以'以房养老'，将老人的房子出租和转卖，让他们舒舒服服地过几年，过世了就把剩下没花完的钱给子女。就算子女不同意，老人自己也会同意，谁愿意天天遭孩子白眼，腿一蹬还把房子给这群白眼狼呢！第三个问题，我不贱，谢谢！"

祖老师想了想说："有点意思，但这种赚钱方式好慢，不如做一台手术赚几万来得快。"

我骂道："短视的人是不可能发财的，只有走在时代前面才能成为暴发户！像咱们的投资人，抑或是温州大妈炒房团。"

顿了一下后，我继续语重心长地说："我预言，这种临终关怀机构必将是对公立医院的有利补充，还能够节省医疗资源，少花医保的钱，又能维护社会稳定，解放年轻劳动力，让不孝儿孙有个心理安慰，也有个孝顺又不费力的方式，必将得到政府和群众的大力拥护。"

祖老师又问："那干脆搞大点，建成连锁品牌，这种只要有钱，再加上点政策支持，肯定可以做到。"

我叹道："祖老师最近很膨胀啊，动不动就要搞大的。对了，你说要离开这里去杭州，这是什么情况？"

祖老师沉默很久，抬头道："我之前从来没有真正爱过一个人！从年轻那会儿到现在，你们一个个为了爱情死去活来、玩命折腾，可老子从来没有对任何女孩动过心。老子之前就想赚钱，赚很多很多的钱，根本没心情爱来爱去，可这次我这么认真，把一切都押上了，也把一切都抛下了，最后还是没留住子萱！我没法在这个我们曾经在一起的城市待了，看到我们一起去过的奶茶店，一起走过的天桥，甚至曾经吵过架的街角，老子都心如刀绞。我只能选择离开，虽然我也舍不得你们，但我真的不能再这样颓废下去了，我要开始一种全新的生活！"

我问："您老要开始什么新生活啊？"

"去杭州赚钱，赚更多的钱。"

"我去，这不还是以前的老路吗！"我和刘非齐声叹道。

刘非突然说："我有个问题，你们扯哪去了，不是在说路易失踪的事情吗？这个屋子里到底有没有真正关心兄弟的呢？"

等闲变却故人心
却道故人心易变

刘非一句话点醒梦中人,将我们从缥缈的理想迅速拉回现实。路易失踪了,当务之急是找到他,不管有什么困难,我们一起解决就是了。

找到一个人最直接的方法就是问他的家人。

我们直奔包子家,按了半天门铃包子才开门,进门后我们发现情况不对头。根据凌乱的现场和门口放置的行李箱,我们立刻得到结论——包子也要跑路!

祖老师立刻惊讶问道:"包子,你跑什么啊,不要小峰了吗?"

刘非说:"包子肯定是要去找路易吧。路易在哪呢,咱们一起去找他呗?"

包子沉默片刻,突然哭了:"我不是去找他,我是离开他。"

"啊!呀!为啥呢,你们豺狼女豹不是天生一对吗?"众人大惊。

包子神情却暗淡下来,两道泪痕流了下来,哽咽道:"我用了三年的时间证明了一个四十岁还是孩子的男人,是永远都长不大的。"

刘非有些气愤:"那也不是你离开的理由啊!没有父亲,孩子怎么办啊?"

"当年和他在一起的理由就是他对我好,可以为我牺牲一切,可是结婚后慢慢发现根本就不是这么回事！他最看重的就是他的理想和事业，家里的事情从来不管，孩子完全丢给我照顾，还有他极度自私的家庭，明知道我家里负担重，父母下岗，还有奶奶要赡养，父亲这么大岁数了仍得工作养家，他家里竟然完全不照顾我们的孩子，我不得不放弃工作，完全变成了一个家庭妇女。他还没有给我一点点的安全感，家里的钱都被他拿去投资了杭州的诊所，我当初那么劝他，不要孤注一掷，他就是不听，现在好了，血本无归！那你倒是像个男人一样承担啊，他却跑了！连家都不回，任我们母子自生自灭。这么不成熟的男人我真是受够了，我带着孩子回西安老家，再也不想见到这个毫无责任感、极度不成熟的男人了！"包子大哭起来。

一席话说得我们哑口无言。说到底这事是路易自己搞砸了，路易孩子气似的对理想的坚持，还有爱冒进、兵行险着的投机精神，在开始成全了他和包子，也在最后毁掉了他和包子，真是成也萧何败也萧何。不过究其根本原因，婚姻如果不是因为双方都投入感情才结合在一起的，那么爱得少的那方就会在漫长的婚姻生活中计较得失，不肯牺牲，成为一个顺风秀幸福，逆水百事哀的一方。包子是因为感动才和路易在一起的，可是，毕竟感动不是爱情，成不了她贫寒坚守一个家的理由。

祖老师急了："那你怎么不和我们说一声啊！这么多年的感情，你遇到点困难，张张口有那么难吗？"

包子淡淡地说："你还不了解路易吗，骨子里自尊心强得要死，上次我找你要求继续住在这的事情让他知道了，和我吵得天翻地覆，然后就跑了。我也理解他作为男人是有自尊心的，可是，你自己不食嗟来之食有骨气，现在是一家老小，他把我们丢在这里不闻不问，这就是有骨气的男人该做的事情吗？"

我们三个极尽所能，把好话说尽，希望能劝包子留下，但包子只是表情淡淡的不说话，那种决绝的神情让我们知道这全是无用功。

包子还是走了，我们呆坐在路易家沉默良久。祖老师打破僵局对刘非说："你回去给包子转二十万，先救急再说。"刘非点点头，又陷入沉默。

对包子的离去我们其实没有感到特别的意外。

越是惊天动地的爱情，破落得越快。心里期待更多，得不到后的落差便更难以承受。其实说到底，还是包子不够爱路易。指望日久生情能拴住一个人的心，那通常是发生在富贵之家，两人相敬如宾，两家其乐融融才行得通。路易生猛投机的个性可能将来会富贵异常，但中间必经的对贫寒的煎熬却不是包子可以忍受的。

我们各自回到了自己的家中，我看到妍妍担忧的眼神，心中一暖，但还是忍不住问了一个愚蠢的问题："如果我变得一无所有，你还会像这样的爱我吗？"

妍妍摸了摸我的头发，温柔地说："傻瓜，您现在这点家底，在老娘看来和一无所有也差不多。"

"嗯，您这样说虽然有点伤我自尊，但感觉好像挺放心的，谢谢。"

"那你呢？如果老娘不是出身富贵之家，拥有惊世骇俗的美貌和身材，你还会看上我吗？"妍妍反问道。

"哦，这个，俗话说娶妻娶贤，纳妾纳色，您这么贤良淑德、知书达礼，怎么都是我大房的不二人选。"

"找死！看招！"

路易真的就像人间蒸发了一样，连着几个月杳无音信。我们尝试了一切可以尝试的办法，但就是没有任何的消息。我们甚至一度怀疑路易是不是被杭州那个有钱有势的家属给坑杀了，特意雇了私家侦探去探明真相，可惜的是仍然没有任何消息。

时间渐渐流失，我们不得不放弃了这种无谓的搜索。

生活离开了谁都是要继续的，祖老师带刘非去了杭州开设分院，白色城堡医院的一切交给我打理，我自然而然地当上了院长。心内科我不得不交给了海波这个贱人，当看到他一脸得意的样子，真恨不得抓他的头发按到地上踩上几脚。不过，当上了领导也就知道了为什么自古权臣上台都要任人唯亲，而不是任人唯贤，只有听话的中级官员才能更好地贯彻执行你的政策。海波这厮再贱，也是同我们一个战壕出来的老战友，知根知底的怎么也比外人更让人放心。

当年我十分不理解，甚至一度腹诽，为什么医疗界的那些院士不去做一个院士该干的事情，比如搞搞科研、玩玩学术什么的，非要跑去卫计委当当官，或者当当校长、院长。直到我自己当了院长，虽然只是个民营三甲医院的院长，才知道权力对于实现理想是多么重要。

我们一直以来的目标和理想，就是解决公立医院解决不了的那些问题，让中国老百姓能在疾病面前保留自尊，这在我是个普通的医生，甚至是科主任后都只能自己想想而已，想要实现就必须说服一把手，但祖老师志不在此便被一拖再拖。可是直到我自己说了算以后，才发现原来是这么简单，只要我想，我就能做。所以这个世上所谓的怀才不遇，抱负难得伸展，大抵是没有办法先把自己的屁股放到比较重要的位置上而已。

因此，当我退去了当年的愤愤和青涩再回头想想这种现象，就完全理解了他们。当一个人能智慧到获得院士的头衔，那肯定是有很远大理想的，而为了实现自己的理想不得不去当当官，也着实是没办法的事情。

言归正传，我在这边如火如荼地折腾了大半年，投资人和祖老师他们其实也在杭州远远地观望，只是我的身份是执行院长，他们虽然股份比我多得多，却无权干涉和过问我的管理。好容易熬到了年底，两人便急不可耐地催我带上"年终总结报告"奔赴杭州汇报了。

到了杭州我直奔总部大厦，在秘书的引领下到了宽敞明亮的会议室。祖老师早就等在那里，我一进门他便跳过来捶了我一拳，急急地问："看报表你干得不错啊，一会儿好好吹吹，别丢我人啊，你可是我推荐上去的！"

我微微一笑："只要一会汇报完了您老人家别嫉贤妒能就行了。"

这厮满不在乎："我嫉妒你个屁，杭州的分院我都开起来了。别问我为啥这么快，老子就是天赋异禀！不过是买了个现成的民营医院，稍微装修一下，用同样的模式经营，现在已经在盈利了，两年回本没问题，明年我就转战苏州了。老子现在是所有投资人眼中的肉包子，追得可紧呢！"

说话间股东们纷纷进来入座，显然与祖老师十分熟稔，热情地打着招呼，并用略带讶异的眼光打量我。投资人最后一个进来，坐下后并没有多废话，略为介绍了一下我就让我汇报。我清了清嗓子，平静地打开幻灯片，第一张显示的就是今年的"营业额增长趋势图"。

"240%！"所有人惊呼起来。

"怎么做到的啊？"

我听到有人窃窃私语，祖老师也很惊讶地说："差一点就达到二百五了。"

我放了下一张幻灯片，缓缓地说："因为我找到了一条最适合我国国情的医疗之路！"

众人窃窃私语，投资人咳了两声问道："你谈谈具体的情况吧。"

我清清嗓子说："各位大佬，解决中国医疗的方法不是再建立三甲级医院同公立医院分庭抗礼，国家不需要，百姓也不需要。我按之前和领导们汇报的思路成立了三大体系，即医疗养老体系、慢病社区管理体系和三甲联盟体系。简单来说，一个老人，自生病那天起，急病重病在公立医院解决后剩下的咱们全包了，家属不用操心，老人过得舒心，有病随时看病，治不了的病也自有办法让他舒舒服服地走完最后一程，医药费、护理费也不需要老人及家属自己操心，即使没钱，做了房屋抵押、托管之后，所有费用都会由我们集团代理。医院、家庭内部或者养老院解决不了的问题，在咱们这里都可以解决。我们担心的医闹也出现过，但瑕不掩瑜，中国老百姓就这点好，你只要真正为他考虑，真正让他有了里子面子，解决了他们基础的需求，他们就会拥护你，感激你。"

投资人被激起了极大的兴趣，追问细节问题。

我在幻灯片里加入了具体的例子："比如这位张大爷，是国企的老职工，患有糖尿病，而且因为出现糖尿病足严重地影响的自理能力。糖尿病足的治疗是一个极慢的过程，需要经常换药，还得严格控制血糖水平，可张大爷的两个儿子都在国外，且均在海外成家立业。孩子无法回国照顾，老人去国外养老更不现实，所以养儿防老成为空谈。我们与张大爷签订了协议，将他在二环的一套两居室交由我们全权处理，或租或卖均由我们定，而我们的承诺是负责张大爷的一切医疗及养老事宜。"

有人沉吟问："那万一医药费不够怎么办，得了癌症变成无底洞怎么办？"

我反问道："请问您，看什么病能花得了900万？张大爷敞开了吃一年也就吃 5 万块，十年才吃 50 万，何况咱们是专业机构，可以将人员及住宿成本压缩到最低，所以不管怎么样咱们都会赢利。"

投资人激动地说："这种客户不用太多，集齐上百个就是上百套住房，这么多的固定资产，我们完全可以用之作为金融投资，用钱生钱，比实体运营更有效！"

我叹道："正是如此，果然您老高瞻远瞩、眼光独到，我们现在仅与'安家'等房产中介公司签订协议便实现了弯道超车，如果与咱们集团旗下的金融机构合作，将会是一个飞跃！"

随着一张一张幻灯片讲下去，大家脸上情绪起伏不定，有激动、感动、嫉妒、沉思等，最后在一片掌声中我走下了讲台，冲祖老师和刘非眨眨眼，用一个帅气的姿势坐回原位。

晚宴之上，投资人让我坐在他的旁边，我俩周围是祖老师和刘非等一干人等。看得出来他十分高兴，半斤酒下肚就开始说英文，大家听懂听不懂的都开始附和。投资人长相奇特的脑袋在酒醉后左晃右晃，大声夸赞着我们三个，丝毫不避讳别人嫉妒的眼神，又当场吩咐秘书安排我的杭州周边深度游，承诺带薪休长假……

我曾经以为这就是登上人生巅峰，迎娶白富美，当上 CEO，一度觉得美好世界已经向我们打开了大门，阶层的烙印已经被我的聪明才智所抹去，从此只剩光明。直到那一天的到来，我才知道，原来自己从来都只是那个拿着树枝放羊的孩子，单纯美好的画面随时会被卑劣的人性撕得粉碎。

少年时代我曾经做过一个梦，自己手握树枝，一蹦一跳地赶着一群洁白的绵羊，向着冬日的额尔古纳河前行。那应该是个冬末的下午，阳光有些懒散，照耀在少年脸上没有温度，微风吹过，也没有过分的寒意，一切美好平静，有些小雀跃。画面突变，阴云像锅盖一样把山谷遮蔽，手中的树枝幻化为冰凌，寒冷刺骨，羊群不知所终，冰封的河面开始解封，冰面上出现一个个井口，转瞬我站在河面残冰上，看着一只只瞪着绿油油眼睛的剪过毛的瘦羊们向我冲来，惊醒后却一直无法忘记。

回到北京的第一天，就收到法院传票，我因"欺诈他人房产，侵吞公款"被几十人联合控告，而且原告众多，除了诉讼，还有一群人像群恶狼般围了我的办公室，并打出"谋财害命，衣冠禽兽""白衣天使，送人去死""骗人财产，还我命来"等一系列耳熟能详的标语。

我想当时我的表情一定是蒙的。

然而，当我从律师那了解到，白色城堡下属医疗养老机构在短短一周的时间里就将八十二位病人"以房养老"的房产抵押、变卖，获利六千余万元。听到这个事实我真的震惊到无以复加，如果坐实罪名，这辈子就别想从这个冰窟窿里面跳出来了。

负责该项目的海波不知所终，但所有的文件都有我的署名，死定了。

易涨易退山溪水
易反易覆小人心

其实事情非常简单粗暴，剧情完全没有什么曲折悬念。

我被海波坑了！

随着我成为白色城堡医疗集团北京分公司的 CEO，海波作为元老和我最信任的朋友之一被提拔到项目部经理，全面负责医疗养老体系的策划和运营。他利用我的信任和甩手掌柜心态，拿到了签约给我们养老计划客户的房产委托权，然后另起了一个项目，也就是将这些房产抵押出去，做资本运作，炒地炒股炒期货。他真是个人才，提前做了投资人想做的事情，只不过他还自由发挥了一些新项目——卷钱跑路。

然而，每一份合同上都有我的签名！现在他跑路了，一共六千万，把我一片片切了卖给老北京涮肉坊也不够个零头！

我已经在这个世界上活了四十个年头，年少时有很多梦想，成年后也有很多对生活的想象，但从来没有一次想到过有一天会被羁押在看守所里！

当沉重的铁门在我身上关闭，发出一声保险柜关门的声响，我心里跟着颤动了一下，随之一阵眩晕，像极了体位性低血压时，由低位站起时的头重脚轻。正当我琢磨要不要顺势躺下争取取保候审外出治病时，我右手边一道门帘掀起，一个穿白大褂的人坐在一张掉漆的桌子旁边，没等身边的狱警催促，我直接走了进去，也不是为了省狱警那一点唾沫，只是单纯的对白大衣有亲切感，碰到穿白大褂炸油条的估计都会多买两根。

白大褂测血压的时候我真的很想提醒他，听诊器应该放在肱动脉正上方，最好不要塞进压力袖套里，但看他一脸严肃，哪里敢开口自找没趣。

测完心率、血压，白大褂蹦出了简单的一个字"脱"。

"啊？全脱啊！边上还有女同志呢。"我用手一指小屋里坐在角落的做记录的女狱警。

"少废话，脱！"

"哦，身材好随便看。"最快速度脱完，白大褂翻来覆去地检查了一下，后来才知道，这是检查你"进来"的时候有没有伤疤什么的，省得出去后你非指着一道伤疤说是在里面被打的说不清楚。

做完一系列检查，给了套条纹号服换上，白大褂突然抬头说："你以前是医生吧，进来了守规矩，少耍点贫嘴。"语气严厉，但眼神分明有些温暖。我点了点头，就被狱警带走了。

其实看守所并不像电影里的监狱那么阴森恐怖，散发腐臭，当然也不是宏伟大气，倒像是小县城的教学楼，简单粗陋，墙上稀稀落落地写着"远处的天空，是将会到达的彼岸""以法管人、以理服人、以情动人""遵守纪律重获第二次生命……"等一系列标语，让人看不出色彩，只不过无论是走廊或是一排排的教室都有银色暗淡的铁门而已。彼时的我，并没有害怕或者无望，只是觉得我没有犯罪，海波虽然坑了很多人的钱，但我一分钱都没拿，法律自然会还我清白，顶多算是渎职而已，事情调查清楚我自然会重获自由。

进入过渡号房，发现更像公路旁的旅舍。大通铺，有洗手间和刷碗台，床铺整整齐齐，尤其是被子，叠得四四方方的豆腐块，煞是好看。后来才知道过渡号房是专门为刚进来的人准备的，不用劳动，主要学习规矩，为期一周，然后才会被分到普通号房。

身后铁门再次关闭，我站在门口，里面大通铺上端端正正坐了二三十人，都望向我。一个身材魁梧的汉子笑道："哟，个真不小。"

我下意识地挺了挺胸，就像一群对峙的黑猩猩，就差捶打胸膛嗷嗷乱叫了。

"去柜子那蹲着，号长要问话。"一个瘦猴叫道。我现在知道为什么影视剧里都会出现这么一号人物了，这孙子明显是那个魁梧男子的跟班，这种猴一样的人没有自我保护能力，所以生存靠的就是逢迎拍马，凸显大哥威仪。

我看了看柜子，普通的木柜子，一个个小格，很像医院的公用鞋柜。再望向这群怒目而视的犯罪分子，一个个汗毛乍起，明显嫌我动作缓慢。

"怎么的，小子你想乍毛是吧！"瘦猴声音尖厉，站起身来。

我突然一把将手里的塑料盆碗扔在地上，发出扑哧的一声响。瘦猴身形顿滞，不可思议地看着我，又转身望向号长。

我双手陡然前伸，瘦猴身体向后缩了一下，就看到我慢慢两手抱头，蹲在了柜子旁边说："老大有啥指示？"

瘦猴气得跳脚："你小子耍猴呢？咱们这规矩，交代你之前是干啥的，犯了啥事进来的？"

号长站起来，两步走到我身边，慢慢蹲下，坑坑洼洼的脸上有对三角眼，盯着我说："小子，到我们这，是虎你得卧着，是龙你得盘着，听见瘦猴问你的话了吗，盘盘道吧。"

　　我心想，这厮果然叫瘦猴，不禁暗笑。我抬头看着号长，看到那张传统黑老大的脸，心里有些发苦，暗道这就是传说中的下马威吧，再害怕也不能丢了气势，于是平静地说："哥，我叫王成功，之前是安真医院的医生，进来是因为错信了一个兄弟。"

　　号长粗糙的脸抖了抖，一拍大腿："嘿！这小子是个大夫啊！还是安真的大夫，真是想啥来啥，哥之前做过支架，这几天心口又开始疼了，兄弟快起来，给哥看看。"然后热情地拉我起来，大声吩咐瘦猴把他的床位让出来，说离大夫近点晚上睡觉踏实。

　　我装模作样地给号长把脉，看他心率稍快，85次/分，其他的咱西医哪会摸啊，但架势不能输，闭目沉思片刻，然后问："您是不是最近活动有点多？"

　　号长想了想，摇头："没有啊，和之前一样啊。"

　　"哦……那是不是吃得太油腻了？"

　　"兄弟，你刚来不知道，你当这是饭店啊你想吃啥吃啥，咱们每天都吃馒头米饭，加一碗水煮菜，每逢周二、周四才有一口红烧肉，油腻得起来吗我。"

　　"哦……"我心下有点慌张，在这里面我又不能说你做个冠脉CTA看看吧，失去利用价值不挨打才怪，只好闭目沉吟，想到他两个大大的黑眼圈，睁眼问道："您是不是最近思虑过甚啊？想事情多就是劳心，对心病不利。"

　　"真是厉害啊！"号长叹口气，然后就打开了话匣子，完全没有了刚见面时的气概，"王大夫，我这几天确实睡不好觉。老哥我也是错信了兄弟，要不我见着您就亲切呢！前段时间我有事出去躲了几天，让我那兄弟照顾你嫂子，我这也没啥不好意思说的，你嫂子又不是啥美人，我你妈早就看腻了，可那小子和你嫂子勾勾搭搭的我他妈还是咽不下这口气，我一回来知道这事就把那孙子腿打断了。这两天外面有消息说那孙子在医院 ICU 里好像长了啥，血栓，对，就是那玩意，把肺堵住了，说是要嘎屁了，现在还在 ICU 里躺着呢！你说倒霉不倒霉，那我这十年八年也出不去啊！"

我摇头说："哥，估计是卧床时间长，下肢深静脉血栓，脱落后进入肺动脉，现在是肺动脉栓塞，不一定能死，现在溶栓或者介入治疗肺栓塞成功率都很高，您也放宽心。"

后来没几天号长外面朋友送进消息，断腿兄果然脱离危险，号长自是长舒一口气，对我很是感激，那是后话，暂且不表。

号长一拍大腿："对，肺栓塞，就是那玩意，能治是吧？太好了！为了那么个娘儿们坐一辈子牢，哥觉得不值当的。这下放心了，还是你有文化，你们都他妈的过来拜拜王大夫码头。"

号长大手一挥，一群犯人就围过来，七嘴八舌的开始问我各种事情，开启各种聊天对话框。号子里的对话，无非是犯人吹自己牛逼，再就是说自己有多冤。

说实话，我对他们的故事并不感兴趣，也根本没打算记他们的名字，只不过号子里就是小社会，之前总听刘非和祖老师喝多了就吹嘘自己在拘留所里那段时光有多牛逼，两个人号令群雄什么的。我现在一是无聊加忧心忡忡，和他们聊天缓解压力；二是也想拉拉关系，省得挨揍。

听几个小混混吹完，一个干瘦小老头说："老哥我没啥出息，之前是卖煎饼果子的，前段时间市里查市容市貌，我们这行就完犊子了，不让在地铁口卖早点，我只好跑小区门口，保安又老是赶人，只能起特别早过去，可太早人家上班的起不来啊！周五那天我晚走了点，被城管逮住，'家把式'让人扣了，我上门去要，人家要罚款，老汉哪有钱啊，就拉着队长讲理，后来拉扯来拉扯去的就把队长一只眼抓花了，听说眼神不大好了他……"

那几个小混混显然是听过这老汉的故事，但仍一脸的同情，摇着头。

又一个东北小伙说："哥，兄弟才惨呢！高中不好好学习，后来家里砸锅卖铁上了个民办大学，毕业没找着工作，跟一老乡来北京跑业务。兄弟脑子还算活，一年就当上了一个小头，虽然没挣着啥钱，好在没给爸妈丢脸。结果后来公司被查，网络直销整成了网络传销，公司领导全听着信跑了，我现在算被逮着的传销组织头目，您说我冤不冤？"

生活从来就不是容易的事情，他们的故事与红尘中一棵棵随风折断的苇草无甚区别，只不过这个特殊环境中，一大群狗尾巴草聚簇成团，倒也壮观。

我也讲述了自己落难的整个过程，本以为会得到他们的仰视，谁知随着我的讲述却看到了他们眼中同情的目光，像看一只流浪狗瘸腿哈士奇一样看着我，甚至连早点老汉和传销小哥都止住对自己的悲怆，眼神中泛滥着怜悯。

随着我越来越疑惑，脸上的表情自然地就显现了出来。

号长叹口气："王大夫，你别难过啊，这虽然落地的凤凰不如鸡，可咱十八年后还是一条好汉。"

我大惊："擦，哥，咋的，还得枪毙啊？"

众人赶忙摆手，号长说："哪能呢！死不了死不了，就是你这情况是最麻烦的，你刚来不知道这里面的弯弯绕，你这种算是情节严重、造成重大经济损失、对社会构成严重威胁的经济犯罪。只要你那兄弟抓不回来，你这事就定不下来，最少关 37 天，然后要是官司输了，肯定要判刑。只要正主逮不着，钱吐不出去，你根本就别想出去。"

我一惊："哥，您出事前还当过律师咋的？"

号长苍凉一笑："你当我为啥进来就是号长，我经验足啊，光这我就来第二回了。上回有个上市公司老总进来，就和我一屋，说他是啥，对，叫'交易平台数据造假'，调查来调查去的，直到我出去了他还在这里面耗着呢，后来判了八年啊。"

我终于不淡定了："哥，意思是这事调查不清楚，我肯定出不去是吧。诶呀，他妈的死海波害死老子了，急死我了，我得问问消息去。"

传销小哥哂笑："王大夫，您别瞎忙活了，咱到了这旮儿就算进了闷罐车了，除非车停了有人来找你，你就别琢磨自己想办法了，听天由命吧。可惜了的，你学习那么好。"

我感到一阵天旋地转，紧接着就是彻骨的寒意。

接下来的几天我就像行尸走肉般生活，周围仿佛一直充斥着白茫茫晃眼的薄雾，耳朵就像鼓膜穿孔一样对周遭的声音失去了接受能力，像极了一个猛子扎进了游泳池里，看不清、听不见、脑子里只有一个声音反复鼓荡："我出不去了。"

不谓衔冤处
而能窥大悲

当头棒喝的打击过后，是持续数天疯狂的思考，想办法想出路，幻想充满自由的未来，又时时惊醒于眼前无比绝望的墙壁。时间仅仅过去三天，却像三十年那么长。好在号长和传销小哥他们很照顾我，带着麻木的我机械地重复看守所简单整齐的生活。正当我濒临崩溃的边缘时，律师来了。

我陡然惊醒，看着坐在我面前的陈律师。

伸出戴着镣铐的手死死握住陈律师的手，我呼吸急促地说："到底怎么样了，事情搞清楚没有？"

在旁边狱警的呵斥下我松开了手，陈律师也迅速缩手搓揉，然后对我说："王院长，根据目前掌握的情况，公司项目部与客户之间签署了抵押养老合同，也去公证处公证过，上面有您的签名，而您又按公司文件形式委托海波全权处理此事，所以相当于客户把房产委托给您，而您委托海波处理。而现在是抵押权人在不通知客户的情况下，将房屋再次抵押给银行，这部分签字人是项目部经理海波。其实这个操作是完全合法的，因为这里面存在两个独立的司法权力，一个是抵押权，也就是债权的从属权；另一个是独立的物权代位。抵押权人这么做完全合法，此时他行使的是物权代位，但是抵押人有权向抵押权人追讨抵押权担保债权之外的剩余价款。"

我急了："陈律师，来来来，跟我说，'八百标兵奔北坡，炮兵并排北边跑，炮兵怕把标兵碰'。您玩绕口令呢？"

陈律师尴尬地扶了一下眼镜："呵呵，看到王院长您还这么风趣我就放心了，外面祖院长和刘总都快急疯了，说你心理素质不好，怕您寻了短见。还有贵夫人托我带话给您，让您在里面吃好睡好，正好这段时间不用做介入手术承受射线辐射，出去可以考虑要孩子的事情。"

我心里松了口气：这群狐朋狗友在这种时刻还不忘打击我，还是妍妍贴心，变着法告诉我她不会放弃我、嫌弃我。

陈律师轻咳一下："嗯，我刚才的那段话就是说您没犯法，海波原则上也没犯法，委托合同上写得清楚，你们可以对房产做任意处理。但是，合同上也注明了，客户有权利随时要求终止合同，索要刨除花费后的剩余部分。现在所有客户都对咱们公司失去信任，都要求终止合同，所以，我算算啊，除去花费，我们需向客户支付 5873.82 万元的余款。现在调查其实已经清楚了，但海波出逃就有重大财产侵吞嫌疑，现在咱们还不上这钱肯定是出不去的。目前只是羁押，如果超过合同规定逾期三个月不能支付，您需要负法律责任。"

我一屁股坐回椅子上。海波卷走了所有的钱，他跑了我就得赔，接近六千万啊，砸锅卖铁也赔不起啊！

我呆呆地问了句："如果逾期还不上，会判几年？"

陈律师缓缓道："这属于侵犯财产类犯罪，数额巨大不退还的，处十年以上有期徒刑或者无期徒刑。"

"多少算数额巨大？"我怀着最后一丝侥幸心理问道。

"哦……挪用公款十五万元至二十万元为数额巨大的起点。"

而后，就是麻木，看守所提线木偶般规律机械的生活反而配合了我当时的心情。

每天六点半起床，整理内务，七点开饭，七点半背十二条监规，八点交接班，周六周日时间顺延半小时。交班时，床上床下面对面呈倒喇叭口站成两排对齐，打饭那个人报数。交完班就是上午放风时间，就是在屋外的大阳台转圈而已，放完风回屋，坐板儿，上厕所，到十一点半吃午饭，十二点左右吃完，统一铺被子睡觉。晚上五点半开饭，六点半看电视，九点四十睡觉。夜间四组值班，每组两小时，每组三人，全部站着，别人睡觉、上厕所都需值班人员监视。

然后每天就这样，周而复始。

时间不知道过去了多久，当我转头再次望向号子的窗外时，已近春末。人是种很奇怪的动物，你总以为失去什么就会不想活了，然而，有一种本能总是让你想完整地活下去，这可能就是生命的真正意义。人总以为生命是有更高意义的，比如民族大义，比如理想、爱情，实际上生命的本质就是保持你的形态存在而已，就像号长所说的那个死囚兄弟，在临刑前羁押那段时间，也会抱怨说最近头发掉了很多快谢顶了；又比如，濒死的患者也绝不会允许在自己活着的时候，任何人摘掉他的眼角膜去捐献。

生命总会用一切本能去保护自己的存在，世间万物都一样，石头会用坚硬保护自己的存在，水流会用蜿蜒躲避保护自己的存在，泥土会用黏性保护自己的存在，树木会用春发秋落保护自己的存在。存在即合理，即需保护。

而我，要用顽强保护自己的存在。

早点老汉看我呆呆地望着窗外，挪过来拍拍我肩膀，我转头对老汉说："我真想知道曼德拉是怎么熬过来的。"

老汉一惊，叹道："这娃疯了，啥玩意儿'慢慢拉'啊？"

传销小哥凑过来："曼德拉！南非第一个黑人总统，蹲了二十四年。"

正在斗地主的号长回头骂："别扯了，咱们这根本就没有过黑人，以前倒是有过一个印度人，臭了吧唧的，总挨揍。"

我望向大伙："这段时间谢谢了，兄弟惭愧。"说完向大伙鞠了一躬。

号长叹气："刚来时都这样，这么多年我们也习惯了，谁没个落难的时候，互相照应点也是应该的。不过你那被子能不能好好叠，总让咱们挨批，上次就你整不好被子罚咱们静坐，电视、放风全取消了，要不是我拦着，你丫早挨揍了。"

我一惊，看了一下被子，确实不咋的，赶紧起身整理，三下两下叠出个标准的豆腐块，也不枉咱高中和大学的两次军训了。

众人大惊，传销小哥拍了我一下："你有这本事不早抖搂，合着整我们玩呢！啥也别说了，你的开账还没用过呢，咋整，给兄弟们来点方便面吧？"

我问："什么是开账？"

号长惊奇道："王大夫，这么多天你白混了啊！开账就是家里人可以给你在看守所办一个账户，每个月通过加账改变伙食。半个月能开一次大账，可以买二百块的吃的，也可以开一次小账，不超过三百块的生活品。你那账从来没用过，据说你外面人是给你存了钱的。"

我挥挥手："行，你们用，我进来后浑浑噩噩的，吃啥都不记得了。好，买来请兄弟们。"

众人哄然叫好，这时候我才发现我们已经换到了普通号房，屋子大了很多，但是人数也增加了不少，少说也得有三十个。

见我度过那段几乎所有犯人都会出现的浑浑噩噩期，这里叫"蔫茄子了"，大家都围过来和我说话。又是重复刚来时候那一套，吹牛、喊冤，因此我认识了不少新人，什么保健品哥、受贿哥、猥亵哥、大保健哥、寻衅滋事哥……

正当大家聊得开心之时，角落里突然传出一个阴阳怪气的声音："大夫就是不一样啊，走哪儿都牛，在这儿不收红包了，改送红包了是吧？老子专整你们这群玩意儿，你丫小心点，在这里吃饭也是能噎死人的。"

循声望去，就看到了医闹哥，偏着头，斜眉细眼地看着我，眼神混浊阴冷，让人不寒而栗，瞬间让我捡回了以前工作中的一些记忆碎片。

医闹哥的故事是后来由传销小哥告诉我的。这人是十八里店那边的一个混混，因为砍伤了为他治病的大夫进来的，据说马上就要判了，正等开庭呢。

我还没说话，号长瞥了他一眼，手里的牌一把摔地上："你他妈的，就敢和人家文化人叫板，你丫看新闻了没有，你砍那大夫多好一人，自己搭钱给人治病！你他妈耍什么横，再说一句老子弄死你信不信！"

医闹哥气势瞬间收起，一如突然横刀立马一样让人猝不及防，低着头不说话，这种收放自如委实让人叹为观止。号长起身，并不高大的身材却给人欲倒山墙的威压感，空气都仿佛凝滞了，没有一个人敢直视。我这才知道号长到底有多大威慑力，暗暗庆幸一进来就拉好了关系。瘦猴过来把撒在地上的牌捡起来，对号长说："您老消消气，跟这孙子置什么气。哥，别忘了摄像头。"

经瘦猴提醒，号长冷哼了一声坐下继续玩牌。我抬头一看，我去，满屋的摄像头，连厕所那边都有，360 度无死角。

第二天清早，6 点 30 分准时有人叫起床，起来后号长直奔卫生间。我这时候才发现，就这么一间屋子，秩序是井然有序，起床后号长、黄马甲（重刑犯）、老号还有瘦猴七八个人可以直接去厕所，其他人叠被子收拾，号长和重刑犯的被子有人叠，他们一般会占用比较多的时间，然后按离最里面号长床位的远近依次排队，七八人一组，其他人为了节省时间都动作飞快。直到最后一批进去，我才发现他们原来根本没睡在铺上，而是睡地上。据早点老汉说这些人是强奸犯或者诈骗犯，再就是新来的轻罪犯，这个世界弱肉强食竟然细致入微到了这种程度，心下又再次感慨起来。

一天的时间很快就过去，接近傍晚时分，我开账的食物及物品由狱警送了进来，这时候我才知道狱警在这里叫"管教"。一个管教推着一个小车，将东西从门下的类似于狗洞的格里一一送入，众人迫不及待地分了起来。

烟在号子里是硬通货，虽然每天只有放风时能在风池抽两根，但大家分到烟还是迫不及待地送到鼻子底下闻，纷纷对我竖起大拇指。

零食其实还算丰富，各种膨化食品都有，方便面、火腿肠是必备的，众人分发后也开始大快朵颐，屋里响起了一片咯吱吱类似于鼠咬的声音。

正当号子里加餐 party 接近尾声的时候，厕所边上传来不和谐的喘粗气的声音。诈骗哥叫嚷起来："哎，快来看看，丫咋了这是！"

循声望去，医闹哥手捂着喉咙，痛苦地喘着气，斜靠在墙上，嘴里吐出食物残渣。我跑过去推开众人，看了眼地上的芒果片，拿起地上的包装纸问他："你是不是芒果过敏？"

医闹哥摇摇头，艰难地说："不知道，以前，没，吃过。"

我迅速检查，医闹哥整个脸和脖子红肿得像个猪头似的，这么快出现呼吸困难只有一个可能——喉头水肿。

我冲边上人喊道："快给我刀和圆珠笔，现在就得做气管切开！"

瘦猴笑道："王大夫，您又忘了这是哪里，号子里哪来的刀，牙刷都是短把儿的。丫昨天还说要弄你呢，你管他个屁啊！"

我瞪他一眼："人命关天，快去叫医生来。"

瘦猴看了一眼号长，号长点头："听王大夫的，拉警报，就是条狗也不能看着他死。"

每个号子里都有一键报警，主要是防止有人自杀或者打架。警报声大作后不一会儿，两个管教和一名医生急匆匆走过来，隔着门询问，看情况不对，马上掏钥匙开门。

这个过程耽误了几分钟，看着医闹哥双眼翻白，手脚由开始的挣扎到慢慢瘫软无力，我知道他再不处理马上就挂了。我让其他人按住医闹哥手脚四肢，伸出手指先将他口中的食物残渣抠出来，然后用床单一角盖住他的嘴，俯下身去做人工呼吸，周遭众人皆侧目偏头欲呕。

玩命吹了十几次，医闹哥又开始挣扎了，算是争取了点时间。医生和管教终于进来了，医生正是我刚进来时给我体检的"白大褂"。我简单介绍："芒果过敏，喉头水肿。"然后继续做人工呼吸。

白大褂急道："王大夫，你说咋办？"

"气管切开或者插管，立刻。"

白大褂打开医药箱，拿出手术刀和气管套，有点犹豫似的说："我没做过切开。"

我看了他一眼，快速问："我来？"

这时候众人已经被几个干部手持警械隔离在号子一角。号长小声说："兄弟，别找事，你俩有仇，说不清。"

我抬头望向白大褂，他转头望向值班管教，管教都摆手，纷纷表示这事他们定不了，得打电话请示所长。

我骂道："请示个屁，人都快死了！要不就你们现在做，要不就我来！"

号长他们倒抽一口冷气，所有犯人平时见到管教就要立正，进门就得喊"报告"，从来没有一个犯人敢当场骂他们，今天是破天荒头一回看到，而诡异的是——竟然没有一个管教敢出言呵斥。

白大褂咬咬牙，沉声说："一起来，我做助手，出事算我的。"

我从他手里接过刀，自甲状软骨下缘至接近胸骨上窝处，沿颈前正中线切开皮肤和皮下组织，分离组织肌肉后找到气管，准确地切开了一个小口，将气管套管插进去，一瞬间，整个屋子里的人都听见医闹哥发出一声"嘘"的吸气声，就像尖厉的口哨响。呼吸几次过后，他涨红的脸逐渐恢复颜色。

我把刀递还给白大褂，对他说："拿缝线止血，剩下的步骤你来吧。"

白大褂接过刀，从急救箱里找出缝线，还是递到我手上示意我来做。处理完医闹哥的伤口后，白大褂和管教们将他抬上推床，拉去医务室了。

铁门"咔嗒"一声关上后，大家均一阵沉默。寻衅滋事哥突然叹道："王大夫下刀切人喉咙，真他妈狠啊！老子以后可不招你了。"

众人哄堂大笑，气氛顿时活跃起来，都跑过来问东问西。瘦猴笑道："那孙子昨天还说让王大夫吃饭小心别噎死，今天自己个儿差点憋死，你们说这是不是报应？"众人又笑。

受贿哥说："人啊，要死的时候谁他妈都靠不住，还得靠大夫。"众人皆是齐叹。

诈骗哥凑过来问："哥，您当时不怕摊上事啊？"

号长骂道："你懂个屁！医者父母心你知不知道。快他妈洗地去。"诈骗哥和几个睡地板的新人赶紧拿来拖把清理地面。我也实在没办法和他们解释整件事情的原理，只好陪着大家说笑。

临睡前，号长叹口气："兄弟，你今天把管教骂了个遍，恐怕以后日子不好过啊。"

一夜无话，寂静到天明。

青山缭绕疑无路
忽见千帆隐映来

第二天，到了放风时间，大家正在风池聊天，广播突然响起，叫我去所长办公室，紧接着就有两个管教过来接我。

号长眼一瞪，站起身来挡住我问道："叫他去干啥？"

两个管教拿出警棍指着号长："干什么，造反啊！蹲下！"

号长咬牙，双眼圆睁："我兄弟昨晚是救人！怎么着，想甩锅是吧？"众人七嘴八舌，大声叫嚷，两个管教不敢开门，墙后传来零乱的管教大部队支援的脚步声，大战一触即发。

喇叭里传出声音："谁说要处分他了，都蹲下，别把好事变坏事！"

号长咕哝道："好事啊，不早说，蹲就蹲。"一群人一一蹲下，接着我就被带走了。

穿过重重铁门，到了所长办公室，我习惯性地喊道："报告！"就听里面响起了一个温和的声音说："进来吧。"

进得屋去，胖胖的看守所李所长坐在办公桌后面，喝着茶，旁边的沙发上坐着一个熟人，赫然是陈所长。

李所笑道："陈所，你看，这人可好好的，昨天还做了一件漂亮事，救了一个狱友性命，我正要开大会表彰他，您就到这儿兴师问罪了。"

陈所看看我，转头笑道："说笑了，兄弟哪敢问罪啊，就是替老爷子千金来看看。您这儿照顾得很周全了，不然我在老爷子那儿得吃不了兜着走。"

李所长连连点头，琢磨片刻道："老哥明白，其实呢，王大夫在狱中勇救狱友，这是大功一件，我尽快打个报告上去。我这就先口头表扬王大夫，然后呢，他们号里也缺一个副班长，王大夫就先委屈一下，回头开新号了再去当班长。"

陈所眼神放光："这太好了，李哥这安排到位，回去我和老爷子说一声。王大夫，咱们得好好谢谢李哥。"

我笑笑："谢谢李所长。当老师我没问题的，不过我和狱友们相处挺愉快的，宿舍的事不着急哈。"

李所笑道："看到没，这龙啊他到哪儿都盘踞一方，咱们王大夫在里面可不是普通人，哪有可能被欺负呢！咱大小姐确实过虑了。"

寒暄了一会儿，李所长亲自送我们出来，管教们也不再虎视眈眈地跟着，趁李所交代干部们要关照我的时候，陈所低声说："兄弟，你坚持一下，外面都在想办法，可能很快就有希望了。"

我叹口气："谈何容易啊，数目太大，这辈子废了。"

送走陈所，回到号子，隐去陈所那段，其他情况向大伙通报了一声，引得众人齐齐惊叹。副班长，也就是副号长，那待遇可不是一般的好，俨然是号里的二号人物，吃饭、睡觉都有特权，还不用坐板儿，那是相当的自在。

可我终究没有自在多久，因为可以出狱了。

出狱那天清晨的阳光很灿烂，晃得人眼睛都睁不开，一大早号子里的兄弟们六点钟就都起来，有几个人给我收拾东西，我笑了笑表示不要了。其他人围着我诉别离，号长拉着我的手说："兄弟，出去别忘了大伙，有空也别回来看看了。"众人含泪调笑。

管教领我出去后，身后响起歌声和有节奏的敲盆声音："朋友一生一起走，那些日子不再有……"

一个干部对我说："王大夫，有你的，这待遇只有死刑犯才有。"

我尴尬地笑笑："兄弟不才，不过也不想这辈子都和这帮兄弟一起混了。"

出了看守所的大铁门，我就看到了亲人。

妍妍冲过来抱住我，我摸摸了她的头，闻着她头发的香味，恍若隔世。

刘非、祖老师笑着走过来，拍拍我肩膀说："你丫混得不错啊，听说就快当上号子老大了，比我俩牛啊！"

正沉浸在头晕目眩的喜悦中时，突然身后传出一个声音："你是不是太崇拜哥哥我了，连进看守所都要学，据说比我当年混得还好。"

一瞬间我的脸上所有复杂的神情都一起出现了，是路易。

我转头含泪骂道："你这扑街，死哪儿去了？"

路易捻着下巴上的胡须道："此处不宜久留，不然我有想进去看的冲动，咱们还是给王教授接风洗尘去吧，喝上再说。"

众人齐声应道："走着！"

不出意外，这次的洗尘不再是白色城堡医院食堂，而是改在了"急诊四杰烤羊腿"。众人待要进门，掌柜的跑过来，手里端着一个炭火盆，对我一揖："二东家，您刚回家，跨个火盆去去晦气。"

依他所言，跨火盆进门落座。

大家热烈兴奋地喝了几杯酒，我深深吸了口气，艰难地问了句："我怎么出来的？"

妍妍看大家不说话，就激动地说："你的兄弟是真兄弟，祖老师和刘非卖了股份，我也签字卖了你的股份和咱家房产，还是不够，然后……"

话没说完就被路易打断："然后我老人家神兵天降，补齐了最后的余款！来热情拥抱，佩服老子吧！"

我奇怪地问："你不是在杭州赔得老婆都要跑路了吗，哪来的钱？"

"瞎说，就算我当时跑路的时候也不是一穷二白，我的那部分股份到现在还没用呢！我只不过是去美国了一趟，我那边的公司一直委托我一兄弟在运作，不过这兄弟不是很靠谱，想吞了公司，我一去三下两下就给收服了。短短数月就鲤鱼跃龙门，开了几家连锁餐饮，你去美国打听打听，鼎鼎大名的'Louis Cafeteria'就是老子的产业。收到消息说你有事，我变卖家产回来搭救你个鳖孙。"

我顿时语塞，眼泪不禁流了下来，哽咽骂道："你他妈一个跨国CEO，平时装什么穷鬼啊！害得丈母娘逼你要房，害得杭州之行赔光家底，你丫好不容易咸鱼翻身，把钱都搭我身上了，你老婆孩子还得跟人跑啊！"

路易飒然一笑，仙风道骨："你们这些凡人怎么能理解老子，我想要的爱情是柴米油盐所不能玷污的，我就是让包子知道她嫁的是我路易，不是下嫁，不是不得已下嫁，是高攀我路易。我就是要置之死地而后生，我要是像你们这群凡人一样思考，非得为这种普通的愚蠢一头撞死不可。我补上你那点钱后还买了一座别墅给她娘俩，我就问你们服不服！"

众人齐声高呼："小的服了！"

酒意正酣，我突然清醒，如遭雷击，众人看我面色剧变，纷纷询问。我抬头说："六千万啊！这辈子就搭进去了。不过各位兄弟放心，老子一定会穷尽我的智慧博得咸鱼翻身，给你们一个交代。"

祖老师笑笑："算了，就你那几斤几两我们还不知道吗？还什么啊，能开开心心活着就行。"大家均纷纷表示只要我没皮没脸地活着比什么都强，确实不必纠结还钱的事情，再说本来就没指望我有本事还。

妍妍安慰道："没那么多，我娘家的钱和咱们自己出的也不用还了，他们那些也不是什么大数目。哦，你问多少啊，也就三千万吧，别哭别哭，注意形象……"

我却暗下决心，这辈子就和这几千万铆上了。

此时的我，其实早已失去了当年的意气风发，遇到过太多的人，也经历了足够多的事，虽然不至于心如死灰，但好歹也是两世为人，看守所的生活让我明白了一个道理：生活中的一切你觉得习以为常、天经地义的小事都是生命的恩赐。吃碗热腾腾的面，漫步在人潮如织的街头，睡一张能翻身打滚的床……都是无与伦比的幸福。因此，也得倍加珍惜身边的情义，唯有它们能激起我的点点斗志。

看着祖老师、刘非和路易肆意地喝酒打闹，心里感觉很是温暖，就像一个老翁身边环绕着众多的子孙、儿女在嬉戏，即使心里装着再多的苦难，也会快乐一些。诶，为什么自己心理活动的时候还想着占人便宜呢？这并不重要，重要的是明白了一个道理，情比金坚说的就是只有经历了真正的磨难，才能够留下最真挚的情义。号长的那个断腿兄弟，路易的美国兄弟，还有我的海波兄弟，这些都是情不如金坚的代价。咦，海波！

想到这里，我赶紧问："海波那个王八蛋找着没有？"

大家面面相觑，皆叹气。祖老师幽幽地说："找到了，他死了。"

"啊！咋死的，是不是被雷劈死的？真的假的，祸害活千年，怎么死得了，你们怎么知道的？"

妍妍说："你不问问我们是怎么找到路易的吗？不卖关子了。其实很简单，我找了个安全局的朋友，以现在的技术，真想找一个人就一定能找到，只不过那些普通的诈骗啊，交通逃逸啊什么的，国家机器是不会发动真正的力量去寻找而已。海波现在在泰国，没死，但比死还痛苦。"

我一震，转头望向当面撒谎的祖老师，祖老师苦笑："丫的性格我们都清楚，急功近利，当年咱们练手术的时候你肯定注意到过，丫什么手术都敢做，做死人了就有各种理由为自己开脱，要不就推责任给别人，丫还什么钱都敢拿，红包、回扣一丝都不放过，完全没有顾忌。这种行为实际上就是赌性。他当了项目部经理后就被人引诱去了赌场，这厮如黄鼠狼进鸡圈，一发不可收拾，不但赌光了自己的积蓄，还欠下大笔赌债，被黑社会上门讨债，老婆孩子都躲回老家去了。他趁你去杭州那半个月，把客户委托房低价抵押给银行，带着钱去了澳门翻本，赌了七天七夜，输了个精光，赌博哪有赢钱的啊！丫那么狡诈个人，咋就不明白这种道理。所幸他用坑你的钱总算还上了赌债，这档口虽然输得内裤都脱了，毕竟没有被限制人身自由，孙子就跑到了泰国。"

刘非叹口气："祖老师也不是骗你，他现在确实生不如死，抛妻弃子不算，泰国那边也算是黑户，只能做些刷盘子洗马桶的黑工。我和祖老师找到他的时候丫哇哇大哭，听说你被抓了，那孙子抽了自己十几个大嘴巴，指天发誓没想害你，就是想赢了钱回来把窟窿堵上。我们要是强行把他带回来，他肯定得坐牢。我俩商量，反正咱们的钱也得咱自己还上，毕竟兄弟一场，也别把丫往死路上逼……"

我沉默半响，路易小声说："我在河北有那方面的朋友，你要实在想弄死他咱也别自己去，刚出来又进去不值。"

我推了路易一把，骂道："想什么呢！我在琢磨着给海波家里送点钱去吧，孤儿寡母的不容易。"

妍妍叹气："你们一群老好人，藐视国法，包庇罪犯，一句兄弟，害你牢狱之灾都想以德报怨，活该被坑。"

我们四个相视一笑，举杯一饮而尽。

人老去西风白发
蝶愁来明日黄花

　　生活还得继续，不可能一直赋闲在家被妍妍养着，何况还欠下还不完的债。

　　彼时的白色城堡医院已无我容身之处，事情闹得沸沸扬扬，就算投资人和股东们答应我回去，我也绝不可能回去。倒不是怕丢人现眼，毕竟我是受害者，海波才是那个烂人。可是只要想到自己曾经对白色城堡视若己出，殚精竭虑，可事有不殆就被这群股东第一时间甩锅加扫地出门，差点失去人生最宝贵的自由，就再也不可能为他们贡献哪怕一丁点的力量，真的心灰意冷，去他妈的。

　　可能这就是资本的世界吧，只有资本，没有情义。

　　我们还是太年轻了，自以为有能力脱离体制内闯出一片天地，实际上不过是那片天地一直在保护着我们这群小白兔。我们也一直小心提防着外面的未知，却不知所有的城堡都是在内部攻破的。没有意识到这一点，当然就要为自己的"傻白甜"埋单。

　　妍妍真是个好妻子。

　　她很小心地呵护着我的自尊，家里已经一贫如洗，连娘家都受到牵连，她却再不提此事，每日只是下班后和我傻呵呵地腻在一起，看看电影，做做饭，一度让我觉得当一个吃软饭的真的挺不错的。

可是，某一天的凌晨，毫无征兆地醒来，经过卫生间镜子时不由得怔住了，有若梦魇，动弹不得。

妍妍出现在我身后，环手抱住我的腰，轻轻地问怎么了。

眼泪不争气地流下，我指着镜子问："这个大叔是谁？"

妍妍惊讶："哇，好有魅力的大叔，你是陈道明叔叔吗？还是吴秀波叔叔？"

我转身把头埋进她的怀里，第一次发现，原来岁月可以让人这么伤心绝望。我可以老，但老得毫无意义，四十岁的年纪重新回到起点，连累兄弟，连累爱人，一个老了的猪队友应该是我现在最好的形容。

天色大亮，我带着简历去了人才市场。时间节点卡得正好，毕业季，一如当年博士刚刚毕业。可惜，当用人单位看到鄙人的简历后都直接推到隔壁。是啊，谁会用一个四十岁的大夫呢，还是上过新闻的热点人物，现在不说是家喻户晓，至少业内的人都知道我蹲了近三个月看守所的事实。

算了，老子还是另辟蹊径，去街边卖羊肉串吧，留点胡子，伪装成新疆大叔至少可以多赚些银钱。转身欲走之时，背后传来一个声音："成功，你怎么在这儿呢？"

转身看去，就见周老大站在一个隔间里。我抬头看去，"东方医院招聘处"跃入眼帘。

看我手拿简历，周老大笑笑："你看我这脑袋，岁数大了明显不够用了。听说你胡汉三又回来了，怎么也不去看看我？"

我堆起笑容走过去，这明显是老领导慧眼识英雄，落难处伸手拉故人的经典桥段啊。心下既定，我笑着问："老领导，您应该都知道我的事吧，您看给个机会让我重回您麾下呗？"

周老大腼腆一笑："别，我这小庙容不下你，东方医院是民营医院，床位都到不了一百，主要以康复为主，你这过来当院长都屈才了。"看我面露失望，随即道，"这样，你等我一下，我给张院长打个电话。对了，咱们医院换院长了，新来的院长虚怀若谷、求贤若渴，前几个月我和张院长吃饭时还聊起你，他非常欣赏你的才华。"

周老大拿起电话走进里间，十余分钟后闪身出来，面带微笑地向我走来。我心下暗道"有门"。

果然，周老大拉着我走到人才市场外面，开心地说："走吧，张院长很高兴，说想和你谈谈，我带你去。"

人生就是这么奇妙，当你觉得全世界的门都为你锁死的时候，你可能发现窗户也锁死了，但说不定还有个狗洞留给你。周老大不是狗洞，是我用人品在窗户上留的瞭望口。周老大退休多年，我虽很忙，但每年过年的时候都会拿上一盒茶叶或几瓶红酒去她家中看望，不在多少，在于情义。相没于江湖，但不能相忘于江湖，心中有他人，他人自然心中会惦念你，亘古不变。

进了安真医院大门，不禁生出诸多感慨，看见熟悉的同事，仍不忘掩面而走，实在是丢人啊！乘电梯进入十三楼办公区，向保安通报后就来到院长办公室，在门口我却情不自禁地喊："报告！"诶，一个习惯形成之后确实不好改，看守所害人不浅。

就在我羞愧欲走之时，张院长拉开大门，微笑着向我招手。进入宽敞的办公室，分宾主落座，张院长递给我一瓶矿泉水，笑着说："我知道你，听说你被人陷害了？"

我忙不迭点头，把大概情况讲述一遍。

张院长听完，沉思片刻，抬头看我："经历过命运折磨踩躏还没崩溃的人更有未来！咱们开分院了，东坝河那边，确实缺人，你来的时候我已经问过人事处了，当年你办的是停薪留职，现在编制关系应该还在咱们医院，你去东坝河那边吧。我可要提前打个预防针给你，我觉得你可用，但你要重新在基层做起，做好一名普通的医者，让人对你重新认识后我再考虑用你。"

还能说什么，只好点头如鸡啄米。张院长起身送客，我躬身出来。

体制如同蜗牛的硬壳，在你柔弱之时可将你呵护长大，在你觉得自己可以展翅高飞之时却发现壳就这么大，要么你继续龟缩奉献，要么便破茧而出。诚然，外面的世界很精彩，色彩斑斓，广阔天地，但也丛林密布，最是无情，体制内的压榨最多是空耗你的才华，可丛林法则中弱者连渣都剩不下。人情冷暖自然是以利为先，最终蓦然回首，仍是那个硬壳中尚存一丝温情。

一周后，我出现在东坝河安真分院区。多年以后，我仍记得那个清晨。

经过一夜的辗转闹钟终于响起，我艰难地起身。当年豪气干云地自公立医院离去，曾至中流击水、浪遏飞舟，也曾挥斥方遒、指点江山，但最终几经磨难、身陷囹圄，被扔入了人间最没尊严的角落，如今有若丧家之犬，负债累累地回到一切开始的地方。对我来说最难以承受的恐怕便是体制内特有的闲言碎语，可能仅仅是一名混吃等死的闲散同事玩味的眼神，就会击溃我内心最后的一点支撑。

爬起穿衣，若有千斤！我知道妍妍已经醒了，也知道她在担心我过不了心里这关，可我只能装作无事离去，留下昏暗里懂事假寐的妻子。

低头进入医院内，屏蔽一切好奇的目光，装作眼瞎耳聋，可毕竟还是要早交班的，还是不得不接受全科的注目礼。科里有很多以前熟悉的面孔，不少之前老院区的同事也调到这边，看得出来他们确实对我另眼相待，暗中指指点点，估计我那点黑历史早已被扒得渣瓢不剩。说人长短是普通人类的本性，自己没本事轰轰烈烈，就只能消费他人的痛苦，顺便洒点盐水，给自己人生的平凡找点理由及自豪感。看着他们奇怪的眼神及偶尔露出的讥讽的微笑，只能咬牙坚持，还能怎样呢，难道为了那点可怜的骄傲再次让妍妍和父母担心吗？

科里的核心力量却大多是陌生面孔，好在我所在的心内科三科主任是之前急诊的于主任，曾与我甚为亲近，不过已近退休无欲状态，对于科室管理事务不甚上心，全靠两个带组二线约束众人。A组二线雪冬，河北人，小我半岁，手术很棒，机灵但不善言辞，性格温和；B组二线张锋，高大山东人，85年生人，天才型选手，在同年龄段中鹤立鸡群，但性情暴躁，喜恶外现；其余同事，年纪均三十四五岁，均为主治以下职称，隶属于A、B组，多数也与我离开前颇熟悉。本来我以为我会从住院医开始做起，可于主任毕竟是了解我的老领导，新开了一个C组，我为带组二线，这大大出乎我的意料。

按部就班的工作开始了。公立医院千年不变，规则和我离开时无甚出入，可我已不是当年那个不谙世事的愣头青。随着时间的推移，多年临床打磨出的看病的眼、嘴上的话、手里的活渐渐显山露水，加上公立医院这座大庙的金字招牌以及在私立医院培养出的对患者的热情谦和，让我所带组的病人数量逐渐上升。经我治疗的患者均感念我的好态度和好技术，不遗余力地帮我鼓吹宣传，导致往往一个患者治愈后，其家中七大姑八大姨都会来挂我的号。甚至后来我门诊外面等候区中的患者，全是按亲疏关系分群，一边等待一边拉着家常。另外一方面来说，也充分证明了心脏病确实有家族遗传倾向。

三个月后找我手术的患者便超过雪冬及张锋两组甚多。在医疗机构，患者基数才是医生的生存基础，评价一个医生能不能出特需门诊，分配给多少张病床，有多少配套的手术时间，均以其患者数目来定。时隔不久，在于主任不偏不倚的权衡下，雪冬及张锋组的地盘不断缩小，我的资源日益增多。

冤家宜解不宜结
各自回头看后头

初秋的早晨冷雨纷纷，枯黄的树叶也在寒风中冻得缩成一团，随着雨滴的敲打不堪重负地坠落。常规早交班，病情交接完毕后，张锋配合着窗外的声音丧丧地说："我们 A、B 组现在加起来不到十五张床，经常有病人收不进来，这样下去干脆把我那组取消了得了，就留 A、C 组。"

于主任瞥了一眼雪冬。雪冬低头不语，显然也有情绪。

"医务处规定病床使用率不能低于 90%，而你们 B 组时常会空床，使用率还不到 83%，王主任那边都是下一个病人等着前一个出院才能有床收入，这种连续的接踵而至便是 100% 的使用率。看把你能的，还 A、C，AC 银翘片吃多了吧！"

众人哄笑起来。本以为笑笑之后风波已然过去，此时我却听到了一声冷笑："去过私立医院的就是不一样，把病人都当祖宗供着，就差跪式服务了，我们可没这么下作。咱们医院也真行，都成垃圾回收站了，'放出来的'也能混得人模狗样！"众人循声望去，是 B 组一个叫周灿的年轻医生。

瞬间，周围一片死寂，针落可闻。

于主任呵斥道："你说什么！要尊重老前辈一点。"

周灿嘟囔道："我们病床那么少，就那么几台手术，怎么进步？我来上班是为了学技术的，不是为了专门尊重谁才来的。"

于主任显然之前也被这厮当面掮过，一时气结，气氛降到冰点。

就在这个尴尬的时刻，众人却将目光移向此次遭遇战的主角——我的身上。显然众人在等待我的暴走，正准备随时掏出爆米花看戏。

我沉默了半晌，迎着众人的眼光，如春天般温暖地微笑着说："小周想学手术、要求进步是好事，我这组手术多，忙不过来，不如周大夫调入我们组，机会肯定很多。另外，A、B、C 三组咱们也别固定分床了，谁有病人谁就收呗，我的患者黏性大，有时候多等几天也不会流失的。"

众人目瞪口呆，不可思议地望着我。半晌后交班结束，人群默默散去，估计肯定一边惊异于我的让步一边感叹我的懦弱。

主任办公室内，于主任气鼓鼓地说："周灿这孩子也太任性了，现在的 90 后太没分寸了，你怎么还让他去你那组？"

我严肃道："这不是为了科内和谐，为了让您省心嘛。"

于主任笑道："别人不了解你小子，我还不知道吗？你没当场跳脚骂人心里肯定憋着什么坏水！"

"主任，愤怒的本质是事情不如己意时的一种失望感和无力感，非策略的发怒是无计可施时的一记七伤拳。周灿这种 90 后的小孩，是随心任性、口出恶语，但同时也直指矛盾所在，现在解决掉这个矛盾总比到时候人家不再只是提意见而是直接背后捅刀子要强。把他调入我的组里既满足了他的需求，又能同化安抚住最不可控的对手，那不是很好吗？至于不分床，反正他们床位收不满时还是要收我的患者，那和分床有何不同？"

于主任叹口气："你小子刚来时多单纯一孩子啊，也被生活捶打成这副样子，唉……"一句话包含万般无奈及怜惜。

我看着窗外笑道："我已入过地狱，余生所遇皆是风景。"

让步自然换来了暂时的和平，日子回归静谧如水的状态，我悠然自得地享受着普通人的心安理得。周灿归于我麾下后工作很努力，只要能够在他说话的时候屏蔽其音入心，也确实是个很不错的帮手。

正在出门诊之时，周灿来报："王主任，张峰手术出了问题，雪冬不在，他让您去看看。"

个人计较放一边，病人生命大于天。我迅速跑到手术室，坐到观察间，就看到台上的张锋满头大汗。周灿介绍："张主任做冠脉旋磨术，血管破了，现在用球囊堵着呢，但前降支太大了，一堵上就室颤，松开就外漏。"

我穿上铅衣进入手术间，推开助手，平静对张锋说："送微导管到前降支远端。"张锋看了我一眼，照做。我转向护士："准备两套股动脉穿刺针，快！"在最短的时间内，穿刺股动脉，置鞘，抽出里面的新鲜血液，让张锋推进微导管里，让助手重复抽血递送给张锋。随即用另一套穿刺设备完成心包穿刺，抽出 500 多毫升不凝血。等护士拿来覆膜支架后植入覆膜支架，手术完成，患者生命体征平稳，用时 15 分钟。

这堪称救场的举动，瞬间传遍了整个分院。各科室请我去讨论病例，均拒绝，这种打人脸的事不能干。后来张锋找到我，涨红脸问："王主任，你这些套路都是哪来的？"

我笑道："兄弟，都是以前坏事干多了有经验啊！抽新鲜带氧分血液通过微导管打入冠脉远端，患者就不会因缺血室颤，还能保证球囊撑开堵住漏口，给覆膜支架争取时间。这个套路书上没有记载，但确实是保命绝学。"张锋深以为然，连连点头感谢。居功不贬损他人，是我当年和周老大学到的很重要的一堂课，用在这里的新环境，再恰当不过。

该患者术中处理得当，术后病情平稳，预计两天后就能拔掉心包穿刺置管，一周后就能出院。可惜的是，第二天家属大闹院办，明言手术出了问题，要求赔偿一切损失，暴躁的张锋同学又一次犯了错误，与家属对骂，几欲出手，好歹是被拦了下来。

自此张锋惹上了大麻烦，每天晚上下班都有人不远不近地尾随，回头一看，却也不见那人有何不妥举动，反而冲他微笑点头，一副大路朝天各走一边的态度，合法合理让人无计可施。两天后，张锋在幼儿园门口接女儿时却又看到此人，这就触及一个父亲的软肋了，张锋几近崩溃，根本无心上班，每天陪着家人保护周全，怀里随时揣着一柄锋利的手术刀，不几日便被巨大的心理压力折磨得不成人形。

事情到了这个程度矛盾已经升级，非个人能力能够解决，何况张锋已然厌了。于是家属闹到院里，院里调解当然要求科室有人出面，于主任终究是柔弱女子不敢轻易露面，雪冬作为张锋的老战友只能挺身而出。然而，当听说对方一次来了十余个彪形大汉，雪冬惴惴，目光扫向科里体形健壮的男医生们，众人低头无语，雪冬无奈叹息而去。

在电梯门关上的一瞬间，我挡住门，然后就看到了他诧异且激动的目光。

坐在谈判桌上，家属十余人，个个面带煞气。为首一人，后来得知颇有名头，江湖上称为"东坝河河蟹"。河蟹老兄平时一定在乡里横行，说话相当有气势。雪冬在不断被粗暴打断中耐心地讲述了事情经过，抽丝剥茧地解释了这是手术正常的并发症，病人预后会很好，絮絮叨叨半个小时，河蟹实在受不了，直接就抛出了混混的撒手锏——盘道。

河蟹一拍桌子："我二姨被你们做个手术弄进 ICU，还被插一堆管子！这事没完，我也不怕你们找场子，老子就是东坝河河蟹，你们也不打听打听，这片儿和我过事的有几个不服的。你俩哪人啊？来老子线上混，罩子稳吗？"

雪冬一愣，也不知道他说的是啥，一时竟不知道怎么回答。

我笑笑，一字一句地对河蟹兄说："亮盘，合吾，递个门槛。"

河蟹气势顿滞，结结巴巴地说："我混马眼子，刚上跳板，敢问您？"

"原来你一老宽啊！老合瓢把子张升斗是我老哥。"

河蟹赶紧站起来，拱手说："有眼不识泰山，兄弟招子暗了，给您赔个不是，这事了了，您别往心里去。"河蟹旁边的家属也是一脸蒙，抬头望向他问："大哥，咋，事不办了？"河蟹反手一个耳光打在那人脸上："办你妈，赶紧走，别耽误我两位哥哥治病救人。"说完竟拉着其他人头也不回地走了。

偌大的会议室一时空空荡荡，医务处、社工处、院办的领导面面相觑，完全不知道发生了什么。我站起来挥挥手说："没事了，家属表示理解，咱们撤吧。"

回到病房，雪冬拉住我问："王主任，这啥情况，这、这就完了？"

"嗯，完了，您还想请他们吃饭啊？"

"不是不是，就是也太突然了，您那说的是啥啊？"

我莫测高深地一笑："不可说，不可说，撤吧，下班走人。"

张锋这时候跑过来，边跑边嚷嚷："咋了，解决了？听说我王哥两句话就把贼人都吓跑了，走走，我请喝酒，咱唠唠。"

张锋找了医院附近一个川菜馆，众人落座，雪冬居中，我右张锋为左。菜还没上张锋一举杯："两位哥哥辛苦了，这事是兄弟不对，啥也不说了，我敬哥哥们一杯。"说罢一饮而尽。

　　上了几个凉菜后，张锋又忍不住了，举杯问："这事咋这么快解决了呢？听说家属找了一个附近的混混来闹事，相当不好惹。"

　　雪冬也举杯，转头认真地问我："王主任，我到现在也没明白你当时说的啥，到底怎么回事啊？"

　　我举杯和两个人干了，放下空杯，张锋赶紧给我满上，连声催促我快点解释。我只好说："其实这事我真不好意思说，我之前不是进过看守所吗，你们也都知道这事。"二人连说知道，还附上"这事冤枉你了，您也是代人受过"之类的话，我接着说："看守所里我的号长叫张升斗，是这片有名的黑社会之一，里面没事干的时候，他就教我江湖上的黑话，还嘱咐我出去碰到事就报他名字，还别说，真挺管用，那河蟹一听就吓傻了，带人就跑了。"

　　二人一听恍然大悟，又敬了我几杯酒，杯中敬意甚浓。酒过三巡，前嫌尽释，雪冬举杯说："哥，我看我这小庙早晚容不下你这大神，没别的意思啊，是真心话。"又转头对张锋说，"早晚咱俩得跟大哥混。这样，咱俩今天就先认下这哥哥，以后让哥带咱飞。"

　　我赶紧摆手谦虚。张锋其实是个非常单纯的人，酒一喝好，童心又起，问道："哥，听说您说了啥切口，都啥意思啊？您解释解释呗，以后我们出去也能装装吓唬人。"

　　"他第一句话问，到他线上，也就是他地盘，罩子稳不稳，就是问咱有没有后台。"两人"哦"了一声，又干一杯。

　　"我说亮盘，合吾，递个门槛，就是初次见面，都是道上的朋友，报个师门。"两人又"哦"，我接着说，"他说混马眼子，刚上跳板，就是说自己是个跑腿打听信的小混混，还是刚入行的。"两人再"哦"，我继续，"我说他是老宽，就是外行，又说老合瓢把子张升斗是我老哥，这就是报家门了，意思我大哥是张升斗，你自己看着办。"

二人恍然，齐齐举杯再干一杯，一时觥筹交错宾主尽欢。经过这一次事件，我在科里算是稳了，下面大夫找我安根拜码头的人络绎不绝。诶，又说黑话了，看守所害人不浅。

其实苦难有时带来的并不只是痛苦，咬牙坚持过去，同样也是人生的阅历，打不死你的都会变成为一种磨砺。历史上孙膑、司马迁、曼德拉等人均承受人间至苦方成世间伟业，当然他们也有点太苦了，我是学不来也真心不想效仿，但终归这件事是对我有了些许安慰，那三个月有若三十年的沧桑渐渐隐去疤痕，夜半睡梦里也不再那么容易惊醒。

人生结交在始终
莫为升沉中路分

路易、刘非和我又成了同事。

这事说来其实不算巧合。当时急于卖掉股份时，三人均被其他股东趁火打劫了一番，进而对投资人、股东之流同样地也心灰意冷，祖老师好歹还有个 CEO 的头衔，刘非却已混得索然无味，做事全凭好恶的他早已辞职回京，路易从美国回来后也赋闲在家。自从我来到东坝河院区后，没事就跟几人吹嘘新院区的好处，这二人被我鼓动一番，加上医生内心深处都有一份孤傲，认为除了看病之外的工作均是混日子，于是一起觍着脸去找老领导周老大，哭诉两人为兄弟变卖家财，如今家徒四壁，亟须找份正经工作。周老大心肠最软，不得不再次找到张院长。张院长好人做到底，送佛送到西，路、刘二人无论资历或是临床水平均是一流的医生，便一口应承下来，一起打发到东坝河院区急诊科。

兄弟合兵，分外眼红，叫上张锋、雪冬二人作陪，直奔最近新开发的"集贤山庄"酒楼。

分宾主落座，我为主，张、雪居右，刘、路居左。性情相投，加上我曾大力推荐过张、雪二人，导致凉菜刚刚上齐，五人已经各自半斤"海之蓝"入腹。热菜上齐时，大家便已然有些高了。我从派出所出来后养成了一个坏习惯，只要见到急诊四杰的人，酒一上头就会拉着他们痛哭流涕，讲述大家为了我倾家荡产换取自由的恩情。张锋、雪冬还是第一次完整地听完全部故事，感动不已，涕泪横流，张锋还当场定下规矩，只要几个哥哥有一人在场，他便倒酒夹菜，甘当服务员的角色。他这样的山东汉子，最听不得义气二字，在今后的日子里每听一次我讲述这段故事，他就跟着哭一次，我们也就得了一个免费又周到的服务员。

这一场直喝到山河颠倒，草木还春，自此急诊四杰又多了两个意气相投的朋友。

虽然每次喝多总是痛哭流涕，路易、刘非他们也总是竭尽所能安慰我，可债务就是债务，没办法通过眼泪来抹平。自古钱财薄人情，亲人朋友为钱财反目的比比皆是，我心中对此早已不安甚久，虽然他们三人早就说过如果指望我能有一天填这窟窿，还不如指望老母猪做手术、田园犬出门诊，可若是真的心安理得地接受大家为我一夜回到解放前的事实，那做人和咸鱼还有什么分别！

因此鄙人决定进行一场轰轰烈烈的空手套白狼运动。

要说这个世界上真有能够让人一夜咸鱼翻身、空手夺白刃的行业，那一定出自"互联网"。现在关于穷小子一夜暴富、翻身农奴把歌唱的故事，哪一个里面会少了这种能通过一台电脑抢全世界钱的行业呢？但离开专业谈创业纯属扯淡，因此，我的既定目标就是——互联网医疗。

目标已确定，那么下一步就是充分的调研工作。这个世界上做任何事情其实都是一个套路，比如，我们在临床上发现一个问题，这个问题亟待解决。那么，首先应该查海量资料，综合国内外目前对此问题的见解，发现前人的先进性与局限性，这就是研究背景；然后针对其局限性、难以解决的问题和我们的研究目标，提出自己的理论假说，这就是自己的核心创新点；再接下来就是研究方法，看用什么方式能够证明自己的假说，进而达到我们的目标。其实所谓的教育，最终的目标应该是让人掌握探索世界、解决问题的方法论，而不是现在完全忘光光的什么奥数、语法之类的东西。

经过月余的研究和彻夜不眠的思考，我将调查报告总结写好，召集大家开了一个严肃的创业大会。

这一天，风和日丽、百鸟归巢，在祖老师的小别墅里，我们开了一次别开生面的"啤酒瓜子话春秋"研讨会。

首先发言的是赶来蹭吃蹭喝的张锋："哥哥们，这别墅谁的啊？酒柜上的洋酒咱能喝吗？"

路易一笑："这个并不重要……是祖老师的，他不在北京，不用惊讶，我们三个都有钥匙，喝吧……别拿那个 XO，放下，乖。"

雪冬比较沉稳，闻言放下手里的"REMY MARTIN"，不动声色地换了一瓶伏特加。

我大喝一声："都自觉点！咱们是来商量创业的，不是来喝酒的，都坐好。麻烦张锋把杯子递给我，谢谢。"

路易一叹："王教授，我知道你还钱心切，可咱们刚出虎穴，你想再入狼窝吗？算了吧，过几天安生日子不好吗？"

"生命在于折腾啊兄弟，上次的海波事件确实对咱们打击不小，可你不觉得咱们也积攒了很多经验吗？而且我们还算年轻，这次我选的互联网医疗方向很有前途，万一成功了呢！"我苦口婆心劝道。

刘非苦笑："王教授，互联网医疗我以前做过调研，我给你泼点冷水哈。你看，现在互联网医疗的先锋是'良医生''挂号客''秋雨医生'，个个做得半死不活，焦头烂额。比如良医生，他们做的第一件事情就是用人力的方式去收集各大医院医生的出诊信息，又推出了患者和医生的在线交流，再进一步可以完成预约加号，在这个链条中，专家的电话咨询和预约加号成为主要收入来源。其实大多数的互联网医疗最后都发展为新型的'互联网黄牛'公司。可是这存在两个问题，第一就是政策上控制，政府需要医疗资源分配公平，不管是线下还是线上黄牛，一律都会遭到打击，这点上来说'加号'就不是长久之计。第二就是专家资源的时间使用率其实已经趋于饱和，你挂不上号的专家，同样也懒得接咨询电话，所以这事就不靠谱。"

雪冬也说："是，前段时间挂号网微医找我做'线上咨询＋线下手术'，也就是把住不进咱们医院的那些病人分流到小医院去，然后让我去做手术，不过这事不靠谱。你想想哈，现在的'飞刀'实际上都是咱们平时认识的外地医院的主任们直接请咱们去的，属于熟人平台，要是不认识的网络平台分配你到某家医院去做手术，一旦手术出了问题，咱们根本就不知道那些医院的人是不是会第一时间就把你卖出去，而且咱也不知道那些医院的医生手术水平怎么样，万一高难度手术他们不能很好配合也是很危险。我飞刀时间已经安排得很紧张了，所以我一直都没去。"

张锋边嗑瓜子边摇头："不一定，我看秋雨医生的'轻问诊'做得就不错，手机上可以随时咨询，用户还蛮多的。"

刘非笑道："那是表面，你想想，美国模式是用互联网来降低医疗咨询成本，网上咨询比见面聊便宜多了。可中国是国家定价，挂个号才几个钱，还能走医保，你大夫都不值钱，又有几个老百姓能到网上交远远高出随便找家医院挂的普通号的钱呢，何况还是自费？"

我心中深以为然，他们总结的都是对的，传统医疗现实扭曲，好点的医生全在大医院，老百姓只认大医院，所以无论你互联网想咋折腾，都只能靠近大医院资源来分一杯羹，也就是说，加个互联网的先进方式也不能用传统套路颠覆传统！

我站起身来，充满斗志地忽悠："你们说的我都懂，一点错没有，但这就是我老人家高瞻远瞩、深谋远虑、高屋建瓴、与众不同的地方，我找到了一条完全不同的新路，必能一炮而红、一石二鸟、一马平川、一路向西。"

众人像看傻子一样看我，路易喃喃地道："《一路向西》，这部电影倒是有点料……"

刘非晒道："完了，这回内裤都得搭进去了。"

还是雪冬老实，配合地问了句："愿闻王教授高见？"

我手指远方，激情地说："你们都忽视了一点，就是看病效率问题低下问题到底出在哪儿！不是挂号难，论老百姓见到医生的速度，中国是全世界最快的国家之一，美国看个病等一两个月都是很平常的。中国的问题在于大医院的预约检查等候时间太长，我问你们，咱们医院约一个冠脉 CTA 要多长时间？"

张锋肯定地说："至少两周到三周。我刚有个关系求我插队，说排到下月了。"

我赞许地对他点点头："是的，所有人在三甲医院看病，自然检查时间过长，检查排到了，结果拿到了，再挂号，特别麻烦，往往医生看一眼，一句'没啥事'直接就打发掉了你几周的折腾。所以我们建立自己的 APP，将这部分患者分流至二级医院，他们那边基本上一两天就能完成检查，然后在线上或再挂号问医生结果，省去这部分时间和人力成本。"

众人皆点头不已，随即刘非又摇头："不对啊，很多医院之间的结果是不互认的，也就是你在二级医院做了检查，三甲医院往往又让你再做一次，那怎么办？"

我骂道："傻子，你以为老夫想不到这点吗？很好解决，CT、核磁、超声等影像学检查是所有检查里面最难约的，我们只需要拉三甲医院影像科、超声科等辅助科室的医生、技术员出去'走穴'也就行了，他们平时按点下班，收入普遍也偏低，少量会诊费就很容易搞定，如果质量有保障，又是线上看结果，三甲医院医生没理由不认。你们说我牛不牛？"

路易激动地说："这个行，当年我抱着小峰在儿研所走廊排队的时候那个绝望啊！要不是最后插了队，想死的心都有了。"

这下众人才真正心悦诚服，真心觉得这个计划可行。其实所谓"点子"，无非就是真正地体会到老百姓的疾苦，找到他们的痛点给予解决的方法而已。

断头今日意如何
创业艰难百战多

众人已被说服，现在还差临门一脚——启动资金！

急诊四杰多已见底，何况我是来创业还债的，实在不好意思让大家再拿出保命钱去投资一项未来不可预知的项目。其实解决这个问题的传统戏剧套路应该是由贤内助妍妍跳出来，卖掉自己的首饰或者厚着面皮向娘家借钱，最终助我成就霸业，成为一时美谈。可现实是妍妍本身就不爱珠宝首饰，娘家为营救我也已经出了死力，这个桥段无奈放弃。

可其他几人还没败过老婆的家，于是众人商议后决定回去启动"老婆众筹项目"，每个人离开的时候均怀着破釜沉舟的心情，毕竟筹不来钱说明家庭地位太低，无颜面对江东父老。

然而三天后，就见众人如霜打寒茄地回到别墅。

雪冬低头道："哦，我老婆把钱存了定期，又炒了股票……"

路易摇头："少装蒜，都是水贼，别用狗刨。嗯，包子一听说是王教授要创业就让我转告您老人家，这次再被警察捉了可没人砸锅卖铁营救你。"

张锋捂着红肿的右脸道："路易哥，你老婆说话也太不中听了，你看我老婆就没说那么多废话。"

刘非却拿出一张卡放在桌子上："这儿有二十五万，我还以为你们都能拿出钱呢。不然，不然我回去把房子卖了。"众人大惊，眼见刘非面部并无伤痕，路易便上前查看其下半身有无瘀青，被刘非一脚踢开。刘非骂道："一群窝囊废！我老婆知道咱们兄弟情谊，问都没问具体要做什么，王教授，钱你拿去，咱们尽管放手一搏。"

众人皆叹服，路易摇头扼腕道："看来图你下半身的果然比图下半生的慷慨大度！"

我摇头说："卖房不必了，不过你以后就是咱们中最大的股东，咱们的项目就先用你这二十五万启动！说起股份，咱们这些穷人如果只能入技术干股的话，那么就得去找些风险投资，大家忽悠一下周围的有钱人，看能不能找几个傻子入股。"

接下来商议启动方案，计议已定，众将出发。

刘非当年在白色城堡成立时熟悉各大衙门，熟知公司注册等事宜，遂跑这些条条框框的事情。

张锋据称熟练使用 Word、Excel，还会精巧操作"阿达连连看"，便自认为是电脑高手，请缨去联系技术团队构架 APP 及网络维护。

路易联系各大三甲医院辅助科室，联系这些科室医生走穴做技术指导。

我则联系各个区域的重点二甲级医院，请客吃饭，联络患者分流诸事。

其实这些边边角角的操作并无甚可提之处，事情的关键点还是现在社会上聪明人太多了，傻子明显不足，更何况有钱人多半是人精中的战斗机，忽悠起来格外费劲。

经过一番努力，众人皆铩羽归来，一个个垂头丧气，如丧考妣。

沉默半晌，刘非犹豫道："祖老师帮咱们联络了'投资人'那边，他可以和咱们合作，技术及资金都不用咱们出，团队人家是现成的……但、但前提是他们负责所有APP（手机应用程序）的构建，以及……以及拥有版权。我们需要给出指导意见，但归属权是人家的，我们负责对接医疗资源过去……不过股份倒是没少给咱们！"

路易眉头微皱："这不合适吧，idea是咱们的，现在APP他们全权负责，到时候平台搭建好了，他们一脚把咱们踢开，哭都来不及。"

刘非点头说："这我知道，那只能提前签好合同呗，顶多我们多占点股份，毕竟现在的APP最重要的就是流量来源，技术不是主导。"

我苦笑："折腾来折腾去，还得给这帮资本家打工！"

雪冬说："这样吧，我们去找他们谈，告诉丫咱们知道他们背后的小算计，让他们自觉点，少和咱们装蒜，欺负咱们不懂市场！"

我叹了口气："兄弟，既然决定要饭了，就别嫌弃饭馊。明人是要说暗话的，取悦他人的基础就是装成一个吃苦耐劳的傻子……"

数月后，APP搭建完毕。

吃苦耐劳的傻路易和我的进展也比较顺利，路易本来就是个四海结交之人，何况公立医院超声科、影像科的同志们拿着死工资也实在抵不住北京的高昂的房价及教育成本，遂一拍即合，纷纷来投。我找的一些军队医院及市立医院平时病人不多，辅助科室更是处于半饥饿状态，本身此事又不违反原则，还能得到免费的三甲医院级别的技术指导及业务培训，何乐而不为呢？于是"农村包围城市"的布局顺利完成。

昌平区住着一位牛大爷。牛大爷很牛，年轻的时候是区教委的领导，为人正直不爱钱帛，热情帮助过很多朋友的子女升学、转学问题，是大家心目中的"感动昌平十大人物之一"。受过他恩惠的人都知道牛大爷从不受贿，因此不敢用黄白之物给大爷添堵，可同时大家也知道牛大爷好另外一口，就是喝个小酒抽点小烟，因此深受爱戴的牛大爷白天吞云吐雾晚上推杯换盏，小日子过得美滋滋。现在，牛大爷已退休十多年，早已从开始的人走茶凉的悲愤阴影里走了出来，没事遛遛弯，找楼下老头们喝喝酒下下棋，日子倒也平静。

一年前，牛大爷身体发生了大问题。一辈子的小烟大酒爱好终于在近七十岁时展露出狰狞的獠牙，牛大爷心脏主动脉瓣重度狭窄，还好算是发现较早，在没造成严重后果之前于安真医院换了一个"主动脉瓣"。术后恢复得不错，但福无双至、祸不独行，牛大爷于术后 CT 检查中查到肺部结节，位置还处于外周性肺癌高发部位，医嘱为定期复查，观察其变化。从此牛大爷相当重视自己的身体，连那些多年忽视的很多基础疾病，像高血压、糖尿病、高脂血症等也从此上了牛大爷的战斗列表里。

故事倒也算有惊无险，可是牛大爷有个苦恼，这个苦恼让大爷实在爽不起来。

换瓣术后要常年吃华法林抗凝，华法林会影响凝血 INR 指标，太高了有可能出血而死，太低了可能瓣上长血栓而亡，丝毫马虎不得。再加上三到六个月复查一次胸 CT，还有开药、调药，牛大爷每个月都至少起 N 个大早往安真医院跑 N 个来回，挂号、开检查、等结果，次日再挂号、门诊开药、调药，预约肺部 CT 等候时间更长……耽误了很多宝贵的下棋时间，严重影响了退休后的生活质量。

最近一段时间，牛大爷逢人就夸一款手机 APP，据他说：自从用了这款 APP，再也不用老是向安真医院跑了，在手机上就能预约检查，只需溜达到家门口的昌平中医院，用一上午时间就能完成所有检查，然后再把结果上传到 APP 上，由安真医院心外科的一名出复查门诊的主治医帮忙看一下，制订好调药方案后直接在门口的医院开药，连胸部 CT 也可以一样地操作，又都能医保报销，所多出的花费不过区区的二百元服务费，比每次做昌平—北京的大巴往返便宜得多。

据牛大爷讲：自从用了这款 APP，腰也不酸了，腿脚也利索了，吃嘛嘛香，连隔壁小区的刘大妈都夸他跳舞有活力了。另外，附加值就是牛大爷从此变成了一个远近老头闻名的"炫酷"老头，用着最先进的智能手机，熟练操作对于老人家至关重要的拥有各种医疗资源的 APP，引得十里八村的老爷子老奶奶纷纷前来取经，一时间门庭若市，想下棋都不用下楼了。

不久后，牛大爷附近社区的老爷子老奶奶要是手机上没有这款"诊疗快线"APP，早上出门都不好意思跟人打招呼，广场上的舞伴都会嫌弃您是土包子而拒绝共舞。

"诊疗快线"就像一阵旋风，吹遍京城每一个角落。

半年后，京城六十岁以上老人，会用诊疗快线的人多于会使用微信的人，发的朋友圈除了心灵鸡汤外就是我们 APP 推送的健康科普知识。我们还与几个连锁大药房签订了协议，线上诊疗咨询，线下送药到家。著名的保健品公司"养心堂"与我们合作，由 APP 内"养生大讲堂"的名医带货。各大医院的体检部对我们分流的患者均会给予"返点"。几大挂号平台与我们联合推出的"名医问药"项目，挂号费是按分钟收费的……

一时间我们的 APP 家喻户晓、风头无两，多家城市均有知名企业邀请我们去它们那里扩展业务、合作共赢。因为我们部分解决了"分级诊疗"问题，受到卫健委点名表扬，如果有个奥斯卡互联网医学奖，那必然花落"诊疗快线"……

小别墅里充满了欢声笑语，祖老师也回到北京，还带回了几瓶 82 年的五粮液。

众人开心得像一群孩子，高声谈论当年的种种光辉劣迹，引得雪冬、张锋羡慕不已。看着急诊四杰放浪形骸的模样，在不知不觉间泪水悄悄如雾般蒙上了我的双眼。

酒至酣浓，祖老师举杯："没想到你们几个整出这么大事，投资人对你们赞不绝口，不过他考虑到你们时间有限，这个，这款 APP 毕竟是要推向全国的，而你们又无法离开北京，这样吧，不如……不然……要不干脆你们把股份卖回总公司，由他们继续向全国推广，你们做个富家翁算了！"

一阵沉默，到了嘴边的酒杯缓缓放下，路易冷笑："当年我们三个像条狗一样被踢出局，现在又来这一套，让丫自己来谈，别打你祖老师的感情牌。"

刘非看祖老师面色微变，连忙拉住路易："别，兄弟，祖老师是自己人，雪冬、张锋兄弟都在，你这样就不好看了。我看这事行，咱们几个小打小闹还行，全国推广，咱们差太远了。"

张锋大骂："这是杯酒释兵权吧！"

雪冬果断拒绝："不行，真正推向全国，咱们肯定是大富大贵，不卖！至少现在不卖！"气氛顿时陷入死一般的沉寂。

我转动手中的杯子，沉默良久，而后抬头盯着大家的眼睛缓缓地说："我的意见是，卖掉 APP，我累了，就想踏踏实实当个大夫。谁赞同，谁反对？"

张锋第一个跳出来："我反对！咦，哥你不是玩梁家辉电影里那套吧，直接砍死反对的？不过砍死我我还得说，这机会多好，咱们趁机做大，以后说不定福布斯榜上也有咱哥几个的名字！"

雪冬、刘非此时用沉默支持了张锋。

然而，半晌后路易却沉吟说："咱们是玩不过那些资本家的，拒绝人家，人家分分钟搞出个替代 APP，核心创意都是摆桌面上的，咱们的实力争不过人家，最后也得惨淡收场，我同意王教授的意见。"

祖老师叹口气："这些年混迹江湖，确实看透了很多，资本市场里到处都是一群恶狼，你们太单纯了，你下不去让别人家破人亡的手，就得被别人搞到妻离子散。何必呢，你们是大夫，不是商人！"而后又略带愧疚地看着大家一字一句地问，"我说的意思你们明不明白？"

众人皆是沉默，良久，均投了赞同票。

一周后，"诊疗快线"里那些属于我们的股权正式售出，我那部分所得均还给了祖老师，路易、刘非得到了各自的分成后指天指地地说如果我再提欠账的事，他们就和我绝交。我粗略算了下他们的所得应该补了损失，尚有很大盈余，也就作罢不提。

从此无债一身轻，感觉身体就快飞了起来，无比畅快。

老夫心与游人异
不羡神仙羡少年

医生真的是很有意思的一个群体。

当我们把心投入与业务无关的事情时，即使事业再大，未来再光明，也总隐隐觉得哪里不对，就像骑多人自行车，自己坐在后座看风景吃零食就是不踩轮一样心怀惭愧，而一旦回归到正常的诊疗过程中去，就算累成死狗、穷成流浪狗，但那种变成正常物种的感觉立马回归，奇贱无比。

周灿主动申请，从开始的兼职正式转会至我手下，小兄弟学习热情非同一般，因出身名校基础知识扎实，所以看病倒是有模有样，只是90后往往出人意表，不能用常理度之，一起工作久了才知道为啥周灿提出要从张锋那组正式转会的时候，张锋教授一副幸灾乐祸、大放鞭炮的表情。

正在门诊忙碌中，周灿突然来电："王主任，我和9床家属刚才发生了言语冲突，他们对出院带药只能带一周很不理解，说一会儿要来一堆家属抄我后路，这咋办？"

我不解："出院带药一周是医保规定的，你解释清楚不就行了，有什么需要冲突的理由吗？"

"哦，我打了个比喻。"

我："敢问……"

"我说出院带药就像大姨妈，一周的量，住院医保只出这些血。"

我："……"

"一会儿他们打我我能躺地上吗，这样显得比较自然，不然站在那儿会不会很尴尬。"

我："……"

无奈只好起身回病房与家属说和，毕竟周灿有错在先。类似这样无聊、不知所谓的冲突比比皆是，屡教不改。

不几日，周灿眯着小眼儿，笑嘻嘻地说："王主任，能不能让我给10床全程手术呢？"

"也可以，是你的'关系'吗？"

"不是，10床爷俩和我较劲两天了，太奇葩了，用光了所有能用的方法来折腾我。现在，敌人的招数用完了，该轮到我们动手了！"

我大骇："别开枪，那个老乡是病人不是敌人，你是不是疯了？"

周灿一脸无所谓："我又不是想做死患者，我是想术中谈话的时候露着沾满血、戴着手套的双手吓唬他那倒霉儿子一下，他们以家族性晕血为理由拒绝护士抽血好几次了，我倒要看看丫家族到底晕不晕血。"

我："……"

最终还是没拦住周灿，他瞅了个机会亲自证明了10床的儿子确实晕血，倒地后他又用沾满血的手套掐人家"人中穴"。然而，我担心的事情没有发生，奇迹般地，这两个年轻人却成了特别好的朋友，据说还是通家之好，让人匪夷所思。

我向于主任汇报了周灿最近的表现以及我的担忧，再这么下去我的病人量会出现直线下降的，于主任认为她直接出面训斥难免会让小医生心灰意冷，就决定间接地让我和雪冬去找他谈谈心。不过我感觉是于主任被周灿这厮撑怕了，不愿意再招惹他，毕竟公立医院内主任很难真正开掉一名在编医生，真撕破脸对谁都没好处。

我和雪冬将周灿叫到办公室谈心。周灿进来后探头探脑、东张西望，众人奇怪，雪冬轻咳一声问："周灿你看什么呢？"

周灿歪嘴眯着小眼笑："雪冬主任，您是不是要发钱啊？"

雪冬"噗"地一口茶水喷出，好半天缓过劲来，震惊地问："你哪里来的这个念头？"

周灿奇怪道："我之前就听说过，各科室主任都会给表现很好的人私下分钱，不是器械、药品都有灰色收入吗？"

雪冬无奈叹道："周大夫，真有你的，你哪来的自信和歪理邪说啊！今天叫你来，主要是想谈谈你和患者及家属的沟通问题。"

还没说完他就被周灿眯小眼打断："王主任能证明，我和病患关系良好，咦，王主任您别摇头哈。嗯，你们看，我现在的同居女朋友就是当时出门诊时认识的患者家属，你们说我和病患关系怎么样，简直是水乳交融、鱼水一家啊。"

雪冬和我同时摇头叹息，心里暗骂："禽兽！"

周灿睁大小眼睛认真地道："雪主任您看，我是我们这批进来的人里面长得最英俊的，可能有人会嫉妒我，要是谁进了什么谗言……"

雪冬连连摇手："好了好了，咱们先把医患的问题放一边。就说手术，你才来几天啊，就什么手术都想做，打好基础自然就有机会了。你想想柯受良当年飞跃黄河，之前做了多少准备啊！"

周灿不解地问："谁是柯受良？"

"1997年飞跃黄河那位中国勇士啊！全世界都知道。"我奇怪地说。

周灿摇头："那一年我五岁。"

我："……"

雪冬一拍桌子："周大夫，现在是很严肃地和你谈工作上的问题，请你端正你的态度，整个科里就你早上交班时白大衣里面敢穿个大花短裤，能不能注意点形象！唉，你毛病太多，搞得我都不知道从何说起。算了，出去吧。对了，你去把我们组的秦思思大夫叫来。"

周灿小眼微眯："领导，今天是科里整风运动吗，不过您批评她是不是不合适啊？"

雪冬气得快吐血："什么乱七八糟的！有什么不合适的，她毛病不比你少，天天迟到早退，临床水准低还不思进取。"

周灿坏笑："她可是院办主任的夫人，虽说是第二任刚转正吧，但毕竟是正室。"

"咦，有这事吗？哦……那、那算了，出去出去，快走！"雪冬把胸中烦闷之气强行压下。

周灿走后，雪冬好半天没缓过这口气，许久强忍吐血的冲动叹气说："这些孩子太不像话了！你说当年咱们刚入职那会儿，见到老师、领导有多尊重啊，早上都是提前半小时来单位，打扫办公室，擦好桌子，给老师们泡茶。你看看现在这些孩子，不把你气死都不罢休。你还拿他们没办法，不是这个领导的子侄，就是那个领导的枕边人，这年头队伍太不好带了。"

我安慰说："兄弟，您一千多万元的身家，别气坏了身子无福消受啊，大不了咱们不干了。"

雪冬气道："没听说过下属把主任逼到干不下去走人的，我还不信整不了他们了！算了，既然不能当面批评那个秦思思，就把她门诊先停了。她诊疗策略上错误百出，实在让人不放心，怎么也得敲打敲打！"

我叹口气："看着他们一个个跩得二五八万、我行我素，真的有些羡慕。我其实都有些后悔咱们的那些年轻岁月，太在意领导的眼光，太重视周围人的看法，处处谨小慎微，活得要多压抑就有多压抑。你看看周灿他们，想要什么就告诉全世界这东西是我的，只要拦着我的管你什么老师、主任的，统统一边凉快去，就算撞墙了，遭到挫折了，人家也不在乎不后悔，真的是要多羡慕就有多羡慕他们。"

雪冬喝口茶："我之前根本不觉得老，还带着棒球帽去 KTV 呢！可后来才知道去 KTV 的全是咱们这年纪的，人家 90 后、00 后根本不玩这个。刚上班那会儿患者见面就喊你小大夫，有事就问你主任在哪儿，可现在倒好，见面不认识也喊主任，虽然受了尊重，可是这就是看着老了啊。"

当天晚上，我和雪冬为了抒发心中的烦闷，顺便找找年轻时的感觉，特意带着 CA 的棒球帽，身着嘻哈宽松 T 恤去了五道口的"五角星"餐吧，在里面点了一堆洋酒啤酒，边喝边看美女。正当雪冬对旁边桌位一个美女赞许不已之时，只见那个美女向我们看过来，微微一笑，然后那女生将重重的学生双肩包放在两桌中间，对我们说："叔叔，帮我照看一下包，我去下洗手间。"

雪冬一口啤酒喷到桌面，终于难耐气愤："啥叔叔！也不怕我们拿你的包跑了吗？"

女孩一掠头发笑道："两位一看就是有家有业的成功人士，肯定看不上我这点学习用品。"说罢竟扭着美好的腰肢离去。

雪冬和我二人对视苦笑，我气愤起身："这破地方一点都不好玩，走，哥带你去一个你肯定喜欢的地方。"

雪冬犹豫地说："答应人家看包了，万一丢了……"

我气急："请你把 80 后的责任感用到对的地方好吗，那小姑娘在涮你，你看不出来啊！"

"再等会儿吧，那女孩背影真的太好了，翘臀堪称完美，我哪儿都不去。"雪冬摇头。

我怒道："什么翘臀，那明显是骨盆前倾造成的假象，这你都看不出来解剖课白上了。"看他并没有被我说服，我随即脱下鞋，取掉一只袜子，拉开女生的背包塞了进去，雪冬见状大惊，拉着我迅速跑了。跑到门口二人大笑起来，又担心小姑娘追上找麻烦，钻了两条胡同才敢站在路边打车。

车行至西四胡同口，我俩下车，摸着黑走了近百米，到了今晚的目的地"7080 酒吧"。

一进门就看到小时候熟悉的课堂，破落的桌椅和写着"那些年，我们在一起的童年"的黑板。我俩兴奋地找了一个小的隔间坐下，隔间两侧的墙上挂满了我们小时候一到六年级的语数课本，木质的桌子上刻着"时光如飞、转眼三年，所有往事、消散如烟"，甚至中间还画了条"三八线"。雪冬高兴地叫服务员上酒拿菜。服务员拿来了几个铁质的老式缸子，还上了几个小时候舍不得吃的"酸三角"，点完菜后，服务员拿出遥控器打开电视，在课桌样式的抽屉里拿出了一个我们极其熟悉的"小霸王"学习机，雪冬惊呼一声，一把夺过游戏手柄，开始和我玩起了经典的"赤色要塞"等游戏。

我们二人合影后将照片发在群里，半小时后急诊四杰的团队出现在桌前，开始抢起了手柄，热闹非凡。

每个人都有属于自己的时代，年少的记忆永远是最难忘最美好的，虽然后浪在不停地拍打前浪，将衰老的感觉一波一波地扔在我们的脸上，不停地提醒着你的时代已经过去了，可只要急诊四杰继续在一起没皮没脸地玩耍，那么我们的青春就还在继续，不肯老去。

羽卫连荆棘
衣冠杂虎狼

清早交班，周灿同志穿上了得体的衬衫西裤，但一件白大衣油腻腻的，像抢了门口卖煎饼果子大叔穿的那件。雪冬看了看，摇摇头没说话。秦思思交班之时，间断性斜眼瞄雪冬主任，有若蛇蝎美人，摆明了是周灿把本来要批评她的事情告知了当事人，现在又被停了门诊，这会儿心里不爽也实属正常。雪冬眼观鼻鼻观心，老僧入定状，我觉得他心里应该正在敲着小鼓，只是没表现出来而已。

刚查完房，雪冬就接到了院办张秘书电话，让他去行政楼层开会。雪冬一脸无奈，扭头叹气说："我也没怎么着她啊，这报复来得太快了点吧！"

我拍拍他肩膀安慰说："最多是个重伤，要死哪那么容易。"说罢转身欲走。

雪冬一把拉住我："别走啊，还有你和张锋，张秘书让咱们一块儿去。"

还没等我说话，张锋三米外一个箭步跳了过来："靠，这事和我没关系啊，我没调戏过她哈，就讲了几个小笑话，大家一会儿都得给我做证。"

我俩心下这个恨啊，人家老婆被调戏未遂又被批评未遂，老公不来找麻烦才怪。

来到高高在上的行政区，我们被安排进第三会议室，偌大的会议室空无一人，红木圆桌上摆放着每一个座位对应的漆黑麦克风，一排一排煞是庄严肃穆。等了半天不见人来，张锋好奇地研究起麦克风为什么完全没有接线的痕迹，摆弄来摆弄去很是无聊。

雪冬轻咳一声："麦克风底座下面有个洞，接线都在桌子里面，你找不到的。"

张锋叹口气放弃寻觅，靠在椅子上说："太高级了，看来领导们一定很重视说话这件事。"

"废话！领导说话不被重视，当领导还有什么趣味，领导不说话估计也没有什么其他工作可以做了。"雪冬骂道。

办公室门打开，大步走进来院办陈主任和两个夹着黑皮小本的秘书。

陈主任倒还真不废话，开门见山地说："你们怎么搞的，患者投诉到院办了你知道吗？"

"啊？不知道啊！"三人一起摇头。

"看看吧，投诉信，举报信。"陈主任把一沓信封扔桌上，接着说，"你们是不是搞了个APP，还怂恿患者应用，现在人家告你们私自泄露患者信息，导致'小额贷'天天打电话骚扰他们，还有几个患者因为经济原因已经借了高利贷，现在还不上天天被逼债。人家找到你们这些始作俑者，告到院办，让你们还钱！还有，泄露公民隐私是重罪，至少可以判三年！"

三人大惊，哆哆嗦嗦地去抢那些信封，陈主任一把拽回去，斥责道："实名举报！我得保护举报人信息。说说吧，你们打算怎么办！"

还能怎么办，我们三人指天指地发誓绝对没有出卖患者信息，雪冬还拿出早已把 APP 卖掉的证据，表明现在的事情和我们无关。

陈主任怒斥："什么和你们没关系，患者找你们看病就是对咱们医院的信任，你们怂恿他们用 APP 就是你们的责任，只要你们的患者出了问题，就算 APP 已经卖了，你们也得负责到底。"一席话说的义正词严，连我们都觉得特别有道理，惭愧不已，最后陈主任丢下句"等候发落"之类的话后就绝尘而去，把呆若木鸡的我们丢在会议室。

陈主任的一顿上纲上线，"投诉门"事件立刻显得严重无比，搞不好是要入狱的。众人慌乱异常，纷纷各显神通去打探消息。

事情很快就调查清楚了，到现在我们才知道，所有的电子信息技术部门都会在开发 APP 时留个"后门"，这样随便一个小小的程序员都可以私下拿到所有的用户资料信息，然后卖给各种保险、贷款或是中介公司，这事已经是公开的秘密了。按网络安全人员的一句话形容就是——程序员就是"上帝"，可以在他们设计的世界中做任何他们想做的事情。

张锋气急败坏地打电话给他同学，电话里一顿发飙怒骂，然而得到的答案却是他同学也已经把属于自己的那点股份卖掉走人了，所以出了事也管不了。

三人有若霜打的茄子，垂头丧气地回到病区。可病人的手术已经排上了，还能怎么办，只好咬着牙继续完成，还不能出错，生怕糟糕的心情影响手术，自己惹的祸总不能惩罚在无辜的患者身上，就在这样无比沮丧又小心谨慎中度过了一天。

一天的手术结束后，三人回到办公室锁上门继续发呆。愁云惨淡中雪冬突然叫道："路易呢，为啥他不被揪上去挨骂？"

我勉强一笑："几年前路易就已经臭名昭著了，现在分院领导哪个不知此魔王再现江湖，谁敢惹他。"

张锋连忙给路易和刘非打电话简单叙述了一下，然后叫他们来共同背黑锅。

二人由急诊赶来，了解完详细情况后刘非微笑道："其实吧，这事不算啥。"

众人忙问为何，刘非把合同甩到桌子上，沉声道："这么简单的道理你们都不懂，白跟我老人家混了这么久！首先，在王教授的前车之鉴下，我老人家一开始和'美康'签合同时就写得很清楚，APP平台由美康公司独立开发，由APP平台产生的一应法律问题由美康公司独立承担。何况这事发生在咱们卖了APP之后，所以法律上与我们无关。"

众人心下稍安，路易捋须笑道："所以这个'其次'就是，现在想收拾咱们的无非是分院领导，这原因自不消说，无非是嫉妒恨加私仇，至于怎么处理还不是他们一句话的事，我有上、中、下三策可渡此劫。"

"愿闻其详。"三人连忙附和。

"咳咳，这个晚饭……好，你们请是吧，我想吃烤全羊。嗯，下策是置之不理，找个律师备着将来打官司，受害者不一定会告，就算告咱们也一定赢，最后这事无非是院内处分，又开除不了怕个屁。"

雪冬急了："你们平头百姓一个，我可是前程似锦，不行不行，影响仕途怎么办？"

"哦，中策是给陈主任送礼，十万块砸过去，这肯定是他所希望看到的。咦，摇头？假清高、铁公鸡是吧！那好，上策是找主院区的张院长，他才是老大，咱们三个都是他推荐来的，一起被处分他脸上多难看，找他绝对行。"

我面露难色："太丢人了吧，来了之后不但没干好，还给老大找了麻烦，这有点尴尬啊。"

路易一笑："找他又不是去跪求他，是给他提供我们的计划书。"

众人忙问何为"计划书"。

路易说："现在每家公立医院都在做互联网医疗，可缺少这方面的专业人才，所以做得都像一坨屎，但我们有成功经验啊，所以把打造安真医院互联网医疗的计划书做出来，提交给老大，老大都委以重任了，我就不信分院这几个小喽啰还敢蹦跶。"

众人大呼妙计，路易终究还是那个鬼才，是奸雄走到哪里都是祸害一方。

一夜奋斗，第二天"安真互联网医院项目计划书"就由我和路易亲自承交到了张院长的桌上。计划书很贴合实际，又与众不同，目前的公立医院所谓的互联网医疗是远程会诊、网上挂号为主。远程会诊基本属于扯淡，除了少数高级别患者能够得到权限启动外，基本就是个摆设。网上挂号倒是有些作用，但麻烦的是网上只能预约，来了医院还得现场打出挂号单，所谓的分时段就诊也是形同虚设。我们基于前面的基础，设计了全新的网络医疗，只要患者绑定了安真的APP后，分诊、预约挂号、预约检查、在线查询检查报告、在线初诊检查报告、在线预约住院、在线交住院押金、在线结算费用、打印票据、在线填写随访，一条龙服务，既方便了患者又节约了医院的人力物力资源，实在是一举百得。

张院长粗略地看了计划书，又听完我们简单的讲解，兴奋之情溢于言表，威严中难掩笑意："这个好，还是你俩小子聪明，这事要是成了，可以快速向全北京乃至全国推广，是利国利民的大事。你俩给我好好干，我开院务会时和领导班子成员商量下，你们回去等消息。"

我和路易退下不提。

一周后，主院区成立了"互联网医疗办公室"，由我和路易负责，一个月后经院务会及党委会批准，我任主任，路易为副主任，二人一跃成为中层干部。至于分院陈主任那边，自此便没了下文，"投诉门"事件不了了之。年过中旬后我们才明白，所谓上纲上线的义愤填膺，不过是嘴大的吃定你嘴小的而已。

月影又上东山顶
归来却见妻睡熟

公立医院的医生要想过上富足的生活，无非通过两种途径，一是坐到科室大主任的位子上，再就是出去飞刀。前者太多困难，对背景及自身条件的要求堪比选美，显然我不太美，想想都是奢望，于是走上了外出飞刀的老路。

从来没想到过，医生的飞刀生涯竟然和从头开始当医生一样，都是重重关卡、步步玄机。

我的飞刀首秀是张锋介绍的，因为十一小长假开始了，大医院的医生们纷纷出游玩耍，张锋也早早预订了飞往泰国的机票，而当地医院却不知情，约了几个手术病人，于是这活就落到了穷困潦倒的我的身上。

那是一个坐落在历史名地白洋淀边上的破落小县城，前来接我的破桑塔纳下了高速公路又颠簸了近两个小时才来到县医院的破大门前，器械代理商带着我走过破旧的走廊来到导管室，与当地刘主任寒暄几句后被引领到国产导管机前。

看到颤巍巍的老太太上了手术台，我心里咯噔一下，瘦小高龄老太太，体重不过 90 斤，绝对的高危患者。

"李主任，这老太太啥情况，心梗的患者还是不稳定型心绞痛的，多大年龄了？"我问。

李主任查看了一下病历："哦，是心梗后三天的，84 岁了。"

"这个风险很高啊！一般心梗后一周以上做比较安全，老太太 EF 值多少？"我心里又咯噔了一下。

"啥 EF 值……哦，哦，您说左心室射血分数啊，咳，我们医院没有床旁超声，老太太去超声科要经过室外的院子，不安全。"

我头皮发炸："大哥，这风险太高了，您真确定做吗？"

李主任小声说："王主任，我也知道该等一周安全，可你们专家只有周四才来，等到下周四病人感觉好点了肯定就出院或者转到市里去做手术了，咱这不像你们大医院，病人都住不下，我们这是收不满、留不住。"

看着李主任铁了心要做这台高危外加手术指征不规范患者的手术，也不好拒绝得太狠导致以后人家不叫我来了，只好幽幽地说："好，没问题，咱们做。不过，七十三、八十四，风水学上不宜动刀哈。"

李主任一惊："啊！我怎么把这茬忘了，七十三、八十四是鬼门关年纪，诶呀，怪不得昨天晚上睡觉梦到有狗咬我，太悬了，差点着了道。那个胡大夫，你和家属交代一声，手术风险过高，安真医院王主任建议先保守治疗。"一个憨厚的年轻医生应声而去，老太太被搀下了手术台。

倒不是我胆小怕事，恐于承担责任，而是因为急性 ST 段抬高型心肌梗死患者，如果没有在发病的当天手术，那当症状消失后至少要等一周才能考虑手术治疗，这是经循证医学验证并写入诊疗指南的基本知识，更何况八十岁以上这种得个感冒都容易要命的年纪尽量应该保守治疗，要是硬做就不是在治病救人，而是害人害己了。虽然最终李主任也选择保守治疗，但我心里也暗骂：您这当地主任非要做这手术，现在不做了第一时间推到北京专家身上，患者家属闹将起来，必然第一个找我的碴，这老狐狸！

第二个患者倒是手术指征很好，上台做了造影，冠状动脉前降支中度狭窄，目测 70% 左右，处于模棱两可的程度，我拍了拍患者肩膀问："您平时活动后胸口疼吗？"

患者回答："喔去涅边地里干活都木有事，就是夜里睡捉了憋醒……"

听着口音很重的回答，为了确保万无一失我转头问李主任："患者好像说体力劳动后都没有症状，夜间有时候会憋气是吧？"

李主任点头，又摇头："我听着他还是有症状，最好咱们把支架放了，回头出院后再观察看看呗。"

我心里再次咯噔一下，这又是要闹哪出啊！这种冠状动脉狭窄不算严重的情况，我们通常是用是否活动后出现心绞痛的症状来判断进一步支架手术指征的，这患者虽然有口音，可我明明听到人家说了下地干活都没事啊。

看来这李主任套路很深啊！管他呢，良心面前不讲面子。

我急忙又拍拍患者肩膀问："老乡，您下地干活需要走多远？"

患者回答："可老远哩，四五里地啵，喔找村委会说好几回了……"

我冲李主任一笑："这个回去观察观察再做吧，夜间憋气需要做心脏超声以及肺 CT 及通气实验排查一下。"然后摘手套、脱铅衣下台。

坐回观察间没多久，李主任下台，闷头不语，憨厚小胡请示："最后一个病人还没接来，主任您要不要和王主任先吃口盒饭再继续？"

李主任冷哼："去和病人说，他状态不稳定，下周再说。"憨厚小胡犹豫数秒，应声而去。

场面一度尴尬，李主任起身出去，留下一脸无奈的我。看来我的飞刀首秀算是以彻底失败告终了，事情很明显，李主任之所以请北京专家来手术，主要原因便是想多做几台手术，做好了有钱赚，做疵了有背锅侠，何乐不为。当然了，我们出去飞刀的所谓专家也是靠手术赚钱，冠脉介入手术门槛偏低，专家费少，主要还是靠"走量"。因为目前的财务危机，其实我也想多做几台，但前提是不能触及安全和良心的底线。

拒绝了李主任的"意见"，这次走穴变成了一锤子买卖，再被请来的概率几乎为零。

正在琢磨着这些世俗问题，憨厚小胡冲进来，语速很快地说："主任，最后一个病人突发室颤，值班大夫正在抢救，我把心电图拿来了，您看看是不是心梗了啊？"

李主任看了看图，犹豫着嘀咕："前壁导联广泛压低，感觉就是个缺血，可能是前降支高度狭窄吧。"说完回头看了看我，迟疑片刻，把心电图递给我问，"王主任您什么意见？"

"AVR 抬高，前壁压低，左主干心梗。快去把患者推来，带着电击片，边复苏、电击边推病人，用最快速度！"我看了一眼急速地说。

人的冠状动脉分为三支主要血管，两支向左、一支向右将整个心脏包起来，而左边的两支尤为重要，左主干就是这两支的交会点，相当于大树的树干，这里堵塞死亡率极高，高到什么程度无从统计，因为大部分左主干心梗的病人直接死在发病现场，死因很难判断。也同样因为死亡率太高，所以病人很难赶到医院，导致很多基层或者小医院的大夫根本就没见过这种病人，这也是李主任没有判断正确的原因。看来"新人多抢救、换班多事故、中年男女多故事"这条急诊铁律在飞刀活动中一样应验，新到一地，连左主干急性闭塞这种小概率事件都能赶上，心下也颇为叹服。

小胡望向李主任用眼神征求意见，李主任一咬牙："推过来，快，

578

把手术台准备好！"

小胡应声而去，我望向正慌乱指挥护士的李主任说："李主任，最重要的是把 IABP 准备好，咱们术前先把 IABP 装上。"

李主任为难说："我们这儿没有 IABP，平时也不怎么做急诊……"

我心凉了半截。IABP 是主动脉球囊反搏装置，对于增加冠脉血流量、降低心脏后负荷很重要，对于高危患者肯定是重中之重。但巧妇难为无米之炊，事到如今，只能硬上了。

患者推过来，面色苍白的中年男人，好在没有持续室颤。最快的速度上台，从铺巾到穿刺、造影，全部的步骤都由我自己直接来，每一个步骤都做得马马虎虎，无数个细节都违反了无菌原则，看得憨厚小胡目瞪口呆，李主任倒是忙乱中赞叹了一句："真快啊！"其实这个时候就是不要质量只求速度，时间就是生命，时间就是心肌，一定要在反复室颤前把一切都准备好。

造影只做了两个体位，果然是左主干闭塞，换上指引导管，把导丝送过去，然后是球囊，顺了几次，停手。

李主任奇怪地问："王主任，为啥球囊不扩张呢，咋停了呢，刚才不是挺着急吗，这会儿等啥呢？"

"让子弹飞一会儿。"懒得理他。

李主任皱眉，过了一会儿我又顺了几次球囊，又停手，他忍不住又问："啥子弹飞啊？"

我只好解释："无侧枝的左主干闭塞，患者能等到上台还不死都是奇迹，但上台后一旦血管打开，血流再灌注引起的循环崩溃是病人死在手术台上的主要原因。这就像一个饿了很久的人，一旦让他放开吃很快就撑死了是一个道理。这个时候一定要慢，让血流一点点进去，心脏才能慢慢适应再供血状态，然后才有机会活下来，所以我们用导丝球囊顺顺，但就是不能一下扩开血管。让子弹飞一会儿，不着急。"

反复几次顺球囊，又少量推送造影剂看到血管远端有些许血流后，球囊扩张、支架植入，血流稳定后顺利下台。

李主任跟着下台，反复确认了术后如何"围手术期"用药、何种标准可出院等一系列问题，确认完成，我也换下刷手衣，跟着厂家的人向破败的县医院大门走去，再未与李主任多说半句。正是道不同不相为谋，李主任不喜欢我的假正经，我又何尝不讨厌他白大衣下的铜臭气呢。

一路无话回到北京，隔几日大伙聚齐时，怒斥李主任的无耻行径，一时口沫横飞、慷慨激昂。

雪冬笑笑，拍拍我肩膀道："哥，水至清则无鱼，人至察则无徒，和气生财、携手共赢才是我们混江湖的基本原则啊！"

张锋点头称是，也劝我别太较真，出去飞刀是为了赚钱，不是斗气。

我正要辩驳，路易却大怒，暴躁骂道："你们别忘了自己是大夫，医生救死扶伤的良心是所有社会道德和正义的最后一道防线，如果人命和健康都可以用来混江湖、赚银钱，那人类与禽兽何异，还是趁早死绝了干净！"

众人一阵缄默，没人敢开口应声，张锋突然笑道："哥，人家李主任给我打电话说你的时候可是交口称赞，说他们科里的大夫回去给你这顿夸，而且你救活那个病人的家属也给他们科送了锦旗，院里反响很好。李主任大拇指隔着电话都快竖到我鼻孔里了，您这给人家倒是一顿贬损，我怎么觉得你这小人之心难比人家谦谦君子啊！"

我一怔，真没想到李主任对我的评价这么高，心中百味杂陈，一时语塞。

路易缓缓说："这不是正常的嘛，稻盛和夫说过：'宇宙中存在着一种让一切更加美好，使一切进化发展的力量，这也可以说是宇宙意志，如果能够很好地遵循它，就能成功和繁荣，背离则没落和衰退。'王教授的原则虽然背离了李主任的心意，可是符合宇宙美好趋势，说不定和李主任没有受到贪念影响前的'本心'也是一致的，所以必然得道者多助，受人敬仰也是正常的。"

雪冬、张锋也讪笑点头，话已至此，再多说除了导致感情破裂外别无意义。路易瞥了一眼二人，转身离去，竟是招呼也未打一声。

让人始料未及的事情是，从那天开始，李主任频繁地约我去飞刀，而且在他的推荐下，河北与北京交界的多个县医院均邀请我去手术及查房，一时间声名鹊起，俨然我这飞刀的后浪已经盖过了前浪。而且，在最初的原始人气积累过后，我抢占了河北一个地级市几家三甲级医院，渐渐抛弃了破败的县医院，成为有固定"大点"的走穴医生，引得其他人艳羡不已。

数月后，在一个月黑风高的午夜，我掏出钥匙打开家门，一个黑影倏然而至，我侧身闪躲，无奈来人身形太快，再加上空间狭窄辗转腾挪不开，瞬间被来人双手反剪抵在墙上，只听得一声低喝在身后响起："天天这么晚回家，找死啊！"

我赶紧叫道："英雄！我是去给您挣脂粉钱去了，何况总是欠您娘家的钱实在心中羞愤难当，我这披星戴月的您老不领情就算了，怎么还下黑手啊！"

妍妍闷哼一声："天天说出去飞刀，拿回的钱也不多啊！是不是出去招蜂引蝶了？老实交代，不过出去浪还能带回点钱来，也算不吃亏。咦，你不是真去卖身了吧？"

我气急反笑："我身子骨这么单薄，您老还让我去卖，用坏了怎么办？再说老子卖艺不卖身！你打开我的书包看一下。"

妍妍伸手接过双肩包，打开后惊叫："老公，你抢银行了啊！"

我笑道："飞刀的时候，因为医院通常会拖欠厂家结款，所以很多当地厂家都会每半年到一年给我们专家结一次劳务费，这是这半年多辛苦赚的钱。"

妍妍抱着书包，坐在床头，很认真地数着钱，看着暖黄色台灯下妍妍数钱的画面，我的眼泪突然就流了下来。

妍妍察觉到气氛的不对，转头望向我，看我泪流满面，不解地问："咋的，你还舍不得给我是吧？给出去的钱泼出去的水，想从老娘这拿回去想都别想你！"

小情调瞬间消失，眼泪倏然收回，气鼓鼓地坐到床边，运气半天才给她讲了一个影响我一生的故事。

我奶奶是跨越清朝、民国和新中国的活了近一个世纪的老人，在那些战火纷飞的年代吃遍了人间的苦。我爷爷自幼体弱，无法从事体力劳动，且脾气暴躁人缘相当差，好在能写会算，于是为谋生计，婚后不到一个月就去闯了关东，后辗转至内蒙古，在一家皮货商号做掌柜。我奶奶结婚前与我爷爷从未谋面，毫无感情基础，且婚后月余便天各一方。据我奶奶讲，当婚后第五年我爷爷回来刚进家门的时候，她差一点把爷爷当作登徒子而抄起长凳猛抢过去，后来是坐在长凳上的婆婆制止了她，但当认出丈夫后，他们二人也没有影视剧中的紧紧相拥而泣，只是搓着衣角站在墙边偷偷打量这个陌生人。

可以说我奶奶的婚姻是旧社会那种毫无爱情婚姻的典型代表，可在爷爷去世后奶奶每次提到爷爷，总是会说起那一天的情景，总是会提到那晚在昏暗摇曳的暖色油灯光辉下，爷爷从腰间的里衣内掏出一个钱袋子，里面装了银光闪闪的八十几个"袁大头"，小夫妻二人盘膝对坐，头碰着头一遍遍地数着银圆，商量了半宿，该给婆婆多少钱，该用多少钱买肉请客，该用多少钱修屋……爷爷奶奶虽然感情浅淡，但我感受得到，他们这一生从结婚那天开始，就从来没有过一丝离开对方的念头，女人守家，男人赚钱养家，简单直接没有一丝犹疑。

妍妍为救我于囹圄掏空家产且担惊受怕，事后半句埋怨都没有，而现在我带回劳动所得她却像葛朗台一样双眼发光、如犬护食，这只能说明一个问题——她在内心深处根本就把我当作她自己的一部分，同气连枝、福祸与共。所谓夫妻，所谓生死相许，大抵不过是"忘我"而已。

妍妍数完了钱，自豪地拍拍我的肩膀："老娘果然没嫁错人，小伙子干得不错，照这么继续下去，咱家两三年就能扬眉吐气了，老娘给你生两个儿子你都养得起，到时候咱也不干这个公务员了，直接回家带孩子，由老公养着，我骄傲！"

看着一脸得意的妍妍，我心中舒爽到了极点，妍妍夸了我一句就低头整理一摞摞的现金，边整理边感叹："不过老公，咱们之前在白色城堡医院付出的那么多的努力和遭受的磨难合着都是白费的，兜兜转转还是回到了公立医院当医生，靠的还是这点手艺吃饭，早知如此何必当初呢！"

我心下黯然，沉默良久，心念百转千回。

我又何尝没有考虑过这个问题呢，懊悔和不甘时时折磨着我的神经，多少次早上睁开眼睛，第一件事情就是懊丧，多少次都在想，如果时间可以重来就踏踏实实地待在公立医院，按部就班地生活，就用不着经历那么多的苦难，也许会成为一个快乐而单纯的人。曾经的兄弟背叛、身陷囹圄，就像被鞭笞过一样，就算疼痛消散，但深深的鞭痕深入骨髓，永难磨灭。去过地狱的人，就算回到天堂，地狱也已经成了你的一部分。然而时间从来就不会倒流，就算人生不过是大梦一场，然而梦醒了就没了，覆水难收。

随着年纪的增长，作为一名唯物主义科学工作者，我却越来越相信"命运"，无论怎么挣扎，无论时间能重回多少次，走在同样的人生节点上，我最终还是会走向同样的这条崎岖的道路，这就是命运，而命运其实就是一种"选择"。

选择看似应该是自由的、随机的，貌似是上帝给予的"自由意志"，实则不然。人的选择是受客观因素所支配的，比如，你出生的时间、地点、家庭、基因、邻居的狗……

没有出生在战乱年代，所以我有机会读书，可又没出生在北京、上海，所以要想走出草原就得使劲读书，而走出草原的动力又是由我爸这个草原汉子称手的马鞭所给予的，家庭条件又决定供不供得起我读书，更不要提一生下来就无法改变却决定一切健康、智商甚至性格的基因了。而当年如果不是邻居小军军养了条狗把我咬了导致我和他闹掰了，可能会因每日与小军军在一起弹玻璃球而考不上高中。看起来随机偶然实则非人力所为的点点滴滴，汇聚在一起就是你的人生底蕴，你的人生底蕴就决定了你的每一个选择，千千万万每天遇到的小的选择就汇聚成人生抉择，也就决定了命运。

就算时间再回到数年前，再回到那个可以选择不去辞职不去折腾的时间节点，早已充满胸膛的理想之火和急诊其他三杰的循循善诱，仍会让我义无反顾地选择折腾！时间重回多少次也是一样的，这就是命运。然而，我们也必将厌倦金钱的战场，医生就是医生，不管这浮夸的世界有多少灯红酒绿，可我总是在穿上那一身白衣的时候觉得心里无比踏实，也总是在拿起手术设备的那一刻才找到自己的归属，这也是命运。

　　人在外面折腾得久了，必然会想家的。现在，我回到了属于我的那一片天地中，白云悠悠、暖阳清风。

岂曰无衣
与子同袍

时间过得飞快，转眼间秋去冬来，日子过得平静如水。刘非的女儿已经半岁了，他仿佛一夜长大，从一个玩世不恭的老北京公子哥蜕变成了一个宠娃狂魔，戒酒戒烟戒掉了一切不良习惯，只是单纯地想陪着他的女儿，看她长大成人，为自己风光大葬。祖老师最近在和各种小明星谈着恋爱，每天魂不守舍，每次都说自己遇到了真爱，但每过一段时间就拉众人喝顿痛哭流涕的失恋酒。路易和我的安真互联网医疗虽阻力重重，但仍一步步在推进，而且路易也成了急诊科副主任，再熬上几年，老主任退位后就可以直接过渡上位，儿子小峰身体康健，每天蹦蹦跳跳，并没有出现可怕的冠脉并发症，日子倒也平淡幸福。妍妍终于成为一名兴高采烈的高龄产妇，每天抱着肚子给孩子讲胎教故事，认定她的孩子肯定是未来的某位大人物。

生活就像狂风暴雨的海洋，不管海面如何波涛汹涌，水下十米，必定是波澜不惊，鱼虾嬉戏。是啊，只要家庭稳定和谐，所爱之人平安健康，还有什么能让这些经历过生死离别的人内心产生些许涟漪呢。

我们错了。

已近年关，北京处在一片祥和喜庆的气氛里，而医生圈里却炸了锅。朋友圈、微信群各种关于要暴发大规模疫情的消息铺天盖地。在这个信息传递只需要一秒的时代，武汉医生们的信息、视频通过点对点传播直接进入北京同行们的世界中，关于疫情的严重性，没有人比经历过2003年疫情的我们更加了解。

急诊四杰协同家属呆坐在祖老师的别墅里，祖老师看着大家沉声说："以目前的形势看，再没有国家机器的高速运转，恐怕两周之内就会失控，会死很多人，包括医护人员。"

刘非气道："我不管，反正我女儿的命最重要，我死不要紧，我不能给她带来任何的风险，老子不干了！"

路易叹口气："全国暴发时，人命如草芥，个体的得失根本只是一个数字。大家真的要想好自己的退路，老子不差钱，回来当医生纯属个人兴趣，懒得陪你们去死。"

妍妍紧张地拉着我的手："那怎么办，女儿还没出生，到时候妇产科不会关门吧，或者医院成了最危险的地方，产检也没法做啊。而且你要是去了前线，我担惊受怕的，影响孩子怎么办？"

众人一片唉声叹气，但大势如此，蚍蜉蝼蚁那点安乐着实无关紧要。

一周后，疫情暴发。

所有的医院都高速运转起来，公立医院天天大会小会不断，所有医生、护士要求24小时待命不得离京。

妍妍拉我的手不让我上班，哭着说："老公，咱辞职吧，咱家现在缓过来了，也不在乎你那点工资了，留下陪我和宝宝，一家人在一起比什么都重要！"

我叹口气："昨天晚上想了一宿，我得去，不为别的，就为了孩子长大后，能知道她的父亲是个英雄，没做逃兵。我写了首诗，万一，我说万一，留给女儿和你。"

轻咳一声念道："恨不抗疫死，留作他日羞。若有相逢时，与汝共朵颐。"

"诶……赶紧走，写什么诗啊，冷死我了！"

妍妍绝望地看着我离去，为了保护她们母女，此去会自我隔离，很久不能再见。很久到底是多久，现在不得而知，也不敢想，这一去颇有不复还的悲壮。

到了医院，气氛森然，能用的防护用品摆满了库房，可没人知道这一场疫情会持续多久，所以口罩、帽子等均是按人头供应，签字领取。

雪冬组织大家开会，会议室一阵沉默，雪冬沉声说："院务会讨论决定，即日起每个科室都要派人去发热门诊和急诊支援，两周换一次。第一次我希望大家主动报名，谁去？"

一阵沉默，一如酒足饭饱埋单时的寂静。

"我去急诊，那边情况熟悉。"我面无悲喜地举手。雪冬看着我点头。

"主任，我怀孕了。"一个女声响起。雪冬看了一眼微微点头。

"主任，我有高血压肾病，这次有基础疾病的感染后死亡率较高。"雪冬看了一眼微微摇头。

"我去发热。"张锋声如洪钟。

名单既定，大家散会，我来到急诊报道，一进门就看到了刘非和路易。

"哟，您老不是懒得陪我们死吗？"

"妈的，老子可不想等疫情过了听你们吹牛，显得我像个懦夫！"

"那您呢？不是一切为了女儿，辞职不干了吗？"

"我没开玩笑，是真想不干了，可心里真过不去那道坎，是什么来的，应该是那种贱到骨子里的使命感吧。"

三人对视大笑，路易指着一大堆防护用品说："看到没，祖老师人家早在上周之前就托人从国外订购了一堆 N95 和防护服，是捐给咱们的，这不是送咱们去死是什么？"

刘非摇头："不是，上周见面的时候他没有提捐赠的事情，就是怕会影响咱们的选择，反倒成了逼上梁山。这次你们看清了吧，外面世界再不靠谱，真到保家卫国的时刻，孬种真是不多。"

我看着急诊忙碌匆匆的医护人员，看着两个满眼坚定的兄弟，缓缓地说："我们一直都错了，以前为守护一方百姓，我们决定建一所城堡，白色的城堡，但最后也只会沦为资本的工具。守护这个世界需要的从来不是钢筋水泥的医院，而是我们，我们每一个人都是万里长城上的一块砖，这样的砖多了，也就修成了白色长城。"

"这次，真的可能一去不回。"

"那便一去不回。"

（全书完）

白色城堡

作者 _ 成钢

产品经理 _ 白东旭　装帧设计 _ 蔡旋 杨慧　产品总监 _ 黄圆苑

技术编辑 _ 陈皮　执行印制 _ 梁拥军　出品人 _ 李静

鸣谢（排名不分先后）

叶颖江 栾杰 覃秀川 Dr. Spencer Koerner

冀连梅 李建平 李艳芳 定焦大叔 邸省

果麦
www.guomai.cn

以 微 小 的 力 量 推 动 文 明

图书在版编目（CIP）数据

白色城堡 / 成钢著. -- 北京 : 光明日报出版社，
2023.6
　　ISBN 978-7-5194-7114-9

　　Ⅰ．①白… Ⅱ．①成… Ⅲ．①长篇小说－中国－当代
Ⅳ．① I247.5

中国国家版本馆CIP数据核字 (2023) 第 049946 号

白色城堡

BAISE CHENGBAO

著　者：成　钢			
责任编辑：王　娟		责任校对：傅泉泽	
产品经理：白东旭		责任印制：曹　净	
封面设计：蔡　旋　杨　慧			

出版发行：光明日报出版社
地　　址：北京市西城区永安路 106 号，100050
电　　话：010-63169890（咨询），010-63131930（邮购）
传　　真：010-63131930
网　　址：http://book.gmw.cn
E－mail：gmrbcbs@gmw.cn
法律顾问：北京市兰台律师事务所龚柳方律师
印　　刷：北京世纪恒宇印刷股份有限公司
装　　订：北京世纪恒宇印刷股份有限公司
本书如有破损、缺页、装订错误，请与本社联系调换，电话：010-63131930
开　　本：145mm×210mm　　　印　张：18.75
字　　数：460 千字
版　　次：2023 年 6 月第 1 版
印　　次：2023 年 6 月第 1 次印刷
书　　号：ISBN 978-7-5194-7114-9
定　　价：78.00 元